U0533947

让－保尔·萨特

(1905 – 1980)

Jean-Paul Sartre

萨特文集
Jean-Paul Sartre

沈志明
夏玟
主编

7

作家散论卷

沈志明
施康强
译

人民文学出版社

JEAN-PAUL SARTRE

Les mots
©Editions Gallimard, Paris, 1964

Baudelaire *(précédé d'une note de Michel Leiris)*
©Editions Gallimard, Paris, 1947

Mallarmé, la lucidité et sa face d'ombre
©Editions Gallimard, Paris, 1946 *(notes d'Arlette Elkaïm-Sartre)*

Simplified Chinese translation copyright
©People's Literature Publishing House 2019

All rights reserved

目　次

作家散论卷导言 ……………………………… 沈志明　1

文字生涯 …………………………………… 沈志明 译　1
　译序 ……………………………………………… 沈志明　3

波德莱尔 ……………………………………… 施康强 译　177
　译序 ………………………………………………… 施康强　179
　原序 …………………………………… 米歇尔·莱里斯　182

马拉美——澄明之境及其隐蔽面 ………… 沈志明 译　313
　介绍 …………………………… 阿莱特·艾凯因-萨特①　315
　马拉美的介入 …………………………………………… 318
　马拉美（1842—1898） ………………………………… 437

---

① 编者按语："一旦某个目的归于人类，一旦这个目的完成了，一旦人们将此视为现实，那一切就完蛋了：人类变成蚂蚁，感性认识便扎根于人类。"这个想法在萨特笔下成为马拉美自身的写照，也是萨特自身的写照，他一部分作品没有完成。1952年动笔写的这篇散论就像是其中一例。至于马拉美，他死时好像才开始撰写"伟大的著作"，心知肚明自己被上天选定，那就意味着这个崇高目的是永远达不到的。

作家散论[①]卷导言

萨特经历两次世界大战,在研究法国社会、历史和现状时,从四十年代末至五十年代初起,已把马克思学说置于他的思想主导地位,甚至在《马拉美》中称马克思为"先知",这对高傲的萨特而言,是绝无仅有的。他赞扬过不少人,但总以批判加以评论;他拒绝和反驳过许多人的批评和攻击,但最后批判自己比谁都更为严厉。我们可从萨特散论名家中看出他如何运用黑格尔和马克思的观点和方法,尤其评论福楼拜、波德莱尔、马拉美、让·热内更是如此,本文重点限于探讨他对马拉美、波德莱尔和自己的评述。

我们不妨先谈马拉美(1842—1898)。萨特首先重墨论述马拉美生活的历史背景和人生状况,对当时社会各阶级和阶层进行深入分析,牢牢把握"社会存在决定社会意识"这个马克思主义观点不动摇。对历史背景,萨特参照《旧制度与大革命》的论述,在《马拉美》一书中两次提到托克维尔,别处也多次赞赏托氏这部名著。顺便提一句,在某种程度上讲,多亏萨特一再推荐,托著才得以闻名全球。所谓旧制度,指的是,1789 年法国大革命所推翻的

[①] 萨特为名家包括为自己树碑立传的文字在法国一律以"essai"(随笔、漫笔、论文、评论、短评、散论等)类别出版,而该词并没有评传之义。好在事实上他的这类书似评传而非评传,虚虚实实,极少故事。况且萨特多次建议"权当小说"去读。但为尊重法国出版规矩,姑且命名:《作家散论》。

君主专制政体。托克维尔(1805—1859)出身贵族世家,经历五个朝代:法兰西第一帝国(拿破仑帝国),波旁王朝复辟,七月王朝,法兰西第二共和国,法兰西第二帝国。从大革命产生的法兰西第一共和国到法兰西第二帝国共六个朝代,我们可以区分两个大相径庭的历史时期:前期,法国人硬要摧毁以往的一切,后期,又刻意恢复被抛弃的一切。正如儒贝尔调侃道:"共和制是治疗君主制的唯一药方,而君主制则是治疗共和制的唯一药方。"从此,法国以爱走极端的风格屹立于西方世界。

托克维尔一针见血地指出:旧制度的核心是政教合一,教会不仅是宗教,而且是一种政治制度,占据最有特权和势力的第一等级。法国大革命始于攻击教会,是深受十八世纪伏尔泰等哲学家反宗教影响的。大革命的激情中,反宗教情绪最先点燃,也最后熄灭。即使拿破仑有本领制服法国革命的自由天赋,也无法压制其反基督的天性。因为,作为第二等级的王公贵族表面上被打倒,实际上公子王孙、达官贵人依旧很吃香,与领土上的农民一团和气,偏安一方。资产者或高级公务员觉得脸上无光,便花钱买贵族爵位,虽然仍被世袭贵族瞧不起,被排斥在高级沙龙之外,但新贵族们依然趋之若鹜,争先恐后巴结王族,为的是得到一官半职或官方荣誉。

资产者、无神论者福楼拜就是个很好的例子:他的绝活是用谴责专制政权的论据为专制政权辩护。他认为,1789年推翻了王朝和贵族,1848年推翻了资产阶级,而1851年践踏了人民,终于可以迈出最后一步:"我感谢拿破仑三世,托他的福!我得以重新蔑视大众。"于是他心安理得去拜见拿破仑三世,接受勋章,向玛蒂尔德王妃大献殷勤,居然给她写信说:"杜伊勒利宫的舞会如同仙境、如同美梦留在我的记忆中。可惜错过近距离仰慕您,没能跟您说上话。"1871年他确实惋惜当局没有把"全体巴黎公社会员判罚苦役",严惩"下三烂"工人。福楼拜之所以得宠,正因为他的作品鞭笞资产阶级和批判资产阶级思想,比谁都辛辣和深刻,典型的出身于资产阶级而看不起资产阶级:"我称资产阶级为思想下流之辈。"这并不妨碍他过着非常舒适的资产阶级生活。按萨特的观点,作家、公务员(包括教师,法国至今依然不变)属于资产阶级,马拉美却得意洋洋地写道:"有件事令我自豪、非常自豪,那便是我的孩子们,若上帝恩赐于我,将在他们的血管里,不会流淌商人的血。"十九世纪中期,资产阶级确实很臭,正如萨特引用马克思《路易·波拿巴雾月政变》中的那句名言:"1848年:君主政体的垮台剥掉资产阶级的外衣。"

然而,大革命爆发标志着上帝死亡,世人一旦失去信仰,便屁滚尿流地坠入十八世纪的解析唯物主义,各种思潮层出不穷,诸如新康德主义,不可知论,新黑格尔主义,相对主义,实证主义,辩证唯物主义等,所有这些哲学都从上帝死亡中已经或即将产生。从大革命开始的去基督教信仰,到了帝制时代,尤其王朝复辟(1814—1830),宗教信仰在知识分子中逐渐消逝,甚至蒸发了。悲观主义笼罩着精英界,尤其崭露头角的诗人们,他们认为与其怪罪社会,宁肯抱怨现实存在。他们把社会悲剧转化为宇宙灾难,于是为抱憾消失的大贵族而倍感纠结。他们蔑视资产阶级,以旧制度的名义为大美寻求一片新天地。他们之所以费尽心思把自己当作敌人,正因为感到生不逢时。勒孔特·德·李勒颇有才华,他召集一批诗人定期聚会,其隆重程度活像做弥撒,保持着严格的等级礼仪:把雨果请来封为大王,勒孔特·德·李勒为副王,实际主持小社团,与会的诗人们乐于以亲王、公爵或王室总管等相称,弹冠相庆,以此来掩饰对自己平民出身的厌恶。因为资产阶级在战胜贵族和诗人们的同时迷失了方向,杀死了自己的上帝,所以已故的贵族比他们在世任何时候更为高贵。于是觉得摧毁宇宙比触动既成秩序的风险更小,作为流行的唯科学主义受害者,他们为科学而抛弃大真理,为大美而寻求一片新天地,即所谓"借助大美达到大真"。

于是,一种文学流派就这样诞生了,名为巴那斯派,又称高蹈派,他们强调为艺术而艺术,是对浪漫主义(雨果、拉马丁、维尼、缪塞、戈蒂耶)的一种反动。萨特一向反对"为艺术而艺术",所以对这帮人持否定的态度。巴那斯派诗人们个个认为自己是天才,一反浪漫主义信奉上帝,转为"自我崇拜":抽象肯定自身空洞的大自我,与集体劳动相对立的个人主义,这个1890年代的产物。他们嫌浪漫主义的作品太多太滥,主张少而精,绝对不轻易发表,只在志同道合的圈子内传诵,即使出版,必须精装,也只限一二百本,并且编上号码。可谓"惜墨如金",正如鲁迅先生所批评的:"那些了不得的作家,谨严入骨,惜墨如金,要把一生的作品,只删存一个或三四个字,刻之泰山顶上,'传之其人'。"[①]由于整个历史时期,包括议会政体、君主政体或专制政体,资产阶级均体现着神秘的权利,根本不怕几个资产者诗人挖苦嘲讽,甚至侮辱谩骂。政治上起不到任何正面作用,艺术上毫无创新,其观点又非常保守。比如勒孔特·德·李勒大骂画家雷诺阿和库尔贝,恨不得把这些蹩脚画家通通枪毙,咬牙切齿咒道:"没有被枪毙,可悲可叹,没准儿库尔贝这个散发恶臭的蹩脚画家以及那帮下三烂画家不一定肯饮弹而亡,真令人痛心。"

话说回来,勒孔特·德·李勒不失为才华出众,是个有本事的

[①] 引自鲁迅《且介亭杂文二集·"题未定"草》。

领头羊。他利用上帝死亡来提高声望,颇有瞒天过海的本领,并利用上帝来抒发内在的心醉神迷,同时又拒绝承认上帝。这不,上帝不存在,在大写的自然中,"既无消亡也无创造"。诗人及创作便悬在半空中,不可落地生根。那么祈祷、感恩和牺牲失去对象,看不破红尘的诗人便想成为上帝的代言人。否则上帝死亡,诗回归原位,正本清源,落得个绝望的唯名论。世人即尘埃,红尘即世人之愉悦,一切回归虚无。然而在这位天潢贵胄旗帜下的一位青年诗人,他叫马拉美却与众不同:长辈们敬仰上帝在场,他却抱怨上帝不在场;长辈们想炫耀神明照亮的宇宙,他却描绘被熄灭的光明和笼罩世界的黑暗。对他而言,上帝是"不可治愈的伤口",而他拿伤口示众。故而马拉美的诗主题:非存在。通过象征建立"艺术宗教",才能真正欲求"借助大美达到大真"。就这样派生出象征主义,换言之,一切宗教的惯用形式是一系列象征。

"借助大美达到大真",这句话出自福楼拜,他一再指明这是他唯一的欲望,并肯定这是他的"艺术宗教"。萨特认为,福楼拜率先以一种相反相成的、无限循环的质疑从信仰过渡到怀疑,再从怀疑过渡到信仰,时不时要求艺术"规避生活",好像只是鸦片,即宗教谎言的代用品:"不想倒霉的唯一办法,是把你自己关进艺术,管它东南西北风。"于是,诗人们"高贵的孤独"成为时髦:福楼拜抱怨"穿越无垠的孤独而不知往何处去";波德莱尔称:我自幼就有孤独感;马拉美孤独得几乎多次想自杀。十九世纪中叶法兰西思想的窒息或人生状况的不堪,由于产生不出英雄和真正的英烈,诗歌的花束即将被拆散,其主题将被撒在地上,自行枯萎。诗歌成为一种"副现象"(意识),一种上层建筑,不管怎么变化,都逃不出马克思的论断:"宗教是鸦片",但"思想观点没有历史",萨特的理解是正确的思想没有时限。

5

当上帝活着的时候，谁也没想到去质疑文学，天意的授权嘛。按照创世的品级，文学享有永恒不变的地位，如同君主政体、军队、教会或商务。萨特认为，马拉美第一个质疑："文学还存在吗？"一语道破天机，在他之后，谁也不信作家是上帝的代言人。马拉美一开始写作，就把圣言抛入一场没有退路的冒险，因此不可能冒险写作而不得罪《圣经》。圣言或大写的人是一码事。随着马拉美的到来，一种新人诞生了，为充当大写的人而创作：投身于未来并集中全部精力，自我超越并整合于升华与沉沦闪电般的悲剧中，在极度亢奋时自我了断，"为失败而存在"，本质上不同于黑格尔式的"为死亡而存在"。就是说，把自己个人的失败转换为大写诗的不可能性，然后倒过来，把诗的大失败转换为大失败的诗。更难能可贵的是，他的文艺思想与政治意识是一致的。当他获悉很有前途的画家亨利·雷尼奥噩耗：参加巴黎公社，战死在比赞瓦尔激战中，年仅28岁。与福楼拜的政治态度正相反，他奋笔疾书："想到亨利为法兰西牺牲，想到法兰西不再存在，我倒是不伤心。因为，他的死更为纯粹，在这独一无二的悲剧中，大永恒胜过大历史。"

毫无疑问，带有宗教色彩的上帝死了，但不等于说马拉美等无神论者心中就没有上帝了。否则，为什么他们口口声声要成为大写的人？为什么创作大写的诗？那么他们怎么定义上帝？什么是大写的人？何谓大写的诗？在马拉美心目中，上帝就是永恒存在，最高存在，完美存在，受孕于大历史之外，并与大历史相对立，不屑于世俗目的，仅将其视为手段：托辞即可使世人服从神权。马拉美与上帝较量后写道："我与上帝进行骇人听闻的斗争，这个满身羽毛的老东西折腾得瘦骨嶙峋、病入膏肓的程度比我们怀疑的还厉害，却依旧把我拖入大黑暗之中。我虽倒下，却是战胜者。"这种阿Q精神可笑，却又可爱又可悲，而马拉美是认真的：大写的人是世人腰间佩剑将其扶到上帝宝座的人。大写的人是个悲剧:他身体力行闪电般的悲剧、欺骗性的悲剧,即像海市蜃楼大绽放;大写的人既自我崇拜又自我践踏,不断自我否定,又情不自禁自我肯定:"成不了爷的潜在的爷"(萨特语)大写的人自吹喇叭,以为心灵感即为大雅,在自我的宇宙中,自生自灭。马拉美要成为大写的人,必须不惜一切从事大写的诗。在他,是一项义务,即使停滞在虚空中战战兢兢,寸步难行,因为"这个天体的花园给我们承担着理想的义务"(马拉美语),即"绝对命令"(康德语):通过诗作强迫自己创造一个纯我,处在澄明之境,哪怕大写的诗取代爱情也在所不惜。

萨特认为,大写的诗是指有自我意识的诗,或批判的诗,简言之,是一种批判。马拉美指出:"我只通过毁灭来创作诗,一切既得的真实皆诞生于一种印象的磨灭,印象闪出火花之后就泯灭了。"马拉美被自己一族投掷于大绝对之后,所创作大写的诗是以其真正的形式设计的,即纯粹否定。如此形成的概念,或称否定之否定。大写的诗,正如著名批评家莫里斯·布朗舒所说:"这种言语的全部力量在于实无,全部荣光在其本身不在场时召唤一切不在场。"大写的诗谴责一切,马拉美不但身体力行,而且谴责得很有效,他写道:"诗是唯一的炸弹,诗人在自己的诗中完成自我灭亡,以至于他自以为真的自杀了。因此,诗诞生于诗人自杀,最好的诗是没有写出来的诗。"萨特自己说过:"我最好的书是没有写出来的书。"但不管怎么说,对我们读者来说,马拉美毕竟是个晦涩难懂的斯芬克斯,萨特之所以选择他,正因为找到了一个得天独厚的人物,借以运用马克思主义和精神分析法。其实萨特对马拉美的老师波德莱尔评价高得多。比如从道德观上来看,萨特指出:无神论者波德莱尔不在意上帝,既然他认定上帝不存在。因此,恶产生于虚无,没有上帝,没有辩解,自负命运全责。这等于说:作为整体的一分子,自行对错误负责,牺牲自我:"人不自责,就不能自爱。"至于诗与恶的关系,每当把恶视为目标时:"为恶而恶,这是在肯定善时,故意唱反调,有意识地自己制造恶,有意犯错误呗,实际是接受善、承认善,这种相反相成的融合结果便是'恶之花'。"

萨特评述波德莱尔,旨在探索传世佳作《恶之花》作者怎么竟是个被诅咒的传奇式人物,旨在发掘波德莱尔怎么自我选择受人鄙视的恶人形象,没准是厄运与他之间存在某种共谋吧。但这个挑战简直是"如同化圆为方般不可完成的任务"(米歇尔·莱里斯语)。萨特的功劳在于发掘波德莱尔作品蕴含某些新的谐波,尤其指出人的一生中厄运不尽然是坏事,没准苦尽甜来,斩获高雅的神话色彩。进而,萨特引申出一个独特的评价:波德莱尔出于怀念大无限,已经打算证明他超越尘世状况,也许证明人间之外有某种东西:无限的、绝对的、永恒的实在。比如,我们全神贯注欣赏风景时会忘记自己,波德莱尔则相反,"他看自己在看,为看自己在看而看"(萨特语)。这就是说,他在欣赏风景时的心态,就像从望远镜中看到更灰暗、更微小、更不动人的东西。他没有活力,以此来宣示一种谴责和无辜者抗议:对出身于世不负责任,要由社会承担全责,萨特称之为"怨愤寂静主义",近乎犬儒主义。这里,一切起源于出身:家庭出身、幼年生活环境占据评传三分之二以上篇幅,波德莱尔、马拉美、让·热内、他自己,甚至福楼拜的生世也只写到《包法利夫人》为止。有人说,诗歌与出身不可分离地联系在一起。

波德莱尔:父亲去世,母亲改嫁;马拉美:母亲去世,父亲再婚;让·热内和爱伦·坡被父母抛弃,进孤儿院或流浪;萨特自己:一岁丧父,母亲改嫁。这种家庭的失败悲剧具有社会意义。要知道,旧制度的家庭是禁止这类改嫁再婚的,以至于纪德呐喊:"家族哇,我恨你们!"他们多少都有恋母情结,波德莱尔所谓"儿童爱恋的绿色天堂",这个极度敏感、极易产生"裂痕"的孩子,不能忍受母亲再嫁,表面尊重继父,心里却十分妒忌,于是糟蹋自己,践踏妇女,说什么"女人是天然的,故而难养"。马拉美追随波德莱尔,其实他们厌恶妇女,正是那个时代资产阶级对妇女的鄙视。马拉美的母亲死亡,没几年被怀疑与父亲乱伦的姐姐死亡,不久父亲再娶,从色情变态的角度而言,对他是个巨痛的打击,他绝对不能容忍父亲再娶。然而那个时代,思想极其混乱:绝望理想主义、摩尼教善恶二元论、虚无主义、失败主义、乱伦的变态色情等思潮散布于当时的"客观思辨"中,表明历史和社会局势,更多表现于个体感受情绪。萨特认为波德莱尔、魏尔兰后来有所摆脱,净身而出,但"马拉美深陷其中,不能自拔,并永远打上自己的风格戳记"。萨特援引马克思的说法:"积极的观念学派有塑造统治阶级自身幻想的特长。"《骰子一掷,绝不会破坏偶然性》所描绘的遇险,完美地表达有产阶级的恐慌,因为意识到不可避免的没落:资产阶级面对上帝死亡深感苦恼,同代观念派的"颓废主义"心怀怨愤之人的赌气,同时盼望失败,一了百了。

马拉美的母亲"与尘世融为一体",萨特如此写道,是诗人想象中温柔的女巨人,根深枝繁叶茂,无缺地屹立并消失在大自然之中。万有的大自然在他完美的柔软裸体上映照着天和水的静脉,折射其岁月的轮回火焰,多半与融化于山林水泽的仙女相混淆了。孩儿似章鱼般缠着母体,通过这亲密的肉身吮吸汁液:"母亲啃尘世,孩儿啃母亲。"通过乳房,"女人流出不可名状的白色汁液,在这奇异的、液体的圣体里,整个宇宙一应俱全"。按照萨特存在主义精神分析学,我们可以认为,马拉美母亲去世,彻底阻碍他认同父亲身份,恭顺的儿子是最可怕的仇父者:他拒绝生命的天赋,决意自己成为自己的父亲,以便更可靠地把他的父亲推进大虚无,刻意成为靠自己努力而成功的人,抑或"自己作品的儿子",抑或"毁灭或创造"。从中产生一个共性:这些诗人都有隐秘的双重性,或称双重诉求,总之,两面性。

马拉美的母亲死亡,象征走下螺旋形楼梯那种沉沦,而父亲则是他的肉体本原、出生、职业、上升。他的诗《大写的双重诉求》点明他的双重本原、双重性格、双重诉求:

> 驼背丑角夹着两个大包:鸡胸和驼背,
> 跳起舞来鸡胸朝大地,驼背向九霄。
> 灵魂恰巧受到双重欲望的激励鼓噪,
> 瞧他既始终向下沉,又总是向上跷。

萨特指出,这是双重关系:前胸与后背的关系,正面与反面的关系;头颅向上、屁股朝下的关系。这首诗源自众所周知的波德莱尔对双重诉求的论述:"任何人身上,任何时候,都同时具有两种诉求,一种趋向上帝,另一种趋向撒旦。祈求上帝或灵性,是向上攀升的欲望;撒旦的祈求或兽性,是向下沉沦的欢乐。"总之,对于波德莱尔、马拉美、萨特自己,父代表生,母代表亡。由于太过尊重母亲,他们都是母亲在世的见证人、丧葬的纪念碑,无非怀恨父亲渎犯圣罪罢了。然而,他们不可能实有母亲,因为在自己身上找到的则是父亲,作为传种者,作为命运,也作为个体本质,这才是他们的实有。

然而,这种实有具备鲜明的资产阶级两面性和摇摆性。萨特赞同托克维尔的分析,认为资产阶级最好的工具是反过来对抗自己。资产者企图呼唤幻想的贵族来自卫,由于缺乏特有的本质,资产阶级不间断地摇摆于吸引它的人民和拒绝他的贵族之间,动摇于宣布的平等和暗示的不平等之间,游移于无神论和为民宗教之间。资产阶级厌恶大写的自然,因为正是后者使得世人成为相似的同类,但每个成员力求与众不同,力求从芸芸众生中脱颖而出;通过自己的努力,向世人证明自己是人世中最优秀者,是超自然的生灵。因此,资产者每走一步都更加远离贵族。而贵族兼基督教徒,对自己的出身和血统很自豪,认为天生十分优秀,慷慨大度地亮出自己的天性。有鉴于此,十九世纪末期的诗歌想必是一面镜子,去世的公侯伯子男来到跟前静观自己,却由不得它做主,折射的却是工商业大家族的形象。于是萨特让马拉美照这面镜子,即重读《埃罗提亚德》,马拉美一上来因厌恶生命而退却,对生命所有形式全盘质疑,但重读这部完成不了的悲剧时,突然发现全盘否定等于没有否定。因为,否定是一种行为。一切行为应当寓于时间之中,践行某个特殊的内容。否定一切只能被视为一种破坏活动,只表现为一般的否定概念。

萨特认为,在评述马拉美的过程中,重新发现了黑格尔有关"实有"与"实无"的辩证法,使他体验到纯"实有"与"实无"是区分不开的,既然是一无所有嘛;而虚无又似乎必须存在点什么,用萨特的话来说,"一种秘密的不在场",因为一切在场,哪怕最不透明的、最不发声的、最迟钝的,都包含着说不清楚的不在场。总之,实有处于纯粹的赤裸存在之中,是对一切实有方式的否定;实有的这种方式,作为纯主观的确定性,最终实有方式本身成为一种"表象",故而是对实有的一种否定,即所谓"否定之否定"。至此,我们再次提到"否定之否定":萨特变着法子重复强调这个由黑格尔提出并得到马克思肯定的观点。

因为,马拉美的存在只是为了否定自身的存在,以同样的方式,比如我们把一个生灵归于虚空或虚无,只需为其命个名儿。萨特说,这个固定而黯淡的闪烁,就是"实有"的"实无";经过"实无"的"实有",成为"虚无"的"实无"。好在这种悲剧性的结果正是马拉美一生所追求的,他很明白:现实是绝对的存在者,空间则是一种幻影,一个概念秩序,而多样性只是统一性自给自足的表象。一次秋高气爽的散步之后,马拉美写道:"我散步的秋天使我想起秋天的散步。"这证明马拉美达到"澄明之境"。对他而言,经过虚无的通道是唯一接触现实的道路。于是,虚无先于实有,即"实有超外于乌有",萨特如是说,现如今唾手可得母亲乳房的温暖不再唾手可得,其失落感是一切都不再可能唾手可得了。结论:人的存在不是一种唾手可得的东西。所以,萨特给予马拉美崇高的评价:"他是我们最伟大的诗人,一位充满激情的人,一位疾恶如仇的人。"因为,萨特深信"革命文化不会忘却波德莱尔或福楼拜,仅仅由于他们是非常资产阶级的,又恰恰不是人民之友。在未来的一切社会主义文化中,他们都将有自己的地位,但那将是根据新的需求和新的社会关系所确定的新地位"。

其实,萨特写马拉美很像写他自己,而写波德莱尔、让·热内、福楼拜,虽然也把自己摆进去,但评述这些名家时,主要为了诠释他自己的哲学思想,就是说他自己的思想往名家们身上套,虽然都是好作品,却有些勉强,甚至偏颇。相比起来,萨特写自己最为上乘:《文字生涯》(又译《词语》《字》)中的普卢深怀恋母情结,不同之处,还有恋父情感:父亲毕业于法国最有名的巴黎综合工科学校,海军军官,刚生下他不到一年,因在职患上传染病死于越南北部湾,而继父虽是很得体的大工程师,但萨特不买账,跟他搞得挺僵的。这部所谓自传体回忆只写到十一岁:童年结束,真正的生活即将开始之际突然收笔中止,叙事结构无秩,颠来倒去,颇有虚拟色彩,故而萨特说,可以当作小说来读;恰如他写让·热内:"有意识地选择生活在想象的生活中,想象的事物成了他的'出路'和'投射'(进取)。"①他幼年与母亲寄住在外祖父母家:母亲把他打扮成长发小姑娘,可外祖父更喜欢男孩儿,趁他母亲不在,下令把他的头发剪掉:丑八怪模样暴露无遗。母亲尽管很伤心,却为小天才而自豪:四五岁时弹得一手好钢琴,还会作曲(曾有小莫扎特之美名),六岁开始写小说,八岁偷读《包法利夫人》,立志当大作家。他写道:"文字生涯在我的想象中是仿制宗教生活的,我一心想拯救我自己。""为同类或为上帝写作","决心为上帝写作,以拯救人类",为此而殚精殚虑。

然而,文学毕竟是"假语村言",由于萨特幼年真的把文字当作事物,把对现实的模拟当作现实。他以为人和猴子的图像更像卢森堡公园的游人和动物园里的猴子,进而认为观念比事物有着更多的实在性。"世间万物",他先在书本上看到,然后才在实际中辩认出来。总之,他把文字(词语)当作事物的本质。长大以后才明白把事情搞颠倒了,终于懂得文学不仅是幻想,而且是神经官能症的产物,进而把文学看成心灵的迷失和堕落,甚至对生活和精神的犯罪,简直就是犯罪。故而《文字生涯》是一部自我嘲讽、自我批判、自我否定的书。人说他反驳挚友反目的加缪近乎残忍,但他批判自己更深刻更无情,近乎自我摧毁。萨特虽然以文学的方式揭示文学的幻想,却依然厌恶自己的文学生涯,几乎自我憎恨,又不得已而为之。他不得不承认:"疯狂,性格上的神经官能症,幻想。"

自福楼拜、波德莱尔以降,马拉美、纪德等作家选择两种救赎

---

① 参见萨特《圣热内,喜剧演员和殉道者》中《该隐》第一节。

的形式。首先,在宣布上帝死亡的时代,即尼采时代,他们在艺术和政治之间犹豫不决,不知道最终该把哪个当作救赎的手段。纪德将无神论的投射传给萨特。他有时候像福楼拜或马拉美,抱着"看不见的教堂"之梦,把艺术当作永恒之神降临,或人世之幽灵,实际上当作某种绝对:一首诗表达不出什么,却是一个行为,一种投射:每首诗都是一个基督,萨特如是说。书是无神论资产者奉为绝对的东西。其次,物极必反,不仅要像黑格尔那样"解释世界",更要像马克思主张的"改变世界":"哲学家只用不同的方式解释世界,而问题在于改变世界"(马克思语)。然而,萨特处于两难境地,放弃艺术从事革命,可他天生只会思想和写作,不懂政治更不懂革命,多次参与甚至领导政治运动,屡遭失败。于是主张艺术为革命服务,这正是他后半生坚持不懈的奋斗,成败由别人去评说。他写道:"在很长时间里,我是把笔当成一把剑来用的",搞文学就像击剑,是进攻的武器。"如果文学与现实和世界脱离,那是文学的耻辱",他说得十分尖锐,却深信不疑。

但他做梦也没想到,《文字生涯》这本全盘自我否定的小书却使他获得诺贝尔文学奖。他的自尊心受到极大的伤害:否定资产阶级的他,却被资产阶级招安了。于是,萨特做出使全世界惊愕的决定:谢绝这个文学最高荣誉,却为世人留下一个传世的艺术精品。

沈 志 明

文字生涯

(一九六三年)

沈志明 译

译　　序

　　让-保尔·萨特(1905—1980)于四十年代前期蜚声法国文坛,到了四十年代后期,他的声望从法国的思想界、文艺界扩大到整个西方的思想文化界,乃至政治理论界,一时间成了叱咤风云的人物。这位公认的西方思想界巨头成为社会活动家之后,却在严酷而错综复杂的现实政治斗争中处处碰壁,连连受挫。五十年代前期,"萨特冲击波"盛极而衰。眼睛一直向前看的萨特,开始回顾自己的生活历程。他不无惊讶地发现自己的全部著作原是十足疯狂的产物:"我心安理得地认为自己是天生的作家","我是赋有天命的"。[①] 于是他决定撰写自传,追本穷源,"解释我的疯狂,我的神经病的起因"[②],试图说明以写作为天职的普卢如何演变成名震一时的萨特。他运用存在决定意识的思想和弗洛伊德的精神分析方法进行了一次无情的自我批判。

　　萨特从自己的出身、儿时的生活环境、所受的家庭教育以及本世纪初充满假想英雄的社会气氛入手,很快发现:"我实际上是一件文化家产。文化浸透了我,我以文化的光辉反射着家庭,如同傍晚池塘反射着白日的炎热。"这个书香子弟受到了典型的法国小资产阶级的文化熏陶。婴儿时丧父,和母亲一起寄居在外祖父母

[①②] 《让-保尔·萨特谈〈文字生涯〉》,《世界报》1964年4月18日。

家。外祖父是新教徒,具有文艺复兴时期的人文主义思想;外祖母是天主教徒,骨子里却怀着伏尔泰式的对宗教的怀疑。普卢凭耳濡目染,看出笼罩在他周围的宗教气氛只是家庭喜剧的组成部分。萨特在一九五一年说过:"我出生在一个半耶稣教半天主教的家庭,面对两教的争议,从十一岁开始,我的信念已确定":"上帝不存在";并确信"建立在宗教基础上的道德必然导致反人道主义"。① 在他的著作中曾多次引用尼采的名言:"上帝已经死亡",并比这位推倒一切偶像和传统的"超人"走得更远,他一反笛卡儿证明上帝存在的逻辑推论,不无过分地扬言能"证明上帝不存在"②。这部自传便是他的又一次尝试。可是我们知道,文艺复兴时期的人文主义思想虽然强调人的价值,把人视为自己命运的主宰,但始终难以完全摆脱宗教的外壳。何况高卢人信奉基督教已有一千三百多年的历史,基督教思想长期统治着西方文化。人文主义思想尽管与之对立,但人们在探求万有的本原时,总想找个造物主,提出"人为万物之灵",仿佛人负有神的使命。萨特受到了很深的影响,他虽然多次声称是"彻底的无神论者",但始终没有讲清楚他提出的"他人","他人的目光"和"第四者,即组织者"究竟是什么。

一切哲学都要有个起点。萨特哲学思想的出发点是他多次引用陀思妥耶夫斯基的那句名言:"倘若上帝不存在,一切都是可能的。"上帝不存在的假设使萨特处于窘迫的境况,但也使他获得"人注定是自由的"这个立足点。上帝不存在,人的价值失去了终极的依据、尺度和目的,人"被抛入这个混沌的世界","没有根据","没有意义",面临这个敌意的、充满威胁的世界,人必然感到

---

①② 《萨特谈"萨特戏剧"》,见《萨特戏剧集》附录,人民文学出版社 1985 年版。

"焦虑""恐惧",与生俱来的自由意味着"痛苦""苦恼"。那么人来到世上干什么?人的本质是什么?我是谁?这样,人的实在,人的地位,人的意识(即"自我",主观之我),总之,"人"成了萨特存在哲学的中心问题。大凡哲学家把目光盯在人的共同性、人的本质这一普遍概念上,再根据这个普遍概念确定道德标准:"人的本质先于存在。"萨特把这个论点颠倒了过来:"人的存在先于人的本质",指出人赤条条来到世上并无本质可言,人"自我存在"以后才获得"自我本质"。萨特不同于弗洛伊德,后者否定社会现实世界对"自我"具有决定性的制约作用。而他却承认人的存在决定人的意识:我们的思想"自然而然产生于我们所接受的文化",但他认为可以摆脱外在世界的决定性作用而进行"自我选择","自我设计",这种自由在他看来是绝对的。战争的悲剧使他明白:"单在任何情况下选择总是可能的结论是错误的,非常错误,以致后来我自己批判自己。"①

萨特这里所说的人,是指具体的人,即具体的实例——个人,不是一定社会关系的总和的人。他企图通过千差万别的某个现实的个体来说明人。一般哲学家只掌握普遍的原则,着力于理念的真实存在,而忽视具体的真实。萨特提出了挑战,他把个别的人作为他的存在哲学的对象。然而,了解和表现神秘的动物——人——是一门艺术,唯有文学家才能办到,所以哲学家萨特是和文学家萨特同时度过文字生涯的。

要了解和表现矛盾百出的、错综复杂的具体的人,在萨特看来,弗洛伊德的精神分析法不失为一种彻底的方法。尽管他对弗洛伊德关于潜意识,下意识的渴望,性意识等论点不以为然,

---

① 《萨特谈"萨特戏剧"》,见《萨特戏剧集》附录,人民文学出版社1985年版。

但他身体力行"弗洛伊德的有名理论：在实际生活里不能满足欲望的人，死了心作退一步想，创造出文艺来，起一种替代品的功用，借幻想来过瘾"①。对萨特来说，"写作的欲望包含着对生活的绝望"，幻想不仅是存在的先导，而且是存在的本身。他说："没有人知道我来到世上干什么"，"我觉得自己是多余的人"，但家人千方百计让他相信他"是奇迹造成的孩子"，"上天的礼物"，"天赐"的"神童"。在十九世纪度过大半生的外祖父向他"灌输路易·菲力普时代流行的思想"，即救世度人的理想，他"乍学时就比别人的思想落后八十年"。外祖父喜欢在各种场合扮演上帝老人，小普卢自个儿扮演孤胆英雄，救世主总是孤立无援的："既然别人把我看作想象中的孩子，我就以想象来自卫"；"我是没有父亲的孤儿，既然我不是任何人的儿子，我的来源便是我自己"；"我没有超自我"。萨特此处用反讽的手法借用了弗洛伊德的术语（"自我"人格的三个层次："本我"，"自我"，"超自我"），是一种文字游戏，但赋予新的含义：他不像贾宝玉那样成天感到贾政无形的威慑，心头没有父威的阴影，只有外祖父的宠爱。他，"先知先觉的神童，小预言家，纯文学的埃利亚桑"，"把书房看作教堂"，天地万物层层铺展在他的脚下，谦恭地恳求有个名字，"给每个事物命名，意味着创造这个事物又占有这个事物"。有了这个幻觉，他就自以为是命定永垂不朽的，必将写出伟大的作品："上帝的创造物和人类伟大的作品是一脉相承的。"为了拯救全世界受苦受难的芸芸众生，他"一个人反对所有的人"，"引天下为己任，逆转乾坤救人类"；他"混淆着文学和经文"，自信用他的作品"保护人类不滚入悬崖深渊中"。然

---

① 钱锺书：《诗可以怨》，《比较文学论文集》第36页，北京大学出版社。

而,他痛苦地发现没有人发给他委任状。但卡夫卡说过:"我有一份委任状,但不是任何人授予我的。"①于是,他"自授委任状,旨在保护人类",深信文学能救世。

就这样,他夜以继日地从事文学创作:"二十亿人躺着安睡,唯有我,孑然一身为他们站岗放哨",他"仿佛成了世界的代言人"。他塑造的主人公往往是作者自身的投影:"我按自己的形象塑造我的人物,并非原封不动照搬我的形象,而是按照我渴望成为的形象加以塑造。"他笔下的人物多为畸零人,孤立无援、只身奋斗的个人英雄,哈姆雷特式的人物,其悲剧在于"一项伟大的事业落在一个不能胜任的人肩上"②。尽管自己选择的使命是美丽的、崇高的和神圣的,但责任太沉重了,到头来被重负压得粉碎。回首往事,就像从失恋中解脱出来的斯旺所说:"真想不到我为一个对我不合适的女人而糟蹋了一生。"究其缘由,他说:"对大众的需求我一无所知,对大众的希望我一窍不通,对大众的欢乐我漠不关心,却一味冷若冰霜地诱惑他们","我是一个不买票的旅行者",自以为肩负着关系到全人类的使命,有权占一个席位,"荒谬绝伦地把生活看作史诗","把艺术作品看作超验的成果,以为每件作品的产生都有益于世人",以为"文人的唯一使命是救世,他活在世上唯一的目的是吃得苦中苦,使后人对他顶礼膜拜"。这就是他说的"始终不渝的幻觉","十足的疯狂":"我自称是受百姓拥护的救星,其实私下里为了我自己得救";"内心贫乏和感到自己无用,促使我抓住英雄主义舍不得放下"。其结果,如同一顶以自我为中心的"陀螺转啊转","最后转到一个障碍物上,停住了"。失

---

① 萨特答记者问,《世界报》1955 年 6 月 1 日。
② 歌德:《维廉·麦斯特的学习时代》,《古典文艺理论译丛》,1962 年第 3 期第 131 页,人民文学出版社。

败是必然的。

萨特还从世界观的高度对自己进行了剖析,承认自己"骨子里是柏拉图学派的哲学家,先有知识后见物体"。他把概念"作为实实在在的事物加以接受",认为"概念比事物更真实",以致他"对一切的理解都是颠倒的"。譬如,"动物园里的猴子反倒不像猴子,卢森堡公园里的人反倒不像人"。从而"把文字看作是事物的精髓",对他来说,"写作即存在",他的"存在只是为了写作"。他说:"由此产生了我的唯心主义,后来我花了三十年的时间方始摆脱。"他长期把他的笔当作利剑,此时不无感叹地承认"无能为力":"文化救不了世,也救不了人,它维护不了正义"。这个认识在他是长期而痛苦的努力的结果,得来不易。他终于"心明眼亮"了,"不抱幻想,认清自己真正的任务":全心全意地投身于人民大众为自身解放的运动,这才是使他"彻底获救的事业"。

萨特一九五三年开始写这部自传,大部分文字完成于一九五四年,几经修改,一九六三年春才发表。他写自传的目的,正如他为苏联一九六四年俄译本作的序中指出的那样,是"力图破除一种神话"。从上面的概述来看,我们认为他是真诚的。萨特一生与文字打交道,是个多产的作家,下笔动辄洋洋洒洒几十万言,而且常常写完就脱稿,不喜欢修改。这本小书则被他压了十年之久,足见对自己进行否定性的批判是何等的艰难痛苦。萨特解释过为什么迟迟不发表①,那是因为他发现对自己、对文学否定过了头,所以几易其稿,"磨去棱角"。不管怎么说,文化作为人类的产物还是有用的。"在书丛里出生成长"的萨特,肯定自己"也将在书丛里寿终正寝"。"尽管写作是吹牛皮,说假话,但总还有一些现

---

① 《让-保尔·萨特谈〈文字生涯〉》,《世界报》1964 年 4 月 18 日。

实意义"。作家的努力不尽然徒劳无功吧。事实上他也不总是"死抓住热空气气球不放",而是"千方百计要往下沉,恨不得给自己穿上铅底鞋"。在接触社会实际的过程中,有幸发现过"海底细沙上的珍奇",并由他予以命名,就是说他看到自己的学说成了西方文化的一部分,认为自己对人类文化还是有贡献的。然而,他的"轻薄"不可抗拒地时常使他"浮在水面上"。他说:"时而我是浮沉子,时而我是潜水员,有时则两者皆是。"对自己采取了一分为二的态度。再说,作家在创作时,总或多或少把自己摆进去,即使是说谎,"说谎人在炮制谎言中发现了自己的真相",也有好处嘛。这面批判的镜子让他看到自己的形象,从中认识自己,进而改造自己。萨特总结时指出:"我唯一感兴趣的事是用劳动和信念拯救自己。这种纯粹的自我选择使我升华而不凌驾于他人之上。"我们不能不承认这是他对自己漫长的文字生涯所做的实事求是的结论。

萨特这部自传是别出心裁、洗旧翻新之作,不同于一般的自传。作者独辟蹊径,不以叙述悲欢离合、时运兴衰的经历取胜,而把笔墨集中在自身内心的追求和心迹的剖白上,多层次地抒写自己潜在的心声。萨特的著作卷帙浩繁,内容庞杂参错,博大精深,文字又艰深晦涩,令人望洋兴叹。但他的这部自传却表现出他还有纤细入微、玲珑剔透的一面,且文字洗练,言简意赅,新颖脱俗,不落窠臼。他在琐碎的家常和世俗的应对中挑选一个片段,一个见闻,一个情绪,一个印象,一个想象,一个幻觉,间或穿插英雄传奇、历史掌故甚至神魔灵异,寄托他的哲理,以小见大,化寻常为卓异,给人以透视感,甚至细枝末节也可用来揭示人生的重大问题,好像一切事情都包容在他的哲学之内。由于他对自己的童年和童年残存的一切以及外祖父这一代"世纪末"的残晖采取否定和批判的态度,全书弥漫着反讽的基调和揶揄的笔触。时而正面叙述,时而反面烘托;时而正话反说,时而反话正说;间或运用夸张甚至漫画的手法,诙谐、俏皮而潇洒、超脱,妙趣横生地向读者展示他自我发现,自我扩张,自我认识的过程,同时也向读者展现当时的世态习俗,这也可说是刻画颓俗的讽世之作。书中的绝大部分素材取自作者六岁至十一岁的经历,但已足够构成一部完整的内心生活的自传了。萨特认为在人生的长跑旅途中至关重要的是"起跑突破的能力","一旦冲破束缚,便能腾空而起",然后就是"重复","不断再生",一直跑到终点。的确,我们细心阅读,掩卷凝思:萨特的主要哲学思想和伦理观仿佛都已历历在目。无怪乎,作者虽然不止一次说要续写自传,但始终未成其美。大概没有必要了吧。再说,谁想了解他的具体经历,去读西蒙娜·德·波伏瓦写的回忆录好了,那里有详尽的记载。

《文字生涯》发表后,法国以至整个西方文坛反响热烈,很快被译成各种文字(包括苏联的俄译本)。萨特罕见地受到了各界各派的一致好评,他的自传无争议地被视为大手笔独具只眼、独运匠心的文学精品。诺贝尔奖金的决策者们以为萨特经历了十余年坎坷的社会活动家生涯之后回到了纯文学的领域,为了表彰他的成就,决定向他颁发诺贝尔文学奖金。但是出乎人们的意料,萨特谢绝了这项世界性的最高荣誉。因为这项荣誉不符合他的世界观和人生观。作为资产阶级营垒的叛逆者,他在皈依、觉醒、解脱之后,决不肯再回到资产阶级营垒。这在他的自传中已经说得清清楚楚:"我成为背叛者,并坚持背叛";"我来到世上不是为了享乐,而是为了清账"。他不屑跻身于"荣誉席"之列,对他,"过去没有作用",而"未来吸引着"他。他似乎以自己的行动发展了我国的一句老话:"过去种种譬如昨日死,现在种种譬如今日生",将来种种譬如今日死。他不愿被荣耀置于死地,而要"从死灰中再生,用不断的创新把自己从虚无中解脱出来"。他说:"每时每刻都是我的不断再生。"重新开始,成为新人,这是他生活的强烈愿望。他的成就在他看来算不了什么,等于零,随风而逝:"必须一个小时比一个小时干得更好。"他总是他自己,同时又是另一个人,不断创造新的自我,生命不息,奋斗不止。他确信:"我的心脏的最后一次跳动刚好落在我著作最后一卷的最后一页上";"我最好的书是我正在写的书","明天写得更好,后天写得好上加好,最后以一部杰作告终"。他当时正潜心于他的鸿篇巨制《家庭的白痴》,后来一直坚持写到双目完全失明方始搁笔,终于以他惊人的毅力实践了自己的诺言。

沈 志 明
一九八七年七月八日

献给 Z. 夫人*

* 一九五四年五月二十六日至六月二十四日让-保尔·萨特和西蒙娜·德·波伏瓦应邀访问苏联。他们跟陪同的法文翻译列娜·卓妮娜结下了友谊。一九六三年该书分两次刊登在萨特主编的《现代》杂志上,题献给 Z. 夫人(即列娜·卓妮娜)。一九六四年六月一日至七月十日萨特再度访苏,为 Z. 夫人翻译的俄文译本《文字生涯》写过一篇短序。

一 读 书

　　一八五〇年左右,阿尔萨斯的一位小学教师为孩子所拖累,降尊纡贵改当食品杂货商。这个脱雅还俗的人巴望有一个补偿:既然他已放弃造就人才的事业,那就应当有个儿子从事塑造灵魂的工作:家里要出一个牧师。这件事落到夏尔头上。夏尔不干,甘愿背井离乡去追寻一个马戏团的女骑手。于是夏尔的画像在墙上被翻了个儿,从此不许提起他的名字。该轮到谁呢?奥古斯特赶紧学父亲的样,献身于商业,并对此感到心满意足。只剩下路易了,正好路易没有什么突出的天赋,父亲便抓住这个沉静的小伙子,转眼间让他当上了牧师。路易谨遵父命,竟至也亲自培育了一个牧师——阿尔贝·施韦泽[①],他的生涯我们都是知道的。

　　然而,夏尔没有找到他那位马戏女郎,而且父亲的高雅给他留下了印记:他毕生追求高尚情趣,醉心于把芝麻大的事搞得轰轰烈烈。看得出,他并不是不想光宗耀祖,只是想从事一项轻松的修

---

① 阿尔贝·施韦泽(1875—1965),法国神学家、哲学家。一九五二年获诺贝尔和平奖。

行,既神圣又能跟马戏女郎厮混。教书这一行倒能两全其美,于是夏尔决定教德语。他写过一篇论述汉斯·萨哈斯的学位论文。选用了直接教学法,后来他自称是直接教学法的创始人,与西蒙诺合作出版了《德语课本》,备受称赞。从此一帆风顺,连连晋升:马孔,里昂,巴黎。在巴黎的一次发奖仪式上,他作了演讲,讲稿还很荣耀地专门印发给大家:"部长先生,各位女士,各位先生,我亲爱的孩子们,你们怎么也猜不着我今天要给你们讲什么,我要讲音乐!"他还擅长即兴吟诗。家里人聚在一起的时候,他常说:"路易最虔诚,奥古斯特最有钱,而我最聪明。"兄弟们听了哈哈大笑,妯娌们听了直抿嘴巴。

夏尔·施韦泽在马孔娶了路易丝·吉尔明,一个信天主教的诉讼代理人的女儿。她对新婚旅行一直耿耿于怀:丈夫没等她吃完饭便把她拽走塞进火车。到了古稀之年,路易丝还讲起在车站餐厅吃韭葱冷盘的事:"他把葱白全吃了,只把葱叶留给我。"他们在阿尔萨斯待了两个星期,始终围着餐桌转。兄弟们用土语讲些不堪入耳的与排泄物有关的故事。牧师路易不时转过身来给路易丝翻译几句,算是基督教徒的施舍吧。没过多久,她便从医生那里获得了通融证明,从而免去了同房的义务,可以单独住一间房。她老嚷嚷偏头痛,常常躺在床上不起来,开始讨厌噪声、情欲、热情,总之讨厌施韦泽一家粗俗不堪和演戏似的生活。这个易怒的、狡黠的女人总是冷冰冰的。她的想法正经,但不高明。她丈夫想法不正,但有巧思。因为她丈夫爱骗人而且轻信,所以她对什么都怀疑:"他们硬说地球是转动的,他们懂得啥?"她周围尽是一些道貌岸然的喜剧演员,因此她憎恨德行和做戏。这个注重实际的女人十分敏感,她生活在粗野的唯灵论者的家庭,感到茫然不知所措,于是笃信起伏尔泰的宗教怀疑思想,以示对抗,尽管她并没有读过伏尔泰的书。她娇滴滴,胖乎乎,活泼诙谐,但愤世嫉俗,绝对否定一切;她双眉一拱,隐隐一笑,就把别人向她表示的一切热情化为齑粉,而不为人所察觉。否定一切的狷傲和拒绝一切的自私占据了她的整个身心。她不见任何人。占先坐上手吧,未免太过分;将就坐下手吧,虚荣又使她不甘心。她说过:"要善于让别人有求于你。"起先人家确实有求于她,但后来对她越来越淡漠,由于老见不着她,到头来干脆把她忘了。她几乎身不离安乐椅或卧床。

施韦泽一家既是自然主义者又是新教徒。这两大美德兼而有之,并非如人们想象的那么罕见。他们讲话喜欢直言不讳,一方面以地道的基督教徒方式贬低躯体,另一方面欣然赞同对生理机能应予满足;而路易丝却喜欢闪烁其词。她念过许多猥亵的小说,不太欣赏男女私情,却赞赏裹着男女私情的层层透明薄纱。她美滋滋地说:"这才是大胆设想,妙不可言!做人嘛,要悠着点儿,别太使劲!"这个纯洁得像白雪的女人在读阿道尔夫·贝洛写的《火姑娘》①时,险些儿没笑死过去。她津津乐道地大讲新婚之夜的逸事,大凡以不幸告终:不是新郎急不可待想成其好事,把妻子磕在床架上折断脖子,就是新娘不见了,第二天清晨发现她光着身子,疯疯癫癫地躲在柜子顶上。路易丝把自己关在半明半暗的房间里。夏尔一进屋,便推开百叶窗,把所有的灯全点亮。她用手捂着眼睛,呻吟道:"夏尔,多刺眼呀!"可是她的反抗决不超过约定俗成的限度:夏尔使她胆战心惊,给她带来奇妙的不舒适,有时也感受到友情,反正只要夏尔不碰她就行。但要是夏尔一嚷嚷,她就什么都让步了。夏尔使她出其不意地生了四个孩子:第一胎是女儿,生下不久就夭折了,然后是两个男孩,最后一个是女孩。

---

① 《火姑娘》,当时流行的猥亵小说。

夏尔出于对宗教的冷漠，或出于对神的崇敬，同意让孩子们受天主教的熏陶。路易丝并不真信教，但因为她讨厌耶稣教，所以让孩子们信天主教算了。两个男孩都向着母亲，她悄悄使他们疏远肩宽体胖的父亲，夏尔却毫无察觉。老大乔治进了巴黎综合理工学院，老二爱弥尔当了德语教员。爱弥尔的行径有点蹊跷：我知道他一直打光棍，尽管他不喜欢父亲，却处处学父亲的样。父子动辄闹翻，但也有几次使人难忘的和好。爱弥尔神出鬼没，他非常喜欢母亲，一直到死，常常偷偷来看望她，事先并不打招呼。他对母亲又是亲吻，又是爱抚；讲起父亲，先是冷嘲热讽，然后越讲越生气，最后大发雷霆，砰的一声关上门离开母亲扬长而去。我想，路易丝很喜欢爱弥尔，但爱弥尔使她心惊肉跳。这两个粗暴而难处的男人使她头昏脑涨，所以她更喜欢乔治，可惜他老不在身边。爱弥尔一九二七年孤独悒郁而死。在他的枕头底下，发现一把手枪，箱子里塞着一百双破袜子，二十双断跟皮鞋。

小女儿安娜-玛丽的童年是在一张椅子上度过的。父母教她学会无所事事，学会坐正立直、缝缝缀缀。她颇有天赋，但父母让她的天赋荒废掉以显示其高雅；她颇为艳丽，但父母小心翼翼地把她的姿色掩盖起来。这等高傲的小康人家对美的判断可谓高不成，低不就，比他们富裕的或比他们条件差的都可以显示美：他们认为美是属于侯爵夫人和娼妓的。路易丝高傲到了缺乏任何想象力的程度，由于害怕上当受骗，干脆把她孩子、她丈夫、她自己身上最明显的优点否定得一干二净。夏尔则根本不善于察看别人的美，他把美貌和健康混为一谈。自从妻子病了之后，他便与一些想入非非、长胡须、浓妆艳抹的女人来往；只要她们身体健壮，他都可以得到安慰。五十年之后，安娜-玛丽翻开家里的照相簿，突然发现她曾经是很美丽的。

差不多就在夏尔·施韦泽与路易丝·吉尔明结婚的同时,一个乡村医生娶了佩里戈的一位大财主的女儿,在凄凉的梯维埃大街的药房对面安家落户。新婚的第二天,萨特大夫突然发现岳父原来身无分文,一气之下,四十年没跟妻子说话。在饭桌上,他以手势和动作表达思想,妻子管他叫"我的寄宿生"。不过他跟妻子仍旧同睡一张床,往往间隔一段时间,闷声不响地让她鼓一次肚子:她给他生下两男一女。悄悄生下的这三个孩子名叫让-巴蒂斯特、若瑟夫和埃莱娜。埃莱娜很晚才出嫁,嫁给一个骑兵军官,这位军官后来得了疯病;若瑟夫在轻骑兵服役,但很快就退伍寄居在父母家。他没有职业。父亲沉默寡言,母亲乱叫乱嚷,他在两面夹攻之下变得口吃了,从此一生吐词困难。让-巴蒂斯特早想进海军军官学校,为的是要看大海。他当上海军军官后,在交趾支那得了疟疾,病得力竭体衰。一九〇四年他在瑟堡结识了安娜-玛丽·施韦泽,征服了这个没有人要的高个儿姑娘,娶她为妻,并飞快地让她生下一个孩子,这就是我。从此他便想到死神那里求一个栖身之地。

但死并不容易,内热时退时起,病情时好时坏。安娜-玛丽忠心耿耿地照料他,既不失夫妻情分,也谈不上爱他。路易丝早就告诫过她要提防房事:新婚出血之后,便是无休无止的牺牲,以及忍受夜间的猥亵。我的母亲效法她的母亲:只尽义务,不求欢快。她不怎么了解我父亲,结婚前和结婚后一样的不了解,以致不免有时寻思为什么这个陌生人决意死在她怀里。家人把他转移到离梯维埃几法里①外的一座农庄里,他父亲每天坐着小篷车去看他。安娜-玛丽日夜忧心忡忡地看护病人,累得精疲力

---

① 指法国古里,一法里约合四公里。

竭,她的奶水枯了,于是把我送到不远的地方一个奶妈处寄养。我一心一意地等死,因为闹肠炎,或许因为抱恨含冤。我母亲时年二十岁,既无经验,又无人指点,在两个奄奄一息的陌生人之间疲于奔命。疾病和服丧使她尝到了出于利害关系而结婚的滋味儿。我却从中得到了好处:那时候做母亲的自己哺育,而且喂奶的时间很长,要不是我们父子同时病危,我说不定会因断奶晚而遭受磨难。由于生病,我不得不九个月就被强行断奶,发烧以及发烧所引起的迟钝反倒使我对联系母子的脐带突然剪断毫无感觉。我投入了混沌的世界,这个世界充满了单纯的幻景和原始的偶像。我父亲一死,安娜-玛丽和我,我们突然从共同的噩梦中苏醒过来。我的病好了,而我们母子之间却产生了一桩误会:她带着母爱重新养育她从未真正离开过的儿子,而我却在一个陌生女人的膝盖上重新认识了母亲。

安娜-玛丽既无金钱又无职业,决定回娘家生活。但我父亲毫无道理的弃世使施韦泽一家愤愤不平:他简直像是休妻。母亲因为缺乏先见之明,又没有早做准备,被认为咎由自取,谁让她懵懵懂懂地嫁给一个不耐久的丈夫呢。但对待细高个儿阿丽亚娜①怀里揣着孩子回到默东,家里人的态度倒都是无可指责的。我外祖父已经退休,这时他复职就业,并没有一声怨言;我外祖母,虽然得意,但并不喜形于色。安娜-玛丽虽然感激涕零,但在好意相待中猜测到责难。无疑人们情愿接纳寡妇,而不喜欢做母亲的姑娘,但实际上也相差无几。为了得到宽恕,她不遗余力地埋头苦干,操持娘家的家务,先在默东后在巴黎,一概如此。她身兼数职:女管家,女护士,膳食总管,太太陪房,女用人,

---

① 阿丽亚娜是安娜-玛丽的爱称。

但依然抵消不了她母亲无声的怒气。路易丝每天早上排菜谱，晚上结菜账，感到枯燥乏味，但又不容别人替她效劳。她要别人分担她的义务，但又为失去特权而恼火。这个日见衰老而愤世嫉俗的女人有一个自欺欺人的幻觉：她自以为是不可缺少的。幻觉一旦消失，路易丝便嫉妒起女儿来了。可怜的安娜-玛丽，要是消极被动，就说她是一个包袱；要是积极主动，就说她有意掌管门庭。为了绕过第一道暗礁，她必须鼓足全部勇气；为了躲过第二道障碍，她必须含垢忍辱。没有多久，年轻的寡妇重新降为未成年的姑娘：一个带有污点的处女。父母不拒绝给她零花钱，只是老忘了给她；她的行头已经磨损得露线了，我外祖父也顾不上给她置新的。父母几乎不容她独自外出。她的旧友大部分已经结婚了，每当她们邀请她吃晚饭，她必须事先早早儿请求许可并保证十点前有专人把她送回来。这样晚饭吃到一半，主人就得起身离开桌子把她护送到车上。就在这时候，我外祖父穿着睡衣，手上拿着表，在房间里踱来踱去。如果钟打十下，不见女儿回来，他便大发雷霆。邀请日渐稀少了，再说我母亲也嫌这样的乐事太花钱。

让-巴蒂斯特之死是我一生中的大事：他的死给我母亲套上了锁链，却给了我自由。

世上没有好父亲，这是规律。请不要责备男人，而要谴责腐朽的父子关系：生孩子，何乐不为；养孩子，岂有此理！要是我父亲活着，他就会用整个身子压我，非把我压扁不可。幸亏他短命早死。我生活在背负安客塞斯们的埃涅阿斯[①]们中间，从苦海

[①] 埃涅阿斯，特洛亚王子。希腊人围城攻打时，他英勇抵抗；特洛亚沦陷后，他背着父亲安客塞斯并带着孩子逃亡。

的此岸到彼岸,孤苦伶仃,所以憎恨一辈子无形地骑在儿子身上的传种者。我在身后留下一个没来得及成为我父亲的年轻死者,要是他现在复活了,可以当我的儿子。父亲早死是坏事还是好事呢?我不知道,但我乐意赞同一位杰出的精神分析学家对我的判断:我没有超我①。

  人一死了之还不行,还要死得是时候。如果我父亲晚死几年,我本会感到有愧。一个懂事的孤儿应自怨自艾:父母讨厌见他,躲到天国里去了。而我当时却乐不可支,因为我不幸的处境反倒使人敬重,显出我的重要性;我甚至把服丧也看成是一种美德。我父亲很知趣,他负疚而死,因为我外祖母老说他逃避义务,外祖父又正好对施韦泽一家的长寿引以自豪,所以他不容许别人三十岁就去世。因为女婿死得蹊跷,他甚至不相信自己有过女婿。到头来,他干脆把他给忘了。我呢,连遗忘都不需要,因为让-巴蒂斯特溜之大吉,根本不想让我认识他。直到今天,我为自己对他不甚了了感到惊讶。不过,他曾经热爱过生活,想活下去,曾感觉到自己快要死了。造就人的一生,这也就够了。但家里谁也没有使我对这个人产生好奇心。曾经有好几年我都看到我床头的墙上挂着一张肖像:一个矮小的军官,诚实无邪的眼睛,圆圆的秃顶脑袋,浓浓的胡须。等到我母亲改嫁的时候,肖像消失了。后来,我继承了父亲的书,其中有一本勒当泰克②

---

① 萨特用反讽的手法借用弗洛伊德的术语。弗洛伊德认为人的人格可分为三个层次:最底层叫"本我"或"伊特",即无意识或潜意识,所谓支配人的生命的原动力;第二层叫"自我",即现实化了的"本我";第三层叫"超我",即道德化了的自我,即属于道德、良心和理想的意识。这里萨特的意思是,没有受到父亲的任何影响。

② 勒当泰克(1869—1917),法国生物学家,著有《生命的新理论》(1896)、《生命的科学》(1902)等。

关于科学未来的著作,一本韦贝尔①的著作,题为《由绝对唯心主义到实证主义》。我父亲跟他的同代人一样不善于读书。我发现在书页空白处有他一些很难认的潦草的手迹,在我出生前后他曾有所悟,一时浮想联翩,留下这些记载。我把这些书卖了,死者与我太不相干了。我只是听旁人说起过他,就像听人讲"铁面人"②或"埃翁骑士"③一样,而且我所知道有关他的事情都是与我毫无关联的。就算他爱过我,抱过我,用他明亮的眼睛(现在已经腐烂了)饱含爱意地看过我,但谁也记不得了,真是空爱了一场。对我来说,父亲连一个影子都不是,连一个目光都不是。他和我,我们有一段时间在同一个地方使大地承受我们的体重,仅此而已。家人向我暗示我不是某个死者的儿子,而是奇迹造成的孩子。毫无疑问,出于这个原因我淡泊到了难以置信的程度。我不是头头,也从来不想当头头。命令与服从,其实是一码事。连最专横的人都是以另一个人的名义,以一个神圣的无用之辈——他的父亲——的名义下达命令的,把他自己遭受的无形的挨打受骂传给他的后代。我一生中从不下达命令,下命令我就觉得好笑,也使人发笑。这是因为我没有受到权势的腐蚀:人们没有教会我服从。

---

① 韦贝尔(1864—1920),德国经济学家、社会学家和哲学家。
② 传说法国太阳王路易十四出世后立即被宣布为王位的继承人,不料几小时后,他母亲又生下一个男孩,这个男孩应是路易十四的兄长(据说,法国人把双胞胎中后出世的视为哥哥或姐姐)。但王位继承人已经宣布,不能改变,于是王室把他的哥哥赶走。他长大以后,一直神秘地被路易十四关在监狱里,因为孪生兄弟长得很像,阶下囚被戴上"铁面罩",一直到死。
③ 埃翁骑士(1728—1810),法国间谍,他的神秘之处在于人们不知道他到底是男是女。他被国王路易十五派到俄国执行秘密任务,后担任过驻伦敦大使馆秘书,并参加过欧洲七年战争(1756—1763)。1777年他回法国后,接到命令不许脱去女装,因此他很可能是一个男人。

让我服从谁呢？人们给我介绍一个高个儿年轻女子，对我说她是我的母亲。但我自己却把她当作大姐姐。这个处处受到监视、对谁都屈从的"处女"，在我看来，她是伺候我的呢。我爱她，但要是谁都不尊重她，我怎么会敬重她呢？我们家有三间卧室，一间是外祖父的，一间是外祖母的，一间是"孩子们"的。所谓"孩子们"，就是"我们母子俩"：同样的微不足道，同样的受人供养。而一切照顾则是为我而设的。在"我的"房间里，放着一张"姑娘的"床。姑娘独自一个人睡，醒来的时候保持着贞洁。她跑到洗澡间沐浴的时候，我还熟睡着，她回来的时候已经衣冠整洁了：我怎么会是她生的呢？她向我叙述不幸，我同情地听着。等我长大了一定娶她、保护她。我还向她许诺哩：我把手向她伸去，把手放在她的身上，利用小孩的重要地位为她效劳。请想想，我会服从她吗？我宽宏大量地答应她的恳求，再说她从不给我下命令，而是用轻松愉快的话语给我描绘未来，然后赞扬我愿意实现这个未来："我的小宝贝真乖，真听话，乖乖让妈妈点滴鼻剂。"这些甜言蜜语哄得我乖乖就范。

至于一家之主，他活像上帝老人，人们经常把他当作上帝老人的化身。一天他从圣器室进入礼拜堂，教士正以五雷轰顶来威胁对上帝不热忱的信徒："上帝就在这儿！他看得见你们哪！"突然信徒们发现在悬空的讲道台底下有一个高大的大胡子老人在瞧着他们，吓得他们拔腿便跑。外祖父还说，有几次他们曾跪倒在他的膝前。他喜欢显圣上了瘾。一九一四年九月间，他在阿卡雄的一家电影院显圣，当时我母亲和我在楼厅里。他要求开灯，另一些先生在他周围扮天使，大声喊叫："胜利！胜利！"上帝登上戏台，宣读《马恩河公告》①。他在胡须还是黑的时候，

---

① 指《马恩河战役公告》，一九一四年九月的马恩河战役中，法军大捷，从而阻止了德军的入侵，迫使德军后撤。

就已经扮耶和华了,我怀疑爱弥尔是间接地死在他手里的。这个怒气冲冲的上帝嗜吸儿子们的血。好在我出世的时候,他漫长的一生已近尾声,胡子已经花白,烟丝把胡子熏得黄黄的。当老子,他已经没有兴致了。但倘若是他生育了我,我想他一定会情不自禁地控制我的:受习惯所驱使嘛。我幸亏属于一个死者。这个死者生前洒了几滴精液,算是塑造一个孩子所付出的普通代价。所以,我是天上的采邑,外祖父没有产权但可以享用其收益:我成了他奇妙的"宝贝",因为他一直梦寐以求能怡然自得地度过余年。他决意把我看作命运的奇特恩赐,看作一件无偿的礼物,而且随时都可以退回;此外他还能对我有什么要求呢?只要我在他跟前,他就心满意足了。他既是大胡子爱神慈父,也是圣心孝子;他给我做按手礼,我脑袋上感到他手心热乎乎的。他称呼我是他小小的宝贝,颤悠悠的嗓音柔情绵绵,泪水模糊了他那冷冰冰的双眼。大家啧啧称赞:"这个男孩使得他神魂颠倒!"他非常喜欢我,这是显而易见的。但他爱我吗?他那么公开表露情感,倒使我难以识别他这一着的诚意了。我看不出他对其他孩子有很多感情,一则他不怎么常见到他们,再则他们也根本不需要他,而我却处处依靠他:在我身上他欣赏的是他自己的慷慨大度。

　　老实说他有点故作高尚:这个十九世纪的人物如同很多同代人一样自诩高尚,连维克多·雨果本人也不例外,维克多·雨果自诩是雨果主义者①。我外祖父是美髯公,总喜欢哗众取宠,一场戏刚下场便准备重新上场,好似酒鬼喝完一杯又想着下一

---

① 马克思夫人燕妮曾说过:"雨果是一个吹牛专家,用海涅的话来说,雨果不仅仅是利己主义者,而且是雨果主义者。"

杯,我认为他是两门新艺术的牺牲品:摄影艺术和做外祖父的艺术。他的尊容很上照,这是他的造化,也是他的不幸。屋子里到处是他的照片。因为当时还没有发明瞬间摄影,他津津有味地摆出固定的姿势和连续的活动姿态,动辄停住动作,一动不动地摆一个优雅的姿势,从而留下一个一成不变的形象;他醉心于这些永恒的瞬间,以便为自己塑像立影,流传千古。由于他喜欢照连续的活动姿态,他给我留下的印象好似幻灯上硬邦邦的画像:一个小灌木丛,我坐在一个树桩上,时年五岁,夏尔·施韦泽头戴巴拿马草帽,身穿黑条乳白色法兰绒西装,白绳条背心,怀表的链条横贯其间,夹鼻眼镜悬系在一根细绳上,他向我俯着身子,抬起一只戴金戒指的手指,说着话。画面阴暗、潮湿,只有他的大胡子放出白光,犹如绕下巴围着一圈光轮。我不知道他说些什么:我过于战战兢兢地聆听,反而什么也没有听进去。我猜想这个帝国时期的老共和党人在向我传授公民的义务,在给我讲资产阶级的历史:从前有国王、皇帝,都是坏东西,人们把他们赶跑了,于是万事如意,一切皆好。傍晚我们到大路上去等他,我们很容易在走出缆索铁道的乘客中认出他来:高高的身材,迈着小步舞领舞的步伐;他在更远的地方先看见我们,早已拉开架式,听任某个无形的照相师摆布:胡须迎风飘悠,身板挺拔,迈着内八字步,挺胸凸肚,两臂大摇大摆。信号升起,我一动不动地停住,身子向前倾斜,我是起跑的赛跑运动员,是即将飞出鸟笼的小鸟。片刻间我们面面相照,活像一对漂亮的萨克森瓷人。然后我带着水果和鲜花,满载外祖父的幸福,向他扑去,撞倒在他的双膝间,假装上气不接下气。他把我从平地抱起,举向云霄,然后手臂一弯,把我降落在他的心房上,一边轻声说道:"我的宝贝!"这是第二个画面,颇受行人注目。我们俩大演特演滑稽戏,足有一百个种类不同的场面:调情,很快消除的误会,敦厚的戏弄和善意的责怪,多情导致的气恼,柔情绵绵的故弄玄虚和痴情。我们竟然设想有东西阻碍我们相爱,以便享受排除障碍的快乐。我有时蛮不讲理,喜怒无常,但这遮掩不住我那细致入微的敏感。他所表演的高尚而忠厚的虚荣心很适合外祖父的身份。他表现出雨果所推崇的糊涂和溺爱,要是别人只给我面包,他一定给我加上果酱,所以那两位夫人切忌只给我面包。再说我是一个乖孩子,觉得我的角色非常合适,决不肯出让分毫。

确实,我父亲过早的引退使我成为一个不完全的"俄狄浦斯"①:我没有"超我",不错,但我也没有杀气腾腾呀! 我母亲是属于我的,没有人与我争夺这个安稳的所有权,因此我不懂得暴力和憎恨,我不必学会妒忌别人。由于没有碰过钉子,起初我只是通过靠不住的笑容认识现实。我能造谁的反呢?我能反对什么呢?别人纵使为所欲为,可并没有侵犯我呀!

我乖乖地让别人给我穿鞋,往我鼻子里点滴剂,给我刷衣服、洗脸、穿衣服、脱衣服,把我打扮得漂漂亮亮,听凭别人对我爱抚备至。我觉得再没有比做好乖乖更有趣的事了。我从来不哭,很少笑出声,不吵也不闹。四岁的时候,我弄脏了果酱,被人抓住。我想,那是因为我爱科学,而不是出于恶作剧。总之,记忆所及,我就干过这么一件坏事。星期天夫人们有时去望弥撒,去听美妙的音乐,听有名气的管风琴演奏者演奏。老夫人和少夫人并不修行,但别人对宗教的笃信造成一种气氛,使她们也在音乐声中恍若出世,她们听托卡塔曲时才信上帝。我感到这种

---

① 俄狄浦斯,希腊神话传说中的人物,其宿命为杀父娶母。这里作者以玩笑口吻说自己独占母亲,但已不可能杀父。

超凡入圣的时刻其乐无穷:大家都是昏昏欲睡的样子,这时我懂得应该干什么。我双膝跪在跪凳上,把自己变成一尊雕像,连脚趾都不应该动一动;我瞪着眼睛直视前方,连睫毛都不眨一眨,直到眼泪流满双颊为止。当然我在进行提坦巨人①式的搏斗来忍受双腿发麻,但我坚信一定胜利,充分意识到我的力量,毫不犹豫地在心里招来各种罪恶的诱惑,然后一一击退。我要不要站起来高喊"巴搭彭"②呢?要不要爬到圆柱上往圣水缸里撒尿呢?一会儿母亲一定会赞扬我,因为这些浮现在我脑子里的可怕念头被我阻止了。我自欺欺人地装作受苦的样子,以便增添我的荣誉。其实我的邪念并非不可收拾。我太怕出丑了,我只想以我的美德使世人惊诧。这种不费吹灰之力得来的胜利使我确信我天性善良,我只要任其自然,就能受到赞扬。动坏脑筋,出坏主意,即使有这样的事,也是来自外部的,刚一沾上我,就失去生气而衰退。我这块土壤不宜生长邪恶。由于我善于表演德行,我不需要花力气也不需要强迫自己,只要任意编造就行了。我可以演得像公子王孙那样潇洒,使观众屏住呼吸,我把这个角色演得精益求精。人家喜爱我,所以我是可爱的,再简单不过了。世界不是安排得妥妥帖帖的吗?人家对我说我长得漂亮,我也就相信了。一些时候以来,我右眼长了角膜翳,后来使我成为独眼龙和斜眼,当时却一点也看不出来。人们给我拍了许许多多的照片,我母亲用彩笔整修着色。在保存下来的一张照片上,我脸色红润,满头金黄的鬈发,面颊滚圆,平和的目光充满了对现存秩序的敬重;鼓鼓的嘴巴装出不可一世的样子:我知道我

---

① 提坦,希腊神话中的巨人族。乌拉纽斯(又译乌拉诺斯)和地神格伊阿(又译盖亚)所生的子女,共十二人,六男六女,他们是力大无比的巨人。
② 象声词,一般在讲述冲锋陷阵时使用,意思是,白刀子进红刀子出。

的价值。

光天性善良是不够的,还要未卜先知:小孩口中透天机。孩儿们刚从自然脱胎,是风和海的表兄弟。他们的牙牙学语,对于知音者来说,富有广泛但是朦胧的启示。我外祖父曾同亨利·柏格森①横渡日内瓦湖,他说过:"我兴奋得如醉似痴,目不暇接地观赏熠熠闪烁的山峦和波光粼粼的湖水。柏格森却坐在一只箱子上,目不转睛地瞧着两脚之间的那块地方。"他从旅途中这件小事上得出一个结论:诗的沉思胜于哲理。于是他对我沉思起来,在公园里,坐在一张帆布躺椅上,身旁放着一只啤酒杯,他看着我跑来跑去,他想从我含混不清的话语中悟出至理名言。他居然真有所悟。后来我嘲笑过这种痴癫,现在不免后悔,这其实是因为他感到大限将临。夏尔用陶醉来攻克焦虑。他在我身上欣赏着世间奇妙的作品,以便确信一切皆好,甚至连人生可怜的末日也是好的。大自然正准备把他收回自己的怀抱。在山顶树梢上,在海波水浪中,在点点繁星之间,在我幼小生命的发源地,他寻找着归宿。他拥抱大自然,接受大自然的一切,包括为他挖好的坟墓。这可不是真理,而是他的死神通过我的口给他的启示。我幼年平淡无奇的幸福不时夹杂着丧事的气氛,因为我的自由是多亏了一起及时的死亡,我的重要性全靠一起等待已久的丧事。唉,怎么不是呢?阿波罗神殿所有的女祭司都是女死神,这是众所周知的;所有的孩子都是死亡的镜子。

我外祖父把自己的儿子看作眼中钉,这个可怕的父亲一生肆意虐待他们。他们踮着脚进屋,出乎意料地发现老人待在一

---

① 柏格森(1859—1941),法国哲学家,法兰西科学院院士,"非理性主义"的代表人物,一九二七年诺贝尔奖金获得者。

个小孩子的膝旁:真叫他们伤心!在几代人之间的冲突中,孩子和老人往往是携手合作的:孩子传达神谕,老人解释神谕。本性露真情,经验传真知:成年人只有闭嘴的份儿。倘若没有孩子,他们便去找一只鬈毛狗。去年我去过一次狗公墓,在一块块墓碑上的铭文中,我认出外祖父的"至理名言":狗懂得爱,狗比人更温柔、更忠诚,狗的感情细腻,有一种从不出差错的本能,能知善知美、识别好坏。一个伤心欲绝的人说过:"波洛纽斯①,你比我好得多,反倒比我先死,我还苟且活着。"当时有一个美国朋友陪着我,听说此话,他一气之下,朝一条泥铸的狗狠狠踢了一脚,踢碎了一只耳朵。他行之有理,过分喜欢孩子和畜生,其实是厌恶人类。

因此,我是前途无量的鬈毛狗;我预卜未来。我说一些孩儿话,人们记住了,并跟着我说,这样我就学会了创造其他的话。我也讲一些大人的话,会使用"超过我年龄"的话语,而且不走样。这些话语就是诗,办法很简单:信鬼神,信运气,信虚无;从大人那里整句整句地借用,把句子拼拼凑凑,然后学舌地说出来,但并不解其义。总之,我口传的是真正的神谕,别人爱怎么理解就怎么理解吧。"善"产生于我内心的最深处,"真"出自我"知性"幼稚的蒙昧。我信心十足地自我欣赏着。我的举止和言论有价值,自己并不知道,大人却认为是显而易见的。这并没有什么关系,反正我毫不吝惜地向他们奉献我自己享受不到的高尚乐趣。我小丑般的言行披着慷慨大度的外衣:可怜的人们曾为没有孩子而伤心,我心一软,便从虚无中跑了出来,很有一点利他主义的气势;孩儿的外表其实是我的乔装打扮,为的是给他

---

① 波洛纽斯,狗名。

们造成有一个儿子的幻觉。母亲和外祖母常常教我排演下凡出世的场面,因为这乃是绝顶仁慈之举。她们投夏尔·施韦泽之所好,知道他的癖性,知道他喜爱戏剧性的变化,有意为他准备一些意想不到的高兴的事情。夫人们把我藏在一件家具的背后。我屏住呼吸,她们离开屋子或假装把我忘记了。我消失了。外祖父进了屋,无精打采,垂头丧气,看他的表情,好似我根本没有存在过。突然我从小小的藏身处走了出来,承蒙我出世,他感到不胜荣幸,见到我,他立即活跃起来,完全换了一副面孔,向天举起双臂:我的出现使他高兴到了无以复加的地步。一句话,我献出自身,时时奉送,处处赠与,奉献一切。只要我推开一扇门,我自己也感到显圣似的。我把立方形积木一块一块往上砌,从模子里取出沙人:我大声呼叫,一个人应声而出,我又造出一个幸福的人。安排我吃饭,睡觉,按时令变化为我增减衣衫,都是这些拘泥虚礼的人们生活中的佳时良辰和必尽的义务。我当众吃饭活像一个国王,如果我胃口很好,人们便向我道贺,连外祖母也脱口喊道:"他吃得多乖啊!"

　　我不断地创造自己。我既是赠与人也是赠与物。倘若我父亲活着,我就会知道我的权利和义务;他死了,我一无所知。我没有权利,因为爱浸透了我整个身心;我没有义务,因为我出于爱才慷慨给予。唯一的职责是讨人喜欢;一切都是为了装点门面。在我们家,大度宽宏比比可见:外祖父养活我,而我使他幸福;我母亲对每个人忠心耿耿。今天,回想起来,唯有母亲的忠诚在我看来是真的,当时我们却好像闭口不谈。不管怎么说,我们的生活只是一系列的礼仪,我们把时间消耗在互敬互让、虚礼相待上。我尊敬长辈,条件是他们宠爱我。我耿直,开朗,温柔得像个姑娘。我总往好处想,相信别人,大家都是好人,因为大家都是高高兴兴的。我把社会看作是一种功德和权势的严格等级制度。占据阶梯最高层的人把他们所拥有的一切给予处在他们之下的人们。我绝对不会占据最高一级,我知道最高一级是留给严厉而慈善的人们的,他们是维持社会等级的人。我栖身在等级之外的一个小小的阶梯上,离他们不远,我的光芒从阶梯的上端倾泻到下端。总之,我小心翼翼地避开世俗的权势,既不屈就低层,也不高高在上,而是在别处。我是神职文人的子孙,从小就是一个教士。我有红衣主教的慈祥,为了履行神职始终保持好兴致。我平等对待下级,其实这是出于好心,为使他们幸福而编造的谎言,他们在某种程度上受骗上当则是应当的。对女佣,对邮差,对母狗,我说话的语气宽容而温和。在这个等级森严的世界上有穷苦人,也有罕见的怪物,有连体双胞胎,还会发生铁路事故,这种种反常的现象不是哪个人的过错。善良的穷人不知道他们的职责就是为我们提供慷慨施舍的机会,而沿街乞讨的穷人是一些羞怯的穷人,我奔向他们,往他们手里塞一枚两个苏①的硬币,更重要的是,我赐给他们一个平等待人的美丽的微笑。我觉得他们笨头笨脑,所以不爱碰他们,但强迫自己去做,这对我是个考验;而且他们必须爱我,因为这种爱会使他们的生活更加美丽。我知道他们缺乏生活必需品,但我乐于成为他们多余的东西。再说,不管他们怎么不幸,他们的苦楚总不会超过我的外祖父吧。他小时候,天不亮就起床,在黑暗里穿衣服;冬天洗脸,得敲碎水罐里的冰才行。幸亏家境后来好转。外祖父相信人类的进步,我也相信,在我出世之前,人类的进步经历了一条漫长而艰难的道路。

---

① 苏,法国辅币名,一个苏相当于现在五生丁,即二十分之一法郎。

我的家简直是天堂。每天早晨，我醒来的时候总是高兴得不知如何是好，庆幸自己碰到千载难逢的运气，出生在亲密无间的家庭，生长在世界上最美丽的国家。对现实不满的人使我感到气愤：他们有什么可抱怨的呢？他们是反叛者。外祖母特别使我不安，我痛苦地发现她不太欣赏我。实际上，路易丝早就把我看透了。她公开谴责我哗众取宠，但她却不敢责备她的丈夫。她说我是鸡胸驼背的木偶，是小丑，说我做鬼脸出怪样。她命令我不许再"装腔作势"。我尤其感到憎恶的是看出她竟嘲笑我外祖父，这个女人是"否定一切的妖精"。我顶了嘴，她要求我赔礼道歉，但我有恃无恐地拒绝了。外祖父抓住机会表示偏爱，他护着我反对自己的妻子。她受到侮辱而怒不可遏，站起身跑回自己的房间里拒不出门。我母亲惶惑不安，害怕外祖母积仇记恨，低声下气地轻声责怪父亲。他耸耸肩膀，退到自己的工作室去了。母亲央求我去讨饶。我对自己的神通没法不得意忘形：我是圣米迦勒①，我能擒妖除魔。我去到外祖母跟前随随便便地表示了一下歉意，算是了结此案。除此之外，我当然很喜欢她，因为她是我的外祖母嘛。母亲建议我称她"妈咪"，称一家之长夏尔时，用他阿尔萨斯的名字卡尔。卡尔和妈咪，连在一起叫，声音比罗密欧和朱丽叶还好听，比菲勒蒙和包喀斯②还悦耳。母亲每天翻来覆去地对我说："卡尔妈咪等着我们咧，卡尔妈咪

---

① 圣米迦勒，统领天兵武将的大天使。
② 相传菲勒蒙和包喀斯住在佛律葵亚（小亚细亚古地区名）。他们俩慷慨地接待了化装成旅行者的宙斯和赫耳墨斯，而其他居民却拒绝接待他们。两位天神降下大水惩罚佛律葵亚人，只有菲勒蒙和包喀斯幸免。他们俩的名字成了夫妻恩爱的象征。

会很高兴的……"这不是没有用心的。她想用这四个浑然一体的亲切的音节来显示家里人的和睦。我将信将疑,不过我装得十分相信,好似我自己就是这么看的。言语掩盖了事物的实质。我喊卡尔妈咪便能维持家庭亲密无间的团结,并且能把夏尔好大部分德行归到路易丝的头上。外祖母令人怀疑,她天生爱造孽,随时都可能犯过失。但时时都有天使伸出手来阻拦,只言片语的力量就能把她挡住。

确确实实的坏人当然是有的,那就是普鲁士人。他们夺走了我们的阿尔萨斯-洛林和所有的时钟。① 唯有原先搁在外祖父壁炉上的黑大理石座钟还在。说也巧,座钟还是一帮德国学生送给他的哩,不知道他们是从哪儿偷来的。家人给我买汉西②的书,给我看书中的图画,我对画中那些粉红脸蛋胖乎乎的人一点也不反感,相反觉得他们可亲可爱,因为他们非常像我的阿尔萨斯的舅舅们。我外祖父只承认一八七一年的法国版图,他时不时去贡斯巴赫、法芬赫芬看望留居在那里的人。他也带我去。无论在火车里德国检票员向他查票时,或在咖啡馆里德国跑堂对他有所怠慢时,夏尔·施韦泽的爱国怒火便涌上心头,脸气得通红。这时两位夫人紧紧挽住他的双臂:"夏尔!你想过没有?他们会撵我们的,到那时你后悔也来不及了。"外祖父提高嗓门:"我就是要看看他们怎么撵我,我这是在自己的国土上呢!"两位夫人赶紧把我推到他的脚跟前,我用央求的神情望着他,他平静下来,叹道:"看在孩子的分上,算了。"一边用干瘪的手指摸着我的头。这种场面引起我对他的不满,而没有激起我

---

① 法国每个城镇的政府正门高处都有时钟。这句话意思是说普鲁士人占领了阿尔萨斯-洛林各城镇。
② 汉西(1873—1951),阿尔萨斯漫画家。

对占领者的愤慨。再说,夏尔在贡斯巴赫少不了每周对弟媳妇发几次脾气,他常常把餐巾往桌子上一甩,砰的一声关上餐厅的门离去。弟媳可不是德国女人呀!饭后我们跑到他脚前哭哭啼啼,抽抽泣泣,而他脸色铁青,不理睬我们。外祖母说:"阿尔萨斯对他一点好处也没有,他不该这么经常去那儿。"怎么能不同意她的看法呢?况且我不太喜欢阿尔萨斯人,他们对我不敬重。所以,别人把他们抢走,我并不那么懊丧。有人说我到法芬赫芬的食品杂货商勒卢门费尔德先生家去得太勤了,说我屁大的小事都要去惊动他。卡罗利娜婶婶像煞有介事地"提醒"我母亲,人们又将此话告诉了我,这一次,路易丝和我串通一气,因为她很讨厌丈夫的老家。

在斯特拉斯堡,我们聚集在一家旅馆的房间里,我突然听见尖细而明快的音乐声,赶紧跑向窗口,军队!我兴致勃勃地观看普鲁士军队在孩子气的音乐声中列队而过,我拍手叫好,外祖父却坐在椅子上咕咕哝哝;母亲过来轻轻在我耳边提醒我应该离开窗口。我照办了,但有点不情愿,我当然恨德国人啰,不过不那么坚定罢了。何况就是夏尔本人也只能以委婉的方式发泄他的沙文主义情绪。一九一一年,我们离开默东迁居到巴黎勒高夫街一号,他不得不退休了。但为了养活我们,创立了实用语言学院,向旅居法国的外国人教授法语,用的是直接教学法。学生大部分来自德国,学费付得很高。外祖父把金路易①放进上衣口袋里从不计数;外祖母是失眠症患者;她夜里溜到前厅偷偷捞一些金路易据为己有,这是她亲自告诉她女儿的。总之一句话,敌人付钱供养我们。如果法德开战,阿尔萨斯会归还给我们,学

---

① 指第一次世界大战前法国使用的二十法郎金币。

院却要破产,所以夏尔是主张维持和平的。再说也有好德国人,他们来我们家吃饭,如一个脸红红的、汗毛很浓的女作家,路易丝带着几分醋意嘲笑她,管她叫"夏尔心爱的女人";一位秃头大夫,一次把我母亲逼得紧贴门上,企图亲吻她。她怯生生地向她父亲抱怨这件事,外祖父却大为光火:"你使我跟所有的人都闹翻了。"他耸耸肩膀,下结论说:"你一定是睁着眼睛做梦吧,我的女儿。"到头来反倒是她自感有罪。所有的客人都懂得必须对我的品德大加赞扬,他们温顺地捏捏我摸摸我。可见,尽管出身不同,他们隐隐约约也有善的概念。庆祝学院成立周年的时候,来了总有一百多客人,他们喝着蹩脚的香槟酒,我母亲和穆黛小姐合奏巴赫的乐曲。我穿着蓝色平纹细布长罩衣,头发梳得闪闪发亮,宛如插上翅膀,在客人中飘来荡去,托着果篮,敬献橘子,他们啧啧称赞:"真是个小天使!"这么看来,这些人并不太坏啊。

诚然,我们并不因此而放弃替受难的阿尔萨斯报仇雪恨,家人聚在一起的时候,我们把德国鬼子当作笑柄,百般奚落,不过声音很轻,贡斯巴赫和法芬赫芬的表兄弟们就是这样的。我们嘲笑一个女大学生达一百次之多,可谓不厌其烦,为的是她在一次把德文译成法文的练习中出了差错:"夏绿蒂全身酸痛,瘫倒在维特的墓前。"①我们以同样的劲头嘲笑一个年轻教师。他在一次晚餐上,狐疑地端详他那片瓜,末了他竟连瓜子和瓜皮统统吃了下去。德国人出这种洋相反倒使我倾向于宽恕他们,因为他们是劣等人类,好在他们有幸成为我们的邻邦,我们将对他们

---

① 应译为:"夏绿蒂痛心疾首,瘫倒在维特的墓前。"见歌德的《少年维特之烦恼》。

进行启蒙教育。

人常说，没有胡须的亲吻就像没有盐的鸡蛋，我补充一句，就像没有恶的善，就像一九〇五至一九一四年间我的生活。如果说人们只能通过对立的两个方面来确定自己的特性，我却活生生地体现了不能确定性：如果说爱与憎是一枚奖章的正反面，我却既不爱物也不爱人，这是必然的结果，因为人们不可能既要恨又要讨人喜欢，既要讨人喜欢又要喜欢他人。

那么我是不是那喀索斯①呢？倒也不是，我一味卖俏，也就忘乎所以了。总之，我并非兴致勃勃地玩沙子、胡写乱画、小便大便，在我看来，至少要有一个成人赞赏我的产品，我的所作所为才有价值。好在掌声不断，无论听我叽叽喳喳，还是听我演奏巴赫的赋格曲，大人们一概微笑着品尝，神情狡黠，十分默契。这表明我实际上是一件文化家产。文化浸透了我，我以文化的光辉反射着家庭，如同傍晚池塘反射着白日的炎热。

我在书丛里出生成长，大概也将在书丛里寿终正寝。在外祖父的办公室里到处是书，一年只在十月开学的时候打扫一次，平时不许掸灰尘。我早在不识字的时候就已经崇敬书籍，这些竖着的宝石，有的直立，有的斜放，有的像砖一样紧码在书柜架上，有的像廊柱一样堂而皇之地间隔矗立着，我感到我们家是靠了书才兴旺的。我在一间小小的圣殿里嬉戏，周围是一些方方厚厚的古代艺术珍品，它们亲眼目睹我出世，也将给我送终；书不离身使我有一个清静的过去，也使我有一个清静的未来。我

---

① 那喀索斯，希腊神话中的美少年，他看见水中自己的倒影，顾影自怜，相思而死。这是指自我欣赏到自恋的程度。

偷偷地摸摸书、碰碰书,让双手有幸沾一点书上的尘土,但不知拿书做什么用。我每天恭恭敬敬地参加仪式而不解其意:外祖父平时笨手笨脚,连扣手套也要我母亲代办,但摆弄起这些文物来却灵巧得好似主祭司。我千百次看见他心不在焉地站起身来,绕桌一圈,两大步横穿房间,毫不迟疑地抓起一本书,根本不必费时选择。他一边回到扶手椅,一边用拇指和食指翻阅着,刚刚坐定,一下子就翻到了"要找的那一页",啪的一声打开,那声音像皮鞋发响。有时候我走近看看像牡蛎一样裂开的盒子,发现里面赤裸裸的内脏,但见灰白而发霉的纸张微微凸起,覆盖在上面的黑色小静脉,吸饱喝足了墨水,散发出蘑菇味儿。

在外祖母房间里,书是躺着的,这是她从一家阅览室借来的,我从来没有见过一次超过两本。这种无价值的装饰品使我想起过年吃的糖果,因为书页柔软而发亮,很像裁剪好的铜版纸。纸张光亮、雪白,几乎是新的,总带着点儿神秘感。每星期五外祖母梳妆打扮一番,出门时对我们说:"我还书去。"回家后,她摘下帽子,卸了装,从手笼里取出书来。我感到蹊跷,心想:"莫非还是那两本?"她精心地包上书皮,不让人看封面,然后选择其中一本,在靠窗口的安乐椅里坐定,戴上圆框眼镜,疲乏而安乐地叹口气,垂下眼皮,脸上浮现出一种美滋滋的、机灵的微笑,这种微笑我后来在若孔德夫人[①]的嘴唇上重新见到。母亲默不作声,也请我不要说话。于是乎,我想到了弥撒、死亡、睡觉,我浸沉在神圣的静穆中。路易丝时不时发出轻微的笑声。

[①] 若孔德夫人即意大利画家达·芬奇的名画《蒙娜·丽莎》的原型,于一五〇三年至一五〇六年间创作,现藏卢浮宫。人们推测这是佛罗伦萨银行家弗朗塞斯卡的夫人蒙娜·丽莎的画像:她抿嘴微笑,从各个角度看,她都在微笑。

她把女儿叫过去,用指头点着一行字,两位夫人交换一个会意的眼色。不过,我不喜欢这种装订的书,太讲究了。这是我们家的不速之客,外祖父老实不客气地说这些书只为不懂事的人所崇拜,只有娘儿们才欣赏。星期天,他闲着无聊,走进妻子的房间,直挺挺地站在她面前,但无话可讲。众人望着他,他噼里啪啦地敲打玻璃窗,实在想不出新花样,便转身走向路易丝,突然从她手中抢走小说。她怒冲冲地叫道:"夏尔,你干什么?我念到哪儿了?一会儿该找不着啦!"但见他趾高气扬地朗读起来,突然用食指敲敲书,说道:"不懂!"外祖母说:"你怎么会懂呢?你是从当中念起的呀!"于是他把书往桌子上一扔,耸耸肩走了。

外祖父绝对不会错的,因为他是内行。我很清楚,他曾经指给我看书柜的一格上放着好些大本大本的书,硬纸褐色布贴面。"小乖乖,这些书是外公我编写的。"多么令人自豪啊!我是专门生产圣物的能工巧匠的外孙。他像管风琴制造者一样令人尊敬,像为教士做衣服的裁缝一样可敬。我看见过他著书:每年再版一次《德语读本》。暑假里,全家焦急地等着校样。夏尔是不能容忍无所事事的,他对虚度光阴非常恼火。邮差终于送来了大包大包软邮件,家人用剪刀铰断细绳。外祖父打开长条校样,摊在餐室的饭桌上,他在校样上画一条条红杠杠,每发现一个印刷错误,就嘀咕着骂天咒地。女用人叫开饭时,他才停止嚷嚷。全家都高高兴兴的。我站在椅子上,陶醉地观赏着条条黑字和贯穿其间的血红条痕。夏尔·施韦泽告诉我他有一个死对头,那就是他的出版商。外祖父不善于算账,他因为无忧无虑而挥霍无度,因为爱出风头而慷慨解囊,结果到了风烛残年时,他得了八旬老人的吝啬病,那是肢体不灵和怕死所造成的。不过当时这种毛病还只是表现为一种古怪的多疑。每当他收到汇款单,看到作者版权的金额时,双臂举起,叫嚷别人掐他的脖子,要不然走进外祖母的房间,阴沉沉地声称:"我的出版商抢了我的钱,简直是绿林大盗。"我目瞪口呆,惊讶之余发现了人剥削人。这是十恶不赦的现象,幸亏范围有限,否则世界倒是十全十美的。不过人说老板按照工人的贡献在可能的范围内给以报酬。那么为什么出版商,这些吸血鬼,要损坏这一美名而大吸我可怜的外祖父的血呢?这位圣人的一片献身精神没有得到报偿使我对他倍加尊敬:我很早就把教书看作是一种圣职,把文学看作是一种激情了。

我还不识字,但为了赶时髦,要求有我的书。于是,外祖父跑到他的混账出版商那儿要来了诗人莫里斯·布肖写的《布肖故事集》,里面是几篇民间传说,经过改头换面适合于儿童的口味。据作者自己说,他这个成年人以儿童的眼光进行编写。我想立即举行接收仪式。我捧起这两本小书,闻了闻,摸了摸,漫不经心地翻到"要找的那一页",发出啪啪的响声。结果白费了力气,因为我并没有占有它们的感觉,我力图把它们当作玩具娃娃,哄哄,吻吻,打打,也不成功。我只得哭丧着脸把书放到母亲的膝盖上。她眼睛离开了活计,抬起头对我说:"你要我给你念什么啊,亲爱的?仙女吗?"我疑惑地问道:"仙女?这里面讲仙女吗?"仙女的故事我是很熟悉的,母亲经常讲给我听。她给我洗脸的时候讲,只在给我擦花露水时停一停;她给我洗澡的时候也讲,到浴缸底下捡从她手上滑下去的肥皂时停一停。所以我现在听起来心不在焉,这样的故事我太熟悉了。我一个劲儿地瞅着安娜-玛丽,她是我每天清晨的侍女;我专心地听着她战战兢兢的声音,这声音是由于她的地位低下所造成的。我喜欢她那些半句半句的话,姗姗来迟的词语。她说话时猛一上来很有把握,但很快就乱了阵脚,败下阵来,她的自信消失在悦耳动听的稀疏的话语中,但一阵缄默之后,她的自信又重新抬头。故事,通过讲故事,她把内心的独白串连在一起了。她讲故事的时候,我们俩始终单独和秘密地在一起,远离人间,远离诸神,远离教士,好似两只带角的母鹿①,和其他成仙的鹿在一起。我不明白人们居然把我们散发出肥皂和香水味的世俗生活片段写进了整整一本书里。

安娜-玛丽让我在小椅子上跟她面对面坐着。她弯下腰,垂下眼皮,好似睡着了。她的脸酷似塑像,嘴里发出无动于衷的声音。我完全糊涂了:谁在讲故事?讲什么?讲给谁听?母亲完全进入了角色,没有一丝微笑,没有一点默契的表示,我被弃置不顾了。再说,我已经听不出是她的语言了。她哪儿来的这份自信呢?过了一会儿,我才明白,这是书在说话。从书里跳出来的句子使我惊恐不已,这可是真正的蜈蚣呵:音节和字母麇集在一起乱蹿乱动,二合元音拉得长长的,双辅音哆哆嗦嗦的。琅琅的读书声中鼻音很重,虽然休止和换气时稍断一断,但仍旧浑然一体,抑扬顿挫地带着许多我不懂的词语向前流动,根本不搭理我。有时候没有等我明白,就滑过去了;有时候我早已明白,却大模大样地摇来摆去一直拖到终点,连一个逗号也不给我落下。毫无疑问,这篇宏论不是为我而发的。至于故事,则经过一番节日的打扮。樵夫、樵夫的老婆以及他们的两个女儿,还有仙女,所有这些平民百姓,我们的同类,都变得庄严郑重起来了。人们用华丽的笔调来描述他们褴褛的衣衫,言词装饰着事物,使行动礼仪化,使事情仪式化。故事讲到这里,就有人发问,这是因为

---

① 母鹿没有角,意思是尤物。

外祖父的出版商专门出版学校读物,就是说他不肯失去任何机会训练年轻读者的智慧。我好像感到有人在向一个孩子发问:要是处在樵夫的地位,他会干些什么呢?他喜欢两姐妹中的哪一位呢?为什么?他赞成惩罚巴贝特①吗?这个孩子不完全是我吧,我可害怕回答呀。不过我还是做了回答,但我微弱的声音消失了,感到自己变成了另一个孩子;安娜-玛丽也是,也变成了另一个女人,带着"天眼通"瞎子的神情。我感到我是所有母亲的孩子,她则是所有孩子的母亲。母亲停下不念了,我生气地从她手里夺回书,夹在腋下走了,连谢也不谢一声。

久而久之,我喜欢上使我神往的啪嗒翻书声:莫里斯·布肖眼观世界,关怀着儿童,宛如大商店的各部门主任关照着女顾客。我十分得意,无意中喜欢上预先编好的故事,而不怎么喜欢即兴的故事了。我对言词前后严密的排列开始具有感受力,每念一遍,书上都是同样的词,都是同样的秩序排列,可以事先盼着。在安娜-玛丽的故事里人物则是瞎碰运气的。就像她自己瞎撞瞎碰一样,但最后人人各得其所。而我好似在做弥撒,人名和事情周而复始地在我耳边缭绕。

我于是嫉妒起母亲来,决心取她而代之,强夺了一本书,书名是《一个中国人在中国的苦难》。我拿着书躲到堆杂物的房间里,爬到一张有栏杆的铁床上,摆出一副读书的样子:我顺着一行一行黑字往下看,一行也不跳过。我大声地给自己编讲故事,并且注意发清楚每个音节。家人无意撞见了我——也许我故意让人撞见——喜出望外,决定教我识字。我很勤奋,活像初学教

---

① 巴贝特,故事中的女孩名。

理的人,甚至于自己开小灶上课:我带着埃克多·马洛①的《苦儿流浪记》爬到围栏式铁床上学起来。这个故事我记得很熟,一半靠死记硬背,一半靠连蒙带猜,反正我一页接着一页地往下念,等念完最后一页,我已经学会念书了。

我欣喜若狂:这些像在标本盒里的植物一样被晒干的声音,现在也属于我了。先前外祖父用目光使干枯的声音复活:他听得明白,我却听不明白。现在我也会听了,也会满口讲客套话了。我将上知天文,下知地理。家人任凭我在书房里漂泊,我向人类的智慧发起了进攻,这使我获益匪浅。后来,我无数次听到仇视犹太人的家伙责骂犹太人不懂得大自然的含义和不会欣赏静谧的甜美。针对这种论调,我反驳道:"那么,我比犹太人还犹太人。"农民对幼年的记忆是杂乱无章的,只记得如何天真烂漫地淘气,而我所记忆的东西却跟他们大相径庭。我没有扒过土,没有掏过窝,没有采集过植物,没有扔石头打过鸟。然而,书是我的鸟和窝,书是我的家畜和畜棚,书是我的乡间。书柜是一面镜子,把世界一并收入其间。它与世界一样无边无际,千姿万态,变幻莫测。我投入了难以置信的冒险,为达到书柜的高处,得爬椅子、登桌子,大有引起山崩地裂把我埋没的危险。最高一格的书我一直够不着,有些书刚发现就被人从我手中夺走了。还有些书跟我捉迷藏,我取出来刚念了个开头便放回原处,要一个星期方能重新找到,可见放错了地方。我看到了丑恶的东西,心里直发毛;打开一本画册,碰到一版彩色画,面目可憎的昆虫在我眼前麇集蠕动。我趴在地毯上,枯燥无味地浏览着封特奈尔②、阿里斯

---

① 埃克多·马洛(1830—1907),法国作家,《苦儿流浪记》是他的代表作。
② 封特奈尔(1657—1757),法国作家,高乃依的侄子。曾任科学院常务秘书。著有《宇宙万象解说》。

托芬①、拉伯雷②的著作,文句硬邦邦的,我怎么也啃不动。于是我仔细观察,绕着圈子走,假装躲得远远的,然后突然出其不意,一个回马枪,攻其不备,但多半没有用,不懂的句子依然严守秘密。我成了拉佩鲁斯③、麦哲伦④、伐斯科·德加马⑤。我发现千奇百怪的"土著人",如泰伦斯⑥用亚历山大诗体写的剧本《Heauton Timoroumenos》⑦,又如在一本论比较文学的著作中出现的 idiosyncrasie⑧。尾音省略,交错配列法,典故以及无数其他像卡菲尔人⑨般的难以捉摸和不可接近的词语不时出现在某页的某个角上。只要它们一出现,整段的意思就被搞得支离破碎。这些佶屈聱牙和晦涩难懂的词语在十年或十五年之后我才知道是什么意思,但时至今日,还没有彻底弄明白:这是我记忆的腐殖土。

书柜里净是法国和德国的伟大经典著作,此外有一些语法书,几本著名的小说,如莫泊桑短篇小说集之类,几本画册——一本鲁本斯⑩画册,一本梵狄克⑪画册,一本丢勒⑫画册,一本伦

---

① 阿里斯托芬(约公元前445—前386),古希腊最著名的喜剧家。
② 拉伯雷(约1494—1553),十六世纪法国文艺复兴时期最重要的作家,著名长篇小说《巨人传》的作者。
③ 拉佩鲁斯(1741—1788),法国著名航海家,受路易十四派遣,前往发现新大陆,被瓦尼科罗岛的土著人杀害。
④ 麦哲伦(约1480—1521),葡萄牙航海家,他首次进行环球旅行时,在菲律宾被害。
⑤ 德加马(约1469—1524),葡萄牙航海家,于一四九七年发现可以从好望角通往印度。
⑥ 泰伦斯(公元前190—前159),迦太基人,后沦为罗马奴隶,著名的拉丁语喜剧家,留下六部喜剧。
⑦ 拉丁文:《赎罪者》。
⑧ 医学术语:特应性。
⑨ 卡菲尔人,系指非洲东南部沿海一带说班图语的部分居民。
⑩ 鲁本斯(1577—1640),比利时画家。
⑪ 梵狄克(1599—1641),比利时画家。
⑫ 丢勒(1471—1528),德国画家和雕刻家。

勃朗①画册——这些是外祖父的学生作为新年礼物送给他的。可怜的小天地。好在《拉鲁斯大词典》为我弥补了一切,我随手从写字台后面的书柜倒数第二格上取下一卷,A-Bello,Bello-Ch,Ci-D,Me-le-Po,Pr-Z②(这些音节的组合成了专有名词,划定着包罗万象的知识领域:有 Ci-D 区域,有 Pr-Z 区域,各自有各自的动物区系和植物区系,各自有各自的城市、大人物、战役等);我吃力地把词典放到外祖父的写字垫板上,把它打开,一本正经地在里面掏鸟窝捉鸟,捕捉停在逼真的花上活灵活现的蝴蝶。书里人畜皆有,栩栩如生。版面是他们的躯体,正文是他们的灵魂,是他们独特的精髓。我们一出家门遇见的则是轮廓模糊的草图,多少近乎原型,未臻完善:动物园里的猴子反倒不大像猴子,卢森堡公园里的人反倒不大像人。我骨子里是柏拉图学派的哲学家,先有知识后见物体。我认为概念比事物更真实,因为我首先接受的是概念,而且是作为实实在在的事物加以接受的。我在书中认识宇宙,对天地万物进行了一番融会贯通,分门别类,贴上标签,稍加思索,但此后,依然感到宇宙可畏,我把自己杂乱无章的书本知识和现实情况的偶然性混为一谈。由此产生了我的唯心主义,后来我花了三十年的时间方始摆脱。

　　日常生活是清高的:我们所交往的人老成持重,他们口齿伶俐,言不虚发,他们的信念不是建立在健全的原则上,便是以民族的智慧为依据。其实他们与众不同之处,不过是心灵上的一种矫饰主义,我却耳濡目染,习以为常了。他们一发话,我就心悦诚服。他们讲得既透彻又简洁,言之有理,不容置疑。他们想为自己的行为辩护时,申述的理由是那么冗长可厌,不可能没有道理吧。他们

---

① 伦勃朗(1606—1669),荷兰著名画家。
② 词典按二十六个字母的顺序排列,如第一卷的第一个词是 A,最后一个词的词头是 Bello,封面上标着 A-Bello,下列各卷,以此类推。

自鸣得意地披露自己的良心问题,这并没有使我心绪不宁,反而对我颇有裨益,因为这种良心上的冲突是假的,事先早已解决好了的,而且总是千篇一律。他们的过错,一旦自己承认之后,便无足轻重了。因为操之过急,或一时气愤——尽管合情合理,但也许火气太大了一点——使他们的看法发生了偏差,好在他们早已及时改正了。而不在场的人总是错的,并且比较严重,但不是永远不可饶恕的。在我们家里从不讲别人的坏话,只是不胜伤心地指出别人性格上的缺陷。我聆听着,理解着,赞同着,感到他们的话使人放心。既然讲话的目的是使人放心,那么我讲的话也不会出错了。任何事情都不是无可救药的,实际上什么都没有变动;表面上的骚动徒劳无功,掩饰不了死一般的寂静,然而死气沉沉正是我们应守的本分。

我们的客人告辞后,我自个儿留下来,从这平庸的墓地逃跑,到书里去寻找生活,寻找欢乐。只要打开一本书,我便再次发现书中的思想不合人情,令人担忧,其浮夸和深奥之处超过了我的理解力,行文从一个概念跳到另一个概念,迅速之极,一页之内我得中断无数次,无奈任其逃之夭夭,我莫衷一是,已经晕头转向了。我亲眼目睹一些事情,要是问外祖父,他决计认为不可置信,书中却白纸黑字写得清清楚楚,明明白白。人物出其不意地出现,相亲相爱,吵架闹翻,互相扼杀;幸存者忧伤成疾,最终一命呜呼,到九泉之下与他刚杀害的朋友或温柔的情妇会合去了。应该怎么办呢?我也要像成人一样或指责,或祝贺,或宽恕吗?但这帮标新立异的人物一点儿也不想按我们的原则行事。他们的动机,即使写出来,我也不明白。布鲁图斯①杀死他的儿子,马特奥·法尔科纳②也

---

① 布鲁图斯,罗马共和国创建人之一,于公元前五○九年推翻帝制,宣布共和,被选为罗马共和国第一任执政官。因其子与皇党勾结,他大义灭亲,把谋叛的儿子判处死刑。

② 法国十九世纪作家梅里美短篇小说《马特奥·法尔科纳》中的主人公。因其子做了背信弃义的事而将儿子处死。

这么干,可见这等事似乎相当普遍。不过在我周围谁也没有干过这种事。在默东的时候,外祖父和舅舅爱弥尔闹翻了,我听见他们在花园里吵吵,但看不出他想宰儿子。要不然他怎么会谴责杀婴之父呢?而我不置可否,反正我自己并未面临危险,因为我是孤儿嘛。这类大肆炫耀的凶杀案,我感到可乐。不过在故事的行文中我感到有一种啧啧称赞的味道,这使我莫名其妙。对贺拉斯①,我好不容易克制住自己没朝他的画像上吐唾沫,瞧他那副德行,在画面上他头戴钢盔,手持光亮的宝剑,正在追赶可怜的卡米叶哩。卡尔有时哼哼:

近戚远亲,

不如兄妹手足之情……

这使我神魂颠倒:倘若我万幸有一个妹妹,我会感到她比安娜-玛丽更可亲吗?甚至比卡尔妈咪更可亲吗?说不定她便是我的情人。情人这个词,我当时经常在高乃依的悲剧中见到,但不解其意。情人们拥抱亲吻,海誓山盟永睡一张床(稀奇古怪的习惯:为什么不像我和母亲那样分开睡在两张相同的床上呢?)。除此之外,我一无所知。然而我揣测到在冠冕堂皇的构思里藏着一团毛茸茸的肉体。总而言之,要是我当哥哥,说不定会犯乱伦罪呢。我大胆地设想着。想入非非吗?掩饰禁忌的情感吗?两者都很有

---

① 法国古典主义戏剧创始人高乃依(1608—1684)的悲剧《贺拉斯》的主人公。剧情取材于古罗马故事。罗马和阿尔巴的战争持续多年,最后双方决定,各方出三人,败者的国土将被胜者吞并。贺拉斯孪生三兄弟代表罗马一方,对方是居里亚斯孪生三兄弟。决斗开始后,最小的贺拉斯见两个哥哥已战死,便佯作逃跑。然后回马将三个受伤的敌手各个击破,一一杀死。贺拉斯凯旋,他妹妹卡米叶知道情人被杀(因她已与居里亚斯一兄弟订婚),站在城门上指责他。贺拉斯勃然大怒,当场杀死了自己的妹妹。

可能。我有一个大姐,就是我的母亲;我希望有一个妹妹。今天——一九六三年——母亲依然是唯一使我动感情的亲属①。我千错万错不该到妇女们中去寻找这个从未存在过的妹妹,难怪我碰了钉子,并为此付出了代价。尽管如此,时至今日我写到此事,当年为卡米叶惨遭杀害而愤愤不平的怒气又涌上心头。她是那样的纯洁,那样的活泼,以致我想贺拉斯的罪行兴许是我反军国主义的一个思想来源:军人居然杀害自己的姐妹。我要给这个兵痞一点颜色看看。我恨不得一下子吊死他!十二发子弹一齐打进他的身子才解气。我把这一页翻了过去,然而下一页上的印刷文字证明我错了:应该宣告杀妹妹的人无罪②。顷刻之间,我气急败坏,跺脚捶胸,活像一头上了圈套的公牛,灰心丧气。之后,我赶紧平息怒气,事情总有个始末呀!应该适可而止:我太年轻了,把什么都搞得颠三倒四的。再说,宣告无罪这一节正好是用为数很多的亚历山大诗体写的,难懂极了,我急不可耐地跳了过去。我喜欢这种一知半解,故事里有许多地方不理解,这就使我感到迷迷惘惘。我读了二十遍《包法利夫人》的最后几页,末了能把整段整段背得滚瓜烂熟,但依然不明白可怜的鳏夫的所作所为:是

---

① 作者原注:将近十岁的时候,我读到《横渡大西洋的客轮》(法国作家阿贝尔·埃芒〔1862—1950〕的作品。——译者),心神酣畅。书里讲一个美国小男孩和他妹妹的故事。他们青梅竹马,两小无猜。我自己扮演男孩,深入他的角色,热恋着小姑娘比蒂。我很久以来一直想写一个短篇小说,讲一对因心中有乱伦的念头而迷途的孩子。不过在我的一些著作中,已能找到这种幻觉的蛛丝马迹。例如,在《苍蝇》中的俄瑞斯忒斯和厄勒克特拉,在《自由之路》中的鲍里斯和依维什,在《阿尔托纳的隐居者》中的弗朗茨和莱妮。只有弗朗茨和莱妮这一对付诸行动。这类家庭关系,引起我注意的并非是情欲,而是禁止性交:火与冰,纵情与节制交错在一起;如果乱伦是柏拉图式的,我倒挺喜欢。

② 贺拉斯杀死妹妹卡米叶之后,有人把事情告到国王那里。经过一番辩论,国王对贺拉斯说:"你的美德使你的荣耀超过你的罪过。"从而保护了贺拉斯。

的,他发现了信①,但难道就有理由听凭胡子乱长吗?他向罗道耳弗投以忧郁的眼光,对他记仇抱恨,到底仇恨什么呢?那他为什么又对罗道耳弗说"我不恨你"呢?为什么罗道耳弗觉得他"滑稽和有点儿卑贱"呢?之后,查理·包法利死了,忧郁而死的呢?还是生病而死的呢?既然一切都了结了,那为什么医生还剖检他?我喜欢这种难以克服的阻力,因为每每我都败下阵来。我莫名其妙,筋疲力尽,领略着似懂非懂、模棱两可所激起的快感,这就是所谓世界的厚度吧。

外祖父爱在家里唠叨所谓人心,我觉得这既乏味又空洞,除了在书本里,人心到处都是一个样子。使人眼花缭乱的姓名决定着我的情绪,时而使我恐怖万状,时而使我郁郁寡欢,连我自己也不知道由于什么缘故。当我念叨着"查理·包法利"的时候,仿佛看见一个衣衫褴褛的大胡子在围墙里散步,简直让人不堪忍受,定睛一看,又无影无踪了。导致我既焦虑又快乐的原因是在我身上存在着两种矛盾的忧虑:一方面我担心一头栽进虚构的天地里,在里面陪着贺拉斯、查理·包法利游荡不止,无望重新回到勒戈夫街,回到卡尔妈咪和母亲身边;另一方面我推想着这一连串的句子对成年读者提供的一些意义,而这些意义对我则是回避的。我通过眼睛往脑子里灌进一些有毒的词儿,这些词的含义比我原先知道的要丰富得多。虚构的故事与我并不相干,但故事人物怒不可遏的言语有一种外来的力量,在我身上引起一种难以忍受的忧伤,简直能把一个人的生命给毁了:我是否也会感染中毒而死呢?我贪婪地吸收语言的同时,深深地被形象吸引住了,幸亏上述两起危险彼此排斥,我方始得以逃生。

---

① 查理·包法利在妻子自杀之后,发现了她的情人罗道耳弗写给她的情书。

日暮时分,我陷落在词丛语林里不能自拔,稍微有一点儿声音都会使我哆嗦,把地板咯啦咯啦的响声当作感叹词在噼里啪啦作响,我满以为找到了大自然的语言。这时母亲进来,打开灯,大惊小怪地叫着:"可怜的乖乖,你糟蹋自己的眼睛啊!"我好不失望地回到家庭平庸的谈吐中来,同时又感到宽慰。我跳将起来,撒野,大叫,乱跑,做怪样。不过,恢复童性之后,我仍感不安:书里讲些什么?谁写的书?为什么写这些书?我把这些忧虑开诚布公地向外祖父倾吐。他经过思索之后,认为该给我开窍了。他干得挺出色,给我留下了深深的烙印。

他一面让我骑在他绷直的腿上,一面唱道:"骑在我的小马上,马儿跑得快如飞,连连放臭屁。"听到这不堪入耳的歌词,我不禁大笑。他停住唱,让我坐在他的双膝上,目光炯炯,直盯着我的眼睛说:"我是男子汉大丈夫。"并像演说似的重复道:"我是男子汉大丈夫,无论人间什么事,一概通晓。"这话未免夸海口了。其实像柏拉图的"共和国"里没有诗人的位置一样,卡尔把工程师、商人,可能还有军官统统排斥在他的"共和国"之外。他认为建设工厂是破坏风景,对纯理论科学,也只欣赏其纯。我们在盖里尼度过七月下半月,我舅舅乔治带我们参观铸造厂。厂里很热,一些穿着破旧的粗鲁人挤来挤去老是撞着我们,巨大的嘈杂声震得我昏头昏脑。我害怕得要命,无聊得要死。外祖父出于礼貌看着熔液赞不绝口,但他视而不见,根本没往眼里去。可八月份在奥弗涅时大不一样了。他串乡走镇,到处搜索,在古代砖砌建筑前面站定观看,用手杖头敲敲砖,兴致勃勃地对我说:"你眼前所看到的,小乖乖,是高卢罗马时代的砖墙。"他也很欣赏教堂建筑,尽管厌恶天主教徒,但只要见到教堂是哥特式的,少不了要进去看看;至于罗马风格的教堂,这要根据他的情绪而定。那时他已不怎么去听音乐会了,但以前常去:他喜欢贝多芬,喜欢演奏贝多芬音乐时的排场和大乐队;他也喜欢巴赫,但劲头不大。有时他走近钢琴,并不坐下,用僵硬的手指使劲弹几个和弦。外祖母抿嘴笑着说:"夏尔在作曲呢!"他的儿子们——尤其是乔治——个个都是杰出的演奏者。但他们讨厌贝多芬,只愿意演奏室内音乐。外祖父倒不在乎这些意见分歧,而且和颜悦色地说:"施韦泽一家天生就是音乐家。"我生下才八天,听到调羹叮当响时乐呵呵的,他便断定我的耳朵有乐感。

彩画玻璃窗,拱扶垛,雕门画栏,赞美歌,木刻或石刻的耶稣受难像,诗文默祷或诗律学,种种这类人文科学,直截了当地把我们引到超凡的精神境界,再加上自然界的美,更使我们感到进入了仙境。上帝的创造物和人类伟大的作品是一脉相承的。彩虹在雾气腾腾的瀑布中闪烁,在福楼拜作品的字里行间闪闪发光,也在伦勃朗透明阴影的画幅上荧荧发亮,这道彩虹就是灵魂。灵魂向上帝赞扬人类,向人类显示上帝。我外祖父在"美"中看出有血有肉的"真",在"美"中发现最高尚的升华源泉。在某些特定的场合——如暴风雨突然在山中暴发之时,或维克多·雨果灵感迸发之际——人们可以达到"真""善""美"浑然一体的最高点。

我已经有了自己的宗教信仰:在我看来,没有任何东西比书更为重要。我把书房看作教堂。作为教士的子孙,我生活在世界屋脊之上,所谓世界屋脊,就是七层楼上吧。我栖在主干——树干——的最高处,即电梯井的顶部。我在阳台上走来走去,向行人投以居高临下的目光,越过栅栏门,向跟我同岁的女邻居吕塞特·莫罗致意;然后回到 Cella①,或者说圣殿。我金发鬈鬈,

---

① 拉丁文:神殿。

长得像个小姑娘,从不亲自下楼,每当——也就是说每天——我由母亲领着去卢森堡公园,只是把我不值钱的外表借给低处罢了,而我享天福的圣身并没有离开高处。我想现在它还在高处,凡是人都有他的自然地位,这个自然地位的高度不是自尊和才华所能确定的,而是儿童时代确立的。我的自然地位就是巴黎七层楼,能看见千家万户的屋顶。曾有很长一段时间,山谷使我感到窒息,平原使我气闷,好像在火星上步履艰难地爬行,犹如肩负重荷,被压得透不过气来。但只要爬上乡间低矮的小屋顶上,我便乐不可支,好似回到我的七层高楼上,我在那里再一次呼吸到纯文学稀薄的空气,天地万物层层铺展在我的脚下。万物个个谦恭地恳求有个名字。给每个事物命名,意味着既创造这个事物,又占有这个事物。这是我最大的幻觉。但要是没有这个幻觉,我大概绝不会写作了。

今天,一九六三年四月二十三日,我在一幢新楼房的第十一层上修改这部手稿。凭敞开的窗户眺望,我看见一座公墓,看见巴黎,看见圣克卢蓝湛湛的山丘,足见旧习之顽固。不过现在一切都变了。儿时,我确实想配得上这样的高度。如此喜欢高楼顶部的小房间,总怀着一点野心吧,总有点虚荣心吧,总想对我矮小的个子有个补偿吧,不,不见得,因为我不需要往我的圣树上攀:我就出生在上面,只是拒绝下来罢了;亦并非要把自己高高置于人类之上,而是想在太空中遨游,生活在事物空灵的幻影中间。但后来我根本没有死抓住热气球不放,而是千方百计要往下沉,恨不得给自己穿上铅底鞋。幸运得很,有时我接触到海底细沙上的珍奇,由我这个发现者给它们命名。但有时毫无办法,我的轻薄不可抗拒地使我浮在水面上。到头来,我的高度计出了毛病。时而我是浮沉子,时而我是潜水员,有时则两者皆是。不过,这对于干我们这一行倒挺合适:出于习惯,我住在空中,同时到下面去探索,但不抱太大的希望了。

总得给我讲讲作家吧。外祖父给我讲得很有分寸,而且不带感情。他教我念这些杰出人物的姓名,我自个儿待着的时候,把这个名单统统背了下来,从赫西奥德①到雨果,一个不漏,他们是圣人和先知哟。据夏尔·施韦泽自己讲,他对他们顶礼膜拜。但他们把他带坏了。他们老缠着他,使他不能把人类的杰作直接归功于圣灵。所以他暗中更喜欢无名氏,更喜欢那些谦虚地隐姓埋名的大教堂建造者,更喜欢无数的民歌作者。他不讨厌莎士比亚,因为莎氏其人到底是谁至今还未确定。出于同样的理由,他对荷马②也不反感。他还喜欢几个不能完全肯定是否存在过的作家。至于那些不愿意或不善于销声匿迹、隐姓埋名的作家,他尽量原谅他们,但有一个条件:他们必须是已故的。对于他同代的作家,他则一概否定,只有阿那托尔·法朗士③和库特林纳④除外,后者能逗他发笑。夏尔·施韦泽颇为自豪地享受着人们对他的敬意:敬重他的高龄,敬重他的修养,敬重他的俊美,敬重他的德行,这位路德教教徒情不自禁地认为他家福星高照,他想的和《圣经》上说的完全一致。在饭桌上,他有时静心默想,回顾一生时自鸣得意,感慨万端地悟出:"我的孩子们,一生清白而毋庸自责是多么好啊!"他热情奔放,道貌岸然,

---

① 赫西奥德,公元前八世纪末至前七世纪初的古希腊诗人。长诗《工作与时日》是他的代表作,谴责贵族的骄横,歌颂农业劳动,介绍了不少农事知识。
② 荷马(约公元前九至前八世纪),古希腊行吟诗人。关于荷马是否确有其人,其生存年代、出生地点以及两部史诗《伊利昂记》和《奥德修纪》的形成,争论很多,构成欧洲文学史上的所谓"荷马问题"。
③ 阿那托尔·法朗士(1844—1924),法国小说家,以文笔俏皮含蓄著称。
④ 库特林纳(1858—1929),法国作家、戏剧家,善于塑造滑稽可笑的人物。

高傲自尊，追求高尚。其实这一切掩盖着一种畏缩不前的个性。这种个性的形成和他的宗教信仰有关，和他生活的时代有关，和教育界，即他的社会环境有关。正因为如此，他暗暗厌恶他那些藏书的作者们，这些著书立说的大名人全是无恶不作的坏蛋，他内心认为他们的书简直不像话。而我却搞错了，把这种表面上热情推荐而实际上持保留态度看作是鉴赏家的严峻；他神圣的职业使他凌驾于这些大名人之上。不管怎么说，这位祭司向我提示，天才无非是一种借贷：要想称得上天才，必须吃得苦中苦，必须谦虚地、坚定地经受千锤百炼。这样下去，你就会听到有神圣的声音为你启示，而你只需挥笔直书。

从俄国第一次革命到第一次世界大战年间，在马拉美①死了十五年之后，正当达尼埃尔·德·丰塔南发现《地粮》②的时候，一个十九世纪的人向他的外孙灌输路易-菲力普时代流行的思想。有人这样解释农民守旧心理的起因：父亲下地干活，把儿子交给祖父祖母照管。这样，我起步时就比别人的思想落后八十年。我该抱怨吗？不知道，反正在我们社会的演变中有时后退意味着前进。不管怎么说，外祖父把这根硬骨头扔给我啃，我居然啃得那么干净，以致能从骨头缝里看人生。原先外祖父暗暗地想通过这些作品来使我讨厌其作者。但他得到了相反的结果：我把才华和功德混为一谈。这些正直的作者很像我：当我挺乖的时候，当我勇敢地忍着疼不哭的时候，我有权得到赞扬，得到奖赏，这就是所谓的童心。夏尔·施韦泽给我看这些人写的

---

① 马拉美(1842—1898)，法国诗人。初期属于巴那斯派，后来成为象征派的代表人物之一。
② 《地粮》是法国作家安德烈·纪德(1869—1951)的早期代表作。此处指纪德出名的年代。

书,他们像我一样受到监视,经受考验,得到奖赏,但他们善于一辈子保持我这个年龄的童心。由于我没有兄弟姐妹,又没有伙伴,便把他们当作我最早的朋友。他们深深地爱过,吃过大苦,好似他们小说中的主人公;尤其是他们的结局都很好。我想起他们的苦恼时总怀着一种兴奋的同情:每当他们感到苦恼时,很快就会为苦尽甘来而高兴的;他们心想:"好运气!美丽的诗篇马上要诞生了!"

在我看来,作者们并没有死,反正没有完全死,他们变成了书罢了。高乃依,他是一个红脸大块头,粗里粗气,硬皮封面散发出糨糊味儿。这位言语难懂、臃肿而严肃的人物身上长着角,我搬动他的时候,他的角把我的大腿刺伤了。但他刚被打开,就向我奉献他的版画,色彩暗淡,线条柔和,好似在给我讲知心话。福楼拜,他是裱在布上的小个儿,无香无臭,但布满了雀斑。维克多·雨果,一人数身,书柜的各个阁板上都有他。以上说的是躯体。至于灵魂嘛,灵魂经常出没于著作之中:书页好比窗户,窗外有一张脸贴在玻璃上,有人在窥伺我,但我假装没看见,在已故夏多布里昂①的凝视下,继续读我的书,双眼盯着书中的文字。不过,这种提心吊胆的时间并不长,一般我很喜欢跟我玩的这些伙伴。我把他们置于凌驾一切的地位。听说查理五世替提香捡画笔时②,我毫不惊讶,这并不怎么困难嘛!一个君王干这种事儿挺合适。不过,我对他们并不肃然起敬:为什么要颂扬他

---

① 夏多布里昂(1768—1848),法国作家,浪漫主义的主要代表之一。他在书中的照片多为头发蓬乱,目光直视,炯炯有神,严肃而带几分凶相。
② 查理五世(1500—1558),先后为德国皇帝(1519—1556),荷兰亲王(1516—1555),西班牙国王和西西里岛亲王(1516—1556)。提香(1490—1576),意大利文艺复兴盛期威尼斯派画家。他为查理五世画过像。一五三三年查理五世封他为皇室画师。

55

们的伟大呢？他们只是尽职而已。但我指责所有其他的人渺小。总之，我对一切的理解都是颠倒的，我把例外当作规律：人类是一个很有限的小聚会，周围生活着多情的动物。

我不可能非常看重作家，因为外祖父待他们太坏了。自从维克多·雨果死了之后，他停止看书；后来实在无事可做，他又读起书来。不过，他的职务是翻译。这位《德语课本》的编者内心真实的意图是把世界文学当作他的教材。他一张口，就按价值排列作家，这种表面上的等级编排掩盖不住功利主义的偏爱：莫泊桑的作品给德国学生作法译德的练习最合适；歌德的身价要比戈特弗里德·凯勒①高出一大截，他的作品用来作德译法的练习无与伦比。外祖父，作为人文学者，对小说不太重视；但作为教师，对小说赏识备至，因为小说的词汇丰富，到头来他觉得只有作品片段选最可接受。几年之后我看到他津津有味地欣赏《包法利夫人》的一个片段，这是他从米罗诺选编的《读本》中摘取的，而福楼拜全集已经待在那里二十年等着他赏脸。我感到他用死去的作家来谋生，这使我跟他们的关系复杂化：在崇拜他们的幌子下，他把他们穿在他的锁链里，少不了把他们切成一片一片的，这样从一种语言转到另一种语言比较方便。我发现作家们既荣耀也悲惨。最惨的要算梅里美，他只被用来当作中级班的教材，因此他身居两地：在书柜的第五层上，《高龙巴》②像一只纯洁的鸽子，张着一百个翅膀，被冷落，扔在一旁，一直无人问津，人家连瞧也不瞧一眼。但在书柜下面的阁板上，这位纯洁的少女被囚禁在一本很脏的小书里。小书黑不溜秋，臭味难

---

① 戈特弗里德·凯勒(1819—1890)，瑞士作家，用德语写作。
② 《高龙巴》是梅里美的小说，法语高龙巴(Colombe)是鸽子的意思。

闻,故事和语言没有变化,只是加上德语注释和一份词汇表。另外,我还得知,这本书是柏林出版的,这可是自阿尔萨斯-洛林被强占之后最大的丑闻。这本书,外祖父一周往他的皮包里放两次。他用多了,书上布满了脏渍,画满了红杠,处处是香烟烧的洞。我很讨厌这本书:梅里美受到了侮辱。我只要打开它,就厌烦死了:但见每个音节拉得开开的①,就像外祖父在上课时一个音节一个音节念出来的样子。这些字母符号是在德国印刷的,为的是给德国人阅读。那么这些众所周知,但看上去不舒服的符号,除了是法国文字的拙劣仿制之外,还会是什么东西呢?这又是一起间谍案:只要抹去被打扮过的高卢文字,就只剩下虎视眈眈的日耳曼文字了。末了,我思忖是否存在两个"高龙巴",一个是不合群的,真的;另一个是教学用的,假的,就像存在过两个伊瑟②一样。

  我的这些小伙伴们苦难重重,使我确信我是他们的同辈。虽说我没有他们的才华和价值,虽说我还没有打算写作,但我是教士的子孙,我生来就比他们强。毫无疑问,我是赋有天命的,但不是像他们那样命定要受尽折磨,因为这种使命总有点令人生厌,而是肩负某种圣职。我将像夏尔·施韦泽那样成为文化的哨兵。再说,我是活人,生龙活虎。当时我还不会把死人们剁成一段一段,但我可以随心所欲地折腾他们:把他们抱在怀里,背着他们,把他们搁在地板上,把他们打开,又关上;把他们从虚

---

① 教科书中的字印得较大,字母之间的空隙也较大。
② 典出叙事诗《特里斯当和伊瑟》:国王马克派侄儿特里斯当替他去爱尔兰向伊瑟求婚。伊瑟的母亲交给特里斯当一瓶春药,祝她跟国王马克永远相爱。但在横渡海峡时,伊瑟和特里斯当误饮了这瓶魔水,以致相爱不舍。马克和伊瑟的婚礼举行完毕,夜已来临,但在新婚的床上却躺着一个假伊瑟——忠实的女仆白兰仙做了替身。伊瑟和特里斯当继续相爱,最后以自杀告终。

无中抽出来，又重新塞到虚无中去。他们这些方方正正的人是我的玩偶，我很同情他们可怜的瘫痪相，而人们却把他们这种死后的继续存在称为不朽。外祖父热心鼓励我的放肆：所有的孩子都是有灵感的。孩子根本用不着羡慕诗人，因为诗人们都是十足的天真孩子。我对库特林纳入了迷，像他剧本中的人物那样追赶厨娘，一直追到厨房，然后向她高声朗诵《泰奥多找火柴》。家人对我的着迷觉得很有趣，关怀备至地促使我更迷恋，并想把它宣扬出去。有一天，外祖父漫不经心地对我说："库特林纳大概是个好好先生。你既然这么喜欢他，为何不给他写信呢？"我写了信。夏尔·施韦泽把着我的笔，决定在我的信中留下好几个书写错误。几年前，报纸把我这封信发表了，重读时我很生气。我在信的最后写道："您未来的朋友。"我当时觉得这非常自然，因为我亲近的熟人是伏尔泰和高乃依，一个活着的作家怎么会拒绝我的友谊呢？但库特林纳拒绝了。他做得很对，因为给施韦泽的外孙回信，实际是给他的外祖父回信。当时我们对他的沉默进行了严厉的批判，夏尔说："我姑且认为他工作很忙。但即使忙得不可开交，也得给孩子回信啊。"

时至今日，放肆这个幼年时代的毛病在我身上依然存在。我把这些杰出的死者当作同窗伙伴相待，直言不讳地谈论波德莱尔和福楼拜。当人们为此指责我的时候，我总情不自禁想回答："你们甭管我们的事，你们的天才作家已经属于我了。我曾把他们捧在手里，爱不释手而非常不敬地玩耍过哩。难道我对待他们还要注意方式方法吗？"后来我懂得，作为人，任何人的价值都是相同的，这才摆脱了卡尔的人文主义，即高级教士的人文主义。这种摆脱是令人伤心的，因为语言所引起的幻想破灭了。我旧时的同窗伙伴，耍笔杆的英雄被剥夺了特权，重新成为庶民,因此我两次为他们服丧。

我以上所写的是假的,也是真的,或者说,不真不假。人们写发疯的人也罢,写正常的人也罢,其写法都是这样。记忆所及,我尽可能准确地叙述事实,但在抒写的时候,对自己的谵语相信到什么程度呢?这是根本的问题,但这不是我所能解决的。后来我发现,别人能把握我们的情感的各个方面,但把握不住情感的力量,即情感的真诚程度。行为本身不能作为标准,除非人们已经证明这些行为不是表面的姿态,但这总不是很容易做到的。请看以下的情况:在一些成年人当中,只有我一个小型成年人,我念的是成年人的读物。这已经很不自然了,因为这时我毕竟还是一个孩子。我不想硬说自己有什么过错,事情本是这样,仅此而已。尽管如此,我的探索和我的猎奇组成了家庭喜剧的一部分。人们对此兴高采烈,但我心中有数,是的,我心中有数。每天,一个神奇的孩子使他外祖父不再翻阅的难懂的作品恢复了生机。我的生活超过了我的年龄,如同有人的生活超过了自己的经济能力:我急功近利,不辞劳苦,代价很大,而这一切都是为了装点门面。我一推开书房的门,就仿佛投身到暮气沉沉的老人怀里:大写字桌,写字垫板,粉红吸墨水纸上红的和黑的墨迹,尺子,糨糊瓶,散发不出去的烟味儿;冬天还有蝾螈炉发出的红光,云母的噼啪声。这简直是物化了的卡尔本人。这足以使我感到荣幸,我便向书跑去。真心诚意吗?此话怎么讲?经过这么多年之后,我怎么能确定真才实学和哗众取宠之间难以觉察的和游移不定的界限呢?我俯卧在地板上,脸朝窗户,一本书在我面前打开着,右边放着一杯掺入少量红葡萄酒的水,左边一只盘子里放着涂果酱的面包片。即使离开众人的时候,我也在演出:安娜-玛丽,卡尔妈咪早在我出世以前就翻阅过这些书,在我面前展现的是他们的知识啊。晚上,他们问我:"你念了什么?学到什么了?"我知道他们要问的。我是产妇呵,要生产出一句孩儿话来对答。

躲着大人们念书,是在感情上跟他们相通的最好办法。他们虽然不在场,但他们的目光将通过我的枕骨部位进入我的体内,再从我的瞳孔出来,箭一般射到书上。书上的句子已被念过无数次了,而我才第一次阅读。我被人看见,也看见自己,看见自己在念书,就像听见自己在说话。这么说,自从我识字前装模作样地辨读《一个中国人在中国的苦难》以来,我有了很大的变化喽? 没有,其实只是演出的继续而已。在我的背后,房门打开了,他们来看我在干些什么。我弄虚作假:一骨碌爬了起来,把缪塞放回原处,立即踮着脚尖,举起胳膊,捧下沉甸甸的高乃依。他们根据我的体力消耗来判断我的爱好。我听见背后一个赞叹不已的声音轻轻地说:"他是多么喜爱高乃依啊!"其实我并不喜欢高乃依,因为他的亚历山大诗体使我很扫兴。幸亏出版商只全文出版高乃依最有名的悲剧,对他次要的剧本只印出剧名和分析性的剧情简介。但这反倒引起我的兴趣:"罗德林黛①是伦巴第国王贝塔里特的妻子,国王被格里莫阿德打败了,她在乌努尔夫的威逼下嫁给外国的亲王……"在勒·熙德和西拿之前,我先知道罗多居纳,泰奥多尔,阿热西拉斯②。我满嘴是声音铿锵的姓名,心里充满了崇高的情操,仔细地注意着不要把书中人物的亲缘关系搞错。家人还说:"这孩子求知欲很强,他竟在啃《拉鲁斯词典》呢!"随便他们说去,其实我并没有钻研,而是发现词典里有剧本和小说的简介,我非常乐意读这类东西。

为了讨人喜欢,我竭力想受到文化的熏陶:每天拜读圣经贤传。有时静静地匍匐在书前,翻几页,这也就够了。这些小伙伴的

---

① 罗德林黛,《贝塔里特》的主人公,这是高乃依一部不成功的悲剧,发表于一六五一年。
② 均为高乃依相应的剧作《勒·熙德》《西拿》《罗多居纳》《泰奥多尔》《阿热西拉斯》中的主人公。

著作往往是我的转经筒①。与此同时,我实实在在地经历了恐惧和欢乐。有时竟忘记自己扮演的角色,拼命地疾驶起来,好像被一条狂怒的鲸鱼卷走了。其实这条鲸鱼不是别的,正是我们这个世界。请你们自己作结论吧!总之,我的目光在跟文字打交道,品尝着每个字,确定着每个字的内涵。久而久之,这种演戏似的学问培养了我的才智。

话说回来,我已开始了真正的阅读,那是在书房圣殿之外进行的,即在我们的房间里或在餐厅的桌子下面进行的。关于这些读物,我没有告诉过任何人;除母亲外,任何人也没有跟我谈起过。安娜-玛丽对我弄虚作假的行为十分重视,开诚布公地向妈咪讲了她的不安,外祖母成了她可靠的同盟者,说道:"夏尔胡闹,是他纵容孩子,我亲眼看到的。等这孩子身体垮了,我们算讨便宜啦!"两位妇女还讲到劳累过度和脑膜炎。要是用脑过度得了脑膜炎那将多危险啊。但正面袭击我外祖父是徒劳无益的,于是她们迂回作战。在一次散步的时候,安娜-玛丽好像很偶然地在一间书亭前站住。书亭位于圣米歇尔林荫路和苏弗洛街交叉角上。我看到了美妙的图画,画中耀眼的颜色强烈地吸引着我。我要求买这些画,立即就得到了。这下可上了瘾:每星期我都要买《唧唧叫》《了不起》《假期》,让·德拉伊尔的《三个童子军》以及每星期四以小册子出版的《绕地球飞行》②,这些都是阿尔诺·加洛班出版的。每两个星期四之间,我脑子里想的尽是安第斯山的雄鹰,铁

---

① 转经筒,藏传佛教徒祈祷用法物,形如桶,中贯以轴,其中装有纸印经文,上下两端固以轴承,周围刻六字真言,转动一周表示念诵六字真言一遍。
② 《唧唧叫》《了不起》《假期》《三个童子军》《绕地球飞行》等五种画报和杂志均为当时的儿童读物。

拳击家马塞尔·杜诺,飞行员克里斯蒂安,却很少想到我的小伙伴拉伯雷和维尼①。母亲到处收罗能还我童年的读物。她首先找到了《粉红小书》,这是童话月刊,然后逐渐搞到《格兰特船长的儿女们》②,《最后一个莫希干人》③,《尼古拉斯·尼古尔贝》④,《拉瓦雷德的五个苏》⑤。儒勒·凡尔纳过于沉着冷静,我更喜欢保尔·迪瓦写的异想天开的故事。但赫哲勒丛书的作品,不管作者是谁,我都非常喜欢。这是一些小小的舞台,金色流苏的红封面好似幕布,照在侧面的阳光宛如成排的脚灯。多亏了这些魔盒——而不是夏多布里昂排列整齐的诗句——我初次领略了美。每当我打开这些方方正正的盒子,便忘记了一切。我是在念书吗?不是,简直是陶醉:我消失了,继而出现的是手持标枪的土著人,荆棘丛林,一个头戴白盔的探险者。我显圣了,用灿烂的光轮照亮了阿乌达美丽而忧郁的双颊和费莱阿斯·福格的颊髯。美妙的小阿乌达脱颖而出,真的成了奇迹,令人赞叹不已。在这些五十厘米的舞台上出现了十全十美的幸福,没有主子和颈圈⑥的幸福。我认识的这个新世界乍一看好像比我熟悉的旧世界更令人不安,在这个世界里,人们抢劫,杀戮,血流成河。印第安人,印度人,莫希干人,霍屯督人劫持姑娘,捆绑姑娘的父亲,发誓要让他死在最残忍的折磨

---

① 维尼(1797—1863),法国作家、诗人。
② 《格兰特船长的儿女们》,法国作家儒勒·凡尔纳(1828—1905)的小说,发表于一八六七至一八六八年。
③ 《最后一个莫希干人》,美国小说家詹姆斯·库柏(1789—1851)的小说,发表于一八二六年。莫希干人是过去住在美国纽约州北部的印第安人。
④ 《尼古拉斯·尼古尔贝》,英国作家狄更斯(1812—1870)的小说,发表于一八三八至一八三九年。
⑤ 《拉瓦雷德的五个苏》,法国作家保尔·迪瓦(1856—1915)的小说,发表于一八九四年。
⑥ 指牲畜的颈圈或奴隶的锁链。

之下。这是十足的恶。但很快,恶就在善的面前俯首帖耳地投降了。下一章,一切又都恢复正常。勇敢的白人把野蛮人杀了个落花流水,割断捆绑那位父亲的绳索,终于使父亲与女儿拥抱团聚。只有坏人才死,也死几个很次要的好人,算是为故事所付出的代价。再说死的样子并不可怕:双臂成十字倒下,左胸下侧有一个小小的圆窟窿;如果在枪还没有发明的时代,那么,有罪过的人就"死在剑下"。我很喜欢那个漂亮的姿势,想象着刀光剑影,剑刺入胸膛,如同切入黄油,剑头从不法之徒的背部出来,他瘫倒在地上,却没有流出一滴血。有时人死得离奇可笑,譬如《罗兰的教女》中的那个撒拉逊人。他骑着战马直冲到一个十字军骑士的马上,骑士狠狠朝他脑袋正中砍了一马刀,活生生把他自上而下劈成两半。居斯塔夫·多雷①的一幅插图,生动地再现了这个场面。多么有趣啊!两个半拉躯体往两边分开,倒下去,在马镫周围构成两个半圆形,战马受惊,直立起来。有好几年,我一看到这幅木刻画,就情不自禁地笑得流眼泪。结果我悟出:敌人虽然可恨,但毕竟是无害的,因为敌人的阴谋计划总不能得逞。尽管敌人诡计多端,不遗余力,到头来仍然是善的事业得益。我发现,每当秩序恢复,随之而来的就是晋升,英雄们受奖赏,得到高官显爵,受到尊敬,获得金钱。由于他们英勇奋战,一片土地被征服了,一件艺术品从土著人手中骗来,运送到我们的博物馆里。姑娘热恋着救她性命的探险家,最后以有情人结为眷属告终。这些画报书籍培育了我内心深处的幻影:乐观主义。

　　这些读物我很长时间都是偷着看的。甚至用不着安娜-玛丽提醒,我心里就明白这是些不登大雅之堂的东西,因此对外祖父闭

---

① 居斯塔夫·多雷(1832—1883),法国绘画家、木刻家、雕刻家。

口不提。即使我腐化堕落,放荡不羁,出没妓院,也不会忘记真正的我应该留在圣殿里。何必为一时误读一点不正经的书而惊动外祖父呢?但卡尔最后还是抓住了我,他对两位妇人大发雷霆。她们趁他喘息的片刻,把一切责任都推到我的身上:我见到画报和探险小说,垂涎三尺,死皮赖脸要买,她们能拒绝吗?这个巧妙的谎言把我外祖父难住了。是我,是我一个人勾搭浓妆艳抹的淫荡女人,欺骗了"高龙巴"。我,先知先觉的神童,小预言家,纯文学的埃利亚桑①,骨子里则下流至极。任他选择吧,要么我不再预言,要么他得尊重我的癖好,并且不要追根究底。夏尔·施韦泽,倘若是父亲,大概会点一把火将这些东西烧个精光。可他是外祖父,他只能好不伤心地宽大为怀,我也就知足了。我继续安静地过着双重生活,直至今日,从未间断过。我更愿意念《祸不单行》②,而不乐意读维特根斯坦③。

在我的空中孤岛上,我是首屈一指的,无与伦比的。但一旦把我置于庶民之中,我就一落千丈,降为最后一名。

外祖父决定让我到蒙田公立中学④注册入学。一天早上,他带我去见校长,并向他吹嘘我的聪明才智。我只有一个缺点,那就是智力大大超过了年龄。校长是个通情达理、有求必应的人。我直接上了八年级,心想这下可以跟我年龄相仿的孩子们在一

---

① 埃利亚桑,即拉辛(1639—1699)的剧本《阿塔莉》中的人物。王子埃利亚桑被长老若亚德从他继母阿塔莉的屠刀下救出,藏在庙宇内。他长大成人后,在长老们的协助下,成为犹太人的国王,最后处死了阿塔莉。
② 《祸不单行》,法国一套侦探小说丛书名。
③ 维特根斯坦(1889—1951),奥地利唯心主义哲学家、逻辑学家,后加入英国籍。在数理逻辑方面,特别在真值表和真值函项等理论方面有过贡献。
④ 蒙田公立中学属中小学十年一贯制的学校。

起了。然而,事与愿违,经过第一次听写之后,我外祖父立即被校方找去。他回来的时候气急败坏,怒不可遏,从皮包里取出一张胡乱涂写、墨迹斑斑的纸,往桌子上一扔,这便是我交的听写作业。校方请他注意看我的书写,仅"野兔喜欢百里香"一句,没有一个字写对的,因此校方竭力使他明白:我应该上十年级预备班。母亲看到我的"野兔",禁不住大笑起来,外祖父狠狠瞪了她一眼才制止了她的笑声。于是他责怪我故意不肯好好写。这是我一生中第一次受到他的训斥,然后他宣布人们低估了我,第二天他就让我退学,并跟校长闹翻了。

我当时不明白是怎么回事,反正我的失败并不使我伤心:我是神童,仅仅不会书写而已。再说,我对离群索居并不感到厌烦,更喜欢继续干我的坏事。我甚至失去了改邪归正的机会:外祖父请了一名巴黎小学教员给我私人授课,他几乎每天都来。外祖父专门给我买了一套小办公桌椅:一张木制的书桌和一张长椅。我坐在长椅上,李埃凡先生来回走着给我听写。他长得很像樊尚·阿里奥尔①。外祖父说他是共济会会员。他以正派人接近鸡奸者时那种既害怕又厌恶的心情对我们说:"每当我向他问好时,他就用拇指在我的手心里画共济会的三角②。"我很讨厌他,因为他忘了疼爱我:我想他把我看作学业上落后的孩子,其实这并非没有道理。他后来消失了,不知道为什么。也许他对谁说了我的坏话吧。

我们在阿卡雄住过一段时间,我上了市镇小学。外祖父出

---

① 樊尚·阿里奥尔(1884—1966),法国政治家,曾任法兰西共和国总统(1947—1954)。
② 共济会会员俗称三点兄弟,他们书写时爱用缩写 F∴(单数),FF∴(复数),把三点连起来则成为三角,作他们的代号。

于他的民主原则才让我上这样的小学,但他要求校方把我跟群氓子弟隔开。他把我托付给小学教师时说:"亲爱的同行,我把我最珍贵的宝贝很信任地托付给您。"巴罗先生留着山羊胡子,戴着夹鼻眼镜。他来我们别墅喝过麝香葡萄酒,声称得到一个中等教育委员会委员对他的信任感到十分荣幸。他让我坐在靠近讲台的一张专设的课桌前。在课间休息的时候,不让我离开他的身旁。这种特殊照顾在我看来是合情合理的。至于我的同学们,那些"老百姓的子弟",是怎么想的,我不得而知,我想他们大概无所谓吧。他们吵吵闹闹,我厌烦透了。在他们玩杠子的时候,我待在巴罗先生身旁无所事事,感到十分高雅。

我有两条尊重我的小学教师的理由,一是他要我好,二是他出气很粗。成年人应当长得很丑,满脸皱纹,惹人讨厌。当他们把我抱在怀里的时候,我虽感到有点厌恶,却满乐意克服这点厌恶情绪。这证明德行不是轻而易举得来的。我也有纯朴平淡的乐事:跑跑,跳跳,吃糕点,抱吻我母亲细嫩喷香的皮肤,但我更重视跟成年人混在一起时所感到的那种费劲的快乐。对我来说,成年人的威信与他们引起的反感是不可分的,我认为令人厌恶就是认真精神的体现。我冒充高雅的人。当巴罗先生俯身对着我的时候,他的呼吸使我感到既难受又美滋滋的。我做出巴结他的样子,吸着这位德行齐全者令人不快的气味。一天我发现学校墙上写着一条标语,走近一瞧,上面写着:"巴罗老头是个狗屁。"我大惊失色、呆若木鸡地站着,心跳得几乎炸裂,害怕极了。"狗屁",这是多么丑恶的字眼啊!这是麇集在下等词汇中的肮脏字眼。一个有教养的孩子不能与之打交道;这个短小而粗鲁的字眼像蛆虫那样面目可憎,看一眼就够叫人恶心的了。我决不肯念出声来,哪怕轻声念也不行。这个被钉在墙上的蟑螂，我不愿意它跳到我嘴里，化成黑色肉酱，咕噜咕噜地钻到我喉咙底下去。如果我装作看不见，它也许会钻进墙洞里去吧。于是乎，我把目光移开，却看到非常下贱的称呼："巴罗老头。"这更使我惊恐不已，不管怎么说，"狗屁"一词，我只有一个模糊的概念。但我清楚地知道，在我们家，管人叫"某某老头"，指的是园丁、邮差，或女用人的父亲，总之是穷苦的老年人。有人竟把我外祖父的同行，小学教师巴罗先生，看成是穷老头。准是有人头脑里盘旋着这个错乱的、罪恶的想法。在谁的脑子里呢？也许在我的脑瓜里吧。念了亵渎神明的标语不就足以成为渎圣者的同谋吗？我好像觉得有个疯子在嘲笑我的礼貌，嘲笑我对别人的尊敬，嘲笑我的热忱，嘲笑我每天早晨脱帽问候"您好，老师！"时所感到的快乐。同时又觉得这个疯子便是我自己。肮脏的字眼和肮脏的思想充塞了我的脑袋，譬如说，有什么东西能阻止我放声大喊"这个老畜牲臭得像头猪"呢？于是我轻轻地说道："巴罗老头真臭！"这一下，一切都开始改变了：我哭着逃开。第二天我恢复了对巴罗先生的尊敬，对他的硬领和蝴蝶领结肃然起敬。但当他俯身看我的作业本时，我把头转过去，屏住了呼吸。

  第二年秋天，母亲主张领我上布蓬私立小学。每天得爬木头楼梯，进入二楼的一间教室。孩子们成半圆形集合在一起，静悄悄的；教室后面，母亲们一本正经地靠墙坐着监督老师。教我们的那些可怜的姑娘，首要的义务，是给我们这些神童平均分配赞美词和好分数。如果她们之中有谁稍微表示不耐烦或对一个好的回答表示过分的满意，布蓬小姐们就会失去学生，而这位教师就会丢掉饭碗。我们足足有三十个神童，但似乎从来没有时间互相搭话。一下课，每个母亲便粗暴地把自己的孩子拽走，匆匆离去,从不打招呼。上了一个学期,母亲让我退学了,因为学不到东西。再说每次轮到表扬我的时候,她邻座的女人们眼睛都逼视着她,让她厌烦透了。玛丽-路易丝小姐是个金发姑娘,戴着夹鼻眼镜,在布蓬小学一天教八节课,但工资少得可怜,不够度日。她同意到家里来给我个别授课,当然是瞒着学校领导干的。她有时中止听写,深深叹几口气,以便减轻一点心头的重压。她对我说,她厌倦死了,她的生活孤独得可怕,要是有个丈夫,她愿意牺牲一切,什么样的丈夫都行。可她最后也被打发走了,硬说她什么也没有教会我。我猜想,主要因为我外祖父觉得她晦气。这个正直的人不拒绝减轻不幸者的痛苦,但讨厌把他们请到家里。而且他做得很及时,玛丽-路易丝小姐已经开始使我气馁了。我满以为工资是与功绩相称的,那么既然人们对我说她值得称赞,为什么付给她的钱那么少呢?只要有个职业,人们便是可敬的、自豪的,人们为劳动而感到幸福。那么她既然有机会一天工作八小时,为什么谈起自己的生活时直诉苦,好似得了不治之症呢?当我谈到她的苦衷时,外祖父便哈哈大笑,说是她长得太丑,没有哪个男人要她。我可不笑,难道有人生下来就注定倒霉吗?如果是这样,人们以前对我撒了谎。事实上,世界不是一切皆有秩序,而是表面的秩序掩盖着不可容忍的混乱。如果有人及时把这层表面的秩序挑开,我的苦恼早就烟消云散了。夏尔·施韦泽后来给我请了一些比较得体的教师,太得体了,以致我把他们忘得一干二净。直到十岁,我单独一人跟一个老头和两个女人待在一起。

我的为人,我的性格,我的名字都是成年人决定的。我学会通过他们的眼睛来观察自己。我是一个孩子,就是说一个他们带着自己的悔恨所创造的怪物。即使他们不在我的跟前,他们依然在看着我,他们的目光和日光交织在一起,我每跑一步,每跳一下,都遵循着他们用目光所规定的模范孩子的标准,并继续由他们的目光来确定我的玩具和天地。在我漂亮而清澈的小脑袋里,在我的心灵深处,我的思想在转动,但无一不受到他们的牵制,连一点躲藏的地方也没有。然而在天真烂漫的外表下却融入了一种难以言传,没有固定形状和确切内容的信念。这种信念搅乱了一切。我成了一个伪善者。不学习别人演戏,自己怎么演得出来?我这个人,辉煌的外表一戳就穿,这是因为我生来有缺陷,我既不能完全理解又无时无刻不感到它的存在。为了弥补这个缺陷,我便求助于成年人。我要求他们确保我的价值,结果我在虚伪中越陷越深。既然必须讨人喜欢,我便做出一副讨人喜欢的样子,不过维持不了一会儿。我到处装作天真烂漫和神气活现的闲散模样,窥伺着良机。每当我以为抓住了良机,便摆出一副姿态,但总觉得这种姿态靠不住,而这正是我想避免的。

外祖父在打盹儿,身上裹着花格子毛毯。我瞥见在他乱蓬蓬的胡子里藏着赤裸裸的粉红双唇,颇令人难堪。幸亏他的眼镜滑了下来,我赶紧跑过去捡。他惊醒了,把我抱在怀里,于是我们演出了一场动人的天伦之爱,但这已不再是我所追求的了。那么我欲求什么呢?我完全记不起来了,也许我想在他乱蓬蓬的胡子里做窝哪。我走进厨房,宣布我要拌生菜,于是我听见一片欢呼声,欣喜若狂的笑声:"不,小乖乖,不是这样!把你的小手捏得紧紧的。啊,对啦!玛丽,帮他一下!你们瞧瞧,他搅拌得多好啊!"我是一个做假的孩子,拎住生菜篮拌生菜只是做做样子,但我感到我的动作已变成了丰功伟绩。演喜剧使我避开了世界和大众,我只看到角色和小道具;我小丑般地博取成年人的欢心,怎么可能把他们的忧虑当回事呢?我真挚而急切地听凭他们摆布,以致对他们的意图毫不理会。对大众的需求我一无所知,对大众的希望我一窍不通,对大众的欢乐我漠不关心,却一味冷若冰霜地诱惑他们。他们是我的观众,一排脚灯把我和他们隔开,使我孤傲至极,但这种孤傲很快变成了焦虑。

糟糕的是,我怀疑成年人在跟我演戏。他们对我说的话似糖果般的甜蜜,而他们之间说话时则完全用另一种语调。不过有时他们也打破神圣的默契。譬如,我噘着嘴装出最可爱的样子。这是我拿手的动作,但他们用真嗓门儿对我说:"一边玩去吧,小乖乖,我们在谈话呢。"还有几次我觉得他们在利用我。譬如,母亲带我去卢森堡公园,跟家里闹翻了的爱弥尔舅舅突然出现在我们跟前。他神情忧郁地望着他妹妹,冷冰冰地说:"我来这里不是为了你,而是想看看小宝贝。"他说,我是家中唯一纯洁的人,只有我没有故意伤害过他,没有听信闲言碎语谴责过他。我笑了,很不好意思自己有那么大的威力,居然能在这位郁郁寡欢的人心田里点燃起爱的火焰。但很快兄妹俩议论开他们的正经事,互相一一列举自己的冤屈。爱弥尔抱怨夏尔,安娜-玛丽为夏尔辩护,但不时做些让步;后来他们谈起路易丝。我待在他们的铁椅子中间,被他们遗忘了。

外祖父是一位左派老人,他却以自己的行为给我传授右派的格言:真情实况和无稽之谈是一码事;扮演激情就能感受激情;人是有礼仪的生物。如果我当时已经到了懂这些格言的年龄,随时都可能加以接受。人们让我相信,我们生下来就是为了演滑稽剧,互相引逗发笑。我乐意当喜剧演员,但要求当喜剧的主要角色。然而在关键时刻,我却无影无踪了。我发现我在喜剧中扮演的是一个"假主角"。我有台词,也经常出场,但没有"自己的"戏。一言以蔽之,我陪成年人排练台词。夏尔恭维我,为的是逃避他的死神。我欢蹦乱跳,使路易丝感到赌气有理,而使安娜-玛丽感到处于卑贱地位是天经地义的。没有我的话,她的父母照样会很好地收养她,她也用不着对妈咪战战兢兢;没有我的话,路易丝照样能发牢骚;没有我的话,夏尔照样可以对着阿尔卑斯山脉的塞万峰,对着流星,对着别人的孩子赞叹不已。我只是他们不和或和好的偶然因素,其深刻的原因在别处:在马孔,在贡斯巴赫,在蒂维埃,在一颗生垢的年迈的心里,在我出生以前遥远的过去。我为他们体现家庭的团结和原有的矛盾,他们运用我非凡的童年使他们各得其所。我十分苦恼,因为他们的礼仪使我确信,没有无故存在的事物,事必有因,从最大的到最小的,在宇宙中人人都有他自己的位置。当我确信这一点时,我自己存在的理由则站不住脚了。我突然发现我无足轻重,为自己如此不合情理地出现在这个有秩序的世界上感到羞耻。

  我父亲本来可以给我打下几个永不磨灭的烙印,可以把他的性格变成我的道德准则,把他的无知变成我的知识,把他的积怨变成我的自尊,把他的癖好变成我的法律,使我一辈子带着他的影响。这位可敬的过客本应该给我灌输自尊,有了自尊,我便可以确立生活的权利。生我者本可以决定我的未来:如果我一生下来就决定让我将来进综合理工学院,那么我便一世有保障,无忧无虑。即使让-巴蒂斯特·萨特知道我的归宿,他也已经把这个秘密带到西天去了。我母亲只记得他说过:"我的儿子将来不要进海军。"由于没有更明确的指示,从我开始,没有人知道我来到世上干什么。如果我父亲给我留下了财产,我的童年就会大变样,我就不写作了,会变成另一种人。地产和房产给年轻的继承人照出他自己稳定的形象。他走在他的砾石路上,触到他的阳台的菱形窗玻璃,仿佛实实在在地接触到他自己,他把财产的稳定不动变成他灵魂的长存不朽。几天前,在一家饭馆里,老板的儿子,七岁的小男孩,对女出纳嚷嚷:"我父亲不在的时候,我就是主人。"好一个大丈夫!在他这个年龄,我不是任何人的主人,没有任何属于我的东西。我稍微胡闹一下,母亲便轻声在我耳边说:"当心点!我们可不在自己家啊!"我们从来都不在自己家呵,住在勒戈夫街的时候是这样,后来我母亲改嫁后依然是这样。我并不感到痛苦,因为人家把一切的一切都借给了我,使我始终悬在空中。这个世界的财富反映着所有者的本质,而我什么也没有,所以我什么也不是:我既不稳定又不持久。我不是父业未来的继承人,钢铁生产不需要我。总而言之,我没有灵魂。

倘若我跟我的躯体相处融洽,那就十全十美了。然而,躯体与我,我们结成了奇特的一对。穷苦人家的孩子不问自己是谁,他的身体受到贫困和疾病的折磨,得不到合理解释的境遇反倒证明他的存在是有理由的,因为饥饿和随时可能死亡的危险确立了他生存的权利:他为不死而活着。而我,我既不富也不穷,既不能自认为是天生的幸运儿,也不能把我的种种欲望看成是生活的需求。我只是尽消耗食物的义务而已。上苍有时(难得)恩赐我好胃口(不厌食)。我没精打采地呼吸着,懒懒散散地消化着,随随便便地排泄着。我生活着,因为我已经开始生活了。我的躯体,这个好吃懒做的伙伴,从来没有粗暴和野蛮的表现,只有过一连串轻微的不舒适,是一种娇气。但这正是成年人所希望的。那个时代,一个高贵的家庭至少必须有一个娇滴滴的孩子,我正好是这样的孩子,因为我生下来就想着要死。人们观察我,给我摸脉,给我量体温,强迫我伸出舌头。"你不觉得他脸色不太好吗?""这是灯光照的缘故。""我向你肯定他瘦了!""不,爸爸,我们昨天还给他称过体重哪。"在他们讯问的眼光下,我感到我变成了一件东西,一盆花。末了,他们把我塞到被窝里,里面热得使我呼吸都感到困难。我把躯体和身上不舒服混为一谈,两者之间,我不知道哪一个叫人讨厌。

西蒙诺先生是我外祖父的合作者,每星期四跟我们一起吃中午饭。我很羡慕这个四十来岁的人。他有姑娘般的面颊,小胡子油亮油亮的,头发染得很漂亮。为了不使谈话冷场,安娜-玛丽问他是否喜欢巴赫,是否喜欢海和山,是否觉得故乡难忘,他总是不慌不忙地先思考一下,在内心的情趣花坛里寻找一番。等找到所要求的答案之后,就用很客观的声调向我母亲叙述,一边向她点头致意。多么幸运的人啊! 我想,每天早晨他醒来的时候,准是满心喜悦,犹如站在高山之巅清点着属于他的山峰,山脊和山谷,然后舒坦地伸伸懒腰说道:"这正是我,完完全全的西蒙诺先生。"当然,别人问我时,我也很能高谈阔论一番我的爱好,甚至讲得有声有色,使人确信无疑。但我孤独一人的时候,就束手无策了,根本认不准我到底爱好什么。我的爱好需要确定,需要推动,需要注入生气。我甚至没有把握到底喜欢烤牛里脊还是喜欢烤小牛肉。要是我也有突出的面貌,有悬崖峭壁般的率直品行,我愿意奉献一切。皮卡尔夫人非常得体地用时髦的词汇谈起我的外祖父,她说:"夏尔是个出类拔萃的人。"或者说:"他是不可多得的。"听到此话,我感到自己毫无希望了。卢森堡公园的小石子,西蒙诺先生,栗子树,卡尔妈咪,都是有生命的存在,我却不是。我既无惯性,又无深度,更无不可捉摸性。

我是白纸一张,永远是透明的。自从我听说西蒙诺先生,这个硬如铁板的塑像式人物,居然还是世界上不可缺少的一位时,我妒火中烧,心里说不出的难受。

这天是节日,实用语言学院里人很多,在奥埃尔煤气灯晃动的火光下,我母亲演奏肖邦的乐曲,人们不时鼓掌。大家奉我外祖父的命令,一律讲法语,他们讲法语时调子慢腾腾,喉音很重,夹着过时的优雅词句,带着清唱剧夸张的口气。人们搂抱我,我从一个人的手里飞到另一个人的手里,脚不着地。这时外祖父坐在最高荣誉的席位上庄严宣布:"今天这里缺少一个人物,他就是西蒙诺。"我心里受到极大的震动,紧紧贴在一个德国女小说家的怀里,又从她的怀里脱身出来,躲到一个角落里。顿时仿佛客人们消失了。我看到在一片嘈杂声中屹立着一根擎天柱:西蒙诺先生,无血无肉的西蒙诺先生。他的缺席奇迹般地美化了他。全院师生远未到齐。有些学生病了,有的人借故不来,但这些人不来无关紧要,不足挂齿。唯独西蒙诺先生不在要大书特书。只要提到他的名字,这间坐满了人的屋子犹如挨了一刀,出现了一个空缺。我惊叹至极,一个人居然有既定的地位,他的地位。大家的等待形成了一个无形的东西,一个看不见的肚子,突然之间,他好像能从这个肚子里再生出来。不过,要是他真的在一片欢呼声中从地底下钻了出来,甚至夫人们纷纷拜倒在他面前,吻他的手,我也许会从醉醺醺中清醒过来:肉体的出现总是多余的。作为童男,其本身必定是纯而又纯的,保持着一尘不染的透明性。既然命中注定我每时每刻处在某些人中间,在地球的某个地方,并且知道自己是多余的,我多么想使所有其他地方的人都想念我,如同水、面包、空气那样使他们感到不可缺少。

这个愿望每天都挂在我的嘴上。夏尔·施韦泽认定世间一切事物的存在都是必要的,以便掩饰内心的焦虑。他活着的时候我觉察不到他有这种形而上学的焦虑,只是现在才有所感受。他的同行们个个顶天立地。在这些顶住天的阿特拉斯巨神①中,有语法学家、语史学家、语言学家,例如里昂-冈先生和《教育学杂志》的主编。外祖父谈起他们时总用教训人的口吻使我们明白他们的重要性:"里昂-冈很称职,法兰西学院应有他的一席地位。"或者,"舒雷尔老了,但希望不要傻头傻脑地让他退休,否则学院的损失将不可估量"。这些老人都是无法替代的。他们要是死亡,欧洲将服丧,甚至可能回到野蛮时代,而我周围都是这些老人。我心想,如果能听到一个奇迹般的声音宣布:"这个小萨特很称职,如果他死了,法国的损失将不可估量。"我愿意付出一切代价。出生在资产阶级家庭的儿童,视瞬息为永恒,就是说无所事事,而我却想马上成为一个顶天立地的阿特拉斯巨神,永生永世的阿特拉斯。我甚至不肯设想也许经过努力才可以变成阿特拉斯。我把它看成是我的权利。我需要有一个高级法院,下一道法令恢复我的权利。但到哪儿去找法官呢?我的家庭法官们由于他们蹩脚的表演已经身败名裂了,我拒绝他们的审判。但我找不着别的法官。

我是一条惊慌而发呆的害虫,无法无天,既无理智又无目标。我躲进了家庭喜剧里,在里面转圈、奔跑,从一场骗局转到另一场骗局。我闭眼不看自己不争气的躯体,闭口不谈软弱无力的知心话。我转啊转,如同陀螺转到一个障碍物上,停住了。我这个惊恐失色的小喜剧演员变成了一个呆头呆脑的小动物。

---

① 阿特拉斯,希腊神话中的提坦巨人之一,曾反抗主神宙斯,攻打奥林波斯山,失败后被罚在世界极西处用头、手顶住天。

母亲的好友们对她说我郁郁寡欢,发现我有时呆着出神。母亲把我抱在怀里,笑着对我说:"你一向高高兴兴,唱唱笑笑的!有什么不满意啊?你要什么有什么呀!"她说的是。一个被宠爱的孩子是不忧愁的。但他像国王一样无聊,像狗一样无聊。

我是一条狗,打呵欠,流眼泪,感觉到泪水滚滚而下。我是一棵树,风攀住我的枝杈,轻轻摇曳着。我是一只苍蝇,沿着一块窗玻璃往上爬,滚了下来,又往上爬。我有时感到蹉跎的时光抚摸着我,但更经常的是,我感到时光停滞不动。胆战心惊的时光凝滞了,把我吞没,不过时光虽则凝滞,还有一息尚存。有些人把这种死气沉沉的时光一扫而尽,有些人用新鲜的时光代替之,但一样的徒劳无功。然而,这种厌倦却被称为幸福。我母亲老对我说,我是小男孩中最幸福的。确确实实啊,我怎么能不信她的话呢?我从来没有想到被弃置不顾。首先我根本不知道存在这种说法,其次我也没有这个感觉,因为周围的人对我关怀备至。但这正是我生命的脉络,快乐的依托,思想的内容。

我见过死神。死神在我五岁的时候窥伺过我。晚上,她在阳台上徘徊,把她的丑脸贴在玻璃窗上。我见过她,但什么也没敢说。有一次在塞纳河畔伏尔泰路上我们遇见了她。这是一个又高又大的疯癫女人,上下一身黑。我经过的时候,她嘟嘟囔囔地说:"这个孩子,我要把他放到我的口袋里。"还有一次,死神以洞穴的形式出现,那是在阿卡雄。卡尔妈咪和我母亲用带我去拜访杜邦夫人和她的儿子,作曲家加勃里埃尔。我在别墅的花园里玩,心里很害怕,因为人家告诉我说,加勃里埃尔病得厉害,快要死了。我学骑马玩,但不怎么起劲,只在房子周围蹦蹦跳跳。突然,我瞥见一个黑咕隆咚的窟窿:打开的地窖。我现在说不好,不知道当时怎么忽然感到特别孤独和恐怖,一阵眼花目眩，我转过身，大声叫喊着逃跑了。那个时期，我每天夜里在床上与死神相会，这已成了一种仪式：我必须朝左侧睡，脸向着床背后的过道。我战战兢兢地等着，她在我面前出现了，瘦骨嶙峋，手持长柄镰刀，完全是传统的死神形象；然后我获许翻身，朝右侧睡，等死神走后，我才安安稳稳睡觉。在大白天，死神乔装打扮，变化多样，但我认得出她。母亲一旦用法语唱《桤木之王》这支歌，我就赶紧塞住双耳；念了《酒鬼和他的妻子》，害得我六个月没有打开《拉封丹寓言》。死神这个臭女人，她倒无所谓，居然藏到梅里美的故事《伊尔的美神》里去了，正等着我读这篇故事，伺机跳出来掐我脖子哩。不过，葬礼和坟墓倒没有使我不安。大概在那个时期，我的萨特祖母病倒，死了。在她临死前，母亲和我接到电报，我们去了蒂维埃。人们不让我接近祖母漫长而不幸的生命寿终正寝的地方。为了不使我闲着，他们临时给我想出一些有教益的游戏，但统统沉浸在悲哀的气氛里，使人感到厌烦。我玩的时候，看书的时候，拼命想做出默哀的样子，但我什么感受也没有。当我们送殡到公墓的时候，我并没有动感情。人不在世反倒增添了光彩：去世不等于死亡，老太太只不过变成了盖墓石板而已。我觉得挺有意思：这里发生了蜕变，肉身一经蜕变，就永远存在了。总之，我感到自己好像堂而皇之地变成了西蒙诺先生。由此我一向喜欢，现在仍然喜欢意大利公墓：墓石是经过雕琢的，全然是巴罗克风格的塑像，墓碑上一个圆框镶着死者生前的一幅照片。我七岁的时候经常遇见逼真的无鼻死神，但从来没有在公墓遇见过。死神到底是什么？是一个人影或一场恫吓。人影的形象疯疯癫癫，恫吓的形式则是这样的：黑咕隆咚的大嘴随时都可能张口把我吞没，甚至在大白天，在最灿烂的阳光下。任何东西的背面都是阴森可怕的。当人失去理智的时候,会看到可怕的情景,死就是极度地失去理智和完全陷入恐怖之中。我经历过恐怖,其实就是患了真正的神经官能症。如果追根究底,事情大概是这样:我是备受溺爱的孩子,天赋很高,常常感到家庭仪式这种所谓不可缺少的东西是生造出来的,因而我的无用感就更加明显了。我觉得自己是多余的人,因此应该消失。我始终处于即将消亡前昙花一现的黯淡状态。换言之,我被判了死罪,随时都可以对我执行死刑。但我竭尽全力拒不服罪,并非我留恋我的生命,正相反,恰恰不留恋,只是生活越荒诞,死亡越痛苦。

上帝本可以把我从痛苦中解救出来,那样我就能成为画有十字的杰作了。一旦确信自己在宇宙大乐团中的地位,就会耐心等待上帝给我揭示他的意图和我存在的必要性。我揣测着宗教信仰,希望得到宗教信仰,这是救命良药啊。如果人们不让我有宗教信仰,我就自己创造出宗教信仰来。当然,人们没有拒绝,我受到信奉天主教的熏陶后,得知万能的上帝创造出我是为了他的荣耀,这已超过了我的奢望。但后来人们教我读谈论上帝的流行书籍,我从中认不出我的灵魂所期待的上帝:我所需要的是一个创世主,而得到的却是一个大老板。两者其实是一码事,但我原来不知道,所以我为虚伪的偶像服务并不很热心,并且官方的教义使我失去了寻求我自己信仰的兴趣。多么幸运啊!信赖和忧虑使我的灵魂成为播种宗教信仰的理想土壤:如果不发生上述这场误会,我有可能成为修道士哩。

大资产阶级在受到伏尔泰怀疑宗教的思想影响之后,孕育了抛弃基督教信仰的运动。这场缓慢的运动,进行了一个世纪才波及社会的各个阶层,我的家也受到了影响。如果这种信仰没有普遍受到削弱,信奉天主教的外省小姐路易丝·吉尔明要嫁给一个路德教教徒可能还得多费一番周折。自然，我们家人人都信教，但这是出于谨慎。在孔布①内阁之后七八年间，公开不信教的人情绪激烈，言谈放肆。一个无神论者，就是一个怪人，一个愤世嫉俗的人，人们不敢请他吃晚饭，怕他"出言不逊"。他是一个狂热者，受到层层禁忌的包围。他拒绝在教堂里下跪，拒绝在教堂里嫁女儿，拒绝在教堂里哭哭啼啼。他立志以自己纯洁的品行来证明自己学说的真谛。他拼命折磨自己，不让自己幸福，至死得不到安慰。他虽到处宣扬没有上帝，却言必称上帝，其实这是一个上帝狂。简言之，这是一位有宗教信念的先生，而信教者则没有宗教信念。两千年来基督教经受了时间的考验，确立了自己的地位。基督教普及到每个人，人们希望在教士的目光中，在半明半暗的教堂里，看到基督教的信念闪闪发光，从而使他们的灵魂受到照耀，而谁也不需要对之身体力行。这是公共的遗产。上流社会相信上帝，为的是不理会上帝。看来，宗教是多么宽宏大量啊！宗教听凭你自己做主：基督教徒可以逃避望弥撒，但可以给他的孩子们举行宗教婚礼，可以取笑圣絮尔皮斯教堂的"迷信品"，也可以在唱《罗恩格林婚礼进行曲》②时热泪滚滚。他不必在生活中做出榜样，也不需要在绝望中死去，更不会死后被焚化。在我们的环境中，在我的家庭里，宗教信仰只不过是为了享受法国甜蜜的自由时所用的冠冕堂皇的修饰词罢了。我像许许多多人一样接受洗礼，为的是保护我的独立；如果拒绝受洗，人们就担心我的灵魂会受到侵犯，一旦入了天主教，我便自由了，便是一个正常人。人们说："至于将来

---

① 爱弥尔·孔布(1835—1921)，法国政治家。一九〇二年任内阁总理。
② 理查·瓦格纳(1813—1883)的三场四幕歌剧《罗恩格林》中的歌曲。

么,他爱干什么就随他自己吧!"所以人们认为培养信仰比失去信仰要困难得多。

夏尔·施韦泽的喜剧演员气质太重了,他需要上帝这样一个伟大的观赏者。但除了在关键时刻,他并不想念上帝;他确信在死的时候能找到上帝,所以在生活中把上帝撇在一边。出于对我们失去的两个省的忠诚,加之为了表示他一直保持着反教皇主义的兄弟们的粗犷豪放,他私下里少不了一有机会就对天主教教义嘲笑一番。他在饭桌上说的话很像路德的言论。他总提起卢德①,说什么贝纳黛特看见过"一个女人换衬衣",还说什么有人把一个瘫痪者扔到圣池里,等人家把他捞起来时,他已"两眼翻白"了。他讲述圣人拉勃尔的生活,说他满身长虱子;讲述圣女玛丽·亚拉科克的生活,说她用舌头舔病人的屎尿。这些瞎话帮了我的忙,因为我本来就比较倾向于超脱人世间的财富。何况我也没有任何财富,这种一无所有使我感到惬意,我不用费劲就能从中发现自己的使命,因为神秘主义适用于流亡异乡的人,也适用于多余的孩子。为了把我投向神秘主义,本来只需要从另一个角度向我解释圣徒的行为就行了;我向来钦慕圣洁,很容易上钩。但外祖父一劳永逸地使我对圣洁失去兴致,通过他的眼睛我看到,圣人们醉心于他们疯疯癫癫的行为,这使我恶心。他们对躯体残忍的蔑视使我害怕。圣人们古怪的行为不比那个穿着无尾常礼服跳入海里的英国人更有意义。我外祖母听着这些故事,装出很生气的样子,说她丈夫是"异教徒"或"不信教的人",她拍拍他的手指以示警告。但她脸上挂着宽容的微

---

① 卢德位于上比利牛斯省。圣女贝纳黛特(1844—1879)生于卢德。她的幻觉引起人们对卢德的朝圣,朝圣日期是四月十日。

笑,这使我彻底看破了她,她什么也不相信,只是由于怀疑一切,才使她没有成为无神论者。我母亲谨慎地抱着不介入的态度。她有"她自己的上帝",只求她的上帝悄悄地安慰她。一场辩论在我的脑子里进行着,但是已不太激烈;另一个我,即我的黑影兄弟,无精打采地否定了所有的信条。我既是天主教徒又是新教徒,把批判精神和顺从思想结合在一起。实际上,我好比当头挨了一棒,其结果不是教义的冲突,而是外祖父母对宗教的冷漠把我引向不信宗教。不过,我当时还信神:我穿着衬衣跪在床上,双手合掌,每天做着祈祷。但我想念上帝的次数越来越少了。

母亲每星期四领我到修道院院长迪比多斯办的学校去,我坐在陌生的孩子们中间听宗教教理课。外祖父早已先入为主地向我灌输他的思想,以致我把神甫看成是一些稀奇古怪的动物。虽然他们是我信奉的宗教的圣职人员,但他们比牧师更使我感到陌生,他们的道服和独身使我敬而远之。夏尔·施韦泽很敬重迪比多斯院长——一个有教养的人,很了解他的为人。但他如此公开地反教权主义,以致我跨进大门时,感到如临敌阵。至于我本人,我倒不讨厌教士。他们对我讲话的时候,总是和颜悦色,笑逐颜开,一脸聪明、慈祥的神情,他们有着无限深情的目光。这种目光,我在皮卡尔夫人和我母亲那些懂音乐的女友们眼睛里见到过,是我特别欣赏的。我外祖父则讨厌教士,并通过我表现出来,首先是他出主意,把我委托给他的朋友,那位修道院院长。但每星期四傍晚,我这个小天主教徒被带回到他身边的时候,他总不安地仔细打量我,在我的眼睛里寻找教皇主义在我身上所取得的进展,少不了要取笑一番。这种暧昧的状况维持不到六个月就结束了。一天,我交给老师一篇论耶稣受难的法语作文。这篇作文在家里备受赞扬,母亲还亲手抄写了一份,但在学校里只得了二等奖。这次失望非同小可,使我更不信宗教了。接着我生了一场病,加上放假,便没有回到迪比多斯学校去,开学的时候,我要求干脆不去算了。以后好多年,在公开场合我跟万能的上帝还保持着联系,但在私下里,我已停止和他打交道了。只有一次,我感觉到了上帝的存在。我玩火柴,烧着了一小块地毯。我正在掩盖我的重罪,突然上帝看到了我,我感到脑子里和手上都有上帝的目光,弄得我在浴室里团团转,我已暴露无遗,成了一个活靶子。但愤怒拯救了我,上帝如此粗鲁和冒失使我怒火万丈。我辱骂神明,像外祖父那样嘟囔:"什么上帝,去你妈的,真是活见鬼!"从此上帝再也不看我了。

我以上说的是使命未完成的故事。我需要上帝,人们把上帝给了我。我接待上帝时并没有意识到我正在找他。上帝没有在我心里扎根,只在我身上无声无息地待了一阵子,然后就死亡了。今天当人们跟我谈起上帝时,我毫无遗憾地打诨,用一个老风流重逢一个迟暮的美人做比喻:"五十年前,如果没有那场误会,如果没有那次误解,如果不发生那起使我们分离的意外事情,我们之间也许会发生点什么关系。"

但什么关系也没有发生。不过我的事情却越来越不妙。外祖父对我的长头发很恼火,向我母亲说:"这是一个男孩子,你想把他变成女孩子呀。我不愿意我的外孙变成一个没有男子气的人。"安娜-玛丽硬顶着。我想,敢情她乐意我真的是一个女孩子呢。要真的是这样,她那童年般的不幸日子会好过得多。但上天没有成全她,她便自作安排:把我打扮成天使的模样,看不出是男是女,外表上像女孩的样子。她温柔可亲,从她的言传身教,我学到了温存。再加上我的孤单,我变得很文静,躲着一切激烈的游戏。我七岁那年,一天外祖父忍不住了,抓着我的手说带我散步去。我们刚拐过街角,他便把我推进一家理发店,对我说:"我们将让你母亲意想不到地高兴一下。"我非常喜欢发生意想不到的事情。在我们家这类事情层出不穷。譬如,捉弄人的或好意的故弄玄虚,意想不到的礼物,戏剧性的新发现,接着是拥抱亲吻,凡此种种成了我们生活的基调。我的阑尾被切除的时候,母亲瞒着卡尔,怕他着急,其实他未必会焦急不安。我舅舅奥古斯特出钱付了手术费。我们从阿卡雄偷偷出来,躲进库勃瓦一家诊所。手术的第二天,奥古斯特来看我外祖父,对他说:"我向你报告一个好消息。"他说得郑重其事,但语调和蔼可亲。卡尔摸不着头脑:"你再娶了!"我舅舅微笑着回答:"不是,一切都很顺利。""什么一切都很顺利?"凡此种种,不一而足。总之,这类戏剧性的小事在我儿时生活中屡见不鲜。我亲切地望着我的环形鬈发串串沿着塞在我脖子上的白围巾滚落下来,掉在地板上,怪诞地躺着,失去了光泽。我理了短发,凯旋而归。

我听见的却是惊讶声,没有人来拥抱亲吻,母亲躲进自己的房间哭泣:人家用一个小男孩换走了她的小女儿。更为糟糕的是,我漂亮的鬓角鬈发原先一直在我的耳边翩翩起舞,在我母亲看来,这很能遮盖我丑陋的眼睛,当时我的右眼已经开始模糊了。她不得不承认现实,甚至外祖父也为此惊讶得目瞪口呆:人家好端端交给他一个漂亮的小宝贝,他还回来的却是一只癞蛤蟆,这使得他以后再也无法赞不绝口了。妈咪瞧着他,感到很有趣,只是说了声:"卡尔神气不起来了,他驼着背萎靡不振。"

安娜-玛丽出于好心向我瞒着她伤心的原因。到十二岁那年我强烈地感觉出来了。我很不自在,经常发现我家的朋友们向我投以忧虑或困惑的目光。我的观众越来越挑剔了。我不得不费尽心机,尽量演出拿手好戏,结果演得很不自然。我着实感受到一个衰老的女演员的痛苦,我发现别人倒能够讨人喜欢。曾经发生过的两件事情,我一直记忆犹新。

我九岁那年,一天下着雨,在努瓦塔布尔镇的旅馆里我们有十个孩子在一起玩,好像十只猫装在同一个袋子里,好不热闹。为了给我们找点事干干,外祖父同意给我们编写并导演一个有十个人物的爱国剧本。我们这一帮人中年龄最大的贝尔纳扮演斯特罗索夫老头。这是一个善良而性情粗暴的老人。我扮演一个年轻的阿尔萨斯人。剧情是:父亲选择去法国,我偷偷越过边境去找他。我外祖父为我精心安排了充满英雄气概的台词。我伸出右臂,低着头,把神圣的脸颊藏到自己的肩窝里,低声道白:"永别了,永别了,我们亲爱的阿尔萨斯。"在排演的时候,大家说我演得动人极了,我认为这种评价是很自然的。演出在花园里举行,舞台设在两排卫矛树丛和旅馆的墙之间,父母们坐在藤条椅子上观看。孩子们玩得开心极了,可谓欣喜若狂,只有我例外。我深信这出戏的成败掌握在我的手里。出于对共同事业的忠诚,我千方百计演得讨人喜欢。我认为所有的眼睛都在盯着我,但我太做作了。大家普遍认为贝尔纳演得最好,他不怎么过事渲染。我懂得这一点吗?演出结束,由他进行募捐。我悄悄跟在他后面,趁他不防,一把抓住他的假胡子,拽下来捏在我手里。这算得上头牌名角儿心血来潮的动作,想引起哄堂大笑。我感到十分得意,摇晃着战利品,欢蹦乱跳。但大家并没有笑。母亲抓住我的手,生气地把我拉得远远的。她很伤心地问我:"你怎么搞的?假胡子多么漂亮!大家一致称赞好看!"外祖母匆匆赶到,她转告我们刚听来的话:贝尔纳的母亲说我嫉妒了。"你瞧,这是爱出风头的好处!"我赶紧溜走,跑到我们的房间,站在带镜的衣橱前面,久久地做着鬼脸。

　　皮卡尔夫人认为孩子什么书都可以读:"一本写得很好的书在任何情况下都是无害的。"以前当着她的面,我曾要求看《包法利夫人》,我母亲用她悦耳的嗓音说:"哦,如果我的小宝贝在他这个年龄就读这类书籍,赶明儿他长大了该怎么办呢!"——"我就照着做呗!"这句回嘴获得最真诚和最持久的赞扬。皮卡尔夫人每次来看望我们,必提起这件事。我母亲用带着得意的责怪口吻喊道:"喔,布朗什!请您快别这么说,您要把他宠坏的。"我既喜欢又鄙视这个苍白肥胖的老女人。她是我最好的观众,听到通报她的到来,我感到精灵附身似的:我梦见她的裙子掉下来,看到了她的臀部,这算是对她的灵性表示敬意的一种方式吧。一九一五年十一月她送我一本红皮面的手册,切口是涂金的。那天外祖父不在家,我们待在他的工作室里,妇女们激动地谈论着。由于正在打仗,她们谈话的调子比一九一四年还低沉,一股黄黄的脏雾粘在窗户上,散发出熄灭的烟丝味儿。我把本子打开一看,非常失望,因为我希望这是一本小说,或短篇故事,原来是个记事手册,在五颜六色的纸上,同样的调查问题表有二十份之多。她对我说:"回答这些问题,让你的小朋友也来填写,将来都是你美好的回忆。"我认为这是给我一个机会显露奇才,我要立即大显身手。于是我在外祖父办公的地方坐下,把手册放在垫板吸墨纸上,拿起塑料杆的笔蘸到红墨水瓶里,开始写起来。这时她们交换着乐滋滋的眼色。我一跃腾空而起,超越了我心里要说的话,追逐着"超过我年龄的答案"。不幸,调查的问题不帮忙,表上尽是一些关于我爱好或不爱好之类的问题。例如,问我喜欢什么颜色啊,最喜爱什么香味啊。我无精打采地杜撰着我的爱好。突然露一手的机会来了:"什么是你最大的愿

85

望?"我毫不犹豫地回答:"成为一个战士,为死者报仇。"我太激动了,不等写完,就跳到地上,急于把我的作品交给她们看。她们的目光打起精神,变得敏锐起来。皮卡尔夫人戴上眼镜,我母亲从她的肩上俯身去看,两个人同时狡黠地伸伸嘴唇,然后一起抬起头来:我母亲的脸涨得通红,皮卡尔夫人把手册还给我:"我的小朋友,你知道,只有由衷地回答才能引起兴趣。"我感到无地自容。我的错误是十分明显的:她们需要的是有奇才的儿童,我却显示出高尚的品行。我的不幸在于这些夫人没有亲人在前线,在她们恪守中庸之道的心灵上,英豪是没有地位的。我赶紧躲开,跑到一面镜子前面做鬼脸去了。

这两次做鬼脸,如今想起来,当时无非是想保护自己。我用脸部肌肉运动来刹住羞愧迅速外露,然后把我的不幸推到极端,由此把我从不幸中解救出来。为了不丢脸,我赶紧采取卑躬屈膝的态度,干脆抛弃讨人喜欢的手段,以便忘记我曾用过乃至滥用过这种手段。为此目的,镜子帮了我很大的忙。我让镜子向我表明我是一个丑八怪,如果镜子能做到这一点,我辛酸的内疚就会变成恻隐之心。但主要是因为失败使我看清我的奴性,于是乎我使自己变得面目可憎,为的是不让奴性发展,为的是与人们断绝关系,并使人们抛弃我。上演恶的喜剧为的是跟善的喜剧针锋相对。从前扮演埃利亚桑,现在扮演加西莫多①了。我歪嘴扭鼻子,皱眉斜眼睛,使我的脸变了样,用毁自己的容貌来抹去我以前的微笑。

我的病越治越糟糕:为避开荣誉和丢脸,我企图躲进孤独的个性中去。但我没有个性,在自己身上只发现令人吃惊的呆板。

---

① 加西莫多,雨果名著《巴黎圣母院》中丑陋的敲钟人。

在我眼前,一只水母撞倒在鱼缸的玻璃上,有气无力地蜷缩成环状,一点一点地消失在黑暗之中。夜降临了,镜子里浮现的黑云慢慢聚拢,吞没了我的身影。我的替身已被夺走,只剩下我自己。在黑暗中,我感到迷离恍惚,听到窸窸窣窣声和怦怦的心跳声。啊!一头活生生的野兽,最可怕的野兽,唯一使我害怕的野兽。我拔腿逃跑,重新到亮光下上演我丧失神采的天使角色,但白费心机。镜子使我明白我本来并不讨人喜欢,其实这一点我心里始终是清楚的。这以后,我再也振作不起来了。

我受大家宠爱,但每个人又把我推回来,我是一个没有人要的东西。七岁的时候,我才求助于自己,但我自己还不存在;我好比空无一人的玻璃宫殿,为新生的时代反映出它的烦恼。我新生,为的是满足我对自己极大的需要;直到那时,我有的只是沙龙小狗的虚荣;我被逼到非自尊不可的时候,变得傲慢自大起来。既然没有一个人把我当回事儿,既然谁都不要我,那么我就自命不凡地要成为天下不可缺少的人。还有什么更妙的呢?还有什么更蠢的呢?的确,我没有选择的余地。我是一个不买票的旅行者,在座位上睡着了,检票员把我摇醒:"您的票呢?"我不得不承认没有票,也没有钱当场补票。于是乎我开始为我的过错辩护:我把身份证忘在家里了,甚至,不记得是怎么蒙过检票员的检查,但承认偷偷溜进了车厢。我非但没有对检票员的权威表示异议,反而对他履行的职责表示崇高的敬意,在他未检查之前,我已经屈从他的裁决了。我卑躬屈膝到了极点,在这种情况下,只有把局势完全倒过来才能得救。于是我透露我肩负着重要而秘密的使命去第戎,这关系到法国,也许关系到全人类。从这个新的角度看问题,可能在这整列火车里没有一个人比我更有权利占一个位置。很明显,我们所面临的问题是,一项最高的命令与一项具体的规定发生了矛盾。但如果检票员擅自中断我的旅行,他可能引起严重的纠纷,其不堪设想的后果也许会落到他的头上,所以我恳求他三思而行:在维持一列火车的秩序的借口下,把全人类推进混乱之中是否明智?这就是自尊:无耻之徒的辩护词。持票的旅行者才应该老实点呢。我不知道是否能胜诉,反正检票员默不作声。我重新申述我的理由,只要我在讲话,便相信他不会强迫我下车,就这样,我们面对面,一个不吭一声,另一个滔滔不绝,而火车把我们带向第戎。火车、检票员和轻罪犯,在我身上熔于一炉,另外还有第四者,那就是组织者,其愿望只有一个:欺骗自己,哪怕一分钟也好,忘记自己所创建的一切。家庭喜剧帮了我的忙,家人称我为天才,这是闹着玩的,我也不是不知道。由于我备受同情,往往眼泪汪汪,但心坚如钢,我要成为一件正在寻找收礼人的有用的礼物,把自己献给法国,献给世界。至于具体的人,我才不在乎呢。不过,既然非要跟人打交道不可,我还能使人们高兴得流泪,这说明世界是带着感激的心情欢迎我的。你们会想我未免太自负了吧,不,我是没有父亲的孤儿,既然我不是任何人的儿子,我的来源便是我自己,充满着自尊和不幸。我被一股激情推到世上,一味往善的方向发展,前后关系是很清楚的:母爱的温存使我变得懦怯,孕育我的那个粗野的摩西不在人世,使我的生活单调乏味,外祖父的宠爱使我自命不凡。我纯粹是个物品,倘若我能相信家里上演的喜剧,那么我献身于受虐狂再合适也没有了。但不可能,家庭喜剧只使我表面上激动,骨子里却冷若冰霜,不以为然。我对成套的喜剧形式反感至极,憎恶幸福的昏厥,憎恶懒散,憎恶自己过分受抚摸、过分受宠爱的躯体,我在反对自己时找到我自己,我立意自尊和残忍,反过来说,我变得宽宏大量了。宽宏大量,如同它的反面:吝啬和种族主义,只不过是为了医治我们内心的创伤而分泌的香膏,到头来使我们中毒而死。为了逃脱被人弃置不顾的命运,我为自己选择了资产阶级最不可救药的孤独,即造物主的孤独。请不要把这当头一闷棍与真正的反抗混为一谈:人们奋起反抗嗜杀成性者,而我只有施恩人。有很长一段时间,我还是施恩人的同谋哩。况且是他们把我称为神童的,我只不过把受我支配的工具用于其他目的罢了。

上述的一切都是在我头脑里发生的。既然别人把我看作想象中的孩子,我就以想象来自卫。如今当我回顾六岁至九岁时的生活时,印象最深的是我智力活动的连续性,其内容经常变化,但纲领是不变的。一开始我上场太早,于是退到屏风后面藏起来,正当世界静悄悄地要我脱颖而出的时候,我恰好再生了。

我最初编的故事无非是《青鸟》①,《穿靴子的猫》②,以及莫里斯·布肖写的童话的翻版。这些故事在我的眉宇之间,脑门之后,自然而然地产生。后来我敢于修改这些故事了,给自己在故事里找到了一个角色,从此故事改变了性质。我不再喜欢仙女,仙女在我周围已经太多了,此时丰功伟绩代替了仙国美景。我成了英雄,把我的媚态一扫而净。现在的问题不再是取悦于人,而是使人折服。我抛开了家,把卡尔妈咪,安娜-玛丽从我的幻想中清除出去了。我对做做手势、摆摆姿态厌倦了,决意幻想出瑰行壮举来。我杜撰了一个艰难困苦和难以忍受的天地,即《唧唧叫》《了不起》中的天地,保尔·迪瓦小说中的天地;我不

---

① 此处《青鸟》指瑞典作家帕尔·阿泰尔博姗(1790—1855)写的童话故事。
② 《穿靴子的猫》,著名童话作家佩罗(1628—1703)的作品,与之齐名的,还有《小红帽》《灰姑娘》《睡美人》等。

杜撰自己一无所知的劳动和需求，而代之以惊险。但我从来不敢触动既成秩序：确信自己生活在最美好的社会里。我给自己确定的职责是把坏蛋从这个社会中驱逐出去。我既是警察，又是施刑者，每天晚上都要献祭一帮强盗。我从来没有发动过预防性战争和惩罚性远征。我杀人不为取乐，亦非因为发怒，而是为了使姑娘们死里逃生。这些弱不禁风的人儿对我来说是必不可少的，她们需要我呀！显而易见，她们不能指望我的帮助，因为她们不认识我。但我把她们抛入极大的风险之中，除了我谁都救不了她们。当土耳其近卫军挥舞他们的弯形大刀时，一片呻吟声掠过沙漠，悬岩对沙子说："此地缺一个人，那就是萨特。"就在此刻，我拨开屏风，挥舞快刀，人头纷纷应声落地，我在血河中诞生了。钢铁带来的幸福！我得到了应有的地位。

我每次诞生都是为了消亡。女孩子被我救了之后，投入当总督的父亲的怀抱，于是我走开，不得不重新成为多余的人或去寻找新的凶手。杀人凶手倒总能找得着。我作为现成秩序的捍卫者，把我存在的理由建立在连续不断的混乱之上，把邪恶闷死在我的怀里。邪恶消亡我亦消亡，邪恶再生我又再生。我是一个右派无政府主义者。我暗中行侠仗义，外表上却不露声色。我依然奴颜婢膝和极力巴结，要丢开已养成的德行是多么不容易啊。所以每天晚上我急不可待地等着日复一日的滑稽戏收场。我赶紧跑上床，草草做完祷告，便滑进被窝里去了。我急于想再横冲直撞地干一番。在黑暗中我衰老了，变成一个孤独的老年人，没有父母，无家可归，几乎连姓名都没有。我在一幢熊熊燃烧的房顶上行走，手中抱着一位昏迷不醒的妇女。在我的下面，人群高喊着，楼房眼看快倒塌了。此时我用预言家的口吻脱口而出："请听下回分解。"母亲问道："你说什么？"我谨慎地回答:"我暂停一下。"事实上我已经睡着了,在危如累卵的气氛中睡着了。这种不安全感挺有趣儿。第二天晚上,我很守约,又跑到屋顶上,又是熊熊烈火,这一回是死定了。不料,我突然发现一条承溜,前一天晚上却没有注意到。我的上帝,我们得救了!但我怎么样才能抓住竖管往下滑而又不松开我珍贵的负荷呢?有了,这位年轻的妇女苏醒了过来,我把她扛在背上,她的双臂紧搂着我的脖子。不,不好,经过考虑,我还是让她重新昏迷不醒,哪怕她对自己被救稍微做出一点点贡献,我的功劳就等于减少了。巧得很,我脚边有一根绳子。我把受难者牢牢缚在我这个营救者的身上,剩下的事便很简单了。高贵的先生们——市长、警察局长、消防队长——热烈接待我,拥抱我,亲吻我,给我颁发勋章。我失去了自信,一时不知如何是好,这些地位很高的人物抱吻起来太像我外祖父了。于是我把全部故事抹去,重新开始:事情发生在夜里,一个姑娘喊救命,我冲入混乱之中……请听下回分解。我冒着生命危险,迎接英雄壮观的时刻,使我这只偶然降到人间的动物变成荣膺天命的过客。但我感到胜利之后反倒活不下去似的,我太幸福了,等第二天再来一次吧。

一个大有希望成为神职人员的无知小学生居然做起冒失鬼的梦来,人们不免感到惊讶吧。儿童身心不宁是因想象而引起的,平息这种身心不宁并不需要流血。难道我从来没有希望成为一名英勇的医生,拯救深受鼠疫或霍乱之害的同胞吗?没有,我承认从来没有过。但我既不残忍也不好战,如果本世纪初的年代使我成为"史诗诗人",这并不是我的过错呀。吃了败仗的法国,全国上下充塞着假想的英雄,他们假想的丰功伟绩安抚着法国人的自尊心。在我出生前八年,西哈诺·德贝拉克①"像红裤军乐队那样大吹大擂"。不久,自负而被害的小鹰②问世,很快就使人们忘记法绍达事件③。一九一二年,我对这些上层人物一无所知,但和他们的模仿者倒是经常打交道的。非常喜欢黑社会的西拉诺,即阿塞纳·吕班④,但我不知道他之所以力大无穷,敢于冷嘲热讽,表现出十足的法国聪明才智,正是由于我们在一八七〇年惨败丢脸的缘故。民族的好斗性和报复思想使所有的孩子都变成复仇者。我也跟大家一样成了一个复仇者。爱开玩笑和喜欢摆军人威风,这些战败者不可容忍的缺点吸引了我,我把流氓无赖先嘲笑一番才打断他们的脊梁骨。但战争使我厌倦了,我喜爱经常到我外祖父家来的温和的德国人,只对个人之间不公正的事情发生兴趣。在我没有怨恨的心中,集体力量起了变化,我运用集体力量来培养我的个人英雄主义。管他呢!反正我已被打上烙印了。在这动刀动枪的时代,我之所以荒谬绝伦地把生活看作史诗,因为我是失败国的子孙。作为彻底的无神论者,在我死亡之前,我将用史诗般的理想主义来补

---

① 爱德蒙·罗斯唐(1868—1918)的五幕诗体喜剧《西哈诺·德贝拉克》是十九世纪末法国最流行的戏剧作品之一,主人公西哈诺·德贝拉克爱吵架,好动武,夸夸其谈,假充好汉。
② 爱德蒙·罗斯唐的五幕诗体剧《小鹰》(1900)的主人公是拿破仑的儿子小鹰,他青年时代奢望光宗耀祖,但被德军俘房。他企图越狱逃脱梅特涅的控制,结果事败身亡。
③ 法绍达是旧城市名,今称科多克,位于苏丹上尼罗省。一八九八年该城的归属问题引起一场英法外交风波。法军从刚果出发,走旱路先占该城,自六月十日插上法国国旗,英军走尼罗河水路,九月十八日才到达。开始法国拒绝撤军,一八九九年三月二十一日英国向法国发出最后通牒,法国屈服,整个尼罗河盆地从此割让给英国。
④ 阿塞纳·吕班是法国小说家莫里斯·勒布朗笔下的人物,神出鬼没的小偷典型,外表极有绅士风度。在勒布朗的很多小说中出现过。

偿我本人没有遭受过的侮辱,补偿我本人没有忍受过的耻辱,补偿早已归还给我们的两省的失陷。

　　上个世纪的资产阶级永远忘不了他们观看的第一场戏,代表他们的作家自告奋勇记述当时的情景。幕布一拉开,孩子们以为身临宫廷之中,但见一派金碧辉煌,大红绛紫,炉火熊熊,浓脂厚粉,夸夸其谈,尔虞我诈,这一切使犯罪也显得颇为神圣。孩子们从舞台上看到贵族复活了,而贵族恰恰是由他们的祖父们杀害的,幕间休息时,层层楼座的观众给他们提供了社会的形象,人们把包厢里袒胸露臂的女人和活着的贵族指给他们看。孩子们回到家里,直着眼发愣,精神萎靡不振,但心中暗暗盘算着将来有朝一日也能主持隆重的场面,成为儒尔·法弗尔、儒尔·费里、儒尔·格雷维式的人物。① 我看我的同代人不一定讲得出首次看电影的日期,因为我们稀里糊涂地进入了一个与传统隔绝的世纪。这个世纪以它粗俗的举止与以往的世纪形成鲜明的对照,而新艺术,即庶民艺术,预示着我们的野蛮这种诞生在盗贼巢穴之中的艺术却被政府部门列入市集娱乐,以下等人的举止出现,使道貌岸然的人感到愤慨,这是娘儿们和孩儿们的娱乐。母亲和我是电影迷,但我们很少想到这种艺术,从来也不谈起:当人们不缺面包的时候,难道会谈论面包吗?当我们觉察到它的存在时,它早已成为我们生活的必需了。

　　下雨的日子,安娜-玛丽问我想干什么,我们久久犹豫不决,马戏场、夏特莱剧场、电力公司俱乐部、蜡人馆,不知去哪儿好,最

---

① 儒尔·法弗尔(1809—1880),法国律师、政治家、国防政府成员(1870)。儒尔·费里(1832—1893),法国政治家,曾对小学教育做出过贡献,但他是法国殖民扩张的积极鼓吹者和组织者。儒尔·格雷维(1807—1891),曾任法兰西共和国总统(1879—1887)。

后我们装出随便去一个地方的样子,决定到一家电影院去。我们打开房门,外祖父已出现在他办公室的门口,问道:"孩子们,你们上哪儿去啊?"我母亲回答:"去电影院。"他皱起眉头,母亲赶紧补充道:"去先贤祠电影院,很近嘛,只穿过苏弗洛街就行啦。"他放我们走了,但耸了耸肩膀。第二个星期四他对西蒙诺先生说:"您瞧瞧,西蒙诺,您是一个庄重的人,请您想想,我女儿居然带着我外孙去看电影,您理解吗?"西蒙诺先生用随和的语气回答道:"我从来不去电影院,但我的妻子有时倒是去的。"

电影已经开场了。我们跟着女引座员,跌跌撞撞摸着走,我感到自己像个偷渡者。在我们的头顶上方,一束白光穿过大厅,白光中灰尘在欢蹦乱跳,烟雾在翩翩起舞,空中鸣响着一架钢琴的声音①,紫色的梨②在墙上闪闪发亮,消毒剂的气味直冲我的嗓子眼。在这挤满人的夜晚,这些梨和气味弄得我迷迷糊糊,我仿佛在吞食那些太平灯,全身都充满了它们的酸甜味儿。我的背蹭过一双双膝盖,坐到一张吱嘎作响的椅子上,母亲往我屁股底下塞一条折叠起来的毯子:把座位垫得高高的。我终于集中注意力望着银幕,看见一片白垩般的荧光,密密实实的光线好似暴雨蒙住了闪烁的风景,自始至终不断下着大雨,甚至在大太阳下或在屋里室内也是大雨滂沱,不时一颗小行星似的火球穿过一位男爵夫人的客厅,而她却若无其事。我很喜欢这种大雨,喜欢这种在墙上发生的忐忑不安。钢琴师弹起了《芬格尔洞》序曲③,观众都懂得罪犯快出现了。男爵夫人害怕得要命,她美丽的容貌变成炭黑色,最后让位于淡紫色的字牌:"上集完"。立刻一切都暴露在光天化日之下。

---

① 本世纪初的电影是无声片,放映时带有钢琴伴奏。
② 指太平门上的梨形灯。
③ 门德尔松所作的著名序曲之一,又名《赫布里底岛》。

我在哪儿？在一所学校里？在一个机关里？一点儿装饰也没有，只见一排排折叠式座椅，座位下露出弹簧，四周的墙壁涂着赭石颜料，地板上到处是烟头和唾沫。大厅里乱哄哄的，人声嘈杂，观众大声说话，女引座员叫卖英国糖果。母亲给我买了一些，我把糖果放到口袋里，因为我还在咂摸太平灯的滋味。人们揉着眼睛，个个头昏眼花的样子，士兵是这样，本区的女用人也是这样。一个瘦骨嶙峋的老头嚼着烟草，披散着头发的女工大声笑着，所有这些人都不属于我们的阶层，幸亏在这片黑压压的人头中不时出现令人欣慰的高筒礼帽，这才使人放下心来。

我已故的父亲和外祖父是剧院三楼楼厅的常客。他们对剧院中划分等级的繁文缛节兴致颇浓：当很多人聚集在一起时，应该按三六九等把他们分开，要不然就会鱼龙混杂，面目不清了。电影院则相反，观众混杂在一起，好像不是为了娱乐欢庆而是发生了一场灾难才聚集在一起的。在电影院里礼节被取消了，这反倒显露出人们之间真正的关系，即依附关系。我讨厌繁文缛节，喜欢聚集的人群。我看见过各种各样的人群聚集，但这样毫无掩饰，这样摩肩擦背不分彼此，这样如梦后初醒的状态，这样暗自意识到做人的危险，后来只有一九四〇年在 D 区十二号[①]才重新感受到。

我母亲索性大着胆子带我去通俗喜剧院，例如基内拉马剧场，戏剧游乐园，滑稽歌舞剧院，戈蒙大剧院——当时人们称跑马场。我看过《小丑》《幽灵》《马西斯特的功绩》《纽约的秘密》[②]，但这些地方的金碧辉煌很令我扫兴。滑稽歌舞剧院，这个由剧院改建的

[①] 第二次世界大战期间在德国，D 区集中营关押战俘中的下级军官和士兵。萨特被俘后曾被关押在那里。
[②] 这四种均为根据侦探小说或惊险故事拍摄的无声电影，其中苏韦斯特（1874—1914）写的侦探小说《幽灵》最为著名。

电影院，硬是保留着原先庄严隆重的气派：直到最后一分钟金穗帷幕还挡着银幕，等重重敲三下地板方始开场，乐队演奏序曲，幕布升起，灯光熄灭。我很厌烦这种不伦不类的繁文缛节，这种发霉过时的排场，这一套讲究必然使剧中人物更加远离观众。在楼厅里，在顶层楼座上，我们的父辈受到刺眼的吊灯和刺鼻的天花板油漆的侵袭，绝不可能也绝不愿意相信戏剧是属于他们的，他们只在剧院受到接待而已。至于我，我宁愿就近看电影。在本区放映场那种虽不舒适却人人平等的条件下，我悟出这种新艺术是属于我的，也是属于大家的。从思想上来说，我和电影艺术是同时代的产物：我七岁时，已经会念书；电影诞生已十二年，却还不会说话。听人说，电影方兴未艾，前程远大，我心想我们可以共同成长喽。我没有忘记我们共同度过的童年。当人们给我一粒英国糖果时，当一位妇女在我身边抹指甲油时，当我在外省旅馆厕所里闻到某种消毒剂的气味时，当夜间乘火车我仰望着车厢顶上的紫色照明灯时，我仿佛在眼里，在鼻中，在舌上重新感觉到这些早已消失的放映室里的灯光和香味。四年前，我经过芬格尔洞穴附近的海面，正遇上狂风大作，我仿佛听到了钢琴声。

既然无法接近神道，我便崇拜起魔法来：电影。电影的表象变化无常，我却反常地喜欢这种变幻莫测。这种涓涓细流似的连续不断，既是整体又是零星，由整化为零。我观看从一堵墙上掠过瞬息万变的幻景，万物的立体形状消失了，扰乱着我身心的一块块庞然大物的形状消失了。作为幼稚的唯心主义者，我为万物能这样无止无休地缩小而高兴。后来每当看到立体的东西发生移动和旋转时，我便想起银幕上图像的移动和变幻。我实在喜欢电影，连它平面几何的图像都喜欢。从黑白两色，我可想象出黑白本身所包含的其他五光十色，而且只肯跟内行的人略谈一二。我为看到了平日人们不愿让人看见的事物而欣喜若狂。更使我喜欢的是,我的英雄们自始至终一声不吭,或者更确切地说,他们并非哑巴,因为他们能使人明白自己的意图。我与他们通过音乐来沟通思想,音乐是他们内心世界的声音。被迫害的无辜女子通过音乐表达的痛苦比诉说或表演更为感人。她通过旋律深深打动了我,犹如道出她的肺腑之言。我通过银幕上的字母读到人物之间的对话,了解到她的希望和辛酸,但通过耳朵突然发现了她强忍着的悲痛。我受到了感染,这位在银幕上哭泣的年轻寡妇虽然不是我,但她和我,我们有一个共同的灵魂:肖邦的葬礼进行曲足以使她的眼泪润湿我的眼睛。我仿佛成了预言家,却又什么也不能预言:叛徒出卖以前,他的滔天罪行我已经感觉出来了;当宫殿里还是一派宁静的时候,阴森森的和弦已经预示凶手快出场了。这些骑士、火枪手、警察,他们是多么幸福啊,音乐预告他们前程似锦,他们主宰着局势。一支连绵不断的乐曲水乳交融地陪伴着他们的一生,引着他们走向胜利或走向死亡,随后乐曲也逐渐消失。众人期待着英雄,他们是遇难的姑娘,将领,埋伏在森林中的叛徒,被捆绑在炸药桶旁的伙伴——他忧心如焚地眼看着引爆线在燃烧。引爆线在迅速燃烧,处女向劫持者绝望地反抗,英雄在大草原上骑马飞驰。所有这一切形象纵横交错,迅速异常,台下演奏着根据《浮士德的沉沦》改编的钢琴曲《沉沦》①,琴声阴森凄凉,形象与音乐浑然一体,表现着一个东西:命运。英雄下马着地,熄灭了引爆线,叛徒向他扑去,于是展开短刀搏斗。决斗的波折紧密配合着音乐的铺展,其实都是一些假风波,掩盖不了人世间既定的秩序。最后一刀正好落在最后一个和弦上,皆大欢喜!我兴奋至极,终于找到了梦寐

---

① 《沉沦》,指法国作曲家柏辽兹(1803—1869)所作的四章传奇剧乐曲。

以求的世界,达到了极乐的境地。但灯光一旦复明,我感到扫兴透了,因为我已经完全进入这些角色,跟他们休戚与共,他们消失了,他们的世界也随之覆灭。我从骨子里感到他们确实胜利了,但这是他们的胜利,不是我的胜利。走到街上,我又感到自己是多余的人。

我决定发表己见,并且生活在音乐的旋律中。每天傍晚五点左右机会就来了。外祖父到语言专科学校教课,外祖母躲进她的房间读吉普①的书,母亲让我吃完点心,把晚饭做上,吩咐完女用人之后,到钢琴旁坐下,演奏肖邦的叙事曲,舒曼的奏鸣曲,弗兰克②的交响变奏曲,有时在我的请求下,她也演奏《芬格尔洞》序曲。我溜进工作室,室内已经昏暗,两支蜡烛在钢琴上点着,半明半暗对我非常合适。我一手抓着外祖父的尺当作我的长剑,一手拿着他的裁纸刀当作我的匕首,我立刻变成一个火枪手的平面形象。有时灵感一时上不来,为了争取时间,我决定,尽管我好斗成性,剑术高超,但因肩负一项重要的使命,还得隐姓埋名。我必须挨打而不还手,竭力装出怯懦的样子。我在屋子里团团转,恶狠狠地斜着眼睛,低垂着头,脚拖着地面走路,时不时惊跳一下,不是别人刮我一记耳光,便是在我屁股上踢一脚,但我切记不作反抗,只是暗暗记下侮辱我的人的姓名。等到一定的火候,音乐终于大作,如同伏都教③的仪鼓,钢琴的节奏加快,迫使我行动起来。《即兴幻想曲》渗入我的心田,在我的脑海里萦回,使我忘记自己的过去,给我展现未来的艰难险阻。我着魔了,魔鬼附着我的身心,摇李树似的震撼着我。上马!我既是良种牝马又是骑士,既是骑马

---

① 吉普(1849—1932),法国女作家。
② 弗兰克(1822—1890),法国作曲家。
③ 伏都教,安的列斯群岛黑人的一种宗教。

人又是被骑者,我飞快地奔驰在荒原和田野上,就是说在工作室的门窗之间来回乱跑。"你太闹了,邻居要埋怨的。"母亲说着,但没有停止演奏,我不理会她,因为我是不说话的。我发现了公爵,从马上跳将下来,不出声地向他撇嘴,示意他是狗杂种,他勃然大怒,一声呼出他的大兵。我用剑光护身,筑成一道钢铁堤防,时不时刺穿一个士兵的胸膛。紧接着,我一转身,又变成了被砍的大兵,我倒下来,死在地毯上。然后,我又悄悄从尸体中抽身出来,站起来重新担任游侠骑士的角色。我同时扮演所有的角色,演骑士时给公爵一记耳光,然后转过身来扮公爵吃一记耳光。但我演坏蛋演不久,总是急于回到第一个重要角色:我自己。我是不可战胜的,打败了所有的人。但像我夜间编的故事一样,我总是迟迟不让自己凯旋,因为害怕随之而来的消沉。

我保护着一位年轻的伯爵夫人,不让她受国王的弟弟的欺凌。一场大残杀呵!我母亲已经翻过一页乐谱,快板变成了柔板,我赶紧结束屠杀,向受我保护的夫人微笑。她爱上了我,这是由音乐一语道破的,而我,也爱上了她,也许是一颗钟情的心在我身上萌发。恋爱了,该做些什么呢?我挽着她的手臂,陪着她在一块草地上散步。但这不够呀。于是被急忙召来的流氓和大兵帮了我的忙:他们向我们扑过来,一百个人对付我一个;我杀死了九十个,但另外十个人抢走伯爵夫人,扬长而去。

我忧郁的岁月开始了。爱我的女人被掳走,王国的全部警察在追捕我,我成了不法之徒,走投无路。我可怜至极:孤独一人,以剑为伴。我垂头丧气地在工作室里踱来踱去,整个身心沉浸在肖邦如泣如诉的乐曲之中。间或我回顾自己的经历,或向前跳越两三年,心想那时一切将变得好起来,人们将还我爵位封号,还我土地,还我几乎未受损伤的未婚妻,国王最终将宽恕我。但我随即又向后蹦,蹦回两三年,重新处在不幸之中。这样的时刻真叫我陶醉:假想与现实融为一体。我是懊丧的流浪者,寻求着正义,活像一个无所事事的孩子,茫然无所适从,寻思着生活的意义,在音乐的旋律中徘徊于外祖父的工作室里。我一面扮演戏中的角色,一面利用我们的相像之处,把我们的命运搅和在一起:我确信能取得最后的胜利。我透过自己遇到的艰难险阻看到了通向目的地的捷径。眼下虽然卑贱,但正是通过这个卑贱的地位,我瞥见了光辉灿烂的前程。舒曼的奏鸣曲更使我深信不疑:我既是绝望的人,又是从创世那天起就拯救了那个人的上帝。能够空伤心是多么让人高兴啊!我有资格对天地万物表示不满。我领略着伤感的乐趣和怨恨的刺激,终于对胜利来得太容易而厌烦了。平日我是备受关怀的玩物,不管我想吃不想吃,总是被填得饱饱的。所以我急于过一贫如洗的假想生活,八年的极乐生活,其结果使我产生了想当殉难者的志趣。我把平日偏袒我的审判官统统换掉,换成讨厌我的审判官,他们准备不听我辩护就定我的罪,但我决意改变他们的做法,迫使他们宣告我无罪,向我庆贺道喜,给我表彰性的奖赏。我满怀激情读了二十遍格里塞利迪斯[①]的故事。然而,我毕竟是不爱吃苦的,不过爱让别人受苦,而且很残忍。譬如,我是无数公主小姐的保护者,但毫不拘束地想象着痛打那个与我同楼的邻居小女孩一顿屁股。这篇不值得推荐的故事有一点使我十分中意:不幸的侯爵夫人受虐待,但她以百折不挠的贤德最后使残暴的丈夫折服。这正是我所需要的:迫使审判官屈服,迫使他们崇敬我,以

[①] 格里塞利迪斯,又名格丽雪达,相传是十一世纪时的一位侯爵夫人,贤妻的典范。薄伽丘(1313—1375)最早讲述她的故事。萨路卓侯爵为了考验妻子的贤德,对她百般虐待,但她始终百依百顺,最后侯爵对她恩情弥笃,爱宠有加,尊她为侯爵夫人。萨特在下文中多次提到她。

惩罚他们的偏见。但我日复一日地推迟宣告我无罪,因此我始终是未来的英雄,一方面我如饥似渴地想成为一尊圣体,另一方面又不断推迟这个愿望的实现。

我感受到了双重的忧伤,既是体验到的,也是假装出来的。我想这种忧伤反映了我的失望情绪:我一连串的功绩只不过是一连串偶然事件罢了。当我母亲用力弹奏《即兴幻想曲》最后几个和弦的时候,我已经迷离恍惚了,不记得自己是没有父亲的孤儿,还是没有孤儿可供保护的游侠骑士。英雄完成一项功绩又去完成另一项功绩,小学生做完一个听写又去做另一个听写,英雄也罢,小学生也罢,同样地重复自己的事,我始终被关在"重复"这座监狱里。但未来确是存在的,电影向我揭示了这一点,我一心想有一个前途。格里塞利迪斯受的气使我厌倦了。我无止无休地推迟享天福的历史性时刻是徒劳无益的,反正我创造不出真正的前途,所谓前途,只不过是推迟了的今天而已。

接近这个时期——一九一二年或一九一三年——我阅读了《米歇尔·斯特罗戈夫》①。我高兴得哭了:真是楷模的一生!这位军官,为了显示他的价值,不需要等到强盗来挑战,上面一道命令就把他从黑暗的虚无中唤了出来,他生活的目的就是服从上面的意志,并为上面的胜利而献身,因为这种献身是无上光荣的:小说最后一页被翻过以后,米歇尔活活地被禁锢在他那烫金边的小棺材里了。没有一点忧虑,因为他一出现就负有正当使命;没有任

---

① 《米歇尔·斯特罗戈夫》,儒勒·凡尔纳于一八七六年发表的惊险小说。主人公米歇尔·斯特罗戈夫是沙皇的信使队长,他奉命送一份重要信件到遥远的伊尔库茨克去。该城受到鞑靼人叛乱分子的严重威胁,这次叛乱是由原皇家军官伊凡·奥加雷夫煽动的。米歇尔·斯特罗戈夫不幸被伊凡手下的人抓住,受尽严刑拷打,险些被挖去双眼。小说从始至终贯穿了斯特罗戈夫大无畏的精神和绝对忠诚的品质。

何偶然性,他转战南北,始终兴头十足:他的勇气,敌人的警觉,地形的自然条件,通讯的手段,其他二十名信使,所有一切的一切都是预先布置好的,米歇尔每时每刻都在地图上留下足迹。没有重复,一切都在变化,当然他也必须不断变化。他的前途在向他召唤,照亮着他的道路;他向着一颗明星勇往直前。三个月之后,我怀着同样的激情重读了这本小说。我并不喜欢米歇尔,觉得他太听话了,但妒忌他的前途。我爱慕他身上潜藏的基督教徒的气概,而大人们一直不允许我成为基督教徒。俄国的沙皇是上帝老子天皇爷,米歇尔被一道奇怪的命令从虚空中召唤出来,他像一切圣者,肩负罕见的重大使命,战胜诱惑,排除障碍,阅尽尘世,饱尝殉道者的苦难;在得到天助①后,对他的上帝歌功颂德,在他完成任务之际,进入了不朽的行列。我认为这本书有毒,难道存在上帝的意中人吗?上帝难道事先给他们指定了道路吗?我讨厌圣洁,但米歇尔·斯特罗戈夫身上的圣洁迷住了我,因为它披着英雄主义的外衣。

然而我并没有因此对我的哑剧改动分毫,肩负使命的想法只是想入非非,犹如飘忽不定的幽魂,落实不到行动上,可是我摆脱不了它。诚然,我的哑剧中的配角们——法国各代的国王——很听我的指挥,而且只要我打一个手势,他们便向我下达命令:我是不向他们请求命令的。如果出于服从而冒生命危险,那么慷慨施与将成什么了呢?马塞尔·杜诺,这个铁掌拳击家,每星期都使我惊讶不已,他的表演姿态优雅,超过了应尽的义务。而米歇尔·斯特罗戈夫尽管眼睛被打坏,满身是光荣的斑斑伤痕,却很难说是否做到了这一点。我欣赏他的英勇善战,却不赞成他的卑躬屈膝,这位好汉头顶一片

---

① 被一滴眼泪的奇迹所救。——作者原注

青天，为何要向沙皇弯腰躬身呢？沙皇吻他的脚才对呢！然而，如果不卑躬屈膝，何处能找到生存的理由呢？这个矛盾使我深深陷入困境。有时我企图回避困难：我是一个默默无闻的孩子，听说有一个危险的使命，便上前跪倒在国王的脚下，恳求交给我这个使命。他拒绝了，因为我太年轻，事关重大，我不行。于是乎我忽地站起来，向他挑战，干净利索地打败他所有的侍卫。君主明白过来了："行吧，既然你乐意，那你就去完成使命吧！"但我没有上自己计谋的当，心里明白这是硬要别人接受的。再说，所有这些王孙贵族丑八怪，早就使我烦透了：我是长裤汉①和弑君者，我外祖父早就让我对君主抱成见，无论他们叫路易十六，还是叫巴丹盖②。尤其因为我每天阅读《晨报》上米歇尔·泽瓦科的连载小说，这位受雨果影响的天才作家发明了共和主义的武侠小说。小说中的主人公全部代表人民，他们推翻帝国，又建立帝国，然后再推翻帝国，自十四世纪就预言法国大革命。他们出于侠义心肠，保护年幼的国王或呆傻的国王不受大臣们要挟，他们还打坏国王的耳光。其中最伟大的侠客是帕达扬，他是我的师父，我无数次学他的模样，高傲地做出两条细腿站得很稳的样子，打亨利三世和路易十八的耳光。在此以后，我怎么会听命于国王呢？总而言之，我既不能给自己发委任状，以证实我在这个地球上的意义，也不能承认任何人有权向我颁发这种委任状。我继续骑马巡视，懒洋洋的，已经厌倦混战了。由于自己头上没有沙皇，没有上帝，或没有父亲，我当刽子手时漫不经心，当殉道者时无精打采，因而只能当格里塞利迪斯喽。

---

① 长裤汉是十八世纪末法国资产阶级大革命时期对广大群众的称呼。因当时贵族都穿短套裤，平民百姓却只穿长裤。
② 路易-拿破仑·波拿巴一八四六年化装从阿姆古堡逃跑，穿的是泥瓦匠巴丹盖的衣服，后来他的政敌给他取绰号称他巴丹盖。

我过着双重生活,全是骗人的把戏:在公开场合,我是一个小骗子,即著名的夏尔·施韦泽那个有名的外孙;私下自个儿时,我深深陷入假想的愤慨。我假装隐姓埋名,以此来纠正虚假的荣耀。我毫不费劲地从一个角色跳入另一个角色。正当我一剑刺倒假想敌人时,门锁发出钥匙的转动声,母亲的双手突然僵住,在琴键上空一动不动。我把尺子放进书柜里,跑向外祖父,投入他的怀抱。我给他搬椅子,给他拿毛皮便鞋,对他一天的工作问长问短,不时提到他学生们的名字。不管先前我陷入多么深沉的遐想,我从来没有遇到过迷途的危险,我自如地对付着外祖父。不过我面前有一种潜在危险:我的现实生活很可能永远是双重的虚假,只是不断互相交替罢了。

　　我还有一种现实生活。卢森堡公园的平台上,孩子们在玩,我走近他们,他们在我身边擦过,却对我视而不见。我可怜巴巴地望着他们,他们是多么壮实、多么敏捷、多么健美呵!在这些活生生的英雄面前,我失去了神童的智慧,失去了渊博的知识,失去了强健的体魄,失去了舞剑的灵巧。我靠在一棵树上,期待着。只要这帮顽童的首领吼一声:"出来,帕达扬,你来扮演俘虏。"我将抛弃我的种种天赋,哪怕跑龙套也甘心情愿,哪怕扮个躺在担架上的伤员,甚至装死人也乐意呀!可惜我没有得到这种机会。面前这帮孩子是我真正的审判者,我的同代人,我的同辈人。他们的冷淡把我打入冷宫,我再也不求他们来发现我了,我既非奇迹,也非怪物,一个引不起任何人兴趣的矮小瘦弱的人而已。可是我母亲愤愤不平,这位颀长而美丽的女子跟我这小矮个儿在一起感到很得体,认为再自然不过了:施韦泽一家颀长,萨特一家矮小,我长得像父亲,仅此而已。她情愿在我八岁的时候还抱着我走,这样携带方便;我岁数长了,个儿仍旧矮小,但在她看来,也没有什么不合适的。然而当她看到谁都不邀请我玩时,她真心疼我,生怕我发现自己矮小而自惭形秽,其实我不尽然如此。为了挽救我失望的情绪,她装出不耐烦的样子说:"大傻瓜,你等什么呀?问问他们愿不愿意跟你一起玩。"我宁愿干最卑贱的事,也不愿丧失自尊去求他们。一些妇女坐在铁长椅上打毛线,她指着她们说:"你要我去跟他们的母亲说说吗?"我求她千万不要这样。她抓着我的手,我们离开了,从一棵树走到另一棵树,从一个人群走到另一个人群,始终是哀求的样子,但总是被排斥在外。黄昏,我回到自己的窝,回到精灵出没的圣地,沉浸在遐想中:我用咒骂和残杀一百个大兵来为我沮丧的情绪报仇雪恨。管他呢,反正事情进展得不顺利。

我的外祖父拯救了我:他无意中把我抛入了一场新的骗局,从而改变了我的一生。

二 写 作

夏尔·施韦泽从来不把自己视为作家。但到了七十高龄,仍对法语爱不忍释,因为他费了很大的劲才学会,而且还不能运用自如。他喜欢舞文弄墨雕词琢句,不喜欢吟哦咏诵,而他那不争气的语音语调却处处使他露怯。一有空,他便挥笔成章,很乐意为我们家和学校增添光彩,每逢佳日良辰写些应时作品:新年祝辞,生日祝愿,婚宴贺词,圣查理曼节献诗;独幕剧,猜字谜,限韵诗,顺口溜;开代表会时,即席赋四行诗,德文和法文同时并举。

初夏,没等外祖父结束课程,两位妇人和我,我们便出发去了阿卡雄。他一星期给我们写三次信,每次给路易丝写两页,给安娜-玛丽写一个附言,给我写一整篇韵文。为了让我更好地领略我的幸福,母亲边学边教我诗律。有一次她们发现我在乱写韵文回信,于

105

是赶紧催我写完,并助我一臂之力。两位妇人发信的时候,想到收信人会惊奇得目瞪口呆,不禁笑得流眼泪。回程邮班给我送来一首赞美我的诗,我再以一首诗相答。这个习惯使外祖父和外孙之间结成了一条新的纽带,两人犹如印第安人或蒙马特区为妓女拉客的人,用妇女不懂的语言狼狈为奸。家人送我一本音韵词典,我便成了打油诗人。我给薇薇写情诗,这是一个金发小姑娘,总坐在她的长椅子上,几年以后死了。小姑娘对我的情诗满不在乎:她是一个天使;但公众广泛的赞美为我补偿了她的无动于衷。我后来还找到过几首这样的诗。一九五五年科克多①说过,除了米奴·德鲁埃,所有的孩子都有天赋②。一九二一年除了我,所有的孩子都有天赋,我写作纯粹是装腔作势,搞虚礼俗套,冒充大人的样子;我之所以写作,因为我是夏尔·施韦泽的外孙嘛。家人让我念拉封丹寓言,我不喜欢。拉封丹的韵文写得松松散散,我决定用十二音节诗重写他的寓言。这个创举超出了我的能力,我好像受到嘲弄,从此不再赋诗。但我已是离弦之箭,干脆放弃韵文,改写散文。我不费吹灰之力就把从《唧唧叫》中读到的引人入胜的奇遇进行再创造,笔录下来。该是我从虚无缥缈的幻想中走出来的时候了。在神奇的遨游中,我想达到的却是现实。母亲经常一边目不转睛地看着乐谱,一边问我:"普卢,你在干什么?"我有时打破沉默回答:"我在演电影呢。"确实,我千方百计想象出种种镜头,让这些镜头在真的家具和真的墙壁之间再现,如同银幕上荧荧闪烁的镜头那样明晰可见,结果白费了力气。我不能无视我的双重虚假:我假装一个假装英雄的

---

① 让-科克多(1889—1963),法国著名多体裁作家:小说家,剧作家,诗人,文艺评论家。

② 米奴·德鲁埃是本世纪初一个不出名的女诗人,因早熟而没有得到正确的指导,天赋很快衰竭。显然,这里是科克多一句俏皮的反话。

演员。

我乍学创作，下笔成文时，真是欣喜无穷。依然是冒名顶替，但我说过，我把文字看作是事物的精髓。看到我细小而潦草的字像萤火虫似的在黯淡无光的物体上闪烁爬行时，我兴奋得无以复加：想象的事物成了现实。一只狮子，一名第二帝国的上尉，一个贝督因人①，他们稀里糊涂地被命名后进入餐厅，从此永远受禁，化为文字符号。我自以为用钢笔尖把我的梦想铭刻在人间了。我要来一个本子，一瓶紫色墨水，在封皮上写道："小说簿"。我把第一个写完的本子定名为《寻蝶记》。一个学者和一个强壮的年轻探险家以及学者的女儿逆亚马逊河而上，寻找一种珍贵的蝴蝶。内容，人物，探险的细节，甚至故事的标题，全部是从上一期季刊的一篇连环画借用的，这是肆无忌惮的抄袭，却替我解除了一切不安：既然我没有做任何杜撰，那么我写的一切必然是真实的。我并不奢望出版，但竭力使自己相信已出版的正是我要写的作品，我不写楷模以外的东西。我认为自己是抄袭者吗？不，我认为自己是独创一格的作者：我做了加工和润色呀。譬如，我想到了改动人物的姓名。这些细微的改变使我有权混淆记忆和想象。现存的句子以崭新的面貌在我头脑里重新组合，稳稳当当，井井有条，这就是所谓的灵感。我把这些句子誊写下来，在我眼前展现出密密匝匝的东西。如果人们普遍相信，作者灵感来临时已在内心深处变成另一个人，那么我七八岁的时候就认识灵感了。

我从来不完全相信"自动写作"②，但非常喜欢这种写作游戏，我是独生子嘛，可以自个儿玩耍。我不时搁下笔，装作犹豫不决的

---

① 贝督因人，居住在北非和西亚的一个游牧民族。
② 超现实主义初期的写作方法，即快速的、不假思索的写作，以抒写"潜意识"。

样子,双眉紧锁,目光恍惚,竭力使自己感觉到是一个作家。再说,出于赶时髦,我醉心于抄袭,甚至有意走极端,下例可资印证。

布斯纳①和儒勒·凡尔纳总是不失时机地给人传授知识。他们在最关键的时刻中断故事,着重描写一株毒草,一座土著人居所。作为读者,我跳过这些专题技术性描写;作为作者,我的小说充斥了这类东西,我认为要向我的同代人灌输所有我不知道的东西:富埃吉②人的风俗,非洲的植物,沙漠的气候。蝴蝶采集者和他的女儿遭到意外,不幸分离了,后来意外地乘坐一条船,一起在海上遇难,他们紧紧抓住同一个救生圈,不约而同抬起头,喜出望外,一个喊:"爸爸",一个喊:"黛西"。不幸,一条角鲨在周围转来转去,寻找鲜肉,越来越靠近父女俩,鲨肚在浪花间闪闪发亮。遇难者能死里逃生吗?我去找《拉鲁斯大词典》Pr-Z卷,吃力地搬到书桌上,熟练地打开所需要的那一页,逐字逐句地一行行抄袭:"鲨鱼遍及热带大西洋,这种大海鱼嗜食,长达十三米,重达八吨……"我慢条斯理地抄写,懒洋洋而津津有味,感到高雅的程序已跟布斯纳相等;由于还未找到办法拯救我的主人公,我乐于沉浸在惴惴不安之中。

这种新活动注定也是一场滑稽戏。母亲对我鼓励有加,领着人到餐厅观看少年创作者伏案写作。我装作聚精会神,全然未注意到欣赏者在场。他们踮着脚退出去,一边轻声说我可爱、迷人至极。爱弥尔舅舅送给我一架小打字机,但我不曾使用过;皮卡尔夫人给我买了一个地球仪,供我环球旅行,不至于搞错路线;安娜-玛丽把我的第二部小说《香蕉商人》誊抄在铜版纸上,传播了出去。甚至妈咪也鼓励我,她说:"至少他乖了,不吵闹了。"幸而这种认可因受到

---

① 路易·布斯纳(1847—1910),法国小说家,以写惊险小说著称。
② 富埃吉是南美火地岛南部的一个地名。

外祖父的反对而被推迟了。

　　卡尔从来不允许我看他所谓的"低劣的读物"。母亲向他禀报我已开始写作,起先他非常高兴。我猜他希望我写的是我们家的编年史,一定是妙趣横生,幼稚可爱。他拿起我写的本子,翻阅了一番,噘噘嘴,离开餐厅,对我热衷抄袭报刊上无聊的东西大为恼火。自此之后,他对我的作品漠不关心了。母亲十分伤心,但执着地在他不防备的时候让他读《香蕉商人》。她等到他换上便鞋,在安乐椅上坐下,当他双手扶膝,眼睛冷冷凝视前方,静静养神的时候,她抢走我的手稿,漫不经心地翻阅,突然受到感染,自个儿咯咯发笑,最后情不自禁地把手稿递给我外祖父:"爸爸,你看看嘛!有趣极了。"但外祖父用手推开本子,或者看上一眼,没好气地挑剔我的书写错误。母亲慢慢害怕起来,既不敢赞扬我,又恐怕我难过,干脆不再读我的作品,闭口不谈了事。

　　我的文学活动虽然得到许可,但已受到冷落,处于半地下状态。然而我仍旧兢兢业业,无论课间休息、星期四①、假期,或者有幸得病躺在床上,从不间断写作,记得病后初愈是我美好的时刻。我用的是一个红边黑皮本,像织挂毯一样不断地拿起又放下。我不怎么演电影了,小说代替了一切。总之,我写作是为了取乐。

　　我把故事情节写得复杂起来,加进了错综复杂的插曲,把我所读的东西倾箱倒箧,好的赖的,一股脑儿塞进去。故事的进展虽然受到影响,但这对我倒是一个收获,因为不得不在情节之间外加衔接。这样一来,我抄袭的程度反而减少了一些。再说,我已具备两重性。前一年我"演电影"的时候,扮演我自己,把整个身心投入想象,不止一次真以为自己全部陷进去了。当上作者,主人公仍旧是

---

① 当时法国小学星期四不上学,现在是星期三下午放假。

我,即在他身上倾注了我史诗般的梦幻。同时,我和他又是两个人:他不叫我的名字,我讲到他时只用第三人称。我不再借给他举止,而用文字替他塑造一个身子,如见其人。这种"间隔"的结果有可能使我胆战心惊,其实不然,反倒使我十分高兴:我乐于是他,但又不完全是他。他是我的玩偶,我高兴怎么折腾就怎么折腾,对他严加考验,在他的胁部捅一长枪,然后照料他犹如母亲照料我,医治他犹如母亲医治我。我所喜爱的作者们多少还知道羞耻,一般中途适可而止,不走极端,甚至泽瓦科①书中的勇士也从来不跟二十个以上的恶棍对垒。我却把惊险小说写得更加惊险,干脆抛开真实性,把敌人增加十倍,把危险增加十分。《寻蝶记》中的年轻探险者为拯救他的未婚妻和未来的岳父,跟鲨鱼群浴血奋战了三天三夜,最后大海变得一片血红。还是这个勇士,受伤后,逃出一个强盗所围困的大农场,双手捂着肠子,穿过沙漠,在向将军当面禀报之前,决不肯让人家缝合他的肚子。稍晚些时候,还是这个勇士,改名叫葛兹·封·贝利欣根,单枪匹马打败了一支军队。一个人对抗所有的人,这是我的准则。我这种阴郁而崇高的幻想来源于我清教徒似的资产阶级个人主义的生活环境。

作为英雄,我向暴君作斗争;作为造物主,我使自己成为暴君。我从无害变成伤人。有什么东西能阻止我挖掉黛西的眼睛呢?我可以像拔去一只苍蝇的翅膀那样挖掉她的眼睛。我的心怦怦直跳,一边写道:"黛西用手捂住眼睛:她瞎了双眼。"我感到恐惧,把笔搁下:我制造了一个不可挽回的小事件,使我的名誉颇受影响。我其实并不残忍,这不,我反常的乐趣立即变成恐惧。我吊销了所有的政令,用笔大涂特涂,使人无法认清,于是姑娘双眼复明,或干脆让

---

① 米歇尔·泽瓦科是前面提到过的《帕达扬一家》的作者。

她从未失明，但这个反复久久留在我的记忆里：我当真不安起来了。

小说中的世界也使我不安。有时候，我对写给孩子们看的冲淡了的屠杀场面感到厌倦，索性信笔写去，便在焦虑中发现各种恐怖事情都有可能出现。我发现一个面貌狰狞的世界，它恰恰否定了我强大无比的王国。我心想，一切都可能发生呵！这就是说，我能够想象一切。我哆嗦着，时刻准备撕掉自己的稿纸：我写下了不可思议的暴行。如果我母亲碰巧在我背后读到了，她一定会像抓到什么似的惊恐地大叫起来："多么可怕的想象啊！"她会轻轻咬着嘴唇，想说话而又不知道说什么，最后突然逃走了之：她的逃跑只能加剧我的焦虑。但是这跟想象没有关系。十恶不赦的暴行不是我发明创造的，而是像其他事情一样，在我记忆中发现的。

那个时代，西方世界死气沉沉，正是人们称之为"养尊处优"的年代。资产阶级没有明显可见的敌人，于是乎乐于疑神疑鬼，风声鹤唳，有意寻找某种忧虑，聊以解闷儿。譬如招魂术，降神术。勒高夫街二号，即我们对面的那幢楼里，有人转桌子。外祖母说，对面五楼占星师家干这事。有时她叫我们观看，我们赶巧看到几双手摁着独脚圆桌面，但有人走近窗口，拉上了窗帘。路易丝断言，这个占星师每天接待像我这种年龄的孩子，不过都是由母亲领去的。她说："我亲眼看见他给他们做按手礼。"外祖父直摇头，尽管他反对这类名堂，但不敢嘲笑；母亲诚惶诚恐；外祖母破例地显得惊讶，不再抱怀疑态度。但最后他们达成了一致："千万别介入，不会有好下场的！"当时流行神怪故事。持正统观点的报纸每周发表两三则神怪故事，以飨抛弃基督教信仰的读者，因为这些读者依然留恋着信仰的高雅。叙述者非常客观地报道某件令人惶惑的事情。这给实证主义提供了机会：事情不管怎样离奇，总包含着某种合理的解释吧。作者探求这种解释，发现后，忠实地向我们介绍，但立即巧妙地使我们意识到不足和浅薄。故事无非以疑问告终,让人寻味,但已足够说明阴间是存在的,这比直言阴间存在更令人生畏。

一天我打开《晨报》,不禁毛骨悚然。一则故事使我震惊,现在还记得标题:《树欲静而风不止》。夏日傍晚,一个女病人独身在农舍二楼的床上辗转反侧。一棵栗树从敞开的窗户向房间里伸进一个枝杈。楼下好几个人聚集在一起聊天,看着夜幕降临花园。突然一个人指向栗树说:"瞧!瞧!起风了吗?"大家不胜惊讶,走到台阶一看,一丝风也没有,但树叶却在颤动。就在此刻传来一声尖叫,病人的丈夫急忙奔上楼,但见他年轻的妻子直挺挺地立在床上,手指栗树,然后倒下猝然去世。这时栗树恢复了平日发呆的样子。她见到了什么呢?一定是某个疯子从疯人院逃出来,躲在树上装鬼脸吓唬人,按常情推测,不是疯子。难道有另外更合理的解释吗?但是……大家怎么没有看见他爬上树呢?怎么没有见到他爬下树呢?狗怎么没有叫唤呢?可是又怎么可能出事后六个小时在离农舍一百公里的地方抓住这个疯子呢?问题没有解答。叙述者笔锋一转,漫不经心地推断:"据林子里的人说,摇栗树枝的是死神。"我扔掉报纸,跺脚高喊:"不对!不对!"我的心跳得差点从嘴里蹦出来。一天,我在去里摩日的火车上翻阅阿歇特出版的年历,差点儿昏厥过去:我看到一幅令人毛骨悚然的版画:月下码头,一个粗糙的长钳子伸出水面,夹住一个醉汉,拖入水底。画下方有一段文字说明,结尾大致是:"醉后幻觉呢?还是地狱微开?"我怕水,怕蟹,怕树,更怕书。我诅咒刽子手,故事里充斥着他们狰狞可怕的形象,然而我却模仿他们。

当然必须有一定的时机。譬如日暮黄昏,阴影笼罩餐室的时候,我把小书桌推到窗前,焦虑油然再起。我笔下的主人公个个高尚绝伦,起先怀才不遇,后来一鸣惊人,他们对我百依百顺,正说明他们毫无定见。这时候,它来了:一个使人晕头转向的生物吸引着我,但迷离恍惚,要看清,必须把它描摹下来。我赶紧结束正在展开的奇遇,把我笔下的各种人物带到地球的另一端,一般在海底或地下,我急于让他们面临新的危险,让他们临时充当潜水员或地质学者,发现那个怪物的踪迹,跟上去,突然与它相遇。与此同时,在我笔下出现火眼章鱼,二十吨重的甲壳动物,会说话的巨蜘蛛蟹。其实这个怪物就是我这个魔童:我的百无聊赖,我对死亡的恐惧,我的庸俗和反常。当时我并没有认出自己,邪恶的东西一经问世就跟我作对,跟我勇敢的洞穴学者们作对,我为他们担忧。我的心很激动,手不由己地写下一行一行的文字,好像在念别人写的东西一样。事情往往不了了之:我既不把人物丢弃给动物,也不让人物脱身,只不过让双方交交锋而已。第二天,我留下一两页空白,把我的人物投入新的行动。离奇的"小说",总是有头无尾,总是重新开章,或待下回分解,随意在别的标题下出现,凶杀故事,侠义奇遇,荒诞事件,词典条目,陈词滥调大杂烩。可惜这些东西全部丢失了,有时不免感到遗憾,如果当年想到保存,我便可以重温童年了。

　　我已开始发现自己。我几乎什么也不是,充其量在从事一项毫无内容的活动,但这已经足够了。我逃脱了喜剧:我还没有真下功夫,便已不再演戏了。说谎人在炮制谎言中发现了自己的真相。我在写作中诞生,在这之前只不过是迷惑人的游戏;从写第一部小说,我已明白一个孩子已经进入玻璃宫殿。对我来说,写作即存在;我摆脱了成年人,我的存在只是为了写作;如果我说:"我",这指的就是写作的我。不管怎么说,反正我领略了喜悦,我是属于大家的孩子,却和自己在私下幽会。

　　能长期如此就好了,这样默默地坚持下去,我就会言之由衷的。

但是人家把我挖了出来。我已到了习俗认为资产阶级子弟应该显示志向的年龄。别人早就告诉过我们,我那些住在盖里尼的施韦泽表兄们将像父辈一样成为工程师。事关重要,刻不容缓。皮卡尔夫人决意首先发现我额头上的征兆,她信心十足地说:"这孩子是写作的人才!"路易丝听不入耳,一笑了之。布朗什·皮卡尔转身一本正经地向她重复道:"他确是写作的人才嘛!在他,写作是与生俱来的。"我母亲知道夏尔不鼓励我写作,生怕招惹是非,眯着一只眼睛打量我,一边说:"布朗什,是这样吗?您当真这么想的吗?"晚上,我穿着衬衣在床上蹦跳的时候,她紧紧搂住我的双肩,笑着对我说:"我的小宝宝是写作的人才!"她谨慎小心地向我外祖父转告,生怕他发脾气。他只是点了点头。但到了星期四,我听见他向西蒙诺吐露,人到风烛残年,见到天才绽露,谁也压抑不住激动。他对我的涂鸦尽管仍然一无所知,可是当着请来吃饭的德国学生,他把手按在我的头顶上,不失时机地用直接教学法向他们传授法文短语:"他有文学头脑。"每个音节咬得清清楚楚。

其实他根本不信自己说的话。怎么讲?既然坏事已铸成,如果硬性不让我写作,也许更不可收拾,可能导致我一意孤行。卡尔宣布我的天职,为的是留个后路让我回心转意。他完全不是看破红尘的人,但人老了,激情使他厌倦了,在他思想深处这个很少有人问津的冷沙漠里,我相信他对我、对家庭、对自己是心中有数的。一天我趴在他脚下看书,大家沉浸在死一般的寂静里,这是他一手制造的。突然他心血来潮,打破寂静,好像我不在场似的,瞧着我母亲,用责怪的口气说:"要是他想靠笔杆子过日子,那就糟了。"外祖父欣赏魏尔兰[①],有一本《魏尔兰诗选》,自称一八九四年见过魏尔兰醉醺醺

[①] 保尔·魏尔兰(1844—1896),法国著名象征派诗人。

走进圣雅克街一家酒馆。这次相遇使他根深蒂固地蔑视职业作家。在他看来,职业作家是微不足道的魔术师,开始索取一个金路易让人赏目,末了乞讨几个苏让人看屁股。我母亲听后心惊肉跳,但没有吭声。她知道夏尔对我另有期望。大部分中学里教德语的席位由选择法国国籍的阿尔萨斯人占据,这是对他们爱国主义的奖赏。他们夹在两个民族中间,讲两种语言,因此他们的学业不正规,文化有缺陷,为此很痛苦;他们抱怨在学校里受同事敌视,受教育团体排挤。我应该成为他们的复仇人,为我外祖父报仇,因为我既是阿尔萨斯人的外孙,又是正统的法国人。卡尔让我知识渊博,走康庄大道:我将代表受难的阿尔萨斯进入高等师范学院,出色地通过获得大中学校教师资格的会考,成为堂堂的文学教授。一天晚上,他宣布要跟我进行男子之间的谈话,让娘儿们退席。他把我抱在膝上,郑重其事地跟我交谈。我从事写作,这是毫无疑问的——后来我才明白他说此话为的是不挫伤我的愿望——但我应当面对现实,头脑清醒,文学不能糊口啊。我知道有些著名作家是饿死的吗?我知道有些作家为了糊口而出卖灵魂吗?如果我想独立自主,应当选择第二职业。教书有空闲时间,而且大学教员和文学家所从事的工作是相辅相成的。我可以交替从事这两种神圣的职业,一方面跟大作家打交道,另一方面把他们的著作介绍给学生,我从中获得灵感,可以趁韵赋诗,把贺拉斯的作品译成无韵诗,聊慰客居外省的寂寞;给地方报纸写些文学小品,为《教学杂志》写一篇出色的希腊文教学论文,再写一篇关于少年心理学的文章。等我死的时候,抽屉里放着未发表的著作:一篇颂海沉思诗,一部独幕喜剧,几页关于奥里亚克①古迹的考证,既博学,又富有感情。这些足以汇集成册,将由我

---

① 奥里亚克,法国康塔尔省首府,以名胜古迹著称。

以前的学生精心出版。

　　一些时候以来，外祖父对我德行的赞赏已打动不了我了，他称我是"上天的礼物"，颤抖的声音充满慈爱。我虽然假装听着，但已经听不入耳了。那次他肆无忌惮地对我说谎，我为什么会洗耳恭听呢？出于什么误会我使他说出违背心愿的教诲呢？他的声音变了，变得生硬、严厉，在我听来，俨然成了去世的生我者的声音。夏尔有两副面孔。当他扮演外祖父的时候，我把他看作跟我一样的小丑，对他不敬；但当他跟西蒙诺先生或跟他的儿子们谈话，当他在餐桌上一语不发，用手指点作料瓶架或面包篮，让两个女人伺候，我赞赏他的权威，尤其是食指的动作更叫我肃然起敬，他有意不把食指伸得很明显，只是半屈着在空中比画一下，使他的意图模棱两可，让两个侍女捉摸他的指令。有时，外祖母一不高兴，搞错了，把果酱盘递给了他，其实他要喝酒。我责怪外祖母：既然我对这种至高无上的愿望百依百顺，那么迎合这种愿望比满足这种愿望更为重要了。如果当年夏尔张开双臂，远远向我高喊："这就是再生的雨果，这就是未来的莎士比亚！"那么我今天可能是机械制图员或文学教授了。他并没有这样做，在第一次以家长身份对待我时，显得闷闷不乐，由于忘记欣赏我，变得更加令人可敬。这是摩西在颁发新法令，即我要执行的法令。他在谈论我的天职时，只强调不利的一面，我得出的结论是他已确认我有此天职。如果他向我预言我的稿纸将浸透泪水，或将使我神经错乱，我的资产阶级中庸之道可能使我退下阵来了。然而他在让我深信具有天职的同时，使我明白我可以幸免令人眼花缭乱的紊乱，因为论述奥里亚克或教学法，既不需要狂热，也不需要喧嚣；至于二十世纪永垂不朽的呻吟，让别人去发泄吧。我甘心情愿永不叱咤风云，在文学领域满足于施展侍从的特长，温文尔雅，兢兢业业。至于职业写作，在我看来，似乎是成人的事，显得那么繁重严肃,那么无关紧要,而实际上又那么枯燥无味,以致霎时间我深信这种事正是为我安排的。我既认为此事"不过尔尔",又相信自己"确有天分",与所有耽于幻想的人一样,我把幻想的破灭混淆为真理的发现。

卡尔把我像兔子皮似的翻了个儿。我本以为写作只是为了固定我的梦境,卡尔的意思则相反,我梦想只是为了练笔:我的焦虑和我假想的激情只是我的天才施展的诡计,旨在每天把我引向课桌,给我提供适合我年龄的叙述主题,准备迎接将来有了经验和成熟之后对付大题目。我神奇的幻想破灭了。外祖父说:"唉!光有眼睛还不行,还要学会使用眼睛。你知道莫泊桑小时候,福楼拜让他干什么吗?他把莫泊桑拉到一棵树前,给他两个小时,让他把树描摹下来。"从此我学习观察。作为奥里亚克遗迹天生的颂扬者,我伤感地观看着眼前的文物:写字垫板、钢琴、挂钟将通过我未来的苦差而永垂不朽,为什么不可以呢?我观察着。这是一种令人失望和悲伤的游戏。譬如,直挺挺地站在丝绒轧制的扶手椅前仔细观看。有什么可讲的呢?喏,外面套着一块毛茸茸的绿色织物,两个扶手,四只脚,一个靠背,靠背上方装饰着两个木制小松果。暂且说这些吧,以后再补充,下一回我会讲得更好,最后将对扶手椅了如指掌。将来等我描写起扶手椅来,读者会说:"观察得多仔细,多透彻,多完整!这种特征是编造不出来的啊!"真实的笔,通过真实的文字,描写真实的事物。我倘若不变成真实的我,那才叫见鬼呢。简言之,我终于明白如何回答向我要火车票的检票员了。

读者一定以为我珍视我的幸福。糟糕的是,我并未从中体验到快乐。我已经正式受命,别人好心赐给我一个前程嘛。我声明我的前程似锦,暗地里却不胜厌烦。这个书记官的差使,难道是我请求得来的吗?跟伟人们频繁接触之后,我深信作家必定享有显赫的名声;拿人们为我预言的荣耀与我身后留下的几本小册子相比,我感到受骗上当了:我真能相信子孙后代读我的书吗?他们真能狂热崇拜这么一点作品吗?真能对我自己也望而生厌的科目发生兴趣吗?有时我安慰自己说,我的"风格"会使我不被遗忘,外祖父认为司汤达没有这种莫测高深的素质,而勒南①则具备。但这番毫无意义的话不能使我放心。

然而,我必须自我牺牲。两个月之前,我好斗剑、善竞技,这下全完了!人家责令我在高乃依和帕达扬之间选择。我撇下心爱的帕达扬,卑躬屈膝地选定高乃依。见到小英雄们在卢森堡公园奔跑角逐后,他们的健美使我沮丧,我明白我属劣等,必须公开承认自己属劣等,然后收剑入鞘,回到芸芸众生中来,重新跟大作家们为伍。他们个子矮小,我不怕。他们小时候,体格不健全,至少在这一点上我像他们:他们长大成人后,弱不禁风,老年时患卡他性炎,在这方面我也会跟他们一样。一个贵族让人对伏尔泰饱以老拳,我也许会挨某个上尉的鞭打,而此人小时候在公园里假充过好汉。

我是出于无奈才相信自己有写作才能。在夏尔·施韦泽的工作室里,在那些不成套的、破旧的、散线的著作中间,天才成了世界上最不值钱的东西。因此,在旧制度②下,很多军事院校的学生尽管命中注定只配舞文弄墨,却为了能指挥一个营而来受罪。有一个情景久久在我眼前不断出现,集中表现了名望带来的可悲排场:一张铺着白台布的长桌子,上面放着几个长颈大肚瓶橘子水和几瓶汽酒,我拿起一个酒杯,周围一些穿礼服的人——足有十五个——举杯祝我健康。这是一个租来的大厅,我猜到我们身后那一部分布满

---

① 埃尔斯特·勒南(1823—1892),法国宗教史家和语言学家。
② 指一七八九年前的法国封建王朝。

灰尘,长期无人使用。由此看出,生活对我来说,是等到晚年能主持实用语言学院一年一度的庆典,除此之外,我已一无所求了。

就这样,在勒高夫街一号的六层楼上,铸下了我的命运。我和卡尔进行过无数次交谈,面对着海因里希·海涅、维克多·雨果,上方是歌德和席勒,下方是莫里哀、拉辛和拉封丹。我们赶走了娘儿们,紧紧搂在一起,秘密交谈,其内容对我来说犹如对牛弹琴,但每句话却印在我的心上。夏尔措词委婉,恰到好处,让我相信我并没有什么天才。确实,我知道自己没有天才,我无所谓;然而,可望而不可即的英雄主义却成了我激情唯一的目标。这是指引内心贫乏者的火焰,内心贫乏和感到自己无用,促使我抓住英雄主义舍不得放下。我不再敢对自己未来的丰功伟绩欢欣雀跃,再说我早已噤若寒蝉:人们想必是搞错了,要么有天才的是别的孩子,要么是我应该负起别的使命。晕头转向之余,为了顺从卡尔,我接受了小作家兢兢业业的生涯。简言之,他十分小心地防止我走文学道路,结果反倒促成了我的文学生涯。时至今日,有时心情不佳,不禁寻思,我长年累月、日以继夜地埋头写作,消耗那么多墨水纸张,抛售那么多无人请我写的书,这一切是否仅仅奢望取悦于我的外祖父。简直是一场闹剧:我现在五十多岁,为了执行一个早已离世的老人的遗志,深深卷入他所反对的事业中去了。

事实上,我活像从失恋中解脱出来的斯万,他感叹万分地说:"真想不到我为了一个对我不合适的女人而糟蹋了一生。"有时候我私下十分粗野,这种简便的方法有益于身心健康。粗野总是理直气壮的,但也有一定的限度。我确实不具备写作的天才,人家已经让我有自知之明了,认为我读死书,是一个死用功的学生;我写的书充满辛劳和汗水。我承认对那些贵族派来说我的书臭气冲鼻。我常常跟自己作对，也就是跟大家作对①，从聚精会神、全力以赴开始，以高血压、动脉硬化告终。我接受的命令已经缝在我的皮肉里，要是一天不写作，创伤就会作痛；要是下笔千言，创伤也会作痛。这种刺人的约束至今仍使我感到格外生硬和粗鲁，犹如史前的螃蟹，被海水冲上长岛的海滩，像煞有介事；也像螃蟹那样，幸免于时光的磨损而留存下来。我久久羡慕拉塞佩德街的看门人，夏日傍晚，他们在人行道上乘凉，跨坐在椅子上，眼睛无伤大雅地四处张望，却不负有观察的使命。

不过话说回来，除了几个靠舞文弄墨卖俏的老头和一些文理不通的花花公子之外，轻而易举成才的并不存在。这是语言的性质所决定的。我们说话用的是自身的语言，写作的语言则是非固有的，从而我推断干我们这行的人无一例外，个个服苦役，人人刺花纹。再说，读者已经看出我憎恨我的童年以及童年残存的一切。例如我外祖父的声音。正是这个声音使我启蒙，使我伏案写作。如果他的声音没有化成我的声音，如果我在八岁至十岁之间没有傲慢地把所谓迫切需要的使命引为己任，尽管我是委曲求全接受的，那么我就不会听信外祖父了。

> 我深知我只是一台造书机。
> ——夏多布里昂

我差一点儿宣布弃权。卡尔勉强承认我有天资，因为他认为完全否认我的天资不够策略，其实我认为自己的天资仅仅是一种偶然性，不过这一偶然性无法给予另一种偶然性——我本人——合法地位。我母亲有一副好嗓子，所以她唱歌，但她同样不能因此

---

① 你沾沾自喜，别人乐于喜欢你；你攻击你周围的某个人，其他的人哈哈大笑；但倘若你解剖你自己的灵魂，所有的人就会嗷嗷叫。——作者原注

而免票旅行。至于我,我有文学天资,所以我写作,一辈子干这个好差使。不错。但是艺术失去了——至少在我看来——神圣的权力,我飘忽不定,只是稍微富足一点,仅此而已。为了使我感到必不可少,必须有人请我出山。家人曾一度让我保持这种幻想,他们一再说我是上天送来的,千载难逢,对外祖父,对母亲不可缺少。我不再相信了,感到人生多余,除非专门满足某种期待而出世。那时候我的自尊和我的孤独达到了顶点,我真想,要么一死了之,要么全世界都在盼望我。

我写不下去了。皮卡尔夫人的赞扬使我笔下的内心独白显得如此了不起,我不敢再继续写下去。等我想把小说往下写,心想总得把让我撇在撒哈拉大沙漠中挨饿的、无依无靠的一对青年救出来吧,我尝到了无能为力的痛苦。刚一坐下,我的脑袋就乱作一团,我咬指甲做鬼脸:我已经失去了童心。我重新站起来,在房间里踱来踱去,心里火烧火燎,可惜心中从未点燃过怒火。环境、兴趣、习惯养成我很听话,后来只是因为顺从过了头才造反的。家人给我买了一个"作业本",红边黑布面,外表跟我的"小说簿"没有丝毫区别。乍一看,学校作业和个人习作合二为一了;我把作者和学生,把现时的学生和未来的教师视为一体,把搞创作和教语法看成一码事。我的笔一经社会化,便被我扔下了,整整好几个月没有再碰过。外祖父暗自庆幸,而我在他的工作室里则整天板着脸,他大概在心里盘算,他的计谋初见成效了吧。

他的计谋失败了,因为我满脑子是英雄史诗,我的剑虽则断了,我虽则重归庶民行列,但夜里经常做令人焦虑的梦:我在卢森堡公园水池旁,面对参议院大楼,必须保护一个金发小姑娘免受某个未知的危险,她很像一年前死去的薇薇。小姑娘冷静而自信,眼睛严肃地看着我,她手里拿着一个铁环。害怕的倒是我,我怕她落到隐蔽的强人手里。我多么喜爱她，但爱莫能助啊！至今我对她还眷恋不已。我寻找她，失而复得，把她抱在怀里，又重新失去：她就是史诗。八岁那年，正当我逆来顺受的时候，我受到了强烈的震惊，为了拯救这个死去的小姑娘，我致力于一个简单而疯狂的行动，以致改变了我的生涯：我把英雄的神圣力量偷偷地赋予了作家。

起初我得到一个新发现，确切地讲是一种模糊的回忆，因为两年前我已经有所预感，即伟大作家和游侠骑士很相像，因为两者都使人感恩戴德。对帕达扬，毋庸置疑，感激涕零的孤女泪如雨下，洒落他一手背。但按《拉鲁斯大词典》和报上登的讣告来看，作家也不乏厚待，只要他们不短命，总能收到一封陌生人的感谢信。此后，感谢信源源不断，堆满他的写字台，充斥他的房间；外国人远涉重洋向他致意；他的同胞在他死后凑钱为他树纪念碑；在他的故乡，甚至在首都，以他的名字命名街道。对感恩图报本身，我不感兴趣，太像家庭喜剧了。但有一幅木刻画使我神魂颠倒。著名小说家狄更斯几小时后将到达纽约，远处可见他乘的船。岸上人群麇集，恭候着他，人人张大口，挥舞帽子，孩子们夹在当中喘不过气，此时人群好似独雁、孤儿、寡妇，由于心目中的人不在而显得黯然寂寞。我喃喃自语："这里独缺一人，此人就是狄更斯！"泪水润湿了我的眼睛。然而，我暂且不管结果，直接追溯其根源，心想，受到如此狂热的欢迎，文人必然历尽艰险，为人类做出了辉煌的贡献。至此，我一生只见过一次如此狂热的场面：帽子满天飞，男男女女高呼万岁，那就是七月十四日阿尔及利亚步兵列队游行。这个联想使我进一步深信，我的同行尽管生理有缺陷，矫揉造作，娘儿们模样，却很有士兵气概。他们单枪匹马，冒生命的危险，进行着神秘的战斗，人们仰慕他们的天才，更崇敬他们军人般的勇气。

我心想,这是千真万确的喽!人们需要他们!当他们还未发表第一本书,当他们还未开始写作,当他们还未出世,在巴黎,在纽约,在莫斯科,人们已经焦急不安地,或如醉如痴地等待他们了。

那么……我呢?我负有写作的使命吗?反正人们在等待我。我把高乃依改编成帕达扬,让高乃依保留畸形的腿,狭窄的胸,苍白的脸,但闭口不谈他的吝啬和贪财。我有意混淆写作艺术和行侠仗义。出于好玩,我把自己打扮成高乃依,自授委任状:保护人类。我的新伪装为我准备了一个奇特的未来,但就眼前来讲,我捞到了一切好处。我出身低微,说过要尽一切努力脱胎换骨。无辜的受难者频频求告我出世为他们主持公道,请别见笑,我是假骑士,丰功伟绩尽是假的,变来变去,最后自己也厌烦了。正好这时我获准幻想,并让幻想变成现实。因为我的使命是真实的,不容怀疑的,大主子已拍胸脯担保了嘛。我这个假想的小子变成了真正的侠客,其功绩就是真正的书籍。我是人们所需要的啊!人们等待着我的著作。但尽管我很卖力,第一卷要等到一九三五年才问世。将近一九三〇年人们开始不耐烦了,他们凑在一块儿议论:"他倒不着忙!咱们喂了他二十五年,什么结果也没有!难道到老死还看不到他写的书吗?"其实我在一九一三年已经回答他们了:"嗳!让我慢慢写嘛!"但是说得十分客气。我看得出——只有上帝知道为什么——他们需要我援救。这种需要使我具备使之满足的手段,我竭力在自己心灵深处发现这种普遍的等待。发掘我生命的源泉,寻找我存在的理由。有时我简直以为就要成功了,但没多久,又听其自然了。管他呢,反正这种自欺欺人的感悟够我受用的了。安下心之后,我观看外部世界:或许在某些地方我已经是不可缺少的了。不,还没有,为时尚早。我是人们望眼欲穿的对象,尚未脱颖而出罢了,乐得再隐姓埋名一阵子。有时候外祖母带我去图书阅览室,我看到苗条的夫人们从一个书柜移向另一个书柜,若有所思,因找不到合她们口味的作者而表现出嗔怪的神情。合她们口味的作者无处可寻,因为就是我,即在她们裙边磨蹭的小鬼,她们却根本不把我放在眼里。

我因淘气而发笑,因感动而哭泣。短暂的童年消磨在假想中,而假想出来的兴趣和主意也随即消逝了。人们想摸我的底,结果碰了钉子:我是作家,有如夏尔·施韦泽是外祖父,天生而永恒的。不过有时兴奋之余,不免产生不安。卡尔替我担保的天资,我不肯承认是偶然获得的。于是设法搞一份委任状,但因缺乏鼓励和正式请求,我不能忘记是自己给自己授的委任状。我出身于一个完全过时的世界,在刚脱胎成为我,即我自以为是别人眼中的那个"别人"的时候,我正视自己的命运,清楚地看到我的命运不是别的,正是自由,正是我自己所确定的自由,看上去却像是外部力量强加给我的。总之,我既不完全迷糊,也不完全觉醒,我游移不定。这种摇摆引起一个老问题:如何兼收并蓄米歇尔·斯特罗戈夫的坚信和帕达扬的侠义。我身为骑士,却从未接受过王公大臣的命令。那么是否需要有命令才能当作家呢?这类苦恼一向持续不了多久,我夹在两种对立的神秘学说中间,但对两者的矛盾应付裕如。上天的礼物和自己的产物熔于我一身,这对我非常合适。在我兴高采烈的日子,一切来自于我。我凭着自己的力量,从虚无中冒出来,给人类带来盼望已久的读物;我是百依百顺的孩子,至死不变,但只顺从我自己。在我愁眉苦脸的时刻,感到我的飘忽游离庸俗得令人作呕,只能强调上天降我以大任,才能使自己冷静下来。我吁请人类对我的生命负责,这时我只不过是某种集体需求的产物。大部分时间,我精心协调内心的平衡,既不排斥振奋人心的自由,也不忽视顺理成章的必然。

帕达扬和斯特罗戈夫可以和睦相处,危险在别处。有人让我目击一场令人不快的较量,从此我不得不谨慎从事,对此泽瓦科应负主要责任,我可没有怀疑过他呀,他到底是想找我的麻烦还是提请我注意? 事情是这样的。一天在马德里郊外一所小客栈里,我目不转睛地瞧着帕达扬,这位老兄举杯自酌,好不闲适。但引起我注意的是另一个饮酒人,此人只能是塞万提斯。他们两人结识,互相敬重,企图携手协力。高兴至极的塞万提斯向他的新朋友透露写书的想法,至此,书的主人公尚未成形。感谢上帝,帕达扬出现在他眼前,可以给他当模特儿啦。我勃然大怒,差一点把书扔掉:多么没有分寸啊! 我是作家兼骑士,人家把我劈成两半,每一半成了一个整人,两方相遇,各方不再具备对方的特点。帕达扬不愚笨,但根本写不出堂吉诃德;塞万提斯也会打架,但让他单枪匹马打败二十个大兵却办不到。他们的友谊本身说明他们的局限。前者想:"这个学究有点虚弱,但不缺乏勇气。"后者想:"咳! 这个兵痞还会动脑筋呢。"再说,我可不乐意我的英雄做愁容骑士的模特儿。我演电影那阵子,有人送我一部《堂吉诃德》的删节本,没有念五十页就丢下了,因为作者公然嘲笑我的丰功伟绩。而现在泽瓦科把自己出卖了……相信谁好呢? 实际上,我是荡妇、营妓。我心里,我卑怯的心里喜欢冒险家胜过知识分子。我为只能当塞万提斯而感到羞愧。为阻止自己泄露真情,我在自己的头脑里和在自己的言语中实行恐怖统治,追踪具有英雄气概的字眼和行为,驱逐游侠骑士,不断设想文人的模样、他们经历的危险、他们鞭笞坏人的锐利笔锋。我阅读《帕达扬和福丝塔》《悲惨世界》《历代传说》①,为冉阿让②悲伤,为埃维拉德斯③哭泣,但掩卷之后,便把他

---

① 雨果的第十本诗集(1859),也是他规模最大的史诗选本,几乎集中了他对人类历史的看法。
② 雨果代表作《悲惨世界》的主人公。
③ 《历代传说》中的人物。

们忘得一干二净,找我真正的部下去了。西维奥·贝科科①,终身监禁;安德烈·谢尼埃②,上断头台;埃蒂安纳·多莱③,活活烧死;拜伦④,为希腊捐躯。我以镇静而热烈的情绪,千方百计改变我的天职,让它披上我旧时的梦想。为此目的我不惜任何代价:混淆概念,歪曲词义;我退出凡尘,生怕碰到坏人和与人较量。我的心灵原先一片空白,现在处于持久的总动员状态:我成了军事独裁的化身。

我的不安还以另一种形式表现了出来。磨炼我的天才,当然再好没有,但有什么用处呢?人们需要我:为的是什么?我不幸自忖我的作用和命运:"这到底是怎么回事?"顿时,我感到一切都落空了:根本没有这回事儿。想当英雄就是英雄,没有这回事儿。光有勇气和天资是不行的,还得有七头蛇⑤和龙,而我又从未见过。伏尔泰和卢梭当年披甲奋战,是因为当时还有暴君肆虐。雨果在盖纳西岛无情地抨击巴丹盖,外祖父教会我痛恨巴丹盖。但我认为我的痛恨没有什么了不起,因为这个皇帝四十年前就死了。对当代史,夏尔闭口不谈,这个德雷福斯派从不跟我提起德雷福斯。多么遗憾!要不然我可以大演特演左拉⑥:我受斥走出法庭,登上

---

① 西维奥·贝科科(1789—1854),意大利作家。因参加烧炭党而被判死刑,后缓刑,坐牢九年。他写的《监狱回忆录》使他享有受侮辱的爱国者的盛誉。
② 安德烈·谢尼埃(1762—1794),法国诗人,因反对大革命的过激措施而上断头台。
③ 埃蒂安纳·多莱(1509—1546),法国人文主义者和印刷师,因不顺从教会而被绞死。
④ 拜伦(1788—1824),英国大诗人,因参加希腊反对土耳其统治的解放斗争而死于希腊。
⑤ 典出希腊神话。七头蛇生有七个头,斩去后仍会生出,后为赫刺克勒斯所杀。这里说到七头蛇和龙,是指英雄需有用武之地。
⑥ 左拉是为德雷福斯平冤狱的主将。

马车的踏板,一个转身,打断一批狂热者的腰。不,不,我找到一个可怕的字眼,把他们吓退了。之后,我当然不肯逃亡英国,我宁愿神不知鬼不觉地在巴黎街头游荡,乐滋滋地重新变成格里塞利迪斯,丝毫没想到先贤祠里已留出我的位置。

我记得,外祖母每天收到《晨报》和《精粹日报》。我得知大盗的存在后,跟所有教养有素的人一样,大加谴责。但这批人面兽心的家伙跟我不相干,大无畏的莱皮纳①足以把他们打得落花流水。有时报上说工人发怒了,接着工厂倒闭,资本不翼而飞,我不甚了了。再说,我不知道外祖父是怎么想的。他不折不扣地履行选民的义务。每当他走出选举人秘密写票室,满面春风,显得有点自命不凡,我们家的妇人逗他:"喂,跟我们说说你投谁的票啦!"他冷冷地回答:"这是男人的事情!"②但在后来选举共和国新总统时,他一时失口,说出己见。他瞧不起总统候选人庞斯,气冲冲嚷道:"他是卖香烟的!"这个小资产阶级知识分子愿意法国的最高职务由另一个跟他地位相等的小资产阶级知识分子担任,此人叫普万卡雷③。今天我母亲证实他投激进派的票,而且当时她就知道得一清二楚。他看中公务员的政党毫不奇怪,再说激进派已名存实亡。夏尔投票给一个主张变革的党,实际上选举的是一个维持秩序的党也就心满意足了。总之,照他说来,法国的政治颇为健全。

我为此感到伤心,因为我已经全副武装,以备保护人类避免可怕的危险,可是大家都劝我放心,说人类日臻完善。外祖父一向教我尊重资产阶级民主,让我为之执笔作战。但在法利埃④当总统

----

① 路易·莱皮纳(1846—1933),第三共和国期间任警察局长。
② 当时妇女没有选举权。
③ 雷蒙·普万卡雷(1860—1934),于一九一三年当选为法国总统。
④ 阿尔芒·法利埃(1841—1931),普万卡雷的前任总统。

期间，农民已经有了选举权，还有什么不满足的呢？有幸生活在共和国时代的共和党人能干些什么呢？无事可干，要不然教教希腊文，写写奥里亚克的名胜古迹。我又回到了起点，这个无冲突的社会使作家失业，我再一次感到窒息。

依然是夏尔使我摆脱困境，当然他自己并未察觉。两年前，为了对我进行人文主义的启蒙教育，他给我讲过一些思想，之后只字不提了，生怕促使我过激，但已经深深印在我的脑子里。这些思想悄悄地抬头，其主要精神在我身上扎根，渐渐使作家兼骑士转变成作家兼殉道者。我前面说过，夏尔虽然不愿当牧师，却继承了父亲遗志，保留了牧师精神，把文化奉为神明。从这种混合物产生的圣灵，即无限的本质，照耀着文学与艺术，古代语言与实用语言以及直接教学法。这种教学法的采用犹如白鸽子给施韦泽一家带来吉祥，吉祥的鸽子星期天随着教堂管风琴、乐队的音乐而飞翔，平日上课时如福星高照在我外祖父的脑门上。卡尔所说的话在我脑子里汇总起来形成一篇论文：世界受邪恶蹂躏，唯一的解救是自灭于人间，像落水者在海底仰望星空一样瞻仰不可能实现的理念。由于这差使很难办到且带有危险，人们便把它委托给一批专家。学士圣人以天下为己任，扭转乾坤拯救人类。大大小小的世俗猛士们可以尽情互相残杀或苟且偷生，反正有作家和艺术家替他们思考美与善。使人类摆脱野蛮状态，只需两个条件：其一，严加保管已故学士圣人的圣物：油画，书籍，塑像；其二，至少剩下一个学士圣人继承苦差、炮制未来的圣物。

这些无聊的胡诌，我生吞活剥，当然不甚了了，二十岁的时候还信以为真呢。由于这些胡诌，我在很长的时间里把艺术作品看作超验的成果，以为每个作品的产生都有益于世人。我发掘出这种极端的信仰后，摄为己有，装潢我平庸的天职。先前，仇恨和刻薄跟我无缘,跟外祖父缘分也不深,而这时我已兼收并蓄,福楼拜、龚古尔、戈蒂耶的旧怨积恨使我中毒了。他们对人抽象的恨以爱的幌子灌输到我身上,使我感染上新的自负。我成了清洁派①,混淆了文学和经文,把文学视为人的一种牺牲。据我判断,我的同胞们只要求我用笔赎救他们,他们为先天不足而痛苦。要是没有圣人代他们祈祷,他们将永世不得翻身;每天早晨我之所以睁得开眼睛,跑到窗口看到街上来往的先生太太还活着,那是因为有一个人在家干活,从黄昏到黎明孜孜不倦地撰写一页页不朽的篇章,使我们赖以多活一天。每当夜幕降临,他重新埋头工作,今晚,明晚,一直到耗尽心血死去。我应接这个班,也要用我神秘的祭品,即我的作品,保护人类不滚入万丈深渊,此时军人悄悄让位于文人:我这个悲惨的帕西法②,把自己当作赎罪的祭献品。我发现尚泰克莱③之日,心上就起了一个结,一个怨结,过了三十年才解开。这只公鸡尽管挨打、受伤、流血,但依然设法保护住一窝家禽。他嘹亮的鸣啼足以吓退雄鹰,而卑鄙的芸芸众生对他冷嘲热讽之后极力奉承;鹰消失之后,诗人重整旗鼓,美激发他的灵感,大大增强他的力量,于是乎他扑向对手,把对手打倒在地。我痛哭起来,格里塞利迪斯、高乃依、帕达扬原来是同一个人,那么尚泰克莱便是我了。在我看来,一切都显得简单了:写作就是给诗神的绶带锦上添花,为后人树立榜样,保护人民不伤害自己和抵御敌人,以隆重的弥撒祈求上天保佑人民。我从来没有想到写作可以提供人家阅读。

---

① 清洁派,又称卡特里派,十二、十三世纪流行于西欧的基督教异端教派,该派信奉新摩尼教二元论,宣传善恶二元论,视物质世界为恶。
② 帕西法是瓦格纳三幕五场歌剧《帕西法》的主人公。这部作品肯定了善胜恶的力量,艺术家的牺牲使人类获得再生。萨特对此加以讽刺。
③ 法国诗人和剧作家爱德蒙·罗斯唐的《尚泰克莱》是一出情节剧,主角是一只公鸡,名叫尚泰克莱。此剧在作者死后才搬上舞台。

我们要么为同胞写作,要么为上帝写作。而我决心为上帝写作,目的在于解救同胞。我要的是感恩者而不是读者。目中无人败坏了我的侠肝义胆。在我保护孤女的那阵子,已经嫌她们碍我的手脚,不让她们露面了。成为作家后,我的方法没有改变,在拯救人类之前,我先把人类的眼睛蒙上,然后才转身刺杀敏捷的小黑兵——文字。当我的新孤女斗胆解开蒙眼带时,我已离去甚远。一个孤胆英雄救了她,她却没有及时发现国家图书馆的一个书架上光彩夺目地陈列着一本崭新的书,书上印着我的名字。

我申诉减轻罪行,减罪的情节有三:

首先,我通过一个显而易见的幻觉,实际上提出的问题有关我自身的生存权利。我想象中的人类期待艺术家发善心超度他们,人们不难从中看到,这不过是一个备受宠爱、在他栖身的高处百无聊赖的孩子产生的念头。我接受圣人拯救百姓这个可恶的神话,因为归根结底百姓就是我自己。我自称是受百姓拥护的救星,其实私下里为我自己得救。巧哉,耶稣会士也是这么说的。

其次,我时年九岁,独生子,没有伙伴。我想象不出我的离群索居会有尽头。应当承认我是一个根本不为人知的作者。我重新开始写作,我的新小说因缺乏新内容,跟旧小说如出一辙,但谁都没有察觉,甚至连我自己在内,因为我讨厌重读自己的作品。我的笔飞奔疾驰,经常写得手腕发痛,然后把涂写完的本子丢在地板上,忘得一干二净,本子也不翼而飞了。正因为如此,我写东西从来就是虎头蛇尾:既然故事的开头没有了,何必再讲它的结尾呢。再说,即使卡尔肯对这些篇章看上一眼,他决不会是我眼里的读者,而是至高无上的判官,怕他说我一钱不值。写作成了我的黑活儿,毫无归宿,因此写作本身成了目的:我为写作而写作。但并不后悔。要是我写的东西供人阅读,就会千方百计讨人喜欢,从而再当别人的心肝宝贝。我转入地下后，反倒真实了。

最后，文人的理想主义建立在孩子的现实主义之上。前面已经说过，在通过语言发现世界的过程中，我在很长时间内把语言看成世界。存在，就是对语言的无数规律运用自如，就是能够命名；写作，就是把新的生灵刻画在语言里，或者按我始终不渝的幻觉，把活生生的东西禁锢在字里行间；如果我巧妙地搭配词语，事物就落入符号的网里，我便掌握住事物。在卢森堡公园，开始对一棵梧桐闪烁的幻影着迷后，我并不观察树本身，相反，我望着空处，满有把握地等待着；片刻之后，树叶的真面貌以一个简单的形容词出现，或者有时以一个句子出现。总而言之，我以微微荡漾的绿波丰富了宇宙。我从不把新发现存放在纸上，而是积累在我的记忆中，其实也就遗忘了。但这个新发现使我预感到我未来的作用：我给事物命名。好几个世纪以来，奥里亚克一堆堆白白的废墟需要确定范围，获得名称，我可以使这些废墟变成真正的古迹。作为生命的操纵者，我只注意古迹的本质，用语言使古迹获得生命；作为修辞学家，我只爱词语，用语句在蓝字织成的天幕下树立起教堂，为千秋万代而建筑。我拿起一本书，打开和合上二十次也没有用，书依然如故。文章是永不腐朽的实体，我的目光在上面移动，犹如表面掠过一阵微波，丝毫不影响和耗损文章，我则相反，好似一只昏头昏脑的苍蝇，懵懵懂懂闯进炫目的火光，稍纵即逝。我离开书房，熄灭灯光，书隐蔽在黑暗中，却依然闪着光彩，只为自身闪光。我要使我的著作放射耀眼的光芒；当人类消失，图书馆沦为废墟，我的书仍旧存在。

我对这种默默无闻的状况感到心满意足，希望延续下去，使之成为一种功德。我羡慕那些著名的囚犯，他们在黑牢里把作品写在包蜡烛的纸上，不必与同代人联系，但保留了赎救同代人的义务。

自然，由于风俗日趋进步，在监禁中发挥我天才的机会日渐减少，但我没有完全死心：我如此不计较名利一定会感动苍天软下心来助我夙愿得偿。我暂且先把自己禁锢起来。

母亲受了我外祖父的哄骗，不断给我描绘未来的幸福；为了诱惑我，她把自己所缺的一切一股脑儿地加进我未来的生活：安宁、闲适、和谐。开始，我将是单身青年教师，一个漂亮的老妇人租给我一间舒适的房间，薰衣草香气袭人，内衣被褥整洁清爽，学校近在咫尺，来去方便；傍晚我在房门前稍稍停步，跟房东太太闲聊两句，她受宠若惊；大家都喜欢我，因为我彬彬有礼，教养有素。可是只有一个词进了我的耳朵：你的房间。至于中学、高级军官的寡妇房东、外省产的薰衣草香味，已忘得一干二净，眼里看到的只是桌上一圈灯光，周围影影绰绰，我坐在房间中央，面前放着一本黑皮簿子，正伏案写作呢。母亲继续预言，十年之后，我受到一个中学总监察的保护，厕身奥里亚克的上流社会，我的贤妻对我体贴入微，我让她生下二男一女，孩子们美丽健康；她继承了遗产。于是我在城边买了一块地，兴建房子，每星期天全家去视察工程。我毫不理会她那一套，十年里我没有离开过写字桌：我，矮矮的个儿，蓄着跟父亲一样的小胡子，埋在一堆词典里，胡子已经发白，字仍写得飞快，簿子写完一本扔一本。夜阑人静，我的妻子和孩子已经入睡，要不然他们已不在人世，我的房东也入睡了，所有入睡的人一概把我抛到脑后。多么孤单啊！二十亿人躺着安睡，唯有我，孑然一身为他们站岗放哨。

但是圣灵在注视我，正巧他刚决定抛弃芸芸众生，重返天国。我抓住时机自荐，让他看看我心灵的创伤和浸透稿纸的眼泪，他从我双肩的上方往下看稿，他的怒火平息了下去。他平静下来，是有感于深切的痛苦，还是因作品华丽而动心？我猜是因为作品，心里却不禁想是因为痛苦。当然圣灵只欣赏真正有艺术价值的作品，但我读过缪塞,知道"绝望之声是最美的歌",所以才决定设下绝望的陷阱来捕捉美。我对天才一词总是将信将疑,到头来对这个词完全厌恶了。如果我有天资,那么还会有什么焦虑?考验又在哪儿?抵制邪念表现在哪儿?功绩在哪儿?我不能忍受一个躯体天天顶着同一个脑袋,不能让自己老关在同一个骨架里。我接受我的任务,条件是这项使命无所凭借,在绝对的真空中闪亮。我跟圣灵进行过秘密交谈,他对我说:"你将来从事写作。"我扭着手不好意思地问道:"您干吗选中我呀,上帝,我有什么特别呢?""毫无特别之处。""那为什么选中我呢?""没有理由。""至少我一挥而就,是吧?""根本不对,你以为伟大的作品出自一挥而就之手吗?""上帝啊,既然我如此一钱不值,那我怎么写得成一本书呢?""靠你的勤奋。""这么说,谁都能写书喽?""谁都能写,但我选中的正是你。"我这般弄虚作假倒也省事,一则可以宣称自己无足轻重,再则可以敬仰自己是未来杰作的作者。我被选中,纯系天命,并非因为我有奇才;一切全仗我持之以恒,吃苦耐劳。我否认自己有任何奇特之处:人一旦有特色就显得突出;我没有什么信仰,只是忠于严肃的誓言:经过吃苦,达到光辉的顶点。唯一的问题是要知道吃什么苦,耐什么劳,但看来这个问题难以解决,因为我无法指望生活贫困。默默无闻也罢,声誉卓著也罢,反正教育部的预算里有我一份,决不会饥肠辘辘。我给自己设想痛心疾首的失恋,但劲头不大,因为我讨厌窝囊情人。我对西哈诺①很反感,这个假帕达扬在女人面前装疯卖傻。真正的英雄身后拉着一串女人的心,而且满不在乎。应当指出,西哈诺的情人薇奥列塔之死使他心碎,从此他一蹶不振。失去情人,为了一个女性而受到无法医治的创伤,但不是由于她的过错:这使我拒绝

---

① 指爱德蒙・罗斯唐的喜剧《西哈诺・德・贝吉拉》中的主人公。

一切其他女人的追求。这令人深思。但不管怎么说,就算我的贤妻死于事故,这一不幸还不足以使我荣膺天命。因为事故出于偶然,而且屡见不鲜。最后我的狂怒战胜了一切。某些作家受嘲弄,吃败仗,一辈子蒙受耻辱,过着暗无天日的生活,等到他们断了最后一口气,荣华才覆盖尸体,这就是我的未来。我兢兢业业地对奥里亚克及成群的塑像大书特书。由于无法怀恨,便只求和解与效劳。但我第一本书刚出版就掀起轩然大波,我成了众矢之的,奥弗涅报刊辱骂我,商人拒绝招待我,愤怒者往我家窗户扔石头。为了不被活活打死,我只得逃走。我受到了劈头盖脸的打击,开始几个月痴头呆脑,不断喃喃自语:"一定是误会,得了!大家都是好人,何必呢!"事实上确是一场误会,但圣灵不许解除误会。后来我慢慢恢复了元气。一天,我在桌旁坐下,开始写一本新书,有关大海或有关山脉,但这本书找不到出版商。我逃命、伪装,也许流亡,但继续写作,写了很多其他的书。我用韵文翻译贺拉斯,对教育学提出朴素而合理的想法。毫无办法,我的手稿塞满了一箱子,未能出版。

故事有两种结局,随我的脾气,任选一种。郁郁寡欢的日子,我看到自己躺在一张铁床上,奄奄一息,受人憎恨,绝望得不堪回首。正在这时,荣耀从四面八方降临。有时我也让自己快活一下。五十岁那年,为了试一支新笔,我在一本手稿上写了自己的名字,这本手稿不久遗失了。有人在顶楼上,或在小河旁,或在我刚搬完家的壁橱里,反正找到了这本手稿,念完之后,感动不已,把手稿送到米歇尔·泽瓦科的最有名气的出版家阿泰姆·法雅那里。成功至极,一万册两日之内一售而空。万人悔恨当初有眼无珠,记者成百出动寻找我,但找不到。我因为隐居,很久才知道舆论的骤变。终于有一天,我走进一家咖啡馆躲雨,无意中看到一份丢在一旁的报纸,大吃一惊,报上写着:"让-保尔·萨特,隐姓埋名的作家,奥里亚克的歌手,大海的诗人",用大写字母在第三版上占了六栏。我大喜若狂,不,我既快活又伤心。总之,我回到家里,关上门,在房东的帮助下,用绳子捆好手稿箱,寄给了法雅出版社,但没有留下地址。故事编到这里,我暂停下来,津津有味地加油加醋:如果我从住的城市寄发邮件,记者会很快发现我的隐居地。于是我把箱子带到巴黎,交给警察局,让人转送给出版商。乘火车返回之前,我回到童年的住地:勒戈夫街,苏弗洛街,卢森堡公园。巴扎尔酒吧引起我的注意。记得外祖父——这时已故——一九一三年有时带我去那儿,我们并肩在一张长凳上坐下,大家羡慕地瞧着我们。外祖父要了一大杯啤酒,给我要了一小杯,我感到他对我爱护备至。而这时我已是四十岁左右的人,出于怀旧,推开酒吧的门,要了一小杯啤酒。旁边一桌年轻美貌的妇女正交谈得十分热烈。她们提到了我的名字,其中一个说:"嗳!可能他是个老头,丑八怪,但不要紧,要是能嫁给他,我情愿牺牲三十年。"我向她微微一笑,微笑中夹杂着骄傲和忧伤,她不胜惊讶地回我一笑。我站起来,消失了。

我费了很多时间精心编造了这段插曲以及无数其他的枝节,此处不一一赘述。从这个插曲中读者可以看出我童年时对未来的憧憬,当时的处境,六岁时的杜撰,怀才不遇的游侠骑士所发的牢骚。九岁那年,我仍旧牢骚满腹,觉得赌气也其乐融融哩。作为无法逃避的殉道者,我硬是不肯让误会解除,甚至圣灵好像也不耐烦了。为什么不向这个极可爱的仰慕者透露我的姓名呢?我自问自答,嗨!她仰慕得太晚了。——不过,既然她不顾一切愿意嫁给我?——但我太穷呵!——太穷?那么作者版税呢?连这个反驳也阻挡不住我。我写信给法雅,让他把属于我的钱分发给穷人。但故事总得有个结尾啊,结局是我缓慢地死在房间里,无人理睬,但死而无怨:使命已告完成。

在这个改编了无数次的故事中有一件事使我震惊:从我看到我的名字见报之日起,我这部机器某处出现断裂,完蛋了。我不胜忧伤地享有盛誉,但已写不出东西了。两种结局其实是一致的:等到死才获得荣耀,或荣耀先降临然后把我置于死地,总之,写作的欲望包含着对生活的绝望。将近这个时期,一则轶事使我心绪不宁,记不起是在什么地方读到的,反正是上个世纪的事。在西伯利亚大铁路的一个小站上,一个作家踱来踱去,在等火车。一眼望去,连一座破房子也没有,寂寥无人影。作家耷拉着脑袋,闷闷不乐。他眼睛近视,单身独处,样子粗俗,性子火暴;他百无聊赖,老想着前列腺病和债务。突然一辆四轮马车沿铁轨驶来,跳下一位年轻的伯爵夫人,向作家跑去,她跟他素不相识,但肯定眼前的旅行者就是她在一张达格雷相片①上见过的作家。她向他躬身行礼,拿起他的右手亲吻。故事到此为止。我不知道这个故事想说明什么。九岁那年,我为这个故事着了迷,这个爱发牢骚的作家居然有西伯利亚大草原的女读者。一个美貌的人儿给他恢复了连他自己都遗忘的荣耀,这叫作新生。再往深处一想,其实这意味着死亡,这是我感受到的,或我愿意认为如此。一个活着的庶民不可能从一个女贵族那里得到如此仰慕的表示。伯爵夫人仿佛对他说:"我之所以能来到您跟前,碰碰您,那是因为已经没有必要保持门第的优越感了,我不担心您对我的姿态有什么想法,已经不把您当作一个人,您只是您作品的象征。"一个吻手礼把他置于死地:离圣彼得堡一千俄里的地方,一个旅行者在出生五十五年之后被焚,荣耀把他烧死,他只剩下火光闪闪的一系列著作。我仿佛看见伯爵夫人回到马车上,消失了。大草原又恢复原来的凄凉。黄昏,火车为了赶点越过小站飞驰而去,我

---

① 达格雷照相是早期的一种照相法。

打了一个寒噤,不由得想起《树欲静而风不止》,寻思道:"这个伯爵夫人是死神吧!"总有一天,她会在一条偏僻的路上截住我,吻我的手指头。

死亡使我晕头转向,因为我不愿意活下去。这就说明为什么死亡引起我的恐怖。我把死亡和荣耀相提并论,从而把死亡作为我的归宿。我急于死,有时死亡的可怖给我的热情泼冷水,但为时甚短,我神圣的喜悦不断再生,等待着火化的时刻。我们内心的愿望其实是谋求和逃避两者不可分割地结合的产物:写作这件不可思议的事情使我原谅自己的存在。我看到,尽管写作是吹牛皮、说假话,总还有一些现实意义,其证明就是五十年之后的今天,我仍在写作。但如果追本穷源,我看到自己不断在逃避,进行格里布依①式的自杀。是的,何止是史诗,何止是殉道,我在寻求死神哩。很长一个时期,我担心的死和生一个样,随随便便,不拘地点,默默死去只是默默出生的反映。我的天职改变了一切,刀光剑影总要消失,文字著作则与世长存。我发现在文学领域内赠与者可能变成他自己的赠与物,即纯粹的物。我之成为人纯属偶然,成为书则是豪侠仗义的结果。我可以把我的絮叨和意识铸到铅字里,用不可磨灭的文字代替我生命的嘈杂,用风格代替我的血肉,用千古永生代替我的蹉跎岁月,作为语言的沉淀出现在圣灵面前。总之成为人类不可摆脱的异物,不同于我,不同于其他人,不同于其他一切。开始,我给自己塑造一个消耗不尽的身躯,然后把自己交给消费者。我不为写作的乐趣而写作,而为了用文字雕琢光荣的躯体。从我坟墓高处细看这个光荣碑,感到我的出生好似一场必须经历的痛苦,为了最终变容而暂时

---

① 格里布依,法国女作家索菲·塞居尔(1799—1894)笔下的人物,可怜的女子格里布依害怕潮湿,干脆跳入水中。萨特的意思是,怕死干脆自杀。

显示的幻想。为了再生，必须写作；为了写作，必须有一个脑袋，一双眼睛，两只胳膊。写作结束，身体器官自行消失。

一九五五年左右，一只怪虫出世，二十五只福利欧①蝴蝶脱颖飞出，载着一页一页作品，振翅飞到国家图书馆，栖息在一排书柜上。这些蝴蝶便是我。我即是二十五卷，一万八千页文字，三百幅版画，其中有作者的肖像。我的骨头就是皮革和硬纸，我的肉是羊皮纸，散发出糨糊味和蘑菇味；安置在六十公斤纸里，我感到怡然自得。我再生了，终于成了一个完整的人，思考，说话，吟唱，声音洪亮，以物质不容置疑的长存证实我的存在。人们拿起我，打开我，把我摊在桌子上，用手心摸我，有时噼啪作响折腾我。我听凭折腾，但突然闪电发光，使人眼花缭乱。我天马行空，其威力能穿过空间，越过时间，打击坏人，保护好人。谁都不能忘记我，谁都无法不提到我，我是一个伟大的偶像，既可摆弄又很棘手。我的知觉已化为齑粉，那再好也没有，反正有别人的知觉负担我，人家阅读我，我跳入他们的眼帘；人家谈论我，我蹦入他们的嘴中，化成普遍而独特的语言。在亿万人的目光里，我成为展示的珍品。对知我爱我者，我是他们最亲密的知音，但谁若想触及我，我一个闪身便无影无踪。我无处可寻，但活着。总之处处有我在。我寄生在人类身上，我的善举折磨着他们，不断迫使他们让我复活。

这套戏法很灵，我把死神掩埋在荣耀这块裹尸布下，只想到荣耀，从不想死神，竟未意识到两者是一码事。在写这本书的现在，我知道迟早我将不中用，明确而不无忧伤地想象出自己即将到来的老年和未来的衰老，以及我喜爱的人的衰老和死亡，但从来没有想象

---

① 福利欧是法国著名的加利马出版社出版的一种普及版本，多为较有价值的文学作品，但价格较便宜。

我自己的死亡。有时我向亲近的人——有的比我小十五岁,二十岁,三十岁——表示抱歉,我将比他们活得更长,他们拿我打哈哈,我跟他们一起哈哈大笑。但是人们的取笑没有改变,也决不会改变我的想法。九岁那年,我动过一次手术,使我无法体会据说我们人类状况固有的悲怆。十年之后,在高师①,这种悲怆突然在我几个好朋友身上发作了,表现出惊恐或狂怒,而我却鼾声如雷,高枕无忧。其中一个同学得了一场重病之后,对我们说他经历了临终的痛苦,甚至包括咽下最后一口气的感受。尼赞②着魔最甚,有时在完全清醒的时候,他仿佛感到成了一具死尸。他站起身,眼睛里仿佛有麇集的小虫在攒动,摸索着拿起他的圆顶帽,走开了。第三天发现他酩酊大醉,跟一些陌生人混在一起。有时候这些患不治之症的人聚在某个同学的房间里交谈他们的失眠,交换提前进入虚无的经验,只要只言片语就能明白对方的意思。我听他们交谈,热切希望能跟他们一样,因为我喜欢他们,但办不到,充其量,我只能领会和记住关于死人的老生常谈:人生,人死,生死不由自主,死前一小时,人还活着哩。我不怀疑他们的话中有我领会不了的意义,只好不作声,好生妒忌,只得置身局外。末了,他们把目标转到我身上,不等回答已经恼火了:"你呢,你无动于衷吗?"我摊开双臂,表示无能为力和十分抱歉。他们觉得在对牛弹琴,不禁笑了。他们认为这再明显不过了,奇怪怎么不能使我明白:"你入睡的时候从来没有想过有人可能在睡眠中死去?在刷牙的时候,你脑子里从来没有转过:这一回逃不过了,今天是我的末日?你从来没有觉得应该赶快,赶快赶快,否则时间来不及了?你以为你永垂不朽吗?"我半挑战半应付地回

---

① 巴黎高等师范学院。
② 保尔·尼赞是萨特青年时代最好的朋友,作家。后成为法共党员,《人道报》主编,一九四〇年五月在前线阵亡。

答:"是的,我认为我永垂不朽。"这纯属假话,我只是保了险,不会猝死而已;圣灵向我定做一个需要长期努力的作品,那就应该让我有时间去完成。死于荣誉,这种死庇护着我不出事故,不会充血,不患腹膜炎。我跟死神已约好相会的日子,如果我过早赴约,可见不着死神啊。我的朋友们尽可以责怪我不想到死,殊不知我时时刻刻跟死神生活在一起。

今天,我认识到他们是对的,因为他们全盘接受我们的生存状况,包括焦虑状态在内,而我选择高枕无忧,事实上我真以为自己永垂不朽哩。我预先把自己放在死者的地位,因为只有死者才享受永垂不朽。尼赞和马欧①明白他们会成为野蛮干预的对象,活生生、血淋淋地被迫离世。我则自欺欺人:为了抹煞死亡的野蛮性,我把死亡当作目的,把生命当作了解死亡的唯一手段。我慢慢走向我的终点,唯一的希望和欲望是能写完我的书,确信我的心脏最后一次跳动刚好落在我著作最后一卷的最后一页上,这时才让死神带走一个死人。尼赞二十岁的时候就用一种绝望的急切心情观察女人、汽车以及世上一切财富:必须马上看到一切,占有一切。我也观察,但虔诚多于觊觎。我来到世上不是为了享乐,而是为了清账。这颇为省事嘛:我是一个过分安分的孩子,胆怯、懦弱,不敢正视自由开放的生存和没有上帝保佑的生存;我望而生畏,连连后退,硬要自己相信一切都是命中注定的,更有甚者,认为一切都是周而复始的。

显而易见,这种作弊的做法免得我受自爱的诱惑。我的每个朋友受到灭亡的威胁,他们时刻自卫,以求生存,寻求凡人生活的不可替代性,自视可爱、珍贵、卓越,人人自命不凡。我则把自己与死者相提并论。我不自爱,认为自己极其平常,比伟大的高乃依更令人

---

① 马欧也是萨特的同届同学。后曾出任联合国教科文总干事长。

生厌。依我看,我奇特的主体只在为变成客体做准备时才有意义。难道我比较谦虚吗?不是,而是更为狡猾。我让后代来替我爱我自己。那些还未出世的男男女女将来有一天会觉得我可爱,就是说认为我有某种魅力吧,我是他们幸福的源泉。我有更多的心眼儿,更会用心计:我把枯燥无味的生活变成我的死神的手段,然后悄悄杀个回马枪来援救我的生活。我用未来人的眼睛看待我的一生,感到这是一则美妙动人的故事,是由我替大家亲身体验的。多亏了我,今后任何人都不必再亲自经历这一切,只要动嘴巴讲讲就行。这是十足的疯狂:我把某个伟大死者的过去选做自己的未来,妄想倒过来经历一遍。在九岁、十岁的时候,我已经完全是被追认的人了。

这不完全是我的过错,因为外祖父就是用这种追溯的幻想培养我的。再说也不完全是他的过错,罪魁不是他。我一点也不怨他,这种海市蜃楼自然而然地产生于我们所接受的文化。在同代人完全消亡的情况下,某个伟人的死亡对后代人永远不会构成意外打击,时间为他的死亡确定了某种特色。凡享高寿的死者都死于先天,死亡既在他接受临终涂油礼,也在他初生受洗礼的时候来临,他的一生属于我们这些后来人。我们从开始,从末尾,从中间,进去出来,随意顺年表而下或逆年表而上,因为年代顺序已经打乱,不可能重建,所以这个人物可以高枕无忧,不担风险,即使有人在他的鼻孔里挠痒痒,他也不会打喷嚏。他过去的存在提供了一个按时间顺序展开的人生表象,但是只要你稍微让他的生命复活一下,他的经历顿时变成同时发生的事件。你若想置身于消亡者的地位,装作体验他的激情、无知、偏见,复活一下已消失的抵抗力,重现一点儿急躁或忧虑情绪,那是万万办不到的。你忍不住要根据他本人当时无法预料的结果和掌握不住的情况来评价他的行为,你情不自禁地要对他本人当时忽视而后来证明很重要的事件给以特别的重视。这就是海市蜃楼,未来比现在更符合实际。这并不奇怪,死亡是出生的归宿,盖棺才能论定。死者居于存在与价值的中途,介乎历史的原貌与编写的历史之间,他的历史成了某种循环的液汁,在他一生的每个时刻都得到体现。在阿拉①的沙龙里有一个年轻的律师,沉着镇静而矫揉造作,他就是后来上断头台的罗伯斯庇尔。当时没有一个客人注意到他已把脑袋夹在腋下,鲜血淋淋,看不出血弄脏了地毯,而我们则清楚地看到鲜血淋淋的人头。曾几何时,相隔五年,囚车送他上刑场,但此时此地,这颗割下来的人头颚骨下垂,却在侃侃而谈。这种看法上的阴差阳错已是公认的,不过无妨大局,有办法纠正。然而,当时的文人学士力加掩饰,以此孕育自己的唯心主义。他们暗示,某种伟大的思想倘若诞生,就投胎到女人的肚子里,变成将来怀有这种伟大思想的伟人,为他选择状况、环境,恰如其分地确定他的亲人们的理解和不理解的比例,解决他要受的教育,让他经受必要的考验,逐步使他形成不稳定的性格,但又加以控制,直到精心培育的对象脱颖而出,光芒四射。这一切虽然没有明讲,但处处使人感到因果的顺序在暗中是颠倒的。

我高高兴兴地使用这种海市蜃楼,以便确保我的命运。我抓住年代,颠倒其头尾,一切便豁然开朗了。事情从一本小书开始,深蓝色的封面,带有发黑的镀金装饰,厚厚的纸发出死人的臭味,书名是:《英杰们的童年》。扉页上有一个戳记,证明是我大舅乔治一八八五年获算术第二名所得的奖品。我在胡编异想天开的旅行的那阵子,发现了这本书,翻阅了一下,就气愤地丢下了。因为这些出类拔萃的青年跟神童毫无共同之处,他们只在呆板的德行方面跟我相近,我不懂为什么对他们大书特书。后来书不翼而飞了,其实是我

---

① 罗伯斯庇尔于一七五八年生于阿拉。

有意把它藏起来的,以示惩罚。一年之后,我翻箱倒柜把书找了出来,这时我已经变化,由神童变成备受磨难的小伟人。无巧不成书,书也变了样。书上的文字还是原来的,但讲的好像就是我。我预感到这本书会把我毁了,心里很怨恨,很害怕。每天打开书之前,我走到窗前坐下:一旦有什么危险,便可以让真正的阳光进入我的眼睛消毒。今天,那些为受过方多马斯①和安德烈·纪德影响而不胜遗憾的人使我啼笑皆非,殊不知孩儿们愿意吸毒啊。我像吸毒者那样战战兢兢地吞下我的毒品,结果似乎并没有伤什么元气。那时候人们鼓励少年读者,说什么明哲和尽孝是成功之本,甚至可以使我们成为伦勃朗或莫扎特。人们在一些短篇小说中描述一些平平常常的男孩子所干的平平常常的事情,但他们知恩尽孝,他们叫让-塞巴斯蒂安,让-雅克或让-巴蒂斯特,使他们的亲人幸福,如同我使我的亲人幸福一样。其毒汁恰恰在于文章作者从来不提及卢梭、巴赫、莫里哀的名字②,却巧妙地处处暗示孩子们未来的伟大,漫不经心地通过某个细节提到他们的著作或他们最出名的行为,精心设计着故事,要是不对照后来发生的事情,哪怕最寻常的小事也无法叫人理解。作者在乱哄哄的日常生活中埋下神奇的伏笔,预示着会使一切改观的未来。一个名叫桑济奥的男孩,发疯似的想见教皇。一天人家把他带到广场等候圣父经过。孩子脸色苍白,双目睁得圆圆的,人家忍不住问他:"你高兴了吧,拉法埃洛?这一回你至少亲眼看见我们的圣父了吧?"他惶惑地回答:"什么圣父?我光看见鲜艳的颜色啊!"还有一例,小米格尔一心想从军,坐在一棵树下津津有味地

---

① 本世纪初由苏韦斯特尔和阿兰合著的侦探小说《方多马斯》的主人公,是神出鬼没而富有诱惑力的罪人。
② 让-雅克是卢梭的名字,让-巴蒂斯特是莫里哀的名字,让-塞巴斯蒂安是巴赫的名字。

读一本武侠小说,突然一阵震耳的铁器声吓了他一跳,原来是附近的老疯子①,一个破落的绅士,骑着一匹瘦马,举着长枪,颤巍巍地冲向一座风车。吃晚饭的时候,米格尔把这个小故事讲得既滑稽又可爱,逗得大家捧腹大笑。但后来房间里剩下他独自一人时,他把小说扔在地上,踩上几脚,抽噎了好久。

这些孩子迷失了方向,他们的一言一行实际上预示着自身的前途,而他们却以为在瞎说、胡闹。我和作者比他们看得远。我们交换着微笑,对他们不胜同情。这些表面极其平常的孩子,我观察他们的生活,用的是上帝设计这种生活的目光,即先看其结尾。开始我兴高采烈,他们是我的兄弟啊,他们的光荣也就是我的光荣。然后完全翻转过来,我发现自己置身于书页的另一面,让-保尔的童年酷似书中让-雅克和让-塞巴斯蒂安的童年,一切都是先兆。不过,这时作者挤眉弄眼的对象则是我的甥孙们。这些未来的孩子从我的死到我的生倒着观察我,我想象不出这批未来的孩子该是什么样子,但不断向他们递送我自己也难以破译的信息。想到死亡,我不寒而栗,虽说死亡是我全部行为的真正意义。我丧失了自身,试图从反方向穿过书页,把自己重新放在读者的地位,我抬起头,求助阳光,喔,原来这一举动本身也是一种信息。这种突然的不安,这种怀疑,这个眼睛和脖子的动作,到二〇一三年会得到怎么样的解释呢?到那时有两把打开我的钥匙:作品和死亡。我已经无法从书中出来了,这本书早已读完,我只是书中的一个人物而已。我窥伺自己:一个小时之前,我还跟母亲喊喊喳喳说话。我说了些什么?我记得其中的几句话,大声重复,但无济于事,话语出口而逝,不可捉摸。我的声音在自己的耳朵里听起来好像跟我毫不相干,扒手天使钻进我

---

① 即堂吉诃德。孩子读《堂吉诃德》入了神。

的脑袋,抢劫我的思想。这个天使不是别人,正是三十世纪的一个金发少年,他凭窗而坐,通过一本书观察着我。我喜恨交加,感到他的目光把我钉死在我所处的那十个世纪。在他看来,我弄虚作假,生造一些双关意义的词语抛给读者。安娜-玛丽看见我趴在课桌上乱涂乱写,对我说:"天色暗啦!我的小宝贝要弄坏眼睛的。"这正是天真无邪地回答的好时机:"即使在黑夜里我也能写字。"母亲笑了,说我是小傻瓜,并把灯点亮。戏法已变完,我们俩谁也不知道我刚才向公元三千年报告我未来的残疾。等我风烛残年的时候,我眼睛的程度超过贝多芬耳聋的程度,我摸着黑创作最后一部书。在我身后人家找出这份手稿时大失所望:"根本无法辨认!"甚至提出把手稿扔进垃圾箱。最后奥里亚克市图书馆纯粹出于怜悯,收藏了起来。一百年无人问津。后来有一天,一些年轻学者出于爱我,试图辨认这份手稿,他们得花毕生的精力方能重整我的杰作。母亲已经离开房间,剩下我自个儿,我不知不觉地自言自语:"在黑夜里!"我的曾甥孙在天边,啪的一声合上书,深思着他曾舅父的童年,眼泪流满双颊,不胜感叹道:"想不到他真的在黑暗中写作。"

未来的孩子跟我长得一模一样,我在他们面前招摇而过。我想到会使他们成为泪人儿,自己也挤出几滴眼泪;通过他们的眼睛看到自己的死亡,死亡已肯定无疑,我在谱写死者的传略,即我的真相。

一个朋友看了上述文字,不安地打量着我说:"原来你精神病很严重啊,超过了我的想象。"精神病?我说不上,反正我的极度狂热是很明显的,在我看来,主要问题毋宁说是真实性的问题。九岁的时候,我感到真实性不足,后来则绰绰有余。

开始的时候,我身心是健康的。一个耍花招的小鬼知道适可而止。然而我很勤奋,即便虚张声势也竭尽全力。今天我认为当时卖弄小聪明是智力训练,耍花招是对可望而不可即的真实性所作的夸张。

我的天职不是自己选择的,而是别人强加的。其实也无所谓强加,只不过是一个老妇人的信口开河和夏尔的使用谋略,但这足以使我心悦诚服。成人的话铭刻在我心上,他们用手指指着我这颗明星,我看不见明星,只看得见手指,但我相信他们,因为他们声称相信我。他们给我讲已故伟大人物的生涯,其中就有一个未来的古人,他们是拿破仑,地米斯托克利①,菲力普·奥古斯特②,让-保尔·萨特。对此我深信不疑,否则就是怀疑大人的话了。上列最后一个伟人,我很想面对面遇见一下。我张着嘴,扭曲身子,企图引起直觉,使自己心旷神怡,我好比一个性冷淡的女人,先是扭动身子,激发情欲,结果却是用身子的扭动代替性的快感。称她是佯装还是过分用心呢?总之,我什么也没有获得,不是太前就是太后,无法直视内心,发现自我。扭来扭去结果毫无进展,神经倒紧张了一阵,最后对自己产生怀疑,靠权威,靠成人不可否认的好意,无法确认和否认对我的委任:委任状已经封口盖印,万无一失,加在我身上,却并不属于我,尽管我对它从未有过丝毫的怀疑,但我既无法解除它,也不能领受它。

　　信仰即使根深蒂固,也从来不是自在圆通的。对信仰必须不断坚持,或至少阻止自己去破坏它。我注定成为英杰,我死后将埋在拉雪兹公墓,也许在先贤祠已选好位置,在巴黎有以我的名字命名的街道,在外省、在外国有以我的名字命名的街心公园和广场。但即使在最乐观的时刻,我也看不到自己。作为无名小卒,我怀疑自己不可靠。在圣安娜医院,一个病人在床上喊道:"我是亲王!把大公爵关禁闭。"人家走近病床,凑到他耳边说:"把鼻涕擤掉!"他乖乖地擤鼻涕。人家问他:"你是干什么

---

① 地米斯托克利(公元前525—前460),古代雅典民主派政治家和统帅。
② 菲力普·奥古斯特(1165—1223),法兰西国王(1180—1223)。

的?"他轻声回答:"鞋匠。"然后又大声嚷嚷起来,我想,我们无一例外都像这个人,反正我刚九岁的时候,很像他:既是亲王,又是鞋匠。

两年之后,病人康复,亲王消失,鞋匠什么也不信了,我停止了写作。小说手稿被扔进垃圾箱,丢的丢,烧的烧,取而代之的是句法分析本,听写本,算术本。如果有人潜入我四通八达的脑袋,他会发现里面装着几个半身塑像,一张错误百出的乘法表和比例法,三十二个省名,附有省会而没有专区,一朵名叫罗萨罗萨罗萨姆罗塞罗塞罗萨的玫瑰花,几处历史古迹和几部文学巨著,几条刻在石碑上的礼仪准则,有时这座凄凉的花园里飘过一缕轻雾:虐待狂的梦幻。孤女已无影无踪,骑士已销声匿迹。英雄、烈士、圣人等字样已无迹可寻,不再被提及了。我这个前帕达扬每季度收到令人满意的健康简况表:孩子智力中等,品行高尚,数学欠佳,想象力丰富而不过分,易动感情;十分正常,只是有些做作,但也日见减少。实际上我已完全着了魔。两个事件,一个公共的,一个私人的,使我残存的一点儿理智也泯灭了。

公共事件是完全出乎意料的。一九一四年七月我们还有那么几个坏人,但八月二日①,突然之间品德高尚的人掌握了大权,全体法国人都成了好人。我外祖父的冤家对头们投入他的怀抱,出版商恪守诺言,小老百姓预卜未来,我们的朋友收集他们门房、邮差、管子工豪壮而朴实的语言,并向我们转述;人人大叫大嚷,唯有我外祖母例外,真是个可疑分子。我乐不可支,法国演滑稽戏引我发笑,我也为法国演滑稽戏。但是战争很快使我腻味了,我的生活很少受到战争的干扰,说不定早已把战争忘到脑后了。不过,当我

---

① 一九一四年八月一日法国总动员,接受德国的宣战。

发现战争破坏了我的读物，不由得对战争深恶痛绝起来。我喜爱的读物已从报亭消失，阿努·加洛班，若·瓦尔，让·德·拉伊尔①抛弃了他们熟悉的英雄人物，他们笔下的少年是我的兄弟，曾乘着双翼飞机或水上飞机周游世界，以一当百英勇杀敌。战前的殖民主义小说让位于战时的英武小说，充斥着小水手、阿尔萨斯少年，以及孤儿——军团的福神。我讨厌这些新来的家伙。我一向把绿林小冒险家看作神童。因为他们屠杀的土著人实际上都是成年人；由于我自己也是神童，在他们身上我认出了自己。随军少年却显不出自己的本事。于是个人英雄主义动摇了；个人可以依靠武器的优势打击野蛮人。但是怎么对付德国人的大炮呢？必须采用大炮，动用军队。神童在这些法国勇士中受到爱护和保护，重新降为小孩子，我也随之下降了。时不时，作者出于怜悯，委派我送一封信，我被德国人抓住，出色地反诘他们，然后逃跑，返回阵地，使命完成了。大家当然向我庆贺，但热情并不太高。我在将军慈父般的眼睛里看不到孤儿寡妇们对我倾倒的目光。我失去了独占鳌头的地位，战役打赢，但没有我的份，成年人重新垄断了英雄行为。我偶尔从死者身旁捡一支枪，放几下子，但阿努·加洛班和让·德·拉伊尔从来不让我参加刺刀肉搏。作为见习英雄，我急不可耐地要达到自主行动的年龄，说得正确一些，不是我，而是随军少年，阿尔萨斯孤儿。我合上书，退出他们一伙。写作是一项长期的、吃力不讨好的工作，这一点我早已知道，反正我有充足的耐心。阅读则是一种娱乐，我急于得到一切荣誉。人们向我提供什么样的前途呢？当兵？破差使！勇士只身一人时，已毫无作为，他

---

① 均为当时儿童读物的作者。

得跟其他人一起冲锋,打胜仗靠的是全团的力量。我才不稀罕集体的胜利呢。阿努·加洛班想突出某个军人,最高的一着只不过派他去救护一个受伤的上尉。这种默默无闻的效忠使我反感,无非是奴隶救主子。再说这只不过是偶尔的壮举,战时人人皆勇敢嘛,每个士兵稍有一点运气都能干这样的事。我气急败坏,因为我喜欢战前的英雄主义:孤胆而无偿。我无视日常平淡无奇的德行,气概不凡地为自己一个人创造英雄。《乘水上飞机周游世界》《巴黎顽童历险记》《三个童子军》①,这些神圣的作品指引我走上死亡和再生的道路。而突然之间,这些书的作者背叛了我。他们使每个人都能做出英雄行为,勇敢和牺牲变成日常的德行,更糟糕的是,他们把勇敢和牺牲降为最基本的义务。背景也发生相应的变化:阿戈纳②集体作战的硝烟替代了热带独特的大太阳和个人主义的光芒。

中断了几个月之后,我重新拿起笔写我心爱的小说,决心教训一下这些先生们。一九一四年十月我们还没有离开阿卡雄。母亲给我买了一些练习本,一色装潢,淡紫色的封面印有贞德的肖像,她头戴钢盔,显示出时代的特征。在女英雄贞德的保护下,我开始写士兵贝林的故事:贝林劫持了德国皇帝,把他五花大绑解到我们的阵地,然后在全军面前向他挑战,一对一搏斗,把他打翻在地,用刀对准他的喉部,迫使他签订屈辱性和约,把阿尔萨斯-洛林归还给我们。一星期之后,这个故事使我心烦意乱。决斗一场是我从武侠小说中借用的:斯脱特-贝克尔是富贵人家子弟,流亡异乡。

---

① 阿努·加洛班等人的作品。
② 一九一四年在阿戈纳发生激烈的交战,法方稳住了战局,一九一八年德军在此开始崩溃。

一天,他走进一家强盗开的酒店,受到强盗头目大力士的侮辱。他大显身手,活活打死了头目,取而代之,然后搜罗流氓无赖,自立为王,按时带兵登上强盗船,扬帆出海。总是千篇一律的老套子:作恶之王必被认为是不可战胜的;行善之杰在一片嘲骂声中艰苦奋战。而后者出乎意料的胜利使嘲笑者毛骨悚然。我因缺乏经验,违反种种写作规则,效果适得其反。德国皇帝尽管彪形大汉,却其貌不扬,早就看得出,在虎背熊腰的贝林手下不堪一击。再说观众敌视他,我们这些大兵恶狠狠地高声骂他,战犯威廉二世孤零零,受尽嘲笑和欺凌,我亲眼看到他被世人唾弃却不失其高傲,而这本应是我笔下的英雄们的处境。这种逆转使我瞠目结舌。

还有更糟糕的。我那些被路易丝称作"胡言乱语的东西"得不到任何的证实或否定,非洲辽阔,遥远,人口稀少,消息不通,谁都不能证明我的探险者没有到过非洲;我在叙述他们的战斗时,谁也无法证实他们没有向俾格米人①开过枪。我还不至于自认为是他们的传记作者。但人们跟我大讲特讲小说的真实性,到头来我以为自己的奇谈也真有其事了。虽然我自己还未意识到,但我未来的读者会认为确有其事的。然而,这倒霉的十月使我陷入假想和现实的混战中不能自拔:我笔下的德国皇帝败北之后,下令停火,因此按逻辑推理秋天应该恢复和平了。但是恰恰相反,报刊和成人一天到晚唠叨我们仍处在战争中,并且战争还要继续下去。我感到受了愚弄:我是一个骗子手,说了一通废话,谁也不相信。我有生以来第一次重读自己的作品,羞得脸红到耳根。难道是我,是我津津乐道这些幼稚的神话吗?我差一点抛弃文学,洗手不干

---

① 俾格米人,尼格罗-澳大利亚人种内的一个种族类型,分布在中非、东南亚和大洋洲诸岛屿。

了。末了,我把手稿带到海滩,深深埋在沙里。苦恼清除,信心重振,我是命定的作家,这是毫无疑问的。不过,文学艺术有其奥秘,要等到火候才向我泄露呢。我的年龄还不到,权且作储备吧。我停止了写作。

我们回到了巴黎,我从此不再碰阿诺·加洛班和让·德·拉伊尔的书,因为我不能原谅这些机会主义者比我高明。我对战争不满,因为它平淡无奇。恼羞成怒之余,我逃避现实,躲进了往昔。几个月前,一九一三年岁末,我发现了尼克·卡特,布法洛·皮尔,得克萨斯·杰克,锡丁·布尔等英雄人物,战争刚爆发的时候,这类人物消失了,外祖父说出版商是德国人。幸亏在塞纳河两岸的旧书摊上还能找到大半。我生拉硬拽着母亲到那里去,我们从奥尔塞车站到奥兹特利茨车站一个个书摊找遍,有时去一次能买到十五本,很快就收集了五百本。我按数一叠一叠排齐,不厌其烦地点着数,高声念着带神秘色彩的书名:《气球中的凶杀》《与魔鬼订约》《穆图希米子爵的奴隶》《达扎尔起死回生》。我很喜欢这些书,纸张发黄,老化变脆,斑迹点点,散发出枯叶的怪味,确实是一些枯死的纸页,残存的遗迹,既然战争使一切都停止了,我明白长发人最后的历险对我来说将永远是一个谜,或再也弄不清侦探之王最后的侦查了。这些孤胆英雄跟我一样成了世界大战的牺牲品,因此我对他们怜爱备至。只要看到装潢封面的彩色版画,我便欣喜若狂。布法洛·皮尔骑着骏马奔驰在草原上,时而追逐印第安人,时而躲避印第安人。我非常喜欢尼克·卡特的插图。人们可能觉得这些插图单调:几乎清一色是表现这位伟大的侦探大打出手或挨揍败退。但是这些吵架斗殴发生在曼哈坦大街上,那里地面空旷,周围是棕色的栅栏或猪血色立方形的简陋建筑,这使我心驰神往。我想象这是一座广阔的城市,习俗严格而血案累累,恶习和美德皆置于法外,杀人犯和正义者一概逍遥自在和为所欲为,双方到了晚上才拔刀评理见个高低。这座城市酷似非洲,在炎热的太阳下,英雄主义始终表现为萍水相逢,见义勇为,我对纽约的神往来源于此。

我把战争和天职统统抛到脑后。要是有人问我:"你长大干什么啊?"我就和蔼地、谦虚地回答想当作家,但已经抛弃了登峰造极的梦想,不再搞什么心灵修炼了。大概因为这个缘故,一九一四年左右那几年是我童年最幸福的日子。我跟母亲平起平坐,形影不离。她称我为她的男伴,她的小男人,我对她无话不讲。更有甚者,被束之高阁的创作转化成喋喋不休的话语,从我嘴里往外涌,我喊喊喳喳地讲述所见所闻,尽是一些安娜-玛丽知道的东西,无非是房子、树木和人物。我非常乐意向她通报消息,仿佛成了世界的代言人,事物通过我发出信息。起初我感到脑袋里有人在唠叨,不断地说:"我走路,坐下,喝水,吃糖果。"我大声重复这些不断出现的议论:"我走路,妈妈,我喝一杯水,我坐下。"我好像有两个声音,其中一个声音似乎是我的,但不服从我的指挥,却让另一个声音做它的传声筒。我确定自己有双重人格,这些轻微的紊乱一直持续到夏天,把我搞得精疲力竭。为此我十分恼火,终于害怕起来了。"我脑子里有人说话。"我对母亲说,好在她并未在意。

这件事没有影响我的幸福和我们的结合。我们有我们的神话,我们的口头禅,我们惯常的玩笑。差不多有一年光景,我每说十句话至少要加一句:"但没关系。"语气间带着忍耐而讽刺的味道。譬如:"那是一条大白狗,不完全白,带灰色的,但没关系。"我们习惯于用史诗般的风格讲述不断发生的日常生活琐事。我们常常用第三人称的复数讲我们自己。例如我们等公共汽车,看见一辆车开过未停,我们中的一个嚷道:"他们气得直跺脚,咒天骂地。"于是我们齐声哈哈大笑起来。当着人的面,我们自有默契,一个眼色即心领神会。一家商店或一间茶室的女招待显得滑稽。母亲走出时对我说:"我没敢看你,否则我会当着她的面噗嗤笑出声来。"我对自己的能耐感到骄傲,要知道没有多少孩子能使一个眼色就让他们的母亲噗嗤笑出声来的啊。由于我们俩都羞怯,害怕受惊也是共同的。一天在塞纳河畔,我发现有十二本布法洛·皮尔历险记我没有买过。正当母亲准备付款的时候,走过来一个男人,白白胖胖的,漆黑的眼珠,小胡子抹得油亮,头戴划船草帽,一副时下英俊少年的派头,他眼睛死盯着我母亲,可是冲着我连连说道:"看把你宠的,小子,太宠你啦!"开始我大为生气,他怎么劈头就用"你"称呼我,但当我看到他古怪的目光,我和安娜-玛丽都不由得如受惊的小姑娘似的朝后蹦了一步。见此情景,这位先生不自在地走开了。我见过千万张脸都遗忘了,但这张猪油般的脸,至今记忆犹新。当时我对肉欲一无所知,想象不出这个人想要我们什么,但是他的情欲如此露骨,连我也看出来了。从某种角度来讲,我看透了他的心思。这种欲望,我是通过安娜-玛丽观察出来的。通过她,我嗅出男性,害怕男性,讨厌男性。这件意外的小事加深了我们的联系,我拉着母亲的手,趾高气扬地迈着小步快速走着。确信自己在保护着她。这是那些年代留下的回忆吗?是的,时至今日,每当看到某个一本正经的孩子对受保护的母亲说话,样子郑重其事,温情脉脉,我便感到由衷的高兴。我喜欢这种甜蜜而孤僻的友情,世间俗人之间没有这种情谊,因为这不合他们的常情。我久久凝视这样一对对无邪的伴侣,等我意识到自己是一个男子时,赶紧转过头去。

第二件大事发生在一九一五年十月,我十岁三个月。家人不想再把我过久地关在家里了。夏尔·施韦泽闭口不提他的怨恨，替我在亨利四世中学注了册，让我走读。

　　第一次作文，我得了倒数第一名。我是小封建主，一向把教和学看作是个人之间的联系。玛丽-路易丝小姐出于笃爱向我传授知识，我出于好心和爱她接受知识。所以，从讲台上向众人权威性地授课使我张皇失措，我对这种冷冰冰的民主法则感到莫名其妙。我时时刻刻受着比较，总有人比我回答得好，回答得快，我那些假想的优越感化为乌有了。由于太受宠爱，我不肯否定自己；虽然由衷地佩服同学们，但不羡慕他们，心想等到我五十岁的时候，也会露一手的。总之，我晕头转向了，但并不苦恼。突如其来的慌乱使我十分卖力，但交的作业却一塌糊涂。外祖父为此大皱眉头，母亲赶紧求见我的班主任奥利维埃先生。他在自己的独身套间里接见我们，母亲运用了她悦耳的嗓音。我靠着她坐的椅子，一边听她说话，一边瞧着穿过窗玻璃上的灰尘透入的阳光。她竭力证明我的实际水平比作业要强，说我已经学会独立看书，开始写小说。等到讲不出别的论据，她便泄露我在胎里待满十个月才出世，因此比别的孩子成熟，好似烘炉里的面包，烤的时间较长，格外金黄松脆。奥利维埃先生专心听着，心软了下来。这主要多亏她的妩媚，而不是我的长处。他是一个瘦骨嶙峋的高个儿，秃头脑袋光得十分彻底，一双深凹的眼睛，蜡黄的皮肤，长长的鹰钩鼻下长着几根红棕色的毛。他拒绝给我单独授课，但答应"关照"我，我本无更多的要求。上课时我窥视他的眼色，他只针对我上课，这一点我十分肯定。我好像感到他喜欢我，我也喜欢他。几句好话，把什么都安排得妥妥当当的，我不费劲地成了一个较好的学生。外祖父看到我的季考成绩单咕哝了几句，但不再想把我从学校领出来。五年级的时候，换了别的老师,我失去了优待,但我对民主已经习惯了。

学校的功课很多,我没有时间从事写作,再说跟新朋友们交往后连写作的欲望也没有了。我终于有了伙伴。先前我一直被束缚在集体乐园之外,进去之后第一天就受到非常自然的接待,从此我不再离开。说实在的,我的新朋友们跟我比较近似,不像帕达扬那帮小伙子,尽叫我伤心,他们是走读生,宝贝儿子,用功的学生。不管怎么说,我兴高采烈。我过着两种生活:在家里我继续模仿大人;而孩子们待在一起的时候却又讨厌孩子气,这可真是些男子汉啦。我是这些人中的一个,每天放学我们结伴回家,马拉坎三兄弟,若望,雷内,安德烈,还有保尔,诺贝·梅尔,布兰,马克斯·贝科,格雷瓜,我们在先贤祠广场又跑又叫,这是最幸福的时刻:我脱下了家庭喜剧的伪装。我丝毫没有想到出风头,只是一股劲地应声嬉笑,重复那些口令和俏皮话。我不表现自己,而是顺从别人,仿效伙伴们的神情举止。总之,我只有一个强烈的愿望:跟他们打成一片。干脆,倔强,快活,我感到自己坚强如钢,解脱了生之多余的思想负担。我们在伟人旅馆和让-雅克·卢梭雕像之间的广场上玩球,the right man in the right place①,真是各得其所,我成了不可缺少的了。不再羡慕西蒙诺先生了:我此时此刻守在我的位置上,梅尔向格雷瓜做传球的假动作时,会想到我以外的另一个人吗?这种迅如闪电的直觉使我发现了我的不可缺少性。相比之下,我以前那种奢求荣耀的梦想是多么乏味和丧气啊。

不幸,这种直觉来得快,去得更快。如我们的母亲们所说,

---

① 英文:各就各位。

我们的游戏使我们"过度兴奋",有时把我们各组混成一个统一的小群体,把我整个吞没了。不过,我们忘记父母的时间不长,他们无形的影响使我们很快重新陷入动物群那种共同的孤独感中。我们的团体没有目的,没有终点,没有等级,在完全融合和并列之间游移不定。我们在一起的时候,彼此坦诚相待,但不能抵制外界使我们产生的相互看法,毕竟各自属于某些狭窄的、强大的和原始的群体。这些群体创造出蛊惑人心的神话,以讹传讹,硬要我们接受。我们这些孩子娇生惯养,思想正统,感觉灵敏,好动脑筋,害怕混乱,厌恶暴力与非正义。在一起也罢,分散开也罢,反正我们心照不宣地确信世界是为我们服务而创造的,我们的父母皆是世界之精华,所以我们切记不冒犯任何人,甚至游戏的时候也保持彬彬有礼。冷嘲热讽是严格禁止的。如有人发火,大伙儿立即围上去劝他平静下来,迫使他道歉,让-马拉坎或者诺贝·梅尔代表他的母亲训斥他。所有这些夫人互相都认识,而且互相毫不容情:她们互相转告我们的话、我们的批评、我们每个人对其他人的看法,但我们这些做儿子的却对她们的反应闭口不谈。有一天,我母亲看望马拉坎夫人回来后非常生气,因为马拉坎夫人直截了当地对她说:"安德烈觉得普卢尽找麻烦。"我对这个说法没有介意,这是母亲们之间的闲谈而已。我对安德烈没有记恨,对他只字未提。总之,我们尊重所有的人,富人和穷人,士兵和百姓,人类和畜牲。我们只瞧不起包饭的走读生和寄宿生:准是他们作恶多端,他们家才对他们弃置不顾;或许他们的父母不好吧,但这个理由站不住,因为父亲是按儿子的品行区别对待的。傍晚四点,自由的走读生放学之后,公立中学便成了为非作歹之地。

如此小心谨慎的友谊总间隔着冷却的时期。假期我们分手时,并无遗憾。不过,我很喜欢贝科。他也是寡妇的儿子,有如我的兄弟。他漂亮、脆弱和温存。我不厌其烦地欣赏他梳成贞德式的黑色长发,但主要因为我们俩有着共同的骄傲。我们无书不读,躲在学校风雨操场①的一角谈论文学,就是说无数次津津有味地列举我们所摸过的著作。有一天,他古怪地瞧着我,推心置腹地对我说他想写作。后来我们俩到修辞班②时又分在一起,他仍旧很漂亮,但得了肺病,十八岁上死了。

所有的孩子,包括文静的贝科,我们大家都非常喜欢贝纳尔。这是一个胖胖的、怕冷的男孩,活像只小鸡。他的好名声一直传到我们母亲的耳朵里。她们略有不快。由于无法使我们讨厌他,她们干脆不厌其烦地让我们以他为榜样。请看我们不公正的程度吧。他也是包饭生,我们却喜欢他,在我们看来,他是名誉走读生。傍晚在家灯下,我们惦记这位传教士,有他在丛林里教化这帮寄宿野人,我们感到宽慰。话说回来,寄宿生也十分敬重他。我现在已记不清这种一致的赞赏出自什么原因。反正他温存,和气,灵敏,除此之外,主要因为他是班上第一名。再则,为了他就学,他母亲节衣缩食。我们的母亲不跟这位女裁缝来往,但她们对我们说起她,往往为的是让我们掂量母爱的伟大,可我们想到的却是贝纳尔,他是这位不幸妇女的温暖和快乐。末了,大家对这样善良的穷人同情备至。不过,这还不足以说明问题。另外一个原因是,贝纳尔跟我们若即若离,他总戴着一块羊毛大围巾,和蔼可亲地向我们微笑,但很少说话。我记得有人不许他加入我们的游戏。在我,他由于身体虚弱不能跟我

---

① 指雨天可以活动的带顶棚的操场。
② 当时法国公立中学中仅次于哲学班(即毕业班)的最高班。

们玩,更引起我的敬意。他好似被置身于玻璃柜里,隔着玻璃窗向我打招呼致意。但我们不接近他,我们之所以喜欢他,是因为他生前已像一个象征符号一样隐退了。儿童是遵守习俗的,我们看他十全十美到了无个性的程度而对他十分感激。他跟我们聊天的时候,语言浅显,很合我们的口味,让人高兴。我们从未见他发过火,也没有过度兴奋。上课的时候,他从不举手,但要是问到他,他言必有理,既不犹豫,也不卖力,恰如其分地吐出真言。他使我们这帮得天独厚的孩子惊讶不已。因为他是最优秀而不得天独厚的。那年月,我们大家都是不同程度的丧父孤儿,这些父亲先生不是死了就是上了前线,至于留下的男人,都已精疲力衰,丧失了男子气,竭力让儿子们忘却他们。那是母亲统治的时代,而贝纳尔恰恰为我们体现了母权制消极的美德。

　　那年冬天,贝纳尔死了。孩子和士兵是不关心死人的,但我们足有四十个人聚集在他的棺材前哭泣。我们的母亲们参加了守灵,坟墓上铺满了鲜花,鲜花之多,使我们把这起死亡看成是那年颁发的超优奖。再说贝纳尔平时不声不响,好像没有真死,仍活在我们的周围,我们隐隐感到他神圣的存在,我们的品德起了一个飞跃。我们热爱自己的死者,低声谈论他,这是一种带伤感的乐事。或许我们也会像他那样过早地死去。我们设想着母亲的眼泪,感受到自己的珍贵。我在说当年的梦话吗?反正我模糊地记得这是一件难以忍受的事。明摆着,这个女裁缝,这个寡妇,失去了一切。想到这一层,当时我是否感到恐怖呢?是否隐约看到邪恶呢?是否觉得上帝不存在呢?是否猜到世道艰难呢?我认为是的。要知道我对自己的童年采取否定和遗忘的态度,并认为我丧失了童年,所以,我肯定上述的感受,否则为什么贝纳尔的形象会引起我如此清晰的痛苦的回忆呢?

几个星期之后,五年级 A 甲班①发生了一件奇特的事情。我们正在上拉丁文课,门突然开,贝纳尔在门房的陪同下进来向我们的老师迪里先生致敬,然后坐下听课。从他的铁架眼镜和围巾,从他略钩的鼻子和小鸡似的怕冷的样子,我们大家断定他是贝纳尔。我心想,莫非上帝把他还给了我们不成?迪里先生好像跟我们一样,不胜诧异。他停止讲课,喘着气问:"你的姓名?身份?父母职业?"他回答道,包饭生,工程师的儿子,姓尼赞,名保尔-伊夫。我最为吃惊。课间休息时,我主动接近他,他也作了反应,从此我们结下友情。一个细节使我感到这个人不是贝纳尔本人,他比贝纳尔丑陋:尼赞患斜视症。但注意到这一点为时已晚,我已经喜爱上尼赞的外貌所体现的善良,以致喜爱上他本人了。我上了圈套,崇尚美德的习性导致我喜爱丑八怪。说真的,假贝纳尔并不坏呀;他代替真贝纳尔活着;所有真贝纳尔的长处他都有,不过已衰退。贝纳尔的矜持,到他身上变成掩饰。当他被强烈而消极的冲动压倒时,他不喊叫,只是气得脸色煞白,结结巴巴语不成章。这不,我们视为温存的情感只是暂时的麻醉。他嘴里吐出的不是真知灼见,而是愤世的、轻率的客观言论。我们听起来不顺耳,因为我们很不习惯。他跟我们一样,自然敬重他的父母,但唯有他,谈起父母时带讽刺的口吻。在课堂上,他不如贝纳尔那样才智横溢,但读过许多书,并渴望写作。总之,这是一个全面发展的人,在我看来,把他跟贝纳尔相提并论不足为怪。尼赞跟贝纳尔的酷似使我着迷,我弄不清是应该赞扬他提供了美德的外表,还是责备他只有美德的外表。我总是要么盲目的信任,要么莫名的怀疑。我和尼赞成为真正的好

---

① A 班是拉丁文班,偏重文史哲。甲班即优秀生班。

朋友只是后来的事,中间相隔了很长的时间。

这两年发生的事情和结识的新交中断了我的苦思冥想,但没有根除。其实在骨子里没有起任何变化。成人在我身上所寄托的重任,我虽不去想它了,但继续存在,并侵蚀了我的身心。九岁那年,哪怕在最放纵胡闹的时候,我还能自我检点。十岁上,我已经忘形了。我跟布兰跑跑跳跳,跟贝科、尼赞促膝谈心,在这种时刻我的假想使命自流了,自成一体躲到我的阴面,不让我看见,却操纵着我,对一切的一切施加影响,越过我,使树木低头,使墙壁让路,使天空弯腰。我视自己为大王,竟疯狂地信以为真。我的一个分析学家朋友说,这是性格性神经症。他说的对,一九一四年夏至一九一六年秋,我的使命左右了我的性格,我的妄想离开了我的大脑,注入了我的骨髓。

在我身上没有发生任何新的变化。我发现我原先扮演的和预言的原封不动地保留了下来。唯一的区别是我不知不觉地、不声不响地盲目行事。先前,我通过形象想象一生,从死亡看到我的出生,我的出生把我推向死亡,自从抛弃生死转化的看法后,我自身成了生死交替的实体,在两极之间颠簸,每一次心脏跳动就是一次死亡和再生。我未来的永存变成我具体的未来,每个瞬间跟永存相比显得微不足道,因此在我最专心致志的时候,对永恒的想念使我分心,使充实变得空虚,使现实变得轻浮。永存从遥远的将来驱散我嘴中的甜腻,消除我心头的忧和乐,但挽救了最无所作为的时刻,因为这个时刻来得最晚,使我进一步接近永存。永存给我赖以生活的耐心,我再也不想一下子跨过二十年,然后草草越过第二个二十年,再也不设想我遥远的登峰造极的日子,我等待着。我一分钟一分钟地等待,因为每一分钟引来另一个一分钟。我泰然自若地生活在刻不容缓的时间列车上,时间推我一直向前,把我整个儿卷走,势如破竹,锐不可当。真是如释重负!以前我的日子天天一个样,有时不禁生疑,我是否注定要过千篇一律的倒退日子。现在,日子本身没有起多大的变化,还是照旧哆哆嗦嗦地消逝。但是我,日子在我身上的反映起了变化,不再是时间朝我静止的童年倒流,而是我,好似奉命射出的箭,穿破时间,直飞目的。

一九四八年在乌特勒支①,封·列纳教授让我做投射测验。一张图引起了我的注意,上面画着一匹奔驰的马,一个行走的人,一只高飞的鹰,一艘前进的艇;受测验者应指出哪个画面给予他最强烈的快速感。我说:"小艇。"然后,我好奇地观察这个我突然选中的画:小艇仿佛腾空而起,霎时间凌驾在停滞的湖水之上。我很快明白了这个选择的理由:十岁的时候,我好像感到自己如艏柱似的冲破现时的束缚,腾空而起,从此我开始奔跑,现在仍在奔跑。在我看来,决定速度快慢的不是在一定时间内跑过的路程,而是起跑突破的力量。

二十多年前的一个晚上,吉亚科梅蒂②穿过意大利广场时,被一辆汽车撞倒。他受了伤。他腿被撞伤摔倒时,脑子还清醒,首先感受到的是某种喜悦:"我终于出了点事儿!"我深知他的激进主义:他已做好最坏的准备。他爱他的生活,以致没有别的向往。这种生活很可能为偶然发生的、荒唐的事故所冲击,甚至被断送。他心想:"因此,我不是天生的雕刻家,甚至不是生来就该活着的。我生下来时什么都不是。"使他兴奋的是危险的因素突

---

① 乌特勒支,荷兰历史名城。三十年战争结束后,曾在此签订《乌特勒支和约》。
② 吉亚科梅蒂(1901—1966),瑞士雕塑家,画家,萨特的朋友。萨特曾为他写过专文。

然被揭示出来,遭难时吓得发呆的目光茫然望着城市的灯火、来往的行人和他自己落在污泥里的躯体。而对于一个雕塑家来说,无生命的矿物界本来就与他朝夕相处。我欣赏这种顺应不测的意志。如果人们爱好意想不到的事情,那么就应该爱好到这样的程度,甚至欢迎这类迅如闪电的意外,因为这类事故向他们揭示,地球并非为了他们而存在。

十岁的时候,我声称酷爱这类意外。我一生的每个环节应该预见不到,能散发出新漆的芳香。我预先接受意外的事故,接受不幸的遭遇,实事求是地说,我以笑脸相迎。一天夜晚,因电路故障,灯突然熄灭。家里人在另一间房间叫我,我叉开双臂,摸着黑向前走,结果头撞在一扇门上,磕掉一颗牙。尽管痛得厉害,我却觉得有趣好笑,如同吉亚科梅蒂后来把他的腿当作笑料,但我们取笑的理由截然相反。既然我预先确定我的历史将有一个好的结局,那么意外只能是一个圈套,新鲜事物只能是一种表面现象。各族人民请我出世,这种需要本身早就把一切安排妥当,这颗磕掉的牙对我来说是一种征兆,一种暗示,要等到后来才能明白。换言之,我历史中的每个阶段都是确定好的,不论发生任何情况,不论付出多大代价,反正保持不变。我通过我的死亡观照我的一生,结果只看到一系列已完成的事情,既不能增加,也不能减少。你们想象得出我安然无事的程度了吧?对我来说不存在什么偶然事故,我遇到的只不过是上天安排的假事故。报纸让人相信街头四处隐藏着横行霸道的人,偷盗小老百姓。而我,生来命运不凡,撞不见这等人。也许有一天我会掉胳膊断腿或双目失明,但这一切都是为同一个目的服务,我的不幸只是考验,只是促使我创作出书的手段。我学会忍受悲伤和疾病,从中看到通向隆重葬礼的起点,看到为我开拓的通天台阶。这种颇唐突的操心没有使我不快,相反我一心要表现得名副其实。我把坏事看作变成好事的条件,连我的错误都有用处,就是说我犯的错误算不上什么错误。

十岁的时候,我对自己已有信心,一方面很有节制,另一方面让人受不了,因为我把失败看作死后胜利的条件。双目失明或双腿残废,或犯错误陷入歧途,总之在不断吃败仗之后,最后赢得战争。对出类拔萃的人物所进行的考验和由我负责任的失败,在我看来,两者没有区别。这就是说在我眼里,我的罪过实际上就是不幸事件,我愿意承担不幸意味着愿意承担错误。我简直不能得病,一有病痛,哪怕麻疹或鼻炎,就宣布自己有过错:我放松了警惕,忘记了穿大衣或戴围巾。我总愿意责备自己,不肯怨天尤人,这不是因为天性朴实,而是要靠自己安身立命。这种自命不凡并不排斥谦卑。我很乐意认为自己可能犯错误,因为我的失败证明我走在通向尽善的捷径上。我设法在自己的生命中捉摸到某种不可抗拒的引力,能不断迫使我取得新的进步,哪怕我自己非常不情愿。

所有的孩子都知道他们在进步。再说人家也不让他们蒙在鼓里:"应该取得进步……在进步中……可靠的进步……不断的进步……"成人给我们讲法国历史,说第一共和国不太稳定,之后有第二共和国,然后是第三共和国,这是一个好的共和国,有二必有三嘛。当时激进党人的纲领表现出资产阶级的乐观主义:财富不断充裕,由于才智出众的人和小产业主急剧增加,因而贫困化已消灭。我们这些小先生,生得适时,满意地发现我们个人的进步体现了全民族的进步。但想超过他们父辈的人却不多,大部分人只等待着长大成人,到一定的时候,他们停止长个儿,停止发育,那时他们四周的社会自然而然会变得更美好,更安逸。我们之中有些人迫不及待地等着这个时刻到来,但有些人带着恐惧的心理,还有些人带着遗憾的心情。至于我,在接受使命之前,在漫不经心中长大成人;将来能否跻身显要,我根本不在乎。外祖父觉得我个儿矮小,为此十分伤心。外祖母为了气他,对他说:"他准是萨特家的个儿。"外祖父装作没有听见,站到我跟前,目测我的身高,终于说:"他长高了。"但口气不坚定。我对他的不安和希望一概无动于衷。野草也长个儿嘛,足见人可以长高,但不失其野。我当时关注的问题是永垂不朽。当年岁增长之后,一切都变了,好好干已经不够,必须一个小时比一个小时干得更好。我只有一条原则:向上攀登。为了培养我的抱负并掩盖其过分,我求助于普遍的经验:我想在童年动摇不定的进步中看到我命运的初步成果。这种实实在在的进步,虽然微小和平常,却给了我感到自己往上升的幻觉。在公共场合,我公开接受同班级和同代人的观念:我们受益于既得的成绩,得益于已有的经验。过去丰富了现在。在单独一个时,我远远没有感到满足。我不能接受从外部获得的存在,不能接受通过惰性保持的存在,不能接受内心活动受前人活动的制约的说法。既然我是未来的人们所期待的对象,那我干脆跳跃前进,堂堂正正,一气呵成,每时每刻都是我的不断再生,我希望看到内心的情感迸发出火花。为什么非要过去来丰富我呢?过去对我没有作用,相反,是我自己从死灰中再生,用不断的创新把自己从虚无中解脱出来。我越再生越完好、越善于运用内心的惰性储存,道理很简单,因为我越接近死亡越看清死亡的真相。人们常对我说,过去推动着我们,但我深信未来吸引着我。要是我感到自己干活拖沓,或才能施展缓慢,我就会不高兴。我把资产阶级的进取精神硬塞进心里,把它变成了内燃机。我让过去向现在低头,让现在向未来屈服;把平稳的进化论改变成间断的革命灾变说。几年前有人向我指出,我的戏剧和小说中的人物在危急时刻突然做出决定。眨眼之间,《苍蝇》中的俄瑞斯忒斯就转变了。自然如此,因为我按自己的形象塑造我的人物,并非原封不动地照搬我的形象,而是按照我渴望成为的形象加以塑造。

我成为背叛者,并坚持背叛。尽管我全心全意投入我的事业,尽管我对工作全力以赴,尽管我真心诚意结交友谊,尽管我发脾气时毫不掩饰,但我很快便否认自己。我知道这一点,也愿意这么做。正在激情高昂的时候,我已经开始背叛自己,高兴地预感到我未来的背叛。大致而言,我与常人一样履行我的诺言,我的友情和行为虽则始终不渝,但我容易感到新的冲动,比如观赏古迹、名画、风景。有一个时期我感到最后看到的总是最美的。我有时引起朋友们的不满:当我们一起回顾他们所珍视的事情时,我的言谈很不敬,或干脆很轻率,为的是使自己相信我对过去的事情已不屑一顾。由于我颇不喜欢自己,就寄希望于未来,结果更不喜欢自己,随着时间毫不容情地向前进,我越来越觉得自己差劲。昨天我干得不好,那是昨天的事;而今天我已经预感到明天我对自己严厉的评判。总之,不能挨得太近。我对自己的过去敬而远之。少年,中年,刚消逝的去年,已经一去不复返了,已属旧时代。新时代此时此刻宣告诞生,但决不固定下来,因为明年就要把它彻底埋葬。尤其是我的童年,我早已把它一笔勾销。我开始写这本书的时候,花费了许多时间才回忆起童年的大概轮廓。我三十岁的时候,有些朋友感到奇怪:"好像你既没有双亲又没有童年似的。"我傻乎乎居然十分得意。不过,我十分喜欢和尊重某些人,尤其是妇女——对他们的志趣和欲望,对他们从前的事业,对消逝的节日,始终不渝地保持朴实忠诚的态度。我欣赏他们以不变应万变的意志，欣赏他们牢记一切的愿望，甚至到死他们还记得洋娃娃、乳牙、初恋。我认识一些人，他们到了暮年还非得找年轻时爱过而没有到手的老女人睡觉。还有一些人对已故的人怀恨在心，或者不肯承认二十年前犯的小过失，甚至耿耿于怀。而我，我从不积怨，出于好意承认一切；我善于做自我批评，条件是出于我自愿，不由别人强加。有人曾在一九三六年或一九四五年跟当时的我过不去，那和现在的我有什么关系？我把这些都记在当时那个我的名下了。谁叫他太笨，不会让人家尊重。一天遇到一个老朋友，他说话带刺，对我心怀不满了十七年，事因是在某个特定的场合，我对他失礼了。我模模糊糊记得当年出于自卫做了反击，指责他太敏感、太胡搅蛮缠，总之对那件事我发表了个人见解。这次会面，我非常乐意听取他的想法，完全同意他的意见。我责备自己当时出于虚荣心，表现自私，没有心肝，总之，乐意承认一无是处。我对自己头脑清醒感到欣喜。要知道这么心甘情愿承认错误，证明我不会再犯类似的错误了。人家相信我的话吗？不，我的正直和毫无隐讳的坦白相反更加激怒申诉人。他揭穿了我，知道我在利用他。他怨恨的是我，活着的我，包括现在和过去，他深知我依然如故，而我却扔给他一具僵死的遗物，为的是乐于感到我自己像初生的孩子。到头来，我发火了，对这个鞭尸的狂怒者很不满意。反之，如果有人提醒我说在某个场合我表现不错，我一摆手就把此事忘了。人家以为我谦虚，其实恰恰相反，我认为今天干得好一些，明天还要好得多。中年作家不喜欢人家过分肯定他们的处女作，而我敢说我最不喜欢这类赞扬。我最好的书是我正在写的书，然后才是最近出版的书，但我心里已经开始腻烦了。要是批评家今天觉得这本书不好，他们也许会使我不快，但六个月之后，我差不多会同意他们的意见。但有一个条件，那就是不论他们认为这本书如何贫乏和无价值，我毕竟要求他们把它放在比它更早写出的东西之上。我同意所有作品被全盘贬斥，只要把它按出版时间加以评论就行，唯有出版顺序能给我写好书的机会，明天写得更好，后天写得好上加好，最后以一部杰作告终。

　　自然我明白这是办不到的，事实上我们经常炒冷饭。但这一点我新近才觉悟到。我旧时的信念动摇了，不过还没有完全泯灭。我一生中有几个严厉的见证人，他们不放过我的任何小毛病，经常揪我的辫子，说我重蹈覆辙。他们直言相告，我相信他们言之有理，最后为之庆幸：昨天我多么盲目啊。我今天的进步就在于明白了我停滞不前。有时我自己成了原告的证人。例如，我想起两年前写过一页东西，可以供我使用，但找来找去找不着。心想这也好，我一时懒惰，想把一页旧货塞到新书里，现在既然找不着，干脆重写，今天写的肯定要好得多。等我写完后，却偶然发现了那页一时丢失的文字。实在令人惊讶：我两次写的，除了几个标点有差别外，无论内容和用词，一模一样。我犹豫了一下，终于把这页过时的东西扔进字纸篓，留下新写的文字。新写的似乎总比旧写的要高明。总而言之，我自我陶醉：幻想破灭之后，继续弄虚作假，尽管老朽昏庸，仍想享有登山运动员那种青春的活力。

　　十岁的时候，我还不了解我的怪癖和唠叨，怀疑是跟我不沾边的。我跳跳蹦蹦，喊喊喳喳，为街头的景象所吸引，不断脱颖新生，听得到旧壳一一脱落的声响。每当回到苏弗洛街，我每跨一步都感到在五彩缤纷的玻璃橱窗里倒映着我生活的节奏和规律，反映出我那对一切都不忠的任命。万物皆备于我。外祖母想配齐餐具,我陪她去陶瓷和玻璃制品商店。她指着一只盖上有红圆顶的大汤碗和一些印花盆子说,这些不太称她的心,她要的那种盆子上除有花外,还有沿花茎往上爬的小虫。老板娘生气了。她很清楚我外祖母要的货,曾经卖过,但三年来不生产了。而这些新近出的盆子质地精美,至于花上有没有小虫,无关紧要,花总是花呗,谁会吹毛求疵注意小虫呢?我外祖母不以为然,她坚持让人去看看有没有库存。去看库存当然可以,但要时间呀。老板娘一个人在店里,伙计刚下班走了。人家把我安置在一个角落里,叮嘱我什么也别碰。我被遗忘在那儿,不知所措地望着周围那些易碎的物品,那些布满灰尘的闪光的器皿,还有已故帕斯卡尔①的面具和画有法利埃总统②肖像的便壶。不管表面上如何,我只是个虚假的配角。有些作家正是这样把"不重要的角色"推到前台,而把主人公放在不显眼的地位,这叫作伏笔。但读者不上当,他先翻阅最后一章看看小说是否圆满结束,已经知道这个靠在壁炉上的苍白的小伙子肚子里装着三百五十页书,三百五十页爱情和历险的故事。其实我至少有五百页,我就是长篇故事的主人公,结尾圆满。这个故事,我早已停止对自己讲了,有什么用呢?无非使自己感到浪漫罢了。尴尬的老妇人,陶器上的花朵和整个商店被时间往后抛。黑裙子褪色了,声音模糊不清了,我可怜的外祖母,故事的第二部分肯定见不着她了。我则是故事的开始,中间和结尾,三者集中在一个小小的孩子身上,所以也可以说我是老小孩,死小孩,在此地默默无闻地被埋在比我还高的盆子堆里,在外面,在遥远的地方,则享受着

---

① 帕斯卡尔(1623—1662),法国学者,思想家和作家。
② 法利埃(1841—1931),法国政治家;一九○六至一九一三年间任共和国总统。

声誉带来的无上哀荣,我是处在行程起点的原子,也是与终点撞击后反弹回来的振波。起点和终点集中于我,两面向我夹攻。我一手碰到我的坟墓,一手抓住我的摇篮。我感到自己生命短暂而辉煌,好似一个消失在黑暗中的闪电。

然而,无聊仍一直纠缠着我,时而不引人注目,时而使我反感,等无聊到忍无可忍的时候,我便屈服于最致命的诱惑:俄尔甫斯操之过急,结果失去了欧律狄刻①;我操之过急,结果常常晕头转向。我苦于无所事事,有时旧病复发,又疯狂起来,而恰恰这时应忘记疯狂,应暗中控制疯狂,并把我的注意力转移到外部事物。凡遇到这种情况,我就想当即认清自己,一下子抓住纠缠我的全部东西。真倒霉!进步,乐天,令人愉快的背叛和秘而不宣的归宿,总之我自己创造的一切土崩瓦解了,唯有皮卡尔夫人的预言尚存。但尚存的预言对我有什么用处呢?这种权威性的判断空洞无物,旨在笼统地挽救我失去的分分秒秒。未来一下子变得干巴巴,剩下一个骨架子。我感到在这个骨架子里生存极为困难,但是我发现根本无法摆脱。

记不清是什么时候了。有一天在卢森堡公园,我坐在一张长凳上:安娜-玛丽要我坐在她身旁休息,我浑身是汗,那是跑得过多的缘故。这至少是事情的顺序。我无聊至极,竟狂妄地把顺序颠倒过来:我奔跑,为的是出一身大汗,好让我母亲有机会唤回我。一切行动的目的地是长凳,一切行动必须在长凳结束。长凳起什么作用?我不知道。对此我不在乎,但整个过程的各个印象,我却记忆犹新,反正全部有一个目的。这个目的,我迟早会知道的,我的侄儿们将来也会知道的。我摆动两条不着地的小腿,看到一个

---

① 典出希腊神话传说,俄尔甫斯是善弹竖琴的歌手。他的妻子欧律狄刻死后,他追到阴间,获准把妻子带回人间,条件是在路上不许回头。但俄尔甫斯急不可耐,当他接近地面时违约回首看妻子在不在,结果欧律狄刻变成了石头。

人走过，他背着一只包裹，原来是一个驼子：这有用处。我得意地对自己重复道："我坐着不动极为重要。"但无聊反而加剧了，我憋不住偷偷观察自己：我不想获得什么了不起的启示，只想捕捉我此时此刻的意义，体会其迫切性，享有一点未卜先知的机能，我认为缪塞和雨果便有这种机能。自然，我如同坠入五里雾中。抽象地要求肯定自己的不可缺少性，顿悟自己的存在其实并无目的性，这两者并行不悖，既不打架，也不混淆。我一心想自我逃避，重温腾云驾雾的神速。俱往矣！魔法已破。我的腿弯发麻，身体扭动起来。巧得很，正在这时，上苍委任我新的使命：我重新奔跑极为重要。于是，我跳下地，飞奔起来，跑到路头，转身一看：什么也没有变化，什么也没有发生。但对这次失望，我用语言向自己掩饰：我声称，一九四五年在奥里亚克的一间带家具出租的房间里，这次奔跑将产生不可估量的意义。因此我欣喜若狂地宣布，我十分满意。我强迫圣灵做出反应，向他表示信任：我疯狂地发誓不辜负圣灵给我的机会。这一切十分微妙，而且非常伤脑筋，我心里明白。母亲已经急匆匆过来，又是毛衣，又是围巾，又是外套，我乖乖地让她一层层地裹，最后成了一个包裹，还得忍气吞声地回苏弗洛街，瞧门房特里贡的小胡子，听液压电梯的噼啪声。不管怎么说，多灾多难的小追求者终于回到书房，从一张椅子坐到另一张椅子，拿起书，翻阅一本扔掉一本。我走近窗户，发现窗帘下有一只苍蝇，我把它赶到窗帘的一个皱褶里，逼得它走投无路，然后向它伸去一只凶杀的食指。这个时刻不包括在总进程表里，纯属额外，不算数的，绝无仅有，僵死不变，而且天机不会泄漏：那天晚上不会，以后也不会，奥里亚克城的人永远不会知道这起纠纷。人类已熟睡，而杰出的作家——这位圣人决不会伤害一只苍蝇的——已经退场。孩子单独一人，一时感到烦闷没有出路，需要强烈的感受，那种想凶杀的感受。既然不让我有人的命运,那我就来主宰一只苍蝇的命运。我不慌不忙,让苍蝇猜猜扑向它的巨人是谁。我摁下食指,苍蝇成了肉酱,结果受愚弄的却是我自己!真不应该杀死它,天晓得!所有的生物中只有这个小生命怕我,现在谁也不买我的账了。既然杀了虫,我便取代受害者,自己成了虫子。我成了苍蝇,而且一直是苍蝇。这次我把事情讲透了。现在没有别的事可干,只好从桌子上拿起《科科朗上尉的奇遇》①,一屁股坐在地毯上,随便翻到哪一页,反正已翻阅无数次了。我感到非常厌倦,非常忧伤,甚至麻木不仁了。但一开始读故事,我就忘乎所以了。科科朗在空无一人的书房里打猎,腋下夹着卡宾枪,背后有母虎跟随。丛林的矮树匆匆地在他们周围后退。远处我安排了一些树,猴子在树枝间跳来跳去。突然母虎路易宗大吼起来,科科朗停住不动:大敌当前!这是我选择的激动人心的时刻,我的光荣有了归宿。人类惊醒,求我援救,圣灵悄悄地在我耳边下达振奋人心的启示:"如果你不是早跟我结下不解之缘,你就不会来找我了。"这句恭维话算是白说了,因为此地除了骁勇的科科朗之外,没有别人听得见。顶天立地的作家却好像在立等这句恭维话,听了之后立即重新上场。一个曾侄孙侧着金发的头在阅读我的历史,泪水润湿了他的眼睛。未来的光明使我的心充满阳光,我沉浸在无限的爱中。我乖乖地读下去,阳光终于消失了。我什么感觉也没有,只感到一种节奏,一种不可抗拒的冲击。我开动了,其实早已开动。我在向前进,马达隆隆。我感觉到心灵在飞速跳动。

---

① 法国作家阿弗雷德·阿索朗(1827—1896)的小说,全名为《科科朗上尉奇妙而真实的奇遇》(1867)。

综上所说,我的一生以逃避开始,外部力量使我逃避,从而塑造了我。宗教通过陈旧的文化观念,作为原型,显露出幼稚性,这对孩子来说,再容易接受不过了。人们教我圣史、圣经、信条。却没有给我提供相信的手段,结果引起了混乱,而这种混乱造成了我的特殊品性。信念,如地壳褶皱似的发生了周折,大大转移了。我对天主教的神圣信念转移到了纯文学;我成不了基督教徒,却找到了他的替身:文人。文人的唯一使命是救世,他活在世上的唯一目的是吃得苦中苦,使后人对他顶礼膜拜。死亡只是一种过渡仪式,万古流芳成了宗教永生的代用品。为了确信人类永远与我共存,我主观上确定人类将无止境地存在下去。我在人类中间瞑目,就等于再生和永存。但要是有人在我面前假设有朝一日大难降临,地球毁灭,哪怕要五万年之后,我也会惊恐万状。如今,我虽已看破红尘,但想到太阳冷却仍不免感到忧虑。我的后人在我死后第二天就把我遗忘,我倒不在乎。只要他们世代活下去,我就能长存在他们中间,无名无姓,不可捉摸,但始终存在,如同在我身上存在亿万我不认识的死者,我使亿万死者免于遭受灭顶之灾。但如果人类一旦消亡,那么世世代代的死者将同归于尽。

这种神话其实非常简单,我毫不费劲就心领神会了。我既是耶稣教徒,又是天主教徒,这种双重教派的属性妨碍着我信神,即一般人所称的圣人、圣母、上帝。但是某种巨大的集体力量深深感染了我,在我的心里扎下根,时刻注视着我,这就是他人的信任。通常被信任的对象只要换个名称或做表面的变动,立即就被这种力量识破,遭到它的攻击,受到它的重创,然而乔装改扮却使我受骗上当。我自以为献身于文学,其实我接受了神职。在我身上,卑躬屈膝的信徒所持的信念变成自命不凡的天降大任。为什么上天没有降我大任呢？一切基督教徒难道不是预定灵魂得救的人吗？我野草似的生长在天主教教义的沃土上。我的根吸取其养分，从而制造自己的液汁。由此导致我自以为清醒，实为盲目，害了我三十年。

一九一七年在拉罗歇尔的一天早晨，我等同学一起去上学，他们迟迟不来，我等得不耐烦，无事可干，决定想想上帝。转瞬间，上帝从九重天上滚落下来，无缘无故地不见踪影了。我颇为礼貌地表示惊讶，心想：上帝不存在。从此我以为万事大吉了。从某种意义上来讲的确如此，因为后来我从未想使上帝复活。但他人依然存在，即看不见的人，圣灵，此人确保我的委任，并以无名而神圣的伟大力量指导我的一生。要摆脱他，我感到困难重重，因为他躲在我的脑后，化装成概念，让我用来了解自己，确定自己的地位，为自己辩护。长期以来，我通过写作向死神、向戴着面具的宗教请求把我从偶然中解脱出来。我是教会的一员。作为活动分子，我想用我的著作解救自己。作为狂热的信仰者，我企图用令人不快的文字揭示沉默的存在，我把事物和事物的名称混为一谈，这也是信仰。我眼花缭乱，只要眼睛继续发花，我就认为自己太平无事。三十岁的时候，我成功地露了一手：在《恶心》中描写了我的同类多余而不快的人生——这完全是心里话，读者尽可以相信——同时为自己的人生开脱。我当年是罗冈丹①，通过他表现我生活的脉络，但并不感到得意。同时，我是我自己，命运不凡的人，地狱的编年史家，并对自己的原生质浆进行显微透视摄影。后来我乐陶陶地论述人是怪诞的。我自己就很怪诞，我跟他人的区别仅在于我被委任说明这种怪诞性。一旦意识到这一点，怪诞性就改观了，变成了我内心深处的潜力，变成了我完成使命的对象和我获得光荣的跳

---

① 《恶心》中的主人公。

板。我囿于这种自圆其说,没有看穿。我用这套理论来观察世界。弄虚作假已入骨髓,路子走错了,但我仍津津乐道地描摹我们不幸的人生。根据教条,我怀疑一切,只不怀疑自己;我用一只手恢复被另一只手摧毁的东西,把不安视为我安全的保障。我那时候很幸福。

以后我变了。我准备将来叙述怎样的酸楚侵蚀缠裹了我、使我产生幻觉的轻纱,何时和如何尝试暴力和发现我的丑陋——这长期是我的消极因素,如同有腐蚀性的生石灰,摧毁着神童的心灵——以及出于何种原因我经常性地否论自己,甚至根据一种思想使我不快的程序判断其是否正确。追溯性的幻想已破灭,什么殉道,什么救世,什么不朽,一切皆倾塌,大厦成了废墟,我在地窖里逮住圣灵,然后把它逐走。树立无神论要经过长期而痛苦的努力,我认为已经彻底树立了。现在,我心明眼亮,不抱幻想,认清自己真正的任务,无疑配得上荣获公民责任感奖。近十年来,我是一个觉醒的人,久疯痊愈,铲除了甜酸苦辣的疯根,反而大吃一惊。我想起积习不禁好笑,但不知道此生今后留作何用,我又回到七岁时无票旅行的地位:检票员进入我的车厢,望着我,没有以前那么严肃了,其实他只想尽早走开,让我安稳地旅行,只要给他一个站得住脚的托辞,他就满足了。可惜我找不到任何托辞,况且我无心寻找,我们就这样面对面尴尬地一直待到第戎,而我知道第戎没有任何人在等待着我。

我解除了包围,但我没有还俗。我一直写作。我不干这个干什么?

Nulla dies sine linea.①

这是我的习惯,再说也是我的职业。我长期把我的笔当作剑,

---

① 拉丁文:无日不写作。

现在我认识到我们无能为力。不管怎么说,我现在写书,将来继续写书,反正书还是有用的。文化救不了世,也救不了人,它维护不了正义。但文化是人类的产物,作者把自己摆进去,从中认识自己,只有这面批判的镜子让他看到自己的形象。此外这座破旧不堪的大厦,即我的假象,成了我的特性,我虽已摆脱神经症,但本性是改不了的。儿时的种种特性尽管大大减弱,遭到消磨,受到挫损,吃不开了,不出头露面了,但仍残存在五十来岁的人身上,大部分时间龟缩在阴暗的角落里,等待时机,趁你稍不提防,便抬头翘尾,以新的伪装出现在光天化日之下。我真心诚意断言只为我的时代写作,但我对现时的盛名很恼火。这算不上什么光荣,因为我还活着,仅此一条就足以推翻我往日的幻想。是不是我暗自还抱有幻想?不尽然。我想,我的幻想已改编过了,因为我失掉了默默无闻死去的机会,有时反倒庆幸被人误解哩。格里塞利迪斯没有死,帕达扬仍跟我形影不离,斯特罗戈夫阴魂未散。我隶属于他们,他们隶属于上帝,而我不相信上帝。请你们想想如何理清其中的关系吧。就我来说,我理不清,有时怀疑我是否在玩输家算赢家的游戏,竭力践踏往日的希望,为的是得到百倍的偿还。在这种情况下,我将成为菲洛克忒忒斯①,卓尔不群,但臭不可闻。这个残废者愿奉献一切,直至无条件交出宝弓,但可以肯定他暗地里在期待着报偿。

"随他去吧。"妈咪会说,"做人嘛,悠着点儿,别太费劲啦。"

我感到我的疯狂有可爱之处,那就是起了保护我的作用,从第一天起就保护我不受争当"尖子"的诱惑。我从来不认为自己是

---

① 菲洛克忒忒斯,希腊神话传说中的神箭手,参加特洛亚远征途中被蛇咬伤,伤口化脓,臭不可闻,被同伴抛弃在一座荒岛上,后特洛亚久攻不克,又把他请到战场,射死特洛亚王子帕里斯。

具有"天才"的幸运儿。我赤手空拳,身无分文,唯一感兴趣的事是用劳动和信念拯救自己。这种纯粹的自我选择使我升华而不凌驾于他人之上。既无装备,又无工具,我全心全意投身于使我彻底获救的事业。如果我把不现实的救世观念束之高阁,还剩什么呢?赤条条的一个人,无别于任何人,具有任何人的价值,不比任何人高明。

波德莱尔

(一九四七年)

施康强 译

译　序

　　波德莱尔生前怀才不遇，备遭厄运，身后却是说不尽的风光，被尊为现代诗歌的创始人。两位权威的波德莱尔专家，美国纳什维尔城万德比特大学的教授皮叔瓦和齐格勒合著的《波德莱尔传》最近出了增订版。据他们的统计，迄今为止，关于这位法国诗人的论文与专著已达五万种。萨特1947年发表的《波德莱尔》（《法国名家论文艺译丛》，让-保尔·萨特著《波德莱尔》，施康强译，台湾出版1997年）别具一格，当年曾轰动一时，今天在汗牛充栋的"波学"著作中仍占有特殊地位。

　　一般传记作者对传主都采取仰角，萨特这本书虽不是严格意义上的传记或评传，但他却用了俯角。采取仰角，自然是因为传主是伟人或大名人，作者为学究或小作家，心理上先已处于劣势。萨特当时的声望已如日中天，不让波德莱尔的身后荣名，何况他只是把后者作为一个个案，借以实验他发明的存在精神分析法。他手里拿着手术刀，波德莱尔不过是他解剖的一具尸体。所谓存在精神分析法企图用存在主义调和马克思主义和精神分析法，在更大程度上接受的似乎是弗洛伊德而不是马克思。弗洛伊德强调童年经验，特别是性经验对一个人的一生的影响，萨特强调的则是一个人早年的形而上选择，"原初选择"，对他成为他日后的那个样子的决定性影响。

普遍认为,波德莱尔的一生与他的这个人不相称。这个天才得不到社会的理解与尊重,终生穷困潦倒;他的母亲改嫁,继父与他如水火不相容;他挥霍成性,情妇偏生吝啬;他趣味高雅,却染上一身梅毒,等等。萨特要证明,他的一生正是他自己选择的。他的母亲曾是他崇拜的偶像,他在母亲身边如同在一个圣殿里一样得到庇护。这个为他如此热爱的妇人竟然再嫁给一名军人,把他寄养在别人家里,于是就产生他一生中那个有名的"裂痕"。他觉得自己被抛弃了,感到孤独,并且把这种孤立设想成一种宿命。"这意味着他不限于消极地承受这种孤立并且希望它是暂时的;相反,他不顾一切地扑上去,把自己关在里面;既然人们判处他孤立,至少他要求这个判决是不可更改的。"这就是他为自己做出的原初选择。他发现并且要求自己是与众不同的。像一个赌气的孩子索性夸大自己的错误,一切自暴自弃、惊世骇俗的行为,莫不起源于此。他的孤独赋予他若干义务和特权,他要求他的父母承认它,以便让他们认识到他们的错误有多大,从而达到惩罚他们的目的。他的反抗是形而上的,其实他认同、接受他反抗的伦理价值。《恶之花》有伤风化案审理期间,他没有一次曾企图为自己的书的内容辩护,没有一次曾尝试向法官解释他不接受警察和检察官的道德。他需要有人审判他,需要权威的引导,甚至在性领域。他寻花问柳,尤其是残花败柳,而他真正赞赏的却是冷淡的、无动于衷的女人。有诗为证:"在这卖春女的身旁,我不由想起/我求之不得的美貌多愁女郎……/因为我真会狂吻你高贵的肉体……/如果在某个夜晚,哦,冷酷的女王,/只要你能自然而然地流出泪珠,/使你那冷冰冰的眸子暗淡无光。"冷淡的女人是审判官在性领域的化身。他与堕落的女人厮混,正是为了能在她们身旁想念可望而不可即的冷若冰霜的女人。

总之，萨特认为，波德莱尔的一切是他精心设计的，连他的梅毒病，几乎都是他决心染上的。这也有诗为证，因为污秽、肉体的苦难、疾病、医院，这一切对他都是诱惑："更严重的缺陷，是她戴着假发，/青丝已从她洁白的颈窝飘离；/可这不妨碍情人的热吻如雨点/落在她比麻风病人更剥蚀的额际……"

萨特自称与诗无缘。心折波德莱尔诗艺的读者读这本书或许会大失所望，甚至不能容忍哲学家焚琴煮鹤，大煞风景。如果萨特偶尔也引用波德莱尔的诗（他更多引用的是书信），那只是为了分析"诗的事实"，不作艺术赏析。而种种分析，归根结底都是为了证实存在主义哲学的一个基本命题：每个人的一生都是他自己选择的，因此每个人都要对自己的一生负责。波德莱尔毕生追求"不负责"，唯其因为这个"不负责"是他追求的，所以他要对之负责。读萨特这部著作，我们固然可以从某个特定角度加深对波德莱尔的理解，更主要的，是我们看到一位大师如何应用他得心应手的理论和方法，做出极其漂亮的论证。

施 康 强

原载《中华读书报》1998 年 2 月 18 日

原　　序

　　确定什么是波德莱尔的使命（被选择的、受召唤的，至少是同意接受的命运，而不是消极忍受的命运），并且确定，假如诗是一项信息的载体，在我们审察的这个案例里什么是这项信息的最富人性的内容。哲学家在这里的介入既不同于批评家，在相等的程度上也不同于心理学家（医生或非医生）和社会学家。因为对于哲学家来说，问题不在于在精密天平上称量波德莱尔的诗（对它作出价值判断，或者设法提供理解它的钥匙），也不在于如同对待物质世界的某一现象那样，分析《恶之花》的诗人这个人。而是相反，力图在内心重演波德莱尔这个典型的"受诅咒的诗人"的经历，而不是仅仅考察这个经历的外在表现（即自己从外部审视它），而且为了能做到这一点，同时把他在其严格意义上的著作之外向我们披露的心曲，以及他与亲友的通信中提供的材料作为主要依据——这便是本书作者作为哲学家为自己规定的任务。何况今天再版的这个文本最初是作为一部《私人手记》的"引论"而问世的，此一事实足以说明作者为自己设置的界限。还指出另外一点也是不无裨益的：这个文本是献给这样一个人的[①]不管人们对其人其书持什么看法，人们可以观察到此人迄今为止的命运——

[①] 萨特把本书献给让·热内（1910—1986），小偷、同性恋者、诗人和剧作家。

此人一直是以同时兼为罪犯和诗人而自夸自耀,而社会也确实一连多年把他关在大墙后面。

这部研究著作的各个部分既然以等角投影的综合方式相联结,因此毫无解释波德莱尔的散文和诗作中的独一无二之处的抱负;也丝毫不存在用一个公共尺度,去归约一个正因其是不可归约的才具有价值的东西的尝试——这样一种尝试是注定要失败的;当这篇引论的作者在最后几页,作为对他自己的方法的正确性的一种考验,冒着风险去审察波德莱尔的"诗的事实"——他审察的不是诗,而是他称之为"诗的事实"的东西,这样一来,就把界限划得很清楚了——他走到门槛就停住了。

也不存在任何拆卸精神乃至生理机构的狂妄企图。若想这样做,就要把当事人贬低为物,一件人们观看的"可怜的"物。为了表明自己并非完全无动于衷,人们遇有必要,在观看这个物时还会做出怜悯的样子,其作用好比给自己戴上手套。对于著有《存在与虚无》的现象学家来说,他既无意用博学的或抒情的风格为一部理想的文学教科书写作《波德莱尔》那一章,也不想跟在别人后头,假惺惺地也去倒腾一个诗人足以垂戒后人的一生,把自己发明的一种解释加在其他种种有时极为卑劣的解释之上。萨特选择了把建立一种自由哲学作为他的活动的可触及的目标,对他来说,主要想做的是从人们关于波德莱尔这个人物已知的事情中引申其意义;他对自身作的选择(成为这个而不是那个)——他和任何人一样,在有生之初,也从一个瞬间到另一个瞬间,在他被历史性地界定的"处境"的大墙脚下,作出有关自身的选择。有人即便在最艰难的境遇中也不低头屈服,有人在顺境中也作为战败者而行动;至于他,波德莱尔,假如说他留给我们的形象是一个遭唾弃的、不公正地备受厄运折磨的人的形象,他那坎坷的命运与他本人之间并非没有某种同谋关系。因此,我们离开为满怀虔诚的或曲意回护的传记作家们所喜欢的那个受害者波德莱尔很远,可是作者为我们提供的不是圣徒传,也不是病例描述;他勾勒的是一个自由的历险记,不过因为这是基于另一个自由对这个自由的了解而作出的,其中必定有猜测的成分。这场历险像是追求不可能解决的化圆为方(自在存在与自为存在的融合,每个诗人都遵循他自己特有的途径拼命追逐这个目的)问题的答案。这场历险中没有流血的插曲,但是人们仍旧可以认为它具有悲剧性,因为它们明确地以两极的不可克服的二元性为动力,而对于我们,此二元性是不可能有间断的意绪纷乱和心灵分裂的源泉。在这场历险中,借用本书结尾的那句话来说,"人对他为自己所作的自由选择,与所谓的命运绝对等同",而偶然性的作用似乎是不存在的。

即便忽略不计论点本身(它接受以作者关于他所谓的"原初选择"的想法为主要公设)可能遭受某些人的责难,作者以波德莱尔这个难以纳入某一模式的诗人为对象,努力做理性的重构,此一努力中难道不包含某种程度的滥用权力?更重要的是,以这种破门而入的方式闯入这样一个人的意识(倘若这是可能的),这难道不是潇洒过分,除非这干脆就是亵渎?

不过那就等于断言,所有大诗人都在凡人不能企及的另外一个天地中居住,他们奇迹般地逃离了人的状况,而不是相反,他们是被选中的镜子,人的状况在他们身上比在任何其他人身上能得到更清晰的反映。假如说伟大的诗是存在的,那么人们就永远有理由询问那些愿为伟大的诗做代言人的人,试图进入他们内心最秘密的角落,以便对他们作为人所梦想的事情,有个更清楚的了解。而当人们寻求这样做时,人们在接近他们时,就不能像感染了宗教狂热那样若有神灵附身,口中念念有词,而是应该用最严格的逻辑武装起来,同时对待他们(不管他们多么看重自己的特殊性)如同他们不过是平起平坐的邻人而已。舍此之外,没有他法。

然而萨特此举虽然大胆,却对波德莱尔的天才毫无不敬之心,也丝毫没有低估诗在他心目中的至高无上的地位。保留一个禁区(唯理主义在诗本身的领域里无用武之地)之后,这个诗人的作品仍旧如同由一个人手中的笔制造的产品一样,一直来到我们面前。而这只手又是通过写作,由一个追逐某一目的的人驱动的。对于任何爱读书的人,对于把读到的文字当作思考动机的人,显然应该听凭他完全自由地运用自己的智慧去澄清此一目的。类似的企图——归根结底,此类企图旨在通过对某些天赋特别丰厚的人曾经追求的东西作更精确的理解,为自己解释清楚自己的追求所在——并非侮辱性的侵犯行为。有些人的眼睛只盯住一些禁不住更强烈的阳光照射的脆弱的神秘,除了对于这些人,此类企图激起的浪花都不会对真正的诗具有腐蚀性。人是真正的诗的依托,而真正的诗中包含的对人的任何新的看法,不管此一看法不可避免地仅是近似的,只会使真正的诗产生更深远的回响。

萨特如他自己承认的那样与诗无缘,而且至少可以说他对诗的一往情深的追随者们有时出奇的严酷(例如在他的论著《什么是文学?》中对超现实主义不经审判便立即处决,足资证明)。对于萨特,我们应该在这里承认,他的功绩不仅在于在波德莱尔的作品中找出几组未被突出的泛音,不在于他指明,在波德莱尔的一生中只看到"厄运"是不对的。归根结底,他的一生具有最崇高意义上的神话的性质,以致这个神话的主人公成为这样一个人,在他身上,宿命与他自身的意志齐心协力,而且他似乎还迫使命运为他制作雕像。

米歇尔·莱里斯(1901—1990)

"他的一生与他这个人不相称。"这句给人安慰的箴言,为波德莱尔的一生似乎提供了最好的图解。他自然不该有这个母亲,这种永久拮据的经济状况,这个家庭监护会,这个吝啬成性的情妇和这身梅毒——再说:还有什么比他的英年早逝更不公平的?然而,细细想来,便会产生一个疑问:假如我们考察他这个人本身,他既不是没有缺点,而且似乎也不乏矛盾;这个邪恶者一经信奉了最平庸、最严格的道德观念便不再改变,这个趣味高雅的人光顾最低贱的妓女,他之所以不离开罗赛特瘦弱的躯体是因为他喜爱贫贱,而他对"犹太丑女"的爱情好像预告了日后他对雅娜·杜瓦尔的眷恋;这个孤独者对孤独害怕到了极点,没有伴侣他从不出门,他渴望有个家,能过家庭生活;这个颂扬奋斗的人却意志薄弱,不能迫使自己有规律地工作;他吁请人家出门旅行,他要求置身异地他乡,梦想陌生的国度,而他自己犹豫了六个月才出发前往翁夫勒,而且他一生中这次唯一的旅行,对他来说不啻是长长的磨难;他对受托监护他的庄重人士公开表示轻蔑乃至仇恨,然而他从未寻求摆脱他们,也没有错过一个机会承受他们严父般的训斥。他本人与他的一生难道真有那么大的差别吗?假如他的一生与他这个人恰好相称呢?假如,和普遍接受的观念相反,人们的一生从来都是与他们相称的呢?这个问题有待进一步探讨。

当他父亲去世时,波德莱尔只有六岁;他崇拜他的母亲;他被迷住了,备受尊重和关怀,还不知道自己是作为一个人而存在的,不过他感到有一种原初的、神秘的休戚与共关系把他与母亲的身体和心灵连成一体;他迷失在他们的相互爱恋之情的甜蜜与温柔之中;他俩只有一个家宅,一个家庭,配成乱伦的一对。他后来在给她的信中写道:"我始终活在你身上,你是唯一属于我的。你既是偶像,又是同志。"

没有比这句话更能表达这一结合的神圣性质了;母亲是一个偶像,孩子由于她给他的情爱而获得神圣性,他不感到自己是个飘忽不定、朦胧的、多余的存在,反而把自己想成是受命于神的儿子。他始终活在她身上;这意味着他在一个圣殿里得到庇护,他只是,只愿意是神性的一种外现,她的灵魂的一个小小的、恒定的想法。正因为他完全消融在一个他以为既有必要也有权利存在的人身上,他就受到保护不受任何惊扰,与她绝对融成一体,他是理应如此的。

一八二八年十一月,这个被如此热爱的妇人再嫁给一名军人;波德莱尔于是被寄养在别人家里。他那个有名的"裂痕",始于此时。关于这件事,克雷佩引用了布依松一个意味深长的看法:"波德莱尔是个非常娇嫩、纤细、独特、柔弱的灵魂,遇到生活中第一个撞击便破裂了。"在他的生命中有一个事件他不能承受:他的母亲再嫁。提起这件事,他的话总是说不完,而他那可怕的逻辑永远可以归结如下:"一个人若有个儿子像我这样——'像我这样'是心照不宣的——此人就不会再婚。"

这个突如其来的决裂和由此产生的忧伤不容任何过渡,便把他抛入个人的生存之中,不久前,他还整个儿沉浸在他与母亲配成对的统一的、宗教性的生活之中。此一生活如海潮一般退落了,留下他孤单一人,干巴巴晾在一边,他失去了他的存在理由,他怀着羞耻发现他是单一的,他的存在毫无价值可言。他那因被驱逐而产生的愤怒之情中,掺和着一种深沉的式微之感。日后回想此一时期时,他在《赤裸裸呈上我的心》中写道:"从童年时代起就有孤独感。"(尽管有家庭——而且尤其在同学中间——总有命定永久孤独之感)他已经把这种孤立设想成一种宿命。这意味着他不限于消极地承受这种孤立并且希望它是暂时的;相反,他不顾一切地扑上去,把自己关在里面;既然人们判处他孤立,至少他要求这个判决是不容更改的。这里,我们触及波德莱尔为自己作出的原初选择,触及这个绝对的承诺,通过这个承诺我们每个人在一个特殊的境遇中决定他自己现在是什么样子,将来又该是什么样子。波德莱尔被遗弃,遭摒绝,他要把这种孤立算在自己的账上。他声称是他自己愿意孤立的,这个孤立至少是来自他自己,无所谓承受不承受。通过他的个人存在的突然显示,他感受到他是另一个人。不过,他同时怀着屈辱、怨恨和骄傲,肯定而且接过此一他性。从此以后,他以一种固执、悲切的激越心情把自己造成另一个人,一个与他母亲不同的人——从前他与她融为一体,而她却抛弃了他——一个与他那些无忧无虑的、粗俗的同学们不同的人;他感到自己,而且要求感到自己是唯一的,直到极端孤芳自赏,直到恐怖的地步。

可是,这一遗弃和别离的经历并未带来积极的对应物,即他并未因此发现某种使他立即不同凡响的特殊德性。一头被所有乌鸦唾弃的白乌鸦,至少在用眼角观看自己洁白的翅膀时,能够聊以自慰。人从来不是白乌鸦。这个被抛弃的孩子萦绕于心的,是对一种纯形式的他性的感觉:甚至这个经验也不能使他与别人有所区别。每个人在童年时代都可以观察到自我意识冷不防涌现,把一切都打乱了。纪德在《如果种子不死》中记述了此一现象；继他之后，玛丽娅·勒阿图因夫人在《黑帆》中也有记载。不过谁也不如于格在《牙买加的飓风》里说得更好："（爱米莉）先是玩游戏，在船首找了个角落为自己造一栋房子……她玩累了，正当她漫无目的地走向船尾，脑际突然一闪，想到她原来是她……一旦完全确信此一令人惊愕的事实，即她现在是爱米莉·巴桑顿……她便开始认真考虑此一事实意味着什么……是那个意志决定了在世界上所有人中间，她将是那个特别的人，爱米莉，生于组成时间的所有年岁中的某一年……是她选择的吗？是上帝？……也可能她就是上帝……她有家庭，有若干迄今为止她从未与之彻底区分的兄弟姊妹；不过，一旦她以如此突然的方式感到自己是个判然有别的人之后，他们对她似乎与这条船一样陌生……一种突如其来的恐惧把她抓住：人们是否知道了？人们是否知道——这是她想说的——她是个特殊的人，爱米莉——可能就是上帝——（不是随便哪一个小女孩）？她也说不出为什么，这个想法使她感到恐怖……不惜一切代价，应该守住这个秘密……"①

　　这个闪电般的直觉毫无意义：孩子刚才确信自己不是随便哪个人，然而正是在他获得此一确信时，他成了随便哪一个人。他与其他人不同，这一点肯定无疑；可是其他人中的每一个人同样也是与别人不同的。他无非经历了分离带来的纯粹否定性的考验，而且他的经验涉及主观性的普遍形式，即黑格尔用"我＝我"这个等式来界定的无效果的形式。一项发现使人害怕，又不能带来收益，拿它又有什么用呢？大部分人会赶紧遗忘它。可是把自己禁锢在绝望、愤怒和嫉妒中的那个孩子，将花掉整个一生去思索自己形式

---

① 《牙买加的飓风》，普隆出版社，一九三一年，第一三三页。——原注

上的特殊性而毫无进展。他将对父母说："你们驱逐了我，你们把我从这个完美的一切中赶出来，不让我在其中沉溺，你们判决我分开来存在。那好，现在我与你们对抗，要求这种存在。假如你们日后想把我拉过去，重新消融我，那时候再也办不到了。因为我已经意识到与你们对抗的自我……"而对迫害他的人，对中学的同学和街上的顽童，他将说："我是另一个。我与你们不同，而你们让我受苦。你们可以迫害我的肉体，但是不能损害我的'他性'……"在此一声明中既有要求，也有挑战。他是另一个：他不能触及，因为他是另一个，而且几乎已经报复成功了。他偏爱自己胜过一切，因为一切都抛弃他。可是这个偏爱，首先是个自卫行为，从某一方面来看也是一种禁欲行为，因为它使孩子面临对于他自身的纯粹意识。它同时是对抽象的英勇的、报复性的选择，绝望的剥离，放弃和肯定，它有一个名字：骄傲。这是斯多噶派的骄傲，不为社会荣誉、成就和任何公认的优越性，不为这个世界上的任何东西滋养的骄傲，它作为一个绝对事件，一个先验的、没有理由的选择确立自身，居高临下，失败不能击垮它，也不需要成功来支撑它。

　　这种骄傲的不幸与其纯粹性相等，因为它在空转并以自身为养料：它永远不知满足，永远被激怒，恰好在肯定自身的行为中消耗自身；它不依托任何东西，它虚悬在空中，因为确定它的那个差异本是一种空洞的普遍形式。然而这个孩子要享受他的差异；他要感觉自己不同于他的兄弟，犹如他感到他的兄弟不同于他的父亲；他幻想一种可以凭视觉，靠触觉就能把握的，像一种纯净的声音充溢耳朵一样充溢整个人的单一性。他那纯粹的形式差异对他来说好像是一种更加深刻的特殊性的象征，并且与他是的那个东西合而为一。他俯身观看他自己，他企图在这条灰色的、平静的、始终匀速流淌的河流中发现自己的形象,他窥伺自己的欲望和怒意以便发现即是他的本性的那个秘密的河底。由于他无止无休地关注自己的情绪的波动,他于是对我们变成了夏尔·波德莱尔。

波德莱尔的原初态度是个俯身观看者的态度。俯向自身,如同那喀索斯①。在他身上,没有任何直接意识不为一道犀利的目光所穿透。对于我们其他人来说,看见树和房子就够了;我们全神贯注于观看树和房子,忘却了自身。波德莱尔是从不忘记自身的人。他看着自己看见了什么;他看是为了看见自己在看;他观看的是他对树和房子的意识,物件对于他只有透过他的意识才能呈现,显得更苍白、更小、不那么感人,就像他透过观剧镜看到它们似的。物件并不彼此指示,如同箭头指明道路,书签指明书页,而波德莱尔的精神从不迷失在物件组成的迷宫里。相反,物件的直接使命是把意识发回它自身。他写道:"位于我之外的真实是个什么样子又有什么关系呢,只要它能帮助我活着,让我感到我存在着,感到我是什么。"乃至在他的艺术中,他关心的也是如何透过一层厚实的人的意识表现物件,既然他将在《哲学艺术》中说道:"遵照现代观念,什么是纯艺术呢?这是创造一种暗示性的魔法,它能兼容客体和主体、外于艺术家的世界和艺术家本人。"以致他完全可以写一篇论文阐述这个外部世界缺少真实性。物件无非是借口、反映、屏幕,它们的价值从来不在它们自身,除了给他提供机会,让他在看见它们的同时观看他自己,它们没有别的使命。

波德莱尔与世界之间存在一个原初距离,它不同于我们与世界之间的距离;在物件与他之间始终隔着一种有点潮湿,气味很大的半透明性,犹如夏日热空气的颤动。而这个被观察、受窥视,在

---

① 希腊文 Narkissos,希腊神话中顾影自怜的美男子。

其完成自己的习惯操作的同时感到自己被观察的意识，在同一过程中便与在成人眼皮底下游戏的儿童一样，失去其自然。此一为波德莱尔如此仇恨、如此遗憾的"自然"，在他身上根本不存在：一切都掺了假，因为一切都受到侦查，最小的情绪波动，最弱的欲望在其诞生时已被观看、解读。只要我们记起黑格尔赋予"直接"这个词的意义，我们就会明白，波德莱尔深刻的特殊性，在于他是一个没有直接性的人。

不过，如果说这个特殊性对于我们这些从外部看见他的人来说有其价值，对于他——他从内部审视自己——这个特殊性却完全失逸了。他寻找自己的本性，即他的性格和他的存在，但是他只见到他的各种状态单调地列队通过。他为此十分恼火：他既对奥比克将军或他母亲的特殊性看得那么清楚，又怎么不能私下享受他自己的独特性呢？这是因为他上了一种自然形成的幻觉的当，这种幻觉使人相信一个人的内心必定符合他的外表。其实不然：形成一个人的能为别人辨认的外部特征的区别性，在他的内部语言中没有名字；他不感受此一区别性，他不知道此一区别性。他能感到自己是聪明的、庸俗的或者高雅的？他甚至能看到自己的才智的活跃性及其范围？才智除了它本身，没有别的界限。除非在药力的作用下他的思想片刻之间加速流转，他已如此习惯于它们的节律，如此缺乏比较项，以致他不能估量其流动速度。至于他的具体想法和情感，它们在出现之前已被预见、确认，彻头彻尾是透明的，它们对于他有一种"已经见过""太了解了"的模样，一种无气味的熟昵，一股回忆的味道。他整个儿被他自身塞满，乃至外溢。不过这个"自身"只是一种乏味的、玻璃状的情绪，缺乏实质性和抵抗力，既不容他判断，也不由他观察；这个"自身"没有光和影，是一个饶舌的意识，它细声低语，喋喋不休，诉说它就是它自己,而我们永远不能加快它的讲话速度。他跟自己贴得太紧,以致无法驾驭自己,不能完全看见自己;他过于看见自己,以致不能完全与自己的生活默默紧贴,陷入并迷失在其中。

波德莱尔的悲剧在这里开始:请想象一头白乌鸦瞎了眼睛——因为太亮的反射光等于盲目。这头鸟无时无刻不想着展布在它两翼上的某种白色,所有的乌鸦都看见这一白色,所有乌鸦跟它谈到这一白色,唯有它自己不得而知。波德莱尔有名的清醒无非是一种补偿的努力。要紧的是找回自己,并且——由于看到便是占有——看见自己。但是,必须分身为二,才能看见自己。波德莱尔看见他的手和胳膊,因为眼睛和手是分开的:可是眼睛不能看见它自己,波德莱尔却感到自己,看见自己;他不会保持必要的距离以便估量自己。他徒然在《恶之花》中喊道:

当一颗心变成它自身的镜子
既阴沉又清澈的单独会面!

此一"单独会面",刚开了个头便烟消云散了:只有一方在场。拥有反省意识便是达到二重性,波德莱尔将致力于把这个流产的企图推向极致。如果说他在起源上就是清醒的,这不是为了精确地了解自己的错误,而是为了分身为二。如果他要分身为二,这是为了在这一对伴侣身上最终实现自我占有自我。因此他要使自己变本加厉地清醒:以前他仅是自己的见证人,他将努力变成自己的刽子手:自我惩罚者[①]。因为在严刑拷打之下会出现紧密结合的一对伴侣,其中刽子手占有受刑者。既然他未能看见自己,至少他要搜索自身像刀刃搜索伤口,以便抵达组成他的真正本性的这些

[①] 拉丁作家泰伦提乌斯(约公元前190—前159)一部喜剧的名字。

"深沉的孤独"。

> 我是伤口又是刀刃
> 是受刑者又是刽子手。

就这样,他给自己上的酷刑仿效占有行为:这些刑罚旨在让一层皮肉,他自己的皮肉,在他的手指底下诞生,以便这层皮肉在痛苦中确认自己是属于他的皮肉。使人痛苦,这既是占有和创造,也是毁灭。受害者和迫害者之间的相互联系,是性的联系。此一关系仅在彼此分开的人之间才有意义,他却企图把此一关系搬到自己的私生活中去,把反省意识变成刀刃;人们不能爱自己、恨自己、拷打自己;当受害者和刽子手通过同一个出自自愿的行为,一方要求,另一方给予痛苦时,他俩便浑然一体,统统消失了。通过一个相反的,但是趋向同一目的的运动,波德莱尔想悄悄把自己变成他的被反省意识的同谋,一起对付他的反省意识;他停止折磨自己的时候,那是他试图让自己感到惊奇。他装出一派天趣令人困惑,他佯作任性行事,不追逐任何目的,然后他突然矗立在自己的目光之前如一个密不透光的、预料不及的物件,简单说如一个不同于他自己的别人。假如他能做到这一步,他就差不多成功了。他可以享受自己了。不过,在这里也一样,他与他想使之惊奇的那个人结成一体了。说他在构思他的计划之前已经猜到这个计划的内容,这么说还不够,他预见他的惊奇并且估量其程度,他追赶他自己的惊奇却永远追不上。波德莱尔是这样一个人,为了观看自己,他选择了把自己好像当作另一个人,他的一生,只是这一失败的历史。

这是因为,尽管他耍了我们刚才列举的那些花招——在我们眼中,是这些花招织成他垂之万世的形象——他很清楚他那有名的目光与被看的对象是结成一体的,他永远不可能真正占有他自己,他能做到的只是无精打采地品尝而已,而这种品尝正是反省认识的特征。他感到厌倦,而这种厌倦,"他所有的疾病和所有微不足道的进步的根源所在的古怪情感"①,并非某种意外,也是他看破红尘"丧失好奇心"的结果,如他有时宣称的那样;这是保尔·瓦莱里谈到的那种"纯粹的生之厌倦";这是人对自己必定感受的滋味,实在乏味。

> 我是充满枯萎的蔷薇花的旧日客厅,
> 那里杂乱放置着过时的流行品,
> 发愁的粉画,布歇的褪色油绘,
> 独自发出打开的香水瓶的香味。

一瓶打开的香水,漏了气,褪了色,其香味却缕缕不绝,隐隐约约,无所不在:这是意识的自为存在的最好的象征;所以厌倦是一种形而上的感情,是波德莱尔的内心景观,也是构成他的欢乐、愤怒和痛苦的永恒材料。于是就有了他的新的变相:他既无时无刻不直觉到自己的形式特殊性,更懂得此一直觉乃是每个人的特权;于是他步入清醒之路,以便发现自己的特殊本性和能把他变成所有人中最不可替代的那个人的全部特征;可是他在这条路上遇到的不是自己的特殊面貌,而是普遍意识的诸多不确定的方式。骄傲、清醒、厌倦合而为一;在他身上而且不顾他个人的意愿,所有人和每个人的意识达到并且认出自身。

此一意识首先在完全的无所为而为中把握住自己,它没有原因和目的,非造化所生,得不到辩解,除了它已经存在这一事实之外,没有别的存在资格。它不可能在自身之外找到借口、辩护或存

---

① 见《散文小诗·慷慨的赌徒》。——原注

在理由,既然任何东西在未经它意识到之前对它来说都不可能存在,既然任何东西除了它愿意赋予的意义之外,没有别的意义。波德莱尔对自己的无用性的如此深刻的直觉,便由此而生。我们将在下文不远处看到,挥之不去的自杀念头,对于他与其说是结束生命的手段,不如说是保护生命的方法。可是,他之所以能频频考虑自杀,是因为他感到自己是一个多余的人。他在一八四五年那封有名的信中写道:

我自杀,因为我对别人毫无用处,而且对自己有危险。

可是我们不要相信他之所以感到自己无用,是因为他是一名无业的年轻资产者,到二十四岁仍由家庭供养。情况恰恰相反:他之所以不就业,之所以对任何事业预先就不感兴趣,是因为他衡量了自己的彻底无用性。另一些时候,他将自豪地写道:

我总觉得做一个有用的人,是件很可憎的事。

可是矛盾来自他的情绪波动:不管他自责还是自夸。重要的是这一恒定的,好比是原初的超脱感。一个人若想成为有用的人,走的是与波德莱尔相反的路:他从世界走向意识,他以几个被他认为具有绝对性的坚实的政治原则或道德原则为出发点,他首先服从这些原则;他把自己包括灵魂和身体都看作处于其他东西中间的某一东西,这个东西服从一些并非由它自己找到的法则;他把自己看作实现某种秩序的手段。然而,假如一个人品尝这个没有任何来由的意识——这个意识应该发明它自己愿意服从的法则——到了恶心的地步,有用性就失去了任何意义;生活无非是一场游戏,人应该在得不到命令、预先通知、劝告的情况下选择自己的目标。而一个人只要有一次悟到这个真理——此生除了人们决意为自己选定的目的之外不存在别的目的——他就不再有什么劲头去为自己寻找目的了。

波德莱尔写道,人生只有一种魅力是真的:游戏的魅力。可是,假如我们对输赢不在乎呢? 为了相信一项事功,必须首先投入其中,探究做好这项事功的方法而不是其目的。对于思索者来说,任何事功都是荒谬的;波德莱尔沉浸在这一荒谬性之中。突然间,遇上一件小事,一次失意,一点疲劳,他就发现这个"辽阔如大海"的意识的无穷孤独——这个意识既是人皆有之的意识,也是他的意识——他就明白自己无能在这个意识之外找到边界、标志、律令。于是他变得漂浮不定,他听任单调的波浪把自己推来推去;有一次正是处在这种状态时,他给他的母亲写信:

……我所感到的,是一种无边的心灰意懒,一种无法忍受的孤立感……是完全丧失欲望,不可能找到任何可资娱乐的事情。我的书获得的奇怪成功以及它引起的仇恨一度使我产生兴趣,然后我又消沉下来。①

这便是他所称的懒惰。说他的懒惰有其病态的一面,我同意。我也同意说,他的懒惰很像雅奈②统名为精神衰弱症的某些混乱。不过我们不要忘记,雅奈的病人由于他们所处的状态,经常会产生一些玄妙的直觉,而正常人却努力对自己隐瞒这些直觉。此一懒惰的理由和意义,是波德莱尔不能"认真对待"他的各项事功:他看得太明白了,人们在事功中找到的永远只是他们投入的东西。

然而必须行动。假如说他一方面是刀刃,是看到被反省意识的浪涛在它底下急匆匆流过的纯观望目光,他也是,而且同时是伤口,是这些波涛的后续。再说,假如说他的反省位置由其本身而言

---

① 一八五七年十二月三十日的信。——原注
② 雅奈(1859—1947),法国医生,心理学家,临床心理学的创始人。

是对行动的恶心,从下面来看,从他反省的众多微小的、短促的意识中的每一个来看,他又是行动、谋划、希望。所以不应该把他看作一个寂静主义者,而是应该看作一个由转瞬即逝的、立即被反省目光解除武装的举措组成的无穷尽的系列,看作一经出现便立即破灭的谋划形成的大海,看作一个永久的等待,一个永久的渴望——渴望成为别人,处在别地。而且,我在这里指的不仅是那些难以计数的手段——他神经质地、急急忙忙地借以推迟某一还债期限,或从他母亲那里勒索几个钱——也指那些他酝酿了二十年,始终未能完成的文学计划:剧本、评论、《赤裸裸呈上我的心》。他的懒惰的形式,有时是麻木,但是更经常的形式是一种狂热的、无结果的骚动,这种骚动知道自己是徒劳无功的,而且一种明察秋毫的清醒使它好比中了毒,不可能有所作为;从他的书信,我们看到他像一只固执地缘墙而上的蚂蚁,每次掉下来后又重新开始。这是因为,没有人比他自己更清楚他的努力的无用性。假如他也行动,那也只是,如他自己所说的那样,出诸爆发,出诸痉挛,当他能在某一片刻瞒过自己的清醒的时候。

  有些人的天性是纯粹好沉思的,完全不适合行动,可是,在一种神秘的莫名的行动驱使之下,他们有时也会迅速地采取行动。那种迅速,连他们自己也认为是不可能的。……这种连最简单、最必要的事情都不能干的人,会在一定的瞬间获得充分的勇气,使他们去干那些最荒谬,甚至常常是最危险的事情。①

  这些瞬间行为,他公然名之曰"无所为而为的行为"。它们直

---

① 《散文小诗·恶劣的装配玻璃匠》。——原注

截了当就是无用的,甚至往往具有破坏性。必须加紧完成,赶在将要毒化一切的目光回来之前。他给母亲的信里专断、仓促的一面,便由此而来:"我不得不赶快,赶快!"他对安塞勒大发雷霆,怒不可遏,他在同一天里给他母亲写了五封信,第二天上午又写了第六封。在第一封信里,他反复声称要抽他的耳光:

> 安塞勒是个混蛋,我要当他妻子和孩子的面抽他的耳光。到四点钟(现在两点半)我就要抽他耳光。

用了大写字母①,好像是要把决心刻在石碑上,因为他太害怕这个决心会悄悄溜走。何况他计划的期限那么短,他那么不相信第二天,以致他为自己确定一个完成计划的最后时间:到四点钟,他的时间刚够奔到讷伊。可是一到四点,他又写一张便条:"今天我不去讷伊了;我同意在报复之前再等一会儿。"计划仍在,但是它已被削弱,带有条件:

> 假如他不向我当众赔礼道歉,我要去揍安塞勒,我要揍他的儿子……

而且他只是在附言中加上这一笔,想必是害怕给人一种让步太快的印象。当天晚上,他的计划进一步削弱:

> 我向两个人请教自己该做什么。当着他家里人的面打一个老人,这么做很恶劣。——然而我需要得到赔礼道歉——假如他不赔礼道歉,我又该怎么办呢?——至少我必须当着他妻子和他家属的面告诉他,我对他的行为是怎么想的。

行动的必要性对他已是太重的负担。刚才他还想恐吓他的母

---

① 原文用了大写字母,译文用大一号字体表示。

亲,威胁要诉诸暴力:他需要立刻得到当众的赔礼道歉。现在他唯恐"他不赔礼道歉"。因为,真要出现这种情况,他就不得不采取行动。这件事情已叫他烦透了;在我们上文引用的那一段话后面他写道:

> 我的上帝,你让我陷入何等尴尬的境地!我绝对需要稍事休息,唯此是求。

而到了第二天上午,再也不提什么赔礼道歉了:

> 再也不必给他写什么了,除了一句话,告诉他我再也不需要他的钱了。

沉默、遗忘,象征性地消灭安塞勒:这便是他的全部要求。他还在说要报复,不过措辞含糊,而且推到遥远的未来,九天以后,一切都结束了。

> 我昨天写给安塞勒的信很得体。和解是得体的。
>
> 我去他家的时候,他又到我家来了。我对这些闲言碎语极端腻烦,不想费神去核实安塞勒是否为责备这个戴纳瓦勒而来的。
>
> 安塞勒对我说,他正式否认大部分有关的话。
>
> 我自然不会拿他的话去与一名商人的话比较轻重。说到底他有一个过错永远改不了,即他那种孩童般的、外省人的好奇心和容易与众人一起说长道短的脾气。①

在波德莱尔那里,行动呈现如下的节奏:在构想时赋予行动夸张的暴力,好像他必须做过头,才有力量实现自身;在付诸实施的

---

① 参见自一八五八年二月二十七日至三月九日的信。——原注

初期猛然爆发——然后清醒突然回归;这样做又有什么用呢;于是他背弃自己的行为,行为很快便分崩离析。他的原初态度禁止他从事长期的事项;所以他的一生便呈现一种断裂破碎、既不协调却又单调的面貌;他的一生以阴暗的冷漠为底色,衬托出永久的重新开始和永久的失败;假如他写给母亲的信没有标明日期,那就很难给这些信分类,因为它们彼此相似。不过,这些他未能实现的计划,不管是瞬间的行为还是延续的事功,它们永久在他眼皮底下晃动,既急切又无助无告,不停地求他出手。假如说他在自己身上取消了被反省意识的全部自发性,这只有使他更了解此一意识的本性:他知道它投向自身之外,它是为趋向一个目的而对自身的超越。因此他可能是用人的彼岸来给人下定义的第一人。

唉,人的恶习中……包含着他喜爱无限的证据(即便这只是恶习的无限扩张);不过,这种喜爱经常误入歧途……我以为,对无限的感知偏离正道,正是所有有罪的过度行为的原因所在……①

无限对他来说不是某一给出的、没有边界的无穷空间,虽然他有时也在这个意义上使用这个词。确切说,无限是永远没有终结,不可能终结的东西。举例说,数的系列之所以是无限的,不是因为存在一个我们称之为无穷大的很大的数,而是因为不管一个数有多大,永远有可能再给它添加一个单位。因此,系列中的每一个数都有其彼岸,正是相对于这个彼岸,才确定自身并取得自身的位置。不过这个彼岸还没有完全存在:我必须为我考察的那个数添加一个单位,从而建立这个彼岸。彼岸已把其意义赋予所有写出

---

① 《人工天堂》。——原注

来的数,然而它仍位于我尚未完成的一个操作的末尾。波德莱尔的无限亦复如此:它在,但未被给予;它今天给我定性,但明天之前它还不存在;它是一个定向运动的隐约可见的、梦想的终点,几乎被触及,却永远够不着,我们将在下文看到波德莱尔比任何其他人更看重这些被暗示的、既在又不在的存在。但是他肯定早就确认此一无限性乃是意识的命运。在《散文小诗》的《邀游》篇中,他希望"通过无限的感觉去梦想,延长时间",而在《征服者》中他写道:"有些美妙的感觉虽然朦胧,却无碍其张力;没有一种刀尖比无限的尖端更锐利。"这种用未来来确定现在,用尚未存在的东西来确定存在的东西的做法,他将称之为"不满足"——我们还要回到这题目上来——而今天的哲学家称之为超越性。没有人与他一样了解人是一个"属于远方的存在"①。他更多地由他的目的和他的谋划的终结,而不是由人们关于他所知道的事情来定性,如果人们把他局限于眼前的瞬间:

> 在任何人身上,在任何时刻,都同时有两种诉求,一种指向上帝,另一种指向撒旦。
> 呼吁上帝,或精神性,是上升的渴望;呼吁撒旦,或兽性,是沉沦的欢乐。

于是人显示自身好比处于两种相反力量作用下的一种张力;而每一种力量归根结底都致力于毁灭人性,既然一种指向天使,那么另一种对准禽兽。帕斯卡写下"人既非天使亦非禽兽"的时候,他把人设想成某种静止状态,某种位于中间的"本性"。对于波德莱尔绝非如此:波德莱尔的人不是一种状态:这是两个

---

① 海德格尔(1889—1976):《根据之本质》。——原注

既方向相反又是同样离心的运动的交错,其中一个向上,另一个向下。都是没有动机的运动,都喷涌而出——这是超越性的两种形式,我们可以跟在让·瓦勒后面,名之曰向上超越和向下超越。因为这里所说的人的兽性——如同人的天使性——应理解为其强化的意义;这里指的不仅是众所周知的肉体的软弱性或者低级本能的强大性;波德莱尔不限于为道德家的说教增添一个色彩斑斓的形象。他相信魔法,而"指向撒旦的诉求"对他来说是一种巫术操作,其功能类似原始人披上熊形面具,跳起熊舞,便"变成熊"了。况且他在《断想集》中十分明确地表达了此一看法:

> 猫咪,咪咪,小咪,我的猫,我的狼,我的小猴子,大猴子,大蛇,我忧郁的小毛驴。

此类语言怪癖重复太多,动物名称使用次数太多,证明爱情有其撒旦的一面。大大小小的撒旦不具有兽的形式吗?卡卓特①的骆驼——骆驼、魔鬼和女人。

此一对于我们的超越性和我们无从辩解的无目的性的直觉,应该同时显示人的自由。事实上,波德莱尔始终感到自己是自由的。从下文可看到,他使了什么花招来对自己掩盖这个自由;可是在他的作品和书信里,从头到尾,这个自由确立自身,公然违背他的意志而爆发出来。他想必没有——由于我们说过的原因——体验过建设者们的大自由。但是他经常体会到某种任何力量都不能阻遏的、爆炸一般的不可预料性。他徒然采取各种措施提防不可预料的事情,他徒然在自己的文书中用大写字母记下"能预示未

---

① 卡卓特(1719—1792),法国作家,著有《故事集》等。

来的短小的实用格言、规则、律令、信条和说法"①:他不受自己的控制,他知道什么也不能留住他。如果他至少感到自己部分地是个机械装置,他就有可能发现使机器停顿、偏向或加速的操作杆。决定论是令人安心的:通过原因而获得认识的人可以通过原因来行动,而迄今为止道德家的全部努力都用来使我们相信,我们都是些装上去的零件,可以借助一些细小的手段来操纵。波德莱尔却知道在他身上操纵杆和弹簧都不起作用,他既非原因亦非结果;对于他明天将是的那个人,今天的他无能为力。他是自由的,这就是说他在自己身上和自身之外都找不到任何阻力来反抗他的自由。他俯向这个自由,面对这个深渊他感到眩晕:

> 在精神上和在肉体上一样,我一直感到如临深渊,不仅是睡眠的深渊,而且是行动、梦寐、回忆、欲望、遗憾、后悔、美、数等的深渊。

他在另一处写道:

> 现在,我老感到眩晕。

波德莱尔:感到自己是个深渊的人。骄傲、厌烦、眩晕:他一直看到自己的内心深处,看出自己是无从比较的、无法沟通的、非创造的、荒谬的、无用的,遭到最彻底的遗弃,独自承担自己的重负,注定要独自为自由的存在寻找理由,而且不停地逃遁,从自己的手中滑走,退缩在静观之中,同时又投向身外,从事无穷尽的追逐——看出自己是个无底深渊,没有崖壁,也没有黑暗,整个儿一个光明澄澈的秘密,不可预料,却又一清二楚。可是,够他倒霉的,是他连自己的形象也把握不住。他寻找某一夏尔·波德莱尔,奥

---

① 希林:《波德莱尔》,第四十九页。——原注

比克将军夫人的儿子,债台高筑的诗人,黑人女子杜瓦尔的情人:他的目光却遇上了人的限定性。这个自由、这个无所为而为、这种遗弃使他害怕,然而这是一切人的命定,并非他独家所有。人真能触摸自己,看见自己吗?他寻找的这个固定的、特殊的本质,也许只对其他人的眼睛显现。也许必须置身外部,才能把握它的各项性质。也许人对于自己不以物的方式存在。甚至,也许人根本不存在:人始终处于疑问之中,始终处于缓刑期,也许他需要永远制造自己。波德莱尔的全部努力将用于对自己隐瞒这些令人不悦的想法。何况,既然"本性"从他身边逃走了,他将试图在其他人的眼中逮住它;他的诚意抛弃了他,他必须不断努力说服自己,试图在他自己眼中抓住自己;于是在我们眼中——不是在他自己眼中——便出现他的形象的一个新的特征:他这个人比任何人更深切感受自己作为人的限定性,却以最大的激情努力对自己掩盖这个限定性。

只为他选择了清醒,只为他不由自主地选择了无所为而为、被遗弃和意识的可怕的自由,波德莱尔便面临一种抉择:既然不存在现成的,可以依赖的原则,那么或者他必须固定一种非道德的对万事无动于衷的立场,或者他将要去发明善与恶。意识因其从自身引出自身的法则,用康德的术语来说,它应该把自己看作目的之城邦的立法者;它应该承担完全责任,创造它自己的价值,世界的意义和它自身的生命的意义。诚然,宣称"由精神创造之物比物质更具生命力"的那个人比别人更能感受意识的力量及其使命。他看得很清楚,随着意识,某一原先不存在的东西从世界上涌现:这便是意义;因此意识永远在所有层面上进行持续的创造。此一源自虚无的生产对波德莱尔来说便是精神的特征,他如此重视此一生产,以致有一股创造激情从头至尾贯穿他那萎靡不振的静观生涯。关于创造,这位厌世者持有一种人文主义观点。他承认有"三种可敬的人:教士、战士和诗人。知、杀和创造。"我们注意到,毁灭和创造在这里结对成双:在两种情况下都产生绝对的事件;在两种情况下都是一个人独自对宇宙中一个彻底的变革负责。与这一对相对抗的是知识,它把我们领回静观生活。对于波德莱尔来说,此一互补性把精神的神奇威力和它消极的清醒永远连在一起;我们不可能以更好的方式揭示此一互补性了。他用创造,而不是用行动,来界定人性。行动意味某种决定论,它把自己的效能纳入因与果的锁链之中,为了指挥自然它先得服从自然,它遵守某些它盲目捡来的原则,从来不对它们的有效性提出疑问。行动者是这样一种人,他对手段质疑,可从来不问目的。没有人比波德莱尔更远离行动了,在我们刚才引用那段话之后,他接着说:"其他人都纳税、服劳役,他们是作为牛马而生的,即生来是为了从事各种所谓的职业。"可是创造是纯粹的自由;在它之前什么也没有,它以生产它自己的原则为开始,它首先发明自己的目的;它由此加入意识的无所为而为性;它便是这个自愿的、经过重新思考、上升为目的的无所为而为性。这一点也可以部分地解释波德莱尔对人工的爱好。胭脂、首饰、服装、照明,在他眼中显示了人的真正的伟大所在:创造能力。我们知道,继雷蒂夫、巴尔扎克和苏之后,他出大力传播了卡约瓦所谓的"大城市神话"。这是因为,一座城市是一个永久不停的创造:它的高楼大厦、气味、喧闹、熙来攘往属于人的领域。在城市里一切都是严格意义上的诗。在这个意义上,一九二〇年前后,年轻人面对电气广告、霓虹灯、汽车产生的奇妙之感,深刻意义上,是波德莱尔式的。大城市是人的自由这一无底深渊的反映。而波德莱尔,这个憎恨人和"人脸的暴政"的人,因其崇拜人的创造物又成为人文主义者了。

不过,如果事情真是这样,一个清醒的、爱恋它自己的创造神力胜过一切的意识,应该首先创造将为它照亮整个世界的意义。绝对创造,所有其他创造仅仅是其结果的那个创造,是创造一个价值体系。我们于是期待波德莱尔在追求善与恶——他的善与恶——的时候,表现某一种尼采式的大胆。然而,只要我们略为贴近一点审察诗人的生活和作品,使我们震惊的是他接受了别人的道德观念而且从来不对这些道德观念产生疑问。假如波德莱尔决定对万事无动于衷而且表现一种伊壁鸠鲁式的放任自流,这倒好理解。可是他保存的、由一种天主教的和资产阶级的教育灌输给他的道德原则,在他身上并非简单的残余,几个业已萎缩的无用的器官。波德莱尔过着紧张的道德生活,他在悔疚中挣扎,他每天告嘱自己要做得更好,他奋斗,他沉沦,一种残酷的负罪感逼迫他,以致我们不禁要问,他是否负担着秘密过失的重压。克雷佩先生在他为《恶之花》写的传记性导言中很有见地地指出:

> 他的一生中是否有过时间不能抹掉的过失?在人们对他的一生做了那么多的调查之后,很难相信会有此等事。然而他把自己当罪人看待,自称"在各方面"都有罪。他揭发自己"有责任和所有道德义务的观念却又始终背叛它们"。

不,波德莱尔没有承受秘密罪行的重压。人们可以责备他的并不严重:心灵确实干枯,但还不到彻底的程度,某种程度的懒散,滥用麻醉剂,大概还有几项性生活的怪癖,一些不诚实、偶尔接近讹诈的行为。假如他即便只有一次起来抗议奥比克将军和安塞勒据以谴责他的原则,他也会从这些原则下解脱出来的。可是他留心不这样做;他没有任何争议就接受他继父的道德观念。他在一八六二年左右作出有名的决定,并且以《卫生、行为、方法》为标题记下来,其天真令人嗟伤。

一种简洁的智慧。梳洗,祈祷,工作……

工作必定产生良好的作风,淡泊与贞洁,结果带来健康、财富、连续的和累进的才智以及仁爱。Age quod agis(做什么就想着什么)。

淡泊、贞洁、工作、仁爱:这些名词不断出现在他笔下。但是它们没有正面的内容,它们没有为他画出一条行为准则,它们无助于他解决与别人的关系和与自己的关系这两个重大问题。它们只是代表一系列严格的、纯属否定性的禁令而已。淡泊:不服用兴奋剂;贞洁:不回到那些善解人意的年轻女人身边去,她们的地址登在他的记事本上;工作:今日之事今日毕;仁爱:不发怒,不发牢骚,不要不关心别人。何况他承认具有"责任观念",即他把精神生活看作一种强制,一副伤害不肯就范的嘴的嚼头,从不是一种追求,一次真正的心灵飞跃:

愤怒的天使好像老鹰从天空扑来,
猛力地一把抓住不信教者的头发,
摇撼着他,说道:"你务须懂得教规!"
我要你这样!(我是你的保护神,懂吗?)

一些疙疙瘩瘩的、折磨人的律令,其内容之贫乏无以复加:奠定他终生道德生活的价值和法则便是如此。当他不胜母亲或安塞勒的困扰突然起来顶撞时,他从不直言不讳,说他们的资产阶级德行既残酷又愚蠢,而是装出怙恶不悛的样子,向他们宣布他是恶人,而且可以比现在更凶恶:

莫非你以为,假如我想这样做,我不能叫你倾家荡产,让

你到了暮年一贫如洗？难道你不知道我有足够的狡猾和辩才使我达到目的？不过我克制自己不去做罢了……①

他不可能不觉察到，像这样把自己置于他们的领地内，如一个赌气的孩子那样行事，使劲跺脚，夸大自己的错误，他就给了他们把柄，使自己的情况变得更加严重。但是他执意如此：他要求以这些价值的名义得到赦免，他宁可受到这些价值的谴责，也不愿以一种更恢宏、更能有所建树，但需要他自己去发明的伦理学的名义得到昭雪。他在案件审理期间的态度更加奇特。没有一次他曾企图为自己的书的内容辩护，没有一次他曾尝试向法官解释他不接受警察和检察官的道德。相反，他认同他们的道德；他将要在这个基础上进行讨论；与其对他们的禁令的合理性提出疑问，他宁可含羞忍辱，就他的作品的意义大撒其谎。一会儿他说这部作品纯属娱乐，以为艺术而艺术的名义他要求有权从外部模仿各种情欲但不必亲身感受，一会儿他又把作品说成有裨道德教化，旨在引起人们对恶习的憎恶恐惧。事隔九年，他才敢向安塞勒吐露真情：

既然您和别人一样也没有猜到，我是否应该告诉您，在这本残酷的书里我放进了我的整个心灵，我的所有温情，我的全部宗教（经过伪装），我的全部仇恨？确实，我将写出相反的话，我将呼天抢地起誓说，这是一本纯艺术的书，一本模仿的、杂耍的书；我将像一个江湖牙医一样说谎。②

他听凭别人审判他，他接受他的审判官，他甚至给皇后写信说他"受到司法部门彬彬有礼的对待……"更有甚者，他要求在社会上得到昭雪，首先是获得十字勋章，然后是进入学士院。与所有那

---

① 一八六二年三月十七日的信。——原注
② 一八六六年二月十八日的信。——原注

些希望解放人类的人作对,与乔治·桑和雨果作对,他采取了他的刽子手的立场,采取了安塞勒、奥比克、帝国警察和学士院院士的立场;他要求他们用鞭子打他,要求人家用威慑手段迫使他实践他们宣扬的德行:"假如一个人养成懒惰、胡思乱想、好逸恶劳的习惯,老是把紧要事推到第二天去做,某天早晨另一个人用鞭子抽醒他,无情地鞭打他,直到此人虽不能以工作为乐趣,出于恐惧也就去工作了,这另一个人——这个挥动鞭子的人——难道不就是他的朋友,他的恩人?"本来只需要一件小事,一转念,对这些偶像投去简单一瞥,就足以使他的锁链突然脱落。他却没有这样做,整个一生他都同意用公共的尺度去评判自己,也让人家评判他的过错。正是他,这位作品被禁的受诅咒的诗人,有一天写道:

> 在所有时代和所有民族里,都应该有神,有先知出来,向沦为兽类的人类教导(美德)……而人靠他自身是无法发现美德的。

我们还要想象比这更彻底的弃权吗?波德莱尔宣称单靠他自己他不可能发现美德。假如让他自顾自,他身上就不会有美德的萌芽,他甚至不会知道美德的意义所在。这个美德须由先知披露,由神父和牧师挥动鞭子灌输,它的基本特征是非个人的力量所能及的。个人不可能发明它,也不容怀疑它:个人只能满足于像接受神粮一样接受它。

人们一定会把这个归咎于波德莱尔受到的基督教教育。他所受的教育无疑给他打上了深刻的印记。但是请看另一名基督徒,安德烈·纪德——这一位是新教徒,这点不假——走过的路。他的性变态和公众的道德观念在他身上发生原初冲突,他站在前者的立场上反对后者,他像酸液一样慢慢腐蚀束缚他的严格原则;他历尽挫折,向自己的道德前进,他尽了最大努力去发明一套新的规则。然而基督教的烙印在纪德身上与在波德莱尔身上同样深刻;不过他要求从别人的善底下解脱出来;他拒绝一开始就被当作长疥疮的羊对待,从一个相同的处境出发,他作出另一种选择,他要求扪心无愧,他懂得只有通过彻底地、无所为而为地发明善与恶,才能得到解脱。可是为什么波德莱尔这个天生的创造者,这个崇尚创造的诗人,到最后关头却退缩了;为什么他把自己的精力和时间用于维持那些判定他有罪的规范?有一个他律一开始就判处他的良知他的意志永远沦为有愧的良知和作恶的意志,面对这个他律他怎么能不气愤呢?

　　让我们回到这个有名的"他性"上去。创造行为不容享用;创造者在他进行创造的时间内超越了特殊性,把自己搬到自由的纯净天空中去。他不再是任何东西;他在做。无疑他在自己身外建造一个客观的个性。不过当他着手这样做的时候,这个个性与他本人尚无区别。而这以后,他又不再能进入这个个性,他面对它犹如摩西站在福地的门槛上。我们将在下文看到,波德莱尔之所以写诗,是为了在诗里找到这个个性的形象。但是他不可能满足于此:他要在自己的日常生活中享用自己的他性。创造价值的伟大自由从虚无中突现;它使他害怕。偶然性、无从辩解性和无所为而为性,不停地围攻这个企图让一个新的实在在世界上涌现的人。如果说这个实在真是绝对新的,却没有任何东西要求得到它,没有任何人在世上等待它,它和它的创造者一样,是多余的。

　　波德莱尔是在一个既定世界内张扬自己的特殊性。他首先针对他的母亲和继父,带着反抗情绪和愤怒确立他的特殊性。他做的只是反抗,而不是革命行为。革命者想改变世界,他为趋向未来,趋向他发明的一个价值体系而超越这个世界;反抗者却留意原封不动维持他身受其害的种种滥用职权的行为,以便他能起来反抗它们。在他身上总有一种有愧的良知的各种成分,好比有一种负罪感。他既不想毁灭,也不想超越,只要挺身反对秩序。他越是攻击秩序,就越在暗中尊重它;他在公开场合对之争议的各种权利,其实都被他保存在内心最深处:万一这些权利消失了,他的存在理由和他的辩解就会随之一起消失。他就会突然陷入令他害怕的无所为而为性中。波德莱尔从未想过摧毁家庭观念,恰恰相反;不妨说他从未超脱童年阶段。

孩子视父母若神明。父母的行为和判断都是绝对正确的;他们体现普遍理性,法,世界的意义和目的。当这些神明把目光投向他身上时,这个目光立即使他的存在由表面直至其核心都得到理由;这个目光赋予他一种确定的、神圣的性质:既然神明不可能弄错,他就是他们见到他的那个样子。任何犹豫,任何怀疑,都在他的灵魂里找不到位置:诚然,他自己把握到的仅是自身朦胧的情绪起伏,但是有神明充当他的永恒本质的守护者,他知道这个本质存在着,即便他不能认识它,他知道他的真相不在他关于自身能知道的东西之中,而是藏在这些朝着他看的既可怕又温柔的眼睛之中。他既是位于其他真正本质中间的真正本质,便在世界上有他的位置——在一个绝对世界上的绝对位置。一切都是充盈的,一切都是正确的,一切存在的东西都应该存在。波德莱尔始终怀念童年情爱的绿色天堂。他把天才定义为"从心所欲找回来的童年"。对他来说,"儿童看一切都有新鲜感;他永远带着醉意"。但是他没跟我们说,这是一种非常特殊的醉意。确实,对于孩子一切都是新鲜的,但是此一新鲜已由其他人见到、命名、分门别类了:每一物件向孩子呈现时都挂着标签;它让人极其放心而且极其神圣,因为大人的目光还滞留其上。孩子远非在探索未知地带,他在翻阅一本画册,检查一套植物标本,以业主的身份巡视物业。波德莱尔怀念的正是这种童年的绝对安全感。当孩子长大,高过父母,越过他们的肩膀去看世界时,悲剧便开始了。在父母背后什么也没有:当他身高超过父母时,当他可能评判他们时,他就体验了自己的超越能力。他的父母缩小了;他们现在显得单薄而平庸,不可能得到辩解,也未曾得到辩解;那些吞吐宇宙的庄严的思想降为一些看法和情绪。猛一下子,世界有待再造,所有的位置乃至事物的排列秩序都受到争议。而且,既然一个神明的理性不再想着他,既然盯住他的目光只不过是其他光明中间的一道微光,孩子就失去他的本质和真理;朦胧的思想——从前他以为这是他的形而上实在的断裂折射——忽然变成他的唯一存在方式。责任、礼仪、明确和有限的义务,一下子统统消失。他未经辩解,也不可能得到辩解,他突然经历了他可怕的自由。一切有待从头开始,他突然置身茫茫的孤独和虚无之中。

波德莱尔无论如何也不愿落到这步田地。他的父母对于他仍是可憎的偶像,但毕竟是偶像。他以怨恨的姿态,而不是批判的姿态,在他们面前亮相。而且他要求得到的他性,与我们每个人命定的那个伟大的形而上的孤独,毫无共同之处。孤独法则确实可以表述如下:任何人都不能把为他自己的存在找到理由这件事推给其他人去做。而使波德莱尔发怵的,正是这一点。孤独令他毛骨悚然。他在写给母亲的信中反复提到孤独,称之为"残酷的""令人绝望的"。据阿斯利诺说,一个小时没有伴侣,他就忍受不了。我们需要知道,这里指的不是身体的孤立,而是作为唯一性的代价的"置身茫茫虚无之中"的感觉。他诚然要求成为"另一个人",不过是其他人中的另一个人;他那高傲的他性,是他与他蔑视的人之间的社会联系;他们必须待在那里,以便确认他的他性。《断想集》中那段奇怪的文字证明了这一点:"当我使大家感到恶心和憎厌的时候,我就征服了孤独。"对波德莱尔感到恶心和憎厌,这还是在关注他。这甚至是对他很关注;请想一想:感到憎厌!而且,假如这种恶心和这种憎厌是普遍的,那就再好不过了:那就是说所有人,在所有时候,都在关心他。如他理解的那种孤独,因此是一种社会职能;贱民为社会所不齿,不过正因为他是一个社会行为的对象,他的孤独便得到公认,对于各种体制的正常运行他甚至是必要的。波德莱尔似乎要求人们公认他的特殊性,并且赋予它十种准体制性质。人类的孤独是他隐约见到的并且拒绝的,这种孤独会夺走他在世界上的任何位置和取得一个位置的任何权利;他的孤独则相反,它给他定位,并且赋予他若干义务和特权。所以他将要求他的父母承认它。他第一个目的,是通过让他们认识到他们的错误有多大而惩罚他们。当他让他们看到他们遗弃他到了什么地步,也看到他引以为荣的那个既蔑视别人又被别人蔑视的唯一性,这个目的也就达到了。他应该使他的父母对他憎厌。众神面对他们的造物感到的是同一种憎厌,这种憎厌将既使他父母受到惩罚,也使他自己得到确认。认为波德莱尔有个未经彻底消解的俄狄浦斯情结,这么说倒是很取巧。不过,他是否对母亲怀有欲望无关紧要;我更愿意说他拒绝消解把父母视作神祇的神学情结:这是因为,为了能变通孤独法则并且在别人那里找到治疗无所为而为性的良药,他必须赋予其他人,其他某些人,一种神圣性。他要求的不是友谊、爱情和平等的关系;他没有朋友,至多有几个无赖汉可以对他们说说心里话。他要求的是法官。是一些他可以断然置之于原初的偶然性之外的人,这些人之所以存在,简而言之,是因为他们有权存在,因为他们的裁决能赋予他一种稳定的、神圣的本性。他同意让自己在他们眼中是有罪的。在他们眼中有罪,就是说绝对有罪。但是在一个神权世界中罪人自有其职能。有其职能和权利：他有权受到谴责和惩罚，有权悔过。他也出力维持普遍秩序，他的过失赋予他一种宗教性的尊严，在人的等级体系中派给他一个另外的位置：他在宽容或愤怒的目光下受到庇护。不妨再读一下《女巨人》：

> 我真想待在一个女巨人身边，
> 像淫猥的猫在女王的脚边徘徊。

吸引一个女巨人的目光，用后者的眼睛把自己看成一头家养的动物，在由巨人、神祇一般的人统治的贵族社会中像猫那样生活，懒洋洋、淫猥、邪恶，听凭巨人们不征求他的同意就为他决定世界的意义和他的生命的最终目的：这便是他最宝贵的愿望。他要享受一头无所事事、无益无用的宠物的有限度的独立，让主人们的严肃神情来保护他的游戏。明乎此，人们当然会在这种梦想中找出自虐狂的踪迹；波德莱尔自己也会说此一梦想有魔鬼的性质，既然他直言不讳愿把自己等同于一个动物；而且，既然他求得认可的需要，促使他面对强大的严肃意识，力图把自己变成一个物件，他岂非必然是个自虐狂？人们大概会指出，比起猫的状态，波德莱尔更怀念婴儿的状态，但求有强壮美丽的手帮他洗澡，喂他食物，给他穿衣服。人们这样想是对的。不过这并非因为某一机械性的事故中断了他的发育过程，也不是因为他曾遭受某一无从证明的伤害。假如说他怀念他的孩提时代，那是因为，那个时候他的存在自有别人代他操心，因为对于温柔地、无微不至地关怀他，又会训斥他的大人们，那个时候他完全是个奢侈的物件，因为那个时候——只有在那个时候——他可以实现自己的梦想，感到自己完全被一道目光所包围。

可是,若要使得给波德莱尔在世界上定位的那个判决不容上诉,首先必须使这个判决依据的理由是绝对的。换言之,波德莱尔在拒绝争议他的法官们的神圣性的同时,也拒绝怀疑他们据以作出判决的那个善的理念。假如他应该是绝对有罪的,假如他的特殊性应该是形而上的,那就应该有一个绝对的善。对于他来说,这个善既不是一件爱物儿,也不完全是一个绝对律令。它与一个目光混为一体。一个既发号施令又谴责问罪的目光。诗人把普遍接受的关系颠倒过来了:对于他,居第一位的不是法律,而是法官。这以后,那个穿透他,把他放回属于他的那个位置上去,使他"客观化"的目光,那个"兼备善恶"的巨大目光,是他母亲的,是奥比克将军的或是上帝的都无所谓了。这是合一的目光。在一八四七年发表的《芳法罗》中,波德莱尔宣扬自己的无神论。"如同他曾经狂热地信奉宗教一样,现在他是激烈的无神论者。"由此可见,他在失去信仰之前,似乎在青年时代曾对宗教入迷,倾心于神秘。后来,他好像没有恢复信仰,除了在一八六一年的精神危机期间。在他神志清醒的最后几年中,一八六四年,他写信给安塞勒:

> 我将耐心地解释我之所以对人类感到恶心的全部理由。当我绝对孤独时,我将去寻找一种宗教……而在临终的时刻,我将背离这一宗教,以便表示我对人类普遍愚蠢的恶心。您看,我没有改变。

由此可见,天主教批评家们把他引为同调,似乎操之过急。不过他是否有信仰无关紧要。假如说他不把上帝的存在视作一种实在,至少这个存在好比是他的颠倒梦想的汇聚点。他在《断想集》里写道:

> 即使上帝不存在,宗教仍是圣洁的,*神明的*。

上帝是唯一甚至不需要存在便能行使其统治的那个本质。

因此,比赤裸裸的存在更重要的,是这个全能的本质的性质及其职能。必须指出,波德莱尔的上帝是可怕的。他派遣天使来拷打犯罪者。他的法律是《旧约》。在他与人类之间,没有人代为说情,波德莱尔似乎不知有基督。让·马森本人也指出"这对救世主的悲惨的无知"①。这是因为,问题不在于得救,而是在于被审判,或者不如说得救就在审判里面,审判把每个人放回有序世界里适当的位置上去。当波德莱尔埋怨自己没有信仰的时候,他遗憾失去的始终是证人和法官:"我诚心诚意渴望……相信有个外部的、不可见的存在关注我的命运。可是怎样才能使我相信呢?"②他所缺少的,不是上帝的爱和圣宠,而是这个能包围他,承担他的纯粹"外部"目光。在《赤裸裸呈上我的心》里,当他阐述这个奇怪的证明上帝存在的理由时,他采取的也是同一观点:"对上帝有利的推理:一切存在皆有目的。因此我的存在有个目的。什么目的?我不知道。因此不是我标出这个目的。因此是某个比我更有学问的人做的。因此必须求这个人指点我。这是最高明的做法。"

我们在这段话里再次发现对先定的目的序列的固执的确认,波德莱尔在其中再次披露他渴望由一个造物者的目光把他纳入这个等级体系之中。不过,这个不讲爱德的上帝,这个主持正义、专事惩罚,而且因其鞭打受人感激的上帝,他既不给人以爱,也不要求得到爱。他与奥比克将军,另一个鞭打人的父亲,没有区别;这

---

① 让·马森:《波德莱尔面对痛苦》(《今昔丛刊》),第十期,第十九页。——原注
② 一八六一年五月六日给母亲的信。——原注

位父亲叫他的继子发怵。人们一本正经地断定波德莱尔爱恋奥比克将军。此类昏话根本不值得去驳斥。不过有一点倒是成立的：他终生抱怨继父对他严厉，其实这正是他要求的。奥比克将军在他的自我惩罚过程中扮演了主要角色，我们将在下文讲到这个过程。另外，同样确实的是，可怕的奥比克将军死后，似乎又在诗人的母亲身上返魂。不过这里情况甚为复杂。奥比克夫人无疑是波德莱尔对之怀有柔情的唯一的人。对他来说，她始终与一个甜蜜、自由的童年相连。他不时不无感伤地对她提醒这一点："我的童年里曾有一段时期对你怀有炽烈的爱；你听着，读下去，别害怕。对这件事我从来没有跟你说得这么多。我记得有一次坐出租马车散步；你从人家把你遗弃在里面的那家疗养院里出来，为了证明你想着你的儿子，你把你为我画的几幅钢笔画拿给我看。你相信我的记忆力好得惊人吧？后来，在圣安德烈艺术广场和讷伊。长时间的散步，永久的温情！我记得晚上一片凄清的滨河马路。啊！对于我这曾是享受温柔的母爱的美好时光……那时候，我始终活在你身上；你唯一属于我。你既是偶像，又是同志。"他必定更像爱一个女人那样爱她，而不是像爱一个母亲那样：奥比克将军还在世时，他喜欢约她在博物馆里如私通的情人那样幽会。在他去世前几年，有时他仍会对她采用一种迷人的、轻佻的献媚口气："（在翁夫勒）我不会感到幸福，这不可能，但是我会安下心来，把整个白天用于工作，整个晚上用于逗你开心，向你献殷勤。"[①]何况他对她不存幻想：她脆弱、固执、任性、"异想天开"，她没有任何趣味，她的性格"既荒谬又豪爽"，她盲目信任随便哪个陌生人甚于自己的儿子。可是，渐渐地，奥比克将军感染了她。他的严厉扩散到她

[①] 一八六〇年三月二十日的信。——原注

身上,以致在丈夫死后,她不由自主接过他的不容抵抗的审判官角色。这是因为波德莱尔绝对需要有个证人。然而她既没有力量惩罚他,也没有这个愿望,可是面对这个他熟悉透顶的微不足道的小妇人,他却开始发抖了。一八六〇年——他年近四十——他向她坦白:"你必须知道一件你可能从未猜到的事情,那就是你叫我十分害怕。"当"他对自己不满意时",就不敢给她写信,他口袋里好几天揣着她寄给他的信,不敢拆开:"……一会儿害怕你对我的责备,一会儿又唯恐获悉你健康不佳的消息,我不敢拆你的信。面对一封信,我也没有勇气……"他知道这些责备是不公正的、盲目的、难以理解的,知道她是在安塞勒的影响下或者她在翁夫勒的邻居,或者一名他憎恶的本堂神父的影响下提出这些责备的。所有这些情况都不要紧:对于他,这些责备是不允许上诉的判决。由不得她做主,他赋予她审判他的最高权力。即便他逐一争议判决依据的各项理由,判词依然没有动摇。在她面前,他选择了投入有罪者的处境。他的信都是俄国式的忏悔;而且,由于他知道她在责怪他,他就想方设法为她提供理由,"添油加醋"。不过他尤其需要在他母亲眼中救赎自己。他最迫切的、最经常的愿望之一,是她有朝一日能撤销她对他的判决。他四十一岁时有过一阵宗教狂热,曾祈祷上帝赐给他"必要的力量以便完成所有义务",也赐他"母亲长寿以便能为(他的)转变而高兴"。他的书信里经常出现此一祝愿。我们感到此祝愿至关紧要,而且其重要性是形而上的。他期待的这个最后审判,是对他一生的认可。假如在他母亲去世前此一仪式尚未举行,波德莱尔的一生就算糟蹋了,它就会遭受他全力抗拒的无所为而为性的突然入侵。可是,相反,某一天她若宣告满意,她就能给这痛苦不安的一生盖上她的印记;波德莱尔的灵魂也就得救,因为他那个巨大的朦胧意识将被核准。

这个严厉性一会儿洗练到极点,仅是上帝的纯粹目光,一会儿又化作一名将军,或者一个垂老的、微不足道的妇人的肉身,可是它也能采取其他形式。一会儿它将是拿破仑三世的法官,一会儿它又成了法兰西学士院诸位将被赋予意想不到的尊严的院士。人们声称波德莱尔对《恶之花》遭禁感到惊奇;其实不然:他等待此一判决,他给普莱—玛拉西的信证明这一点;我们甚至可以说他寻求这个禁令。同样地,当他申请加入学士院时,他希望得到的与其说是投赞成票的人,不如说是一些审判官,既然他愿意让不朽者们的表决给他带来昭雪。弗朗索瓦·鲍歇写得好:"因此波德莱尔想过,假如他能跨进学士院的门槛,围绕他的猜疑将立刻烟消云散。显然如此,不过这个推理包含一个怪圈,因为正是这种猜疑使诗人不可能有任何成功机会。"唠唠叨叨使波德莱尔大为恼火的安塞勒是个好好先生,因此没有资格居于法官之列,波德莱尔一时轻举妄动便为自己另选一个顾问,某位雅科脱先生。他宣称对之极为满意:"看他那副漫不经心的样子和他喜爱快乐的劲头,我觉得他是个明智的人。至少他知道遵守礼仪,通过他让我接受的这场详细但是友好的盘问,他证明了这一点。"且看这位雅科脱先生在写给奥比克夫人的一封信里如何表达他对波德莱尔的看法:

> 他很平静,我让他感到以此种手段对待一位受尊敬的友人,而且是他母亲的友人,实为失礼;他在认错的同时,坚持不愿与他保持关系……我相信他是真诚的,因为他若行为端正,不引您和我犯错误,对他本人大有好处。

因此我们不得不作结论,说波德莱尔喜欢这种不引人注目的保护口气。何况他本人对他母亲解释他曾受到训斥时,也不无自鸣得意:

雅科脱先生一开始很强烈地责备我过于粗暴……

他补充说：

雅科脱先生问我，如果他接替安塞勒，我是否会服从来自他的某种监督。我回答说我将乐于接受……

换了一个主人，他便心满意足了。千真万确，每个人依照他自身的形象塑造他的命运；波德莱尔既然打一开始就选择了在监护下生活，命运也就特别成全他：那个家庭监护会的存在，无疑是他数不清的屈辱和麻烦的根源，他非常真诚地憎恶它。可是，对于这位皮鞭和法官的爱好者，这个法庭是必不可少的，它满足他身上的一种需要。所以，不应该把他的家庭监护会看作断送了他的生涯的不幸事故，而是看作诗人的愿望的十分准确的形象，乃至比作一个为他的平衡所必需的器官。幸亏有了这个家庭监护会，他就永远被拴住了，永远套上锁链；终其一生，波德莱尔想必会称之为"先生们"的这些庄重威严的人物，有权用严父的口气对他说话；他必须像一个挥霍成性的学生那样乞讨金钱，而且他只有依靠法律带给他的为数众多的"父亲们"的善意，才能得到金钱。他是个永恒的未成年人，一个老迈的少年，在愤怒和仇恨中，但是也在别人的警惕和令人安心的守护下度过一生。

而且，好像他有了那么多的监护人和财产管理人，那么多的决定他命运的大腹便便的先生们还不够似的，他还选中一个秘密监护人，所有监护人中最严厉的一个，约瑟夫·德·梅斯特[①]，他人的最终体现。他说："是他教会我思想的。"为了能彻底感到自在，他不是必须在自然和社会的等级制度中占据一个被指定的位置

[①] 约瑟夫·德·梅斯特(1753—1821)，法国政治家，作家，君主政体的辩护士，《圣彼得堡之夜》的作者。

吗？这位严峻的、不诚实的思想家把保守主义的令人陶醉的论据传授给他。因为一切都是相关联的：在这个他想成为专捅娄子的孩子的社会里，必须有一批出类拔萃的鞭打者："在政治上，真正的圣徒是那个为了民众的利益而去鞭打、杀害民众的人。"他写下这句话时想必怀着快乐的战栗：因为，假如政治家以民众利益的名义去杀害民众，这个利益就更加可靠地不可企及了。这又是多么安全，因为受害者被禁止自己做主，而且在他受苦受难时人们告诉他，他正在为自己的利益——这个他不知道的利益——而死去！还必须预先确立最严格的等级制度，使鞭打者成为这个等级制度的守护者。最后，还必须使特权和革除教籍的处罚不源自矢志建立的业绩或故意犯下的过失，而是相反，先验地像诅咒一样压在人的身上。因此，波德莱尔将宣布自己是反犹太主义者。剧本已经排练就绪：波德莱尔在其中有他的位置在等着他。他不会是鞭打者——因为在鞭打者们的上头是虚空和无所为而为性——但是他将是——怀着何等喜悦——被鞭打者中的第一人。

可是，不要忘记，波德莱尔是在有意识地作恶时，而且通过他在恶中的意识依附善的。对于他来说，除了某些时候突如其来的，何况都是短促和无效的宗教热情，道德律之所以存在似乎只是为了能被违背。他不满足于骄傲地要求贱民的命运：他必须每时每刻都犯罪。这里，由于一个新的维度：自由的维度的介入，我们的描述就复杂起来了。

这是因为波德莱尔对他的特殊性的态度并非如此简单。一方面，他要求享用他的特殊性如同其他人能够做到的那样，这就意味他想面对这个特殊性如同面对一个物件：他希望他的内心目光能使这个特殊性诞生，如同白乌鸦的白色在其他乌鸦的眼皮底下诞生。这个特殊性必须待在那里，摆好了，如一个本质那样稳当、平静。但是,另一方面,他的骄傲不能满足于一种被动接受的,他自己不是其作者的那种独特性。他要为自己造出他是的那个样子。我们已经看到,他从童年时代起,因为害怕承受他的"分离",便狂怒地自行担当这个分离。无疑,他既不能在自己身上达到那个能使他成为不可替代者的东西,他就转向其他人,要求他们用他们的审判把他造成另一个人。可是他不能接受自己成为他们的目光所关注的纯客体。如同他要把自己隐秘生活的朦胧潮流客观化一样,他企图通过把他对于别人而言的那个物变成他自己的一个自由谋划,从而内化那个物。实质上,这里涉及的始终是同一个收复自己的恒久努力。在隐秘生活的层面收复自己,这就要努力把自己的意识看作一个物以便能更好地拥抱它;可是,问题一旦涉及一个人对其他人而言的那个人,这个人若能把此物等同于一个自由意识,他也就收复了自己。此一自相矛盾的交替选择来自占有这个概念的模棱两可性。人只有在创造自己的时候才能占有自己,而人若创造自己,就逃脱了自己;人们能够占有的永远只是一个物;可是,如果人们在世上只是物而已,人们就失去作为从事占有的基础的那个创造性的自由。其次,波德莱尔虽然能感受并喜爱自由,当他下降到他的意识的朦胧境界时,他却在自由面前感到害怕。他看到自由必定引向绝对孤独和完全责任。孤独者知道自己无依无靠,却对世界,对善与恶负有责任,他为此感到焦虑;波德莱尔要躲避这种焦虑。他无疑要求自由,然而是在一个现成世界的框架内得到自己。如同他设法获得一个有伴侣的、被确认的孤独一样,他企图给自己一种责任有限的自由。无疑他要创造他自己,但是要造成的是其他人看到他的那个样子。他要做这个矛盾的本性:一个自由物。他躲避自由只受它自身的限制这个可怕的真理,他寻求把自由限定在一些外部框架之内。他所要求于自由的,无非是它强大到足够让他能要求把他在其他人心目中的形象当作他自己的作品收归己有;他的理想是当他自己的原因,这样就能抚慰他的骄傲,同时又要依照一个神明的计划产生自己,这样就能安抚他的焦虑并且为他的存在找到理由;总而言之,他要求得到自由,这就假定他即便在独立中也是无所为而为的,没有理由;还要求得到确认,这就意味着社会把他的职能乃至他的本性强加给他。

在约瑟夫·德·梅斯特的世界中,并非谁想要自由就能确立自己的自由。道路都划出来了,目的都规定好了,命令都给出了,对于正派人只剩下一条途径:遵守成规。而这对波德莱尔正中下怀:神权政治不是把人的自由限于选择手段以便达到不容争议的目的?

可是,另一方面,他蔑视有用的事物和行动。而所谓有用的事物,正是指一切为达到某一既定目的而调动手段的行为。波德莱尔具有太强烈的创造感,不能接受此一谦卑的工匠角色。在这个意义上,我们可以在这里窥见他以写诗为使命的含义:他禁止自己去创造善,他的诗好比是善的创造的取代物。他的诗显示意识的无所为而为性,它们是完全无用的,它们的每一行都确立他自称的超自然主义。同时它们停留在想象中,他们不去触及最初的和绝对的创造问题。在某种程度上它们都是代用品,每首诗代表某一要求完全自主的愿望,某一对于半人半神的创造力的渴望的象征性满足。可是波德莱尔不能完全满足于这种派生的,似乎有点阴险的活动。于是他处于一种矛盾的境地:一方面他要通过只为属于自己的目的而行动来表现自己的自由意志,但是另一方面他要通过接受神权政治的既定目的来掩盖他的无所为而为性并且限制他的责任。他的自由只剩下一条出路:选择恶。我们的意思是说,并非尽管是禁果还要去摘取,而是因为是禁果才去摘取。当一个人受利益指使,在与自身达成一致的情况下选择了犯罪时,他可以是有害的或残酷的，但是他并非真正地为恶而恶：在他身上没有对自己所作所为的任何不赞同。只有其他人可以从外部判定他是恶的；但是，如果允许我们进入他的意识内漫步，我们会在其中发现一整套理由，它们可能粗浅，却是彼此协调的。为恶而作恶，这恰好是故意去做与人们继续肯定为善的事情相反的事情。这是想要人们不要的东西——既然人们继续痛恨恶的势力——同时又不想要人们不要的东西——既然善始终被定义为深层意志的对象和目的。而这正好就是波德莱尔的态度。他的行为与粗俗的犯罪者的行为之间的差距，犹如黑弥撒与无神论之间的差距。无神论者不关心上帝，因为他一劳永逸地决定了上帝不存在。可是主持黑弥撒的神父因为上帝是可爱的而恨他，因为他是可敬的而嘲弄他；他矢意否认既定秩序，但是同时他又保全这个秩序而且比任何时候更加确认它。他只要有片刻停止确认它，他的意识就会再次与自己保持一致，于是恶一下子就转化成善，而且它将超越所有不是自己发出的命令，涌现在虚无之中，得不到辩解，担负起全部责任。我们在上文引用的关于双重要求的那段话，清清楚楚为"恶中的意识"定性的那种撕裂感："任何人身上，在任何时候，都同时有两种诉求，一种趋向上帝，另一种趋向撒旦。"确实应该这样理解：这两种诉求不是独立的——两种同时作用于同一点的相反的、自主的力量——而是双方相互关联。为了使自由给人带来眩晕，自由就应该选择在神权统治的世界中无限地有错。于是它在这个完全投入善的世界中便是唯一的；可是，自由必须完全赞同善，维护并且加强善，才能投入恶之中。那个罚自己入地狱的人获得一种孤独，它好像是真正自由的人那种伟大的孤独的削弱了形象。他果真是孤独的。其孤独的程度恰好是他愿意的那样，不多不少。世界仍有秩序，目的依旧是绝对的，不可触犯的，等级体系未被打乱：

只要他悔过,只要他停止要求恶,猛一下他就会恢复他的尊严。在某种意义上他在创造:在每个因素都作自我牺牲以便致力于整体伟大的世界里,他使特殊性得以出现,也就是说使某一片段,某一细部起来反叛。由此,某个以前不存在的东西产生了,任何东西都不能抹掉它,世界的严格布局丝毫没有为它准备位置:这里指的是一个奢侈品,无所为而为,不可预料。在这里需要阐明恶与诗的关系:当诗附加地以恶为对象时,两种责任有限的创造便汇聚、融合在一起,于是我们就拥有一朵恶之花。可是故意去创造恶即犯过失,便是接受和承认善;恶的创造对善表示敬意,在它把自己命名为恶时,它承认自己是相对的、派生的、没有善也就不存在了。因此,它是以迂回的方式致力于弘扬规则。更有甚者,它宣告自己是虚无的。既然一切都为善服务,恶就不存在。如同克洛岱尔①说的那样:最坏的并非始终可靠。有罪者感到他的过错既是对存在本身的挑战,也是一种淘气行为,它仅在存在的表面上滑过,不加损害,因此无足轻重。犯罪者是个捣蛋孩子,可是他本质是好的,他自己也知道这一点。他把自己看作浪子,他的父亲永远期待他归来。通过拒绝有用的事物,用心用力去培植无效的,甚至没有真实存在的不正常事物,他接受自己被人看作一个在做游戏的少年。这一点甚至使他在恐惧中也怀有完全的安全感:他在游戏,别人听之任之;简而言之,他的自由本身,他作恶的自由是被授予的。罚入地狱的事无疑是有的,但是犯罪者如此痛苦,他在犯过失的同时保留着如此敏锐的善的感觉,以致他不真正怀疑自己会得到原谅。地狱是为粗厚的、让犯罪者本人感到满足的卑劣行径设置的,可是为恶而恶的人的灵魂是一朵奇花异葩。它在粗俗的罪人的泥潭中

---

① 克洛岱尔(1868—1955),法国诗人、剧作家。

不得其所,犹如公爵夫人厕身圣拉萨尔区的妓女们中间。何况波德莱尔在恶的信徒中属于贵族阶级,他对上帝的信仰程度还不足以使他真的害怕罚入地狱。对于他来说,罚入地狱是这个世界上的事情,此事从来不是一成不变的:它是别人的谴责,是奥比克将军的目光,是他揣在口袋里不敢拆开的他母亲的信,是家庭监护会,是安塞勒苦口婆心的絮叨不休。可是总有那么一天,他的债务将能偿清,他的母亲将宽恕他:他不怀疑最后将得到救赎。我们现在明白他要求得到严厉的法官了:宽恕、容忍和理解将减轻他的罪名,也就相应削弱他的自由;真叫用心奸诈。儒勒·勒梅特尔有一段关于他的话说得很准:"由于没有任何东西在强度上和深度上能与宗教感情相埒(由于宗教感情能够包含的恐惧和情爱),人们就把它们接过来,在自己身上使它们复苏——而在这样做的同时,人们在寻求为宗教感情由之派生的信仰所最直接谴责的感觉。人们于是达到某种奇妙的人为的东西……"①

确实无疑,波德莱尔从他的过失中感到快乐。不过需要解释这种快乐的性质。当勒梅特尔补充说波德莱尔主义乃是"智力和感情伊壁鸠鲁主义的最高努力"时,他完全搞错了。对于波德莱尔来说,问题不在存心加强自己的快乐:他甚至可以真诚地回答说,相反的,他败坏了自己的快乐,他连想都没有想过如伊壁鸠鲁主义者那样去寻求快乐。可是过失引向感官享乐,感官享乐因过失而得益。它首先是一切享乐中首选的快乐;既然它是被禁止的,它就是无用的,它是一种奢侈。可是,此外,由于它是为一个自由在与既定秩序对抗中寻求的,而且这个自由为了使它得以产生不惜把自己罚入地狱,它就好像与一种创造相似了。粗俗的快乐无

---

① 儒勒·勒梅特尔(1853—1914):一八八七年,《雄辩报》。——原注

非是欲望的简单满足,它们把我们锁定在自然本性上,同时使我们变得平庸。可是波德莱尔称之为感官享乐的东西,是妙不可言的稀罕之物:既然犯罪者在他获得感官享乐的下一个瞬间便陷入悔恨之中,他的感官享乐就是他投入此道的唯一的幸运瞬间。由于得到感官享乐,他便成为有罪的,而且在他堕落的过程中,他的审判官们的目光没有离开他:他当众犯罪。而且,他理应遭受的道德谴责把他转化为物,从而带给他一种残酷的安全感;在他体会这一安全感的同时,他因感到自己是创造者,是自由的,而萌生自豪感。此一反省必定伴随他的过失,阻止他一直抵达快乐的核心。他从不让自己陷得太深,以致迷失方向。相反,他正是在最尖锐的感官享乐中找到自己:他整个儿待在那里,既是自由的又被定罪,既是创造者又是罪人。此一对自身的享受好比在他与他的快乐之间设置了观望的距离。波德莱尔式的感官享乐好像是被扣留了,它更多是被观看的而不是被感受的,人们仅拂过它的表面,它在同等程度上既是目的又是借口;自由和悔恨使它精神化;恶使它变得精致,抽去它的本质。

> 我说:爱情带给人的唯一的和最高的感官享乐在于确信自己在作恶。——男人和女人一生下来就知道任何感官享乐都在恶之中。

我们现在,也只有现在,可以理解波德莱尔这句话:

> 还在幼年我内心就有两种矛盾的感情,对生命的厌恶和对生命的狂喜。

这里的情况也一样,不应该孤立看待此一厌恶和此一狂喜。对生命的厌恶,这是厌恶一切自然的东西,厌恶自然界那种自发的蓬勃生机,也厌恶意识的活生生的、软绵绵的朦胧境界。其次,这是对约瑟夫·德·梅斯特的干巴巴的保守主义的认同,包括认同它对强制和对人为范畴的喜爱。可是接着,在所有这些屏障的保护下,对生命的狂喜就诞生了。波德莱尔称之为感官享乐的,正是这一完全波德莱尔式的静观和享受的混合,这一精神化了的快乐,这是对恶的审慎的骗取,整个肉体待在后面,抚摸而不拥抱。人家说他阳痿。肉体的占有离自然的快乐太近,无疑并不特别吸引他。谈到女人,他带着轻蔑说她们"处于发情期,要求挨操"。提到他这一类的知识分子,他承认他们"越精研艺术,就越硬不起来",这可以算作他的自供。可是生命不是自然。他在《赤裸裸呈上我的心》中供认,他"对生命和快乐怀有十分强烈的喜爱"。他指的是经过滗析的置于一段距离之外的,被自由再次创造的生命,是由恶加以精神化的快乐。说白了,他身上的气质多于肉欲。气质型的人在感官的陶醉中也忘不了自身;波德莱尔从不丢失自己。实实在在的性行为令他憎恶,因为它是自然的、粗暴的,因为它在实质上是与他者的沟通:"操,这是渴望进入另一个人之中,然而艺术家从不走出他自身。"可是存在一些隔着距离的快乐:见到、触摸、嗅闻女人的肉体。毫无疑问,这便是他给予自己的快乐。他之所以有窥淫癖和恋物癖,正是因为这些恶习减轻了感官享乐,因为它们实现了远距离的,不妨说是象征性的占有。窥淫者不交出他自身;在他穿得整整齐齐,观看一个裸体而不触及它的时候,一阵淫荡的、不显山露水的战栗传遍他全身。他在作恶,他知道这一点;他隔着距离占有他人,然而他保留了自己。这以后,他是否如人们暗示的那样,通过自慰,或者借助他故意粗鲁地称之为"操"的行为来达到满足,都无关紧要了。他甚至在性交时也是一个孤独者,一个手淫者,因为他归根结底享用的是他自己的罪过。主要的是他崇拜"生命",不过是被禁锢的、被扣留的、一掠而过的生命;主要的是这个不纯洁的爱情,这朵恶之花,诞生在憎厌的沃土上。就这样,从整体上来说,他把罪孽首先设想成色情形式。恶的成千上万种其他形式,诸如背叛、下贱、嫉妒、粗暴、吝啬等,对他都是完全格格不入的。他选择了一种豪华的、贵族化的罪孽。对他的实在的缺点、懒惰和"拖拉作风",他都是认真对待的。他恨它们,他为之难受:这是因为它们反抗的并非是一些预定的目的,而是他的自由。同出一辙,性自虐狂会亲吻一名为了钱而抽他耳光的妓女的脚,但是可能去杀死当真侮辱他的人。这里涉及的是一种不会产生后果的游戏,一种与生命,与恶的游戏。可是正因为这是一种空洞的游戏,波德莱尔才感到乐在其中;一些无意义的、不结果的、没有后嗣的行为,一种幽灵似的恶能使人感到自由和孤独。同时,善的权利得到维护:发生过的仅是一阵战栗而已;人们一滑而过,人们没有真正牵连进去。据说布封①是戴着袖套写作的;同样地,波德莱尔做爱时也戴着手套。

以他的双重要求为出发点,波德莱尔的内心气候就容易描述了:这个人终其一生,出于骄傲和怨恨,企图让自己在其他人眼中和他自己的眼中成为物。他希望自己像一尊雕像置身于盛大的社会节日之外,定了型,密不透光,不容消化。简言之,我们不妨说他要求自在的存在②——我们指的是一件物那样的固执的、严格界定的存在方式。他要让别人看到这个存在,他要自己享受这个存在,可是波德莱尔不能容忍这个存在像一个器具那样消极、没有意

---

① 布封(1707—1788),法国作家、博物学家。
② 在萨特的哲学用语中,être 与 existence 相对待。我们译 être 为"自在的存在",existence 为"自为的存在",以示区别。同一组对立,在《存在与虚无》中用 être en soi 和 être pour soi 来表述。万物处于静止、不变、浑成、充实状态,归入自在存在的范畴;人有意识、可变、脆弱,归入自为存在的范畴。

识。他是想成为物，但不是纯属偶然被给予的物。这个物将真正是他的物，它将拯救自己，如果人们能确定它是自己创造自己的，是它自己支撑着自己的存在。于是我们就被打发到意识的存在方式上去，我们称之为自为的存在。波德莱尔不能也不愿彻底做到自在存在或自为存在。他刚让自己走向两种决定中的一种，马上就躲藏到另一种之内。他刚感到自己在他为自己选定的审判官们的眼中是个物——一个有罪的物——赶紧就向他们张扬他的自由，其方式或是夸张他的恶习，或是表示悔恨，此举足以使他如振翮高飞，凌驾在他的本性之上，或者通过我们即将在下文看到的成千上百个其他花招。可是，假如他这样一来就接近了自由的场地，他面对自己的无所为而为性，面对他的意识的边界就会感到害怕，于是他就去攀附一个现成的世界，在那个世界里善和恶都是事先给出的，在那里他占据着一个确定的位置。他选择了拥有一个永远被撕裂的意识，一个内疚的意识。他执意指出人身上永久的两重性，双重要求，灵与肉，生之憎厌与生之狂喜，这体现着他的精神的分裂。因为他要兼为自为的存在和自在的存在，因为他无休止地既是自在存在中的自为存在，又是自为存在中的自在存在，他只是一个张大口子的新创口，而他所有的行为，他的每一个思想都包含两层意义，两个矛盾的、相互制约、相互毁灭的意愿。为了能实现恶，他维护善。如果他作恶，这是为了向善致敬。假如他走出规范，这是为了能更好地感受法则的威力，为了一个目光能审判他，能不顾他的意愿在世界的等级体系中派给他一个位置。可是，如果他明白承认这个秩序和这个最高权力，又是为了能逃脱它们，能在罪孽中感到他的孤独。在他钟爱的这些怪物中，他首先是在"例外证明规律"的意义上找到世界不容侵犯的法则；可是他找到的法则都是受到嘲弄的。在他那里什么都不是简单的；连他自己也理不清头绪,终于在绝望中写道:"我的灵魂如此特殊,连我自己也辨认不出自己。"这个特殊灵魂生活在自欺中。在这个灵魂中确有某种它在永久的逃遁中向自己隐藏的东西:这是因为不选择它的善是它的选择,这是因为他的深层自由对自身不满,向外部借用了一些现成的原则,而且正因为它们是现成的才借用它们。不应该像勒梅特尔那样,当真以为如此这般的复杂都是被明确地、公开地要求的,相信波德莱尔唯独实行一种伊壁鸠鲁主义技巧:事情真是这样的话,所有这些花招就将都是徒劳的,他就会十分了解自己,不至于弄错。他就自身所作的选择在他身上扎进去很深。他不能辨认这个选择是因为他与之合而为一。可是我们也不应该把此种自由选择等同于被心理分析专家打入无意识中的那种说不明白的化学反应。波德莱尔的此一选择,这便是他的意识,他的主要谋划。故此,在某种意义上此一选择浸透他的全身心,好像成了他本身的透明性。它是他的目光的光明,他的种种思想的味道。可是在这个选择里面掺入了不说出自己,拥抱任何知识却又不让自己被认识的愿望。简言之,这个原初选择在其原初就是自欺的。对任何他所想的,他所感到的,对他的任何一种痛苦,任何一种吱吱嘎嘎的感官享乐波德莱尔都不完全相信;可能这才是他的真正痛苦。可是我们不要搞错;不完全相信,这并不就是否认;自欺里仍有一些诚心。我们还不如设想波德莱尔的感情有一种内部真空。他企图通过一种永久的疯狂,一种异乎寻常的神经质,来弥补其感情之不足。可是纯属徒劳:他的感情总显得虚假。他让人想起那个精神衰弱患者,此人自信胃部有个溃疡,在地上打滚,浑身大汗,喊叫,颤抖:可他就是不痛。如果我们可以撇开波德莱尔用来描写自己的那套夸张的词汇,忽略不计在《恶之花》的每一页都能遇到的"可怕""噩梦""憎厌"一类词,我们可能会在这本书里,在焦虑和悔恨底下，在神经的颤动底下，找到甜蜜的，却又比最折磨人的痛苦更难以忍受的东西：冷漠。并非一种由于生理上的不健全而引起的萎靡的冷漠，而是通常伴随自欺而来的那种根本的不可能性：他不可能完全严肃地对待自己。因此，对于组成他的形象的所有线条，我们应该设想它们蒙着一层微妙的、秘密的虚无；而对于我们用来描述他的词儿，也应该避免上它们的当，因为它们提示、暗示的东西远远多于他实际上的那个样子；如果我们想进入这个忧伤的灵魂的月球风景，我们需要提醒自己，一个人永远只是一项欺骗。

他既选定了恶，也就选择自觉有罪。他通过悔恨来实现自己的唯一性和他作为犯罪者的自由。有罪感将伴随他终生。这并非是他的选择所产生的一种讨厌的后果：悔恨在他那里具有功能上的重要性。他把行为变成一桩罪孽；人们不为之悔恨的罪行不再是罪行，至多不过是倒了一次霉而已。在他那里，似乎悔恨甚至产生在过失之前。十八岁那年，他已经给母亲写信说他"丑陋不堪，不敢去见奥比克将军"。他自责"缺点多不胜数，而且不再是讨人喜欢的缺点"。对他寄宿的拉塞格家，他在相当阴险地埋怨他们之余，接着说："被剥光身子并且夺走了全部诗意也可能是一件好事，现在我更理解我缺少什么。"① 后来他一直没有停止自责。当然，他是真诚的——或者不如说他的自欺如此根深蒂固，连他自己也做不了主了。他对自己如此憎厌，以致我们可以把他的一生看作一长串自我惩罚。他通过自我惩罚救赎自己，或者用他喜爱的说法，"焕发青春"。可是，同时他好比自认有罪。他解除他的过错的武装，却又确立它在永恒中的地位；他把自己对自己的判决等

---

① 一八三九年七月十六日的信。

同于别人对他的判决；这好比他为自己那个犯罪的自由拍下一张快照让它为永恒留下固定的形象。对于永恒，他是所有罪人中最不可替代的那一个；可是在同一瞬间，他又超越这个自由以便趋向新的自由，他为趋向善逃避它，犹如他为趋向恶而逃避善。无疑，惩罚的对象不限于眼下的罪孽，它指向深藏不露的、远为隐蔽的那个自欺。自欺是他的真正过错，他虽不愿承认，却在寻求补偿这个过错。可是他徒然试图越出禁锢他的那个怪圈：因为行刑者和受刑者同样自欺；惩罚与罪行一样旨在讨好：惩罚对准一种相对于现成的规范而言被自由地确认为过错的过错。他给自己施加的这些刑罚中最重的、最恒久的一种，毋庸争辩是他的清醒。我们已看到此一清醒的根源：他一上来就把自己的位置放在反省的层面上，是因为他要把握自己的他性。可是现在他使用此一清醒像使用皮鞭。他称颂的那个"在恶之中的意识"，它有时候可以是美妙的，它首先像悔恨一样揪人心肺。我们看到，他把他引向自己的目光等同于别人的目光。他看到自己，或者企图看到自己好像是另一个人那样。可是我们必定不可能真正用别人的眼睛看到自己，我们过于认同我们自己。不过，假如我们披上审判官的袍子，假如我们的反省意识对于被反省意识模仿恶心和愤怒，假如，为了形容被反省意识，反省意识向学来的道德借用其概念和尺度，我们就可以在一瞬间产生幻觉，以为在反省和被反省者之间引入一个距离了。波德莱尔通过自我惩罚性的清醒，企图在他自己眼中把自己变成物。他对我们解释说，除此之外，此一毫不容情的明察可以借助一个灵巧的手法，取得救赎的性质："我一度回忆起那个可笑的、懦怯或卑贱的行动，感到内心骚乱，可是它与我的真正本性，我当前的本性，是完全矛盾的。我为观照此一行动而耗费的力量本身，我为分析、审判它而用上的审判异教徒的细致功夫，都证明我具备高度的、非凡的追求美德的才能。世界上有几个人如此善于审问自己,如此严厉地给自己判罪?"①他在这里说的确实是吸鸦片者。可是他也对我们说过,吸毒引起的陶醉感不会造成吸毒者的人格的重大改变。他就是那个判定自己有罪又赦免自己的吸毒者,这个复杂的"机制"整个儿是波德莱尔式的。从我把自己变成物的那一瞬间起,由于我对待自己像社会对待我那样严厉,我同时变成法官,而自由就逃离那个被审判的东西,转而浸润控告者。就这样,借助一个新的计谋,波德莱尔再次企图汇合自为的存在和自在的存在。这个严厉的、逃脱了任何宣判的自由就是他自己,因为这个自由无非是一项审判而已。这个凝固在自身的过失中,被人观看和审判的人也是他自己。他既在外又在内,对于他自己既是物件又是证人,他把别人的眼睛引入自身,以便把握自己像把握他人一样。而且,在他看到自己的那个瞬间,他的自由得以确立,逃离了所有的目光,因为这个自由现在仅是一个目光而已。可是还有其他的惩罚。我们甚至可以说,他的一生是一个惩罚。我在他的一生中没有发现任何事故,任何一种人们可以说本不应该落到他头上的、意料之外的不幸:似乎一切都反映他的形象;每个事件都像是一个蓄谋已久的惩罚。他寻求并且找到了他的家庭判决,寻求并找到了对他的诗作的谴责,他竞选法兰西学院院士的失败,以及与他梦想的光荣大相径庭的那种令人恼火的名望。他努力使自己显得可憎,以便拒人于千里之外,引人反感。他让人传播一些侮辱他的流言,尤其处心积虑让人家相信他是同性恋者。布依松说:"波德莱尔作为轮机见习生登上驶往印度的商船。谈到他在船上受到的待遇,他不胜厌恶。只要想一想这个优雅、柔弱、几乎像女

---

① 《人工天堂》。——原注

人的少年应该是副什么样子,再想到水手们的习俗,那就很可以相信,他说的是真话;我们听他讲述时,不由感到战栗。"一八六五年一月三日,他从布鲁塞尔给保尔·莫里斯夫人写的信:"这里的人把我当作警察(这很好!)……当作同性恋者(这个谣言是我自己散播的,而人们居然信了!)"夏尔·库赞说他因搞同性恋被路易大帝中学开除。此一险诈的传闻毫无根据,但无疑是他本人编造的。可是他不限于为自己捏造一些恶习,他甚至故意使自己成为笑柄。阿斯利诺说:"他恣意做可笑的事情,换了别的人必定会被羞死,而他反而大为高兴。"认识他的人在谈到他的时候使用一种屈尊俯就的、含笑的口气,今天的读者对之会感到难以忍受,但却是他本人通过其古怪行径诱使他们采用这种口气的。他自己在《断想集》中写道:"什么时候我使大家对我恶心和憎厌,我就获得了孤独。"当然,我们应该在此一恶心别人的愿望中,像在波德莱尔的所有其他态度中一样,找到不止一把解开他的秘密的钥匙。可是,无疑应该在其中首先看到一种自我惩罚倾向。连他的梅毒病,几乎都是他决心染上的。至少他在青年时代有意冒这个风险,因为他自称受最低贱的妓女吸引。污秽、肉体的苦难、疾病、医院,这一切都是诱惑,这便是他在萨拉,"犹太丑女"身上所爱恋的:

> 更严重的缺陷,是她戴着假发,
> 青丝已从她洁白的颈窝飘离;
> 可这不妨碍情人的热吻如雨点
> 落在她比麻风病人更剥蚀的额际……

> 她年方二十,双乳已经低垂,
> 在两侧如一对葫芦悬挂,
> 而我却每夜趴在她身上,

> 如婴孩吮吸她的乳头,咬她。
> 虽然她经常身无分文,没有香水
> 摩擦肌肤,没有涂抹肩膀的油膏,
> 我默默地舔她,怀着虔敬,胜过
> 热烈的抹大拉亲吻救世主的双脚。
>
> 可怜的人,连欢乐时也接不上气,
> 胸部在沉闷的嗝声中膨胀。
> 从她短促的呼吸我能猜到
> 她常以医院的面包为食粮。①

这首诗的调子不容我们再有怀疑。当然,它在某种意义上与波德莱尔晚年那个自豪的声明一脉相承:"爱过我的人都是一些受蔑视的人,如果我想迎合正人君子,我还可以说那是些该受蔑视的人。"这是个傲慢不逊的表白,是对虚伪的读者——他的同类,他的兄弟——的隐蔽的召唤。可是我们不要忘记,他在这里表达一个事实。肯定无疑的,是波德莱尔试图通过罗塞特残花败柳的躯体让自己占有疾病、缺陷和丑陋;他要把所有这一切接过来,承担它们,但不是出于一念慈悲,而是为了用它们来燃烧自己的肉体。这首诗的傲慢不逊表达反省性的反应:耽于肮脏的感官享乐的肉体越受玷污,越被传染,对于波德莱尔本人它越是恶心的对象,诗人就越感到自己是目光和自由,他的灵魂就越能溢出这个病废之躯。梅毒症折磨他终生,把他引向痴呆,最后要了他的性命。说他自己要求染上这个病,也不算过分。

---

① 青年时代的诗作,在《青年法兰西》上刊出。转引自欧仁·克雷佩的《波德莱尔》。——原注

上面的见解能使我们理解波德莱尔有名的"痛苦主义"。天主教批评家杜博、富美、马森在这个问题上搅了许多浑水。他们用成百段引文来证明波德莱尔自己要求最难熬的痛苦;他们引用《祝福》里的两句诗:

> 祝福你,天主,你赐予的苦闷,
> 就是治疗我们的污垢的灵药。

可是他们没有想一想,波德莱尔是否真的痛苦。在这件事上,波德莱尔本人的证词变化多端。

一八六一年,他给母亲写信:

> ……我竟想自杀,这很荒谬,是吗?——你会说,莫非你想撇下你的老母亲孤身一人?——天哪?假如说我没有最起码的这么做的权利,我想将近三十年来我遭受的痛苦也能使我得到原谅。

那一年他四十岁。也就是说他让自己的不幸上溯到他十岁的时候,这与他的自传中的一段话大致吻合:"一八四〇年后,里昂的中学,打架,向教师和同学们开战,沉重的忧郁。"这便是由他母亲再婚引起的有名的"破裂",而且他的书信里满是各种各样关于自己健康不佳的怨言。可是应该指出,这些信都是写给奥比克夫人的。可能不应该把这些证词看作完全是由衷之言。至少,比较如下文引用的两个文本足以表明,他可以视通信对象的不同而彻底改变对于自身情况的看法。一八六〇年八月二十一日,他写信给他母亲:

> 我将一事无成便死去,此前我欠两万法郎的债,现在我欠四万。如果我不幸还要活很久,债务还可能加倍。

我们在这里又看到此生蹉跎、被糟蹋、无可挽回的主题，以及涉及家庭监护会的隐蔽的指责。写下这几行字的人想必感到绝望。殊不知，同在一八六〇年，一个月之后，他写给普莱—马拉西：

> 当你找到一个人十七岁时就得到自由，酷爱寻欢作乐，始终没有家庭的累赘，带着三万法郎的债务进入文学生活，二十年后只增加一万法郎债务，而且自觉远非迟钝愚蠢，请你把这个人介绍给我，我将在他身上发现与我相同的人，向他致敬。

这一次，调子是满足的，这个自称"自觉远非迟钝愚蠢"的人远不以为他此生将一事无成。至于债务，在八月份那封信里被说成好像是受到某种诅咒，会自动膨胀；从九月份的信里，我们获知由于一种巧妙的节俭，它们的增长被控制在严格的范围内。真相在哪里？显然这两种情况都不符合实际。波德莱尔给母亲写信时夸大了他于一八四三年后欠下的债务数额，相反，他在给普莱—马拉西写信时又缩小数目，此事给人很深的印象。不过我们已经可以理解，他要在奥比克夫人身边扮演受害者的角色。他写给她的信里奇怪地混合忏悔和拐弯抹角的指责。大多数场合，这些信的意思无非是：看你让我沦入何等卑下的境地。在二十年的通信期间，他不厌其烦地诉说相同的怨苦：他母亲的再婚，家庭监护会。他声称，"安塞勒对他是十足的灾星，对他一生中的所有事故要负三分之二的责任"。他埋怨自己受到的教育，他母亲对他的态度从来不是一个女友，他继父使他恐惧。他害怕自己在母亲眼中显得幸福。假如他偶尔发现信的调子快乐了一点，就赶紧补充：

> 你会觉得这封信不如别的信那样愁苦。我不知道勇气来自何处：不过我没有理由对生活感到满意。

总之，他炫耀自己的痛苦显然有双重目的。第一个目的，是发泄他的怨恨,让他母亲产生后悔。第二个目的比较复杂:奥比克夫人代表法官和善。在她面前,他自轻自贱,同时寻求判罪和赦免。可是,这个他用力维持的,如同一道屏障挡在他面前的善,他在尊敬它的同时也仇恨它。他恨它,因为这是对他的自由的制动器,因为他选中它正是为了让它充当制动器。这些规范之所以存在是为了被违背,可同时也是为了在违背它们的那个人的心里引起悔恨。他不下一百次希望挣脱这些规范;可是这个愿望并非完全真诚,因为,假如他挣脱了它们,他同时也就失去了受监护带来的好处。于是,他既然不能正视它们并让它们在他的目光下消失,他就偷偷地从下面使劲,贬损它们,使它们不招人待见却又不缩小它们的绝对价值。他面对善把自身置于怨恨状态。此一过程常见于自我惩罚中。亚历山大引用过一个相似的例子:一个人暗恋他的母亲,为之痛苦,自觉对他父亲有罪。于是他就让被视作等同于父权的社会来惩罚他,以便社会强加给他的不公正的痛苦削弱它对他拥有的权威,同时也就减轻了他的罪过。因为,假如善不那么好,恶也就不那么坏。同样地,波德莱尔抱怨的痛苦好比减轻了他的过错;它们在犯罪和法官之间建立一种相互关系:犯罪者冒犯了法官,可是法官使犯罪者不公正地受苦。痛苦象征性地代表不可能实现的为趋向自由而超越善。它们是波德莱尔对于他选择在其中生活的神权世界拥有的债权。在这个意义上,与其说他的痛苦是切身感受的,倒不如说是装出来的。一个佯装的感情和一个实在的情感之间的区别大概不大。可是这些自欺的痛苦中,总有一种本质上的不足。它们是扰人的幽灵,不是实在;使它们诞生的不是事件,而是内心生活的决定。它们以雾霭为养料,也将永远模糊似雾霭。当波德莱尔于一八四五年突遭刺激,决定自杀时,他猛一下停止怨天尤人:他对安塞勒解释说,是他对自身处境的客观估计,而不是痛苦促使他自杀,而且他承认并未感受到这些痛苦。

何况波德莱尔的痛苦还有另一个方面。他的痛苦确实和他的骄傲融为一体。他考虑写给 J. 雅南的那封不同寻常的信足以证明他原初选择了受苦,比所有人更加受苦。这封信是个草稿,未写成。

> 您是个幸福的人,先生,我可怜您这么容易就得到幸福。一个人必须堕落很深,才能相信自己是幸福的!……啊!您是幸福的,先生。什么!假如您说:我是有德行的,我会理解这句话的含意:我比别人少受苦。可是不,您是幸福的。那就是说容易满足!我可怜您,而且我认为我的恶劣情绪比您的幸福更高雅。我再进一步,想问您这个世界上的景色是否足够您留恋了。什么!您从未有过出走的念头,即便仅是为了换一个景色!我有很认真的理由可怜不喜爱死亡的人。①

这段文字泄露天机。首先它告诉我们,对于波德莱尔,痛苦不是一次撞击之后产生的强烈旋涡,而是一种恒定状态,任何东西都不能增加它或减少它。其次,此一状态对应于某种心理张力;这种张力的强度确立人们在等级体系里占据的不同位置。幸福的人丧失了他的灵魂的张力,他堕落了。波德莱尔永远不能接受幸福,因为幸福是不道德的。故此一个灵魂的不幸远非是对外部风暴的反弹,而是来自它身:这是它最珍稀的品质。没有比这一点更能表明,波德莱尔选择了感受痛苦。他说过痛苦是"高贵"的。可是,正因为痛苦是高贵的,所以它不适合采取激动的面貌,用喊叫和哭泣来表达,而且这也不符合浪荡公子的冷静态度。当波德莱尔为

---

① J. 克雷佩编的《遗作集》第一卷,第二二三至二三三页。——原注

我们描述他心目中的痛苦的人时,他留意把此人痛苦的原因尽可能推向过去。他在《人工天堂》中介绍的"现代敏感者"是他十分喜欢的人,这种人有"一颗温柔的心,因不幸而疲惫不堪,但是仍旧准备重返青春;假如您愿意,我们甚至可以假定他过去犯有过失……"他在《断想集》中写道:一个漂亮的脑袋里"应包含某种热烈的、忧郁的东西——一些精神需要,一些在暗中压制下去的野心——想到为报复而保持冷漠……最后(为了让我有勇气承认我在审美上感到自己达到多大程度的现代性)还有不幸"。于是便有他"对于老妇人,这些因她们的情人、孩子,也因为她们自身的过错而受尽痛苦的人的不可抵抗的同情"。

当她们受苦时,为什么不趁她们年轻就爱她们呢?那是因为,年轻时她们的痛苦表现为杂乱的呼喊。那时她们的痛苦是庸俗的。时光流逝,忧伤中建立的平衡取代了此类断断续续的爆发。而这正是波德莱尔最为欣赏的。此种情感与其叫作痛苦,不如叫作忧郁,它在波德莱尔眼中显示了好比是对人的状况的觉醒。在这个意义上,痛苦是清醒的情感面貌。"我再进一步,想问您这个世界上的景色是否足够您留恋了。"此一清醒作用于人的处境,为他披露了他的流放境遇。人之所以痛苦,是因为他不满足。

波德莱尔式的痛苦,要表达的正是这种不满足。"现代敏感者"不因这样那样的特殊原因而痛苦,而是一般地,因为这个世界上没有任何东西能满足他的欲望而痛苦。人们曾想在这一点上看出指向上天的召唤。可是我们已经看到,波德莱尔从未有过信仰,除非在因疾病而衰弱的一个时期。不如说此一不满足源自他立即意识到人的超越性。不管处在什么环境,不管为他提供了什么样的快乐,人永远向往彼岸,他超越这个环境和这个快乐而趋向别的目标,最终趋向他自己。只不过,在体现为行为的超越中,人似离弦之箭,一头扎入一项长期性的事功,几乎不留意被他超越的环境。他不蔑视环境,他不声称自己对之不满足:他利用这个环境像利用一个手段,目光始终盯着他追逐的目标。波德莱尔没有行动能力,仅是一阵一阵地投入一些短期性的事功,然后又抛弃它们,陷入麻木迟钝——我简直想说他在自己身上找到凝固的超越。可是这个超越仅是一个原则性的运动:它不以任何目的来界定自己,它迷失在梦想中,或者,假如人们喜欢另一种说法,它把自己当作目的。波德莱尔的不满足,为超越而超越。它是痛苦因为没有任何东西能填满它,能餍足它。

"无论何处!无论何处!只要是在这世界之外。"①可是他之所以经常失望并非因为他遇到的物件不符合一个现成提供的模式,也不因为它们对他不是得心应手的工具:既然他超越它们却不产生效果,它们之所以使他失望只因为它们存在。它们存在,意思是说它们待在那里是为了人们能越过它们去看别的。因为波德莱尔的痛苦源自他的超越性面对已知项作空转。借助痛苦,他把自己打扮成好像不是属于这个世界的。这是他为报复善而采取的另一种反抗形式。确实,当他断然服从神明的、严父般的、社会性的规则时,在相应的程度上善便把他紧紧抓住、压垮。他躺在善的深处像卧在井底。可是他的超越性为他复仇:即便他被压垮,即便他被善的波涛推来推去,人总是别的东西。只不过,假如他把超越性贯彻到底,超越性就会引导他对善本身提出争议,领他投向别的目的,将真正属于他的目的。他拒绝这样做;他刹住了超越性的积极行动;他只愿意体验超越性的消极面貌,即不满足,这对他好像是一个永不枯竭的精神储备。通过痛苦,扣子便扣上了,体系便封闭

---

① 《人工天堂:只要是在这世界之外》。——原注

了。波德莱尔服从善以便能违背它；而假如他违背善，那是为了能更强烈地感受其制约，是为了能以善的名义被定罪，被贴上标签，转化为有罪的物。可是，通过痛苦，他重又逃脱对他的定罪，他又变成精神和自由。此一游戏没有风险：他不怀疑善，他不超越它；他只是对它不满足。他甚至不感到不安，他不考虑在他熟悉的世界之外是否存在另一个世界，那里通行另一些规范。他为了不满足感本身而体验不满足：义务就是义务，唯有这个世界带着它的规范存在着。可是他这个造物在梦想不可能的逃避时，唯有这个世界带着它的规范存在着。可是他这个造物在梦想可能的逃避时，通过他永久的忧郁确立了他的特殊性，他的权利和他的最高价值。不存在解决方案，人们也根本不去寻找它：人们只是陶醉于对自己优于这个无限世界的确信，而人们之所以更优越是因为人们不满意这个世界。所有存在的东西都应该存在，唯有存在的东西才可能存在：这便是令人放心的出发点。人梦想本来不可能存在的东西，不可能实现的东西，矛盾的东西：这便是他的贵族证书。这便是完全否定性的精神性，通过它造物把自己打扮成对于创造的责备并且超越创造。所以波德莱尔把撒旦看作痛苦的美的楷模，并非偶然。撒旦战败，堕落，有罪，被整个自然所摒弃，被逐出世界；对无法补赎的过失的回忆压迫他，未曾满足的野心吞噬他，上帝的目光穿透他，把他凝固在他的魔鬼本质中；他还要被迫直到在其内心深处接受善的至上权威。纵使这样，撒旦还是比上帝本身，比他的主人和战胜者高明。那是由于他的痛苦，由于这个忧郁的不满足的火苗：在他同意被压垮的时候，这丝火苗仍如一个扑不灭的责备闪闪发光。在这个"输家变赢家"的游戏中，是战败者作为战败者赢得胜利。骄傲但被打败，坚信自己在世界上的唯一性，波德莱尔在内心最深处把自己等同于撒旦。可是，人的骄傲从未如贯穿在那个始终被窒息,始终被压制,却响彻波德莱尔作品的那声呼叫中表达得那样深远:"我是撒旦!"可是,说到底,撒旦又是什么呢?无非是不听话的、赌气的儿童的象征,他们要求父亲的目光把他们凝固在他们的特殊本质中,他们在善的框架中作恶以便肯定他们的特殊性并使别人确认。

这幅"肖像"大概令人失望;迄今为止,我们既未企图解释,甚至没有提到我们想描绘的那个性格的最显著、最有名的特征:憎恶自然、崇拜"冷漠"、追逐时髦以及那种倒着走的生活方式——他面朝后,看着时间像后视镜中看到的公路那样后退。寻求解释这个为他选中的如此特殊的美,这个使他的诗作无法仿效的秘密魅力,恐怕也是徒劳。对于许多人来说,波德莱尔确实仅是——这么想也有道理——《恶之花》的作者而已;他们认为任何不能使我们接近波德莱尔"诗的事实"的研究都是无益的。

可是如果说人们首先遇到的是经验性的认识材料,它们却不是最早形成的。它们显示一个处境如何为一个原初选择所改变,它们是这个选择的复杂化。说透了,所有使这个选择无所适从的矛盾都在每一项材料中共存,不过它们后来在与世上多种多样的物件接触时得到加强,而且大大增加了数量。我们承认,我们描述的这个选择,这个在自为的存在和自在的存在之间的摇摆不定,假如它不通过针对雅娜·杜瓦尔或萨巴吉埃夫人,阿斯利诺或巴尔贝·多尔维利,一头猫,荣誉团或波德莱尔着手写的一首诗的具体、特殊的态度来体现自己,它仍是虚悬在空中的。一经与现实接触,它就变得无限复杂;每个想法,每种情绪,都简直像一团纠缠不清的毒蛇,因为它们各自朝不同的、相反的方向使劲,作出同一个行为的动机可以是相互抵消的。因此,在考察波德莱尔的行为之前,最好先说明他的选择。

他的传记作家和批评家经常强调他对自然的反感。通常人们想在他受到的基督教教育和约瑟夫·德·梅斯特对他的影响中找到此一反感的起源。这些因素的作用不容否定,而且波德莱尔本人在作自我解释时也提到此一作用:

> 大部分关于美的错误认识,产生于十八世纪关于道德的错误观念。那时,自然被当作一切可能的善和美的源泉和典型。对于这个时代的普遍的盲目来说,否认原罪起了不小的作用。如果我们同意参考一下明显的事实,各时代的经验和《论坛报》,我们就会看到自然不教什么,或者几乎不教什么,也就是说,它强迫人睡眠饮食以及好歹免受敌对环境的危害。它也促使人去杀同类、吃同类,并且监禁之、折磨之……罪恶的滋味,人类动物在娘肚子里就尝到了,它源于自然。道德恰恰相反,是人为的,超自然的,因为在任何时代、任何民族中,都必须有神祇和预言家教给兽化的人以道德,人自己是发现不了的。恶,不劳而成,是自然而然,前定的;而善则总是一种艺术的产物。①

乍一读,这段文字似乎一锤定音;再读一遍,就不那么令人信服了。波德莱尔在这里把恶与自然等同起来。这几行字简直可以算在萨德侯爵名下。可是,若要完全相信这个说法,必须忘了真正的波德莱尔式的恶,他在作品中千百次提出的撒旦的恶,是意志和人工蓄意制造的产物。如果说有一种高雅的恶和一种庸俗的恶,叫我们的作者深恶痛绝的是庸俗,而不是罪行。何况问题比较复

---

① 《浪漫艺术:现代生活的画家(十一)·赞化妆》。——原注

杂：假如说自然在多个文本中被等同于原罪，波德莱尔书信的许多段落中"自然的"一词却是"合法的"和"正确的"的同义词。挂一漏万，我顺手引一个例子。一八六〇年八月四日他写道：

> 这个想法源自最自然的、最孝顺的意愿。

所以应该作结论说，自然这个概念具有某种两重性。波德莱尔对它的憎恶还没有强烈到他不能引用它来为自己辩护或护卫自己的地步。通过审察，我们将在诗人的态度中发现几个大不相同的意义层次，其中第一层含义在我们引用的《浪漫艺术》里那段文字中得到表达，是文学性的、经过深思熟虑的（梅斯特对波德莱尔的影响主要是个门面：我们的作者认为援用梅斯特乃"高雅"之举），而其中最后一层含义是隐蔽的，它仅能通过我们刚才提到的各种矛盾被预感到。

给波德莱尔思想带来的影响远比阅读《圣彼得堡之夜》更深刻的，是贯穿整个十九世纪，从圣西门[①]直到马拉美和于斯曼[②]的巨大的反自然主义思潮。在圣西门主义者、实证主义者和马克思的联合作用下，一八四八年前后出现了反自然的梦想。反自然这个表达方法来自孔德[③]；在马克思和恩格斯的通信里用的说法是antiphysis. 理论有别，但是理想相同：指的是建立一种与自然世界的种种谬误、不公正和盲目机制直接对抗的人类秩序。康德在十八世纪末曾设想"目的之城邦"以与严格的决定论相对抗。区别此一秩序与康德的设想的，是一个新的因素的介入：劳动。人不再仅仅借助理性的光明把他的秩序强加给世界，而是通过劳动，特殊

[①] 圣西门(1760—1825)，法国哲学家、经济学家、空想社会主义者。
[②] 于斯曼(1848—1907)，法国作家。
[③] 孔德(1798—1957)，法国实证主义哲学家。

地说是通过工业劳动。此一反自然主义的根源更多地不在于一种过时的圣宠学说,而在于十九世纪的工业革命和机械主义的出现。波德莱尔被这股思潮卷走。当然,他对工人缺乏兴趣:可是劳动吸引他,因为劳动好比是一个印在物质里的思想。物是客观化的、好比是固体化的思想;此一想法始终诱惑他。这样,他就能在物里面照出自己的形象。可是自然的实在对他毫无意义。它们什么也不说明。他的精神的最直接的反应之一,想必是面对一个单调、模糊、沉默、杂乱的风景,他不由自主感到恶心和厌烦。

> 您要我为您那本小集子写几首诗,几首关于自然的诗,是吗?关于树林、高大的橡树、绿阴、昆虫——必定还有太阳?可是您知道我不能对植物产生柔情,我的灵魂反抗这个古怪的新宗教,我以为,任何有才智的人,对它都会引起某种反感的。我绝不会相信上帝的灵魂住在草木里,即便它住在那里,我对之也兴趣不大,我认为自己的灵魂远比圣化的蔬菜更有价值。①

植物,圣化的蔬菜:这两个词足以表明他对微不足道的植物世界何等轻蔑。对于生命——恰好是劳动的反面——这个无定形的、固执的偶然性,他好比有一种深刻的直觉,他之所以厌恶生命是因为它在他眼中反映了他自己的意识的无所为而为性,而他不惜一切代价要对自己隐瞒的正是这一无所为而为性。作为大都市的居民,他喜爱服从人的合理化要求的几何形物件;叔那尔说他说过:"我不能容忍自由状态的水;我要求水在码头的几何形墙壁之间被囚禁,戴上枷锁。"②即便对于液体,他也要求劳动给它打上印

---

① 给 F. 戴诺阿耶的信(1855 年)。——原注
② 叔那尔:《回忆集》。转引自克雷佩的《夏尔·波德莱尔》。——原注

记。他虽然不能赋予它一种与其本性不相容的固体性，因为他厌恶它的疲软性和散漫的延展性，他要求用墙壁把它围起来，把它塑造成几何形状。我记起一个朋友，正当他的兄弟在水龙头下接一杯水时，他对他说："你不想要一点真正的水？"然后到食品柜里去找水瓶。真正的水，这是被其透明的容器划出界限，好比被重新思考过的水。当下它就失去它那种蓬头散发的模样，以及紧挨着的洗碗池带给它的各种污垢，从而参与一件人的作品的球形的、透明的纯洁性。这不是到处乱闯的水，模糊不清的水，渗出来的、沉积的或涓涓流淌的水，而是聚合在玻璃水瓶底部，被其容器赋予人情味的水。波德莱尔是真正的都市人：对他来说真正的水，真正的光，真正的热是城市的水、光和热——它们已经是被一个主导思想统一的艺术品。这是因为劳动派给它们一种职能和在人的等级体系中的一个位置。一种自然的实在一旦经过加工，跻入器具的行列，便失去其无从辩解性。器具对于关照它的人具有一种合理的存在；街上的一辆马车、一个橱窗正是以波德莱尔希望的那种方式存在，它们为他提供因其职能而被指定存在的实在的形象，这些实在之所以出现是为了填充一个空缺，正是这个应由它们填充的空缺请求它们出现。假如说人在自然中间产生惧怕，那是因为他感到自己被一个不成形的、无所为而为的、无边无际的存在抓住，整个儿被它的无所为而为性贯穿：在任何地方都没有他的位置，他被撂在大地上，没有目的，没有存在理由，如一株欧石楠或一丛染料木。反之，在城市中间，他受到明确的、由其职能规定其存在的或者统统戴着价值或价格的光圈的物件的包围，他感到放心：这些物件向他投回他希望自己是的那个东西的反光：一种得到辩解的实在。正因为波德莱尔要在梅斯特的世界里做一个物，相应地他梦想在道德的等级体系上带着一种职能和一个价值而存在，如同豪华手提箱或在玻璃水瓶里被驯化的水存在于器具的等级体系中。

可是，他称之为自然的东西，这首先是生命。当他谈到自然时，他提及的始终是植物和动物。维尼的"无动于衷的自然"，这是物理—化学法则的总和：波德莱尔的自然比较委婉：这是一般无孔不入的、微温的、充沛的伟力。他憎恶这种微温、这种充沛。他喜爱珍稀，而自然根据同一个范本能复制几百万份，只能使他大为反感。他也可以说："我喜爱人们永远不可能再次见到的东西。"不过他这是赞美绝对的不生育。他之所以不能容忍生儿育女，是因为生命在父亲与后嗣之间连续，使前者受到牵累，继续在后者身上以一种默默无闻的、屈辱的方式存活。这个生物学的永恒令他无法忍受：珍稀的人把生产他的秘密带进坟墓；他要求自己完全不育，这是他能抬高自己身价的唯一方式。波德莱尔引申推广这类感情，他甚至拒绝精神上的父性：一八六六年，他在写了一组赞扬魏尔兰的文章之后，在给特鲁巴的信里写道："这些年轻人当然不乏才能，可是又有那么多的疯狂念头，那么多的不确切！又是多么夸张！多么缺乏精确性！说句实话，他们叫我怕得要死。我但求做孤家寡人。"[①]他赞不绝口的创造与分娩针锋相对。人们不会因此受到牵累：无疑这仍是一种卖淫，但是在这里，原因，无限的和取之不尽的精神，在产生效果之后本身并未受损；至于被创造的物件，它不是活物，它如一块石头或一个永恒真理，不会毁灭也没有生命。而且还不能创造得太多，否则就与自然相近了。波德莱尔经常表示他对雨果那种粗厚气质的反感。他写得少，可这不是出于无能：如果他的诗不是精神的例外行为的结果，他就会觉得它们不那么珍稀。诗作的数量少，如同诗作的完美一样，应该显示诗作

[①] 一八六六年三月五日的信。——原注

的"超自然"性;波德莱尔毕生追求不育性。在他周围的世界里,矿物以其坚硬、不育的形式在他眼里显得可爱。他在《散文小诗》里写道:

> 这座城市位于水边;据说它是用大理石建造的,而且这里的居民如此憎恨植物,乃至把所有的树木都拔掉。这才是配我胃口的风景:一个由光明和矿物组成的风景,还有反映它们的液体。

乔治·布林说得好:他"害怕作为华丽绚烂和生育能力的无尽藏的自然界,便用他想象的世界来取代它:这是一个金属世界,即冷冷的、不生育的光明世界"。

这是因为金属,一般地说,矿物,把精神的形象回送给他。由于我们的想象力的限制,所有为了让精神与生命和肉体相对立,结果便为自己的精神塑造了一种非生物学形象的人,都必定求助于无生命的世界:光、冷、透明、不育。如果波德莱尔在"邪恶的怪兽"那里找到他自己的种种已经实现的、已经客观化的邪念一样,最闪亮、最光滑、最难让人抓握的金属,钢,对于他始终是他的一般思想的确切的客观化。如果说他对大海也有柔情,那是因为这是一种流动的金属。大海闪着亮光,既寒冷又不容接近。它作纯粹的、好比是非物质的运动,它的种种形式相互接替,它万变不离其宗,有时呈现透明状:它提供了精神的最佳形象,这就是精神。就这样,由于憎恨生命,波德莱尔被引向在纯粹的物质化中选择非物质性的象征。

他尤其厌恶在自己身上感到此一巨大的、软绵绵的繁殖力。然而自然本性待在那里,各种生理需要待在那里,"强迫"他予以满足。只要再读一遍我们在上文引用的那段话,就能看出他憎恶的首先是这种强迫。有一个俄国青年女子每当她想睡觉时,就服用兴奋剂;她不愿听任这种阴险的、不可抗拒的恳求的摆布,从而一下子淹没在睡梦中,成为一个睡着了的动物。波德莱尔也一样:当他感到自然本性,大家共有的自然本性,如洪水泛滥在他体内上升,他的肌肉就收缩、绷紧,他努力让脑袋探出水面。这股汹涌的浊流便是庸俗:每当他在自己身上感到这些与他梦想的微妙安排大不相同的黏糊糊的波涛,波德莱尔便要生气;他尤其生气的是感到这个不可抗拒的、柔媚的力量要迫使他"与大家一样行事"。因为我们身上的自然本性,这是与珍稀和精致相反的东西,这是大家。和大家一样吃饭,和大家一样睡觉,和大家一样做爱:这岂非胡闹!我们每个人都在组成他的各个成分中选择那些他认可属于他自己的成分。他对其他成分不予理睬。波德莱尔选择了让自己不是自然本性,而是对他的"自然性"的永久的、恼怒的拒绝,而是这个探出水面,兼怀轻蔑和恐惧望着水波升高的脑袋。我们在自己身上所做的此一专断的、自由的选择,在大多数情况下便构成所谓的"生活作风"。假如你认同你的肉体而且听凭自己跟着它走,假如你喜欢沉溺在幸福的疲劳、生理需要、汗水和一切使你与其他人相亲相近的事物之中,假如你以人文主义态度对待自然,你的姿态手势就会有一种坦率性和慷慨性,一种不经意的悠然自在。波德莱尔憎恶漫不经心。从早到晚,他没有一秒钟放任自流,他最微小的欲望,最自发的行动,都是掂量过的,经过过滤的,与其说是切身感受的,不如说是装出来的;欲望和运动只有在它们被恰如其分地人工化之后,才获通过。他之所以崇拜应该掩盖过分自然的裸体的化妆和服装,部分原因即在于此。他有些古怪想法有时使他几乎成为笑柄,如把头发涂成绿色,其原因也在此。甚至灵感也不讨他的喜欢。他无疑在某种程度上信任灵感:"艺术里有件事没有引起足够的注意,即留给人的意志的份额比人们以为的要小得多。"可是灵感仍是自然。灵感在它愿意的时候自动来临;它与生理需要相似;必须改变它,对它加工。他宣称自己只相信"耐心的劳作,用好的法文说出的真理,以及用词恰当的魔力"。于是灵感变成一种简单的材料,诗人蓄意在这个材料上施展诗歌技巧。在雷翁·克洛岱尔提到的这种寻找恰到好处的词的狂热里,有许多喜剧成分和对人造事物的爱好:"从第一行起,我没说错,从第一行起,遇到第一个词,就要推敲!这个词是不是用得很准?它是否严格表达你想传达的意义差别?注意!不要混淆令人愉快和讨人喜欢,和蔼的和迷人的,可爱的和可亲的,诱人的和挑逗人的,优美的和优雅的。喂!这些不同的词不是同义词:它们中每个词都有特殊含义,它们或多或少表达同一序列的理念,但不是完全相同的东西!永远不要,千万不要在应该用一个词的场合换上另一个词……我们作为文学劳工,纯粹的文学劳工,我们应该做到精确,我们应该始终找到那个绝对的表达方法,否则就放下笔杆子,终生一事无成……寻找吧!寻找吧!假如这个适当的词不存在,我们就造一个;可是先得看看它是否存在。先去抓住我们的母语辞典,立即带着狂劲,怀着爱心去翻阅,查找,探询……然后用得上外语词汇。查询一下拉丁—法语或者法语—拉丁语辞典。毫不容情地追捕。在古人那里找不到?再看今人!于是那位固执的、通晓大部分活的语言和死的语言的词源学家,一头扎进英语、德语、意大利语、西班牙语词汇,追捕那个……不肯就范的、逮不住的表达方法,而且最终会创造它,如果它不在我们的语言之中。"[1]就这样,虽然他并非绝对否认灵感这个诗的事实,我们的诗人也企图用纯

---

① 转引自克雷佩:《夏尔·波德莱尔》。——原注

技术来代替它。这个懒汉以努力和劳动,而不是以创造性的自发涌现为作家的特性。他对精细的人工的爱好能使我们理解,为什么他宁可花许多时间去修改一首很久以前写成的、离他当时的心情很远的旧诗,而不是去写一首新诗,当他以全新的身心,好像陌生人似的注视一个已完成的、他不再进入其中的作品时,当他体验到纯粹为了安排的乐趣而在这里改一个字,那里动一个词的工人的快乐时,只有在这个时候他才感到自己离自然最远,最无所为而为并且——既然时间已解除了当初自身的激励和环境带给他的强制——是最自由的。在他关心的事物的另一端,在梯子的最底下,是他公开宣扬对他其实一窍不通的烹饪艺术的倒霉爱好,以及他与蹩脚厨师们无休止的争吵。这也可以用他憎恶自然需要来解释。他必须掩盖他的饥饿;他不屑于为满足口腹之欲而吃东西,而是为了用牙齿、舌头和软腭来鉴赏某种诗意的创造。我敢打赌说他喜欢加调味汁的肉甚于烤肉,偏爱罐头而不是新鲜蔬菜。他对自己持续不断的监控能使我们理解,为什么他给人相互矛盾的印象。人们往往认为他柔声细语如教士,这源自他一直对自己的肉体进行监视;可是他狭隘、粗暴、僵硬的作风——这与一位高级教士的和蔼温柔大相径庭——出自同一个原因。无论如何,他总在掩饰本性,弄虚作假:不管他当本性昏昏入睡时就甜言蜜语,取悦讨好,还是当他感到本性在觉醒时就紧张起来,他始终是那个说不的人,那个把可怜的躯体埋在厚厚的衣服底下,把可怜的欲望埋在一整套器械底下的人。我甚至没有把握说,我们不能在这里找到波德莱尔的诸般恶习的根源之一。似乎穿着衣服的女人尤其使他动心。他不能容忍她们一丝不挂。在《情妇肖像》里他自诩"早就抵达第三阶段的关口时期,那时候美色本身已不足以打动人,如果它不是伴随着香水、首饰和其他"。他青年时代写的《芳法罗》里

有一段文字像是忏悔,从这段文字来看,似乎他初出道就进入所谓的"关口时期"了:

> 萨缪耳看到他心中的新的女神光着身子向他走来,她神圣的裸体光辉灿烂。
>
> 哪个男子不愿意甚至用他一半的生命作代价,看到他的梦想,他真正的梦想,一丝不挂在他面前亮相,看到他在想象中崇拜的幽灵一件一件卸下用于抵挡俗眼窥视的所有衣服?可是,萨缪耳却起了一个怪念头,他如一个被宠坏了的孩子喊道:"我要哥仑比娜,把哥仑比娜还给我;把她还给我,还她那晚出现在我面前让我发疯时的样子,还她那身离奇的打扮和那件江湖艺人的短上衣!"
>
> 芳法罗先是吃了一惊,不过还是愿意满足她选中的那个男子的古怪想法,于是就打铃呼唤弗洛尔……侍女出去了;此时克拉默又起了一个新的念头,抓住铃绳,声如雷鸣高喊:
>
> ——嗨!别忘了胭脂!

假如我们拿这段文字与《手术刀小姐》中那段有名的文字作比较:

"我要他带着手术器械箱,穿着围裙来见我,沾着点血就更好了!——她说这句话时的神气很天真,犹如一个敏感的男子向他爱的一个女演员说:'我想看到你穿着你在扮演那个有名的角色时穿的那身服装'"①,我们就会相信波德莱尔有恋物癖。他本人在《断想集》中也坦白过:"很早就喜爱女人。我混淆裘皮的气味

---

① 《散文小诗》。——原注

和女人的气味。我记得……最后一条,我爱我母亲是因为她服饰优雅……"①用浸透佐料的卤汁乔装改扮的熟肉,纳入几何形池子中的水,由裘皮或者残留着香味和脚灯的光亮的舞台服装遮盖的女人的裸体,被劳动制约、纠正的灵感:这都是他对自然和对一般人的憎厌的表现方面。我们现在离原罪理论很远了。当波德莱尔出于对裸体的憎厌,对隐约瞥见的、暗中的感官享受和对纯属头脑的微痒感觉的喜爱,要求雅娜穿上衣服做爱时,我们可以确信,他想的不是《圣彼得堡之夜》。

可是,我们已经指出,自然这个概念在他头脑里具有两重性。当他为自己的主张辩护,想打动别人同情他的意图时,他就把自己的感情说成是最自然的、最合法的。在这里,他的笔泄露了真情。他果真在内心深处把自然等同于罪恶吗?在把自然当作罪行的源泉时,他是真诚的?无疑,自然首先是遵循惯例。可是需要明确,自然是上帝的作品,或者,如果人们喜欢另一种说法,是善的作品。自然是最初的运动,是自发性,是现时,是直接的、不计利害得失的善心,它尤其整个儿是创造,是升向创造者的颂歌。假如波德莱尔是自然的,无疑他将迷失在人群之中,但是他同时会感到心安理得,不费力气就能完成神的命令,他在世界上将如同在自己家里一样悠然自得。因为自然来自上帝,他才憎恨它,寻求摧毁它,如同撒旦寻求破坏创造。通过痛苦、不满足和恶习,他寻求为自己在世界上营造一个与众不同的位置。他妄想得到被诅咒者的和怪物的孤独,"反自然"的孤独,正是因为自然是一切,无所不在。而且他对人造事物的梦想与他的渎神渴望毫无区别。当他把美德等同于人为的构造时,他在撒谎,在对自己撒谎。对于他,在善变成一个

---

① 《断想集》。参见克雷佩编的《笔记》第一一〇页关于阿加特的札记。

已知项,一个包围他,不需他同意便潜入他体内的实在的相应程度上,自然便是具有超越性的善。自然显示善的两重性,我未曾选择善善就存在,在这个意义上它是纯粹的价值。而且与波德莱尔对自然的憎恶相伴的,是他受到自然的深深吸引。在所有既不同意通过对自身的选择而超越一切规范,又不肯完全服从一个外部道德的人身上,都能找到我们这位诗人的双重态度:波德莱尔在善作为一个有待完成的义务而出现时服从善,在它是世界的一个已知属性的意义上又摒弃它、蔑视它。然而,既然波德莱尔不容反悔地选择了义务不选择善,这两种情况本是同一个善。

  以上看法能使我们理解波德莱尔对冰冷的崇拜。首先,冰冷就是他自己,不生育,无所为而为,纯净。与生命软绵绵的、温暖的黏膜适成对比,每个冰冷的物件都把他自身的形象返还给他。在他身上,围绕着冰冷形成一个情结:冰冷既等同于光滑的金属,也与宝石相同。冰冷的东西,这是平展的寸草不生的大片土地:而且这些平坦的荒漠好像一个金属立方体的表面,一颗宝石的刻面。冰冷与苍白相混同。白色是冰冷的颜色,这不仅因为雪是白的,尤其因为这种无色彩足以显示不生育和童贞。所以月亮成为冷淡的象征;这块孤悬在空中的宝石向我们展示它的白垩质荒原,在冰冷的夜晚把一种白色的光明洒向地球,杀死所有为它照亮的东西。太阳的光明却有滋养性:它是金色的,厚实如面包,它带来温暖。月光可等同于一片纯净的水。通过它的中介,透明——形象化的清醒——遂与冷漠汇合。还要补充说,月亮以其借来的光明及其与照亮它的太阳的永久对抗,充当撒旦一般的波德莱尔的象征也说得通,因为波德莱尔被善照亮却以恶作回报。因此,此一纯净性本身仍有某种不健康的东西。波德莱尔的冰冷是这样一种环境,精子、微生物、任何生命的萌芽,都不能存在其中;它兼是白色的光明和一种透明的液体,与朦胧的意识颇为邻近,微小的动物和固体粒子都在其中消融。它是月光和液化空气,它是冬天在山顶上把我们冻僵的那个巨大的力量。它是吝啬和无动于衷。法布尔·吕斯在《狱中文钞》中说得好:同情心总想给予别人温暖。在这个意义上,波德莱尔的冰冷是无情的:凡是它接触的东西都被冻成冰。

理所当然,波德莱尔在姿态上模仿这个原始力量。他与友人相处时是冷淡的:"许多朋友,许多手套"。他用一种过分的、冰冷的礼貌对待朋友。这是因为必须十分有把握地杀死这些暖融融的好感的萌芽,这些企图从他们身上过渡到他身上的活生生的气息。他有意在自己周围设置任何人都不能跨入的无人区,并且他在他的亲友们的眼睛中读出他自己的冷淡。我们不妨想象他是在某个冬夜走进一家客店的旅客:他身上带着外面的全部冰雪。他还看得见,还能思想,但是已感觉不到自己的身体:他麻木了。

出于一种很自然的运动,波德莱尔把他沉溺其中的那种冰冷投向别人。到这里,过程就变复杂了,因为突然被赋予冷冻权力的是别人,现在是别人——这个静观并且作判决的外人意识。月光变成目光。这是美荻莎的目光,凝固一切,把一切化为石头。波德莱尔不会埋怨的:别人的目光的职能难道不是把他变成物?然而,他只赋予女人——而且是某一类型的女人——以这种冷漠。假如冷漠来自男人,他绝不能忍受:这等于承认他们比他优越。可是女人是一种低等动物,一座"茅厕":"她在发情,只想挨操";她与浪荡子各处一个极端。波德莱尔可以毫无危险地把女人当作崇拜对象;她在任何情况下都不会与他平起平坐。他用来打扮她的权力丝毫不能迷惑他。无疑,女人对于他正如罗瓦耶尔说的那样,属于"活着的超自然";但是他很明白,正因为她是绝对的另一个,难以识透,她只是他的梦想的一个借口。因此我们在这里处于游戏层面;何况波德莱尔从未遇到性冷淡的女子。假如我们相信《得不到缓解的干渴》,雅娜并非性冷淡;萨巴古埃夫人也不是,他曾责备她"过于快活"。为了实现他的渴望,他必须人为地把她们置于冷淡状态。他将选择去爱玛丽·迪布朗是因为她另有所爱。这样一来,这个热情奔放的女人至少在与他的关系中会冷若冰霜,极端无动于衷。我们看到,他在一八五二年七月写给她的信中,已经提前享受这种无动于衷:

一个男子说"我爱您",并且请求——一个女人回答说:爱你?我!绝不!只有一个男子得到我的爱情。跟在他后面的人该着倒霉了;他只能得到我的冷淡和轻蔑!这同一个男子为了延长望着您的眼睛的快乐,就听凭您对他谈论另一个人,只谈论另一个人,只为那个人而动情,只想到那个人。所有这些表白的结果却是产生一个奇怪的事实,即对于我,您不仅是一个引起欲望的女人而已,而是一个因其直率,因其激情,因其青春活力和癫狂痴迷而为人爱的女人。

作了这番解释使我损失很多,既然您的态度如此坚决,我只有立刻服从;可是您,夫人,您却赢得很多。您唤起我的尊敬和深深的器重。愿您永远如此,请您好好保持这个使您美若天人,使您那么幸福的激情。

我恳求您回来,我会使我的欲望变得温柔、谦卑……我不说您将发现我不再怀着爱情……不过您大可放心,对于我,您是崇拜的对象,我不可能玷污您。

这封信很说明问题:首先说明波德莱尔缺乏诚意。他信誓旦旦表达的这个炽烈的爱情没有超过三个月,既然同一年他开始把同样炽烈的匿名情书寄给萨巴吉埃夫人①。其实这无非是一场色情游戏而已。人们对波德莱尔的这两次爱情赞叹不已。可是,只要我们连着读他给玛丽·迪布朗的信和给院长夫人的情书,他反复表示的柏拉图式的崇拜,便呈现其作为一种怪癖的面貌。如果我们参看《某夜,我躺在一个犹太丑女身旁》这首有名的诗,这一点就更加明显了。根据普拉隆的说法,波德莱尔写这首诗的情人是罗赛特,那时候他还不认识玛丽和萨巴吉埃夫人。他在这首诗里已经勾勒出女人的两重性的主题,把自己描写成在热情的魔鬼身边梦想冷漠的天使:

> 在这卖身女的身旁,我不由想起
> 我求之不得的美貌多愁女郎……
> 因为我真会狂吻你高贵的肉体……
> 如果在某个夜晚,哦,冷酷的女王,
> 只要你能自然而然地流出泪珠,
> 使你那冷冰冰的眸子暗淡无光。

所以这是波德莱尔的感受性的一种先验的模式,它一直空转,后来才为自己选定具体的对象以便实现。冷淡的女人是审判官在性领域的化身:

> 每当我做了一件蠢事,我就想,上帝啊!假如她知道了!

---

① 在第二种情况里,过程是相同的:首先波德莱尔精心选择一个幸福的、被爱的有夫之妇。对前者和对后者一样,他假装极为敬重她那位正当其位的情人。对前者和后者他都十分崇敬,"如基督徒崇敬上帝"。不过,由于他觉得萨巴吉埃夫人比较轻佻,由于说到底她有可能投入他的怀抱,他就不暴露身份。这样他就能从容不迫地享用他的偶像,暗中爱恋她,从她高傲的冷淡中得到莫大的乐趣。她刚刚委身于他,他便离她而去:她不再引起他的兴趣,他的喜剧演不下去了。雕像活了,冷淡的女人热起来了。甚至他避免占有她,以他的阳痿来弥补院长夫人突然失去的冷淡,也是可信的。——原注

每当我做了一件好事,我就想:这里有件事情使我更接近她——在精神上。①

她的冷淡显示她的纯洁:她已摆脱了原罪。同时她与他的陌生意识相等同,意味着不受腐蚀、公正和客观。她同时也是目光,这个清澈如水,如融化的雪的目光,不惊讶、不痛苦也不恼怒,但是它把每件东西放回它原来的位置上去,它思考世界和世界中的波德莱尔。此一孜孜以求的冷淡肯定是在模仿母亲抓住正在"做蠢事"的孩子时那种冰冷的严厉。可是我们已经看到,并非是他对母亲的有乱伦性质的爱促使他去在引起他的欲望的女人那里寻找权威:相反,是他对权威的需要引导他把自己的母亲和玛丽·迪布朗与院长夫人一样,选作审判官和欲望的对象。关于萨巴吉埃夫人,他曾写道:

> 什么东西都比不上她温柔的权威。

他还承认,通过一种奇怪的摇摆运动,他在荒淫无度时老想着她。

> 当红白的晨光携同一种刺人的
> 　理想射进放浪形骸者的内心,
> 依仗神秘的报复之力,便有天使
> 　在昏昏睡去的俗物身上苏醒。

我们看到,这里涉及的是一个作用。他在另一段文字里披露了这个作用的发生机制:

> 与别的女人贪欢能使你的情人更加宝贵。她在感官享受

---

① 一八五七年八月十八日的信。——原注

方面失去多少,却在她受到崇拜的程度上赢回来。男人意识到自己需要得到原谅,便变得更加殷勤体贴。

我们在这里找到病理柏拉图主义的一个常见特征:病人从远处崇拜一个可尊敬的女人,在他做最低下的事情的时候呼唤她的形象:当他上厕所,当他洗涤私处时。她在此时显身,用严厉的目光默默望着他。波德莱尔随时养护这个纠缠他的意念;当他躺在一个肮脏、秃发、麻皮的"犹太丑女"身边时,他在自己身上唤起天使的形象。天使的面貌不同,但是不管他选中哪一个女人来承担这个职责,总有某个人望着他——而且想必在他的快感达到顶头的时刻。结果他自己也不清楚,是他召唤这个贞洁、严厉的形象以便增加他与娼妓在一起得到的快乐,还是他与妓女保持短促的关系以便他心中的女人出现,好让他与她发生接触。无论如何,这个巨大的、冷漠的形式,默默不语,纹丝不动,对于他是社会惩罚的色情化。它好比某些雅人借以看到自己寻欢作乐时的形象的那种镜子:它使他能在做爱时看到自己。

可是,更为直接的是既然她不爱他,他爱她便是有罪的。假如他对她有欲望,她代表着禁果。假如他发下最庄重的誓言说要尊敬她,那是为了使他的欲望成为更大的罪行。这里再次出现过失和亵渎:女人就在那里,她用波德莱尔喜爱的那种慵懒的、雍容华贵的步态穿过房间,光是这种步态就足以表示冷淡和自由。她不理睬波德莱尔,或者几乎不理睬;假如她偶尔看他一眼,在她眼中他只是随便哪个人;她的目光透过他如阳光透过玻璃。

他坐在远离她的地方,默不作声,感到自己是微不足道的和透明的一个物件。那个美丽的造物以其不带激情的目光安排世界的秩序,可是,就在她用眼睛把他放到世界上属于他的那个位置上去的同一瞬间,他逃走了,他对她有欲念,他一头扎入罪孽之中,他是有罪的,他是不同的。"两个同时的诉求"一下子占据了他的灵魂;他受到善恶这一对不可分离的伴侣的双双入侵。

同时,心爱的女人的冷淡使波德莱尔的欲望精神化,把它们转化成"快感"。我们已经看到他寻求的是何种性质的被精神克制、减轻的快乐。我们说过,这仅是轻拂。他在给玛丽·迪布朗的信中为自己许下的享乐便是这样的。他将在暗中对她怀有欲念,他的欲念将隔着距离整个儿包住她,但是不在她身上留下任何标记,甚至不为她觉察:

> 您不能阻止我的精神围着您的玉臂,您秀美的双手,围着您的全部生命栖息其中的眼睛,您令人爱慕的整个儿肉身留恋徘徊。

就这样,被爱的对象的冷淡实现了波德莱尔用一切方法谋求的东西:欲望的孤独。这个欲望隔着距离在冷漠的美丽肉体上滑动,它只是眼睛的抚摸,它享用它自身,因为它不受理睬,未被承认。它是严格地不生育的:它在被爱的女人身上不能引起任何慌乱。我们知道普鲁斯特[1]讲过斯万[2]的欲望富有感染力,它的表白那么露骨,以致它指向的那个女人片刻间会心慌意乱,浑身出汗。而这正是波德莱尔极为厌恶的:它引起慌乱,它使欲望的对象原先冰凉的裸体逐渐活起来,暖和过来;这种产生结果的、具感染力的暖热的欲望与自然界温暖的丰饶茂盛相亲相近。而波德莱尔的欲望是严格地不生育的,没有结果的。他一开始就是自己欲望的主人,因为"不育的女人的冷淡的威严"只能引起一种智性的爱

---

[1] 普鲁斯特(1871—1922),法国作家,意识流小说的创始者,《追忆似水年华》的作者。
[2] 斯万,《追忆似水年华》的主人公之一,热恋一个名叫奥黛特的女人。

情,它更多是被表示的而不是切身体验的。这是一个欲望意图,一个欲望幽灵,而不是一个实在。波德莱尔要享用的,首先便是这个秘密的虚无:因为他不会因此受到任何连累。而且,由于欲望的对象不理不睬,这个在同等程度上既是感受到的也是模仿的、装出来的惑乱情态也就不会促使他进一步行动,波德莱尔仍是独自一人,保持了手淫者的吝啬。再说,假如他必须与这些可望而不可即的美人中的一位做爱——他不希望这样做,因为他喜爱欲望带来的神经刺激甚于欲望的满足——那也得有个专门条件,即自始至终冷若冰霜。他写过:"人之所爱,是那种不享受快感的女人。"他厌恶给别人快感;相反,假如雕像依旧是大理石的,性行为就好比被中和了;波德莱尔只是跟他自己发生关系,他仍和一个手淫的儿童一样孤独,他感到的快感没有成为任何外部事件的根源,他什么也没有给予,他与一块冰做爱。院长夫人因为没有保持她的冰冷态度,因为她显露了一个过于敏感的肉体,一个过于慷慨的禀赋,便在一夜之间失去了她的情人。

可是在这里,如同对于"自然的"一样,问题有两重性。与性冷淡的女人性交,诚然是对于善的强行亵渎、玷污,但它仍让善与以前一样纯净、贞洁、未经污染。这是白色的过失,不生育,没有记忆,没有效果,在人们犯下这一过失的同时它就消失在空气中,于是它当下就实现了戒律的永恒性和过失者青春长驻、随时应命的可能性。不过这个爱情的白魔法不排斥黑魔法。我们已看到,波德莱尔由于不能超越善,便用狡诈的手法对善来个釜底抽薪。因此性冷淡的自虐的一面,伴随着他虐的另一面。冷淡的女人是被敬畏的审判官,此外还是受害者。假如性爱对于波德莱尔来说是三个人一起做的事情,假如当他在一名妓女身上满足他的恶习的时候他的偶像会向他显现,这不仅是因为他需要有一个蔑视他的人和一个严厉的证人,这也是因为他要嘲弄他的偶像,在他进入花钱买来的伴侣体内的时候,他触及的是偶像。他欺骗她,玷污她。不妨说波德莱尔由于厌恶对世界直接采取行动,便寻求施加魔法般的影响,也就是说隔开距离,而这无疑是因为魔法般的影响对他牵连较少。性冷淡的女人于是变成正经女人,她的正经甚至有点可笑,她的丈夫以嫖妓宿娼欺骗她。古怪的芳法罗给人的正是这种印象:在这里,冷淡变成笨拙,缺乏经验,而当爱着丈夫的妻子为了留住他,努力去练习她本心厌恶的性爱技巧时,这种冷淡也就带着淫秽的成分了。同样地,"白色"的性行为,在空中,隔着距离,以几乎不玷污对方的方式占有"不享受快感"的女人,有时也会变成简简单单的强奸。与奥比克夫人一样,与玛丽·迪布朗一样,波德莱尔作品所有的女主人都"另有所爱"。这是她们的冷淡的保证,而且这个幸福的情敌具备一切美德。在《芳法罗》中,德·科斯美利先生"高贵、正直",人们称道他"最漂亮的举动";他"对所有人都像在发号施令,不可抗拒却又和蔼可亲"。在《醉汉》这部没有写出来的剧本的提纲中,醉汉的妻子爱上"一个年轻人",相当有钱,从事高尚的职业……正直并且赞赏她的美德。在《芳法罗》中,由此引出奇怪的情节:科斯美利夫人受她丈夫和与他有私情的芳法罗的嘲弄,她接着又受到——而且是根据她的请求——化名为克莱默的波德莱尔本人与同一个芳法罗的嘲弄。这个短篇小说的主题几乎未加掩饰,这是正经女人被人嘲笑而且通过一个美艳的妓女的身体,魔法般地被人强奸。可是在《醉汉》中,"我们的工人将满心喜悦地抓住他的嫉妒心被高度激发这个借口,以便对自己隐瞒,其实他尤其恨他妻子的是她的忍让、温柔、耐心以及德行"。对善的仇恨在此已昭然若揭。这个仇恨将促使直接强奸;一八五四年的版本(给蒂斯朗的信)中,谋杀以相当荒谬的方式,而且好像是作为掩护,取代了强奸:"下面是作案那场戏。请注意,犯罪是预谋的。男子第一个赴约。地点是他选定的。星期天晚上。黑暗的道路或者野地。远处传来小酒店舞场乐队的噪声。巴黎近郊凄惨忧伤的风景。在这个男子和他的妻子之间尽可能凄惨的爱情戏;他要求得到原谅;他要求她允许他活下去,回到她身边。他从未发现她如此美丽……他果真软了心肠……他几乎重又爱上她了;他产生欲望,他哀求她。她的苍白和消瘦使她更加动人,几乎是兴奋剂。观众必须明白问题的症结所在。尽管可怜的女人也觉得旧情重燃,她拒绝在这样一个地方接受这个野蛮的激情。这一拒绝激怒了丈夫,他认为她之所以贞洁是因为她另有炽烈的奸情,或者是情人禁止她与丈夫亲近:'必须结束这种僵局;可是我永远不会有勇气,我不能自己做这件事。'"

我们知道后来的事:他把妻子打发到道路尽头,那里有一口井,"假如她逃脱了,谢天谢地;假如她掉了下去,那是上帝惩罚她"。

我们看到此一幻觉富有象征意义:犯罪是预谋的,罪行确定了波德莱尔即醉汉与他的妻子(他的母亲、玛丽·迪布朗等)的关系的基调。所以后来发生的事情都以罪行为背景,以致醉汉即便心肠软了下来,这种柔情也是一开始就含着毒素的:虐待狂为他的受害者哭泣,本是常见的情况。不过,此外,醉汉——波德莱尔接近冷淡的女人时还要求她原谅。爱情主题因此首先是自虐狂的白色主题。女人的苍白和消瘦使他兴奋(性冷淡和"犹太丑女"的主题)。我们知道波德莱尔觉得消瘦比肥胖"更加淫荡",这是向虐待狂过渡的时刻。醉汉要强奸这个冷淡,玷污它,在女人身上触及代表道德的那个更幸福的情人(他"禁止"她与丈夫再发生性关系)。同时他要完成(强奸=杀害)这个躯体已由其消瘦预告的解体过程。他要强迫这个温柔,这个变成淫荡的贞洁。他要当场占有这个女人,就在这个十字路口,就像她是最低贱的妓女(还要指出:让她穿着全身衣服——我们重遇《芳法罗》中的恋物癖主题)。由于她拒绝,他就杀死她。或者更应该说,由于他无力完成直接的行为,他就听凭偶然和魔法代他去摆脱她(性无能和不育的主题:人们自己不行动,而是使别人行动)。罪行掩盖了强奸,因为在两者之间有情感等同性,也因为波德莱尔害怕面对自己;强奸是过于明确的色情行为,罪行却掩饰它的性的内涵。他杀死她是为了进入她体内,玷污她,触及在她身上的善。可是他错过了这个流血的占有行为,她在他身后,在黑暗中死去,他只是用话语准备了这个死亡而已。这个幻觉长期追逐他。这个阴险的罪行不能使他完全满足,既然阿斯利诺说起他曾设想另一种罪行:"波德莱尔(对鲁维埃尔)讲到这个角色有一场重头戏:醉汉杀死妻子之后,对她又旧情复萌,产生奸污她的欲望;这个场面太残酷,鲁维埃尔的情妇尖叫起来表示抗议。波德莱尔说:'唉!夫人,换了谁都会这样做的。不这样做的人是怪人。'"①

这件轶事可能发生在他写信给蒂斯朗之前。波德莱尔由于害怕戏剧审查,无疑也是为了能把这个情节搬上舞台,就把欲望产生的时间提前了,使妻子当时还活着。这事情是可信的,因为他在别处设想了另一种结局:间接谋杀,然而为了使奸尸的诱惑有一个意义,尸体的存在是必需的。所以,最初的安排是醉汉掐死或用匕首捅死他的妻子,然后奸污她。性冷淡的女子的无动于衷,不育和不容接近的冷漠在这里获得它们的极端意义,得到完全实现:冷淡的

---

① 阿斯利诺:《轶闻集》(首次由 E. 克雷佩全文发表)中的《夏尔·波德莱尔》。——原注

女子走向极端便是尸体。面对尸体,性欲既是最罪恶的,也是最孤独的;何况,对于死亡的肉体的恶心感将以一种深沉的虚无进入这个欲望的内部,使它变得更加坚决,更加人工化,而且不妨说使它"冷却"。就这样,原本是因寒冷而致不育的性冷淡,终于找到它最适宜的气候,即死亡;而且它的具象表现随着波德莱尔本人在自虐狂和他虐狂之间犹豫,也在冰冷的、不可腐蚀的月光般的金属到正在失去其动物的热力的尸体之间来回摇摆。生命缺席或者毁灭生命:波德莱尔的精神处在这两个极限之间。

作了上述观察以后,剩下来关于波德莱尔有名的"浪荡作风"需要说的话就不多了:读者自能确立它与反自然主义、人工主义与性冷淡之间的联系。然而还是要提醒注意几点。首先是波德莱尔自己指出,浪荡作风是一种要求努力的道德观念:

> 对于既是教士又是祭品的那些人来说,他们所服从的所有那些复杂的物质条件,从白天黑夜每时每刻都无可指摘的衣着到最惊险的体育运动技巧,都不过是一种强化意志制服灵魂锻炼而已。①

而且关于这个题目他自己说出斯多噶主义这个词。他首先把这些细致的、吹毛求疵的戒律强加给自己,以便制约他那个深不可测的自由。通过一些不断更新的义务,他为自己掩盖他的深渊:他首先是由于害怕自己才成为浪荡子:这是犬儒学派和画廊学派的askèsis(禁欲)。需要指出,浪荡作风因其无所为而为性,因其自由地提出价值和义务,类似于选择一种道德。似乎波德莱尔在这个层面上满足了他有生之初就在自己身上发现的那个超越性。可是

---

① 《浪漫派艺术:现代生活的画家(九)·浪荡子》。——原注

这是一种作了弊的满足。浪荡作风仅是对无条件价值的绝对选择的减弱了的形象。事实上它位于传统的善的范围之内。它无疑是无所为而为的,但它也是完全无害的。它要求自己是无用的,而且无疑它不效力;可是它也不造成损害;而且执政的阶级总是更喜爱一个浪荡子而不是一个革命者,如同路易-菲利浦①的资产阶级乐于容忍为艺术而艺术者的过激言行,而不是雨果、乔治·桑和彼埃尔·勒鲁②的介入文学。浪荡作风是一种儿戏,成人以宽容的心情看待它;这是波德莱尔在社会强加给他的义务之外给自己追加的义务。他谈到它时带着夸张、傲慢,不过也带着一丝窃笑。他不希望人家完全认真对待他。

不过,在更深的层次上,这些严格却又虚妄的规则代表着他关于努力和建设的理想。波德莱尔的高贵和他的人性的伟大,大部分来自他对放任自流的憎恶。意志薄弱、放弃努力和精神放松对他都是不可原谅的错误。必须给自己套上笼头,好生控制自己,集中精力。他在埃默森③之后指出,"英雄是一贯精神集中的人"。他赞赏德拉克洛瓦④的是"精确和一种不炫耀的张力,这是全部精神力量向一个既定点集中的习惯结果"。我们现在对波德莱尔已有足够了解,不难明白这些格言的意义了:在一个决定主义的时代,他一生下来就直觉到精神生活不是给予的,而是自己造成的;他反省的清醒,使他能提出占有自身的理想:在善中和在恶中一样,人处于紧张的极点时才真正是他自己。这里说的始终是为了连同他的"差异性"一起找回自己的努力。挺住,套上笼头,这就

---

① 路易-菲利浦(1773—1850),一八三〇至一八四八年为法国国王。
② 彼埃尔·勒鲁(1797—1871),法国哲学家、政论家、政治家。
③ 埃默森(1803—1882),美国作家、诗人、哲学家。
④ 德拉克洛瓦(1798—1863),法国浪漫派画家。

能使人们想占有的那个自我在手指底下,在缰绳底下诞生。从这个角度来看,浪荡作风是波德莱尔永远流产的那桩事功的一段插曲:那喀索斯企图在自己的眼睛里照出自己并且抓住自己的映像。清醒和浪荡作风无非是"刽子手—牺牲者"这一对伴侣采取的不同形式,刽子手突然企图与他的牺牲者截然分开,然后在后者惊慌的面容里找到他自己。化身为二的努力在这里取得它最明晰的形式:使自己成为物件,把自己装饰、打扮得像一座神龛,以便能抓住这个物件,久久地瞻望它,与它融成一体。波德莱尔之所以永远呈现紧张状态,原因在此;他既不知放任自流,也不知自发而动,没有任何东西比他的忧郁离开灵魂的朦胧状态更远了;相反,应该在他的忧郁中看到一种阳刚的不满足感,一种艰巨的、坚毅的超越努力。布林写得很对:"波德莱尔的功绩在于他剥离了不安感的各种因循的表达方式,从而赋予它一种更准确的回响……他的新颖之处在于把渴望说成是'精神力量的一种张力',而不是一种消解……最终使波德莱尔不同于浪漫派的,是……他把不安感变成征服原则。"①因此在他身上,心理变化过程只能是一个不间断的施加于自身的劳作。限制自己,强迫自己,以便能够始终位于最高度的可塑状态:因为在他那里可塑性不是如纪德那样把自己托付给眼前的瞬间,而是一种战斗立场。不过这些内心活动不能以完成一项有益的事功为目的;它们必须是无所为而为的;它们也不应导致对神权道德提出质问;所以它们必须局限于浪荡作风的纯粹无所为而为性。

此外,浪荡作风是一种仪式,波德莱尔少不了强调这一点。他说这是自我崇拜,而且自命为此一崇拜的"教士和祭品"。可是就

---

① 布林:《波德莱尔》,第八十至八十二页。——原注

在同时,带着明显的矛盾,他声称通过浪荡作风能跻身一个极为封闭的贵族阶层之中,这种贵族"难以消灭,因为他们这一种类将建立在最珍贵、最难以摧毁的能力之上,建立在劳动和金钱所不能给予的天赋之上"。浪荡作风变成法律之外的"一种体制,它有自己严格的法规,为它的一切臣民所服从"。

我们不应受这一体制的集体性的蒙蔽。因为,假如说一方面波德莱尔把这个体制说成是源自一个种姓,另一方面他又屡次提到浪荡子是一个脱离了他原本所属的阶级的人。事实上波德莱尔的浪荡作风是对于作家的社会地位问题的一种个人反映。十八世纪存在一个血统贵族阶级,一切都很简单:职业作家不论其出身,不管他是私生子、刀叉匠的儿子还是戴圆帽的法院院长[1],都越过资产阶级,与这个贵族阶级直接发生关系。不管他领取贵族的津贴还是被贵族下令殴打[2],他总是直接依附贵族,并从他们那里取得收入和他的社会尊严;他被"贵族化"了;贵族分给他一杯羹;他分享他们的悠闲,而他想达到的光荣不过是世袭头衔赋予皇室的那种不朽的一道折光而已。贵族阶级崩溃时,作家便因他的保护者们的垮台而吓昏了头;他必须为自己的存在寻找新的理由。他与贵族和教士组成的神圣种姓的联系确实使他脱离自身的阶级,就是说他被从派生他的资产阶级夺走,他的出身已被洗刷干净,他由贵族养活,却不能厕身贵族之中。他为了工作和物质生活依附一个不纳他的高级社会,这个本身无所事事的、寄生的社会,拿与完成的作品没有可把握关系的、任意的馈赠作为对他的劳动的报酬。同时作家又因其家庭,

---

[1] 私生子指达朗贝尔(1717—1783),刀叉匠的儿子指狄德罗(1713—1784),戴圆帽的法院院长指孟德斯鸠(1689—1755)。三者都是启蒙作家。
[2] 伏尔泰(1694—1788),曾被贵族下令殴打。

因其友人和其日常生活方式深入在已失去给他的存在找到理由的权力的资产阶级内部。所以他意识到自己是个别的,悬在空中,没有根蒂,是被猛鹰的利爪带走的该尼墨得斯①;他总觉得自己优于他出身的环境。可是,大革命之后资产阶级掌权了。合乎逻辑地,该由它来赋予作家新的尊严了。然而此举只有在作家同意回到资产阶级那里去时才有可能。可是这绝对办不到:首先,两百年的王恩浩荡,教会他蔑视资产阶级;尤其是,作为一个寄生阶级的寄生者,他已习惯于把自己看作一名神职人员,以培育纯思想和纯艺术为业。假如他回到他的阶级里去,他的职能就会彻底改变:如果说资产阶级是一个压迫阶级,它却确实不是寄生的;它剥夺工人,但与工人一起劳动;在资产阶级社会内部创造一件艺术品变成提供服务;诗人应该与工程师或律师一样,把他的才能奉献给他的阶级;他应该帮助它意识到自身,并且努力发展使它能压迫无产阶级的种种神话。作为交换,资产阶级将确认他的地位。但是他在交换中有所失:他放弃他的独立,舍弃他的优越性。他诚然是一个精英集团的一员,但是另有医生的精英集团,公证人的精英集团。阶级内部的地位高低是根据社会效益排定的;艺术家行会占据次要位置,比大学略高一点。

  这一点正是大部分作家不能接受的。出了一个爱弥尔·奥吉埃②规规矩矩履行合同,可是相反又有多少不满者,多少反抗者。怎么办?当然,任何人都不会想到去要求无产阶级给他们的存在找到理由——这样就会完成一种同样真实的,却是反方向的脱离

---

① 该尼墨得斯,传说中的特洛亚王子。天神宙斯慕其美貌,化为猛鹰,把他带到奥林比斯山上。
② 爱弥尔·奥吉埃(1820—1889),法国剧作家。

原阶级的举动。任何人都没有勇气要求伟大的自由的孤独和在焦虑中选择自己,这两者将是洛特雷阿蒙①、兰波②和梵高③的遭遇和命运。有几个人,如龚古尔兄弟④或梅里美,将去寻求一个由暴发户组成的贵族阶级的恩惠,企图在拿破仑贵族的身边扮演他们的前辈在路易十五的朝臣身边扮演过的角色,但也得不到实在的满足。不过他们中的绝大多数将企图完成一个象征性的脱离原阶级的举动。例如福楼拜⑤,他在过着富裕的外省资产者生活的同时,先验地确定他逃脱了资产阶级;他实现了与自己的阶级的想象决裂,这个决裂好比十八世纪,资产阶级作家被引进朗培尔侯爵夫人⑥的沙龙,或与舒瓦瑟尔公爵⑦交朋友时完成的那种实在的决裂的削弱了的形象。这个决裂将由一些象征性的姿态片刻不停地表演出来:服装、饮食、习尚、语言乃至趣味应该必定模仿一种割离,若不是始终警惕不懈,这种割离就可能不会有人注意。在这个意义上,波德莱尔对差异性的崇拜也能在福楼拜或者戈蒂耶⑧那里找到。可是象征性的脱离原阶级——它可能引向自由或疯狂——应该与同属想象性的纳入一个社会相伴,这个社会好比是消失的贵族阶级的余绪。这就是说,艺术家将进入其中的那个集体应该重现从前给他确认的那个寄生阶级的面貌,并且应该自外于生产—消费的循环之外,坚决地把自己置于非生产性活动领域。

---

① 洛特雷阿蒙(1846—1870),法国作家,《玛洛多尔之歌》的作者。
② 兰波(1854—1891),法国象征派诗人。
③ 梵高(1853—1890),荷兰画家。
④ 龚古尔兄弟(Edmond de Goncourt, 1822—1896; Jules de Goncourt, 1830—1870),法国作家、历史学家。
⑤ 福楼拜(1821—1880),法国作家,《包法利夫人》的作者。
⑥ 朗培尔侯爵夫人(1647—1733)。
⑦ 舒瓦瑟尔公爵(1719—1785),政治家。
⑧ 戈蒂耶(1811—1872),法国作家,提倡"为艺术而艺术"。

福楼拜选择了越过时代,把手伸给塞万提斯①、拉伯雷②和维吉尔③;他知道百年以后,千年以后,别的作家也会向他伸过手来;他天真地把他们想象成和《堂吉诃德》的作者,君主政体的西班牙的寄生者一样,和《卡冈都亚》的作者,教会的寄生者一样;他没有想到,在未来的世纪里,作家的作用本身也会发生变化。怀着他在作声明时也离不开的那种天真的乐观主义,他铸造了一个共济会,确信它随着第一个人的出生而开始,直到最后一个人死去才结束。这个隐蔽的社会的大部分成员不是死人就是有待出生的孩子,它使艺术家极为满意。首先它是根据涂尔干④称之为"机械连带性"的类型建立的:确实,活着的艺术家在他生命的每一瞬间肩负着、概括了全体同行,如同贵族到处带着,也在众人的眼中代表着他的家族和他的祖先。可是,在贵族那里,荣誉是一个有机的联系纽带:贵族对于先人和未来的后代负有各种各样的明确的义务,因为他们都通过他而存在,他要照管他们,他可以使他们黯然失色或者增光生辉。反之,维吉尔丝毫不需要福楼拜,他的光荣用不着任何别人的帮衬。在作家选择的想象社会里,每个成员与所有其他成员为邻,但是大家并不投入一个共同的行动。干脆这么说:他们一个挨着一个,好比公墓里的死者;而且这么说也不奇怪,既然他们都已经死了。然而这个不承担义务的团体却给了福楼拜丰厚的馈赠:它把文学活动抬高到社会职能的地位上。确实,这些伟大的死者中的大部分人都在孤独、不安和惊讶中度过一生,他们做不到把自己完全作为作家或艺术家来思考自己,和任何人一样,他们死的

---

① 塞万提斯(1574—1616),西班牙作家,《堂吉诃德》的作者。
② 拉伯雷(1494—1553),法国作家,《卡冈都亚》的作者。
③ 维吉尔(约公元前70—前19),拉丁诗人。
④ 涂尔干(1858—1917),法国社会学家。

时候并不知道后人会对他们如何评价。因为他们过去了,因为他们的一生显示为一种命运,人们就从外部赋予他们以诗人的头衔,他们在世时觊觎这个头衔但没有把握是否已经获得。而且人们不是把这个头衔看作他们的努力的目的,而是相反看作一个 vis a tergo(先天力量),一种性格。他们不是为了当作家,而是因为他们已是作家才写作的。一旦人们把自己与他们等同起来,一旦人们在想象中与他们来往,人们就确信自己也具有这种性格了:于是,例如福楼拜的事务对他来说就不是一个无所为而为的危险的选择的结果,而是他的本性的体现。然而,除此以外,由于我们遇到的是一个选定者的团体,一个僧侣协会,这个作家本性也就显示为行使一个神职。福楼拜在纸上写下的每一个词,都好像是圣徒们同领圣体仪式的一个瞬间。通过他,维吉尔、拉伯雷、塞万提斯开始复活,借助他的笔尖继续写作;就这样,通过拥有这个奇怪的品质——它既是命定又是神职,既是本性又是神圣的功能——福楼拜被从资产阶级那里夺走,进入一个奉他为神圣的寄生阶级。他为自己掩盖了他的无所为而为性,他的选择的无从辩解的自由;他用一个精神团体取代倒台的贵族阶级,他保住了他作为神职人员的使命。

  毋庸置疑,波德莱尔也选择了进入这个团体。他在文章中不下百次、千次,谈到"诗人"和"艺术家",他利用过去的作家来为自己辩解,来获得确认。他甚至走得更远,既然他和一个死人,爱伦·坡①,结下友情。他与爱伦·坡的长期联系的深层目的,是使他自己加入这个神秘的修会。有人说这个美国诗人的一生与他的一生出奇地相似,他因此受到吸引。此话不假。可是只因为坡已

---

① 爱伦·坡(1809—1849),美国作家,《尤里卡》的作者。

经死了,双方命运的相同对他才有意义。假如《尤里卡》的作者还活着,他不过是与他一样的一具皮囊;怎么能使两个同样得不到辩解的无所为而为者相互依靠呢?相反,死了以后,他的形象就完成了、明确了,诗人和殉难者的称号自然适用于他,他的一生是一个命运,他的种种不幸好像是一种命定安排的结果。于是种种相似之处就显示它们的全部价值:它们使坡成为好比是波德莱尔前生的形象,好比是给被诅咒的基督施洗的约翰-巴蒂斯塔①。波德莱尔俯身察看往昔年代,这个遥远的、受人厌恶的美洲,他突然在过去的灰色水流中发现自己的倒影。即他就是那个人。他的生存一下子就得到确认了。在这一点上他与福楼拜不同,他不需要艺术家团体的全体成员(虽然他的诗《灯塔》好像是他的精神社会成员的名录)。作为激烈的个人主义者,他在那里面还要选择;被选中的人就成为全体精英的代表。试读《断想集》中那段有名的祈祷文,便能证明波德莱尔与坡的关系也具有圣徒共领圣餐的性质:

> 每天早晨祈祷上帝,一切力量和一切正义的渊源;也为中介人,我的父亲、玛丽耶特和坡祈祷。

这说明,在波德莱尔神秘的灵魂里,艺术家的世俗团体具有深刻的宗教价值;它变成一个教会。波德莱尔惋惜的,并且企图重建的寄生性,是一种教会贵族的寄生性。这个贵族阶级的每个成员在另一个成员身上(或者,根据波德莱尔的情绪转换,在所有其他成员身上),找到他自己的被神圣化的形象和一个守护天使。

可是这个精神团体不能完全满足我们的作者。首先,出于为他的原初选择所固有的矛盾,他刚得到他觊觎的那个称号,便对之

---

① 约翰-巴蒂斯塔(约死于公元 28 年),犹太先知。《福音书》承认他是基督教的先驱。

不满足了。他同时既是又不是诗人；假如说他看到自己孤单、贫困，压在他自己的选择带来的无边巨大的责任底下，很快就渴望回到一个僧侣修会里去，但是他刚为他自己建造的修道院所接纳，他就想逃出来，他拒绝在修道院里只不过充当与其他修士相同的一个修士。他觉得艺术家的活动在某种意义上还不够无所为而为。画家和艺术家观看和描绘的激情，对他来说还不脱平民习气。他那篇研究康斯当·居伊的文章中有一段话明显表达了这个看法。

  我跟你说过，我讨厌把他叫作一个纯艺术家，而且他自己也以一种带着贵族式的羞耻心理和谦逊态度拒绝此一头衔。我乐意称他为浪荡子，而且有几个充分的理由这样做。因为浪荡子这个词意味一种性格的精华和对于这个世界的全部道德机制的妙悟；可是，另一方面，浪荡子渴望达到无动于衷的境界，居伊先生因其被一种不知满足的激情，即观看和感受的激情所控制，也就强烈地背离了浪荡作风。

谁会读出字里行间的含义，自能明白浪荡作风代表一种比诗更高的理想。它是按照福楼拜、戈蒂耶和为艺术而艺术的理论家们构造的艺术家社团的模式设计的二度社团。它向这个模式借用了无所为而为性、机械连带性和寄生性等理念。但是它抬高了加入这个协会的条件。艺术家的主要特征被夸大，被推向极致。从事艺术家的职业也被认为太近功利，于是当艺术家就变成纯粹的打扮仪式，美的崇拜本可以产生稳定、持久的作品，现在变成对优雅服饰的喜爱，因为优雅是转瞬即逝的、不育的、要灭亡的；画家或诗人的创造行为被抽去其本质后，便成为纪德主张的那种严格无所为而为的，甚至荒谬的行为，审美的发明变成故弄玄虚；创造的激情凝固成无动于衷。这个对死亡和颓废的偏爱在波德莱尔那里伴随着个性崇拜,他由此预告巴雷斯①的出现——这个偏爱促使他拒绝福楼拜要求的东西:他不想要一个与人类同寿的社团。为了使这个社团具有珍稀性,在人类内部它必须注定要消亡。所以浪荡作风将是"英雄主义在颓废之中的最后一次闪光……一轮落日"。简言之,波德莱尔越过艺术家的贵族式的但具世俗性的社团,建立一个代表纯精神性的修会;而且他自称同时属于这两个团体,后一个团体仅是前一个团体的精华而已。于是通过想象,这个惧怕孤独的孤独者在大部分人已死去的孤立者之间产生神奇的参与关系,从而解决了社会联系问题;他创造了寄生者群中的寄生者;浪荡子是诗人的寄生者,诗人自己又是一个压迫阶级的寄生者:越过还在努力创造的艺术家,他提出一个绝对不育的社会理想,在那个理想社会里自我崇拜等同于自我取消。所以克雷佩说得很对:"自杀是浪荡作风的最高圣事。"还可以进一步说,浪荡作风是个"自杀俱乐部",它的每个成员的一生无非是操练一种永久的自杀。

波德莱尔在多大程度上实现了这个灵魂张力?在多大程度上他只是想象而已?这一点很难确定。倒不是应该怀疑他为了衣着优雅,一丝不苟,为了"在白天和黑夜的任何时刻,都打扮得无懈可击"而作的恒久努力。何况沐浴使人纯洁、冷下来、焕发青春,对他来说应该具有很深厚的象征价值;洗干净的人如矿物在阳光下闪亮;在他身上流淌的水会消灭对过去错误的回忆,杀死粘在皮肤上的寄生物。可是我更愿想到他对自己的努力做了某种微妙的、永久的篡改。浪荡子不管是运动员还是武士,其穿着打扮原则上应有阳刚之气,体现一种贵族式的简朴:"打扮的极致(在浪荡

---

① 巴雷斯(1862—1923),法国作家、政治家,提倡自我崇拜。

子眼中)在于绝对简单。"①

不过,他那染色的头发,修得像女人的指甲,玫瑰色的手套,长长的发卷——所有这些被布罗梅勒或者奥尔赛那样真正的浪荡子视作恶俗趣味的东西——又是什么意思呢?在波德莱尔那里,有一种不知不觉的从浪荡子的阳刚气质向一种女性的娇媚,向女性对首饰的爱好的过渡。请看他的这幅传世快照,它比一幅肖像还要真实,还要生动:"波德莱尔迈着缓慢的脚步,以一种略带摇摆,稍微女性化的姿态穿过拿穆尔门的土台;他留心避开粪堆,假如下雨,他就踮起漆皮浅口鞋尖跳跃前进,他喜欢观看在鞋面上映出自己的身影。胡子刮得干干净净,头发卷成螺旋状掠向脑后,衬衣洁白的软领超出宽袖长外套的领子,那样子既像教士,又像演员②。"

我们从中看到的,更多是同性恋者而不是浪荡子。这是因为浪荡作风也是针对其他人的防卫。与他熟悉的几个被选定者在一起,波德莱尔可以玩善与恶的邪恶游戏。他知道自己可以在何种程度上接受他们的审判,与他们的蔑视打情卖俏,又怎样可以在任何时刻,只消翅膀一扇,便逃脱他们,越过他留在他们手里的形象,又变成一个逃脱任何审判的自由。这是因为他学会了他们的原则和他们的习惯。他可以恨他们或者怕他们:不管怎么样,和他们在一起他感到自在。可是其他人,默默无闻的其他人,他们又是谁?他跟他们一点也不熟悉。他们是潜在的审判官,但是他不知道他们的审判参照什么法则。"人脸的暴政"将不那么可怕,假如在每一张脸上没有长着窥视的眼睛。到处都有眼睛,而在眼睛后面,是意识。所有这些意识都看到他,在沉默中抓住他,消化他;也就是

---

① 《浪漫派艺术》:同书。——原注
② 卡米叶·勒莫尼埃。转引自克雷佩同书第一六○页。——原注

说他在其他人的心灵深处被归类,被包装,挂着一个他不知道的标签。这个从一边走过,在他身上留下冷漠的一瞥的男子,可能不知道他那个有名的"差异性",可能他只把他看作一个与其他资产者一样的资产者。既然这个差异性应该得到别人的确认以后才能客观地存在,冷漠的闲步者以其简单一瞥便为毁灭他出了一把力。相反,另一个人把他看作怪物,可是怎样才能预防自己不被人作出这个审判呢?假如你不知道这个审判的动机,你又怎样能断定自己逃脱了它呢?那是真正的卖淫:你属于所有人。有条民谚承认狗有瞪眼看主教的权利,它产生可怕的后果,因为恰好对狗来说,不存在主教。他写道:"在一场演出里,在舞会上,每个人享用所有的人。"就这样,最不起眼的顽童可以享用波德莱尔。在众人的目光下他是赤裸裸的,无力自卫。所以,出于我们现已熟悉的波德莱尔的各种矛盾之一,波德莱尔这个喜欢人群的人,也是最怕人群的人。确实,一大群人聚在一起的景象给予他的乐趣仅是观看的愉快。可是每个人都可以亲身体验到,那个正在观看的人忘了他自己可以被人观看。波德莱尔在这个问题上说到的自我消隐与泛神论的消融毫无关系:他并没有消失在人群中。可是,他观察别人时不以为自己也被人观察,面对这个运动的,五光十色的客体,他就变成一个纯观望性的自由。对于闲人,街景的令人愉快在于匆忙的行人各想各的心事,全副精神对付各自的事务,丝毫不去注意他。不过,只要有一个行人突然抬起头来,就轮到观察者被人观察,猎人变成猎物。对于他,走进一家咖啡馆、一个公共场所是受一次酷刑,因为在这种情况下,众人的目光聚集在进来的那个人身上,后者因光线刺眼,还不习惯这个地点,不可能用回看那些看他的人来自卫。波德莱尔有到任何地方都要人陪伴的怪癖。这不仅因为如阿斯利诺以为的那样,是出于"诗人和剧作家总需要有公众的怪癖",而是主要为了让熟人的眼睛吸收自己,让一个无害的意识庇护他不受陌生意识的侵袭。简言之,他极为羞怯;我们知道他作为讲演者遇到的灾难:他念稿子时结结巴巴,他加快速度,结果谁也听不懂他说什么,他眼睛不离底稿,好像痛苦到极点。他的浪荡作风是用来保护他的羞怯的。他的洁癖,他的衣着整洁是他永远保持警惕的结果,表示他从不愿意被人抓住把柄:他要在众人的目光下一丝不苟。这个形体上的无懈可击,象征着道德上的无懈可击:如同自虐者只在指令下才配合别人对他的凌辱,波德莱尔不愿未经他事先同意就被审判,也就是说他预作安排,以便随时逃脱对他的审判。可是,通过一个反方向的运动,他为人瞩目的古怪服装和发型是对他的唯一性的果断的肯定,他要引人惊异,以使观察者张皇失措。他的穿着的挑衅性几乎已是一个行为;这个挑战几乎是一道对抗的目光:打量他的那个发笑的人感到自己为这身奇装异服所预料、所瞄准;假如他感到气愤,那是因为他在衣料的褶纹上发现一个面向他,冲着他高喊的尖锐的想法:"我早知道你会笑的。"他既然愤怒,便已少了一点"观察者"的气度,多了一点"被观察者"的成分。至少他正是以人家要求他的那种方式感到惊奇;他掉进一个圈套;这个不可预见的自由意识本可以搜索到波德莱尔的内心,发现他的秘密,针对他形成最刺激的想法,现在它却好像被人牵着手引导,被人家用一件衣服的颜色,一条裤子的剪裁逗乐了。与此同时,真正的波德莱尔的没有防卫的肉体得到庇护。我们这位作者的谎话癖也完全源自同一态度:它画出一个奇怪的、耸人听闻的波德莱尔的面貌,所有这些饶舌的证人将不遗余力攻击他。说他是同性恋者、告密者、吃儿童者等,无奇不有。可是,只要这些流言蜚语撕碎那个杜撰的人物,作者本人就安然无恙。我们在这里看到自我惩罚的两面性,因为波德莱尔是怀着深重的犯罪感而当浪荡子的。首先,他让别人根据被篡改的材料来给他定罪,就给了自己蔑视他的审判官们,然后对他们凿凿有据的判决提出争议的权利。不过此外,他因其怪诞行径,因其自己摊给自己的罪行而受到的责难,是一个虽系虚构却触及他整个儿人的惩罚。他甚至享用这个惩罚的非真实性;它代表他对惩罚的喜爱的象征性的、无危险的满足,它有助于减轻他的过失感。波德莱尔与他的亲友相处时自承的过失都是真的,因为他知道可以免受责备;与他不知其将如何反应的陌生人在一起时,他加在自己头上的过失都是假的,他逃脱谴责,因为他知道自己并没有犯下人们责备他的行为。他的衣着对于视觉所起的作用,等于他的谎言对于耳朵:一个大吹大擂的,把他包起来、掩盖起来的罪行。同时他俯身观看他刚才在别人的意识里画出的形象,这个形象令他眩惑。这个邪恶的、怪诞的浪荡子,这毕竟就是他。他在其他人的眼睛里看到自己,读到自己,他在非真实中享用这幅想象的肖像。因此药剂比病更坏:波德莱尔害怕被人看到,便使自己强行闯入众人的目光。人们奇怪他有时像个女人,就去在他身上寻找他从未外露的同性恋的迹象。可是应该想到,所谓"女人特性"来自状况,而不是性别,女人——资产阶级的女人——以深深依附他人的看法为其主要特征。她无所事事,受人供养,通过取悦他人迫使别人接受她,她为取悦而装扮自己,她的服装,她的脂粉把她部分交出去,部分隐藏起来。男子中若有谁意外地也在同样状况中生活,他就同样承担了女人特性。波德莱尔处于这种情况:他不以劳动谋生,这意思是说他得到的用来生活的钱并非酬劳一种可以客观估价的社会劳务,而是主要取决于人们对他的评价。同时,他对自己所作的原初选择意味着对别人的看法的异常的、经常的关心。他自知被看到,他总觉得众人的目光盯着他;他同时既取悦于人又令人不悦;他最轻微的姿态也是"做给公众看"的。他的骄傲因而受挫,他的自虐心理为之高兴。当他打扮得像一座神龛出门时,简单是在举行一场仪式。必须保护他那一身修饰,在水坑之间跳来跳去,因为他用于保护自己的种种举止多少有点可笑,还必须赋予它们某种优雅性质以便保全它们;别人的目光就在那里,把他包裹起来;在他庄重地完成他的神职要求的成千个残缺不全的微小行为的同时,他感到自己被别人侵入,被占有:可是他不是寻求通过他的仪表,他的力量,也不是通过一种社会职能的外部标记来自卫,来迫使别人接受他,而是通过他那身装饰和他的举止的优雅性:他怎么能不兼为女人和教士;不是像教士一样的女人呢?既然他在《断想集》里写下这句话,他必定比别人更加感受到,而且是在自己身上感受到神职和女人特性的联系:"教会的女人特性作为其无所不能的原因所在?"可是一个女人型的男人,未必就是同性恋者。他企图用精心设计的服饰和举止来补偿他在众人目光下呈现的物的消极性,但他有时也享用这个消极性,可能他还不时在梦中把它转化成另一种消极性:他的身体在男人的欲望之下的消极性:他一直指控自己有同性恋癖,其实本无其事,其原因无疑也在此。可是,如果说他曾梦想自己被人用武力占有,那是为了满足他的邪恶习性和我们已知其原因的自虐心理。浪荡作风的神话覆盖的不是同性恋,而是裸露癖。

因为波德莱尔的浪荡作风及其要求的各种残酷的、无结果的强制,是一个神话,一个逐日培育的梦想;这个梦想引起一定数量的象征行为,但是人们知道它仅是一个梦想而已。根据他自己的说法,想当浪荡子的人必须在奢侈环境中长大,拥有巨额财产,生活悠闲。可是无论是他受到的教育还是他的貌似悠闲其实勤劳,都不符合这些要求。他诚然脱离了自己的阶级并且因此受苦:他沦落为搞艺术的,他是大使夫人"学坏了"的儿子。可是这个脱离原阶级的事实与浪荡子完成的象征性决裂丝毫对不上:波德莱尔没有把自己抬高到资产阶级之上,而是降到它之下。如同十八世纪的作家由贵族供养一样,他由资产阶级供养。他的浪荡作风是一个补偿的梦想:他的骄傲因他受辱的状况受到强烈的伤害,以致他在过着脱离原阶级的生活时努力使此一脱离好像具有一个意义。即他是自愿与原阶级分道扬镳的。不过,他心里其实一清二楚;当他指出居伊太富于激情所以不能成为浪荡子时,他知道这个看法也适用于他自己。他是诗人。那双妨碍他行走的巨大的翅膀,是诗人的翅膀,那个压在他头上的厄运,是诗人的厄运。他的浪荡作风是对一个"诗的彼岸"的不生效果的祝愿。

剩下要说的,是他的媚态既是针对其他人的防卫手段,同时也变成他处理与自己的关系的工具。波德莱尔的存在在他自己眼中总嫌不足,他在镜子里的面容对他太熟悉了,以致他视而不见;他的此起彼伏的想法与他的关系太近,以致他不能判断它们。他被他自己侵占,然而他又不能占有自己。所以他的主要努力用于找回自己。他在其他人的眼睛中寻找的他的形象总是躲开他;可是他有可能看到自己像其他人看到他一样。只要在他的眼睛和他的形象之间,在他的反省清醒和他的被反省意识之间设定一段距离,哪怕是很短的距离,就能办成这件事了。自恋者想产生对自己的欲望,他便涂脂抹粉,乔装改扮,然后以这副模样站在镜子面前,在一半程度上做到使自己萌发对自己那个骗人的他性外表产生微弱的欲望。就这样,波德莱尔装扮自己以便改模换样,然后使自己感到惊异;他在《芳法罗》里承认自己照遍了所有的镜子;这是因为他想在镜子里发现他是那个样子的。可是他对服饰的讲究,将调和他对于从外部发现自己好像一个物的渴望和他对已知项的憎恨。因为他在镜子中寻找的,是他为自己构造的那个自己。他看到其映像的那个存在不是一个陌生的纯消极性,既然他已亲手为它化妆穿衣:这是他的积极性的形象。就这样,波德莱尔再次企图消除他在选择自为存在和选择自在存在之间的矛盾:镜子中映出的这个人,这是他的自为存在正在变成自在存在,他的自在存在正在变成自为存在。在他照镜子的工夫,他对自己的感情和自己的思想做了同样的事情:他给它们穿衣服,给它们化妆,以便它们在对他显得陌生的同时仍旧是他的思想和感情,而且更加密切地属于他,既然是他造成它们的,他不能容忍自己身上有任何自发性:他的清醒马上就会刺破这个自发性,于是他就去表演他将要怀有的感情。所以他有把握控制自己的感情;创造来自他;同时他又是被创造的物。这就是波德莱尔自称的演员禀赋。

　　小时候,我一会儿想当教皇,不过是勇武的教皇,一会儿又想当演员。

　　从这两种幻觉我得到享受。

他在《芳法罗》里承认:

　　他生来就是正派人,作为消遣也会耍无赖——由于演员的气质——他关起门来为自己表演一些无与伦比的悲剧,或者说得准确一点,表演悲喜剧。他若感到快活轻轻触拂他,搔到他的痒处——这一点是他必须对自己指出的——我们这个人就练习作哈哈大笑状。回忆起某件事,一滴泪水就会在他眼角形成,他就走到镜子前面观看自己流泪。假如有个把女子无缘无故醋兴大发,用针刺他或用小刀伤他,萨缪耳就自以为挨了一刀,引以为荣。当他欠下区区两万法郎债务时,他会高高兴兴地喊道:

——一个天才竟受到一百万债款的骚扰,多么凄切悲惨的命运啊!

乔装改扮,这是波德莱尔最爱做的事情:改扮他的身体、感情和生活;他追逐创造自己的不可能的理想。他只是为了让自己的一切都来自自己,才从事劳动;他要像人们修改一幅画或者一首诗那样重新审视自己,修改自己;他想对于自己成为他自己的诗,而这便是他的喜剧。谁也没有比他更深切地体验到创造活动的不可克服的矛盾。确实,创造者生产其创造品时,莫不以使它好像是他的血肉的派生物,是以他血肉的精华为目的,而且他同时希望取自他身体的这一部分像一个陌生东西一样站在他面前。波德莱尔既然试图创造他自己的存在,他难道不想做一个彻底的创造者?可是他狡诈地把一些界限强加给此一努力本身:当兰波也企图成为他自己的创造者,并且用"我是另一个人"这句名言来界定他的企图时,他毫不犹豫去彻底改变他的思想,他着手使他的所有感觉全面脱轨,他粉碎了他从自己的资产阶级出身获得的所谓的本性,其实它只是一个习惯;他不演戏,他努力真正生产一些非同寻常的思想和感情。波德莱尔,他,在路上停了下来:他害怕这个完全孤独,在这种孤独状态下生活和发明是同一件事,反省性的清醒消融在被反省的自发性里。兰波不浪费他的时间去厌恶自然:他把它砸碎如同一个钱罐。波德莱尔什么也不去砸碎:他作为创造者的劳动仅是乔装改扮和安排布置。他接受他的自发意识的所有建议:他只想对之略为加工,这里增强一点,那里减弱一点;假如他想哭,他不会去纵声大笑:他将哭得比真的还要像,如此而已。喜剧的归宿将是诗,诗为他提供他在一半程度上怀有的那个感情的被重新思考、重新创造、客观化的形象。波德莱尔纯粹是个形式创造者;兰波创造了形式和内容。

这些谨慎措施还不够:波德莱尔立刻对他的自主性产生惧意。浪荡作风、人工主义和喜剧都以使他能占有自己为目的。突然焦虑向他袭来,他弃权了,他只希望当一个由外部操纵其行动的无生命的东西。有时候,他让他的生理遗传来减轻他的自由对他的压力:

> 我有病,有病。我的性格可憎全怪我父母。由于他们,我日益萎靡。这就是做一个二十七岁的母亲和七十二岁的父亲孩子的结果。不相称的、病态的、老迈的结合。请想一想:相差四十五岁。你说你在跟克洛德·贝拿尔①学生理学。请你问一下你的老师,对于这样一种交配结出的偶然果实他有什么想法。

我们注意到这里混合了激情和谨慎:他的放弃责任,他把自己完全交给肉体和遗传摆布的行为,必须由一个审判官核准:他立即求助于克洛德·贝拿尔。可是,为了使判决更不容辩驳,他把他父亲的年龄说大十岁。这样,当他愿意的时候,他就可以逃脱生理学的诅咒:专家的判定将是可怕的;它将让他感到的恐惧正好达到他希望感到的程度;可是这个恐惧将并非完全是真实的,因为审理他的案件的依据已被他自己篡改了。我们在这里又找到我们已在上文描述过的机制:波德莱尔总为自己预留一条出路。

另一些时候,他求魔鬼帮忙。一八六〇年他写信给福楼拜:

> 排除了有一种邪恶的、外于人的力量在干预的假设,我就无法理解人的某些突如其来的行动或想法,这种不可能性一直纠缠我的头脑不放。

---

① 克洛德·贝拿尔(1813—1878),法国生理学家。

又如，在《散文小诗》中：

> 我曾不止一次成为这些发作和这些行动的牺牲品，这使我们有理由相信：似乎有恶作剧的魔鬼钻进我们的身体里，使我们不知不觉地按照他们的最荒谬的意志行事……故弄玄虚的精神……颇具……这种心情的性质，医生说这是歇斯底里心情，思想比医生稍许高明的人说这是魔鬼的心情，正是这种心情不容抗拒地促使我们去干出许多危险的或是不合适的行为。①

故弄玄虚，无所为而为的行为：浪荡作风的两个主要仪式，突然变成该受诅咒的、来自外部的冲动的结果。波德莱尔无非是由人牵线的傀儡。这使他得到休息——石头和无生命存在的伟大的休息：归根结底，他把自己的行为归咎于魔鬼还是歇斯底里无关紧要，主要的是他不是自身行为的原因，而是其受害者。这以后，还要指出，他按照习惯留下一扇敞开的门：他不相信魔鬼。

简言之，他不忽略任何细节以便在他自己眼中把他的一生转变为命运。马尔罗②已指明，人只有在死亡时才能做到这一点。希腊的智慧也说过：谁能在死前说自己是幸福的或不幸的？一个手势，一个气息，一个想法，能突然改变整个过去的意义：这便是人在现世的状况。波德莱尔厌恶此一突然让他负起全部过去的重荷的责任感。他不愿服从我们当前的作为在每一分钟改变我们以前的行为这个铁的法则。为了使过去确定不移成为它是的那个东西——不可改变，不能改善——为了使现时用它的青春活力和它令人不安的可塑性去交换逝去岁月的不变性，他将选择从死亡的

---

① 《恶劣的玻璃匠》。——原注
② 马尔罗（1901—1976），法国作家。

观点去看待生命,就像他英年早逝,把他突然凝固了似的;他佯装已自尽身亡,而且假如说他经常拿自杀的念头来开玩笑,这也是因为这种念头能使他在每一时刻都考虑自己刚刚结束了生命。在每一刻,他虽然活着,却已在坟墓里面了;他完成了马尔罗说的那个操作;他的"不可补救的存在"就在那里,如一个命运待在他眼皮底下;他可以画一条线,算出总数;在每一时刻他都让自己处于写作《我死去生活的回忆》的态势。于是那个自由的、骄傲的罪人,地狱里的唐璜,那个叛逆者,始终,而且是在同一时刻,也是被诅咒的诗人,魔鬼的傀儡,一对老夫少妻生下的受罚的臭孩子,尤其是被一种古代式宿命钉上十字架的牺牲品。这一次,再也没有人看着他了,而且他想不知道是他自己的目光把他凝固的;可是在他的自为存在的不断更新的面貌之下,他辨认出一个固定的、不可救药的形象,他称之为他的自在存在:

> 一艘困在极地的船,
> 像落入水晶的陷阱,
> 寻思是哪条海峡命定,
> 让它进入这座牢监……

就这样,他可以再一次脚踏两头船:他有自由感,这使他的命运的无从改变性在任何时刻都变得不那么无法忍受;可是他又确信有一个命运,这是他对自己的过失的永久的辩解,也是他选中的巧妙手段以便减轻他的自主性带给他的重负。假如说死亡在他的作品中无所不在,假如说"通过一些微妙的联系,死亡比起生命把他抓得更牢",这首先是因为死亡受到他对唯一性的敏锐感觉的召唤:因为没有比正在经过的东西,"人们永远不能见到两次的东西"更是唯一的。不过,只因为这个生存必定会结束的,他就觉得它已经结束了：假如它必定要终结，那么是明天还是今天告终就无关紧要了；终点已经在那里，就是眼前的瞬间。于是一切都像在记忆错误症患者的幻觉中那样成为过去，甚至，他正在度过的那个瞬间也已过去。可是，假如说现在时的生命是自发的、不可预见的、不可解释的，过去时的生命就是有解释、有因果锁链和有理可循的。波德莱尔既感到一切无可补救，又觉得一切还能开始，他在两者之间摇摆，在每一瞬间都安排好根据自己的最大利益从一头跳到另一头。

因为光说他耍了个智力花招以便赋予他的生活一种褪色的面貌还是不够的：他决意完成一种彻底的改变；他先选择倒退着行路，面朝过去，蹲在带走他的车子的尽里面，目光盯住后退的路面。很少有比他的一生更停滞的生涯。对他来说，二十五岁时赌局已定：一切都停下来了。他试过运气：他永远输。早在一八四六年他就花掉了他一半的财产，写出他的大部分诗篇，最终确定了与父母的关系，染上将使他慢慢腐烂的梅毒，遇到将如铅块一样压在他生命每时每刻上的那个女人，完成了将为他的全部著作提供异国情调的旅行。好像火焰短暂地蹿了一下，有过一次他经常提到的那种"震撼"，然后火就熄灭了；剩下来的只是苟延残喘。在他活到三十岁前很久，他的看法已经定型；他将要做的只是反复咀嚼它们而已。我们读《断想集》或《赤裸裸呈上我的心》时心里很难受：他在生命临近结束时写下的这些札记中没有任何新的内容，没有不是他已经说过一百遍，而且用更好的方式说过的东西。他最早的作品《芳法罗》在相反的方向也令人惊愕：一切都在那里，思想和形式。批评家们经常指出这位二十三岁的作家艺术高超。从那个时候起，他只是重复自己：跟他母亲他总是作同样的争吵，有同样的怨言，发同样的誓言，跟他的债主们他总是作同样的斗争，跟安塞勒他总是讨论同样的钱财问题；他总是重犯同样的错误而且对之作同样的谴责;在绝望之中他被同样的希望照亮。他写作关于别人作品的评论,他捡起自己从前的诗,加以修改润色,他为成千个文学创作计划而入迷,其中最早的上溯到他的青年时代,他翻译爱伦·坡的故事集;可是这位创造者不再创作;他修修补补。搬了一百次家,但是不作一次旅行;他甚至没有力量到翁夫勒去定居;社会事件从他身上滑过,不触及他。一八四八年他有点激动;不过他对革命没有表示任何真诚的兴趣。他只要求人们焚烧奥比克将军的房子。而且他很快就重新陷入他那些闷闷不乐的关于社会停滞的幻想之中。与其说他在演进,不如说他在解体。一年又一年,人们发现他依然故我,只不过更加老了,更加阴郁了,思想不那么开阔,不那么活跃了,身体更加糟了。对于一步一步追踪他的人来说,他最终的丧失理智,与其说是一个事故,不如说是他的衰颓的必然结果。

此一漫长的、痛苦的消解是他选择的。波德莱尔选择了逆向经历时间。他生活在一个刚刚发明了未来的时代。让·卡苏曾指出把法国人推向未来的那股巨大的思想和希望的潮流①:继重新发现了过去的十七世纪和清理了现在的十八世纪之后,十九世纪以为自己发现了关于时间和世界的一个新的维度;对于社会学家和人道主义者,对于发现了资本的伟力的企业家和开始意识到自身的无产阶级,对于马克思和弗洛拉·特里斯丹②,对于米什莱③、普鲁东④和乔治·桑,未来是存在的;是未来赋予现在以意义,当前的时代是过渡性的,只有参照它为之做准备的那个社会正

---

① 让·卡苏:《1848》,见《各种革命的剖析》。——原注
② 弗洛拉·特里斯丹(1803—1844),法国政治家,女权运动的先驱,名画家高更的外祖母。
③ 米什莱(1798—1874),法国历史学家、作家。
④ 普鲁东(1809—1865),法国社会主义者。

义的世纪,才能真正理解它。今天我们难以体会这个革命和改革的巨流的伟力;所以我们难以估计波德莱尔为逆流游泳要花出多大的力气。假如他放松自己,他就会被卷走,被迫肯定人类的变化,被迫歌颂进步。他不愿这样做:他憎恨进步,因为进步把一个制度的未来状态当作它的现在状态的深部条件和解释。进步,这是未来至上,而未来为长期的事功找到理由。波德莱尔不愿做任何事情,他背对未来。当他想象人类的未来时,那是为了让它取得一种命定的消解的形式:"世界将要终结。它还能延续下去的唯一理由,是它存在着。这个理由与所有宣告相反情形的理由,特别是与'世界今后在天空下还有什么要做的'相比,显得多么薄弱!"①他在别处梦想"我们西方种族"的毁灭。假如他有时间考虑他个人的未来,他设想的是一场灾难。一八五五年十二月,他写道:

　　我并非确确实实老了,可是我不久就会变成这个样子。

一八五九年他老调重弹:

　　假如我将变成残废,或者在我未做成我觉得应该做而且可以做的事情之前,就感到头脑萎缩!

另有一处:

　　有比……肉体痛苦……更为严重的,那是惧怕在这个震撼层出不穷的可怕生活中,看到实际上构成我的资本的那个奇妙的诗的能力,那种思想的明晰性和那种产生希望的力量磨损、衰败乃至消失。

---

① 《断想集》。——原注

对于他,时间性的主要维度是过去。是过去给予现在以意义。可是这个过去既非一种不完善的预示,也不是一些在其尊严和力量上与我们熟悉的物件相等的物件的前世存在。现在与过去的关系,这是逆向前进:也就是说旧的决定新的而且准确地解释新的,如同对于孔德来说,高级的解释并且决定低级的一样。进步这个概念包含的目的论在波德莱尔那里没有消失,恰恰相反:不过它的方向颠倒了。在进步主义的目的性关系中,未来的雕像解释并决定雕刻家现在制作的雏形。在波德莱尔那里,雕像安置在过去,它从过去出发,向它现在的废墟解释用于复制它的那些粗俗的仿作。他偏爱的社会制度是这样一种制度,它在其完善的、严格的等级体系中不能容忍最微小的改进。假如它变了,那是因为它腐败了。同样地,在个人身上,生命的延续只能产生衰老和分解。我记得是瑞布哈特,他在讲到五世纪的罗马人时,描写他们在一个对于他们来说过于巨大的城市里徘徊,城里满是于今凋零的昔日辉煌,充斥着他们不能理解也不能重建的神秘而卓越的建筑物,向他们证明曾经存在比他们更有知识、更灵巧的祖先。大致上这就是波德莱尔选择在其中生活的世界。他作了安排以便他的现在为一个压倒它的过去所困扰不休。何况这里讲的不是一种连续的衰落,以致每一瞬间都不如前一个瞬间——此种感觉和进步感的主要差别正在于此。这里更重要的,是一种美妙绝伦的形式曾在一个人的生命或者在历史的遥远的雾霭中出现过一次,而所有的个人事功,所有的社会制度不过是这个形式的配不上的、有罪的形象。波德莱尔深为进步这个理念取得的成功而痛苦。因为时代,当他一心瞻望过去时,把他夺走,强行扭转他的脑袋,使之面向未来。对于他,人们这样拉扯他反倒是让他经历逆向的时间,在这种处境中他感到自己像一个被逼着倒退走路的人一样笨拙,一样别扭。他只有从一八五二年起才得到休息，那时候轮到进步也变成属于过去时代的一场死去的梦。第二帝国原地踏步、死气沉沉，只关心维持和恢复，满脑门子光荣的回忆和逝去的伟大希望，在第二帝国的社会里他可以平静地过他死水一潭的日子，可以从容不迫地继续他缓慢的、摇摇晃晃的倒退行走。有必要就近审视这个如此激进的"过去主义"。我们看到，它在根源上代表某种逃避自由的企图：性格和命运是一些只向过去显示的巨大而阴暗的表象；把自己想成"好动怒"的人，其实限于确认他经常动怒而已。波德莱尔转向过去以便用性格来限制他的自由。可是这个选择还有别的意义。波德莱尔特别厌恶的，是感到时间流失。他觉得是他的血在流失：这个正在消逝的时间是失去的时间，是懒惰和懦怯的时间，是人们对自己立下而又不遵守的成千誓言的时间，是搬家、购物的时间，是这个对金钱的无休止追求的时间。可是这也是烦闷的时间，是现在永远的重新涌现。而现在与波德莱尔感到的属于他自己的那种固执的、枯燥乏味的滋味，与内心生活的半透明的模糊境界融为一体：

> 我肯定地对你说，现在一分一秒都在发出强有力的、庄严的声音，从挂钟上传出的每一秒钟的声音都在叫喊："我就是生命，难以忍受的、毫无宽容的生命！"①

在某种意义上，波德莱尔在过去中逃避的，是事功和谋划，是永久的不稳定性。像精神分裂症患者和忧郁症患者一样，他转向已经经历过的，已经做成的，无可补救的，从而为自己的没有行动能力辩护。可是在另一个意义上，他尤其寻求从他自己那里解脱

---

① 《散文小诗·二重的房间》。——原注

出来。他的反省性清醒为他披露他活着只顾眼前,犹如一连串为虚无所冻僵的苍白的欲望和情感,他对之十分了解,然而他必须一点一滴,逐个体验它们。为了能看到自己不是像他自己造成的那个样子,而是像其他人,像上帝看到他的那个样子,像他是的那个样子,他最终必须把握住他的本性。而这个本性是过去式的。我现在是的那个人就是我过去是的那个人,既然我现在的自由始终在质疑我获得的本性。同时波德莱尔没有选择放弃构成他的尊严和他的唯一性的这个清醒的意识。他最宝贵的祝愿是如石头,如雕像一样存在于不变性的安静的休息之中,但是他要求他的自由意识在它恰恰作为自由的而且作为意识时被赋予此一平静的不容穿透性,此一恒定性和此一自身对自身的完全认同。过去为他提供了自在存在和自为存在的此一不可能的综合。我的过去即是我。但是这个我是定型的。我六年前,十年前做的事,对我来说永远已成定局。我一经意识到我的过错,我的德行和我的情感,什么也不能阻止这个意识无可补救地、完整地待在我的地平线上,如同已被载我而去的这辆汽车超越,在我眼中越退越远、越缩越小的那块界石。确实,存在的事情是我有过这个意识:我曾感到饥饿,我发过怒,我受过苦,我曾是快乐的;在每一情况下,是我过去对这些事情产生的意识构成我当时的感觉的核心。而这个犹豫不决的、如此缺乏自信的意识承担着对它自身的无限责任;饥饿和快乐是因为我意识到它们才存在的。现在我不再对之负责,或者,至少,不以同样的方式对之负责;它在那里待着,是我的路上的一块石头,然而它仍是意识。而且,无疑,这些化为石头的意识并不真正属于我,它们不像我现在的意识是为我所固有的那样为我所固有。不过波德莱尔选择了是这个有意识的过去。被他忽略的,被他视作一个较小的存在的,是他当前的感觉:他贬低它以便使它不那么紧迫,不那么具有现时性。他把现在变成一个缩小了的过去,以便可以否认它的实在。在这一方面,他有点接近福克纳①这样的作家。福克纳同样背离未来,同样藐视现在,推崇过去。可是对于福克纳来说,过去透过现在被人看到,犹如透过一堆透明的乱糟糟的东西可以看到大块钻石;他直接攻击现在的实在性。波德莱尔更加灵活,更加狡诈,他不想公然否认这个实在,他只不过拒绝承认它有任何价值。价值只属于过去因为过去存在;假如说现在呈现某种美和善的表象,那是它向过去借来的,如同月亮向太阳借光。对于现在的这种精神依附性,象征性地表示一种存在依附性,既然完善的形式合乎逻辑地应该先于其受到的各种残损而存在。简言之,他要求过去成为永恒,从而把他变成他自身;波德莱尔彻底混淆了过去和永恒。过去难道不是定型的、不变的、不受损害的吗?这样的话,波德莱尔就能感受属于颓废的那种苦涩的快感,他像传递病毒一样把这种滋味传给他的象征派门徒们。活着,这是下坠;现在,是一种堕落;波德莱尔选择了通过悔恨和遗憾来感到他与过去的联系。朦胧的悔恨,有时无法忍受,有时沁人心脾,实际上无非是对于回忆的具体把握方式。通过悔恨,他确立了与他曾经是的那个人的深厚的休戚与共关系;然而借助此举,他也维护了他的自由,他是自由的因为他是有罪的,因为过失对于他是自由最常见的显示方式。他转过身去面向他是的,他以为被他玷污了的那个过去;他隔着距离实现了对自己的本质的占有,同时又找到过失带来的那种邪恶的快乐。可是这一次他不是违背别人教给他的美德而犯下过失;他冒犯的是他自己。而且他在恶里面陷得越深,他给自己的悔恨机会就越多,对于他曾经是的那个人的记忆就越加鲜

---

① 福克纳(1897—1962),美国小说家。

活,越加迫切,他与自己的本质的联系就越加牢固,越加明显。

不过必须深入一步,在这个与过去的关系中发现我们将称之为波德莱尔的诗的事实的主要内容。每个诗人都以他自己的方式追求我们已经确认为不可能的此一自为存在与自在存在的综合。他们的探索引导他们在世界上选定某些物件——他们认为这些物件是自为存在与自在存在在其中融为一体的那个实在的最明显的象征——而且通过静观把它们占为己有。我们已在别处指出,占有是一种使自身与被占有物等同的企图。于是他们就去借助符号创造一些模棱两可的本性,它们既是自为存在又是自在存在的闪光,能给他们双重的满足;因为它们是客观的本质,可供他们静观,同时因为它们源自他们,他们又能在它们中找到自己。波德莱尔在他的诗作中,也在他一生的行为中通过一种永久的挥发过程创造的物件,是他称之为,我们也将随着他称之为精神性的东西。精神性是波德莱尔的诗的事实。精神性是一个自在存在而且以这个样子显示自身:它有自在存在的客观性,一致性,持久性和身份特性。可是这个存在好比包含某种节制,它不完全存在,一种深部的审慎虽不阻止它显示自己,却妨碍它以一张桌子或者一颗卵石的方式确定自己;它以某种不在场为特征,它从来不是完全待在那里,也不是完全可见,出于极端的审慎它悬在存在与虚无之间。人们可以享用它,它不逃避:但这是种静观性的享用好比有一种秘密的轻浮性;它享用自己的享用不足。不言而喻,波德莱尔世界的这种形而上的轻浮表示的就是自为存在。谁读过《厄运》里这几句令人叹服的诗:

多少鲜花怀着憾意散放

甘甜如秘密的清香

在深深的寂寞中

都会预感到波德莱尔对这些奇怪物件的偏爱,它们好比只是轻轻拂过存在,是不在场组成它们的精神性。清香"怀着憾意"而存在,我们呼吸香味时也呼吸了憾意,香味在它把自身给予我们的同时逃离我们,它进入鼻孔,随即消失、融化。然而也不是完全无影无踪:它在那里,执着地,它拂触我们。正是由于这个原因——而不是,如同有几位好开玩笑的人所说的那样,因为他的嗅觉特别发达——波德莱尔才那么喜爱气味。我们用嘴和鼻子吸进一个躯体的气息时,我们吸进的,我们一下子占有的,是这个躯体本身,好比占有了它最隐秘的本质,或者,说透了,它的本性。留在我身上的气息,这是别人的躯体和我的躯体的融合。诚然,这个不具皮肉,化为气体的躯体完完整整仍是它自己,不过它已变成飘逸的精神。波德莱尔特别喜爱这种精神化的占有,以致人们常有这种印象:与其说他与女人做爱,不如说他"呼吸"她们。不过,各种香味在无保留地献出自身的同时,对他来说另外具有令人想起一个不可企及的彼岸的特殊力量。它们同时既是不同的躯体,又好像是躯体的否定,在它们里面有某种东西得不到满足,它与波德莱尔永远想置身别处的渴望融成一片:

犹如别人的精神在音乐之上航行,
我的精神,爱人啊,在你的香气上游泳。

由于同样的原因,他将喜爱黄昏时分,荷兰雾蒙蒙的天空,"蒙着轻纱的温暖的白色日子","有病的年轻躯体",所有那些像是受伤的、碎裂的或者滑向它们的终点的存在,不管是人还是物:他同样喜爱"小老太婆"和在曙光中黯淡下来,好像在其自身的存在中摇晃的灯光。穿过他的诗篇的那些美丽的女人因其慵懒和缄默也令人想起某种含蓄。何况她们都是些未成年的少女,没有达到如鲜花盛开的那种丰盈,而且描写她们的诗句善于向我们提示,她们都是懒洋洋的年轻动物,在土地表面滑过而不留下痕迹。她们在生活的表面滑过,心不在焉,无聊,冷淡,带着微笑,全神贯注一些琐屑的礼仪。所以我们将随着波德莱尔,称那种让自己被各种感觉攫住而且与意识最为相像的存在为精神性。波德莱尔的全部努力在于找回他的意识,以便像在手心里占有一件物那样占有它。因此他在空中逮住所有提供一种客观化的意识的表象的东西:香气,经过筛滤的光线,远处传来的音乐,他那个不可捉摸的存在的种种如同圣餐饼一样立刻被吸收,被消费掉的形象。他渴望触摸一些变成思想的东西,他自己的思想的具体化身,这个渴望一直纠缠他:

> 我经常想,那些为非作歹的、令人恶心的野兽可能是人的邪念被赋予活力和形体,诞生为物质生命的结果。

他的诗作本身就是一些"被赋予形体"的生命,这不仅因为它们在符号中取得形体,尤其因为以精心安排的节奏,以他赋予词语的那种有意犹豫不定的、几乎消隐的意义,也以一种不可言传的韵致,每首诗都是一个含蓄的、飘忽的,与一股香味极为相像的存在。

不过,使女人与香味最为接近的,是一个物的意义。一个有意义的物件越过它的肩膀指示另一个物件,一个普遍处境,地狱或天堂。意义作为人的超越性的形象好比是物件对自身的超越的凝固状态。意义在我们眼皮底下存在,但是它并非真正可见:它是空气中的一道痕迹,一个不变的方向。它是承担它的那个在场的物件与它指向的那个不在场的物件的中介,它在自己身上留住一些属于前者的成分,同时已经宣告后者。它从来不是完全纯净的,在它身上总有好比是对于它从之派生的形式和色彩的记忆,然而它又把自己设定为一个越过存在的存在,它不铺展延伸,它节制自己,它略作摇摆,只有最敏锐的感觉才能接近它。波德莱尔的忧郁始终要求一个"别处",对于他来说,意义便是不满足感的象征;一个表示意义的物是一个不满足的物。它的意义是思想的形象,它设定自身为一个陷没在自在存在里的自为存在。我们将发觉,在波德莱尔那里,香味、思想和秘密差不多是同义词:

> 有时你能找到一个古瓶,余香犹存,
> 从其中冒出一个复活过来的灵魂。
> 沉睡的无数思想,像阴暗的幼蛹,
> 在浓重的黑暗之中悄悄地颤动,
> 现在鼓起它们的羽翼翩翩飞翔……①

> 藏着秘密的大橱,摆满许多珍品,
> 葡萄酒,香料……②

> 多少鲜花怀着憾意散放
> 甘甜如秘密的清香。③

波德莱尔之所以那么喜爱秘密,那是因为它们显示一个永久的彼岸。怀有秘密的人不是整个儿位于自己的躯体内,也不处在当前的瞬间;他在别处;我们看到他的不满足感和心不在焉的样子,就能预感这一点。他的神秘减轻了他的分量,他对现时的压力就不那么大,他作为自在存在就不那么咄咄逼人,或者借用海德格

---

① 《恶之花·香水瓶》。——原注
② 《恶之花·美丽的船》。——原注
③ 《恶之花·厄运》。——原注

尔的说法,对于他的亲友"他不限于他是的那个人"。然而秘密是个客观存在,它可以被一些符号披露,或者一个沉默的场面能让我们捕捉到它。在某种意义上它位于外部,位于我们前面,我们是它的见证人。不过它几乎让人猜不到,它由一个面部表情,一个姿态,几句暧昧的话来暗示,来提及。所以这个是物的深部本质的存在,也是物的最精微的本质。它几乎不存在;而且任何意义,只要我们难以发现它,都能当作一个秘密。因此波德莱尔将怀着激情去寻找所有东西的香味和秘密。因此他将试图夺取颜色的意义,因此他将写道,紫罗兰色意味着:

  含蓄、神秘、蒙着薄纱的爱情,享有教侓的修女的颜色。①

他之所以向斯威登堡②借用了相当模糊的应和概念,主要不是因为他服膺此一概念包含的形而上学,而是因为他希望在每一个实在中找到一种凝固的不满足,一个向别的东西发出的召唤,一个客观化的超越;这是因为他渴望

  ……穿越用熟识的目光
  将他注视的象征的森林。

最终,这些超越行为将扩展到全世界。世界的整体将是能指的,而波德莱尔将在这个由一些同意丧失自己以便指示别的物件的物件组成的等级秩序中找到他自己的形象。他尽可能远离纯物质世界;可是波德莱尔在能指的世界里收回他失去的。他不是在《散文小诗》的《邀游》里写道:

  在那如此宁静的美丽国土上……你不会被镶进你的同类

---
① 《断想集》。——原注
② 斯威登堡(1688—1772),瑞典学者,他创立了一个神秘教派。

之中,你不能,借用神秘思想家的话来说,在你自己的应和物之中映出你自己的身影吗?

这就是波德莱尔的努力的终点:把自己等同于整个世界,从而在其永恒的"差异性"中把握他自己,实现他的他性。这个以其无边无际的整体性包围他的世界一经减轻、挖空、装满了象征和符号,便成为他自己;这个那喀索斯想拥抱和关照的是他自己。美本身也不是包含在一个画框、一种诗体、一首乐曲的狭窄界限之内的一种诉诸感官的完善。美首先是暗示,即它是此类古怪的、锻炼而成的实在,自为存在和自在存在在其中融成一片,自在存在把自为存在客观化和固体化,自为存在减轻了自在存在的重量:他之所以赞赏康斯坦丁·居伊,是因为他在后者身上看到:

> 描绘情境和为情境暗示的一切永恒因素的画家……

他在别处写道:

> 正是这种对于美的令人赞叹的、不变的本能,使我们把人间及其众生相看作是上天的一隅,看作是上天的应和。我们对人生启示的彼岸的一切怀有一种不可满足的渴望,这便是我们的不朽之最生动的证据。正是由于诗,同时也通过诗,由于而且同时也通过音乐,灵魂窥见了坟墓后面的光辉;一首美妙的诗使人热泪盈眶,这眼泪并非极度快乐的证据,而是表明了一种被激发的忧郁,神经的一种请求,一种在不完美中谪居的本性,它想立即在地上获得被揭示的天堂。因此,诗的本质不过是,也仅仅是,人类对一种最高的美的向往,这种本质表现在热情之中,表现为对灵魂的劫持;这种热情是完全独立于激情的,激情是一种心灵的迷醉,也是完全独立于真实的,真实是理性的材料。因为激情是一种自然之物,甚至过于自

然,不能不给美的领域带来一种不舒服、不谐和的色调;它也太亲切,太猛烈,不能不败坏居住在诗的超自然领域中的纯粹的愿望、动人的忧郁和高贵的绝望。

全部的波德莱尔,都在这段文字里:我们在其中找到他对于丰盈的自然的憎恶,他对不满足感和令人恼怒的感官享受的喜爱,他对彼岸的向往。不过我们不要误会他对彼岸的向往。人们经常谈到波德莱尔的柏拉图主义或者他的神秘主义,好像他渴望挣脱自己的肉身束缚以便如《会饮篇》中描写的那样面对纯理念或绝对美。事实上,我们在波德莱尔那里找不到为神秘主义者特有的那种努力的丝毫痕迹。因为那种努力,必与彻底放弃尘世和非个人化相伴。假如说他的作品中无处不见对彼岸的思念、不满足和对现实的超越,他却总是在这个现实的内部自怨自嗟。对于他来说,超越从围绕他的万物出发,指示自身的踪迹,画出自身的雏形;甚至万物必须待在那里,以便他能有超越它们的乐趣。他会厌恶飞升上天,把地上的财富留在下面;他需要的恰好是这些财富,但这是为了能蔑视它们,他需要监狱,以便能永远感到自己马上就要越狱;简言之,不满足感不是一种真正的对彼岸的渴求,而是照亮世界的某种方式。对于波德莱尔和对于伊壁鸠鲁主义者一样,唯有尘世是重要的,但是他们不以同样的方式安置尘世。在我们刚才引用的那段文字里,高级的美是通过诗被寻找、被窥见的。重要的正在于此:这个运动如一柄利剑穿透诗,然后探出头来趋向彼岸,可是就在此时,它既然完成了任务,便消失在虚空中。实际上,这是一个诡计,旨在赋予万物以灵魂。《断想集》中为美下定义的那句名言为我们披露了这个诡计:"某种有点朦胧的东西,为猜测留下广阔天地。"何况在波德莱尔那里美总是特殊的。或者更确切地说,令他陶醉的是某一剂量的个性和永恒,永恒在个性背后隐约可见。他说:"美是由一种永恒的、不变的因素和一种相对的、具体的因素组成的。前者的数量极难确定,至于后者,不妨说它将轮流是,或者兼为时代、时尚、道德、激情。"

不过,假如人们进一步想知道这个闲逛者,这个吸食大麻者或者这个诗人通过物隐约看到的意义是什么,我们不得不承认它们与柏拉图的理念或者亚里士多德的形式不相似。波德莱尔无疑可以写道:"热情应用于抽象概念之外的事物,便是软弱和疾病的征兆。"不过,实际上我们在任何地方都没有看到他从一个特殊的本性出发,关心如何把这个本性的主要和抽象特征固定下来。"本质"对他无关紧要,对苏格拉底的辩证法他一窍不通。显然,通过某个路过的女人,不管是陶洛蒂或者马拉巴尔女子,他瞄准的不是女性特征,即使女性有别于男性的全部性状;他甚至可以像柏拉图学院的那个希腊对手一样说:"我看见马,而不是马性。"只要重读一遍《恶之花》就能理解:波德莱尔要求于意义的,不是如同普遍性超越它依据的个别例子那样超越能指的客体,而是像一种方式那样,成为一种更轻盈的东西以便越过一个更稠密、更笨重的存在,如同空气从多孔的、沉重的土地逸出,尤其如同灵魂穿过肉体:

> 有种强烈的芳香能渗透
> 一切物质,甚至穿透玻璃。①

密度最大的固体被一种气态物质渗透,后者的不坚实性形成其精神性:在波德莱尔那里这个印象是主要的。这个浸透了香味的玻璃杯洁净、光滑,没有记忆,然而同时被一种残留物死死纠缠,被一种气体穿过,对于他来说这是在能指的物和意义之间建立的

---

① 《香水瓶》。——原注

联系的最明白不过的象征。意义的这种玻璃状的半透明性,它的不可补救的幽灵般的性质为我们指示了途径:意义便是过去。当一个物对于某一过去而言是多孔的,当它激励精神为趋向一个回忆而超越它时,这个物对于波德莱尔就是有意义的。香味、灵魂、思想、秘密:所有这些词都指向回忆的世界。夏尔·杜博说得有理:"对于波德莱尔,唯有过去是深刻的:是过去把第三个维度传递给一切东西,印在一切东西上。"于是,如同我们已经指出波德莱尔混淆永恒和过去,我们现在可以指出他混淆过去和精神性。与柏格森的那本书一样,波德莱尔的著作可以用"物质与记忆"做标题。这是因为普遍的过去——不仅是他的意识的过去——如同一种完全符合他的愿望的存在方式奉献自身。过去存在,因为它是不可补救的,是供消极观望的纯粹客体;然而同时它不在场,不可触及,枯萎褪色却风韵犹存;它拥有波德莱尔称之为精神的幽灵般的存在,而这是我们的诗人唯一能与之相处的存在;关于种种已往享乐的沉思,与这种恼怒、这种来自神经的请求、这种不满足感是相伴相随的,后三者对他很宝贵。它在远方,"已经比印度和中国更远",然而没有什么东西比它更近:这是存在后面的存在。它就是饱经苦难的老妇人,"怀着在黑暗中深受压抑的勃勃雄心"的脸色阴沉的男子们,最后也是撒旦的"秘密"——在天使中间唯独撒旦保有个人回忆。波德莱尔屡次承认,理想的存在对于他来说是一个在现在时带着一个记忆的所有特征而存在的物。他在《浪漫艺术》中这样希望:

  过去在保留其幽灵的风趣的同时,将接过生命的光明和运动,把自己变成现在。①

---

① 《现代生活的画家》。——原注

而在《恶之花》中：

> 过去在现在中重建
> 其魅力深邃神奇令我们陶醉。①

我们已看到，在他自己心目中，他的诗企图实现自在存在和自为存在的客观结合。

大体上，这就是波德莱尔的肖像。可是我们试图作出的描写与肖像相比有个不足之处，即它是连续性的而肖像是同时性的，唯有对一张脸、一个举动的直觉能使我们感到，这里相继提及的特征实际上是在一个不能分割的综合之中重叠交错的，每个特征同时既表达它自身也表达所有其他特征。我们只要能看到波德莱尔生活，哪怕是一分钟，就能使我们分散的观察组织成一个整体认识：直接感知，确实由一种模糊的，用海德格尔的说法是"前本体论的"理解相伴随，这种理解在诸说混合论的无差别状态中压缩、包容对象的主要特征，往往需要好几年工夫才能澄清。在缺乏这种直接理解的情况下，我们至少可以作为结论，指出波德莱尔的所有行为和所有情感之间的紧密的相互依赖性，强调每一特征通过一种奇特的辩证法"进入"所有其他特征，或者让人窥见其他特征，或者召唤其他特征以便补足自己的方式。这种徒劳的、干枯的，好像在恼怒的张力组成他的内心气候，对于认识他的人来说，这种张力见于他专断、生硬的声音和他冷淡的、神经质的姿势，它无疑是他对于本性、自身之外的和自己身上的本性的仇恨的结果，它表现为及时脱身，摆脱干系的努力；对这种张力最好的形容，莫过于把它比作一个关在水淹的地牢里的囚徒的轻蔑、焦虑、僵硬的态度：

---

① 《恶之花》第三十八篇之二。——原注

他眼看水面沿着他的躯体上升,把脑袋甩向后面,以便尽可能至少延长他身上最宝贵的那一部分,思想和目光栖身的所在,维持在浑浊的水流之上的时间。不过这个斯多噶派的态度同时实现了波德莱尔在所有层面上追求的两重人格;他给自己套上缰绳,装上刹车,他审判自己,他是自己的证人和刽子手,搜索创口的刀刃和雕刻大理石的凿子。他绷紧自己,加工自己,以便对他自己永远不是一个已知项,以便能在每一瞬间对他是的那个样子承担责任。在这个意义上,我们很难区别他强加给自己的张力和他为自己表演的喜剧。不管它是酷刑还是清醒,假如我们从另一个途径去把握它,此一张力就显示为浪荡作风的主要内容或者斯多噶派的 askesis(禁欲);而且,它同时是对生命的厌恶,是永远害怕弄脏自己、牵连自己,他对自发性的监察相当于一种坚决的消毒处置。通过压制他的行动,通过一下子把自己放置在反省层面上而且永远不离开,波德莱尔选择了象征性的自杀;他慢慢地杀死自己。此一张力同时也确定了波德莱尔式的"恶"的气候。因为在他那里罪行是策划好的,坚定不移的,几乎是强制完成的。恶与放任自流毫无相通之处:这是一种反善,它应该具备善的所有特征,只不过改变了符号而已。既然善是努力,是锻炼和自制,我们将在恶里面找到所有这些特征。就这样,波德莱尔的"张力"感到自己是受诅咒的,而且愿意自己受诅咒。我们曾揭示的他对有节制的快感的偏爱,以同样方式表达了他对松垮懒散的憎恶;此一偏爱,由此与他的性冷淡,他的不育性,他的彻底缺乏仁爱和度量乃至与我们刚才描述的他的张力融为一体:要紧的是在寻欢作乐中重新驾驭自己;正当他就要淹没在享乐之中时,他必须感到有个嚼子把他往后拉;在这个意义上,他在性交时唤起的幻觉,他的审判官们,他母亲和那些观察他的漂亮女人,都负有在他即将沉溺于纯感觉中时伸手挽救他的使命;甚至他的阳痿好像也是有意引发的,因为他害怕自己过于享乐。不过,另一方面,他之所以在快乐中有所节制,那也是因为他既然以不满足为原则,便选择了在不满足中,而不是在占有中得到快感。我们知道他追求的目的是他自身的这个奇特形象,即自为存在和自在存在的牢不可破的结合。然而此一结合是不可企及的,其实他自己也明白这一点:他以为达到它了,触拂到它了,可是正当他要拥抱它的时候,它却消失了。所以为了对自己掩盖他的失败,他需要说服自己相信,浅尝即止就是真正的占有,而且通过全盘改变他所有的欲望,他将在一切领域寻求这种令人恼怒的触拂以便对自己证明这是唯一值得希望的占有。于是他决定把欲望的满足与因欲望得不到满足而起的恼怒混为一谈。之所以如此,也因为除了他自己他从未有过别的目的。在正常的快乐中人们享用客体,忘却自身,然而在此种恼人的痒感中,人们享用的是欲望,即享用自身。对这种悬在半空的、被他化作他自己的生活的生活,这种无休止的神经紧张,他再次赋予另一个意义:这种生活代表谪落尘世的上帝的彻底的不满足感。于是他使用它像一件武器以便发泄他的怨恨:对他母亲,他让她看到他如何痛苦;不过如果我们仔细端详,这些痛苦其实与他的快乐融为一体。因为不满足而诅咒上天或者选择不满足感作为快感的深层意义,这是一回事,其暧昧仅在于相对第一个事实而言态度略有改变。当他想通过一种凝固的超越对善行使报复时,此一精心培育的痛苦仍在帮他的忙,同时它使他能够最终确实自己的他性。可是在他对自我的极端肯定和他对自我的终极否定之间,再次不存在差别。因为当他完全否定自己时,他想自杀;然而在他那里,自杀不是对绝对虚无的渴求:当他设想结果自己时,他要的是取消自己身上的本性——他把本性等同于现在和意识的朦胧境界。他要求自杀的念头帮他一个小忙,轻轻一弹指以便他能把自己的一生看作不可补救的,业已完成的,也就是说看作一个永恒的命运,或者假如人们喜欢另一种说法,看作一个封闭的过去。在结束自己生命的行为中,他主要看到对于自己的存在的最终收复:是他一笔勾销账目,是他通过终止自己的生命最后把它变成一个本质,这个本质将同时既是永远被给予的,又是永远由他自己创造的。这样他就摆脱了他无法忍受的在这个世界上当多余的人的感觉。只不过,为了享用他的自杀的结果,显然他必须能在死后继续存在才行。因此波德莱尔选择了把自己做成幸免于死者。假如说他没有一下子结果自己,至少他已做到使他的每个行为都成为他未能给予自己的死亡的象征性对等物。性冷淡、阳痿、不育、缺乏度量、拒绝效力、过失:所有这一切,再一次都是自杀的对等物。对于波德莱尔来说,肯定自身确实就是把自己当作一个纯粹的不活动的本质,也就是说实际上当作一个回忆;而否定自身,这就是想一劳永逸地成为仅是自己的回忆组成的不可补救的锁链而已。他喜爱诗的创造胜过所有种类的创造活动,而在他那里,诗的创造与他不断呷摸的自杀相接近。诗的创造诱惑他,首先是因为它允许他毫无危险地行使自己的自由。不过,尤其是因为它远离令他深恶痛绝的馈赠的一切形式。他在写一首诗的时候不想给予人们任何东西,或者至少他只想给人们一个无用的物件。他不效力,他始终是吝啬的,把自己封闭起来的,他不受他的创造的牵累。同时,节奏与诗行的强制性,迫使他在这个领域继续他通过化妆打扮和浪荡作风实行的禁欲主义。他包装他的感情犹如包装他的身体或姿态。波德莱尔的诗也有一种浪荡作风。最后,他生产的那个客体不过是他自己的一个形象而已,它提供自在存在和自为存在的一种综合的表象。而当他企图占有这个客体时,由于他仍在很大程度上陷入其间，他就不能完全占有它，他仍旧得不到满足：就这样，欲望的对象与欲望配合，最终组成这个僵硬、邪恶、不知满足的总体，即波德莱尔本人。我们看到，自我否定"进入"自我肯定如同在黑格尔的辩证法里自杀变成延续生命的一种手段，痛苦，有名的波德莱尔式的痛苦，具有与快感相同的隐秘结构，诗的创造与不育性结亲，所有这些暂时的形式，所有这些日常态度相互融合，出现，消失，当人们自以为远离它们时又重新出现；它们不过是在用不同的调性重复一个巨大的原始主题时予以变化而已。

我们已经知道这个主题，我们的视线一分钟也没有离开它：这就是波德莱尔对自己做的原初选择。他选择了如同他对于别人是一个自在存在那样对于自己是个自为存在。他要求他的自由对他好像是个"本性"，而其他人在他身上发现的那个"本性"，对他们好像是他的自由的流露。从这一点出发，一切都昭然若揭了：这个我们曾以为是随波逐流的悲惨的一生，我们现在明白是他自己精心编织的。是他设法做到使自己的一生仅是一种死后的继续存在，是他在他的生命开始时就让它负担一大堆乱七八糟的东西；黑人女子、债务、梅毒、家庭监护会，这一切将成为他的终生累赘，将终生逼迫他倒退着走向未来，是他发明了这些穿过他的烦闷岁月的美丽女子，玛丽·迪布伦和院长夫人。是他精心划定他的生存的界限，决定在一个大城市里受尽煎熬，拒绝对生活环境作任何实实在在的改变，以便更好地在他的房间里追求想象的逃遁，是他通过不断改换住所来佯装向前逃跑，从而用搬家代替旅行，是他受到极度伤害之后同意离开巴黎，但只是为了前往另一个仅是巴黎的漫画像的城市，还是他自己愿意在文学上成败参半以及在文学圈子里得到这个既辉煌又可怜的孤立。在他如此封闭，如此紧凑的一生中，似乎有一个事故，有一次偶然性的干预使他能够松一口气,带给自我惩罚者一个喘息的机会。可是我们在他的一生中徒然寻找一个不由他清醒地承担全部责任的场合。每个事件都向我们发回他从第一天到最后一天曾是的那个不可分解的总体的印象。他拒绝作试验,没有任何来自外部的东西改变他,他什么也没有学到;奥比克将军之死几乎没有改变他与母亲的关系;至于其余,他的故事是一个非常缓慢的、非常痛苦的解体过程。他二十岁时是什么样子,临死前还是什么样子;他只是更加阴郁,更加神经质,不那么活泼了;他的才智,他令人赞叹的聪明,只剩下一些回忆。无疑这就是他毕生寻找的他的特殊性,这个只能出现在其他人眼中的"差异性":他是一个在密封容器中进行的试验,某个类似《浮士德》第二部中的 homunculus(小人精)的东西,而这个试验的近乎抽象的情状使他能以一种无与伦比的光辉为下述真理作证:人对他自己所作的自由选择,与所谓的命运绝对等同。

马 拉 美

——澄明之境及其隐蔽面[①]

（一九五二年）

沈志明　译

① La lucidité et sa face d'ombre(澄明之境及其隐蔽面),这个副标题为编者所加,颇令人费解。不妨借用张世英教授的几小段诠释来点明其涵义:"任何事物包括人的思想在内,都源于这个澄明之境〔The cleaning 或 la lucidité〕,都以它为前提,它是'无',却又是万有之源;它超越了存在,却又不在存在之外。""澄明之境乃是'思'与'在'得以发生的根源","诗人作诗也就是把隐蔽在无穷尽的相互联系、相互作用、相互影响中的'一点灵明'或'神性',亦即澄明之境,通过意象性的东西而显示出来"。

以上引自张世英先生《进入澄明之境——哲学的新方向》(商务印书馆,1997年,第141页),主要研究海德格尔《存在与时间》和《哲学的终结与思想的任务》等作品的论著。——译注

介　绍

　　萨特撰写这部传记梗概时,尚未掌握后来《家中的低能儿》时代的方法论技能,却熟门熟路地钻进马拉美世界的中心。他用"说谜语的斯芬克斯"①词语把马拉美思想最奇妙的表述变成他自己的表述,调用马拉美的诗句,或相反,有时使他自己的说法具有诗一般的情调,尽管萨特一点也不认为自己是诗人。不妨阅读本书一些篇章,便可注意到那种突显母亲的目光与在场于世的品质之间的联系。这种出人意料的方式大概出于对马拉美的特殊敬重吧,出于阅读马拉美感受到的愉悦吧。1948年,他给西蒙娜·德·波伏瓦的信中写道:"《骰子一掷……》②令我倾倒,严格意义上讲是存在主义诗篇……"毋庸置疑,哲学家面对偶然性障碍与诗人遭受机遇纠结颇有共同之处,萨特不需花费很大力气去感受马拉美所体验的本体论灾难。

　　反之亦然,马拉美难道没有趁相同契机进入萨特的身心吗?萨特的读者或许将发现某些烙有马拉美风格的形象("火的互易

---

① 斯芬克斯,希腊神话中带翼狮身女怪,但凡不能解答她提出谜语的人,一概被她吞噬。俄狄浦斯解开了她的谜,她便从岩崖跳下身亡。此处系指晦涩难懂之意。

② 《骰子一掷……》的全名是:《骰子一掷,绝不会消除偶然性》,这是一篇相当晦涩的作品,却是他最重要的作品之一,是构思了一辈子而没能写成的"唯一的作品"的一个片段。估计动笔于1867至1870年之间,但至死未完成。

性","逃脱的客体是个缺失的客体")、螺旋形模式(参见《伊巨图尔》①),从此萦绕他的作品。"人们自由地跟已故之人打交道,"萨特如是说,"跟故世之人打交道久了,有时分手之后,依然难忘。"

关于这部作品的历程有以下几个细节:有关马拉美的最初笔记很可能与《伦理笔记》②(1947—1948)是同一个时代的。反正后者经常涉及前者。萨特暂时放下马拉美之后,专攻《圣热内》,起初只是为热内著作写个序,上手后却一发不可收,从1949年写到1951年,也许其间时不时两者同时进行。不过,尽管萨特逐渐投入让·热内,十九世纪末的"精神丑角"马拉美一直留在他的视野中。《圣热内,演员和殉道者》(1952)充斥马拉美用语。这两位诗人面对创作的态度往往相向而行。1952年萨特重操《伦理笔记》,几个月后再次搁笔。直至1960年他还不想永远将其束之高阁。

关于本书内容:这篇未完成散论刊登在1979年《斜视》杂志上,标题为《马拉美的介入》,早于1952年就写好的,萨特没有重新修订就发表了;其次是他在同年写的一篇文章,于1953年由雷蒙·克诺③(1903—1976)第一次发表,然后转载于《著名作家》第三卷充当《马拉美诗集》序言,由玛泽诺出版社出书,再后收入加利马《诗歌》丛书(1966),最后收入《处境种种》第四卷。我们觉得把这篇文章收进本书很有好处,理由有二:其一,尽管篇幅简短,

---

① 《伊巨图尔》写于1867至1870年之间,马拉美在法国南部阿维尼翁担任高中英语教师时期,于1925年才出版公布于世。
② 这是萨特成熟时期的未完成巨著,他生前一直压着不发表,他于1980年去世。继承人按其遗嘱由加利马出版社于1983年出版。
③ 雷蒙·克诺(1903—1976),法国著名作家,批评家。

却有益于补充第一篇文章的论据,因为原先的立论悬而未决;其二,它曾被大片删节,我们重新插入几页未发表过的文字,下面解释为什么。

  虽然我们能够查阅文章手稿,但作品主要部分的手稿却始终找不到。所以,我们一般遵循《斜视》杂志文章,校正了释读的错误,填补几处遗漏,多亏先前文本几个片段。这些增补在注释中均有说明。我们不知道现在的文本是否还有其他缺页。

阿莱特·艾凯因-萨特

马拉美的介入

一　无神论的继承者们[1]

　　1848年:君主政体的垮台剥掉资产阶级的"外衣"(马克思语)[2],顷刻之间,诗,失去了两个传统主题:大写的人和上帝。

　　先讲上帝:彼时的欧洲刚获悉令人瞠目结舌的消息,虽然现今已受到一些人的质疑:"上帝死了。停。未立遗嘱。"继承的口子一打开,一片惊慌失措,大写的逝者(上帝)留下什么?一些机遇吧,世人便获得一起机遇。既然由神明意志确保世人享受的身份被剥夺了,那么莫里亚克所谓"寻找上帝在世人身上打下的烙印"[3]也就徒劳无益了。他是创世的有情人,告别大写的创世之后,把深受1789年(法国大革命)憎恶的大写的自然抱在怀里。大写的自然年迈了,僵硬了,甚至不再奉献目的论依然可爱的遗迹了,而先前,目的论证明革命者的希望有根有据。分析能力作为资

---

[1] 本书标题是我们添加的,以示区分两大部分,况且作者在手稿中已有标示。——编者注
[2] 参见卡尔·马克思《路易·波拿巴雾月政变》。又,本书绝大部分注释都出自编者,不再一一标明"编者注",但小部分的译者注,每次皆有标明。
[3] 引自法国大作家弗朗索瓦·莫里亚克(1885—1970)《上帝面前的三个伟人:莫里哀、卢梭、福楼拜》,大厦出版社,1930年巴黎。

产阶级的特别武器，把君主政体的重大综合因素识破之后，无声无息地、几乎不知不觉地终于识破自身起源的存在这座最终综合因素的完美大厦，总之，识破了产生和支配各个部分的整体。大天下解体了，大自然只不过是尘埃的无限飞舞；世人生活在稠腻的神秘变化中，预感到自己患有不露声色的矿物性。

　　资产者面对这类不由自主的谋反者倍感恐怖，就像他们的先辈，从前过失弑君，把路易十六活活处决了；他们感到犯下一个无法补赎的错误，于是各自互相推诿责任，却枉费心机。为此，资产阶级无法掩饰自己永远背负这项罪名：谋杀君主或上帝是一码事儿。不管怎么说，上帝死了，无神论成了资产阶级意识形态不可分割的部分，使资产阶级的大观念得到补充，以臻完善。亨利·居尔曼非常正确地指出："路易十八或查理十世治下出生的一代，即法国去基督教信仰时代，也即旧制度（1789年的王朝）末期，在知识阶层的筹备下，正以空前的方式扩展到社会各个阶级，甚至受到教权的重拳怂恿……在帝制统治下，尤其在王朝复辟时期（1814—1830），在那么多法国家庭中，基督教信仰就这样消逝了，就这样蒸发了，确是具有巨大意义的一个历史事实。"①确实，去基督教化尤其是在王朝复辟时期进行的，到了路易·菲力浦时代已既成事实。

　　可是，新资产者不能失去信仰，因为他们从未有过信仰嘛。于是，他们只能为灾难的后果吃不了兜着。这不，只在这个时候，全知上帝不在场开始让人不寒而栗：父辈们专心致志于战斗，无暇顾及思想解放；孩儿们咬着牙生闷气，估计着后果，总不能过多奢望

---

① 亨利·居尔曼（生卒不详），法国评论家。引自其《面对人生与上帝的福楼拜》，普隆出版社，1939年巴黎。

万能的神明使他们自信满满,并保护他们去对付民众吧。但他们的父辈人微权轻,不肯让他们接受宗教的援助。作为过度样态,为终结盲目的载体,世人必须断然希望,有别于其他的社会组合部分。假如大宇宙化为一堆无秩序的元子①,那么精神秩序建立在什么基础上呢?假如大人类只是一种类别,那么社会等级建立在什么基础上呢?假如高等应通过低等来解释缘由,那么精英至上建立在什么基础上呢?逆来顺受呗,那怎么对这种忍耐进行说教?高尚的受苦?假如另一个世界没有幸福,怎么回答那些想在这个世界得到幸福的人呢?上帝带着其挖坑的掘墓者一起进入坟墓。巴朗特②写道:"罪恶寓于大社会。"莫勒③则写道:"社会基础无遮无掩。"莫非他们试图重新找到失去的信仰?那是走回头路呀。他们心知肚明过去不会重新开始,有可能为了辩论的需要有时佯装信仰。资产阶级失魂落魄地发现自己的使命:铲除贵族阶级,然后自我灭亡,以便一个陌生的社会秩序从其死亡中诞生:资产阶级,它,只是个过渡而已,无论从时间,还是从空间来说,它只是个中等阶级。

诗人们的愤怒很骇人。愤怒到极点的诗人们突然对大写的人表露他们的憎恨:大写的人原来是个骗子,万万不该充当上帝的儿子。福楼拜是始作俑者,他写道:"谢天谢地,我倒是从来没有受过世人的罪……我恨我的同类。"④勒孔特·德·李勒⑤则有过之而无不及,他神经高度紧张,竭力惊呼:

---

① atome,原子(物理、化学用语),此处取哲学用语:元子。
② 巴朗特(1782—1866),法国历史学家,法兰西学院院士。
③ 莫勒(1781—1814),曾任路易-菲力浦国王的首相(1836—1839),法兰西学院院士。
④ 参见福楼拜致路易丝·科莱特的信(1853年5月26日)。
⑤ 勒孔特·德·李勒(1818—1894),法国诗人,巴那斯派诗人首领。

> 世人哪,世人的继承者,积恶的继承人,
> 带着你死掉的地球和消失的诸神,
> 飞吧,肮脏的灰尘……①

抑或:

> 世人哪,杀戮诸神的屠夫们,时候不远了,
> 时候一到……
> 你们死定啦……②

他很自然地惋惜道:

> 羞于思想,厌于做人。③

再清楚不过了:"杀戮我们的诸神!之后呢?我们哪,我们成什么啦?这可不是几锤子买卖的事儿。"无论他们对自己的怀疑主义,还是死要面子自吹自擂,反正全部怨恨自己的家庭:人家把他们"造成"无神论者,他们在拥有自我决定权之前就不得不"承受"去基督教化。诚然,父母总在没有征求儿女们同意就选定忏悔,但儿女们至少保留着失去信仰的许可吧。不过,半个世纪的年轻人抱怨损害他们的自由更为严重的却是,人家没有征求他们同意就给他们举行不信宗教的洗礼;然而,如果说信仰可以失去,无神论却不可失去。此话再实在不过了,之后"基督回归"尝试多次,在他们身上留下的则是他们硬说已超越了不信宗教。自1850年以降,信仰变成一种否定之否定。任何东西都阻挡不了我们生活在上帝已经离去的世界。若想相信上帝,就得说尽管上帝不在

---

① 引自勒孔特·德·李勒《诅咒》,收入《蛮族诗集》。
② 引自勒孔特·德·李勒《致现代派》,同上。
③ 引自勒孔特·德·李勒《致一位已故诗人》,收入《悲剧诗集》。

了,机灵鬼会说因为上帝不在了;若固执预言宗教最后胜利,也得先承认宗教遭到可怕的失败。不过1850年的诗人们彻骨透心感到,不信教产生雷霆万钧之势的进步在欧洲历史上划出一道鸿沟。他们是这道无法弥补的裂缝见证人和第一批受害者。

因为,正是拉马丁、雨果、维尼的诗糊弄了他们的童年,正是按照这三位光荣的生命历程来设计他们未来的职业生涯。早在二十年前,大写的诗自信是一种认识方式:诗人从繁星中解读大真理。也许浪漫派中有几个无神论者,即使对他们而言,上帝并没有死亡,只不过上帝不存在了。把上帝的大写人体除掉了,却保留神明这个理念:谁都不会怀疑存在大真、大善、大美,即绝对的真、善、美;谁都不会质疑诗人的大使命。总之,人们很少用心思考可让信仰和不信仰和平共处。波德莱尔(1821—1867)介于上下世纪之间,可以被上下拉拢,以求声望,他有瞒天过海的艺术本领,利用上帝来抒发内在的心醉神迷,同时又拒绝承认上帝的存在。维尼本人,有时非常接近不可知论,用诗兴妄想的可靠直觉来对抗推论的认识:"妄想之所以神圣、之所以将其视为神圣,是因为我们的灵魂对我们出生前已经认识的神圣事物的记忆在我们身心变得如此鲜活,使我们仿佛觉得早已投入上帝的怀抱,难道不是吗?我们难道没有认识到推理是一种武器,对谬误和对真理,同样有用吗?所以我们只能在那样罕见的时刻自我作证已经升华到感知真、善、美了,我们的灵魂想起上帝之美时插上翅膀回到上帝身旁,亲眼目睹上帝之美,围绕上帝飞翔,倍感对上帝刻骨铭心之爱,只见得宇宙充满上帝神明的光辉。"①

然而,这些轻诺虚信又轻浮草率的先父们,哪里知道他们严肃

---

① 引自维尼《达佛涅女神》,参见《维尼全集》第二卷,七星文库,加利马出版社。

刻苦的子孙们不可避免地要面对现实:对他们而言,无神论和诗人的大使命都与别人发明的理念不搭界,因为对别人的思想只能掌握轮廓,尽力去体验罢了。他们觉得无神论和诗人的大使命已经寓于自己身心,仿佛上一代人遗传下来的,仿佛已经被别人思想过的思想,在他们看来是一种后退。无法掩盖,不得不接过手来,将其推至极端,并做出结论。当他们刚投入其间,马上发现天赋的观念吃瘪了,天赐的启示熄灭了,柏拉图哲学大真理变成了大幻觉。甚至在弄明白这个把戏之前,他们已经输得精光:他们诗意盎然的沉思录首要主题,他们的天才保证,他们的地位和他们的饭碗,全部失去了。他们甚而至于觉得一句美的诗是一个绝对的事件,一个心智世界①的战栗。但,他们突然明白只有上帝的目光才能给他们的诗句赋予他们所期望的无限雄浑,向世人要求这种天赐的荣耀,显而易见,现在的世人是不可能给他们的:科学向他们揭示人类是要死亡的,只需一场天体失序便给人类历史画上一个最终的句号:他们原来无意之间指望上帝能使他们名垂千古。如此这般,他们的诗便悬在半空中,不可落地生根,只不过是祈祷、感恩和牺牲,但他们"不再相信"他们所诉求的上帝了。上帝死亡,诗回归原位,正本清源,落得个绝望的唯名论。充满灵感的诗韵声,即便偶然给世人带来某些愉快,但至关重要吗?世人即尘埃,红尘即世人之愉悦,一切回归虚无。

唯一的希望依然存在:诗,假如放弃担当心智世界的镜子,能不能从自身的不幸中挖掘一种崭新的使命:"诗品"?只要诗品存在,便足以使世人摆脱物质而升华。假如诗品证明仅凭自身就能产生了大写的自然产生不了的效应,即不可还原的合成,那世人或

---

① 哲学用语。此处指柏拉图以心智世界对照感性世界。

许摆脱得大写的自然。只叫创造。只有上帝办得到。但上帝不存在：在大写的自然中"既无消亡也无创造"。假如诗人想试一试，怎么办？有两种办法可获得公认来对付：被变创造物或自成创造者。第一种出路已堵死，谈一谈第二种出路吧。这类诗人举棋不定，足以消除基督教残存信奉者所散布的荒诞传言：不，我们的祖辈们并没有被疯狂的傲慢逼到弑神灭教的地步。恰恰相反，上帝驾崩没有随之引起自杀风潮。大写的诗之所以一时被诱惑去继承天赐遗产，竭力在极小的范围内创作，是因为被逼消亡或经受考验，直至他们的天职受到怀疑。信仰盛行时期，天赋是平民的贵族名望：上帝给诗人们额头上烙下印章，他们是天赋人权的诗人。至于灵感，则是美惠的世俗名称。既然射落一只麻雀都需上天的特许，要让话语一开口落地，就得另一种天意特许；既然一切行为皆需超自然的协助，缺少创世的颂扬者就不可思议了。总之，诗人只是号角，灵感来自上帝，天堂发出青铜或紫铜乐器的声音，闻声飘然若仙的世人不由自主冲向天空，拨开通道，直上云霄。在杀害大写的父辈们之后，诗兴只是疯狂的一种奇特形式而已。在烈酒的人为助兴下，一句好诗只不过是一次机遇、一个诀窍组合，动点小脑筋就大有可能搞成。诗人像个"奇形怪状的大号角"①般使大写的自然发出咆哮的回响。恼恨促使诗人否定一切形式的灵感。这不，正好有个外国诗人的作品刚翻译出版②："运气和费解是爱伦·坡两个最大的敌人……他的天性是格外喜欢分析、组合和盘算。"③这位诗人为作诗制定规则，原则上排除诉求"天赐诗兴"："一个想法……适用于选择一个印象或一个要产生的效果，这里

---

① 马拉美语，引自《晦气》，参见《马拉美全集》第29页，七星文库，加利马出版社。
② 指波德莱尔翻译爱伦·坡。
③ 引自波德莱尔翻译爱伦·坡《乌鸦》的序言。

我认为最好指出,经过构建的辛劳,始终保住眼前的计划,但作品受到普世的重视。"①大写的诗成为一门技艺,这是圣言(上帝之圣言)消失的直接后果。我关心这种后果的同时,情不自胜地注意到诗人对读者公众彰显的敌意。诗人吟诵时,让周围的人们被他激情有所感染;沟通感情嘛。诗人在上帝被剥夺之后,刻意对读者们施加影响,向他们传递自己感觉不到的激情。他操纵感情,无动于衷,冷若冰霜,毫不在乎神奇,尽管对创造神奇的手段了如指掌。不管怎么说,对于勒孔特·德·李勒来说倒是一件幸事;倘若人们继续相信那些难以解释的强力,这位不幸的诗人就掩盖不了多久他的极端无知。肥皂泡里的一个闷屁暂且无伤大雅,但水泡终将爆裂。勒孔特·德·李勒绝顶聪明,把自己培养成理论家,并把自己辛勤的劳作徒劳无益地强加给两代人②。十五年之后,一个年轻的业士生③,天赋极高却懒怠散漫,倒还用心写作,患有一点受虐色情狂:

> 啊! 美妙而君临的灵性。
> 白鸽,圣灵,神圣的诗兴,
> 适逢其时的暧昧,殷勤激昂的感情,
> 加布里埃尔与他的诗琴,阿波罗与他的竖琴,
> 啊,灵感,我们十六岁时乞怜过的灵性,
> 我们需要自己至高无上的诗人,
> 我们不信仰却敬仰的诸神。

---

① 引自爱伦·坡《一首诗的创作来源》。
② 参见萨特《家中的低能儿》第三卷,作者为勒孔特·德·李勒撰写简要的评传,对他的文学动机了如指掌。此巨著收入加利马哲学丛书,1972 年。
③ 法国中学毕业会考及格者,该制度一直延续至今,从未间断。此处暗指魏尔兰(1844—1890),法国著名诗人。

必需剪刀裁布似的推敲词语,
必需冷静撰写激奋动情的诗。
可谓大写的顽强,可谓大写的意志,
我们责无旁贷,我们孜孜以求,
闻所未闻的努力,举世无双的战斗……①

　　强调把灵感归属于信仰,这再好不过了。魏尔兰却既摒弃灵感又弃绝信仰。这种苦修的劳作结果又如何呢?不敢予以置评。人家宣称"精雕细刻","用思想这把凿子雕刻美的处女石"。然而,如此生产出来的作品,会是什么样子?作为创作,它足以把人类的印记烙在介质上吗?在唯有一次闪烁中必须同时产生介质和形状吗?问题依然没有答案。谁都没有自信宣称自己是创造主,谁也没有勇气供认我们被禁止创造。那么拭目以待吧。

　　这些优秀劳动者,我们可以称他们为无神者吗?想必不可以吧,他们沉浸在精神的光辉中。那么他们是些信徒吗?倒也不是。他们是上帝的孤儿,感受到恰似肢体毁形的"灭顶之灾"②。他们活在世上,倍感无所适从,不知为什么出生,所以憎恶自己这个偶然性。时而他们感到自己身心充斥一种模糊而多余的生命,膨胀得令他们惶恐,时而他们觉得一个机灵的死神潜入世人和世事,古怪的称呼:诗神。这些难以为情的非信教者,远非鄙视其长辈的梦想,而是与浪漫主义的主将们为伍觉得自己太渺小了。差一点他们就承认自己属于发育不全的早产儿。他们不具备1830年代泰坦们③贵胄,也未染上波德莱尔傲慢的辛酸。诚然,他们不敢自称抒情诗人或行吟诗人,甚至

---

① 引自魏尔兰《农神体诗》跋Ⅲ。
② 维尼语,出自其著作《军事奴役和威严》。
③ 暗喻雨果、拉马丁、维尼、缪塞、戈蒂耶。

没有勇气宣告自己是忤逆诗人;即使抱怨,也是低声下气的,所以不会遭受诅咒,也入不了永劫不复的地狱。他们"晦气"而已。他们感到有点衰老,有的哈喇味,兴奋不起来。他们宣称自己:

> 衰老了……
> 苦修厄运而无自尊的不幸者……
> 这些哈姆雷特被愚蠢的苦恼浸泡……①

他们至少能够胸怀伟大的激情吧?根本做不到:

> 他们觊觎憎恨,却只获得怨恨。②

他们忧郁伤感于生不逢时,有的却是:

> 多灾多难和焦虑不安。
> 意象,惴惴不安且虚弱衰竭,
> 使他们的理智力化为齑粉。
> 他们的血管里如同毒药般翻云覆雨,
> 熔岩般滚烫,却难逢岩浆流淌卷滚,
> 把他们自行崩坍的可悲大理想煎炸得噼啪作响。③

然而,好歹得让这个世纪中叶的孩子(斯泰凡)高歌呀。那么他的歌唱对象是什么?唉,就是他的长辈们已经选择的那个对象呗。但那是空心的啊。长辈们敬仰上帝在场,他却抱怨上帝不在场。长辈们想炫耀神明照亮的宇宙,他却描绘被熄灭的光明和笼罩世界的黑暗。长辈们感谢上帝让他们享有充实的福分,他却怪怨整个世界使他心里空落落的。长辈们颂扬心智世界、大美、绝对真理:围绕这些至高无上的境界,最浓郁的香味和最鲜艳的色彩有

---

①② 引自马拉美《晦气》,参见《马拉美全集》第1410—1411页。
③ 引自魏尔兰《从前的圣贤》,参见《农神体诗》。

时使他们觉得如梦如幻；他也会像长辈们那样展现纯真的大美、大理想，但总觉得绝对是一种梦想；唯一的大介质是大真理。上帝是他不可治愈的伤口：他拿伤口示众。他的躯体时不时甚至模仿自己灵魂的缺陷；体验到的上帝死亡将变成某种轻微的肺结核病。

总之，马拉美一劳永逸地选定了他的诗歌主题：非实在。为了满足他的怨愤吗？当然，他逼迫大科学和父辈们作证：喏，这都是你们把我造成的德行。甚至巴那斯派①不乏含有暴露癖的色彩，勒孔特·德·李勒的漠然也许掩盖其私情，却隐瞒不住其怨恨。更有甚者，这批青年充当着祭品。他们深感天地之间上演的悲剧包含着人类的牺牲，而他们正是被选定的替死鬼；他们决定主动要求这种牺牲。为此，他们必须是不可救药的，必须心甘情愿不可救药，必须终生披麻戴孝。或许我们将求助于愿意当见证人的眼睛：资产阶级毫不在意自己的绝望，弑神之所以使他们吓破胆，另有原因，而人民则识破不了缘由，也许只有上帝洞若观火……但世人恰恰在为上帝披麻戴孝。怎么办？谁是见证人呢？诗人们自己也不晓得。不过，他们觉得自己的违拗对大宇宙起到某种神秘的作用，如果他们不断说不，大写的介质就更加介质，大写的人就更加非实在。

波德莱尔出于怀念大无限，已经打算证明他超越了尘世状况，也许证明人间之外有某种东西，如无限的、绝对的、永恒的实在。比较谦逊的"农神体诗人们"由于愤愤不平，什么都不想证明，他们不着意主张上帝存在，哪怕采取最隐晦的形式，但执意坚持到底宣称上帝"大概应该"存在。奇怪的思路，是吧！无非是上帝存在

---

① 巴那斯派，即高蹈派，系指十九世纪中后期的一个流派，以勒孔特·德·李勒为首领，主张为艺术而艺术，而马拉美则是象征主义的主将。——译注

或不存在。怀疑是允许的:"普世的大怀疑,尽管服从上帝的意图,因为上帝对我们的呼唤置若罔闻,要世人不可对其抱有任何确凿的概念。"①但怎么可能同时认为上帝不存在是显而易见的,又宣布上帝大概应该存在呢?我承认这种态度难以维持,但仔细一想,从中看出勒塞纳②先生有关自省的大运作诱惑最终导致以假乱真。他开始主张上帝应该存在,最后却宣告上帝即价值。抑或如西蒙娜·韦伊③所说,上帝无所不在就是普世不在。由此看出防守的论断显示不信上帝的尖锐性不断增加了。这里涉及"后无神论"基督教千方百计把失败转为胜利。我说的这些诗人们与之相距不怎么远了:他们不完全意识到,把"大概应该存在"当作一种更加必需的形式,因此是被上帝精神化了的形式。不,上帝"不是实在"。但,世人如果通过"忧郁"(波德莱尔语)作自我牺牲去证明上帝应该实在,便可劫后余生。不过也许无神论正是上帝整治诗人们的最后考验。

万能的上帝要求世人"不可对其持有任何确切的概念",而上帝则可建立宗教,硬要约伯吃尽苦头又对其忠诚不贰:莫非有可能上帝如今部署天下来说服我们他这位老天爷已经死亡?于是真正的信徒们因为无法驳斥唯物主义明显的证据而承认自己灰心丧气,于是不断宣称人世无聊透顶,以他们认可的"没落"去论证:没有上帝,大写的人是不可造就的。这种超越无神论的自我摧毁荒诞无稽、不顾明理,可视为神明的现实证据。有关上帝死亡,这种求助于上帝本身的企图只能在失败的氛围中才被理解。这类无神论者是先驱吧,他们的诗以迄今广为传播的新基督教为源泉,我建

---

① 引自阿尔弗雷德·德·维尼《一位诗人的日记》。
② 雷内·勒塞纳(1882—1954),法国哲学家。
③ 西蒙娜·韦伊(1909—1943),法国哲学家。

议称之为:等同失败行为的信仰。抑或,换个说法,大写的诗,为了在痛苦中体验宗教的失败,甘心情愿承受失败。但,与此同时,由于这些诗人的无宗教信仰是真心诚意的、义无反顾的,由于盛怒和怨愤促使他们比唯物主义和不信教者的否定走得更远,所以最好把这种模棱两可的、矛盾百出的、几乎无法确定的态度视为无神论幼稚病,倒不失为上策。

沦落不止于此:宗教诗的失败同时也是世俗诗的失败。世俗诗丧失君王和上帝之时,正是资产阶级透过派别恶斗窥见阶级斗争之日。彼时人们已经议论"二月大灾难"(法卢语①)。早在 8 月 15 日时《东西两半球》杂志已经刊登这样的祈祷:"但愿……强力与我们同在。"一切富有阶级,正如蒲鲁东指出:"对第二共和国恨得咬牙切齿。"②有产阶级将其政治权利抛给肃清团队,作为交换,后者保障其财产权。当然人家限制文学自由:作家难道不是资产者吗?因此,作家跟大家一样出让其权利,尤其思想表达权。作家个人不签约无关紧要,既然整个阶级为他签字画押。不错,作家确实没有,或不总有大宗财富要保护,但特别在意保护既存秩序,也是确实的吧,因为他不可能侧耳倾听自己天性的喁喁细语,而凶狠强硬的手腕却又遏制不住外部的吵嚷。内战正在酝酿中,专家们,即鼓动者和政客们,缄口不语,诗人却瞎忙一阵;不管他属于哪一派,只要他一插手,便会连累其支持者。不管他仅限于娱乐和感化,都不行;他若越雷池一步,人家就修理他。经过有声有色的被修理,成为病态诗人,权利减少了,虽然重新竖直腰板,却什么也没得到,积怨在胸,倍备感不光彩:自感充当同谋,成了替死鬼,陷入

---

①② 法卢伯爵(1811—1886),法国政治家,曾任教育部长,提出重要的教育立法《法卢法》此处系指 1848 年二月革命和第二共和国诞生,转引自《十二月二日政变》(公元 1851 年 12 月 2 日,即共和国年历雾月 18 日)旧译,《雾月政变》。

新的困惑:美文学尤其需要秩序或特别需要自由,如何作出决定?诗人已经猜到人们后来创造的说辞,强迫他们接受专制倒是极好的帮助:"我们的文学一向在越受到制约、越遭到管束就越具法兰西特色……这种约束非但不会抹煞个性,反而会激励个性。"再说啦,群氓得势,诗人有什么好处?又不是他的读者公众?

诚然,一个艺术家应该唾弃灭教的资产阶级,但终归是资产者使他出生于世,把他养大成人。宁愿守住可耻的阶级,使之蒙受耻辱。总比将其推入鸿沟充当一丘之貉之险要好吧。不管怎么说,诗人深感内疚。他乐意像《强盗》①的主人公,以其内心戒律对抗人世可耻的运程。大写的诗全盘自省。唯一的口号:守持、等待、自卫,坚持防守至世纪末。时节似乎有利于反省:诗人会反躬自省吗?不会马上自省,眼下还在发牢骚哪:

> 今天,行动和梦想已经粉碎
> 历经世纪损耗的原始公约,
> 强力,从前诗人驾驭这匹白马,
> 长着翅膀闪烁光辉,喜气洋洋,
> 强力,现如今强力哟,却是
> 凶恶的走兽……②

诗歌之父③,一场失败的大战役英雄,远在那座岛上④,子弟们执意把这种隐退视为一次失败的形象,虽败犹荣,结束新的政教分离,功德圆满。他们自己在这边陆上,千方百计以某种神话般的

---

① 《强盗》,1781年,德国著名诗人、作家席勒(1759—1805)作品。
② 引自魏尔兰《农神体诗》之《序诗》。
③④ 暗喻雨果,流放在英吉利海峡中与法属海域相连的孤岛上,1870年才光荣返回巴黎。

想象他与巨大的不在场遥想沟通。他们模仿他的诗,朗诵他的诗,体验他的诗,通过穿着打扮和脸部表情体现他的诗。父与子一样疯狂:前者自视为流亡的诗,后者以为体现诗的流亡。后来,老爷子归来,向尘世宣告大写的诗恢复了,可是子弟们充耳不闻:流亡已成为他们的第二天性,所谓流亡成自然。老爷子的不在场,他们自身的脱世以及上帝的永恒不在场混合为一种三位一体,其中一体是另外二体的论据。败下阵的雨果,就是死亡的上帝。诗人在这全凭运气的世界必然失败,子弟们一不小心或一时走神就会证实上帝、大写的人和大写的诗一概难以为继。一个市府发件员脱口道出整部歌剧的终结:

  ……瞧,这些歌唱团的歌手们……
  用他们的歌词把人世搞得心慌意乱,
  于是人世放逐他们,反过来又被他们逐放。①

  整体运作就这么冒冒失失被揭示了:问题只不过在于标志的变换。大家异口同声说,在一切事物中,负极是正极的象征。诗人经受不幸的遭遇后佯装自作自受②;从强加给他的约束中,他居然硬说看出他是被上帝遴选的标记,对人家给他规定的限制,他动容之余,忍声吞气,却顽固拒绝离开自己的位置,尽管是别人硬要他占着不动。这种阴沉的态度,人们称之为"尊严",使服从变为挑战,使被动又变为叛逆反抗。故而诗人保持沉默就很有面子,任何人都不会邀请他发话了,或更准确地说,他会写点东西,公开告示他缄口不语了。某些主题是其禁区吗?不错,反正所有其他主题

---

① 引自魏尔兰《农神体诗》之《序诗》。
② 引自让·科克托《埃菲尔铁塔的新婚夫妇》:"既然咱们搞不懂其中奥妙,不妨假装自作自受吧。"

都自禁了。从1860至1900年文学缄默不干了。马拉美指出:"在这样的一个时代,诗人的态度是对社会罢工,置之不顾所有可能向他奉献的肮脏手段。所有可能向他奉献的东西都比不上他的秘密工作。"①我不认为读者大众意识到这一点。

前辈们写诗为了喜出望外,增光添彩,诗歌成为慷慨大度的最高形式。对其乳房源源不竭的奶水,人们赞赏其丰沛胜于其质量。埃雷迪亚②后来讲到拉马丁时指出:"每天他慷慨奉献他的生命、他的天才……他奉献一切,包括奉献他自己。他天生就是罗马式贵族。他对人民的情感只是他伟大的灵魂一种最高度的捐赠。"十二月二日③以后,一切都变了:最多产的诗人每十年刚够出版一本厚厚的诗集。如此普遍的力不从心不可系于个体之骨气,应该是一个时代特征吧。当然,这是无宗教信仰的结果。虽然远非决定回归对大自然异教崇拜,但上帝死亡确实引发一种无神论的善恶二元论:"虚无与实有"的对立代替了"光明与黑暗"的神秘学说之区分。"自在"消失时,生命存在的无限集积沉溺于偶然性:其中每个生命存在也许可能不实在,也许可能成为另一个实在。反正生命存在荒诞而空泛的形象把现有的一切都反射到不由自主的无神论者身上,就像反射到一块石子上或一朵玫瑰上,令他们觉得完全不适宜。于是人们把实有这种直接预感称之为"烦恼"。不管怎么说,假如上帝不存在,大写的实有和大写的介质就不可交换界限。实有是分散的、惰性的、外在的。诗人非常厌恶把实有归纳为纯粹离散的介质,因为这种大写的介质否认我们所有的特权,这

---

① 引自马拉美《论文学的演变》,参见《马拉美全集》第870页。
② 埃雷迪亚(1842—1905),古巴裔法国诗人,法兰西学院院士(1898),此处引自他入法兰西学院时的演讲。
③ 系指公元1851年12月2日,即路易·波拿巴政变成功之日。

种残忍的平均主义指着英雄、天才、圣贤的鼻子断定"显而易见，一切实有都是相同的"①。实有、媒质、天理、天性：四项混杂，农神体诗人们嗤之以鼻，因为四项各以自己的方式，一味各行其是，各抒己见，暗中较劲儿。诗人厌恶"天然的故而庸俗的女人"，波德莱尔的原话是："女人是天然的，就是说可恶的，所以她始终庸俗，就是说，浪荡子的对立面。"②他憎恶孵化、开花、憎恶一切似乎为上天增添的实在，他害怕自己固有的天性：生性狡诈，深藏不露。一排纽扣紧紧扣住，僵硬挺直，神态拘谨，不允许半点马虎：除非本性使然，还会沉溺于什么？他抑制自己的冲动，控制自己的性欲，因为满足即受用，而一切受用皆为实在的受用。他讨厌女人圆鼓丰满的润泽，同样讨厌男性的汗水、汗毛以及肌肤气味。

波德莱尔这一代诗人，不怎么沉溺于孤芳自赏，倒是更乐意扮演个角色：他们至少确信自己是其中的一个角色，而且好处在于不担当这个角色。崇尚这种花招，往往促使他们以抽象的女性来炫耀自己。在这方面，他们与鸡奸者相仿，厌恶女人的现实肉体，但被作为意境的女人所吸引，仅仅因为问题在于玩弄他们不可能变成实在的东西，并在于质疑他们已成为实在的东西。他们的感情抒发，他们的不省人事，他们对纯真的情分，他们的敏锐细腻，有时他们的虚情假意，他们所有这些装腔作势，很可能被人视为鸡奸者。其实不对，除很少的例外，他们不搞同性恋。多少有点性无能，抑或性冷漠，时不时突然之间阴茎异常勃起，为此他们少不了后悔不迭，大部分时间搞点色情的勾当：触摸一番，暴露一下，抑或话语挑逗，总之，调情卖俏罢了。

---

① 引自马拉美《音乐与文学》，参见《马拉美全集》第648页。
② 转引自波德莱尔《赤裸裸呈上我的心》，参见马拉美致勒费比尔的信（1867年5月17日）。

可以想见诗人们厌恶浪漫主义的多产。那些1830年代的大天才们,没完没了处于产褥期,带着黏液和粪便分娩鲜活孩儿,或丑八怪和死婴。献身于大写的艺术有什么用,假如为了从中重新找到天理?难道不是冒风险把诗当成蜜而世人变成蜜蜂了吗?人们将以定量孕育替代粗俗繁殖。诗歌摒弃大量生产以便致力于质量。前辈们无节制丰产,结果引起语汇膨胀,所以诗人以少而精审美取而代之,于是人们专攻奢侈精品。诗歌新人们小心翼翼捂着他们的诗,甚至捂出便秘了,就是不给大众看,为了不让读者打开他们的诗作,用"镀金的扣环"①封存起来,其实读者大众根本不在乎他们的诗。反正读者大众被客气地排除了,因为他们首先为自己创作,其次为同行的人和几个稀罕品收藏家。人们从迎面而来第一辆自行车的几多釉光便看到眼前出现大写的吝啬和大写的文学在为非常法兰西的双座自行车增光添彩。诚然,笔头吝啬的诗人从事创作还是有的,但世纪末之前并没有为了"惜墨如金"而创作的。

实际上,关键在于恢复一个贵族阶级。科学不是限于消灭上帝和废除大写的理想,而是通过推理和人人对可懂的真理体验建立起来的,断定"通情达理是人世间最受赞同的事情"(笛卡儿语)②。科学揭示:"显而易见,一切实有都是相同的。"③与此同时,科学毁坏一切等级制度的客观原则:一方面肯定"真"可传播,另一方面破除不平等性的负面原则。资产者和诗人,他们一致哀

---

① 引自马拉美《为大家的艺术》,参见《马拉美全集》第257页。
② 引自笛卡儿哲学专著《谈谈正确引导理性在各门科学中寻求真理的方法》,简译为《方法论》(1637)。
③ 马拉美语,引自《为大家的艺术》,参见《马拉美全集》第257页。

叹预审案快速进展,正如蒙塔朗贝尔①所言:"在法国,有件事随预审案增多而扩大,那就是刑事犯罪。"福楼拜一直为之生气,勒孔特·德·李勒亦然,而温和的勒费比尔,这位邮局职员和未来的考古学家,首先发难,不久写道:"我们不再拥有足够的愚氓。"②持同样见解的,不乏其人。但,愚氓更多,文盲遍及法国,就会更进步吗? 错误已铸成,因为煽动者让人民确信自己能够搞清楚弄明白,只是贫困和领导者缺少诚意才使他们蒙在鼓里。对实际的愚氓资产阶级不屑一顾,却需要正当性的愚氓,作为不稳定和矛盾的产物,作为渴望叫停大历史的过渡阶级。肯定人人平等,反对自己从前的主人,同时肯定自身天然的优越去压迫自己的奴隶。确实,这是有分析能力导致的结果:资产阶级自我解体,变成平民或贵族,迷失于普遍的等量,除非它恢复有利于自己的综合能力,这种能力于1789年丧失殆尽,进而再造自己不可约束的后代。至于对待无产阶级,资产阶级的态度模棱两可:执意压缩这块难以消化的大面团,把大块面团粉碎为单薄无力的个体,同时否认这些合成的实在,即阶级;希望通过隐晦的说法,不公开说明那些不可告人的真相,甚至已经泄露的真实情况,去启发劳动人民相信世上存在着生灵的等级制度。

总之,资产阶级必须抓住一切可能的时机提醒人世间存在人性,更不用说血缘和出身,顺便提及涵养、情趣、机灵以及所有可能获得的优点即可。一个"优越的"阶级看到自己的优势被质疑,就有可能运用神秘的学说来自卫,姑且不去预断采取更有效更血腥

---

① 蒙塔朗贝尔伯爵(1810—1870),法国政治家、活动家、历史学家、法兰西学院院士。此处转引自《十二月二日政变》(即《雾月政变》)。
② 引自欧仁·勒费比尔致马拉美的信(1867年5月27日),他是巴那斯的重要成员,与马拉美有过许多通信往来。

的手段。资产阶级令人担忧的"上升"很可能源于行吟诗人的诗。我认为从"艳情"必定看出纯洁的异教派①乃至圣母玛利亚虔信的一种移位,其实是封建领主们的一种自卫反应:他们把臣属附庸关系理想化了,并把这种关系抛向柏拉图式的天空。同样,贵族在两个战线同时作战那个年代,故作风雅的企图是消遣。德·朗布依埃侯爵夫人②的宾客们曾做过出色的尝试,但无益于把斗争转移到文化阵地。反倒成了1850年代资产阶级所需要的一种故作风雅:既然这种风雅自以为不可替代,那么必须拿出证据;如果说智力活动是大家共有的,精英就应该让看到一点实在的东西;哪怕非常微妙的东西;列举的事实如此大量、如此繁杂,以至实质上是在躲避科学理性,只供极少的特权者阅读。如果不是一下子就获得所需的智慧,哪怕研究一辈子也无济于事。

总而言之,既然大理性揭竿而起反对权力,并成为一部巨大的机动平路机,人们就会求助于非理性,一如既往,回归感情用事。资产阶级在所有的领域,利用一切机会,保持把贵族精神当作一种不间断的骚动,把等级思想的存在称为一种"不断反革命"并没有什么错呀。"反革命"随时随地必定露头:一份报刊被关闭,因为在栏目中流露出反革命思想,或在法兰西学院某次演讲中出现一次影射,或在一位将军或一位部长的声明中一句暗示,正是这种思想产生资产阶级善恶二元论,名为"区别"。资产阶级的绝对优势,虽然未被正名,但始终被暗示着,好像是资产阶级平等宣言的反面。

诗人们再一次把自己变成故作风雅的反革命分子。他们信誓旦旦

---

① 十二三世纪,法国南方的行吟诗人,其诗称为行吟诗体。彼时,法国及其他西欧国家出现骑士文学,也称"艳情文学"。此处指的正是骑士式的"艳情"。
② 德·朗布依埃侯爵夫人(1588—1655)从1620至1655年在其古堡蓝色客厅接待上流社会人士及文人墨客。

要把自己与资产阶级"区别"开来。然而,资产阶级决不肯把自己与人民"区别"开来,不是吗?诗人们反对资产阶级所做的一切,而资产阶级则一概将其转为对其有利的东西。诗人的前辈们正是这样自称未卜先知的,但彼时愚者动口,笔者动手,皆由上帝指使。他们的后继者不再有信仰,认知贵族不再存在,况且世人同样全是媒质空泛的象征。大写的诗自我发现了一项新使命:"不顾实情",重建一种徒有虚名的贵族身份。面对公之于众的科学实情,资产阶级不得不建立一种"不可告人的秩序",利用完美作为有选择性的原则:表面上人人有份,实际上只有少数几个特权人物可享有。完美虽通过唯一的"外在"显现,却爆裂为多种不可复原的"区分",把世人分离开来,在社会上引起水平断层。极少数业余爱好者凌驾于"人面兽身"(马拉美语)①之上与艺术家为伍,组成清苦而神秘的骑士团。这类修行小团体,半修道半战斗,近似学会、智库、善会,具有引为自豪的迷思,即宿命论,以及自己的入会仪式。被厄运选中的诗人,以其愤世嫉俗彰显于世,然后被同辈们认可,后者经过自行遴选吸收新成员,接受入会手续,并在内部机密刊物发表作品。

几十年期间,诗人只跟诗人来往。勒孔特·德·李勒府上,每次招待会隆重得活像做弥撒,保持着严格的等级礼仪:维克多·雨果是被俘之王,勒孔特·德·李勒是副王。与会者之间乐于以亲王、公爵或王室总管相称,弹冠相庆,以此来掩饰对自己平民出身的厌恶。这种厌恶甚至在《玛尔多罗之歌》也有反映:"人家对我说,我是男人与女人的儿子。我很惊讶……我以为不止如此吧!"②与此同时,又以战战兢兢的肯定来维系某种象征性的雅利安主义。他们的贵族性完全是否定性的,建立在整个现实贵族的

---

① 引自马拉美《晦气》,参见《诗集》(《马拉美全集》)第28页。
② 引自《玛尔多罗之歌》的《首卷诗歌》。

废墟上。他们以贵族的名义来装饰被消灭的贵族徒劳的离愁别恨,其不可替代的特殊性实质上只是对全称性的否定,难以为继却有意为之的否定,但以坚持反对彰明若揭引为自豪。1851年的诗歌遭受失败以及1793年法兰西贵族阶级遭受灾难,两者交相映照,互为证明;前者和后者的失败皆为形而上悲剧的世俗形象:资产阶级在战胜贵族和诗人的同时迷失了方向,杀死了自己的上帝。已故的贵族比在世的任何时候更为高贵,因为他们拥有死者最高的威严,不为人所知的诗人一旦被流放,就等于被仪式般供起来,虽然没有读者了,却有王子般的傲慢。这是一码事儿,资产阶级因体现贵族的死亡而贵族化,尽管是其父辈们屠杀了贵族。把"剥夺"变为"财富"只需举手之劳。资产者从王亲国戚手中攫为己有的还有傲慢、清高、坚忍和不在场。这种秘密社团有其神秘之处:奥秘在于由虚无到绝对的变体①,由"否"到"是"的变体,由难以为继到必然事功。为了把进取心推之极端,他们拒绝活下去。一种特殊的情况加速他们最后的决绝:他们"穷困"。

美文学在压缩生活方式的同时,改变了对人才的招募,这丝毫不使我们感到惊讶:一项对法国圣西尔军事学院学员履历的调查,显示他们的出身阶层随着战争是否荣耀而发生重大变化。只要大写的诗值钱②,文学之家的子弟们不屑,为其奉献天才,但一旦衰落,一旦被钳制,他们时不时勉强受邀一顿晚餐罢了。大写的诗便失去了风采,有鉴于此,小资产者反倒突然觉得可接受了,因为原先怯于企及,认为只是取悦于富人。随着高贵者仙逝,卑贱者胆子越来越大。如果说继续认为天才有见于成功,那

---

① 基督教圣餐中面包和葡萄酒变为耶稣的身体和血,称变体。
② 暗喻维克多·雨果1848年拥有1亿8千多万法郎。寿终时其财产上升为20多亿。

些不祥之人甚至不会写下一行字。他们觉得成绩与功绩不搭界时,才敢于梦想取得功绩,使自己升华于成绩之上。事实上一个多世纪以来,他们一直生活得很不自在,直至此时上帝掩盖了他们卑贱生存的彻底荒诞性;徒劳的生活终于得到了回报,对上天作出自己的交代,热忱完成自己的任务,总算可以认为对维持天地秩序做出了贡献。

然而,诗人们随着抛弃基督教信仰,睁开眼睛看清了自身的厄运,早在1835年缪塞就写道:"从前压迫者声称:'地属于我的'——被压迫者回答:'天属于我的。'现在被压迫者怎么回答?"[1]怎么回答?看情况呗:假如属于无产阶级,他将要求显耀的地位,甚至随时准备通过暴力获取。但被愚弄的、收入差的小资产者逆来顺受,是不由自主的,什么要求也不会提出,不属于反抗者嘛,更不会是革命者,压根儿不想把社会翻个儿,就像从前波兰的以色列裔富翁,就像现如今刚果的黑人,不断要求融入所谓高等阶层。小资产阶级作为阶级,心怀怨愤,自尊心备受屈辱,既妒羡眼热又忍辱受屈,却自以为在任何情势下为大历史的断裂付出代价:时值1850年还这么想,真是大错特错了,因为这个年代的代价应由工业和农业的无产阶级付出,所以此时的历史事件把小资产阶级四马分尸了:自雾月政变,大中资产阶级得到提升;最后几年的经济危机被遗忘了或被算在革命骚乱的账上。某些小资产阶级分享普遍繁荣,但大工业或大商业使许多其他人,比如小商贩,普通商人破产了,尚可维持现状的人们也明白坚持不了多久,是敌不过机器的。小商贩、职员徒然挺直腰板抗拒,却不知不觉向无产阶级靠近而滑坡,心知肚明自己的命运。他们虽然有时把社会上层人物当作憎恨的对象,却依然跟他们彼此不相上下的劳动大众格格不入。尼

---

[1] 参见缪塞名著《一个世纪儿的忏悔》(1836)。

采有句名言对他们很合适:"在一切苦行主义伦理中,世人把自己的思想诉诸自己被神化的一部分,由此必须妖魔化另一部分。"①

小资产者妖魔化大历史,因为后者是使前者破产的大患;进而妖魔化大写的天性和大写的生命,因为天性和生命是属于下等人的;故而想方设法吸取来源于领导阶级的光辉。同时,小资产者愚蠢地拼命保存使自己受害的秩序,必将得不到别的资源,只能故作高傲,违拗妪气,假装不在乎,因为必须以自己的业绩区别于工人。小资产者以节衣缩食整治自己,并非出自本身功利主义的原则,而是刻意用苦行折磨自身不争气的肉体,同时执意累垮用躯体呼吸和消化的工人。小资产者被怨愤冲昏头脑,厚颜无耻地把下列现象称为上流:清醒而痛苦地意识到事事不如人,完全缺乏历史意识或阶级意识,与领导阶级的工商巨头不容置喙地串通一气,热忱不迭,自我惩罚节衣缩食以及失败的处世之道,所有这些特征即使不构成小资产阶级意识形态(他们从未有过什么意识形态),至少表明他们思想复杂。但这种复杂至此还从未使诗人获得过灵感。抑或诗人对小资产者根本不在乎,一向嘲笑这帮傻帽儿和小店铺主。突然,大写的诗,被带上锁链,被人瞧不起,竟成了小资产者的囊中之物,被天下抛弃了。不过诗人们只要把它重新捡起来就行了,反正这帮小子在自己等级卑微且清教徒似的家庭闷得慌,干脆承担亲手掐死自己的希望,承揽父辈的天职。这样,谁都不知道他们的焦虑和反抗了。但大写的诗突然唾手可得,反倒成为他们的出气筒了。儿子被父亲归根结底毫无用处的清教主义恼怒,决意摆脱自己的出身,用怨愤否定一切,蔑视富人的庸俗和下等人的粗鲁,表达自己属于一群高贵信使的梦想,尽管难以实现。不过,诗人以

---

① 引自尼采《人道,太人道》第一部分:《箴言》。

为反对自己的父亲、自己的叔伯,却依然紧随其后,与父辈们如出一辙,困苦和禁欲,别无目的,只求把受难者提升到潜在的神圣性更高的程度;官僚父亲和诗人儿子下决心掩盖家境贫寒,从而获得某种光彩的特征。诗人,每当蔑视自己不能得到的财富时,很像自己的家人,他们一概以为,并多次坚持主张服从、谦逊、清白、当日事当日毕,赋予穷人的灵魂一种令富人羡慕的品质;每当把自己束缚于绝对,装出视大写的理想为最重要的、视其自我为不重要的,他依然像自己的父母,后者永远把自己束缚于看不见的资本。诗人爱好清白,尊重世上的伟人很像其父辈,厌恶大写的天性和大写的生命也像他们的父辈。

总而言之,诗的失败变成一个密码,为诗人们的种种失败增添一层未知的深度,他们写作,因为大写的诗不再获利,因为以"默然的轻蔑"向他们反射他们自己轻蔑且缄默的顺从,因为失业的抒情诗人牢骚满腹的尊严和低级职员耿耿于怀的自尊可能混淆不清,还因为他们不可告人的怨恨可能在诗人正义的怨愤中得以升华。诗的大理念被代言人占为己有,拉拢后者"缄口不语"①,诗人们以教权的"现实的"反抗对付俗权,同时使卑贱者以"现实的"反抗对待高贵者。教师、邮局职工、市府秘书、办公室主事以及图书助理管理员迫不得已厉行节约,勇于自愿精打细算过日子,勇于自愿预先拒绝自己不可能得到的全部社会福利。马拉美写道:"Ardèche(阿尔代什)。这个名称令我反感,却包含令我为之献出一生的两个词:Art(艺术)。Dèche(贫困)。"②因为,贫困变成一种天赐的考验,抑或筛选的烙印:"真正的、彻底的贫困通过一切不

---

① 引自马拉美《论文学的演变》,参见《马拉美全集》第870页。
② 引自马拉美致昂里·卡扎利的信(1871年3月30日),同上。

属于我天命的东西向我劈头盖脑倾泻,使我把外部的卑鄙勾当清除干净。"①他们可能不难想象赤贫是自己的禁欲主义造成的。简言之,大写的诗,作为伟大的浪漫派作家崇高的赠予,在卑微的劳动者眼里却变成视贫困为奢侈的艺术。他们说:"生活吗?让我们的用人们为我们代劳吧。"②然而,他们没有用人,除非有时雇个女佣,但将其当作公主对待,"临终时"③娶为妻子。他们甚至觉得疾病是一种特权:"活在世上干什么?有什么借口待在世上,假如我们不受打击、不被追逼、不被偷盗、不被诋毁以及不被放血。必须生病:这是我们自上古以来最美的贵族头衔。"④他们声称自己只是半死不活罢了,其中一个说:"我的心浸沉在自己的悔恨中,用防腐香料保护自个儿。"⑤另一个说:"我是一个悲伤的漂泊者,一个忙于世事的消极个性,一旦在春天离开家乡,内心感受到的则是在秋天。"抑或"我们的希望品质不再允许我们世俗"。⑥ 一个年轻的高中生写道:

> 我不相信上帝,我发誓放弃,
> 我背弃一切思想,至于古老的嘲弄,
> 爱情,我情愿别再跟我提起。
> 似迷途的帆船任凭潮涨潮落戏弄;
> 我的灵魂启航迎接险恶失事的预期。⑦

---

① 引自马拉美《论文学的演变》,参见《马拉美全集》第870页。
② 引自马拉美致昂里·卡扎利的信(1871年3月3日)。
③ 引自马拉美《论维利埃·德·利尔-亚当》。
④ 引自维利埃·德·利尔-亚当致马拉美的信(1867年9月27日),参见《马拉美一生》。
⑤ 引自约塞凡·苏拉里《古陶瓷》(1862),阿尔来斯·勒梅尔出版社,巴黎。
⑥ 马拉美引用维利埃·德·利尔-亚当的话,参见《马拉美全集》第505页。
⑦ 引自魏尔兰《焦虑》,少年诗作,收入《农神体诗》。

微微波浪般的灵魂总那么像昏厥时眼花缭乱,他们觉得无活力的修行胜于有活力的修行。波德莱尔早就后悔没能把梦想与行动联系起来,他的追随者们更为激进,干脆乐此不疲于梦想脱离行动。马拉美指出:"一位现代诗人愚不可及,竟为行动并非梦想的姐妹而遗憾……上帝呀,连他都如此,何处是我们的藏身之地?"[1] 所谓无活力,其实既是一种谴责也是一种无辜的抗议:我们什么也没干,甚至对出生于世都不负责任,而由社会承担全部责任。[2] 这正是我在别处称之为怨愤寂静主义。这批诗人虽不偏爱宣示有效自杀,但他们一概宁死不活,其中大部分人为了避免自愿死亡的最后痛苦,决心成为行尸走肉。科比耶尔为自己好几次写下墓志铭,不妨列举一二:

　　他因兴奋激昂而自杀,或因慷懒散漫而死亡,
　　如果他还活着,那是由于遗忘……[3]

　　他死时,期望活着,
　　他活着,期望死亡。[4]

大师斥责我们:

　　人哪!要善于死亡之前死亡,
　　在墓穴深处寻找生命的秘密,
　　实实在在的秘密。[5]

看到所有这些活死人乐不可支地争夺死亡的荣耀,真是妙不

---

[1] 引自马拉美致昂里·卡扎利的信(1863年6月3日),参见《马拉美一生》。
[2][3][4] 引自法国诗人特里斯当·科比耶尔(1845—1875)《人家毁了我的一生》和《黄昏的爱情》(1873)。
[5] 引自勒孔特·德·李勒《生命之奥秘》,参见其《悲剧诗集》。

可言,勒费比尔写道:"咱们俩谁更像死人呢?当我莫属。"①他们采纳所有失败和指责的负面思维定式,偏爱现时胜于过去,偏爱人为胜于自然,偏爱欲望胜于满足,偏爱性欲胜于冷漠。他们不厌其烦地想象自己已经白活了一辈子,甚至糟践了自己的作品。

> 长眠于此:没有心的心,栽坏了的心,
> 过度成功犹如一事无成。②

有时他们对创作出来的东西厌恶至极,甚至宣称他们最好的诗是没有写出来的诗:"我感到已经湮没的少时旧诗重新在我心中泛起,非常美的诗,因为从未笔录下来。"③尽管现如今我们乐于认同他们的说法。诚然,他们并非不知道贵族阶级实际上与消费社会紧密相连,贵族属于精英消费者,必须以所有人的名义完成人世间财产的常规耗费,与此同时,人类聚集在一起,怡然自得地瞧着自己挥洒汗水生产出来的商品。然而,由于贵族的狂吃滥饮大大超过他们的消费能力,他们就以系统否定现实来替代吃喝玩乐的挥霍。在军事和农业社会中,"清教徒们"耗费有限,他们身上的完整集体性恢复其形象、荣耀以及自我耗费的慷慨大度。他们什么都不要,甚至生活必需品,但他们半死不活的漫长生计,甚至很难设想置身于消费社会的奢侈和迷思之外。1850年的诗人们不可能成为军人,于是变成"清教徒"。在一个工商业的社会中,他们却把自己漫长的礼葬梦想体现于业已消失的社群已故成员身上。另外,以言辞对一切大写的实在发起激进的攻击有助于他们发泄怨愤。他们给这种全面否定起了个名字,叫"大写的梦想"。其实,我们也不必想象他们的梦幻有什么内容,当然也有些特殊

---

① 引自勒费比尔致马拉美的信(1868年7月15日)。
② 引自特里斯当·科比耶尔《黄昏的爱情》(1873)。
③ 引自勒费比尔致马拉美的信(1865年3月2日)。

案例,但就整体而言可称:大梦想、大寂静和大赌气,我们只能把他们的精神状态与轻微的精神分裂症相比较,姑且不称其为胡说八道也罢。

> 噢,梵天! 一切世事皆为梦中之梦。①

抑或:

> 世人世事的终极虚无,
> 是其现实的唯一缘由。②

又及:

> 虚无的儿子,虚无呀,你有啥抱怨呢?③

以下是表达怨愤的一则珍贵供认,反对大写的一切滑向渴望认知:

> 作为没有上帝、没有书籍、没有使徒的世纪儿,
> 我先找了上帝,然后找别的一些人。
> 年迈时才开始觉得当个学者
> 不比做个寻常百姓更有必要。
> 我曾把自己的脑袋搞成一个大实验室……
> 把天性压碎后铸成奇怪的曲颈瓶。
> 俯瞰天下的意志从曲颈瓶下
> 为我变形成扭曲的精神烧热加温。④

---

① 引自勒孔特·德·李勒《梵天显圣》,收入《古诗集》。译者注:梵天是吠陀时代晚期印度教大神之一。
② 引自勒孔特·德·李勒《生命之奥秘》,收入《悲剧诗集》(1875—1893)。
③ 引自昂里·卡扎利《虚无的骄傲》,收入《幻灭集》。
④ 引自勒费比尔《蒙多尔》第95页。

实际上是科学,或更确切说,是唯科学主义(科学万能论)为他提供了两个对立的目的:当代唯物主义是其无神论和绝望的主要起因。勒费比尔于1867年写道:大写的科学"即将以不可逾越的鸿沟穿越地球上的人类历史,不管在拥有希望(基督教的三德之一)之前和之后。这种崇高的大希望使世人仰起额头朝向天空,却又使世人低下额头,必将使之重新扒下,四脚朝天"①。物理学和生理学必将把大写的理想简化为诱饵。但恰恰因这种发现而产生的怨愤使诗人们低下头,言过其实地诉说这种瓦解。其实绝对没有必要一经失去信仰,就落个屁滚尿流坠入十八世纪的解析唯物主义。新康德主义、不可知论、新黑格尔主义、相对主义、实用主义、辩证唯物主义:所有这些哲学从"上帝死亡"中已经或即将诞生。然而,这些梦想者之所以扑向最坏的情况,是因为焦虑,因为忧闷,因为谋虑。他们隐约觉得自己被卷入一场社会大悲剧,长达整整一代,要等到他们死后才会结束。他们中的一人写道:时代是"一条隧道"②。就在彼时,托克维尔表达了普遍的感受,写道:"我们不仅没有看到在我们出生之前开始的大革命终结,即使如今诞生的孩子恐怕也将看到……人们觉得旧世界结束了,但新世界将是怎样的呢?"③他们的怨恨禁止他们期盼曙光,因为他们偏爱大衰落的资产阶级迷思胜于大进步的资产阶级迷思。他们乐于自比末期的拜占庭人,后期罗马帝国的罗马人,这就等于供认他们把自己的命运与有产阶级的命运联系在一起了。他们为了满足自己的狂热,也许正如为了掩盖自己焦虑的真正缘由,便把社会悲剧转化为宇宙灾难。他们喜欢把自己想象成地球的亡灵,大太阳冷

---

① 引自勒费比尔致马拉美的信(1865年3月2日),收入《蒙多尔》。
② 引自马拉美《至于书籍》,参见《马拉美全集》第371页。
③ 引自马拉美致斯托费尔的信(1850年4月28日),参见《十二月二日政变》。

却特别使他们开心:

> 一个死亡的世界,大海无边无际的泡沫,
> 无效益的阴影和鬼魂般的幽光组成旋涡……①

星球之间互撞也不错嘛:

> 圆圆地球带着栖居于斯的一切,
> 贫瘠的团团被拉出无比大的轨道……
> 强有力地撞到某个静止的天体
> 将其老态且可怜的外表碰得坑坑洼洼。②

预先享受一番最后的人类恐怖:

> 我孤独地在地球上徘徊,
> 地球光秃秃,一望无垠,
> 圆圆的,被扒皮、削肉、抽筋……
> 乘鹤仙逝……③

抑或,厌倦了这些世界末日的灾难,着手搞形而上毁灭:

> 时间、面积和数目
> 从漆黑的苍穹坠落
> 毁在静止而阴沉的大海。④

不管怎样,手法不变,搞出个普及的作品,凭借的武器必将用于末日大灾难。既然大科学向我们指明我们的希望是虚无的,那干脆让我对大科学启示添油加醋,指出一切皆虚无。面对宇宙灾

---

① 引自勒孔特·德·李勒《极地景色》,收入《蛮族诗集》。
② 引自勒孔特·德·李勒《灰飞烟灭的世纪》,同上。
③ 引自勒孔特·德·李勒《最后的告别》,收入《悲剧诗集》。
④ 引自勒孔特·德·李勒《田园小诗》,同上。

难,通过可预见的突变而产生的大理想和大美,将似乎是唯一可接受的真理。人们也许对以大媒质为依托的大理想和以大理想为依托的大媒质之间互相质疑,强调得不够:我个人以为从中看出这是彼时最为明显的特征之一。说真的,以上两种虚无是不同性质的:一个是,"实有"缺失,作为理想的资质五彩缤纷般纯粹绽放;另一个,如果把我们任意瞎编的种种虹彩剥去,就只限于无法用语言形容的"实有"了。

由此,我们重新发现黑格尔的"实有"和"实无"的辩证法,却是被我们体验到的:纯"实有"与"实无"是区分不开的,因为一无所有了嘛;而虚无,既然我们对其深思熟虑,在某种程度上,必须存在点什么吧。假如所有易感觉的资质显示感官性质胜于客观性质,正如人们认为的那样,那么一切在场,哪怕最不透明的、最不发声的、最迟钝的,都包含一种秘密的不在场;实有处于纯粹的赤裸存在中,是对一切实有方式的否定;实有的方式,作为纯主观的确定性,最终作为实有方式本身成为一种"表象",故而是对实有的一种否定。

诗人处于反射光斑中很自在,因为他以大真理或大实在名义摒弃大梦想:这是他华丽的绝望、隐秘的痛苦,既使之高贵,又使之苦恼,从而使之恢复原状,并以"应当实在"和"大价值"的名义将媒质一段落。诗人从一次"不在场"到另一次"不在场",由着性子自娱自乐,玩耍着用一次"不在场"消除另一次"不在场",抑或从此加以肯定,从绝望过渡到表达希望的疯狂大动作,尽管这种希望明明就是失望。在文学史这样特殊的时刻,大写的艺术家不再相信大写的艺术,因为不能把艺术奠定于神圣的保证上,但由于这类担保在整个宇宙都缺失,于是可信的唯有艺术了。

福楼拜率先以一种相反相成的、无限循环的质疑,从信仰过渡到怀疑,从怀疑过渡到信仰。他时不时要求大艺术"规避生活",比如在致博斯盖小姐的信中写道:"艺术别无他求,对有头脑的人来说,目的只在于规避艺术的重负和艰辛。"(1863年)听上去好像只是鸦片而已,只是宗教谎言的代用品:"不想倒霉的唯一办法,是把你自己关进艺术,管它东南西北风。"①抑或"神学基础一旦缺失,无自知之明的神学热情支撑点现今将放在何处?一些人寻求声色犬马,另一些人沉溺于古老的宗教,也有人沉湎于艺术"②。另外,他用更多得多、更著名得多的篇幅来肯定自己的艺术宗教,指明他欲望是"借助大美达到大真":"获悉并借助大美达到大真,使人得到极大的满足感。我觉得出自这种喜悦的'理想状态'是一种神圣性,也许比满足感更崇高,因为是超越功利的。"③

波德莱尔的作品也包含同样的犹豫。他能写一手论及大美的十四行诗,或如这样的诗句:"一切创作出来的形式,哪怕是人为的,皆为不朽的。"④这并不妨碍他以一个教士看破红尘的智慧宣称:"必须工作,即使不出于兴趣,至少出于绝望,因为验证世间一切的结果是:工作没有玩乐那么无聊。"⑤魏尔兰更有过之而无不及,自少年就如此,这不,从后来的诗集可见一斑:

  我嘲笑大写的艺术,嘲笑大写的人,
  我嘲笑歌曲,嘲笑诗句,嘲笑希腊神庙……⑥

又如:

  堂吉诃德呀,你的一生就是一首诗,

---

① 引自福楼拜致阿尔弗雷德·勒普瓦特凡的信(1845年5月13日)。
② 引自福楼拜致路易丝·科莱特的信(1852年9月4日)。
③ 引自福楼拜致勒卢瓦耶·德·尚特皮的信(1857年3月30日)。
④⑤ 引自波德莱尔《赤裸裸呈上我的心》(1857年3月)。
⑥ 引自魏尔兰《焦虑》,收入《农神体诗》。

风车磨坊拉倒吧,哦,我的大王。①

　　为了走出死胡同,必须有人勇于闯进死胡同尽头。但眼下,踌躇不决很普遍,却不会引起任何人担心。迎合纵容自身矛盾的思想从马尔罗的一句名言得到最好的表达,尽管略微走样:"艺术没有任何价值,但任何东西都不如艺术有价值。"马尔罗的这个说法是准确的,因为表达了一个悖论:"一条命不值什么,但任何东西都不如一条生命珍贵。"②此话针对一个根本性问题,他的俏皮模仿非常正确表达了前辈诗人的忧虑,即迎合纵容卑怯的思想。这正是前辈诗人勒孔特·德·李勒在其《生命之奥秘》所表达的意思:

　　确实,没有你,什么也许都不存在了,但你什么也不是。

　　这帮诗人,既被别人愚弄也愚弄别人,他们自以为摆脱自己的阶层后,便一味言过其实地描绘本阶层的特征:他们像咸鱼桶总带有咸鱼味儿。首先,诗人们炫耀自己是否定资产阶级的,也许有点过火,但这是受到资产阶级启发所为。正如大魔鬼让人相信他不存在,就会成为赢家,资产阶级这个滑坡的、过渡的阶级,因为其特权不可能有任何基础,所以一味否定自己来达到肯定自己的目的,深信为了统治世界,必须使自己的对象相信,作为阶级,是不存在的。贵族阶级深信上帝的佑护,高调确认自己的特权;资产阶级则规避特权,企图说服压迫者并不存在什么压迫者。阶级?算了吧:现代社会是由鳞次叠盖的阶层组成的、由不同的社会阶层组成的,互相渗透,你中有我,我中有你。有人能说出一套无产阶级的始末,有鼻有眼,倒很聪明,但那是讲死理的人,您能为生产下定义

---

① 引自魏尔兰《致堂吉诃德》,收入《农神体诗》。
② 出自马尔罗名著《征服者》中加里纳这个人物之口。

吗？为消费下定义吗？根本站不住脚嘛。当然喽，有些人的处境更令人羡慕，有些人的状况不怎么好，但互相渗透、吸引、相依为命等，交换频繁，维持社会整体与其职能相适应。这种调节行为确保每个组织成员享有社会重要性，大致与其职业相符。想在遥远的将来通过有系统的暴力来实现一个没有阶级的社会。想必是一些撒谎者或疯子吧，因为他们没看到，或扬言看到没有阶级的社会已经实现了。这正是"我们当今社会"呀。

资产阶级明知自己是个"过渡"：一个正在垮台的社会，人们称第三等级的精英是"其法定清算人"，承担执行清账的使命。但拒绝正视自己的现实，从镜子中或许看到死神，有死亡的预感，刻意不承认自身就是以无阶级社会的名义担负以消灭贵族阶级为重任的阶级。这个未来的无阶级社会是它的终点和末日，是其存在的理由和自我否定，不会名正言顺说出来，否则等于承认自己孕育着自我毁灭，进而承认只能在自我消亡时才自我现实。为了阻止这种不可避免的滑坡，人们硬说运作已经完成，清算业已结束，平等已告实现：最高的财务开支不是所有人都付得起的吧？凯尔西①一个打工仔的选票难道不如巴黎银行家的选票金贵吗？资产阶级将摆脱内在的不平等，而这种不平等必将最终分崩离析，并以抽象而超越时间的否定形式向外抛出：资产阶级"并不存在"，从未存在过。打从1791年，资产阶级令人生畏的分析能力把君主制体系批得体无完肤，根本不怕这种分析能力掉过头来对准自身，于是投票赞成勒沙普利埃法规②的同时，把个体变成唯一的社会现实，长达一个世纪之久。"鉴于各种类型的同业工会或同行团体

---

① 凯尔西，法国阿基坦盆地的一个地区名。
② 勒沙普利埃(1754—1794)，法国政治家，曾制定法律禁止同行业人士结社。

的废除是构成法国宪法的根本基础之一,事实上不管以何种借口恢复上述同业同行团体都是被禁止的。同业同行的公民,企业家,开店铺的老板,产业工人和手工业者等,相聚在一起时,不能任命主席、秘书、工会负责人,也不能制定有关他们所谓共同利益的章程规范……隶属于同业同行的公民的磋商审核和协议公约一概被宣告为违反宪法、侵犯自由和人权宣言……"①就这样把阶级一笔勾销了,那么工会呢?集体公约呢?为什么?既然不存在共同利益了呗。自由合同将成为规则,这个合同必须"在个体之间签约"。老板的共同利益,是宣告他们没有共同利益。

  大写的资产阶级假自杀,定可获得分化瓦解劳动阶级的效果。个体与国家之间没有中间团体。台面上的社会只剩下成百上千万孤独的个体。社会的原子、解析后剩下的残留、有利害关系的否定所产生的负面结果,这样的个体,从确切词义上讲是一种绝对,就是说一个"分离"的个体。过去多少世纪的信徒们把人的现实置于其实在的丰满性,即寄托于上帝:几何学式确认的胜地。资产者的实在性与之相反,寓于一切皆空之中:大革命创造了不存在的人文主义。资产阶级非但不把从上帝那里挖过来的个体融入自己的阶级,而且任其维持在孤独和无助之中,其实在性是按拥有的财产来衡量的。其间,资产阶级默默无闻,在阴暗中活动,时而被议会制君主政体掩盖,时而被专制政体掩盖,时而被必须交纳税金才有选举权的假民主掩盖。因此,在资产阶级时代,公务精神被种种神秘的力量搅得乱七八糟:耶稣会和共济会,犹太人密谋,犹太复国运动智者,金钱的围墙,军火商联盟,等等。公民用这些传说来表明自己内心深处的情感,拥有所有的权利,并施行这些权利,若发

---

① 引自亚历克西·德·托克维尔《旧制度与大革命》。

生什么微妙的争执恰逢其时,将争执的效应清除得一干二净;每次介绍其行为品行,从不承认原始意图。这是因为在资产阶级制度下,不管是议会政体、君主政体或专制政体,整个资产阶级都体现着神秘的权利。

从巴那斯派到象征派的诗人们一味把有产阶级执意把自己打扮的负面形象捧上天。诚然,他们对资产阶级侮辱漫骂不遗余力。但仔细一瞧,他们鞭笞的资产阶级并不存在,抑或存在的是店铺和行政机构的权力。当波德莱尔在其私人笔记中对商人怒不可遏时,当勒孔特·德·李勒预言世人死亡时:

……(你们)扒在某个角落的一大堆黄金上……
装满各个衣袋时愚蠢之极地死去。①

当马拉美由衷高兴自己家族中没有商人②,信手写道:"有一件事令我自豪,非常自豪。那就是我的孩子们,若上帝恩赐于我,将在他们的血管里不会流淌商人的血。"抑或,他乐不可支地谈起某个戴睡帽的资产者跟自己性淡漠的老婆交尾。他们的蔑视只对准小商人,自己却好像没有意识到。这不,关于银行、高级商务和工业,只字未提。由此可见,他们对所处的世纪在经济上所发生翻天覆地的变化一无所知,一窍不通,一味固守对已经消逝的第三等级嘲笑挖苦。在他们笔下,资产阶级大理念成为无时间性了。相对而言,福楼拜对祖国的贡献更大一些,他以心灵素质来确定眼中钉肉中刺:"我称资产者为思想下流之辈。"③说到点子上了:真是火上加油,平添思想混乱。按这种说法,一个工人,要是心灵卑微

---

① 引自勒孔特·德·李勒《致现代派》,参见《蛮族诗集》。
② 引自马拉美致卡扎利的信(1862),参见《马拉美一生》。
③ 引自莫泊桑《论居斯塔夫·福楼拜》(1884),参见《专栏集》卷三。

的话,可擅自命名为"荣誉资产者"喽。布锡考特夫人①,非常慈善的布施者,幸亏有这个美德,当可逃脱其人生状况。彼时开始形成一种文学传统,其原则是:猛烈抨击,但不去击中要害。

时至今日,在巴黎舞台上,挖苦传统的资产阶级可赢得资产者观众阵阵掌声。至于诗人高贵的孤独算得了什么,无非是资产阶级分离主义的折射罢了,对吗?波德莱尔写道:"许多朋友,许多手套……"②或"我自幼就有'孤独感'"③抑或,福楼拜抱怨:"穿越无垠的'孤独'而不知往何处去……"④他们怎么啦,除非成了巧妙宣传的牺牲品不成?他们并不孤独,而是自我孤独,为了使他们的阶级把他们当作天下孤独的典范罢了。瞧波德莱尔大惊小怪也写道:"正因为天大的误会,大家才协调一致。因为,万一不幸大家相互理解了,那永远也不会去协调一致了。……在爱情中,衷心的融洽其实是一场误会的结果。这种误会,就是愉悦……两个笨蛋深信他们情投意合……不可逾越的鸿沟造成互不沟通,临了鸿沟依旧没法逾越。"⑤相比勒沙普利埃法规中的那个短语:"所谓的公同利益",波德莱尔的说法只不过更加尖刻、更加悲剧性罢了。自由竞争和自由交换,为生活而奋斗等这些资产阶级口号相当于霍布斯⑥的格言概括:Homo homini lupus(人对人是狼——拉丁语),也正是诗人们用心学或形而上学的词语所移植的,导致整体悲观哲学在十九世纪下半叶像花一样绽放,而没有其他基础:既

---

① 布锡考特夫人(1816—1887),其夫是法国大商人和大慈善家。第二帝国时期在巴黎开办最大的商场"便宜商场"。夫人是巴黎布锡考特医院创办人。
② 引自波德莱尔《引信》。
③ 引自波德莱尔《赤裸裸呈上我的心》。
④ 引自福楼拜致乔治桑的信(1875)。
⑤ 同上。
⑥ 霍布斯(1588—1673),英国政治哲学家。

没有性情忧郁之徒,也没有蹩脚诗人唉声叹气,说什么痛苦地体验到世人是难以识透的。

啊,深谋远虑的观察家们,你们怎么没有察觉你们在人心中只找到你们放置的东西呢?你们硬说发现人心互不沟通,这只不过是社会心理元素论的重要结果。如果说世人是不可分割的细胞,他们可以互相纠缠,却不可互相渗透;人们先前隔离的两个实体不会发生任何交合。全部心理学,苦涩的或"辛辣的",是这个世纪充当经验成果留给我们的,人们蛮可以先验地制作出来,一旦业已决定把唯一的分析精神用于实在性。每个人自己心里都有数,各得其所,成为不可捉摸而沾沾自喜。至于他人的不可捉摸性,权充不了解他的借口吧。故而词语不牢靠,对各人的意义不一样,进而爱情只不过是内心的一阵暴风雨,因此被爱的对象与之无关了。"我爱的不是你,而是我梦中的情人。"在诗人眼里,女人是不可思议的伴侣,在才子雅士的言语中总会温和地表达出带有时代性的鄙视,这中间有历史、社会和经济的原因。俾斯麦以其三 K 戒律①比较粗暴地概括对妇女的鄙视。证据呢?揭示隐藏在最难以捉摸的失望中的东西,也许很容易,却颇为残忍。比如,勒费比尔一时狂怒之下写道:男人对女人并不太单纯,但太高大了。② 此话怎讲?或更确切问:他对自己说的话有何"感受"?他的信件中有一封告诉我们:他对结婚犹豫不决。有两份亲事:"一个姑娘高大但不漂亮",另一个"很好看的姑娘,但……很像蒙娜丽莎"。后者表现出"一种肉体的激情,令人畏惧",不过她聪明和活跃。不管怎么说,他想更乐意娶另一个:"前者,冷漠和柔弱,缺乏文化教养,

---

① 普鲁士政治家俾斯麦(1815—1898),人称铁血宰相,所制定的所谓三 K 戒律中规定妇女的职能:kinder(儿童),küche(厨房),kirche(教堂)。

② 勒费比尔致马拉美的信(1868 年 11 月 5 日)。

也许是我需要的女人。"

诗人们奇怪的幻想:他们称之为精神的贵族,其实是资产阶级德行的升华。对这种幻想,领导阶级负有责任,这不,千方百计阻止分析能力徒劳无益嘛,因为人们曾希望分析精神从表象上清除阶级并适可而止,但这种精神就像有腐蚀性的酸,侵害着社会原子本身,并将其分解为有形原子。于是资产阶级陷入致命的焦虑,发现无产阶级诉求物质主义,就像一百年前自己诉求逻辑分析理性。就这样,资产阶级最好的工具是反过来对抗自己。我讲过资产阶级怎样企图呼唤幻想的贵族来自卫,由于缺乏特有的本质,资产阶级不断地摇摆于吸引它的人民和拒绝他的贵族之间,动摇于宣布的平等和暗示的不平等之间,游移于无神论和为民的宗教之间。资产阶级厌恶大写的自然,因为正是后者使得世人成为相似的同类,但每个成员力求与众不同,力求从芸芸众生中脱颖而出;他们中的每个人都不公开露面,抑制自己的需要,把自己的价值建立在自己的业绩之上,通过自讨苦吃和崇尚巧计,证明世人中最优者是超自然的生灵。

资产者不知不觉地越来越演变成他自己的模样,每走一步都更加远离贵族。这不,贵族兼基督徒,对自己的出身和血统很自豪,认为天生十分优秀,于是慷慨大度地亮出自己的天性。诗人们用这种资产阶级纯洁派教义把自己营造成"纯洁派"①。他们的纯洁派教义披上假正经的维多利亚风格形象,真是风马牛不相及。资产者套近乎,反倒显得泾渭分明,因为他们刻意以拒绝、以蔑视生命和天性、以否定来证明他们的优越,又因为资产阶级不能把自己的特权建立在大写的实在上,硬说与民众的区别在于他们刻求

---

① 系为中世纪法国及西欧一些国家的异端教派,与基督教对抗。

自己省吃俭用以及制定自我禁忌,就是以大写的否定以示区别。这个世纪末的诗歌想必是一面镜子,去世的伯爵们来到跟前静观自己,却由不得它做主,折射的却是工商业大家族的形象。

说实话,这个形象两边不讨好,两边不认同。怎么可能不是如此呢?既然资产阶级知道不可能正视自己,否则就活不成了,所以原则上掉头不瞧自己的映像,因为私下既不希望听说它是资产阶级,这就等于承认平等是个谎言,又不希望听说它不是资产阶级,这就等于鼓动人民大众将其清除。很久以来,社会生活只不过是一种共同逃避,所有的话题都被禁止了。交际场面上只挑等于什么也没说的话来说。然而,新贵们和诗人们识别不出沙龙里的轻轻絮叨,正是诗歌选择等于什么也没说的避谈正事。在拿破仑三世的虚伪专制下,报刊自行担当审查官。资产阶级缄默不语,害怕自我暴露,工人们则被封口,而诗人们充当沉默的回声。诗人们之所以坚持蔑视他们以最特殊的感情描述的阶级,是因为他们的蔑视,其本身就是对自己无意识厌恶的表达。

此外,诗人们之所以试图假想并彻底毁灭宇宙,是因为诗歌为他们发泄怨愤而又不会牵累他们。看来念叨冷却太阳比触碰社会秩序更加方便并不太危险。福楼拜教他们一手绝活儿:用谴责专制政权的论据来为专制政权辩护。众所周知,这位被多项事务强留在克鲁瓦塞的作家,曾经相信工人能抵制拿破仑,却为大失所望而乐不可支:"我认为,1789年推翻了王朝和贵族,1848年推翻了资产阶级,而1851年践踏了人民。"[1]剩下的只是迈出最后一步:"我感谢拿破仑三世。托他的福!我得以重新蔑视大众。"[2]论证完美:诗人们把政体使他们产

---

[1] 引自福楼拜致路易丝·科莱特的信(1853年9月22日)。
[2] 同上(1854年3月2日)。

生的蔑视覆盖大写的全人类,但既然大写的人类是可鄙的,难道就不具备应得的体制?幸亏这帮诗人,专制政体成为自身的证明。于是福楼拜将心安理得地去拜会拿破仑三世,接受勋章,向玛蒂尔德王妃大献殷勤。他曾在给她的信中写道:"杜伊勒利宫①的舞会如同仙境,如同美梦留在我的记忆中。可惜错过近距离仰慕您,没能跟您说上话。"②资产阶级其实从来不大担心,很清楚所有这些沉默的罢工者在危急关头会聚集在它的周围。1871年福楼拜的确惋惜当局没有把"全体巴黎公社会员判罚苦役"③,严惩"下三烂"工人④,他觉得这个称谓很合适。无动于衷的勒孔特·德·李勒,怒火中烧,怕得要命,大骂《煎饼磨坊》(1876)⑤还没有被枪毙,可悲可叹。很可能库尔贝这个散发恶臭的蹩脚画家以及那帮下三烂画家和蚀刻师不会饮弹身亡,那将更令人痛心⑥。幸运的资产阶级:在大格局中显露其本色,让人认可。

然而,我们看得更为清楚的是,领导精英倒是由中产阶级下层通过诗人们的诗歌表达他们的心声。小资产阶级自然是保守的,以抽象的拒绝来摆摆架子罢了。倘若不乐意以勤奋而朴素的作品来为其界定,那必将从它与一切对立的通盘拒绝,乃至从固有欲望中找到自身的本质。作为小资产者,这些诗人不肯同意把他们的人格置于其人的性格特征之中,只肯同意看到自己身上对空洞大自我的抽象肯定。这种注重形式的、普遍性的个人主义置于劳动

---

① 巴黎卢浮宫附近的杜伊勒利宫于1871年巴黎公社时被焚毁,后改建为花园,即如今的杜伊勒利花园。
② 引自福楼拜致玛蒂尔德王妃的信(1867年6月)。
③ 引自福楼拜致乔治桑的信(1871年10月18日)。
④ 引自福楼拜致乔治桑的信(1871年9月6日)。
⑤ 引自马拉美致德·埃雷迪亚的信(1871年6月22日)。
⑥ 《煎饼磨坊》是雷诺阿于1876年完成的作品。

的对立面,而1890年代凭自我感觉实行的这种个人主义,后来被人称为"自我崇拜":由于缺乏自爱,所以只得全盘否定自己而认命。从而他们一直觉得有负罪感,直到1890年纯粹负面性的行为终于成为唯一自己对自己的亲密关系。后来马塞尔·施沃布写道:"艺术与一般理念相对立,只描绘个体,只钟情于唯一的个体。"①以致了断前辈们的虔信主义②,进而使文学进入新的弯道:渐而渐之,他们的柏拉图主义将被神秘主义所代替,而后者是由纯粹的、不可言喻的、无法替代的个体和"富有旋律性的"持续时间组合形成。

彼时,1860年的诗人们还处于负罪感时期,他们先验的大我只不过是否定行为,即把行为的全部内容掏空,他们那种全凭个人经验的性格,由于自己不在意培育,并未得到开拓。这种人格双重性显得有益于精神秩序:"当碧空之王"③筋疲力尽地"随其纯洁的目光"④遨游时,王者的第二自我,公务员,忙于自己的事务,却毫发无损,自在得很,没准更像另外一些公务员,人们不大关注两者有什么细节上的区别。另一类公务员,属于不负责任的,在大多数情况下,这帮人干的是礼节性行当,根据舆论看风使舵,特别担心将其美德的镇静形象折射到因循守旧的人,有时将其风雅推至接受思想正统的反犹主义。福楼拜和波德莱尔是反犹主义者;维利耶⑤也是反犹主义者;唉,马拉美更是反犹主义者。于是这些清

---

① 引自马塞尔·施沃布(1867—1905),法国作家、学者、名著《意象的生命》(1896)序言。
② 原指十七世纪德国路德教的一支,此处隐喻自我崇拜。
③ 引自波德莱尔的诗《信天翁》(信天翁飞翔时矫健如碧空之王),收入《恶之花》。
④ 马拉美语,引自《圣约翰颂》,收入《马拉美全集》第49页。
⑤ 维利耶(1838—1889),法国诗人、剧作家、短篇小说家。

闲的公务员受到整个社会的纠缠,成为这个社会的临时化身。正当诗人高歌对人类的蔑视之际,卑微的行政人员耐心地期望几枚荣誉勋章:福楼拜将被授勋,波德莱尔获得法兰西学院院士提名,勒孔特·德·李勒、埃雷迪亚当上法兰西学院院士。简直叫人搞不懂,有时不禁会想诗人的虚无主义莫非充当公务员保守主义的托辞了吧。

话不可这么说,这些新教徒(耶稣教徒)是真诚的。只不过,在他们身上,否定性是针对自己的,硬是不肯在他们的社会活动中自认身影,因为资产阶级早已隐姓埋名,使其一切含义脱皮了,诗人们却未发现这样的运作依然是他们唯一的"实在",抑或发现了,依然宣称在他们眼里这种"实在"不算数。这样的时期,他们的"人性",虽是超验性的,却是空洞无效的,坠落在他们的生命之外。他们不知不觉间成了反动派,歌颂一种白色恐怖。他们风雅地分配保守派对人类的怀恨。与此同时,实验文学,通过其他途径,奔向同样的目标:诗人们把世人放入囊中,自然主义小说家用昆虫学家的眼光审视世人。不管哪种情况,两者都是一种拒绝:不参与人事,对在自由空间里建立蚂蚁的特殊种族,既不接纳其价值也不寄予希望。

奇怪的境况:这些诗人英烈们向他们明知空空如也的上天显露其创伤,说到底,除了他们自己并无其他见证人。彼时一位女主人公说:"是呀,我为我,是呀,为我绽放开花,冷冷清清开花!"①诗人们倒是真诚的。当他们面对大写的他人的干预,只有一种情况才是他们所希望的,即他人的目光停留在他们的诗句上,就像洒落在薄冰上,使他们客观地在自己的作品中看到自己。他们之中最

---

① 引自马拉美《埃罗提亚德》(1871),参见《马拉美全集》第47页。

纯种的、最伟大的人物后来承认光荣的主要形式之一,就是对他而言,看到自己从心爱的书本深处向自己走来。马拉美致于斯曼的信中写道:"我只相信两种荣誉感,几乎同样是虚幻的:一种是一国人民狂热带来的荣誉,可以通过艺术手法塑造新偶像,另一种是作为一本特别爱书的读者,看到自己出现在书页深处,自己并不知道,而是作者心愿使然。"①

总之,读者,一旦被容忍,就失去取法乎上仅得其中之尊严,落得个平庸之辈。这也许是大写的诗最彻底的一个变化,面对大写的公众所承担的新角色:艺术家不像从前那样了,现在既不跟王者玩斗心眼儿,也不跟民众捉迷藏了,把牌摊在桌面上,采用索福克勒斯或莎士比亚或荷马或坦丁大手笔,从不搞弄虚作假。因此,人们称这些人为本土人,其实大错特错。跟乐于到诗歌世界冒险的资产阶级读者玩耍,什么花招都允许的。不像在人民至上的时代那样,向资产阶级读者推荐诚实而坦露的作品,那是向所有自由主体提出的"纯粹要求",不,要给读者大众"产生效应"。恰似自命不凡的年轻人,自认为是谈情说爱的高手,用指头像拨弄竖琴似抚弄女伴,企图让琴弦发出共鸣。竖琴演奏者想要的不是女人,之所以渴望使女人呻吟,是因为要向自己证明他得到了自我满足。身为公务员的诗人只在想到自己的形象客观化时才想起读者大众。截至此时,圣言②是诗人与读者之间的中介,时至今日,报刊诗歌栏目恰似隐蔽的花园中孤零零的沉默立柱。如果读者攀墙偷看,如果看到水柱、鲜花和裸女,他必然首先感到这一切不属于他,不是为他而聚集在一起的。某人独自一人搞了一场派对③,被冒失

---

① 引自马拉美致 J.-K. 于斯曼的信(1884 年 5 月 18 日)。
② 雨果云:"词语就是话语,而圣言即为上帝。"
③ 暗喻"自淫",即"手淫"。

鬼无意中撞见,败坏了几多乐趣:一声不吭地赞许也罢,踮着脚尖走开也罢,反正感受到了那根杆儿从上到下诗一般的疯狂触摸发痒。

简言之,到头来是读者成了诗人和圣言之间的中介,某种连接艺术家和读者大众的关系断裂了,即"互惠互利"的关系断裂了。诗的祭品以"独自一人的派对"显示诗人表演牺牲,时不时这种奉献意外夺取躲在灌木丛后或墙上方的闪亮眼球,却硬是假装没有发现,踌躇满志,心知肚明诗人们的奉献并非徒然。眼睛若含激动的泪花,再好不过,为此他们只会更好玩味自己优越于大众。这不,魏尔兰,尽管彻底改变观念,竟以巴那斯派和新生代诗人的名义宣告必须"书写非常平淡的动情诗"①—言以蔽之,诗人默默的大奉献容不得有证人参与,要不然是意外的。诗人是他自身的见证人。但大写的他人不在场,使诗人们,步骤走样了。他们成为自己固有剧本的演员:对着无动于衷的观众演出,因为观众对剧本烂熟于心,不至于被糊弄。因此,在另一些时候,他们非常巧妙地"采取断然行动",正如加缪所言,否认一切明显的事实,否认他们公开的意图,反对无神论,不声不响地自我边缘化,最终假设一个抽象的见证人。他们夸大自己的失败,甚至把失败推至绝望,认为绝对的意识可以把这种失败解读为胜利。然而,万物太明显的荒诞,"大地的呜咽"②,诗人们本身的奉献,尤其恶劣而不可动摇的无神论,这一切不可能一点意义都没有吧。对无保留介入大历史的人而言,失败是残忍的:这意味着大恶的力量获胜了。人们徒然向他告知,后世,在两个世纪之后,必将赞赏他的美德。他才不在

---

① 引自魏尔兰《农神体诗》收场诗Ⅲ。
② 引自勒孔特·德·李勒《梵天显圣》,参见《古诗集》。

乎哪，心里却非常明白子孙们将不再与此有关联，对其勇气或忘我将会给予近乎审美的评价，恰恰因为他们对其事业完全无动于衷。故而对诗人们而言，事业成为手段，美德则是目的。但对失败者而言，事业恰恰是目的，比如，圣瑞斯特①从他等死的断头台看到其事业的废墟时，您以为给他颁发优秀品行证书就能安慰他吗？然而，假如相信上帝，失败就可以不太难转为胜利，因为上帝既是事不关己，甚至万事不关己，又是我们内心深处的实在。

　　上帝，又称永远存在、最高存在、完美存在，受孕于大历史之外并对立于大历史，不屑于世俗目的，仅将其视为手段：托辞即可使世人服从神权。我们上面谈及的诗人们把两者关系倒转过来：他们由于不相信上帝，所以不会从他们的信仰中推断他们的生命必须到别处寻找自身的解释和凭证。他们莫名其妙地暗示上帝，以自己全部行为难以名状的风度暗示上帝：好像无神论者的绝望和死亡构成一个证据，证明宗教荒诞。这不禁又使人想起缪塞在其梦笔生花的《一个世纪儿的忏悔》中向我们极好地说明移花接木的手法："一个无神论者掏出怀表，看着表抨击上帝一刻钟之久，肯定这是愤怒的一刻钟，也是难堪的自娱自乐一刻钟。真是绝望的极点，向所有天神的无名呼唤：一个被踩在脚下扭动挣扎的可怜虫，也是一种撕心裂肺的呼叫。谁知道呢？在对一切洞若观火的上天眼里，这也许是一种祈祷吧。"

　　缪塞这段好大喜功的文学清楚表明他诉诸好斗无神论的史诗时代。在西班牙，佛朗哥②之前，还偶尔发生某个无政府主义者在某个公开集会上发出这样的挑战，因为西班牙上帝的日子很难过：

---

① 圣瑞斯特(1767—1794)，法国大革命时期国民公会议员。
② 佛朗哥(1892—1975)，西班牙将军，国家元首，实行独裁制度。

信仰与工业增速发展成反比。然而,对1860年的诗人们而言,因为他们比较老成持重,无神论不是成其为一种征服,而是一种承袭的却无生气的坚信。这些专心致志不信宗教者会坚信不轻信、坚信荒诞结果,决不动摇:世人皆为尘土,那就与原则毫不搭界了。他们在毁人的过程中所表现出的热忱本身,巧妙证明,世人若无自己的造物是存在不下去的。他们嘴上不说,甚至不去这么想,但他们到处表现不满,对世人的失败神奇地意味着某处世人的胜利,对此坚信不疑。这一切好像是与一种无限而无名的大在场(上帝)相关联的。无神论者和绝望者,他们行事做派好像在这种最后的考验中被要求保持绝望。那个时代的知识分子到处舍弃幸福。

波德莱尔致雅南①的信中写道:"一个人难道必须堕落才会自认为幸福?"后来他的一个弟子(马拉美),在找到自己的道路之前,曾在给一个朋友的信中写道:"天底下的幸福是卑鄙无耻的,必须要有布满老茧的手才去捡拾。"②难道这不是基督教式的证实吗?时至今日,莫里亚克先生居然还以天主教学说的名义写道:"边做工边传教的教士与无神论大众生活在一起,由此产生的希望是接地气的。然而,如果说他们能够适应这种痛苦,却不能适应这种希望。他们受到的嘱咐是至死铭记这句混账话:'我的王国不在这个世上'……不,大写的人类不必要希望这个世上的王国变成上帝出现嘛。"在诗歌反躬自省的时代,舍弃希望是大希望③剩余下来的全部。说到底,对上帝王国的肯定被颠倒了。众所周知失恋情人的绝望:他随心所欲地沉沦,对着闷声不吭的女友,低首下心地说:"你不像我爱你那样爱我。你不再爱我。你从未爱

---

① 雅南(1804—1874),法国作家,戏剧评论家,1870年当选法兰西学院院士。
② 马拉美致卡扎利的信(1863年6月3日)。
③ 系指基督教的德之一(基督教三德:信、望、爱)。

过我,你一直不喜欢我。"其实他明明知道,尽管不愿意说出来,一只温柔的手即将抚摸他的前额,一个温暖的声音即将悄悄说:"我爱你。"如果他应该相信自己说的话,那是不会说出来的。我们的诗人们正是如此:他们至死抱着上帝存在这个梦想,怀着忧伤这一神奇的德行去填补荒无天国的空白。俱往矣,一切好像第二帝国普及的戏剧,导演给演员们分配感化人的无神论角色:他们在自己的作品正如在自己的生活中尽心尽责地演出没有上帝的人生苦难。就这样,一条微妙的纽带,我们下面将有机会细谈,把那个时代的诗歌与戏剧连接在一起。自欺欺人,作为大希望心照不宣的证据而体验的绝望、喜剧般的虚情假意以及自反性,这些都是这帮青年人内心生活可能产生的特性。

幸亏其中大多数并不死撑到底,他们中途撒手不干了,继而随波逐流,无聊慵懒,自作多情,唉声叹气,自恋自怜。他们当中没有一个能高度概括某种境况和某个选择矛盾而复杂的方方面面。梦想变成梦幻,胡诌一些悖论聊以自娱,跟个人私下的怨恨犯倔脾气,追求荣誉,或为粉饰大历史的著名场景而自娱自乐。有时甚至放弃写诗,断绝信不总是心平气和的,比如卡扎利,即后来的让·拉奥(卡扎利笔名),一时心血来潮,以为可以去律师行业找个美差,干一番事业,随手写下:"梦想和诗歌是两种美酒,久而久之使人厌烦了,不如少喝一点也不错嘛。"①其他人,比如卡蒂尔·孟戴斯②,他们则一辈子干诗歌这一行。简言之,诗的综合征元素一旦散落,则成为实际生活经验,孤立分离,或依次相继的。正因为如此,实际生活经验成为"人民大众的",所

---

① 引自卡扎利致马拉美的信,参见《马拉美一生》。
② 卡蒂尔·孟戴斯(1841—1909),法国作家,巴那斯派主要代表人物之一。

谓复现表象,即从独一无二的局面提取的经验,换言之,成为某些上层建筑,即只不过是社会事务的一些反映。因为诗的境况没有经历过实际生活,所以没有人认为要内化这些处境、行为和迷思:人人假借多于创造,谁都不去构思这些东西;人们加以接纳,因为有"他人"被假设在构思。诗的理念由于无个性的,凝结的,被抛弃后又散乱修补的,散落在许许多多优秀之士或平庸之辈的脑袋里,其事物的成分大大多于思想的元素:事物惰性和外化兼而有之。为了在诗的理念中找到对消极客观性的超越,世人必须将其内在化,镌刻其姓氏起首的字母,体验最大矛盾意义上讲的悖论,并为此坚持到死为止。是的,假如诗的理念在某人身上成为一种致命而自愿的疾病,假如一种广泛而清醒的意识把所有的细微差别一起融入一个相同行为的统一体中,那么诗的理念将可逃脱马克思主义的诠释和社会包装。但错误一旦被推至极端,就将翻转过来,同时揭示世人的实在性。

随着志愿者是否自告奋勇去体验,这些梦幻都将证实十九世纪中叶法兰西思想的窒息或人生状况的不堪。反正勒孔特·德·李勒和妮娜·德·维拉尔的沙龙常客确实屈指可数,都是一些平庸之辈,根本称不上灯塔,充其量是些灯罩,大多是蠢货。所有这些人既缺乏广阔的视野,做具体事情又不细致,只有两者兼而有之才可把充满怨恨的软弱思想铸成新的金属。由于产生不出英雄和真正的英烈,诗歌的花束即将被拆散,其主题将被撒在地上,自行枯萎。诗歌将成为人们所希望的那样:一种副现象①,或正如我们上面已经说过的,一种上层建筑,即诗歌不承认的简单又消极的变态结果;又好像诗歌很在意,按自身固有的情况,去证实一位新的

---

① 心理学用语,有些哲学家认为意识是一种副现象。

大先知刚写下的那句锋利而干脆的话:"思想观点没有历史"(马克思语)①。

二　大写的当选者

　　帝国接近终结。每年学校放暑假,巴黎的诗人们总看到一位外省青年来落脚儿,他在图尔农高中教英语。"个儿不高,瘦弱,脸色严峻而哀怨,皱纹紊乱,是那种悦目的苦相……两只纤细的小手,纨绔子弟的派头。"②他多次会见维利耶、孟戴斯、科佩、迪尔克斯,③重逢埃萨尔的朋友勒孔特·德·李勒,后者接待了他的来访,邦维勒④向他表达友情。马拉美有时打开手记"仿革纸板封面……用铜环搭扣合拢",给朋友们朗读他的诗。同代巴那斯派后来发表过几首。他的得体,他的审慎,他的谦逊,他那几乎女性般的温柔打消了偏见:大家都十分喜欢。是的,大家很喜欢他,但不完全信任他。孟戴斯、迪尔克斯、梅拉,在赞赏他的一些诗句同时,觉得晦涩难懂。勒孔特·德·李勒评论他时写道:"他比谁都更温和,却更失常,散文和诗歌绝对难以理解。"⑤科佩后来在日记中写道:"我将重新论说他,长篇大论评说他,这位杰出的疯子值得我费心。但此处记下昨晚读到最优美的疯话……"邦维勒和科克兰⑥向法兰西剧院推荐马拉美的剧本《农牧神》[即《牧神的午后》(1876)],但他把剧本手稿交到他们手里,他们读后发呆了,一篇

---

① 引自马克思《德意志意识形态》第一卷《论费尔巴赫》。
② 参见蒙多尔所著《马拉美一生》中援引卡蒂尔·孟戴斯的话。
③ 弗朗索瓦·科佩(1842—1908),法国诗人,属巴那斯派。莱翁·迪尔克斯(1838—1912),法国高踏派(即巴那斯派)诗人。
④ 邦维勒(1823—1891),法国诗人,属巴那斯派。
⑤ 引自勒孔特·德·李勒致德·埃雷迪亚的信(1871年6月22日)。
⑥ 科克兰(1841—1909),法国著名演员。

长长的独白,相当使人厌倦,完全缺乏戏剧采取的活动。稍晚些时候,马拉美在阿维翁的新宅接待孟戴斯和维利耶,给他们朗读一篇东西①:彻底晦涩难懂,以至于孟戴斯不得不竭力克制自己没有当面放声嘲笑他。好在后来到了不惑之年,自责那次少不更事的讥笑,同时自责没有"勇气粗鲁唐突一回,即粗暴挽回面子",要不然怪怪地变成另一个孟戴斯,谁知道呢?总之,同代巴那斯派不完全承认马拉美是他们中的一员,他缺少点什么?缺乏巴黎风度②,或许吧:外省的学究气使如此敏锐的人显得高傲不羁,寸步不让,没有通融余地,再加上囊中羞涩,孤独无援,那就很难相劝了。学长们好声好气劝他回到通常的意识上来;他不让步,当然的,但总得……"请您多多为我们想想吧",邦维尔致马拉美的信中写道,"把脚本策划得可接受和可演出,而并非更富有诗意和更难以上演"。③

简而言之,此公可谓凤毛麟角,是个缺乏真实才智的倔老头儿,正在丢失自己的天赋。话得说回来,这些诗人理应从马拉美身上识别出他们自己的纯形象,他们中的每个人都能以他为镜子照出自己的形象,因为彼时他只不过是那个世纪使他变成的样子。他属于公务员诗人类别,也许除格拉蒂尼到处流浪之外,是他们中间最清贫的。马拉美在图尔农,尽管彬彬有礼,却一上任就遭人不喜欢。这让巴黎信天翁们明白此公与他们是一伙,因为与证实大步朝前走的第欧根尼④相反,这些诗人跌跌撞撞的,受碍于硕大的翅膀。

---

① 暗喻《伊巨图尔》(1905年上演),这次晚会朗诵是在1870年,参见蒙多尔著《马拉美一生》。
② 法国大中学教师经过教师资格会考合格,皆为国家公务员。首任必须离开巴黎,携带家属被派外省落户执教,由远及近,经过几年磨炼才可调回巴黎。
③ 暗喻《埃罗提亚德》(1871)改编的脚本。
④ 第欧根尼(约公元前410—约前323),古希腊哲学家,犬儒学派。

> 诗人酷似碧落王子大公,
> 出没暴风雨无视弓箭手。
> 流落陆地却遭众人嘘轰,
> 硕大翅膀反倒有碍行走。①

马拉美的上司们抱怨他的教学,齐心谋求把他调走;学生们"双手叉腰,签名轰他走"。简直就像图尔农城,通过不正当手段获取委托权,向马拉美表明他被上天选中了,把象征倒霉的荆冠②戴到他头上。就这样,1865年有点衰弱的诗人们接受这种厄运,用来替代压在浪漫主义头面人物身上的大诅咒。

至于马拉美,他清贫而和蔼,与妻子和小女儿一起生活得尽可能不失体面,从事自己的职业并不太认真,得体地忍受着世纪中期病:"我的生活太简单,不至于令我垂头丧气。我打发日子,像个老头,半死不活的,一具僵尸罢了。理想性这个毛病还不至于让我感到无聊,而我则是乞求无聊的,是梦想无聊的。"③

这些声明按理有利于为他辩护,否,反倒有点令人不安。同时代的巴那斯派先生们当然献身于蔑视一切,但他们并非没有给自己保留某些甜言蜜语,哪怕为了有助于活下去,路途漫漫,这不,刚踏上征途,悠着点儿劲儿。但这个年轻疯子却不肯量力而行,弄得出征几里路就精疲力竭了,他的外省土气妨碍他欣赏文雅的俏皮话,于是他的同行们用雅谑弄得开除出局颇具风趣。他却按字面的意义认真对待一切。他的谴责最不张扬,却坚信不疑,毫无保

---

① 引自波德莱尔名诗《信天翁》,收入诗集《恶之花》。
② 暗喻耶稣戴的荆冠,意为痛苦、悲伤、厄运。
③ 引自马拉美《伊巨图尔》,参见《马拉美全集》第440页。

留,他的生活严格符合他做人原则。一个可疑分子。

这世道真的毫无意思吗?真的,毫无意思。他的职业,令他厌恶透顶:"我们在小圈子里打转,就像集市马戏团的笨马在乐声中踩点,天晓得……每天我好不灰心丧气,简直郁闷死了。我的下场必定成为笨蛋,必定被淘汰。"①

他的妻子呢?至少,他是爱她的吧?不,这位年轻的德国女管家叫人喜欢,首先因为她"别致,忧郁"②。一言以蔽之,她符合波德莱尔诗中的要求,也符合同代布尔乔亚的要求,即符合双重标准。也许可以把波德莱尔对科斯梅利夫人的描绘运用到马拉美夫人身上:"她似乎寻找无人的地方,郁郁坐下……有时手上心不在焉拿着一本书,并不阅读。"③也许有时见她"倾斜着头,透露出一股别致的忧伤,几乎是精心设计的,注视着花坛鲜花"④。未来的教师,彼时待职上任,没有想得更远:"她脸上的那点儿忧伤对我们足够了,我们不要求更多。"⑤确实,并无更多要求。搞清楚她的忧伤是假装的或真实的,临时的或经常的,有什么用?重要的是她向诗人提供的外表与诗人自身忧郁的形象相符。从第一天起,诗人在她身上就看到了自己的映象。她从德国流落到法国,就像他从天上流落到地上。再说啦,"在这里,她忧伤,无聊;我也忧伤,无聊。把我们俩的忧伤组合在一起,我们没准儿能得到幸福"⑥。说真话,起初她没想娶她:勾引她时

---

① 引自马拉美致卡扎利的信(1864年3月23日),转引蒙多尔《马拉美一生》,加利马出版社。
② 引自马拉美致卡扎利的信(1862年4月4日)。
③ 引自波德莱尔《鼓吹手》,收入《波德莱尔全集》第530页,七星丛书。
④ 同上。
⑤ 马拉美语,转引自传记作家蒙多尔《马拉美一生》,加利马出版社。
⑥ 引自马拉美致卡扎利的信(1862年4月4日)。

相当冷漠,也许为了让自己相信与瓦尔蒙或萨缪尔·克拉梅[1]不相上下,如果不想扮演哈姆雷特,而她也不是奥菲莉。在伦敦[2]的时候,尽管没完没了吵架,但还是有点爱她的,后来确认不再爱她,便娶她为妻,出于义务或内疚,或许也为了不失时机,在冲昏头脑之余,决意糟蹋自己一生。

在那个当口儿,她已经怀孕,在他身旁,刺绣和缝补。理所当然,她以独自瘦弱之身概括体现所有这帮先生现实与理想的妻子,尤其是理想的妻子,以至在他们的诗中得到完美的描绘,特别体现在那个时代单身的魏尔兰笔下的诗句中,尽管后者从未见过马拉美夫人:

> 她温柔,沉思,一向惊而不骇,
> 有时吻您的额头就像吻小孩。[3]
>
> 她一定像姐姐那般平静而从容。[4]
>
> 至于她的声音,悠扬,镇静而庄重,
> 转调了,缄默了,还是那么的亲和。[5]

这些诗人描绘的画面就像前拉斐尔画派的集体创作,倘若作为丈夫的马拉美亲自添加几笔色彩。据说少妇具有"昔日的目光",不过我们已经知道这是褪败的光泽,"先前的"光泽,产生于两颗死亡的明眸,

---

[1] 瓦蒙尔是拉克洛著名小说《危险的私情》主人公;萨缪尔·克拉梅是波德莱尔《鼓吹手》主人公。
[2] 马拉美留学伦敦攻读英语及英国文学硕士。
[3] 引自魏尔兰《心愿》,收入《农神体诗》。
[4] 引自魏尔兰《疲倦》,同上。
[5] 引自魏尔兰《我熟悉的梦》,同上。

我们从中不难看到"沉默了的声音转调",移植到视觉。我们猜想得不对吗?她不爱活动,讨厌新事物,喜欢"衰弱之物的别致"①。总之,她身上某种东西,即谨慎或缺乏生动性,让人不注意她的存在或把她混淆成记忆的错觉。这种对"实在"非常轻微的犹豫,就一位布尔乔亚妻子而言,是多么大的美德呀:从来不经过检查就肯定不了她是否真的在房间或是否到过房间。他的妻子玛丽娅·葛哈德,罕见的忘我,迎合寂静主义的企图,后者为了远离存在和生活,很想把过去与现在永久混为一谈,以便可以获得对自己的感觉就像从记忆深处重新冒出来的感知。不管怎么说,没有比他这门婚事更合适的,更门当户对的;他是代理教师,她是女管家。他是公务员和公务员的儿子,妻子的父亲是小学教师。

马拉美自然像魏尔兰、科比埃尔等许多其他诗人那样,接受自波德莱尔以来通用的术语。玛丽娅被称为她的姐妹:他的文学"甜姐",他的诗篇"静姐":"我的一日期之姐,是我的爱姐。"②高雅的爱乐于用乱伦的羽毛来打扮。如果绝对必须与女人睡觉,看在上帝的分上,干脆跟姐妹们睡得了。与大写的自然做爱将是令人作呕的乏味加点儿刺激的味道。尽管我们向自然让步了,归根结底我们践踏的依旧是自然,而且我们将通过这个唯一的命名去替代庸俗的肉欲混乱,称之为可悲的、变态的、别致的私情。然后词语慢慢对这样年轻妇女易走极端的脾气起作用,也许使她们温和下来,乱伦引起的恐惧也许阻止她们失足太多,久而久之他们也许学会满足于疯闹嬉戏,不至于出事。这帮年轻人有时吟唱做爱,但还不至于身体力行。魏尔兰向一个过分炽热的女友突然揭示他

---

① 引自马拉美《冬天的寒战》,收入《散文诗》,参见《马拉美全集》第272页。
② 引自科比埃尔(1845—1875)《汽船》,转引自蒙多尔《马拉美一生》。

们的血缘关系:我的姐！话毕立即抓住女友的惊愕向她建议停止嬉戏,要不然代之以哭泣,怎么样？

把你的前额贴住我的前额,把你的手抓住我的手……
让我们一直哭到天亮,哦,激情横溢的小妞儿。

波德莱尔饱受恶劣的性行为折磨,吹嘘不育妇女的冷漠尊严。他的追随者们,尽管比他冷静得多,却重蹈他对妇女厌恶的覆辙,重新捡起他的迷思。但他对妇女的厌恶正是那个时代资产阶级对妇女的鄙视。他们所针对的,并不是某种可憎的旋风式寻欢作乐,所谓施虐狂和受虐狂交叉混合,而是男女和睦相处。精液排泄使他们惴惴不安：过于频繁排泄难道不会引起灰色精液的浪费吗？后来,米拉博[1]传播了他们的焦虑,波托·里什[2]发表《女情人》才使之一了百了,反正那个时代响彻精疲力竭的男人们种种抱怨。女人们曾提出过这么多的要求吗？我很难想象。我们的祖母们和母亲们很清楚性冷漠的代价。那些过分讲究的、性欲变态的资产者,我宁愿想象他们的性器官多为小不点儿。事实上,英语教师马拉美不满意自己的诗篇,把自己的诗无能归咎于一种"青春阴茎异常勃起",尽管人们很难找出其踪迹。对于这个唯物主义者而言,性行为被暗中抹煞了。他提防唤醒妻子冰凉的玉体。从前迪肯[3]说过,社会建立在乱伦之上着实令人难以容忍。夫妻关系受制于绝对需要,与其他亲缘关系区别不大。年轻的丈夫,受到"姐儿的冲击",便暗暗地把妻子当作家中的天使,把肉欲关系蜕变为血缘相连。诚然,乱伦迟早会干涉夫妻生活。莱里斯[4]说得更巧

---

[1] 米拉博(1749—1791),法国大革命著名演说家和政治家。
[2] 波托·里什(1849—1970),法国作家。
[3] 埃米尔·迪肯(1858—1917),法国社会学家。
[4] 莱里斯(1901—1990),法国作家,人种志学者。为萨特《波德莱尔》作序。

妙,我凭记忆引他的话:人们起初跟自己心爱的女人睡觉,最后跟自己孩子们的母亲做爱。但直到上世纪末人们尚未察觉乱伦"冒头儿"哪。

再说啦,首先这种伙伴身份到底怎么回事儿?事关互逆性。十三世纪的僧侣对另一性公开表示怕中带恨。这种对妇女的厌恶是神甫单身的唯一结果:布道,防御反应,恼恨。新一代神职人员恢复老一代僧侣对妇女的厌恶,出于同样道理,对其深恶痛疾。他们怎么可能想象把两口子变成平等的一对呢?女人是天然的,故而可恶可憎。姐儿这个称呼只授予妻子们,显然是个教名。人们把她们从可怕的天然中拯救出来的同时,给她们强灌一些德行,无非是单纯对女性本能的否定。诗人的妻子,冷漠,寡言,不起眼,尽心尽力,是对女人的否定,如同诗人是对男人的否定。但同时,她除了是丈夫变瘦的复制品什么也不是。魏尔兰要求他的姐儿爱他、懂他,希望"他那颗只为她而透明的心不再成为一个问题"①。图尔农的这位教师没有这么多奢望。领悟,依然意味着太多的主动性:他的妻子满足于映照他。马拉美写道:"不是上几堂课就可铸造一颗艺术家的心灵,必须温暖她的心灵,始终如一地、柔情似水地予以温暖。如果你娶的女人受益于她的语言文学老师才成为艺术家,那就是一个才女……如果当真是位才女,那她只是在被爱的人亲吻之下刚绽放的花朵……玛丽娅要跟我两年才将成为我的映象。"②两年过去了,他旧话重提,略带黯然神伤,写道:"她是我天使般的影子,天堂般的映照,但她温柔的天性不可能使她成为麦克白小姐。"③他给玛丽娅念他的诗,后来她坦言根本不懂。他明

---

① 引自魏尔兰《我熟悉的梦》,收入《农神体诗》。
② 引自马拉美致卡扎利的信(1862),转引自《马拉美一生》。
③ 系莎士比亚《麦克白》(1606)中人物。马拉美时年23岁。引自马拉美致卡扎利的信(1864年3月23日)。

明知道她听不懂,但照诵不误。有时在她面前他焦虑得放声痛哭,她一声不吭地瞧着他,由于吓瘫了,深感莫名其妙。渐而渐之,他习惯于用另一种语气谈论妻子。总之,她具有两重性。对所有人来说,她是公务员的妻子,他要求大家尊重她:他最好的朋友,他的"兄弟",他的启蒙者(欧仁·勒费比尔),总有一天必将敢于携带"非法女眷"登门造访。马拉美一旦判定他妻子被冒犯了,就跟那个冒失鬼永远闹翻。但在私底下,他却慢慢使妻子恢复青春,以父女关系替代兄妹关系,使她变成自己女儿的孪生姐妹。这不,他结婚几个月后便已经充满父亲般的宽容:"我可爱的德国玛丽娅出去了一会儿,把她缝补的长袜放在我那本波德莱尔诗集上。我觉得太有趣了,不忍心把长袜拿开……"①三年之后,他谈起妻子和女儿时,如此描写她们:"两个小女人争吵,不断抬杠,只要我一踏入房门,她俩都向我告对方的状。"②果不其然,孩子气老婆是从英国引进的,这不,在英国,刘易斯·卡罗尔和狄更斯对"妞儿"都抱有怀疑感,所以这位从英国进口的孩子气妇人落地生根法国几十年取代大写的姐儿。然而,我们这位年轻公务员则没对"孩子气的妇人"特别温情。他娶了个老婆,如此而已,因为必须有个老婆嘛。在疯狂的年代,她曾经是个姐儿,但现在是夫人了,她必将一辈子做好家务,一辈子温顺,真有点可怜兮兮的,她只是日耳曼浓厚的黑暗中一抹微弱的亮光,否则怎么会娶她呢?他几乎把这点儿亮光也给灭了,而第二个孩子的死亡把余光灭尽了。人们不再谈起她。后来她被丈夫欺骗了,心里苦闷,不时唉声叹气,稍微有点过分罢了:她抱着报仇的心态对女儿很凶。不过,有时也看到她

---

① 引自马拉美致卡扎利的信(1863年12月9日)。
② 引自马拉美致卡扎利的信(1866年8月10日)。

出席音乐会。

他肯定爱自己的女儿,但这是后来的事儿,当女儿陪他去朋友们家,去剧院,在家招待周二沙龙聚会的客人们喝潘趣酒①,他将为自己的女儿感到骄傲。而1864年,他迎接她诞生时却毫无热情。诚然,戴斯莫兰老外祖母会说他"狂爱她",但此话是不得不这么说的。就他而言,勉强说几句客套话,让朋友们看出他很失望:虽然快活,这是明摆着的事儿,但这种快乐"没让他产生活力"。他加添道:"生活上的事情让我觉得太空泛,没法叫我喜欢。"②几天之前他曾在奥巴纳尔写道:"这个坏婴儿的哭叫声吓跑了犹太国王后。"③婴儿吮吸母乳时,带着怨恨注视妈妈:"奈内维埃芙吸母奶时,自然像一朵玫瑰花,但我亲爱的玛丽娅被吮吸,脸色苍白,一直疲倦不堪。"④马拉美自然重新镇定下来,提笔给卡扎利写信:"我的女儿美极了。"但,他对自己天使般的影子所表达的怜悯其实是对自己的内心有感而发:吮的是他身上的奶,这个贪吃的孩子非把他吞了不可:"天非常冷、阴森森的冷,我待在玛丽娅火炉旁一角,孩子在场,必须点燃熊熊炭火。我走到火炉跟前,几节课下来挺累的,我所有的时间几乎都被课时占去了,而奈内维埃芙哭哭啼啼,把我的脑袋都哭炸了。"⑤

诚然,马拉美是有朋友的,尤其卡扎利和勒费比尔两人,后来增加了维利埃和科佩。格拉蒂尼常去拜访他。对他们的长信,他给详尽的回复。难道可以说他喜欢他们吗?精神上,是的,但心灵

---

① 潘趣酒,英国饮料,用烈酒、白糖、红茶、柠檬等调制而成。
② 引自马拉美致法国普罗旺斯诗人米斯特拉尔(1830—1914)的信(1864年12月30日)。
③ 引自马拉美致米斯特拉尔的信(1864年11月27日)。
④ 引自马拉美致卡扎利的信(1866年8月10日)。
⑤ 引自马拉美致卡扎利的信(1864年12月26日)。

上,不是。后来有一天他写道:"心灵,我不知道这意味着什么。头脑,我用来品味我的艺术,况且我喜欢过几个朋友。"①尽管他更乐意他们不在跟前,眼不见为净,耳不听不烦:"等他们走了,我这才真正觉得跟他们在一起,跟他们同享回忆,邻近他们的梦想,而他们有时真的出现在眼前,颇有被打扰之感。"②然而,有时又避免给他们写信,因为他需要"一种莫名的寂静"③。后来竟为了一个有关礼节规矩的事儿,跟勒费比尔闹翻断交,没有任何迹象表明他为此后悔。卡扎利渐渐跟他疏远,而他没采取任何举动将其留住:甚至可以认为他根本没有察觉。至于维利埃,马拉美始终满心欢喜跟他会面,他们谈得很投机,说半句话便别有会心。后来他们分手了,几个月,甚至几年过去了,杳无音信,尽管再后来两人又相聚了。

大写的天性将有助于马拉美走出自我吗?晚些时候,他有所点破:天性"向自身的青春传递一股热忱,我称之为激情"④。但这是作为"演出表白"的。假如我们想理解这种表达道出天性所包含的爱心,那必须把我们为天性设置的新添不透明性剥去。这样,天性就会让我们看到赤裸的生命和纯粹的实在,就会形象地表现思想的强横局限,我们喜爱天性萌发的一根草,却事与愿违,远非把我们的"心事"投射给它。我们情愿千方百计用我们的情感去体验草和水的质量。必须由天性来触及我们束缚我们,在最亲密的融合中使其盲目的原则渗透我们的心身。说到底,是我们要求天性向我们提供备用的种种密度。图尔农的诗人,他,不触及矿石

---

① 引自马拉美致梅里·洛朗的信(1889)。
② 引自马拉美致卡扎利的信(1869年12月26日)。
③ 引自马拉美致诗人奥巴内的信(1865年12月)。
④ 引自马拉美《牧歌》,收入《一个主题的变奏》,参见《马拉美全集》第402页。

也不拨弄植物:对他而言,大写的天性在任何情况下都不是可感知的东西,都不是可参与的东西,却是可见识的东西:他的目光远距离捕捉得到,他称之为"可触知的大理念"①。我们从中探求的,即使不是纯粹的个体性,至少是一种很粗鄙的特殊神宠说。他像大部分同时代的诗人那样探求概括性和重复性,从窗口观察日复一日、年复一年的天空万象开始,就像是他在指点江山,而不必冒险遭受万象运行的愚弄,也不必从中学到什么东西。事实上,他仅仅是指点江山吗?更恰当地说,难道不是彼时非常空泛、非常慵懒的诗学理念选择了他去按照预设的礼法处理天下万象吗?正如以下他留下的文字所表达的:

> 一年之中,我特别喜爱的季节是夏末临秋那些无精打采的时日,白天我散步的时候正是太阳快落山的时刻……同样,我最为喜爱的文学则是罗马帝国末期垂死挣扎的诗歌。②

马拉美以为可以解释他的兴趣爱好了:自从他亲姐去世,"很奇怪很奇特,他喜欢上可以概括一切的一个词语:败落"③。然后就在1861年,并不拥有姐儿的魏尔兰写道:

> 秋天与落日!我多么幸运!
> 鲜血洒在腐烂败象上。
> 天顶上的火灾!自然中的死亡!
> 我,我爱你,料峭的秋寒,我的最爱……④

---

① 引自马拉美《牧歌》,收入《一个主题的变奏》,参见《马拉美全集》第402页。
② 引自马拉美《秋怨》,收入《散文诗》,参见《马拉美全集》第270页。
③ 同上。
④ 引自魏尔兰《十月的一个夜晚》,收入《早期诗选集》,参见《全集》,七星文库。

"鲜血洒在腐败烂象上"使人想起波德莱尔的诗句：

  太阳淹没在它凝固的血液中。①

毫无疑问，波德莱尔喜欢秋天，他"爱秋天，赞秋天"（参见《雾和雨》），但也不可以说秋天是他最喜爱的对象。排他性喜爱秋天正是下一代诗人的套语常谈。

不久之后，魏尔兰写道：

  毒药浸染我的感官、我的心灵、我的理智：
  伴有黄昏的记忆掺和在不省人事的昏厥里。②

没有人怀疑喜爱秋天和傍晚是"人同此感"，这是1865年诗歌感受性的绝对需要。沉思秋天成为心灵修炼的组成部分，其公会成员年年岁岁必修的，如同晚间祈祷是一种日复一日的升华。确实，图尔农的诗人有正当理由从落日中、从残夏里看出人类悲剧的象征：败落。但天象残败向他折射的并非自己亲姐的死亡：这位年轻的亡者本身就是一个象征。诗人在大写的自然中读到的，正是大写的诗歌"衰落"，大写的人即将遇到的死亡，即所谓"末世论"。一言以蔽之，知识资产者阶级的忧虑感知。人们不可能指望自然景观去把知识资产者从其才思枯竭中、从其焦虑不安中、从其困惑迟疑中强行拉出来。

放逐、理想、不满、鄙视：这些陈词滥调表明诗充斥牢骚怨气。马拉美，这位诗人教师喜爱秋天胜于春天，喜爱傍晚胜于黎明，喜爱颓废胜于上进，其喜爱的程度与巴黎的朋友们相比不多也不少；跟他所有的朋友一样，感到男人"对女人太单纯"。总之，他的身

---

① 引自波德莱尔《雾与雨》，参见《恶之花》。
② 引自魏尔兰《神秘夜晚的暮色》，收入《农神体诗》。

心包含着一小块"灵性,这个敏感的、异国的、异类的灵性,始终带有离愁别恨……"①这小块"灵性"也是他们共享的。然而为何他的同行们不完全"认同"呢?因为马拉美无所顾忌地按他们的原则"生活",他把诗人们高贵的、非常高雅的情感当儿戏,似乎当作他的掠获物,同时又被其蚕食。颓废是诗人们怨愤之心非常珍惜的,马拉美不满足于浅尝辄止,而要成为颓废的化身,并以自身的颓废象征他们的颓废,他变得"衰老……愚蠢……衰败",巴那斯派的无动于衷只不过是门面。勒孔特·德·李勒将其分门别类:他,马拉美,青年公务员,需要"使自己变得"不动声色吗?同仁们为什么要把微笑的玄奥推行到引起读者公开鄙视呢?对困惑不解的巴黎人来说,外省青年出现在他们面前,既是他们漫画式的形象又是他们的牺牲品。他对这一切信以为真,其实人家没有对他这么高的要求。到头来这会把他引向何方?他唯一的爱,诗呀,好像已自绝于笔端,他一旦独处,一有间歇,就趴在纸上,像个"绝望的怪人"②。但什么也未来临,或几乎什么也未发生。说真的,这种束手无策是有时代性的,换了其他的诗人便将就了事。而他,马拉美,却为此痛苦,为此绝望。不管别人爱听不听,他逢人便提高嗓门:"我永远不会只充当业余爱好者",抑或"写诗么,我完了"。③简直就像第二帝国的消极诗歌选择了这个极端主义者,为了让他自己完全郑重其事地自杀。走投无路的虚无主义诗人们,为了应对来自他们自身太完美的形象诱惑,迫不得已宣扬他们从前蔑视的德行:现实感知,通情达理,机会主义。一言以蔽之,这位朴实的外省公务员仅凭他的存在,迫使巴黎诗人们对自己的本真性和对

---

① 引自勒费比尔致马拉美的信(1866 年 5 月 9 日)。
② 引自马拉美致卡扎利的信(1865 年 12 月)。
③ 同上(1864 年 11 月)。

自己相信梦想的程度作出决策。凭什么？他是谁？

　　牺牲品被选择得好得不能再好了，好像量身定做的。"我的父母家自大革命以来，一直不断地充当税务登记局的公务员"。①两家有朝一日联姻是必然的事情，门当户对嘛。没错，1841年6月14日，税务暨财产登记局局长，由亲女儿艾莉莎白-费莉西做媒，娶其下级女主管为妻，曾几何时新婚妻子就为他生下一个男孩：斯泰法纳·马拉美于生1842年3月18日。奇妙的年龄、性别、职务平衡，在艾莉莎白看来，税务暨财产登记局的上级屈从其下级，但作为局长兼该局继父，他重新建立起权威。在新婚的夏季，登记局成为他自己的妻子，相爱相亲，圣经般地博得认同。这种自体受精必定产生自在公务员，即两个公务员世系的奇妙精髓。假如说埃多姆人不要女人就可自我繁衍，那么真的是"埃多姆一夜之孩儿"。马拉美后来写道："公务局是我在襁褓里别人给我预留的天职"，"我们不难相信嘛"。②

　　按某些探险家和传教士的说法，有些相当不开化的原始部落以为他们的孩子是死人投胎的。爱斯基摩人给新生婴儿取刚死的人名，金斯利③告诉我们，有些黑种人把属于尸骨未寒的亡者物件放在婴儿拿得到的地方，如果婴儿伸手，大家高声嚷道："瞧瞧！瞧见了吧！老祖父认出了自己的烟斗④。"读到这样的文章，我向来乐此不疲，因为这类事情犯得着去讲爱斯基摩人或非洲人吗？这些习俗恰恰是我们自己的风俗啊。我们的孩子是什么，难道不就是复生的死者吗？大部分时间，是父亲，因怨愤和苦楚而死亡，盼着自己有新的机会从娘肚子重新出来。不过，也有可能是叔伯，

---

①②　引自《马拉美自传》，收入《马拉美全集》第661页。
③　查理·金斯利(1819—1875)，英国教士、小说家和诗人。
④　这句熟语意为"老马识途"，此处意为"死魂投新胎"。

抑或出于理性、原则、德行或职务而重新成为生灵。不管怎么说，孩子从来不是自己"想做什么人就做什么人"的：父母的关怀使孩子学会自我感觉为化身或复制品，一言以蔽之，别无其他，一脉相承。从这个角度来看，埃多姆的孩子得天独厚：他可以一下子成为所有先辈的化身，因为他们全部一模一样：

> 性冷漠的玫瑰花为了活得栩栩如生，
> 千朵一面地结成含苞待放的花蕾。①

生活，对于家庭来说，只有一种样子，一代又一代重复下去。新生儿的命运是牢牢固定的，以至不再知道是否庆祝出生抑或死亡。那么多和蔼善良的妇女俯身于富有那么多大希望的摇篮。结果到头来某一天人们将看到从摇篮里出来的却是一条小爬虫，尽管它发育完善、健全、敏捷。

突发的裂缝：充当中间人的处女，一旦断定她的角色完成，就消失了。她是谁呢？很久以后，她的母亲哀叹"极度的想象使她的机体消耗得筋疲力尽"②。此言让人隐约理解为一起高超的凶杀或经久的自杀。公务员出生证暂且不说，反正出生于斯，外加结婚于斯！艾莉莎白提出谨慎又最明确的抗议：她奉献了两个孩子给公务局：一个行政主管和一个未来的行政副主管的妻子，后来从意大利回来，她就死了。这起死亡真正的含义没有完全逃得过当局，我上面引述的那封信意味深长。同样，副主管的再婚证实隐约的不安情绪：这起续弦尽管在艾莉莎白去世四年之后举行的，却在登记局内部暗中受到谴责，丧期好像被缩短了：这等事在官僚机构被遗忘得比较慢。再说，这次，鳏夫娶了商家女子。然而每当家族

---

① 引自马拉美《扇子》，收入《诗集》第58页。
② 转引自蒙多尔传记《马拉美一生》。

成员们聚会总弄不明白艾莉莎白为何走绝路,有一点可以肯定,孩子心里明白无误。

这起丧事对马拉美产生的影响是直接的、决定性的吗?无从知晓,我们只掌握一条信息,而且来源尚有疑问的:"事发几天之后,外祖母叫他去客厅,她正接待来宾。当客人谈起突然发生的不幸时,突然孩子一时找不到适应表达的举态而尴尬,干脆采取地上打滚,把长头发弄得乱七八糟,披得满脸都是。"①亨利·德·雷尼埃②讲起过这桩轶事,声称是马拉美本人说的。故事哪怕是真的,我也不太觉得可以得出什么结论,因为人的爱心是有强度变化的。再说,尤其孩子们的悲伤并没有公共尺度,我们没有给他们提供标准去表达嘛。在我们成年人世界里可以把痛苦说成是连续不断的雷雨引起的不适,以及因参加舞会和庆典衣服穿少了引起的病痛。对孩子来说,痛苦,不管什么都可引起他的痛苦。比如母亲要出门旅行,告别时孩子让她漫不经心地亲吻一下,便回去玩游戏了;第二天,他患上了麻疹。于是,麻疹成了他的悲伤,另一个悲伤来自父母离弃,原本一直爱笑的,开始偷窃、说谎或尿床。不要以为他们不知道什么叫痛苦,倒是我们把痛苦简化为不伤人的芭蕾舞,进而以吵吵闹闹而无伤大雅的混乱替代因痛苦而引起的可怕不适应。

最好还是琢磨一下这起死亡在小男孩儿的生活中是否引入很深的伤口。后来他是否感觉到了因母亲的死亡而改变了呢?众所周知,对波德莱尔而言,"儿童爱恋的绿色天堂"③意味着什么。克雷贝④曾

---

① 转引自蒙多尔《马拉美一生》第13页,加利马出版社。
② 亨利·德·雷尼埃(1864—1936),法国诗人,法兰西学院院士。
③ 引自波德莱尔《风俗和流浪》,收入《恶之花》。
④ 克雷贝,系波德莱尔作品出版者。

引用过比松①的一个说法,有助于理解波德莱尔著名的"裂痕":
"波德莱尔是非常敏感的人物……生活中一受到打击极易产生裂痕"。总之,他不能忍受母亲再嫁。然而,我们谈论年幼孤儿后来成为最神秘的人物。我们在马拉美的著作中好不容易找到涉及失去的天堂几个隐语:

> 你之所以看见我的眼睛迷失于天堂,
> 是因为我记得从前喝过你的奶水。
>
> (参见《埃罗提亚德》)
>
> 光荣,是我们从前避之不及的,多么可爱的童年哟,
> 彼时处在布满野玫瑰的树林,
> 在蔚蓝色的自然之下……
>
> (参见《疲于凄恻的休息》)
>
> ……仙女戴着耀眼的帽子
> 从前闯进我这个被溺爱的孩子之美梦,
> 飘过时始终双手捏得不是很紧
> 让秀气袭人的白色星形花球下雪似落地。
>
> (参见《幻象》)

我不敢断定这些诗句表达了一种真正的遗憾:自波德莱尔以来,失去的童年这个主题是得人心的诗目。怎么知道是不是童年的遗憾挑起被放逐的感觉,抑或相反,被放逐的感觉找到了用诗来表达童年的遗憾呢?人们很想指出"他母亲的死,之后他姐姐的死,从色情变态的角度而言,他是一次巨痛的打击"②。我承认未

---

① 比松(1841—1932),法国教育家,主张改革初等学校体制,1927 年诺贝尔和平奖获得者。波德莱尔青年时代的朋友。
② 语出夏尔·莫龙(1899—1966),法国文学批评家。

敢苟同,因为用诗来表达埃多姆儿童的主题不属于他的专利,马拉美那一代人多有涉猎。"超自然色情大潮"①,乱伦的变态色情,失败和非存在情趣,绝望理想主义,摩尼教善恶二元论,矫揉造作的故作典雅,虚无主义:几乎这么多思潮散布于那个时代的"客观思辨"中,表明历史和社会局势,同样甚至更多表现个体感受性。这些思潮,人们将在魏尔兰初期诗歌和《农神体诗》中重新发现。我心里明白,魏尔兰后来摆脱了,净身而出,去走自己的路,不像马拉美深陷其中,并永远打上自己风格的戳记。不管怎样,这些诗人是被选定而并非被选出来的。真正的问题在于:凭所有人的历史抑或凭单个人的历史来诠释?凭所谓"唯物辩证法"或"精神分析法来诠释"?莫龙先生写道:一切诗歌"以世人的形象控制魔鬼,以梦幻的方式将其破解,既撇开诗的意义也不顾明显的普通意思……"此言有理,乐于接受。但他能给我们点拨什么吗?

莫龙先生回答:"无意识及其情结的象征性表现力。"为什么这么说?为何仅此而已?马克思告诉我们:"积极的观念学派有塑造统治阶级对自身幻想的特长。"②当然,他们当中的大部分是真心实意的,故而是被蒙骗的。《骰子一掷,绝不会消除偶然性》描绘的遇险完美地表达有产阶级的恐慌,因为意识到不可避免的没落:资产阶级面对上帝死亡深感苦恼,同代观念派的"颓废主义",心怀怨愤之人的赌气,同时盼望失败,一了百了。正如莫龙乐意所见,这种遇险也很有可能是"父辈一种批评与自我批评,同时也是愿望的实现。因为不管怎么说,大海和死亡始终稳操胜券"。然而必然因此会产生"复因决定",因为同样的象征把我们复射到被象征事物的两个不同秩序。人们刻意要

---

① 语出安德烈·卢梭,法国文学批评家,生卒不详。
② 参见马克思《德意志意识形态》,第一部分。

使《骰子一掷……》成为"俄狄浦斯"式诗歌,因为"大海是母亲最常见的象征之一"。我乐观其成,并且注意到大海这个主题出自波德莱尔的灵感。我乐意认为在波德莱尔的诗中大海这个主题来源于俄狄浦斯情结。但恰恰正因为如此,我不太确信这个主题在他的模仿者们诗中保持这个特征。此外,对马拉美而言,问题不在于"出生"的主题,我想说问题在于深层的动机,其存在似乎远古以来就有的。1859 年,他提到……

　　……阴暗的悬岩

　　巨人似的屹立着,任凭海浪侵蚀。①

英国被称为一块"泛白沫波浪拍打的老岩石"②。不妨可以从下列词语中看出"岩石"的预兆：

　　……岩石

　　　虚幻的庄园

　　　　转眼之间

　　　　　烟消雾散

　　　俨然树立

　　　通向无限的界标。③

然而,最起码可以说,真的没必要如此。其实在《海上微风》(1865 年 5 月)以前并没有涉及大海。1869 年《伊巨图尔》建立了海洋及恒星的复杂性那种割不断的联系。④ 我通过科佩的证词获

---

① 引自马拉美《他的墓穴已挖好》,收入《童年和青年诗集》,参见《马拉美全集》第 6 页。
② 引自马拉美《他的墓穴已封上》,同上。
③ 引自马拉美《骰子一掷,绝不会消除偶然性》(1867—1870)。
④ 引自马拉美《伊巨图尔》,收入《马拉美全集》第 435 页。

悉诗人的象征性宇宙论早在1872年就大致敲定。但大洋的主题在1873年以前没有取得良好评语的进展。诚然，马拉美在图尔农文稿中写道：他若不悄悄塞进诗中"一种水生幻想"①，就一首诗也写不成。这不，水好像完全介入他笔下的镜子功能，即是沉睡的水，平静的江河或湖泊或流域，按照需要，或凝结，或融化。这很像与日俱增的大海遇险顽念，挥之不去，进而去除液体性，将其重新运用到新的象征性功能中去：这种顽念于最后的岁月中形象地表现为载体无限混乱以及大偶然性主宰。一言以蔽之，不信上帝的世人之苦难，该是那个时代的共同主题吧。因此，"水生幻想"在"成年人"操心关注下自身起了变化。这种变化是自我意识到的，是自觉的。当年轻诗人的自我迷恋让位于英雄的悲剧性观念时，纯粹的反射光泽"介质"就变成了外在性的无人性动力。

难道能够给如此明晰地改变了的象征保留其阴暗面吗？是的，在某种程度上是的，但人们看得很清楚，它处于那种纯度，是不可能给它使用精神分析方法的。这里，真正要解开的谜比较复杂：关键在于要知道人们如何能够同时运用两种声称互相排斥的方法，如何同一个主题总体能够充当标志，即同时既给个人的、性欲的遭遇又给社会历史的时段充当标志。假如已经证明人们必须同时兼顾这两种方式，那么应该在这两种意义的范畴之间建立什么关系呢？诠释？绝对分离？一种方式对另一种方式施加单义影响？互逆作用？我们之所以选择图尔农的这个"晦涩难懂的斯芬克斯"②，是因为我们觉得找到一个得天独厚的机会具体地正视精神分析学和马克思主义的诠释。

---

① 引自马拉美致米斯特拉尔的信(1865年12月31日)。
② 引自马拉美致勒费比尔的信(1876年12月16日)。

一个滑头低垂双眼承认:"我知道我什么也不知道",此人或许是个苏格拉底,一个笨伯摆出自命不凡的模样说道"我不知道",此人定是个实证主义者。1920年的先生们享有忧郁阴沉的权利,预言以苦修苦行赎重罪。实证主义者跟他们相似,以中产阶级轻松的忍让为人类认识划定界限,由此无知变成风雅。马拉美是无神论者,谁也劝解不了的,他以精神赎重罪的预言来报复上帝的死亡。精神分析刻意成为一门经验论的学科,按照经验,在社会上,招揽病人,逐渐建立全凭个人经验的联系,以维系与周围的人相处。这些关系乃至对这些关系的研究意味着一种先决条件:病人、得病的缘由以及精神分析师本人属于相同的本体论系统。但就精神分析师而言,这是理所当然的:他遇到一堆相伴共存的轶事,研究其相互关系,为此他自我寻问获得整体感性认识的可能性,因为恰恰这些感性认识是整体赋予他的。他识破的种种联系,诸如:因与果,手段与目的,故事始末与人物性格,禁止与违禁,性欲本能与死亡本能,色性与压抑,等等。按照他的说法,建立在纯近似的抑或不妨称之为简单毗连的本体论联系基础上。然而,这种联系是"偶然的",事实是这个人曾有过这样或那样的父母,这样或那样的童年以及"外在的":界限全凭个人经验的互动而相互改变,却不是通过对一个相同系统的共同属性而互变。涉及"已知建立的"或"处于无动于衷的近邻",这种毗连关系实际上是对一切关系的否定。只观察偶然和次要关系的决定引导精神分析学家原则上忽视某些主要的结构:诸如人际关系的"存在依存型",向世俗的"倾斜度",与现实保持绝对距离,等等。这些结构使他产生感知、找到方向和获得日常经验,其本身就是体验存在的综合关系规范结构,人们称之为"整体存在"。确实,不可能把包罗万象的人类现实的原始关系拉回到简单的毗连。因为,如果说该系统的元素只不过是整体感性认识,任何元素都不可能为了跟其他元素交流而摆脱自身的孤立。况且,什么叫作"整体存在"(共同活在尘世)呢?只跟同时性有关,仅此而已。总之,这种对内在联系的"否定"必然牵连内在性综合联系的整体性。而整体感性认识,从两个有区别的事实来看,属于相同的综合整体性,但只有这种属性,别无其他相互联系。外在关系必须以内在性关系为前提,前者是后者的一种特殊情况:外在性就是确定之后又否定的内在性。

因此,不管精神分析者所谓全凭个人经验的关系是怎样的,它必须存在于伴随大写的整体原始关系基础上,其实这种关系只不过是一种规范。譬如,父亲的愤恨是以跟他人发生了近因的、亲历的关系为前提的。当然我不是想说孩子在与父母发生一切接触之前就已经抽象化地确定跟他人的关系。我想说孩子只能感知父亲作为建立在人类现实前本体论的理解基础上的一个人,在他身上和身外,尽管不言而喻这种理解的觉醒和现实化则是在与周围的人们全凭个人经验交流之际发生的。以为"人类实在性"存在于先,而后一下子与非"人类实在性"的东西相接触。突然出现在人间偶然的一个依存点上,在无数单个儿的客体中间,"人类实在中"自我"超越外围部分",其突然出现的本身就构成与整体性相结合的实际关系。要么人是一块砾石,要么人是原始关系,即出现于存在中的生物,抑或所有关系的基础。这或许是某些精神分析学家想给我们的东西,但必须立即补充道:经验结构的研究不归他们管。然而,这恰恰是他们的谬误,因为此处既不涉及超验性意识,也与康德哲学的课题无关,既不关形式本源,也不是先验综合判断问题。尘世原始关系不会是感性认识的,也不会潜在地存在,更不会悬空待着,惰性飘浮着,它必须是有实际生活经验的,实际存在的,这就是说每个人类实在性必须自己创造自己,自我创新,是单个儿与整体的关系。整体存在,俗称"存在于世"是从单纯特殊偶然向全部机遇综合体的一种超越,预设根本不去理会个别幻象,除非,天际深处显圣,否则就像整体的某种具体限定。这种关系的模棱两可性来自于它不是整体与其自身的关系,而预设某种偶然的、意外的、失落在种种现象之中的实在性,进而形成自我超越去面对压得它不堪重负的整体性。因此,这既是投射于现象的无限单个性爆裂,并随之消失,为的是有个大环境能够存在,又是把"自在"洒落在同一个行为单位之中重新合拢组拼。与此同时,舍弃原始有限性作为个别的存在,后者显现于大写的整体性模糊深处。

　　简而言之,这种与尘世的关系既是体验我们的实在(或我们的躯体),纯粹而呆板的偶然性,又是超越这种偶然性的一种方式。因为超越躯体是体验躯体和使躯体存在的唯一方式。这种最初的"投射",作为与实在的关系,将落实到社会实践,并且作为尘世中的依存方式,从世界观角度将被解释为我们"实在"的超越,是实际体验到的。这叫体现我们的选择。而我们通过超越选择本身品尝无法辩解的存在所包含捉摸不定的滋味。这种对待实在的态度在我们的眼里显露我们纯而又纯且不可言喻的品质,而在其他人眼里却像我们难以限定的风格。一言以蔽之,这是我们情感性的先验结构。这种活生生的、创造性的感受性充当我们所有全凭个人经验的情态基础:既然这种感受性确实建立我们与全部现实的联系,每次激动或每个情感表达感受性的同时都使感受性个性化。同样,对父辈或对自卑感的怨恨,对大家而言,都是通过跟某个人或某些人的关系所建立起来的联系,只有当我们的怨恨和自卑感在德国称之为 Mitsein(部分实在)①的基础表现出来时才使我们跟所有人接合。性欲,不管在何种外表下看待它,哪怕化成恋己癖,也只能在他人已经存在的尘世中得以表现:手淫本身先是跟别人搞的姿态,然后是跟自己搞的姿态。

然而,这种实际存在有自身的病理学。有一些"实在于尘世"的疾病,按梅洛-庞蒂②的意思是说"我思故我在的疾病"("我思"也是一种具体关系,由因及果,是由意识及自身的具体关系)。"实在于尘世"的二重性来自于机遇的存在物与整体所产生的关系。因此,关系绪多状态之中的一种换成另一种状态时,就有危险啦。尽管世人并不乐意抓住任何个别性不放,除非"不着边际"的个例,因为其周围全凭个人经验的某些争吵可能迫使他改变初衷,抑或至少原计划的内涵乘机发生裂缝或混乱。由此,"实在于尘世"是一种先验的推理,因为是综合性的关系,奠定经验,但可能变质,改变其内在结构,与后天的局部变化相关。这是个别发生的事情,当某些历史的、偶然的形势拿人的存在本身去大千世界冒险,向他揭示其本质的脆弱性或使他相信根本无法抽身。一位亲人的死亡可能是有决定性意义的,因为死亡一劳永逸地揭示"不再存在于尘世"的可能性作为"实在于尘世"诸多特征之一。这种人类状况的揭露作为"不合常情"的事情有可能造成的变化,比单纯的性生活不健全重要得多:可能影响我们与客体的距离,影响我们对存在的直觉,甚至影响我们对自身的鉴赏力、倒转这种联系,

---

① Mitsein(部分实在),与其相对应的是 être-dans-le-monde 或 être-dans-le-tout 或 être-au-monde。(整体实在或实在于尘世):后者是萨特语,前者是黑格尔语,与之对应的是 Dasein。
② 梅洛-庞蒂(1908—1961),法国哲学家、著名学者,萨特高师同学、挚友,虽政见不同,却始终互相敬重。

就经验而论,增加或减少我们的不端正。

在使我们操心的情况下,即使过早的丧事迫使孤儿惋惜"香木般可爱的童年"①,当孤儿压根儿驾驭不了青春的性功能时,我们大可不必全凭个人经验的情感范围内寻觅其主要功能了。孤儿最深刻的反应,我们在儿童"实在于尘世"之中找得到。

直到6岁,他与整体性之间实际生活经验的关系,仅在于他对母亲的爱:他的母亲和尘世是融为一体的,这个温柔的女巨人,根深枝繁叶茂,完美地屹立并消失在大自然之中;万有的大自然在她完美无缺的柔软裸体上映照其天与水的静脉,折射其岁月的轮回火焰,多半与融化于山林水泽的仙女相混淆了,孩儿似章鱼般缠着母体,通过这个亲密的肉身吮吸汁液:母亲啃尘世,孩儿啃母亲,通过乳房,"女人流出不可名状的白色汁液"②,在这奇异的、液体的圣体里,整个宇宙一应俱全。断奶使孩儿发现他在他人眼里是个他人,他必须悄悄地滑进成年人给他量身定做的"Persona"(人物——拉丁文)里,却是母亲的柔情减缓了冲力。他的父亲和祖父有时逗他,让他隐约明白自己的命运,但还不至于为此操心。儿子已经知道娶不了母亲为妻,却偏偏对自己的母亲说"等我长大了,我娶你为妻!"他父亲听了此话,可以毫无顾忌地对他说:"等你长大了,你像爸爸做一样的事情。"在这两种情况下,父子对话与其表明未来,不如说使现在的关系更加紧密。孩子把父亲的预言当作现时的提升:对父亲说他未来将取代父亲,这等于给他提供机会自今日起与父亲同化了。这给他提供了贪得无厌的欲望,孤儿也知道他渴望,而且被渴望,但这种渴望与尘世无关。

---

① 引自马拉美《倦于凄恻的休息》,收入《诗集》,参见《马拉美全集》第350页。
② 引自马拉美《诗的馈赠》,收入《诗集》,参见《马拉美全集》第40页。

孩儿的成长在脱离父母的怀抱,转向外界"所需时刻"之前几个月或几天,就已中止了,不会发生逐步的解脱,母亲细心地对此守口如瓶。有些孩子因学徒太苦,灰心丧气,企图返回前一个阶段,却与之相反,千方百计到处寻觅拥抱。母亲在小梳妆台前坐下:他凝视她,却视而不见;在穿衣镜里或在靠背椅上,一种习惯促使他召唤一个亲爱的人出场。人倒是在场的,但不言明的是:徒劳搜索的范围,即布画的底色。因此,自我投射万千世界的半途中就粉碎了:现实好比单纯的底色,是外加的,受到次要的关注。孩子当然显露无遗,好比一次超越,一次呼唤,一个欲望:但这种欲望却把他引向一个女亡灵,即过去。刚出生的这个人则是一种奇特的关系:其一端是空缺,另一端是虚无。尘世滞留后景:现实性依然是那种晦暗的外有,贴近外有则是外无的闪现。时不时,在这种阴暗的厚实性上,好像一个形状即将产生,一只翅膀将在黑暗中扑打,一身羽毛的白色顿将颤动:在这片云一般的氛围中,在这团颤抖于树叶丛上的阴暗中,失踪的女神也许将显现。总之,一个客体独处了,哪怕最细微的、最易消失的,也是一个现实的客体。但它并不为自身考虑,而是世人通过它寻觅死亡女神的明显外在。

> 淡淡的肉红色,如此明亮,
> 在空中飞舞闪现,尽管空气
> 昏昏沉沉地蒙眬入睡。[1]

噢,不:不可思议的在场,闪身消失时却显现"完整的相同实在确切无疑"[2]。

我喜欢做梦吗?

---

[1] 引自马拉美《牧神的午后》,收入《诗集》,参见《马拉美全集》第 50 页。
[2] 引自马拉美《音乐与文学》,收入《马拉美全集》第 648 页。

> 我的疑团,古老的黑夜星团,解开时,
> 化为许多微妙的枝丫。
> 即使像真正的木头那般愚钝,也证明,
> 嗨!我独善其身,自我提供
> 玫瑰般理想的过错而得意扬扬。①

"现实"之呈现,是希望令人眩晕的消失;整体的绝对在场,是某个人的普遍不在场;个别客体的突现,就是一次失望的最后期限,一个梦想的激情留下的灰烬和渣滓。所有的客体同等地"微不足道",它们普遍的等量产生于它们在一种共同否定的基础上自我表现的东西:所有客体具有相同的形式特征,即不做被希求的客体。既然对实在不抱有渴望和等待,现实的全部又回落到自我,但不可能把自我填满。无限的实证性是不充足的反面,这就是整体,当然喽,但到底是什么?整体不只是如此吧?整体性,看上去,是无限的,永久的,无所不在的。孩子诠释道:整体性只能是什么就是什么,不会是其他东西。一切事物,在人们观察这一切事物的形势下,总能成为一切事物的。他大声道出一句痛心的大实话:"无只是本身的东西,仅此而已。"②用虚无去限制实有是徒劳无功的。当然,在实有之外,什么也没有。但恰恰是什么也没有否定了一切皆有:根本不必自我提供直接预感,"实在"突现于"非实在"的垮塌。这个间接世代首先是对不在场的一种破坏,一言以蔽之,就是否定之否定。孩子的母亲不断地消亡,这种落英缤纷般的牺牲,周而复始,显示大千世界的景象,但他不可避免地非难实在。当孩子浑身紧张企图抓住虚无不放,有意恢复自然的温暖混沌,哪

---

① 引自马拉美《牧神的午后》,参见《马拉美全集》第50页。
② 引自马拉美《音乐与文学》,参见《马拉美全集》第647页。

会想得到用自己种种幽灵的不可靠性去解释他的失败:他责难尘世冒失的在场,企图抓住存在可能产生的一切表现,针对难以识透的整体饱满重新组合起来对抗亡灵,责难大千世界的结构太过紧密,进而反对一切渗透。孩子一气之下,缩回去作茧自闭,觉得自己徒劳的欲望反倒具有独善其身的真实性。他以对抗存在来断定应该存在的无比优越性,以对抗每个瞬间的否定来维系试图重新激活亡灵的绝望意志;既然尘世在他的失败边缘显示轮廓,令人不安的、不露声色的轮廓,他就宁愿接受这种在现实面前不断败下阵的失败。他内心深处的这种撕裂、这种活动亢进的空虚,正是他唯一的存在理由。于是,生灵蜷缩起来,花园、雕像和行人向后滑退,僵化的阴暗尘世在虚无的灰暗湖面上飘忽不定。所有这些小玩意儿虽然以硕大的"实有"显现,却毫无意义,一个秘密的"实在"就把它们冻僵了:一旦从大千世界脱离,就有人把他无可挽回地修理了。从六岁开始,孩子把"实在于尘世"就设计为一种流放,于是他的尘世生活便通向无可救药的失败经历。

后来,他从等待和失望的复杂游戏中、从自我摧毁的肯定和从肯定的否定中,学会了汲取一种感知的技术,他称之为"以其天生的感悟使外部有风险的贡献焕然一新"[①]。但这种感悟是什么呢?无非是与实在的依存关系嘛。幸运的儿童们发现整体饱满是一种唾手可得的已知相,认为否定、不在场和虚无的各种形式从局部不足的角度看出暂时的缺陷和易逝的矛盾。一言以蔽之,虚无后于实有。但就这个孤儿而言,正好倒过来;实有超外于乌有。经过虚无的通道是唯一接触现实的道路,他在亡灵冷冰的光照下静观尘世。就这种意识而言,存在并不是一种唾手可得的已知相。而唾

[①] 引自马拉美《论二十岁的理想》,参见《马拉美全集》第883页。

手可得的是母亲乳房的温暖,如今不再有其他唾手可得的东西,唯一的感受是"一个物体的失落……一种震动性的消失"①。而唯一的原始直觉,是对不可实现的直觉回忆。不妨猜想,这个特征不会是"直觉的",相反,孩儿更喜欢间接的认识方式。确实,间接将与整体相关:朝"从未有过"自我超越,就像朝最隐秘的不可能性超越,孩儿自我异化于他人的死亡,在最深厚的情感性中体验最纯的不可能为他人而返回存在的范畴,他投身未来的方式,即"否"这一奇怪的实体化,人们称之为"虚空",即在目光的注视下可溶解的宁静透明性,揭露声音嘈杂喧闹和色彩的光怪陆离,换到别处重新自我形成,即固定和虚空的永恒性,使他的生命流程既不能远离也不能靠近,却透过普遍启蒙的持续时间自我延展。这种欲望与虚无的原始联系把一种病态间断引入其"实在于尘世":从前母亲慧眼的闪光使他目眩,看不清东西,如今必须由实在的表面重新产生这种统一的目光。孩儿通过渐趋消失的虚假合成搜集自身各种各样的经历;把森林的树木全部封存起来,因为母亲不再漫步乔木林;把花园的硬板椅子和扶手椅子也收存起来,因为母亲不再坐任何椅子;卧房四壁依旧,母亲却再也不在家了。所以,整个统一体实际上依然起作用,孤儿根本不想揭示整体性,却企图恢复不在场的母亲。为了她,要求这种整体性存在于现时眼下。就他而言,完整只是一种海市蜃楼,即两只盲眼先前的视觉。一个缺陷从此将他与现实分离,乌有离他很近,始终比感觉的节期临近得多。从这个时期起,孤儿支配着双重的负面记载:大真实的光芒驱散母亲的阴影,大价值的腐蚀性光芒溶解上天微不足道的丰满。

　　这种苦恼虽然与怨愤非常接近,但时间有可能将其抹去。不

---

① 引自马拉美《音乐与文学》,收入《马拉美全集》第647页。

少孤儿都善于在自己身上"转化丧事的作用"。但不管怎样,必须有机会帮助他们。可,这个孤儿,运气与他无缘。母亲离世暴露了他有两个父亲①。他是通过母亲了解他们的,现如今"两位先父"突显在稀疏气体里,双双作古,标志着生命中两代岁月共同的公务员,孤儿在他们脚下扮演公务员的童年,可谓第三代公务员。孩儿心知肚明他们是他的实在性。"你将来像父亲那样当管理者":他心领神会,扫了一眼门房的命运,先前认为很自然的事情,如今倒觉得是一种抽象的、古怪的命定性。在自己眼里,他这个未来的人物具有两重性,不妨预先模拟一下自己的天职,眼前出现的却是单调的波折丛生。这样的习癖也将是他的习癖。我说什么来着?其实他已经染上这些习癖了:家庭生活好比一条镜廊:儿童、成人和老者都是互照互映的,儿童在他们身上看到自己的未来,就是说家庭不断重新开始的过去;他感到他们的目光透过他,并在他身上寻找自己的过去,就是说他无法逃避的未来。凤凰浴火重生是什么时间?第七代家庭管理者转世的凤凰来仪是何时?② 现时,却是放逐,母亲不在世和整体的虚妄:"现今无由,过去截止,未来姗姗,抑或现今与未来稀里糊涂地交织在一起,企图掩盖差距。"③然而未来也不行,无非是实际生活经验的重现。他的生活已经被他人实际体验过,非常一般、非常无精打采体验过。这样的家庭记忆从未来的深处向他预示,孩子接纳亡灵的看法。就亡灵而言,一切都结束了,④一劳永逸地结束了,明日只是一片海市蜃楼,人们接

---

① 斯泰凡·马拉美的外公替补施行再婚父亲的权威,后者不久残废。
② 与中国古代传说中的"凤凰"相似,埃及神话中阿拉伯沙漠的不死鸟,或西方传说的长生鸟,相传每隔 500 年自行焚死,然后从灰中再生。
③ 引自马拉美《至于书籍》,收入《一个主题的变奏》,参见《马拉美全集》第 372 页。
④ 参见《圣经》,耶稣被钉在十字架上断气前最后一句话。

触到的已是昨天。

公务员登记及国家财产管理局的"圣三公":局长、副局长和候补局长,或倒过来,税务员、副局长和局长三位一体,在空间勾画出时间运转的三个必要的阶段。大写的进步是秩序的发展,故而时间是个梦幻,一个噩梦。哲学家们不无辛酸地教导我们,人始终是不完善的,始终处于缓刑期间。想认定他是何许人,必须追踪他直至最后时刻,因为只有死亡才对他一生盖棺论定,同时也是最后时刻使总体闪烁发光并使其黯然毁灭。这种不确定性好处多多,归根结底,应该对令人焦虑的必然感到庆幸,我们处在必然之中,必然无自知之明,必然自我等待,必然自我塑造:经受考验,敢于冒险,在发现万物时发现自我,在改变世界时改变自我,这就是生活。还有比如此生活更好的吗?我会放弃充当神祇,如果有人向我如此建议。还不至于简单到"处于永久的危险"才能成为快乐的源泉吧。孩子尽管服丧,没准儿可能体验实际生活,只不过有个条件,那就是他"不知自己的未来"。让他继承父业,充其量是可以的,但至少这个职业必须有危险的、有风险的。这不,对孤儿马拉美而言,登记局属民政社会框架,与打仗无关,政治更迭伤害不了他,对大历史他可以安之若素。

至于私生活那些事儿或性格特征,众所周知,不会影响职业生涯。那么功劳、工作,甚至诡计有何意义呢?如果您没有晋级的选择余地,那就指望工龄吧,一点风险的影子都没有:"崇高的、温暖的友谊轻易地推着他上进。"①既不需要天赋,也不需要天职:"绝对不需要对职业感兴趣就可功成名遂,但缘由和时机尤其必须搞清楚。"②或许无非:

---

① 引自马拉美外公戴莫兰致拉纳先生的信,参见《马拉美的隐秘》第100页。
② 引自外公给斯泰凡·马拉美的信(1862年1月25日)同上,第91页。

有些事儿还没完全定得下来,比如最终是担任局长或副局长。父亲和外公的差别是难以觉察的,这就是不确定性的误差,一生的赌注,仅此而已。假如这个职业令从事这项职业的人们讨厌,假如他们从中看出他们的卑劣或苦役形象,这种厄运没准儿反倒令人精神振奋,然后孩子也许得出结论:生活的要义在于职业之外。但这个家庭把主人与职能视为同一,这种认同恰似穿着铁背心过日子,身上的肉被箍得凸出来,就赶紧用手指把凸的那块肉挤进去,就像把裤裆开口露出来的衬衣下摆塞回去。既然孤儿将来是个公务员,并且既然公务员已经铁定了,他将穿一袭黑制服,跟像他一样穿着的先生们亲如兄弟般相处,就会有受用备至的意识。他的一生明摆着,完备的整体性,一环扣一环,周而复始。他若想知道结局,只需抬头望一眼,便看到副局长过早的迟钝或局长说教般卖弄学问。既然最终生命整体归于死亡,孩儿很不满意通过母亲的死亡看到外部世界,于是从自身死亡的角度看待自己的生命进程。他却处于自相矛盾的时刻:既制造整体,又抹煞整体。不管怎样,反正必须好好活着,就是"反正必须打发时间"。所谓时间,是纯时间,就是说没有内容的时间。这不,从来没有推云摧雾的暴风雨:他烂熟于心的诗句反复默诵,一些太过熟悉的本质不断翻新,但从本质过渡到实在,本质被充实的程度微乎其微,以至人们搞不清楚是静观本质抑或体验本质。① 实在的片刻始终虚空,始终雷同,乏味得很,这就是"无聊"。孩子彬彬有礼地倾听冗长的叙述,哪怕人们向他重复一百遍,他说不清是否记得这些太过陈旧的话语,抑或是否听得进去,反正他强忍打呵欠,礼貌地装作对跌宕起伏的过程感兴趣。十岁时,这个小亡灵身上隐藏着神秘的老年期

---

① 萨特论本质与客体的关系时指出:"本质不在客体内,而在客体的意义中。"

和一个世纪的经验。

这个孩子的另一面却想造反,尽管他已经把造反的手段消除了。母亲不在世,给整体挖了一个虚空的洞穴,她也怨天尤人哪,毫无例外地、无可挽回地对一切不满,这种判决的结果互相妨碍,同时让她发现个人命运的荒诞多么弱不禁风,从而打消她对自己命运的怒气:对一个特殊情况未免太重视,总不至于刻意改变而不及其余吧。这个孤儿上了圈套:只不过就是对一个亡灵的崇拜呀,她的母亲成了他唯一大写的义务。他将从遗忘中拯救这个特殊的形象,单凭自己的绝望行将维持温存的沉默,去抵制世人的胡说八道。然而,这个暧昧的幽灵却以最不可替代的幽灵预示于世,恰似着魔的修女把自己变得骨瘦如柴后接受亲吻。于是,幽灵成了抽象的普遍概念,一旦孩子愿意凝视他。因为亡灵母亲的特殊性在现如今她的优雅和肉体被埋葬了,正是在任何时间任何地点都不可能存在了。既然必须为她作证,孩子禁止自己跟任何东西发生瓜葛,而一味实质否定任何特殊客体,即只采取普遍性的虚空形式。

故弄玄虚:孤儿伸开双臂投向难以言传的东西,投向纯粹的特殊性,只能落入负极的纯概念怀抱,从而视而不见无数麇集的具体形式,以至于任何一种形式都无法取得他的认同或拒绝。哪怕是个别的认同或拒绝,总之,哪怕对自己,他也无法揭示自身无比糟糕的生存状况,然而情不自禁为此特别感到痛苦。奇怪的痛苦,一旦他把眼光转向母亲亡灵,痛苦就变成无动于衷的放逐;奇怪的反抗,潜在和掩饰的反抗,永久不会践行的反抗,无非给自己摆摆样子吧。他无聊得要死,厌恶得要命,家庭的过去沉重地压着他,是那种"令人难以忍受的完蛋感"[①]。但,他对这种憎恶语焉不详,

---

① 引自马拉美《伊巨图尔》(1867—1870),参见《马拉美全集》第 440 页。

"欲言又止"，但已经让人觉察出无非简单揭露一下普遍性缺陷。一次次怒火隐没了事，一阵阵愤慨"闭口不谈"，一种被冰镇般的枯竭，用他的雾凇覆盖。不敢命名的苦恼，这就是他的内心生活。时不时，人们突然发现一次短暂的冰裂，他发火了："这帮人将统统为此给我付出代价，因为我的诗将是针对他们的……让他们像患上痛风那般难受，我叫他们从天堂滚出去。"有时甚至于愤怒到极点，跟自己过不去就像跟别人斗，活像个未来的杀人犯：

> 人家会使你变坏，总有一天你将犯罪。
> 你总那么昂首挺胸，可你的头却要离你而去，
> 好像它预先就知道的，就在你唱一首咄咄逼人的
> 曲子之时。
> 你的头颅将向你诀别，当你为我付出代价，
> 当你为比我不如的人们付出代价。
> 你很可能就是为此来到人世的呀。①

凶杀和殉道，②其实谋杀是一种自杀。后来马拉美确认此话不假：杀害（自己或他人）是唯一可能的行为。但一阵冷风吹过立刻把露头的仇恨冻结了。孩子抱歉道：

> 他们觊觎仇恨却只得到怨恨。③

许多的错误预警，许多的不实心悸，一身神秘的羽毛竖得笔直，然后化为乌有。感受到的愤怒变成构想的愤怒，然后成为被拒的愤怒。再后来关于灵感我们将重新找到欺骗性的圣灵出现：这

---

① 引自马拉美《可怜的苍白小子》，参见《散文诗》，收入《马拉美全集》第274页。
② 被斩首的烈士象征，参见《圣经》中《圣约翰颂》。
③ 引自马拉美《晦气》，收入《早期诗选》，参见《马拉美全集》第1411页。

个孩子不是无动于衷的,他的感受性介入了非常抽象的冒险,以至具体情感的表达以及一般来说,意识的所有个别形式的表现经受着困难得不得了的考验。

仇恨倒是没有了,冷漠却日甚一日,使他思想枯竭和心肠变硬。严格地说,他冻结了。自1853年,他的外祖母戴莫兰夫人抱怨在他身上发现忘恩之年的初期迹象;1854年她写道:"他的性格也不太和蔼可亲,他处在不顺利的时期。"1858年他"觉得这颗心如今如此冷漠","以后几乎不敢指望他了"。① 他的老师们抱怨:"他桀骜不驯的性格和自命不凡的个性促使他始终硬着头皮从不愿意承认自己有错。"② 1860年戴莫兰夫人还伤心地写道:"我很遗憾,他弄得外祖父好累好累,在我们家,他一点也不快活,他的兴趣跟我们是那么不一样哟。"③ "可怜的孩子也需做很多的努力才学得会交际和对人的几分友善。"④ 事实上,孤儿对外祖父母没有许多情感。不过,1885年他倒是写道:"他备受首先扶养他的外祖母宠爱。"⑤ 这只不过是一种说法,言下之意:首先戴莫兰夫人"没有宠爱过他",诚然是喜欢他的,但看不清楚他,于是成天唉声叹气,骂骂咧咧。至于他,耻于曾经对父亲的第二任妻子讲过许多刻毒的坏话,二十岁时有一天心怀歉意,简单写道:"她(后妈)深受我外祖母究问式的影响,仅此而已。"⑥ 第二任妻子被第一任妻子的母亲吓得失魂落魄;短短几行字勾画出这个家庭一幅漆黑的图画。关于戴莫兰外祖父,孩子什么也没说,至少我们什么也不知道。

---

① 引自戴莫兰夫人的信,收入《马拉美一生》。
② 同上(1860年8月24日)。
③ 同上(1860年11月18日)。
④ 引自《马拉美自传》,参见《马拉美全集》第662页。
⑤ 引自马拉美致卡扎利的信(1863年4月1日)。
⑥ 彼时戴莫兰先生督促年轻的斯泰凡投身税务登记局公务员生涯。参见《马拉美的隐密》中老人与外孙之间的通信。

但读一读 1862 年外祖父给他的信件便可窥其一斑:"她们以礼相待是暗藏心机的,掩盖不住内心深处的敌意。"①晚些时候,亲爱的外祖父去世时,他给年轻的寡妇写了一封信,可视为对外祖父是有情义的。但单纯出于礼貌,故意隐藏他跟外祖父有距离或有反感,带着几分迫不得已的情感罢了。不过等外祖父下葬之后没几天给一位朋友写的信就更接近实情:"我可怜的外祖父去世使我丧失了我的梦想源泉",更晚些时候他不断想起外公丧事时自己的宣告:

> 虚幻的墙上散落丧事的纹章,
> 我鄙视一滴眼泪清醒的恐慌,
> 对我圣诗的警钟竟充耳不闻。
> 某个过客,傲慢,又瞎又哑,
> 模糊的裹尸布主义摇身蜕变成
> 死后等待的纯洁童贞英雄。②

他与戴莫兰寡妇的来往越来越稀疏,关系越来越冷淡,而老夫人仙逝时,差一点跟外孙彻底闹翻,连家族剩下的成员都将得不到"本族最后一员"③的好感:岳母是个"抠钱的讨厌天使","她嘴边只挂着一个令人可憎的词儿:省钱。不过,我因为总担心要啐她,这个讨厌的女人,干脆很少搭理她"。④ 七姑八姨们,尽是些"苦行节食的女人"⑤。至于他的同班同学,一个个"面目可憎"⑥。况

---

① 彼时戴莫兰先生督促年轻的斯泰凡投身税务登记局公务员生涯。参见《马拉美的隐秘》中老人与外孙之间的通信。
② 引自马拉美《葬礼祝酒》,收入《诗集》,参见《马拉美全集》第 54 页。
③ 暗喻马拉美《伊巨图尔》主人公。
④ 引自马拉美致卡扎利的信(1862 年 6 月 4 日),参见《马拉美一生》。
⑤ 同上(1863 年 4 月 1 日)。
⑥ 引自马拉美《孤儿》,参见《马拉美全集》第 1559 页。

且，除了埃斯皮纳①曾受到他的两首诗题献，其他同学都不在他眼里，我们找不出一个，没有一个成为他的朋友。很明显，所有的友谊都是初中时代之后建立起来的，全部发源于对诗歌的共同爱好。至于他周围的资产阶级社会，不妨依据这个社会引起他产生的情感这一简单的事实就可作出判断：这天是1863年12月6日，他到达图尔农，不到一星期他便给阿尔贝·科利翁写信："这里，我谁也不想认识。我被放逐的这个黑村居民与猪过于亲密接触，人与猪生活在一起，我见了他们便恶心。猪是这里的家庭之灵……"住这么短时间，运用这等言辞来判断一整个集体，此判断必然是先入为主之见。事实上，我们在他的通信中读到资产者"丑恶"，"没有灵魂"。②那么他至少对工人有好一点的看法吧？否，孩子不关心社会和政治问题："我不喜欢工人，他们虚荣心很重。"只落得下列结论："塑造米罗的维纳斯③难道不比拯救一国人民更伟大吗？"其实他只爱她姐姐玛丽娅，因为她跟他同一个母亲所生，在他十六岁上去世了。说真的，我根本不相信这起死亡，在未来的诗人生活中，是颠覆性的，他肯定痛苦悲伤，不言而喻。蒙多尔发表"致他姐的信"④。沉着冷静而装腔作势。他乘自己初领圣体的机会给姐写的信简直令人气愤，在虔诚的啰唆中有些东西使人想起戴莫兰外祖母的风格：

"亲爱的小姐姐：

---

① 引自马拉美给法国哲学家阿尔弗雷德·埃斯皮纳（1844—1922）的题献：《贝皮塔与忧伤》，收入《马拉美全集》第1384页。
② 引自马拉美致卡扎利的信（1863年7月24日）。
③ 系指巴黎卢浮宫珍藏的维纳斯雕像，米罗是希腊爱琴岛上一个地名。维纳斯是罗马神话中爱与美的女神。
④ 即《马拉美的隐秘》，参见前注。

"我怎么能够让如此美好的日子打发过去而不给你写几句话呢?我自己支配的时间少得可怜,但在如此这般情形下我不该挤出时间吗?我兴高采烈地获悉你表现很好,该获得一枚懂事奖章。这是你为自己一生的行为做好准备的标志。这使我想起自己有过跟你一样幸运的日子。为了不至于在你非常愉快的时刻让任何一星半点忧伤来打扰,我尽可能获准早上七点半出门跟小妈妈一起去与你相会。我尽了最大努力给你找一个好位置,终于找到了……"

这种太过感化人的说教听起来很虚假:他玩弄大哥的角色来取乐。难道不是他后来沉着冷静地、含讥带讽地撰写致玛丽·吉哈德的情书吗?难道不是这一代诗人自我吹嘘写什么"非常冷漠的激情诗"①吗?

然而,姐姐的丧事最终让他独行其是:他从中发现一部神圣的悲剧重新开始,即是他母亲死亡的重复。这种灵肉分离的奥秘,神话和礼仪的结合,好像创建一种曲解了的基督教:并不是耶稣世界末日归来重建上帝的王国,而是"外无"导致目的和希望的产生,"处于开天辟地的",并不是逻各斯(上帝与宇宙之间的媒介),而是"实在"的污秽滥竽充数,庸俗化;既非创世,也非从圣言至尘世的传递,尽管人们津津乐道,而是相反,现实越来越渺茫地传及圣言。在深藏的汩汩水声中,一个生灵为所有其他生灵牺牲了,它的"肉体外在"融化成一张嘴中仅存的残留,话语,充满"外无"的圣餐饼,"含苞待放的神奇睡莲,以水波粼粼的白色笼罩一片虚空"②。由父母奉献给修会的儿童以其一劳永逸拒绝在任何地方

---

① 引自魏尔兰《农神体诗》(一种拉丁文古诗)跋Ⅲ。
② 引自马拉美《白睡莲》,收入《散文诗》,参见《马拉美全集》第286页。

存在证实一个最纯洁的大生灵在有条不紊的湮没中闪闪发光。但这个大生灵只是其自身的否定,他的完美本身,即曲解的本体论标志,意味着他的不存在。这个实有起因于自身,但就其含义而言,因为根本不可能存在而自禁存在。一言以蔽之,他存在只是为了否定自身存在,以同样方式,例如我们把一个生灵归于虚空或虚无,只需给他们命个名儿。这个固定而黯淡的闪烁,就是"实有"的"实无"经过"实无"的"实有"以便成为"虚无"的"实无"。

基督教,作为家庭的宗教,久已庇护这种粗俗而考究的摩尼教二元论,其中神秘学说的游戏嫁接于人类牺牲之上。但母亲的第二次死亡①使他滑出善恶二元论。其实孩子从未有过很深的信仰:人家向他提供"别处"的一个"外在",而他却只满足于天下的"外无"。从事新崇拜的年轻教士并不诉诸上帝,他把自己的祷告留给一位伟大的仙女,其形象则是一个女人除做爱之外能把一切献给一个男人,即恪守贞节的白种仙女,即把母亲和姐姐混淆在同一"外无"之中。波德莱尔说过,为表现大自然和大生命,在这个尘世上,人们只迁就狗、后妈,那个在发情、急切交配的女人。② 马拉美其时尚未读过波德莱尔的私人日记,也不知道那句有名的叫喊:"女人是天然的,故而难养。"这位青年教师却于1867年写道:"可恶且庸俗的女人'最操心的事'无非是妇女状况的卑劣,总那么被动消极,病病怏怏的……还有她的'月经'。"③

此后孩子回归自身了。一次时运不佳激怒了他,决心自己重掌局面。至此他一直痛苦地、神秘地喜爱不存在的东西,喜爱不可能存在的东西:一次失足就把最单纯、最自然的"儿童情爱"

---

① 暗喻:母亲去世后,姐姐待他如母亲,却随后也死亡。
② 参见波德莱尔《赤裸裸呈上我的心》。
③ 引自马拉美致勒费比尔的信,参见前注。

变成残酷而永久的虚空感。他否认尘世,在自己内心建立"外无"(不在场),并与之身份认同。他"已经被否认了",现如今,他使自己成为否认者。虽然反抗是毫无用处的,不可想象的,无法实施的,但可以拒绝呀:彬彬有礼地拒绝、冠冕堂皇地拒绝,带着一种装作风雅的诙谐加以拒绝,反正拒绝一切。关键是毁灭。既然他并不是烈性炸药,还不至于把世界爆成粉末儿,就装作力不从心吧。那么这个诗人,他在何处?无处立足。抑或不妨说有立足之地,就在此地,如此专心致志地佯装他已经外无了。这种外无或对经验的全盘弃绝,并非某个遥远之地的外有。这种对实际生活的拒绝,以及不仅仅表示出来的拒绝,而在于既勾勒就幅员而论一种巨大的后退,好像小型望远镜的小头把事情看大,又让自己感到看到的东西就是那个样,可自己又不在场。这种企图显然使孩子陷入深思:他将履行刻意而为的态度,作为意识之意识;他透过窗格玻璃看世界,然后也把反省意识硬说经历过正在经历的自反意识。因此,躲进反省意识的同时,又不屑与之为伍,那我们便可以说,闪烁的混沌尘世不是我们所经历的。但,恰恰这个立场是不可或缺的,因为孩子牵连进去了,并自暴自弃。

可以想见孩子不肯容忍自己。他在自己身上突然发现小资产阶级的坏德行,心知肚明是被别人一劳永逸地安置的,并一劳永逸地被沾染上秩序、刻苦、节省、内向生活的心境以及不贪欲、爱自尊的情怀。他之所以刻意回归自身,躲避令人窒息的家庭气氛,是为了找回用家事记忆和活动资产所构成的整个家庭。有时他以为突然在自己身上发现还有抽象的擦肩而过,预感另一个家人觉醒,赶紧瞥一眼镜子,他看到什么?一幅家人肖像。这个孩子内心深处并不想置身于普遍的责难之外。前人的目光,曾经是"他的全部加冕"①，如今母亲的眼睛泯没了，他还剩下什么呢？一个全凭个人经验和不敬鬼神的大我，就是说实质上是父亲的大我。

总之，他母亲使他摆脱了绝对的大真理，免除他经受重新繁衍其父这等可怕的必然性。于是，孩子失去大真实性，至于还没有让自己被家族的初疮侵蚀：他不是也永远不会是"强盗"②，因为那样的强盗受尽折磨，用自己的内心法则对抗尘世的潮流：在把现实放进圆括弧之前，他自己已作茧自缚了。

由此看来，他把自己塑造成为一个自省的人物，却只不过是对他这个全凭个人经验的人物的抽象否定。

但并不完全如此。

还有怨恨。还有父亲。

在他身上再现的这个家庭压抑着他，使他心里充满"难以忍受的完蛋感"③。他无聊得要死，厌恶得要命④："我忍受的苦楚是可怕的，活得好苦哇。"⑤但这种本能的情感不是为自己装出来的，也没有名分。⑥一种冰冻的枯竭，然后是说不出口的下三烂，有关他父亲和家庭的。

尤其因为父亲再婚。唉！尽管不是迫不及待的，一直拖到1852年，即他妻子死后五年左右。不管怎样，父亲过着平静的日子，寄希望于跟孩子共处在区分尘世与女亡灵的善恶二元论氛围中。然而，孩子却自有主张，不可动摇地拒绝把实有与实无对立起

---

① 引自马拉美《被惩罚的小丑》，收入《诗集》，参见《马拉美全集》第31页。
② 暗指席勒剧本《强盗》中的主人公卡尔：他因弟弟弗兰茨的离间，不容于家庭而流为强盗。作者歌颂卡尔正直豪侠，塑造了一个莎士比亚风格的人物。
③④⑤⑥ 这些话与上文有些地方完全重复，下文也还有一些重复之处，是因为萨特在不同时期写下的文字，大多遗失。编者根据留存的手稿或已发表的片段重新编排而成。

来。他变得不透明,心血来潮,肉欲膨胀,他选择了荒诞的富有表达力和作恶多端。"我不快乐,但我生活在美中"①,孩子后来写道。彼时,他借鉴波德莱尔,把嗜欲抽象化、把浸透消极性的乐事抽象化,好像隔离尘世的窗格玻璃上用金刚钻划的一道细微裂痕。但父亲选择了享乐,一头栽进实在的野猪巢,从而永远得不到原谅。更可耻到极点的是,他让新婚妻子生下一个孩子。这个不速之客小女儿将得不到很好的接待。诗人的外祖母并不掩饰其失望。对他的小妹妹玛丽娅,那就更不含糊,他写道:"这个小姑娘,她不是我的妹妹,是我小妈的女儿,而我的小妈对我来说什么也不是。"②登记局未来的候补局长只字不提她,但外祖母承认不得不"敦促他喜欢新生女孩,因为小姑娘迟迟引起不了他的好感"③。然而,好像外祖母并没有达到目的,从1852年至1898年,诗人似乎连一次也没提起过同父异母的妹妹存在。④ 马拉美在诗中表述比较自由自在,因为首先出现奇特的"模糊回忆"。这是他在23岁时指出的,那时他已经结婚,第一次见诸他的文本标题:《孤儿》⑤。孤儿就是他:以第一人称说话,然而相当奇怪,他竟自称是失去父母的孤儿。一个江湖小丑向他问话:

"你的双亲在哪里?"——"我没有双亲",我对他说。

"哎!你没有双亲,我倒有一个。要知道有个父亲是很有趣的,成天嘻嘻哈哈,甚至有一天晚上,有人把我的小弟弟

---

① 引自马拉美《文学交响乐》,收入《青春散文》,参见《马拉美全集》第262页。
②③ 引自马拉美外祖母戴莫兰夫人给一位亲戚的信(1852年11月2日),参见《马拉美一生》。
④ 确实在马拉美通信全集中从未提及。
⑤ 《孤儿》是《模糊回忆》的第一文本(参见《马拉美全集》第1559和278页)。所谓模糊回忆,是指不自觉地受遥远回忆的影响,错以为是自己的创作。

推倒,却被一家之主扇耳光,用脚踢,净做鬼脸。亲爱的……爸爸,我觉得他很好玩……双亲是很滑稽的,净逗乐我们……"①

在这首散文诗中,主题相当混乱,很可能诗人既是叙述者又是江湖小丑,因为在第二文本中前者把后者说成是"太过动摇不定的小鬼,难以在他那一族立足",以至既是孤儿又有双亲。况且这样的双亲很可能象征"流浪者"或"江湖骗子",是自波德莱尔以来,诗人们偏爱的主题:视他们为自己的亲兄弟。蒙多尔心同此理,有关这个问题,他提醒注意《被惩罚的小丑》和《晦气》。然而不管沧海桑田,这位可笑的父亲见到自己的儿子被人扇耳光,却在一旁做鬼脸;见自己的儿子死了,甚至全身扭动个不停。这也很明显,是直指诗人的父亲。有望加以证实的,正是第二文本让人发现有趣的修正:马拉美不再讲"死去的小弟",或许也为了避免公式化,或许为了避免使人想起阿纳托尔的夭折②,但尤其为了不至于太冲击父亲,随着事过境迁,和解也就水到渠成。反正孩子痛恨父亲到了极点,以至因出于他的亲生而愤愤不平。毫无疑问,应当理解的是这里所指的女人不是诗人的母亲,而是他的后妈。重点在于父亲随随便便弄出个孩子,他要对孩子的出生负责。因为斯泰凡亲生母亲的死亡毫不掩饰地暴露他模糊而自然的存在,而父亲再婚之时,就显示不配再当父亲之日,以资证明在儿子身上只存"血肉关系",以此维系与尘世和实在的关系,这却都是父亲一手造成的。换言之,与父亲的关系否定了与母亲的关系,否定了善恶

---

① 引自马拉美《孤儿》,系指《模糊回忆》第一文本,参见《马拉美全集》第1559和278页。下文中谈及第二文本,也可在《全集》中找出处。
② 阿纳托尔是马拉美亲生儿子,八岁夭折(1819),诗人很少直接提及。

二元论的纯粹性,即为肉欲之过。

与通常发生的情形相反,对孩子而言,不是被死亡纯粹化了的母亲代表可怕而模糊的自然性,而是男性生殖能力,即雄性气味。多毛肉体、男性生殖器。另一方面,母亲死亡在他身上产生了纯粹性。因此,孩子得以在自己身上区分两种本原。这也是他的疯狂想象,自以为是从母亲那里继承的。从《伊巨图尔》的预示来看,他的诗才天赋第一次显示好像恰好涉及他的母亲。然而,母亲禁止他以死亡的榜样像走下螺旋形楼梯那样沉沦。与之相反,肉体来自于父亲。这个主题,我们很快以大诉求的形式重新遇到,例如《驼背丑角》①:

> 驼背丑角夹着两个大包:鸡胸和驼背
> 跳起舞来鸡胸包朝大地,驼背包向九霄。
> 灵魂恰巧受到双重欲望的激励鼓噪,
> 瞧他既始终向下沉又总是向上跷。

又如波德莱尔式的诉求:"任何人身上,任何时候,都同时具有两种诉求,一种趋向上帝,另一种趋向撒旦。祈求上帝,或灵魂,是向上攀升的欲望;撒旦的诉求,或兽性,是向下沉沦的欢乐。"②还几乎以性行为的形式出现:

> 我确信两张嘴都不吸,
> 既不吸她的情人也不吸我的母亲,
> 从来不沾同类离奇怪物,

---

① 马拉美为马奈的一幅石版画题献一首四行诗,名为《驼背丑角》(1874),体现双重祈求的主题。收入《马拉美全集》第 161 页。
② 引自波德莱尔《赤裸裸呈上我的心》。

我,冰冷苍穹空气中的精灵。①

再如科比埃尔的诗中也有双重祈求,比如他在《叛徒》中写道:

> 他一切畜生都杀,一概饱以老拳……
> 经过反复清除的种种厌恶变得纯洁了。②

我们发现"她的情人"意指父亲被拒绝了。他甚至不是我的父亲,他什么也不是,只是她的情人。一言以蔽之,父亲代表出生,母亲代表死亡。

诗人非常肯定在自己身上滋生一种反男性生殖力。

他非常肯定,晚些时候还产生观淫癖性欲和口交性行为。他很想看到女人们之间性交,或扮形女人和女人们搞在一起,或别人把他看作女人,正如他在《青春女神》中写道:

> 公主哇!忌妒一个青春女神的命运吧,
> 她显露在你们双唇接吻的这口杯上,
> 我耗尽我的灯火却只有神甫隐性的名分。③

并非要与母亲身份认同,这是荒诞的认同,因为他太尊重母亲了,他是自己母亲在世上的见证人,丧葬的纪念碑,但他的欲望是受之其母为了其母的实有,而并非实有其母,却对犯渎圣罪的父亲怀恨在心。成为女性实体,就是说本质上被一个人物否定了他的实在。因为恰恰他在自己身上重新找到自己的父亲,不管怎么说,父亲作为传种者,作为命运,但也作为个别本质、遗传者,等等。

---

① 引自马拉美《从臀部和弹跳中涌现》,收入《马拉美全集》第74页。
② 引自科比埃尔《叛徒》,收入《青春情人们》。
③ 引自马拉美《微不足道的声诉书》,收入《诗集》,参见《马拉美全集》第30页。

怎么办？承受。孩子本能的设想是大爱不实在的东西,大爱不可能实在的东西,维系确切的权利,最终意味着或多或少有意识地否定一切实在的东西。孩子一心寻找一个母亲,这样,大实在就落到一旁,清醒时便觉得沉溺于大实在中,浑身污秽不堪,从而把这个结果置于本原之列。他舍弃了。

我想笔录一些意见,这些有关母亲和出生的见解是具有时代性的。家庭题材在那个时代必需作为诗歌的基础,因为新型夫妇的资产阶级家庭关系很紧密,自行抱团,不知道或不想知道这样的家庭将崩溃,共产主义、法西斯主义或美国资本主义将其碎片化,根本无法抵抗社会,因为它不再是社会的建设性要素。相反,尽管那个时代有布尔热①、勒普拉②一再强调家庭是社会细胞等,作家必然是家中的庸碌之辈,就像在过去那些时代必是城邦的庸俗无为之徒(坦丁语),抑或其所在阶级一事无成之徒。总之,马拉美见证了不可能自行完成的整体化,在他身上家族有所寄托,但无法让他翻倒飞筋斗——做不到。那么诗人必然感到矛盾重重,夹在贵族家庭过时附庸风雅与新现实之间的矛盾之中。当纪德抛出,"家族哇,我恨你们"③。战斗已一劳永逸失败了。不妨举三位诗人为例,他们是谁？爱伦·坡:不堪回首的童年生活,他的母亲④;波德莱尔:父亲去世,母亲改嫁。现在这位青年教师:母亲去世,父亲再婚。并非偶然。给我听好啦。我没说这足以也没说这必然导

---

① 保尔·布尔热(1852—1935),法国作家、文学评论家。
② 勒普拉(1806—1882),法国社会学家,"父道主义"经济理论奠基人。
③ 引自纪德《地粮》(又译《人间食粮》)(1897)。
④ 爱伦·坡,孤儿,三岁被贫困的演员父母抛弃,送人领养。成年后与养父闹翻。

致生于1880年的诗人的家庭失败。我只是说通过这三个人表露的家庭失败所形成的象征说明，他们的悲剧具有社会意义，因为这种悲剧在别处大概不可能发生。旧制度的家庭是禁止这类改嫁再婚的，而时至今日再婚依然盛行天下。但有其他的含义：这三位诗人在他们整个时代，是儿子呀，就是说他们身心深处是由对他们先前实在性的认识所决定的。真是一段历史的奇怪产品，但这段历史突然暴露其辉煌和粗俗而突然变得黯然失色了。

　　孩子的种种后退和远离导致产生某种空间，"向后撤"，就像哑剧演员逃离时开辟一条通道于幕后消失。这种后撤不断延伸，最后聚焦到尘世之外一个点上，人们称之为绝对。而绝对的存在奠定拒绝权，而人们并不关心别样的认定，抑或时不时试图接触一下，也只不过发现一些负面的特征："冷如冰川"，金属的不育性、百合花的清白等，不一而足。这是"一个荒漠之地……变成像距离一模一样，把它的静观者与它分开得远远……大无之地……大纯粹等于大无效"①。

　　这种立场站不住脚，是抛开"我思故我在"的一种"预先置疑法"。② 不过，通过被滥用的否定预先使一切种类的目的失去信誉，从而剥夺了对柳暗花明的一切希望。唯一的出路：孩子只有成功地"重新创造自己"才能逃避出生的厄运，一件属于他的作品方可出世，使他能够由自己做主"从自己的肚子而非别人的肚子下仔"③。人们经常

---

① 引自乔治·布莱（生卒不详）《马拉美的空间和时间》第222—225页，拉巴科尼埃尔出版社，瑞士洛桑。
② "我思故我在"是笛卡儿的根本哲学公式，而"预先置疑法"则是笛卡儿的研究方法之一，即通过置疑来寻求明确的结论。
③ 引自马拉美《一条花边被取消》，收入《诗集》，参见《马拉美全集》第74页。

说,在他,诗歌和出身不可分离地联系在一起。如今人们表达这层意思常用平庸而强烈的说法,"self-made man"(自力更生的人,或靠自己努力而成功的人)抑或"自己作品的儿子"。精神分析学家会说,诗人之所以如此,是因为他母亲的去世彻底阻碍他认同父亲身份。恭顺的儿子是最可怕的仇父者:他拒绝生命的天赋,决意成为自身的父亲,以便更可靠地把他父亲推进大虚无。他之所以祈求词语而非祈求声音或色彩获得救助,是因为猜出隐秘的两重性①。什么叫命名?毁灭或创造?"亚当自任众兽之王所采取的第一个行动是给众兽强加名称,就是说把它们当作存在物消灭在社会存在之中"(黑格尔语)。最理想的是,言语派得上这样或那样的用场:人们可以通过词语一下子毁灭世界和创造世界。同时,绝对,处在上天冷宫中,接到一个原始的决定:孩子以诗的名义拒绝制造生命,即他必须从自己的作品诞生他自己。在他,绝对即为大我,纯粹得像单纯的可决定性,像否定全凭个人经验的主观性。布莱写道:"从一开始,马拉美的诗就以海市蜃楼的风貌出现……因为,如此定位和隔着距离静观的对象,这样的东西和难以确定的地点,既非客体也非外部世界。这正是静观者本人。幻景中人们发觉自己,不是本人模样,也不是本人所在之处。但要的是恰恰不是本人模样和本人所在之处。"②一言以蔽之,孩子梦想入诗,就像加入某个秘密社团,其接纳仪式包含宰杀生物以求复活。"我虽死,但求重生。"③诗人与萨满④如出一辙。他的"义务",是他的来

---

① 西蒙娜·德·波伏瓦说:"人不应当设法消除自身的两重性,相反应该主动予以实现。"
② 引自布莱《马拉美的空间和时间》第222—225页,参见前注。
③ 引自马拉美《窗户》,收入《诗集》,参见《马拉美全集》第33页。
④ 萨满意为西伯利亚和中亚原始部落里的巫师和通灵者。

生从未来深处向他强加的,正是"重新创造一切以便显示他正好处于应处的地方"。

"重新创造一切!"可这个年轻的野心家,我们再次发现他彼时处在图尔农,"愚钝的","衰惫的","无成果的"。① 但不管怎么说,他成功地拧松一点儿自己的命运螺母:如果说他没能避免当公务员,至少他逃脱了登记局,与税务无关了。尽管如此,他依然抱怨自己成了"二十三岁的老头儿",这才写下:"要写诗,我完了。"②不过,他依然急切地写下去,但写什么?有时他侧耳倾听一首陌生的歌:这意味着一句诗即将诞生却还不十分清晰地区分得开呵,诗句出现了,他心急火燎地笔录下来:仔细一看,原来是对邦维尔或戈蒂诗句的模糊回忆。他再一次被大未来的海市蜃楼迷惑了:他蛮以为看到能在未来闪烁的诗句,却是从别人的过去慢慢重新显现。他重读自己的诗,弃如敝屣,于是灰心丧气了,感到什么也不属于他的:"碧空老天的金黄泛滥"③以及《显圣》中的"双手未捏紧"④,这两句应当归还雨果,还有"晦气"这个词儿和节奏应当归还戈蒂埃,至于"晦气"这个用词和作为诗的主题以及"头发"、"碧蓝"、"眼睛"、"洁白"、大无限、虚无等专题应当归还波德莱尔,后期的《牧神的午后》,其寓意应当归还邦维尔,而我以为有损于《埃罗提亚德》的某些浮华应当归咎于巴那斯派本身。我们现在知晓他的毛病名称了:大无能。病态的情绪纷乱?缺乏想象力?太高的苛求?病者本人并不知情,他犹豫不决,有时把无能称为《现代的缪斯》⑤,有时则只愿意看作少年阴茎异常勃起的灾难性后果。这颗

---

① 引自马拉美致卡扎利的信(1865年3月),参见《马拉美一生》。
② 同上。
③ 引自马拉美《花》,收入《诗集》,参见《马拉美全集》第33页,与雨果《历代传说》中一句诗接近。
④ 同上,第30页。与雨果诗句雷同:"你的双手未捏紧。"
⑤ 引自马拉美《文学交响乐》,收入《青春散文》,参见《马拉美全集》第261页。

自省的内心,既全盘介入经历自己的思想又思考自己的生命,即否定自己的生命,那么怎么区分其内心决定的东西和承受的东西呢?有时自怨自艾,怨艾自己"纯粹被动,今天像女人,明天或许像畜生"①,但肯定"体验到"一种自身本质的命定性,即自身隐蔽的意志是在消耗于疯狂的否定中产生的。事实上,他没有任何东西可讲的,既然预先禁止"一切活动"。要他歌颂什么?歌颂他惧怕和蔑视的爱情?既然他根本感受不到爱情,不是吗?肉体享乐,大写的犯罪,民众大运动或家庭生活?所有这一切对他根本不重要。马拉美的通信是最缺乏趣闻轶事或政治论述的。那么上帝呢?他几乎不再相信上帝。与他同时代的巴那斯派企图通过抄袭老皇历走出这条死胡同。但这位青年教师不屑使用这一太粗俗的手段:大历史,恰似大自然和心灵激情,只不过是集意外事故之大成。至于灵感,他确实全心全意求之若渴,但也一心一意拒之不及。谁知道灵感从什么泥潭喷发出来呢?从他嘴里说出哪些先辈呢?没有呀,他的大理念"偏重于偶然性,在其本原中汲取灵感,喷溅而出"②。此后人们将不会惊异他的头脑充斥他人作品潜移默化的嗡嗡作响:既然艺术作品应当有自身的源泉,那么为了从玷污诗歌这一现实升华所采取并非不纯的方法,依然是自己让他人作品引导。况且,那个时代,到处显露疲惫不堪,没有任何迹象预示新的黎明,文化倾向于越来越自省,人们不再思考事物,而思考已经死亡的思想。

"先验性文学",纪德点破时毫不宽容。③ 是的,不过只点到

---

① 引自马拉美《文学交响乐》,收入《青春散文》,参见《马拉美全集》第261页。
② 引自马拉美《一个主题的变奏》,收入《马拉美全集》第355页。
③ 引自纪德《斯泰凡·马拉美》(1898),收入《由头》专刊。法国水星出版社出版,1913年。

某个程度为止,抑或更恰当地说直至某个日期。确实,人们经常把这种态度与康德形式主义①进行对照。果不其然,可以有趣地用康德的话语把诗人马拉美的疑问翻译成:"有没有纯诗的大道理?"抑或"在任何条件下有可能产生一首纯粹的大诗吗?"有人老想把游戏玩下去,满可以替他回答:"一首纯粹的大诗将拒绝一切全凭个人经验的时机协助,但必将产生于自身纯粹的复现表象就像纯粹的道义行为被法规的单纯描述所定位:大写的诗要求诗的意志自由。我称诗中的纯意志或自主性,是指谋求普世的、绝对的诗学意志。"总之,法则规定尊重。大理想的需求同样应当把失望和赞赏混合孕育于诗人的感觉,这种混合反过来激起一种企图心去实现大写的诗。不过,在康德著作中,精神法则是存在的,尽管纯形式的,但富有理论内涵,规定某些行为,排除另一些行为。在马拉美的诗中,大理想,人们称之为碧空或绝对,这就是纯空,把弃绝单纯客观化。这个完全不可企及的"空"无疑决定着诗人心中的纯情。但这种情感,即大写的否的反射,却是赤裸裸意识到一种虚空。这种虚空原则上使我的印象和经验失效,并质疑我的经验一切直接已知教育权得以歌颂。总之一句话,这种现实应当受到双重体验:一方面是波德莱尔式的不满足,被小资产者的清教主义转换成伦理要求;另一方面是大写的无能为力,比如彻底蔑视他人,蔑视尘世,蔑视自我。青年公务员的沉思再次与彼时傲慢的赌气相结合。期间,维利耶写道:

  他善于在自己豁达的轻蔑表示中生存和死亡。②

---

① 康德形式主义是把人的一切感受都归于时间和空间的范畴。
② 引自维利埃·德·利尔-亚当《初期诗选集》(1859)。

苏拉里也写道：

> 我的心在悔恨中自行用防腐香料保存。①

后来，"不满足"以更为奇特的面目出现，即以阴影和饥馑的深邃面目出现，以循循善诱和避而不谈本真的面目出现。但说到底，大写的诗永远是一项"义务"，即使将停止在虚空上战战兢兢。那将是"这个天体的花园给我们承担着理想的义务"②一项"重新创造一切的义务"③。诗人的"绝对命令"（康德语）是通过诗作强迫自己为自己创造一个纯我。然而，不要以为诗人会满足于这项严格而抽象的权责，因为他从未否认灵感是不可或缺的，他要的是绝对的灵感，仅此而已。最好是凭借爱心去完成如今所需求的严格形式，抑或不妨重拾我们的游戏④，即把"在此尘世"的诚意，变成圣意。

不过从现在起，英语教师表现出回归自我一种非常特殊的资质：既然他才思枯竭的缘由是他的死不妥协，至少可以肯定他不是"见风使舵的"。故而求索的主题是，在反射的目光下，大否变成大是。他无能为力歌颂，干脆歌颂无能为力："我终于摆脱了力不从心，我的第一首十四行诗就是用于描绘力不从心的。"⑤在《碧空》《晦气》《被惩罚的小丑》《敲钟人》等，他依然描绘无能为力。他怎么解脱呢？他刚上手的新诗篇《埃罗提亚德》（1871）看上去与先前的诗篇差别不大呀。然而，他投入写作时抱着执拗而单纯的愿望："我平生第一次刻意成功。假如我被弄得萎靡不振，我就

---

① 转引自蒙多尔《马拉美一生》第 156 页。
② 引自马拉美《葬礼祝酒》，收入《诗集》，参见《马拉美全集》第 55 页。
③ 引自马拉美《论维利埃·德·利尔-亚当》，参见《马拉美全集》第 481 页。
④ 游戏在于用康德的语汇把马拉美的诉求表达出来。
⑤ 引自马拉美致卡扎利的信（1862），转引自《马拉美一生》。

永远不再碰我的笔了。"这个郑重其事的警告使人以为一场危机在酝酿之中。这就需要走出死胡同了:他总不能一辈子用各种声调重复没有任何东西可写吧。但,意愿之所以倾向于哀婉动人,因为灵感硬不肯降临冥顽不灵的人。然而诗人已经放弃出头露面,这次问题严重,或事关悲剧:隐约的巴那斯派悲剧。一位公主出场:

我们拿定主意了:在华丽俗气的旧衣下,依然是大否定崭露头角,伴随着大无能,即原本的结果。一个声音升起:

> 我喜欢身为处女的恐惧……

谁在说话?是年轻女子吗?抑或大写的诗"取代爱情,因为爱的就是自身"①吗?抑或大构思"从自身本原汲取之后喷薄而出"②吗?原地打转,莫衷一是。于是诗人暂时搁置其著作:"我把《埃罗提亚德》搁置了几个难熬的冬天;这部孤僻的著作早就使我创意枯竭。"③应得的回馈:创意贫乏是他唯一的主题,即反馈自身,使他创意枯竭。他只用了两个月就把《牧神的午后》幕间插剧写成韵文。这种突如其来的顺畅根本不会让我们惊异:他对自己的要求降低了一个档次,因为《埃罗提亚德》未完成给他提供了托辞。不过下个冬天他必须回到自己的写字台,像"绝望的怪人",重新读一遍:一切从头开始。他向《埃罗提亚德》照了照自己,颇为洋洋得意:"我不知不觉把自己心身全部投了进去,从而感觉很不自在。"④他看见什么啦?恰恰什么也没看见。他的先验论最终损坏了自由发挥的判断能力。

一种思想,不管怎么说,或针对普遍概念,或没准发现一个永

---

①②③④ 分别引自马拉美致卡扎利的信(1867年5月14日;1865年6月;1866年7月),全部转引自蒙多尔《马拉美一生》。

恒真理,是一个心灵事件,历史的、独特的事件,其动机应当在我们偶然的实在中找得到。诗人拒绝这种实在的同时,把他的精神转换为"纯粹的能力倾向""我现在不具人格,不再是你所认识的斯泰凡,而是精神世界所具有的一种能力倾向,能想象自己和发展自我,通过曾经是我的东西……"①为了把这种能力倾向现实化。他必须赶紧召唤其肉体外在,或让这种纯粹抽象片刻显现具体现实的景象:"我还……需要对着这面镜子照一照自己,以便思考……如果'纯粹抽象'不在我正在写这封信的书桌面前,我没准重新成为虚无了。"②在此期间,他作为公务员,其担当并未受损,依旧漫不经心地干着他的公务。既然使受损毁的裁决涉及他的活动整体,人们便听任他做自己喜欢的事情,对此无动于衷,甚至轻蔑以对。他能做什么呢?他必将遵循公务员的道德品行,接受大家的风俗,何况他更加不在乎自己的事儿了。由于他从事一项礼节性的职业,由于他在一切方面都取决于舆论,他向因循守旧的人们显示资产阶级德行的温和形象。戴莫兰外祖父母的高贵统治着这颗被抛弃的心灵。当然,这是个"临时性的训诫"。但人们时不时发现某个使人担忧的细节,抑或某个过快消逝的事端,暧昧的、可疑的事端。搞得清楚马拉美跟勒费比尔闹翻的完整故事吗?他可是把勒费比尔称为"他的启蒙者"和"他的兄弟"哟!好像因为勒费比尔带着一个与之有非法私情的女人一起拜访他。我们这位登记局副局长的儿子作出戴莫兰反应:判断他的妻子受到冒犯,立即与勒费比尔断绝十年之久的友谊,尽管他自己的妻子先是情妇,结婚后又公开被欺骗。

---

① 引自马拉美致卡扎利的信(1867 年 5 月 14 日)。
② 分别引自马拉美致卡扎利的信(1867 年 5 月 14 日;1865 年 6 月;1866 年 7 月;1867 年 5 月 14 日),全部转引自蒙多尔《马拉美一生》。

如此看来,我们不禁要问诗人马拉美主张彻底虚无主义是否恰恰成为托辞,允许教师马拉美毫无悔恨地接纳各种因循守旧。否,抑或只是闪电式的因循守旧吧。反正他很痛苦。他的现存选择的唯一证据,则是他的学生们挂在他斗篷上的纸人:如果他的墨守成规不像是可疑的,难道人们跟他起哄吗?不管怎么说,眼下,他解体了。从他过去的实在,两大互为否定的虚无则继续存在。第一个以大真理的名义否认第二个虚无,责难虚无"梦想媒介成不了实在"①,而第二个虚无则以大价值的名义否决第一个虚无,并称媒介为"乌有是大真理"②。马拉美以其生命所剩余的一切,忧郁地羡慕"世间拥有物质上和精神上没有被解体的幸福"③。卡扎利,笔名让·拉奥,发现他的恋人眼睛一汪月光,恨不得"溺死其间",以便逃避不幸的生活:

> 你心中睡着一汪月光,
> 一汪夏天的温柔月光,
> 为了远离不幸的生活
> 我硬让自己掉入你的亮光。④

这并不妨碍他某一天以为开始发迹时宣告:"梦与诗是两种酒,久而久之疲态了,那我少喝一点并不坏嘛。"⑤勒费比尔则自我描绘如下:"我是徘徊的忧伤,游荡世间的被动精灵,春天里被流放异地他乡,秋天里却又觉得回到家乡。"⑥自然还有维利埃:"我

---

① ② 引自马拉美致卡扎利的信(1866年4月),参见《马拉美一生》。
③ 引自马拉美致卡扎利的信(1867年5月17日),参见《马拉美一生》。
④ 引自让·拉奥《悲伤的歌》,参见《幻灭》(1875—1893),阿尔丰斯·勒梅尔出版社,巴黎。
⑤ 卡扎利致马拉美的信,参见《马拉美一生》。
⑥ 勒费比尔致马拉美的信(1865年2月16日),参见《欧仁·勒费比尔》。

们想要的质量不再允许我们拥有地球……你说,地球? ……正是地球成了大幻想。"①当然喽,他们都是逝者。看他们吵架真是妙不可言,一个比一个更像故人:"咱俩谁更像已故的? 肯定是我嘛。"②这些年轻人与其怪罪社会,宁肯抱怨存在;他们觉得摧毁宇宙比触动既成秩序风险更小;作为流行的唯科学主义受害者,他们为大科学而抛弃大真,为大美寻求一片新天地。他们个个为抱憾消失的大贵旧族而纠结,他们蔑视资产阶级,是以旧制度的名义而为之。他们之所以费尽心思把自己当作故人,正因为觉得"生不逢时",仅此而已。

因此,诗人马拉美在《埃罗提亚德》中对照自己,觉得自己的作品就是"自己丑恶的露体":

呵,多么可怕! 傍晚在朴素的喷水池里,
我从散乱的梦中亲眼目睹了露体。③

他写诗,犹如灿烂的凤凰,重新拔地而起,终于为存在而骄傲,"预先没有任何人信以为真"④,凤凰从灰烬中再生,而且是自我再生。然而,他重读自己的韵文时发现复活的意愿只是隐隐渴望死亡。他给朋友们写信说,为了给自己勇气,总认为"一切诞生都是一种临终"⑤。毫无疑问,但在漆黑的夜里,垂死尤为明显,孩儿之所以自身概括生与死,是因为他等于死婴,仅此而已。这不,他把大绝对注入他的诗里,这个大绝对等于空无。创造者自我重新创造成虚无。难道不是用婉转的说法来诠释他自我化为乌有吗?

---

① 引自维利埃·德·利尔-亚当《阿克萨尔》,参见《马拉美全集》第505页。
② 勒费比尔致马拉美的信(1866年7月15日)。
③④ 引自《埃罗提亚德》,参见《马拉美全集》第45页。
⑤ 引自马拉美致勒费比尔的信(1867年5月17日)。

他的笔难道是刻意断言唯有自杀才洗刷得了生的罪孽吗？在这种情况下必须一竿子插到底：自杀不只是一个词语，而且是一个行为。在1865年3月那些黑夜里，年轻的公务员，独自伏案写作，而孩子跟母亲在隔壁房间睡觉，他诚心考虑自杀。

然而突然之间，透过"充溢梦幻"①的方格窗，显现"世纪的现时四分之一循环或最后的四分之一世纪承受着某种绝对的闪光"②。我们这位英语老师猛不丁被抛入异乎寻常的冒险：他很快经历一波又一波"接近疯狂的时刻和起平衡作用的心醉神迷"③，于是决定自杀，向朋友们发出死亡通知书，受尽身心煎熬，直到有一天他的威尼斯镜子向他折射一个全新的人物："可爱的身心高度。"④

英语老师心醉神迷了："这是显现整个命运的时刻，但不是他的命运，而是大写人的命运。"⑤所谓马拉美事件，到此为止，初审法庭来回审理，突然被最高法院提审：一个公务员硬想写作却写不出来，发觉他只是个大写的人。他的个人关切涌向心头时带着本性的雄浑：在马拉美身上大写人将不复存在，如果他首先创造不出作品；而《埃罗提亚德》，如果不是创作者从头到尾精心创作的，那么人类的大作将逃脱不了大厄运。简而言之，工人在着手干活计之前应当按照自己活儿的大概念自我脱颖而出。表现大写人的大作品和透过大作品表现的大写人应当是其自身摆脱大虚无：人类，于大无神论之初，一以贯之地被自我大起源的怪诞幽灵所缠绕、被

---

① 引自马拉美致弗朗索瓦·科贝的信（1866年12月3日）。
② 引自马拉美《诗的危机》，参见《马拉美全集》第367页。
③ 引自马拉美致勒费比尔的信（1868年5月3日），参见《马拉美一生》。
④ 引自马拉美《骰子一掷……》，参见《马拉美全集》第470页，此处"全新的人物"，暗指《伊巨图尔》主人公。
⑤ 引自维利埃·德·利尔-亚当《阿克萨尔》，参见《马拉美全集》第505页。

刚死亡的上帝所烦扰。同时，不出成果的诗人很烦恼，进而他的烦恼变成创作的绝对必然性和彻底的不可能性之间的全盘撕裂。马拉美这才懂得撕裂：是"大天性使然，世人插不上手的"①。"大灵感，即为大雅；大写人只是大喇叭，由上帝吹号。如同自我的大宇宙中，大写人自生自灭"②，而伟大的死神离开之后，只剩下一些机遇，大写人则是可笑的大号角，吹响大自然折射的咆哮。一个个偶然组成的链条使喉咙振荡，产生偶然之声。人们以刻意求工去替代不复存在的大雅是徒劳无益的。刻意求工有什么用？无非搞些偶然的组合拼凑而已，其散乱本身和相互外在性否认了人们刻意赋予的综合技巧。除了用些大胆而预言性的词语，被凝集在我们记忆里的，虽然尚不熟悉，却早已产生共鸣，难道是别的什么吗？上帝依然重新出现，还是老一套的大惋惜、大悔恨、大绝对，而世人则予以彻底的质疑。一场恶战。

"我与上帝进行骇人听闻的斗争，这个满身羽毛的老东西、坏东西，幸亏被垂死重危折腾得瘦骨嶙峋、病入膏肓的程度比我怀疑的还厉害，却依旧把我拖入大黑暗之中。我虽倒下了，却是战胜者……"③

马拉美或有缺憾的大意识：对世人而言，他身上发生以下冲突：个别与普遍，起源与终结，理念与载体，决定论与自主自律，时间与永恒（大时间与上帝），实在与本分，这些冲突并存。此公天生有"双重性"，表现为不可调和的双重人格：马拉美，一方面他是

---

① 引自马拉美《音乐与文学》，参见《马拉美全集》第647页。
② 引自马拉美《多首十四行诗》，参见《马拉美全集》第67页。
③ 引自马拉美致卡扎利的信（1867年5月14日），参见《马拉美一生》。

被起哄的教师,必将成为新普罗米修斯,本体论悲剧的主角,另一方面又是被侮辱的公务员,确信失败,却一刻也未气馁,追求替代上帝。他是感情用事之人,不害怕不虚荣,能接受历代大加冕,扛得下整个大历史:"他单枪匹马,以个人名义完成社会变革,即革命;他毛遂自荐,脱颖而出,自行其是,如入无人之地,活得自在,无所不晓"①;他又是力不从心之人,把自己的双眼和思想借给大写的诗和大写的人,为了诗和人能够被企及和被发现,他把手借给它们去抓最后一次机会,去掷骰子赌一把;他还是梦想家,总那么阴沉忧郁,总那么心不在焉,却不怕笔录:"我的……精神世界拥有一种天赋,能透过我是什么看清自己并发展自己。"②

此公谨小慎微,带有女人味儿的青年男子,几乎就像个女人,假如您问他的身份来历,他首先会很不好意思,然后兜几个圈子,最后才下结论说:"这一切若通过我心理功能正常发展,是达不到的,但通过自我摧毁的途径,道德败坏又匆忙涉及的途径,魔鬼般的而又很容易的途径,产生的并非是力量而是一种感觉能力,命中注定把我引向我的归宿。就个人而言,我没有任何功绩。"③至于身份称号,嘿!完全清一色:"被上天选定的,选谁都行嘛,你或我。"④卓越的自豪感:壮大到成为大写的人,并拒绝一切功绩,刻意与上帝及任何人媲美。作为与大家平等的人,却比那些孤单的上等人更为上等的人,因为孤单的上等人总那么心惊胆战,比起系统摧毁他们决斗的大我,更乐意接受自愿毁形,与偶然性德行纠结在一起。应该明白,这不在于按照大人性

---

① 引自马拉美《骰子一掷……》,收入《马拉美全集》第464页。
② 引自马拉美致卡扎利的信(1867年5月14日),参见《马拉美一生》。
③ 马拉美致勒费比尔的信(1867年5月7日),参见《欧仁·勒费比尔》,同上。
④ 引自马拉美《院子》,收入《一个主题的变奏》,参见《马拉美全集》第414页。

的大观念重新自我组合,也不在于把大人类本质注入自我。一遍又一遍向我们大谈马拉美式柏拉图主义的人们是一些傻瓜或伪君子。马拉美如同帕斯卡尔坚信矛盾使我们分裂,但从来不信世人能够接受概念。人们并不构思大人类现实,而是体验它,因为大人类现实是悖论、是非合成的冲突。大写的人是人们腰佩宝剑将其提上上帝宝座的人,而此公却是扶不起来的阿斗。大写人是悲剧。这个悲剧,马拉美身体力行:他偶尔而能看到他的未来有一句美丽的诗金光闪烁,偶尔能听到一个陌生的旋律无言地在空中流光溢彩,之后拿不定主意,呆在沉思的悬念中,任凭诗笔悬在空中,最后很可能不胜恐怖地看到"老天布满雪片似的余光"①,这是雨果的一句诗,偶然飘过,借以复活这颗心脏和这个时刻。闪电般的悲剧,欺骗性的悲剧:

  无法解决,因为不可接近,仅凭亮光状态,产生不了什么想法,因为展现失败的时刻是当机立断的,闪电般展开的。②

  不妨放大一点来看:这个难以捉摸的悲剧改变了引诱我们的综合性未来,显示作为解析过去而存在,是海市蜃楼式大绽放:不妨再放大一些:它是一切创作企图的必然失败,抑或这么说吧,是在行动之后找回先前不多不少存在的需要。

  "他掷下骰子,成败就此一举,十二点,时间子夜,创举者重新为自己找回载体、骰盒、骰子……"③

  不开口则已,一说话:"必定又是空洞无物。"④

  悲剧来自于世人每每上当之后,这回总算真的上当了,统一性出现了,整体性出现了,有机综合性出现了。偶然性将被否认,人

---

① 引自马拉美《院子》,收入《一个主题的变奏》,参见《马拉美全集》第414页。
②③④ 引自马拉美《伊巨图尔》,参见《马拉美全集》第428页,451页。

定胜天将被肯定。否:"偶然性起作用的行为中,总是偶然性完成自身的大理念,同时自我肯定或自我否定。"①完全力不从心,不断否定自我,但又情不自禁地自我肯定,这就是大写的人,"怪人"哪!大写的人,即为"成不了爷的潜在爷们",在我们每个人身上闪光之后消失。一切皆谎言,世人既非现实体亦非统一体,既无同一性亦无自主性。思想无非是思想的梦,一旦力求施展,即刻成为载体(媒介):散乱的词语。一言以蔽之,唯有大载体存在于它荒诞而永久的馈赠之中。我们这些人都是载体的"虚幻形式"。诚然,发明大灵魂和上帝是"非常高尚的"。"但也非常荒诞,因为大载体在我们身心,并通过我们必然冲向大理想,因为大载体明明知道自己并非实在"②,虚幻的惊跳,"飞不起来的病痛预先令其偃旗息鼓"③。对我们而言,时间不是实在,而是给我们周而复始的失望划分音步的节奏。世人等待时机的同时不断消逝,以至完蛋。时时刻刻都是悲剧展开的"速度",就是说闪电般地、反常态地揭示未来已经属于过去。大偶然并不寓于实在,却与大写的人出现,而大写的人使其显现,是让它与自己的梦想对质,让目的之秩序与原因的无限链锁对峙:目的之秩序是大现实。每每某个协调一致的活动所导致的后果是以一系列原因凑到一起所产生的单纯结果显现出来的。人由偶然使然来到世上,徒然转过来反抗尘世:世人的每个行动都产生于刻意摧毁的命定性。这种徒劳的扭曲,这种自我的倒转,世人为之孜孜不倦以求。一代又一代无用的螺旋,正是大历史的运行。

回到起点:自杀,没有其他办法。但,马拉美依然想逃之夭夭,

---

① 引自马拉美《伊巨图尔》,参见《马拉美全集》第441页。
② 引自马拉美致卡扎利的信(1866年3月),参见《马拉美一生》。
③ 引自马拉美《骰子一掷……》,参见《马拉美全集》第461页。

我们从世人失败的层面上寻找他的逃脱。我们已经看到他居高临下，静观世人之失败，将其作为他沉思的客体。我们也注意到他对自己力不从心进行反思，在反思自己无法如愿之后，竭力挖掘一些活下去的理由。事实上他怎么啦？几十亿时机中的一个，"大无限跟大绝对相对的许多机关之一"①。总之，最失常最不可信的机会，却也是继承者、直系继承人、儿子，他这一族最后的化身，一个系列必然的结果。这就轮到被憎恨的父亲"被放大了"，他变成大历史了。在机体和词语中，大历史和大继承逐渐铭刻一些噩运；每隔一代，在日益气势汹汹追求的纯正与日益明显的偶然之间，冲突都会加重一成。然而诗人还怀着无意识吟唱。那可是大美的时代，"完整和无意识的大美，唯一的、美哟"②。况且，"自从基督教兴盛以来，大美被吐火怪物③咬破心脏之后重生了，带着充满神秘的微笑，从牵强附会的神秘中，这头吐火怪物感觉到了自身实在的状况"④。因此，有朝一日，上帝死了，大绝对的老梦想必须毫不含糊地面对其被否认的绝对，必须让引爆混合气体最终炸掉，将其全部冲突统统炸个尽光。

马拉美只不过是这样的爆炸，别无其他。他是这一大族无用的运气和最后一代子孙，"我被投掷绝对"⑤，这个拼命自我摧毁的魔鬼只不过是长期疯狂的结果，他的前辈们"充满偶然，仅凭其未来而活过来的"⑥。现如今，结局体现在一个可怜的人物身上，而

---

① 引自马拉美《伊巨图尔》，参见《马拉美全集》第434页。
②④ 引自马拉美致勒费比尔的信（1867年5月17日），参见《欧仁·勒费比尔》。
③ 古希腊神话中狮头、羊身、龙尾的吐火怪物。此处隐喻诗人。
⑤ 引自马拉美《伊巨图尔》，参见《马拉美全集》第434页。
⑥ 同上，第442页。

他却被他的一族"抛出时间范畴"①。可怜的诗人早在少年时期就被抛到"螺旋形体的顶端",并待在上面,高处不胜寒,被冻僵了,"动不了窝"②。在他身上,冲突不可能不落实到自我。大写的诗必须达到高度,之后自我否定。一言以蔽之,大写的诗必须成为有自我意识的诗或批判的诗。"现代诗首先是一种批判。这正是我在自己身上所觉察的,我只通过毁灭来创作诗,一切既得的真实皆诞生于一种印象的磨灭,印象闪出火花之后就泯没了。"③马拉美被自己一族投掷大绝对之后,所创作大写的诗是以其真正的形式设计的,即纯粹否定。但如此形成的概念,或称否定之否定,向他展示大写的人。所以,我在此运用黑格尔语汇并非出于偶然:马拉美通过维利耶熟知黑格尔,向后者请教,即使没学到一种体系,至少学会一套术语,不管怎么说,同代的唯物主义深深给他打上烙印。他正从黑格尔受到启发才描绘出关键性大美,"通过人文科学在大千世界重新发现美的'相关阶段',对美的溢美之辞,比如:神秘地微笑着,恰似米罗的纳斯用那种永恒的平静,这种平静是受到蒙娜丽莎神秘启发的,因为她只知道体验命运注定的感觉"④。因此,人们从大美这三个阶段中将识别出黑格尔的节奏:现时的平静,向间接和不安过渡,"在我"与"为我"寓于主体大绝对中调和。唯一的区别,却是重大的区别:主体大绝对,此处即为马拉美。

事实上,谁都不怀疑,在"义务的矛盾鞭打"⑤下,他没有感觉到自己把他这一族的命运掌握在手上。大写的人是否从地球消失

---

① 引自马拉美《伊巨图尔》,参见《马拉美全集》,第 440 页。
② 同上,第 450 页。
③④ 引自马拉美致勒费比尔的信(1867 年 5 月 17 日),参见《马拉美全集》。
⑤ 系马拉美术语,引自《论哈姆雷特》,参见《马拉美全集》第 302 页。

则处决于他。自杀成了种族灭绝,他觉得这是一个"完全荒诞"①的行为,但破坏了意识和他的梦想,从而把个人活动归还大无限,唯有自杀才可消灭大偶然。马拉美倘若自杀,那就是裁定人类只在自愿死亡下才能自我了结。您会说,他其实选择了活下去,我却没那么肯定:有时候他声称已经自杀过,"完全死亡了"②。人们似乎听到拉贝罗兹老爹在《伪币制造者》中声称:"自星期三晚以来,德·拉贝罗兹先生已经中止生命"。别的时候,马拉美又承认"唯一的大行为"却是"成功地被避免了"。③ 这些活人让人足以看出他作出崭首的决定,在他自己眼里,是相当模棱两可的。肯定这是一种逃避:1868年他认为自杀(包括谋杀)是极妙的行为,唯一得到我们同意的"超自然"行为,④之后,他好像没有改变过自己的看法。也算是个胜利吧,不是对死亡的时刻,而是对出生的胜利。生命不再是他父亲赋予他的礼物,而是污秽的、意外的馈赠:马拉美自授生命,既然他把生的荣幸归于自己。死亡缓期的每次呼吸都是一次征服,一次生存的再肯定。既然不把自己摧毁,他就得自我再创造。但他自我再创造就像与自愿死亡发生了"双重性的关系"。其实,自愿死亡始终不断是他最隐秘的忧虑,是他眼下和私下可能发生的事情。他的作品对此经常进行这类影射,晚年他向科奥吕斯推心置腹地说,他不可能经过欧洲的桥而不企图卧轨自杀⑤。他暂时拒绝自杀的同时,把自杀变成自己生存的永久决心,一种固定而超验性标记,以替代陈旧的大绝对。

---

① 引自马拉美《伊巨图尔》,参见《马拉美全集》第442页。
② 引自马拉美致卡扎利的信(1867年5月14日),参见《马拉美一生》。
③ 引自马拉美《多首十四行诗》Ⅲ,参见《马拉美全集》第68页。
④ 参见《〈麦克白〉中的女巫错误登场》,《马拉美全集》第348页。
⑤ 引自蒙多尔《马拉美一生》。

为什么要这个期限？而不决定马上一了百了呢？因为还没有实现批判性大写的诗，只是着手设计，所以他不想死。当他把自己明知不可实现的大艺术清醒地当作诗歌主题毁坏，自己也目瞪口呆，无话可说了，而诗则将成为他固有的客体。由鉴于此，马拉美必须承担其前辈们的疯狂，他充分意识到这一点。

"在没有反问前辈们为什么他们孕育了我之前，我不愿意遭遇大虚无……未完成追尾我，唯其暂时玷污我的大绝对……"①

计划是明晰的：

"大声说话，以便把话重新投入空虚"。②

这就是说实现人类最终遇险，阴沉而光荣的遇险，然后躺倒在先辈们的坟墓上。这样，诗就大功告成了。同时，他为自己这一族辩护："我们这个大家族所当然否认偶然……为了使继承者成为绝对……必然嘛：采掘大理念，有用的疯狂。"③在这颠倒的人世上，由大继承者奠定自身的升华，因为这种疯狂的幸运结果可以根据"闪回幻觉"审视过去：一切将有序铺展，好像未来的大理念，尽管投入大历史的黑暗中消失了，却产生了组合大历史的要素。大灾难和大写的人死亡。大无限终于板上钉钉。这盏灯自行熄灭了，但不管怎么说是大千世界中一场冒险。因此，马拉美以"绝望者"身份尝试大作品。他将面对"大空无即大真理"，宣告"这些光荣的谎言"。④ 他甚至想在某个时候给自己未来的诗选取个书名：《谎言的光荣或光荣的谎言》。⑤ 螺旋体再一次自我扭动：力不从心者吟唱自己的无能为力，马拉美把自己个人的失败变换为大写诗的不可能性，然后重新倒过来，把诗的大失败变换

---

① ② 引自马拉美《伊巨图尔》，参见《马拉美全集》第 451 页。
③ 引自马拉美《伊巨图尔》，参见《马拉美全集》第 434 页。
④ 引自马拉美致卡扎利的信(1866 年 4 月)，参见《马拉美一生》。
⑤ 同上。

为大失败的诗。

当上帝活着的时候,谁也没想去质疑文学,天意授职嘛。按照创世的品级,文学享有永恒不变的地位,如同君主政体、军队、教会或商务。马拉美第一个提出这一至今依然现实的问题:"某种像文学的东西存在吗?"①确实如此,一道绝对的闪电点燃他的玻璃窗,在他之后,不再可能倒退了。自从他决定写作,是为了把圣言抛入一场没有退路的冒险,没有一个作家,不管多么谦逊,冒险写书而不得罪《圣经》的。圣言或大写的人是一码事。正如马拉美还说过:"把人与其他事物区别开来的语言,依旧会作为仿制品模仿其他事物,本质上不亚于自然的;深思熟虑多于听天由命,自愿多于盲从。"②满怀偶然的先辈们每当他们以为接近胜利时却遭受失败。随着马拉美的到来,一个新人诞生了,他有自省意识、有批判精神,富有悲剧性,其生命线则是没落的。因为,马拉美这个人物是"为失败而存在",本质上不同于黑格尔式的"为死亡而存在",他投身未来并集中全力,自我超越并整合于升华和沉沦的闪电般悲剧中,他亢奋的同时自我了断。总之,他凭对自己不可能性的意识使自己"存在"。就这样,死而复生,他向我们递过来"他最后的精神宝石盒钥匙"。打开它,"不附带任何借来的印象","任其释放自己的奥秘"。③

"我死了,又带着我最后的精神宝石盒钥匙复活了。现在由我打开它,不附带任何借来的印象,于是宝岛的奥秘在非常美丽的天空释放。"④必须为明明已知失败的事业而牺牲自己。当他获悉

---

① 引自马拉美《音乐与文学》,参见《马拉美全集》第645页。
② 引自马拉美《英文词语》,参见《马拉美全集》第901页。
③ 引自马拉美致奥巴内尔的信(1866年7月16日),参见《马拉美一生》。
④ 同上。

雷尼奥①的噩耗:围攻巴黎时被打死,他写道:"想到亨利为法兰西而牺牲,想到法兰西不复存在,我并不真正伤心。他的死更为纯粹,在这独一无二的悲剧中大永恒胜过大历史。"②晚些时候,马拉美向奥迪隆·雷东③祝贺其版画表示他喜欢"朝拜初生耶稣的大博士,难以安慰的苦相,固执寻找他并不知道的存在奥秘,却义无反顾地追寻他清醒的绝望丧事之奥秘,因为这本来或许就是真理吧"④。天鹅的放逐,这个待在自己浮冰层上的囚徒,难道不是"毫无用处"吗?马拉美后来指出,他厌恶"公开操作对虚构故事进行亵渎宗教的拆卸,故而也是拆卸文学机理,以便炫耀主要部位,抑或卖弄虚空无为"⑤。后来他发表诗集时,一语道破玄机的是他书写在衬页上的第一道"致意"。这个词语依然是"大虚空"。

　　反正有一种经验应当尝试一下,不是尽管而是因为其结果是预知的;不管怎样,马拉美明白了他走错路之后走了回头路。那么,他的错误可能是什么呢?为耗尽疯狂他该怎么办?我以为黑格尔预先在《精神现象学》有个篇幅专为马拉美式的皈依作出最好的评论。黑格尔在描述从禁欲主义到怀疑主义的辩论过渡时首先指出禁欲主义的虚空形式主义。把善和真的说法替换为大美和绝对的说法,字里行间恰恰针对皈依前的马拉美:"对于何谓善与真的问题,他再一次回答说是'无内容'之思想本身:真与善应当包括在合理中。但思想包括自身的这种同等性,只是再次表明纯粹的形式,而形式之中却没有任何确定的东西。因此,真与善,智

---

① 亨利·雷尼奥(生卒不详),很有前途的画家,为巴黎公社战死于比赞瓦尔战斗中,时年28岁。
② 引自马拉美致卡扎利的信(1871年4月),参见《马拉美一生》。
③ 奥迪隆·雷东(1840—1916),法国象征派油画家、石版和铜版画家。
④ 引自马拉美致奥迪隆·雷东的信(1885年4月23日),参见《马拉美一生》。
⑤ 引自马拉美《音乐与文学》,参见《马拉美全集》第647页。

慧与德行这样通用的习语，必然受到禁欲主义的关注，一般来讲肯定具有建设性的，但由于这些习语事实上不可能达到内容的任何延伸，很快会惹起麻烦。"①

斯多葛派的自由，如同马拉美的纯正性，不是表现在技巧之中，而是为自己规定特殊的目标，那就是形式，比如脱离事物独立性的形式，即返回形式本身。但，这种形式主义咎由自取，因为它把思想的纯形式与生命和经验的规定性对立起来。马拉美以及禁欲主义者的纯否定，若不想无果而终，必然应该重新寓于事物并从中以一种否定作用的形式表现出来。那将是怀疑主义，虚空禁欲主义的反命题和马拉美式大皈依的象征："怀疑主义是指纯概念那个东西的现实，的确现实的经验，即思想的自由体验，这种自由本身是否定的……思想在其种类繁多的规定中成为消除世人最完善的思想，自由的自我意识的消极性在生命多形式的构型内变成现实的消极性。"②

马拉美第一个动作是因厌恶生命而退却，对生命所有形式全盘质疑。但当他重读《埃罗提亚德》悲剧时，突然发觉全盘否定等于没有否定。否定是一种行为。一切行为应该寓于时间之中，践行某个特殊的内容。否定一切只能被视为一种破坏活动，只表现为一般的否定概念。

［……以下手稿遗失］

---

① 引自黑格尔《精神现象学》第一卷第17页。奥比埃出版社出版，1947年。
② 同上。

马 拉 美

(1842—1898)

马拉美身为公务员的儿子和孙子,被一个令人遗憾的外祖母扶养,觉得很早就在自己身上滋长一种反叛,找不到爆发点而已。社会、大写的本性、家庭,他一概质疑,以至可怜的孩子在镜子中发现自己脸色苍白。但,质疑的有效性与其广延性是背道而驰的。当然必须把世界炸个稀巴烂。但怎么达到目的而不弄脏自己的手呢?一颗炸弹与一个帝国宝座是可相提并论的,前者更为恶劣一点罢了;为了把炸弹放到必要的地方是需要许多阴谋和妥协的。马拉美不是,也不会是无政府主义者:他拒绝一切一对一争斗,他的暴力,我决无讽刺之意,如此完整,如此绝望,以至转变成平静的暴力理念。不,他不会把世界炸个稀巴烂,却将其加以限制。他选择彬彬有礼的恐怖主义,跟事物、跟世人、跟自己,他始终保持一种难以觉察的距离。他刻意首先在诗中表达的正是这种距离。

在马拉美早期的诗中,他写诗的举动首先是一种"再创造"。重要的是让自己确信自己着实处于应该在的地方。马拉美痛恨自己的出身。他写诗为的是要把自己的出身抹去。正如布朗舒[①]所言,散文世界自满自足,不应该指望它主动向我们提供超越它的理

[①] 莫里斯·布朗舒(1907—2003),法国作家,著名评论家。

由。诗人之所以可以把诗的客体孤立突出于尘世,是因为他已经屈从诗的要求。一言以蔽之,是诗孕育了他。马拉美始终把这种"天职"设想为绝对命令(康德术语)。推动他的,不是印象的紧迫性和丰富性,也不是情感的强力性。那是一道"命令":"你将通过你的作品显示你与大千世界保持距离。"确实,他早期的诗一味以大写的诗本身为主题。有人已经指出,他青年时期诗歌不断关注的大理想一直是一种抽象,一种单纯否定的诗歌变异:这是必须走近的不确定区域,尤其当人们与现实渐行渐远的时候。这个区域将当作托辞使用:人们将隐藏怨愤和仇恨,以便避开大存在,同时声称离开是为了与大理想为伍。

然而,本应相信上帝,因为上帝为大写的诗作担保。前一代的诗人们是一些小小的先知:上帝通过他们的嘴说话。马拉美不再相信上帝。然而毁伤的意识形态不是一下子坍塌的,在思想里还剩留着残垣断壁。马拉美亲手把上帝扼杀之后,仍想保留一份神明的担保;大写的诗必须保持超验性的,尽管他把整体超验性的源泉堵死了:灵感只能产生于污源浊泉。那么诗的需求建立在什么基础上呢?马拉美依旧听得到上帝的声音,但他依稀识别出大自然模糊的嘈杂声。由此一到晚上,有人在房间里窃窃私语,喔,原来是风。抑或风声,抑或祖先:确实人间散文启示不了诗人,确实诗句要求曾经存在过,确实诗人听到内心吟唱后将其笔录。但,经过一番鬼使神差,新的诗句就这么诞生了,其实是一句旧诗复活再生而已。因此,所谓诗篇从我们内心冒出嘴唇,事实上是从我们记忆重新涌现而已。灵感?只不过是模糊回忆罢了。马拉美隐约瞥见自己一幅青春形象在未来中向他招手,他走近一看,原来是他父亲。或许时间就是一幅幻象:未来只不过是过去在人眼中反常的表象。这种绝望,马拉美称之为他的力不从心,因为他迫使绝望拒绝灵感的一切源泉和一切诗歌题材,尽管不是大写的诗抽象和形式的概念,但促使公设一整套形而上学,就是一种分析的、近乎斯宾诺莎式的唯物主义。载体(媒介)之外什么都不存在,它是大实在的永恒浪花。

  自我空间扩大也罢、被否认也罢,如出一辙。

  世人的出现,对世人本身而言,把永恒改变为时间,把无限改变为偶然。有鉴于此出现本身,原因的无限及永恒系列是得以存在的一切;知性(康德术语),即完整的理解力,也许把握得住绝对的必然性。但对于一种有限样态而言,人世作为一处永久的相遇而出现。作为一种偶然的荒诞连续而出现,假如这是确实的,那么我们理性的论据跟我们心情的依据一样失常,我们思想的原则和我们行动的种类皆为诱饵:人是难以实现的梦想。因此,大写的诗人之力不从心象征着世人的力不从心。只有一个悲剧,始终如一的悲剧,"即刻了结的悲剧,展现世人失败时,铺展得风驰电掣"[1]。悲剧在于:

  "他掷骰子……谁创造谁重新获得载体、骰盒、骰子。"[2]

  过去有骰子,现在有骰子;过去有词语,现在有词语。人:过眼烟云的幻象在载体的运行上空烟云过眼。马拉美,这个纯载体的人物,决意产出高于载体的秩序。他的力不从心实属"神学性的",上帝之死给诗人创造了替代上帝的义务,但他失败了。马拉美是人,像帕斯卡尔那样的人,是用戏剧言语表述思想的,而不是用实质言词表述的:"潜在的上帝成不了上帝"[3],他以自

---

[1] 引自马拉美《伊巨图尔》,参见《马拉美全集》第 428 页。
[2] 同上,第 451 页。
[3] 引自马拉美《论哈姆雷特》,收入《戏剧草图》,参见《马拉美全集》第 300 页。

身不可实现性为自己定位。"写作这种荒唐的游戏,根据某个怀疑,便为自己窃取某种义务,以便重新创作一切,但使用的却是一些模糊回忆。"①然而,"天然既成,硬要加是加不进去的"②。在没有未来的时代,被某个国王巨大的力,或被某个阶级无可争议的胜利,挡住了去路,那么创新好像是一种纯粹的模糊回忆:言已道尽,为时已晚矣。后来不久,里博③创立有关力不从心的理论,把我们的心理形象和回忆组合在一起了。这样在马拉美作品中,我们窥见一种悲观主义的形而上:载体,即无定形的无限性,或许包含一种朦胧的欲望,为了认识自己而反顾自我,为了挑明朦胧的无限性,这种悲观主义的形而上产生一些思想碎片,人们称之为世人,这类四分五裂的火焰。但,无限的分散既攫取又扩展大理念。这样,世人与偶然,相依交替共生。世人是失败者,"次品中之次品"。人的伟大在于带着制造的缺陷一直活到最终爆炸。

　　是爆炸的时候了吗? 马拉美在图尔农、在贝桑松、在阿维翁④非常严肃地考虑过自杀。首先这是非此不可的:如果说人难以为继于实在,那么必须把这种难以为继性表现出来,将其推至自我摧毁。由此,我们行动的"原因"不会是载体了,但只此一次,下不为例。实有只出产实有,诗人之所以由于不可能性而选择实无,是因为"大否"成了虚无的原因:人类秩序,通过大写的人消亡本身,建立起来去对抗上帝。在马拉美之前,福楼拜已经在《圣安东尼的诱惑》中尝试诱惑圣安东尼,劝道:"你去死吧。

---

① 引自马拉美《论维利埃·德·利尔-亚当》,参见《马拉美全集》第481页。
② 引自马拉美《音乐与文学》,参见《马拉美全集》第647页。
③ 里博(1839—1916),法国哲学家和心理学家。
④ 马拉美先后在图尔农、贝桑松、阿维翁连续担任英语教师。

做一件使你与上帝并驾齐驱的事吧,想一想嘛。上帝创造了你,而你就要摧毁上帝的作品啦,你,凭你的勇气,随心所欲就是了。"①难道这不是他想要的吗？他从自杀中思考某种恐怖主义的东西。难道他没有说过自杀和罪行是人们能做出唯一"超自然"的行为？②他属于把自身的悲剧与人类的悲剧混为一谈的那一部分人,由此使他们得救,故而马拉美一刻也不怀疑,他若自杀,人类将会全体寓于他而死亡,这种自杀等于一场种族灭绝。消亡意味着向上帝归还其纯粹性。既然偶然随大写的人突然出现,也随大写的人消亡:"无限最终脱离诗族,为此诗族吃尽苦头,这个老空间,没有偶然了……此事应当可以发生在大无限相对大绝对的组合中。"③经过几代诗人,慢慢地,诗的理念反倒使其变成荒谬的矛盾,上帝的死亡使最后的面纱落地:留给诗族最后一代去体验寓于诗族中的这类矛盾,并因此而死亡,给人类历史定下诗的结论。牺牲与种族灭绝,对人的肯定与否定,马拉美的自杀再次产生骰子运动:载体重新回归载体。

然而,危机之所以没有因为他的死亡而得到解决,是因为一种"绝对的闪电"来敲他的窗玻璃④:马拉美在自愿死亡的这种亢奋的经验中,突然发现自己的学说。自杀之所以有效,是因为自杀以否定的"痛苦"替代对整体实有的抽象及徒然的否定。借用黑格尔的话,可以说马拉美思考了绝对行为之后,从"禁欲主义",即思想面对实在的纯形式肯定,过渡到怀疑主义。即"禁欲主义仅仅

---

① 引自福楼拜《圣安东尼的诱惑》(1848—1874)。
② 参见《〈麦克白〉中的女巫错误登场》,收入《戏剧草图》,《马拉美全集》第348页。
③ 引自马拉美《伊巨图尔》,参见《马拉美全集》434页。
④ 引自马拉美《诗的危机》,参见《马拉美全集》367页。

是概念这个事实得到实现了……怀疑主义的思想变成完美的思想,把世人消灭在自身种类繁多的决定之中,而自我意识的消极性变成实在的消极性"①。

马拉美的第一个动作就是因厌恶而退却,进行包罗万象的谴责。躲在螺旋的顶端,这位大写的继承人"不敢动弹"②,怕掉下来。但他意识到普遍否定等于否定不在场。否定是个行为:一切行为都应当纳入时间,并施加特定的内容。自杀是个行为,因为它确实毁灭一个人,因为它以一种外无出没于世。假如大写的实在(上帝)是散乱的,那么失去实在的人获得一种不受腐蚀的单一性,进一步说,他的不在场给宇宙的实在施加一种强制性影响。这与亚里士多德学说的形式相同,不在场把万物紧紧围住,将其秘密的单一性渗透进去。这正是自杀冲动本身,必须在诗中再现。既然人不能被创造,却又保留毁灭的资源,既然自杀通过消灭这一行为被肯定,那么诗将是一种毁灭工作。大写的诗,从死亡的角度来看,正如布朗舒说得再好不过,是"这种言语,其全部力量在于实无,全部荣光在其本身不在场时召唤一切不在场"③。马拉美可以很自豪地给勒费比尔写道:大写的诗已经成为批判性的。他不惜一切冒险的同时,在死亡的磷光下发现自己处于世人和诗人自身本质之中。他并没有放弃谴责"一切",只不过使其谴责更有效应。但很快他就能写下:"诗是唯一的炸弹"④,以至于他有可能以为自己真的自杀了。

---

① 引自黑格尔《精神现象学》第一卷第 171 页,奥比埃出版社,1947 年出版。
② 引自莫里斯·布朗舒《失脚》,加利马出版社,1943 年。
③ 引自马拉美致勒费比尔的信(1867 年 5 月 17 日)。
④ 马拉美原文为:"我不知道除了书以外还有别的什么炸弹。"参见《马拉美一生》。

因此,诗诞生于诗人自杀,以及他的"口头表述消失"。雨果的诗,戈蒂埃的诗,在他们各自的演说激情中,依然带着他们各自的主观性;词语好像还被一口气粘接着,甚至没有任何一个词语明晰地反馈作者,语句标记着一个方向,不失为诗人的一个举动,总之,留有稍为太浓的主观味道。然而创作不是一种思想,而是一个行为:语句产生一个客体,该客体转过身子反对语句,其意义,如果有什么意义的话,只出自客体。在散文和经典诗歌中,意义先于客体,而客体成为意义的载体。但决意创作"无世人之诗"的人会拒绝把词语隶属于预想的意义。相反,他会把词语加以编排,使得一个意义出自词与词的重新组合。词与词的"不相等"造成紧张和含义片面,继而组合成一种"最新的、完整的意义"①。语句的统一性并非起因于一种思想的概括,而思想"划线为界",把词与词连接起来;更恰当地说,那将是一种闪烁其词,一个难以确定的词义,是从言语散乱之间冒出来的。诗首先是对诗人的否定:这是一个"物质"客体,使人联想到一种精神意义。语句,以其内聚力替代主体的肯定力,是"实在"而并非意念。必须将其理解为像树木或天空之类,不像人为划的一条线。我,读者,待在语句前:它是永恒的。既然在言语中集聚肯定力,即主观性,人们将把言语消除,每个能够消除的地方,或者将其隐藏起来,或者将其放逐到句子不显现的地方。意义,不是被肯定的,而是被发现。但有个持续时间:词语"因其互相之间折射而发亮",这是"一串火的痕迹"。② 所有这些词语好像勾勒一个序列。然而,马拉美也讲闪光,也讲雷电,就是说一刹那。事实上,是我们一个字一个字读下去,是我们的目

---

① 引自马拉美《诗的危机》,收入《一个主题的变奏》,参见《马拉美全集》第366页。
② 引自马拉美《文学中的神秘》,参见《马拉美全集》第386页。

光流连于这些字字珠玑。所谓序列,是指其中包含"诗的可逆性"。从而马拉美的语句和句法是"有名无实"的。诗一旦与诗人分离,便是言语的孤牌,好像惰性的证明,以偶然并列出现在读者面前,而恰恰是这种偶然并列一劳永逸地排除偶然:把刻有字母的方体骰子孤注一掷,立方体字母拼在一起所得的词是:康斯坦丁堡①。马拉美的诗是作为惰性的惰性证明。"我"有时在诗中出现,也还是从言语深层冒出来的,这个"我"既针对所有人,又不针对任何人,但并非诗的"作者"这样的人。

言语在人们说话的当口儿是现时的,否则是死的,词语被困在词典里。这样的诗,没有人吟的,只能当作一束花,根据花色搭配选择或像宝石调配整合,肯定默不作声。马拉美之所以一辈子梦想搞书法,(他只在《掷骰子……》不太完美地实现了),诚然不是为了用外加的表达方式来丰富诗歌,而是因为不给偶然留下任何东西,也不是为了从词语剔除其最后的口语性。他出手使"船倾斜"了,抑或"用词语"做了一顶哈姆雷特的直筒无边高帽,就像某个素描家勾勒的拿破仑头像周围簇拥一些裸体女人。笔画,是指词语首先被吸入其写书功能里,给人看的嘛,如此定位之后,其意义就成为上下文中词义限制。意义,当它在作文的主观秩序中占首位,在客观秩序中却占末位。诗人的口语消失之后,笔语被限制于事物以及自然现象:诗的自杀招致言语本身的毁灭,也会引起读者的主观废除,而读者通常喜欢向作者借其主观性,而这次却面对紧紧封密的客体,他看得见却进不去,就像瓦莱里②笔下的苏格拉

---

① 此处萨特隐喻:诗帝或诗霸:东罗马帝国及奥斯曼帝国首府,由康斯坦丁一世大帝(270—337)于公元324年首任罗马帝国皇帝。
② 保尔·瓦莱里(1871—1945),法国诗人、评论家、思想家,法兰西学院院士。此处引自其诗《欧帕利诺斯或建筑师》(1921)。

底面对他的卵石①。没有作者就没有读者,否则勉强算个凝视词典单个儿发呆的见证人罢了。

抹煞词语必然伴随抹煞事物。马拉美,在抱有禁欲主义蔑视的时期,拒绝谈论客体,对自己灵感的紊乱起源惴惴不安。他错了。上策是诗表现世界以及世上存在的一切,而不是为了"给"我们什么东西或从我们取走什么。世上的东西,不再存在之时,正是我们赏识它们怪异之日。因此,某些亲近的人不在场或死亡正好让我们光去发现他们谦逊的美德。"没有留下任何实在性,物质的实在性蒸发为文字。"②"涵义",是指变为实在的一种意义,但它的纯粹在场却实现了一种虚空,与倾向于变成纯物质性的词语有关的一种错位,涵义是沉默中的第二沉默,是对物化词的否定。这个涵义不是口头说出来的,若有人说出口,涵义就消失了。马拉美的诗是不被朗诵的:怎么朗诵一张桌子、一块宝石呢!只不过某些客体"不在场"罢了。这里不涉及某个唯一实在的单纯缺陷,而涉及"一种震荡性消失"③,就是说每个不在场向更广阔更普遍的不在场开放,到头来,一旦以诗形式出现的言语回到尘世,全世界便避之不及。客体,在场时,大量分解;不在场时,虚空得像挥发性甜烧酒那样发挥作用。所以,这样的客体"名不见经传"。

当然,一旦词语被物化,其意义便蒸发了。但这还不够。人们还应当利用这种震荡性消失去命名"其他东西",比如被涉及的客体,以至其不在场首先作为被命名客体某种不足而得以实

---

① 苏格拉底面对他的卵石,看得见光滑的表面,却看不懂卵石的涵义。
② 引自马拉美致比利时诗人乔治·罗当巴克的信(1888年3月25日),谈及其诗集《沉默》,参见《马拉美通讯集》,加利马出版社。
③ 引自马拉美《音乐与文学》第647页和《诗的危机》,参见《一个主题的变奏》第368页。

现。这样,被讽喻词涉及的客体首先是对讽喻的否定,但其不在场却发挥着一种综合力作用,因为第一阶段的整体词语及客体不在了嘛。人们曾经常谈起马拉美的柏拉图主义,因为柏拉图思虑(eidos),尽管镇静、不变、不在场,却也能完成感觉多样性的统一。但,马拉美是彻底的唯物主义者,想不到去迎合大思想,更不会把所谓的大思想交给我们去推敲。他心知肚明这些大思想并不存在,他的工作旨在陈述大思想不存在,定性为一种单纯的不在场:所谓的大思想是大实在的外无,以至于一起死亡是人世的一次不在场。所以,关键不在于找到理想的、心智的现实结构①,而在于"处理"任何东西要用某种技巧,去把所选的客体掏空其物质,让其具备像思想那样的运作功能,就是说像综合的、超验的多样性统一体那样运作功能。但再一次言语变为沉默,这是第二阶段。这不,马拉美式的话语结果是要使在被涉及的客体地平线上冒出另一个未经命名的客体,其意义却不由话语来确定。比如马拉美写道:

  荣光的炭火,血红的海浪泡沫,黄金,大风浪……②

  他硬是不肯说:"日落"。但他感染了读者,以致日落西山也是五彩缤纷的"非话语"统一体:"最高的艺术……在于永远唱不出东西,揭去精妙的、被凝视的东西以及沉默的面纱,恰恰是面纱掩盖的东西诱惑着我们,其含义之秘密于是隐约显现。"③所以说,诗是大实在中凿开的一个洞,是一种不在场的确定和定界,这种不在场渐渐地、从隐语到隐语,自成体统。通过诗,尘世整体的不在

---

① 柏拉图以心智世界比照感性世界。
② 引自马拉美《胜利的逃跑》,收入《诗集》,参见《马拉美全集》第 68 页。
③ 引自马拉美致维埃莱-梅里莱的信(1891 年 8 月 8 日)。

场,在尘世的某个点上,自我实现;在诗句内部,化学技术融解词语及其含义:诗人确立"隐秘的同一性,通过一对一地以核心纯正的名义去侵蚀和利用客体"①。

因此,原始灵感的出处就无关紧要了,诗句最初起于波德莱尔和邦维勒的那些朦胧回忆也就不足介意了。出于回忆的诗句,马拉美用来充当媒介,经过百次酸处理,最终提炼出"这瓶毒汁,这种可怕的滴剂",必将剥夺读者进入天堂。② 每当他重审自己的旧诗,着力重新加工,而不是把旧貌换新颜,并非让力不从心的魔鬼重新掌控:这是因为他对出发点"实实在在"无动于衷。

诗,正如圣·波拿文都拉③的世界,架构在层层叠叠的意义上,其低层暗示性地引导上层。随着一层层往上垒,每一层对前一层的概括性逐渐加大,我们可以说这是马拉美的逻辑主义,这有助于人们将其视为圣言的冷漠工匠。其实,不妨说他像黑格尔,他的泛逻辑主义是一种泛悲剧主义的另一面。一个诗人在自己的诗中完成自我灭亡,不会是一个纯"形式主义者"。他全部诗主题,可以毫不反常地说甚至一些应时的诗句主题,都是大写的诗。怎么可能不是呢?既然我们处于批判性大写的诗时代,其自身就是批判对象嘛。然而,由于批判性直觉——假如人们敢于把"批判性"与"直觉"如此连起来使用——向大写的诗披露其自身固有的不可能性,诗的"美学"主题于是就混同于"人类力不从心"这个人类实在的主题。自杀性诗歌的主体一般来说是大人性自杀,尤其影射悲剧性行为,比如人的自杀。在这层意义上讲,马拉美自己是在场的,就像一个抒情诗人对待自己诗那样,但不是以同样的方式。

---

① 引自卡扎利致马拉美的信(1867年8月5日),参见《马拉美一生》。
② 引自乔治·布莱《马拉美的空间和时间》,出版者及出版时间不详。
③ 圣·波拿文都拉(1221—1274),意大利基督教神学家。

他的厌恶、他的逃逸、他的无能、他的绝望和他的自杀始终在自己的诗中"体现出来",不失为他的个人冒险成为对人类冒险的一种讽喻。今后不必为其灵感全凭个人经验的来源更加操心,更没有必要蔑视个人的出身以及血缘来历。确实,他是偶然和遗传的产物;确实,正如布莱所云,他被夹在两个世界之间:"一个真实的物质世界,其偶然的结合在他身上却由不得他而产生了,另一个世界是虚假的理想世界,其谎言使他瘫痪使他着魔。"[1]但诗人们长长的链子连接到他时,恰逢指定他为先知,导致他必须把人类矛盾暴露无遗。他被选定了。在他身上,大写的诗被认出来了,并被由此产生的灵感而激发的诗篇所摧毁。他系统重走的路引导他从盲目的载体实至名随现代人,并以自己最大的纯粹性永远上演失败与死亡的神圣剧。

然而,这种平和的悲剧只不过是诗的最终含义,说到底,一切必须消亡。所以,马拉美在其《诗歌全集》第一页上写下"子虚乌有"并非偶然。既然诗是人与大写的诗之自杀,那么实有必将以自杀死亡而告终,诗歌丰满成熟之日必将与之凋萎衰败相对应。因此,这类诗的"变异"真实性正是大虚无:

子虚乌有

不会有

而有之。[2]

众所周知,马拉美独创的异常逻辑,在他的笔下,一条花边只在打开床笫的不在场时才消失,同时"没有饮料的纯瓷花瓶"[3]气

---

[1] 引自乔治·布莱《马拉美的空间和时间》,出版者和出版时间不详。
[2] 引自马拉美《骰子一掷……》,参见《马拉美全集》第 474 和 475 页。
[3] 引自马拉美《诗篇另编及十四行诗》,收入《诗集》,《马拉美全集》第 74 页。

息奄奄没有任何东西可呼出,以此宣示一朵看不见的玫瑰花,抑或一座坟墓只在"唯一缺少粗拙的花束时才被阻塞"①。

　　童贞女,生命力和美丽的今天。②

　　这句诗是消除诗的内涵极好的例子。今天带着未来只是一个幻象,现今简化为过去,于是一只天鹅回忆起自己,不抱希望,一动不动地做着"蔑视一切的冷梦"③;一个凝似的动态消失了,留下无边无际的、难以区分的冻结表面。色彩和形式的爆炸向我们显示一个令人感受得到的象征,把我们带回人类的悲剧,而人类悲剧则消融在大虚无之中:这就是这些前所未有的诗篇内在的波动,既是无声的话语,又是以假乱真的客体。到头来,这些客体的消失本身令人想起某个客体的轮廓,而该客体"逃之夭夭,不见踪影"④,其美本身将作为一个先验的证据,以至"实在的缺失"正是"实在的一种方式"。

　　虚假的证据:马拉美太清醒了,不至于不明白任何个别经验都不会以人们制定原则的名义去反对这些原则。当偶然处于初始,"一掷骰子决不会把偶然消除"。但"在偶然进入赌注的行为中,却总是偶然完成自身的大理念,同时自我肯定或自我否定"⑤。在诗中,则是偶然自我否定,大写的诗诞生于偶然,却反抗偶然,在消除偶然的同时消除自我,因为其象征的消除等于人被消除。但所有这一切,其实,只不过是一场巧妙的欺骗。⑥ 马

---

① 引自马拉美《献礼与坟墓》,参见《马拉美全集》第 69 页。
② 引自马拉美《多首十四行诗》第二辑,参见《马拉美全集》第 67 页。
③ 引自马拉美《多首十四行诗》,参见《马拉美全集》第 68 页。
④ 引自马拉美《多首十四行诗》,参见《马拉美全集》第 99 页。
⑤ 引自马拉美《伊巨图尔》,参见《马拉美全集》第 441 页。
⑥ 引自马拉美《音乐与文学》,参见《马拉美全集》第 647 页。

拉美的讽刺来自于他心知肚明自己作品的绝对虚荣和全盘必然性，并从中识别出一双无法综合的对立，永远互生互斥：偶然创造必然，世人的幻想；必然性创造偶然性，作为限制必然性和从反面规定必然性，在诗句中必然性"一音步一音步"①地否定偶然性，反过来偶然性又否定必然性，因为词语的"全部涵义都用上"（full-employment）是不可能的，所以必然性再反过来以诗篇和大写诗的自杀来消除偶然性。在马拉美身上寓于一个忧郁的故弄玄虚者：他在朋友们和子弟们中间创立并维持一种炼金术的幻想，似乎突然之间尘世就消失了。他声称准备进入这个境界，但心里完全明白是不可能的。只要他的生命本身表现为隶属于这个不在场的客体：对地球进行崇拜俄尔甫斯神秘教理和仪式的解释，其实只不过是大写的诗而已，我不断言他没有思考过自己的死亡，因为他不得不无限延长与崇拜俄尔甫斯神秘教理的关系，作为诗人的最大野心，以及不得不无限推迟他的失败，作为世人悲剧性的不可为而为之。一位死于 25 岁的诗人，因感到自己力不从心而倒下：这是一则社会新闻。一位 56 岁的诗人死于他逐渐把握自己所有的手段，并正准备开创自己的作品：这是人本身的悲剧。马拉美的逝世是一个值得纪念的奥秘。

然而这却是一个实实在在的奥秘："他自己真实的丑角"②，马拉美向所有人上演独角悲剧达三十年之久，他经常梦想把这个独角写下来。他曾经是"不能成器的潜在爷们，大伙儿的青春影子，因此很像神话"，把他的在场强加给活着的人们："他的在场会引起令人担忧的或阴森森的侵犯感，所以他显得很谦让，一种精明而衰败的谦让。"③在

---

① 在法语诗中一音步为二音节。
② 引自马拉美《论维利埃·德·利尔-亚当》，参见《马拉美全集》第 495 页。
③ 引自马拉美《论哈姆雷特》，收入《戏剧草图》，参见《马拉美全集》第 300 和 302 页。

这部戏的复合体系中,他的诗篇若追求完美则必将失败。因为,诗篇抹煞语言和尘世是不够的,甚至把自身抹煞也不够,还必须让诗篇从一部前无古人后无来者的作品来看处于无用的初稿状态,尚未正式开始就被一起偶然死亡阻止了。一切都在"秩序之中",如果人们在一起偶然死亡的启示下看待这些象征性自杀,在大虚无的启示下看待大实有。通过始料未及的死灰复燃,这场可怕的毁灭赋予"已经完成"的每一篇诗一种绝对的必然性。诗篇最令人心碎的涵义来自令我们鼓舞的东西,来自作者根本不把诗篇当回事儿。诗人给自己的诗篇作最后的润色,是在死亡的前夕,佯装只想到自己未来的作品给自己的妻子和女儿写道:"因此,把这些诗烧了吧:这里面没有什么文学遗产……但请相信这应该是非常美的。"①真言?假话?但正是马拉美其人,正是马拉美刻意成为的人:其人奄奄一息于原子解体或太阳冷却的大写圆球上,想着他决意建造的社会,喃喃自语:"请相信这应该是非常美的。"

勇士、先知、占星家、悲剧演员,这个谨慎的小个子男人,有女人腔儿却对女人不感冒,无愧于死于我们这个世纪之初:他预言了新世纪。他比尼采更多更好地体验上帝的死亡;比加缪早得多感受到自杀是人应该向自己提出的原始问题;他每天与偶然作斗争,其他人接过他的斗争却超过不了他的澄明,因为总而言之,他寻思:从决定论中能找到一条解脱的路子吗?可以把"实践"倒转过来并重新找到主观性的同时把宇宙和自己缩小为目标吗?他把还只是一个哲学原则的东西运用到大艺术上,而有关一个哲学原则的东西本应该成为一条政治箴言:"创造并在创造的同时创造自己。"②在技巧大发展之前不久,他

---

① 转引自蒙多尔著《马拉美一生》。
② 马拉美的原文:"面对稿纸,艺术家创造自我。"引自马拉美致勒费比尔的书信(1865),收入通信集《欧仁·勒费比尔》。

发明了大写诗的一种技巧。在泰勒①敢于动员世人使他们的劳动效益最大化的同时,马拉美调动语言确保词话的全额效率。但我觉得更触动人心的,却是他全身心诚惶诚恐地体验的那种形而上焦虑。没有一天他不因力不从心而企图自杀,他之所以活下来,是为了他的女儿。但这种延续的死亡赋予他一种既可爱又毁灭性的嘲弄。他那"与生俱来的感悟"②,造就一种艺术,即在他的日常生活中发现并建立一种"两眼对两眼的折磨",把世上所有的客体一股脑儿塞了进去。他是百分之一百的诗人,全身心投入以诗的批判性摧毁诗的斗争中;与此同时,他又置身度外:

  我,这个寒穹的精灵!
  从臀部和弹抖中横空出世。③

  他自我审视:如果物质产生思想,也许物质的清晰思想可以逃避决定论,是吗?因此他的诗本身是离题的,不着边际。一天,有人给他寄去几幅他喜欢的画,他却特别看重一幅面带微笑和忧伤的老占星家,说道:"我完全赞赏这位劝解不了的伟大占星家,他明明知道某个奥秘不存在,却一味固执探求,永不放弃其清醒的绝望,因为也许原本就是真实可信的。"④

---

① 泰勒(1856—1915),美国发明家,工程师,被称为"科学管理之父"。
② 马拉美语,参见《论二十岁的理想》,收入《马拉美全集》,第883页。
③ 引自马拉美《诗集》,参见《马拉美全集》第74页。
④ 引自马拉美致奥迪隆的信(1885年2月2日),转引自《马拉美一生》。